帝国瀑布

[美]理查德·拉索/著

马爱新/译

人民文学出版社

Richard Russo
Empire Falls
根据 Vintage Books，2002 年版译出。

EMPIRE FALLS：Copyright © 2001 by Richard Russo
This edition arranged with Sobel Weber Associates, Inc.
through Andrew Nurnberg Associates International Limited

图书在版编目（CIP）数据

帝国瀑布/（美）理查德·拉索著；马爱新译. —北京：人民文学出版社，2017
ISBN 978-7-02-012563-0

Ⅰ.①帝… Ⅱ.①理… ②马… Ⅲ.①长篇小说—美国—现代 Ⅳ.①I712.45

中国版本图书馆 CIP 数据核字（2017）第 058956 号

责任编辑　马爱农
装帧设计　黄云香
责任印制　徐　冉

出版发行　人民文学出版社
社　　址　北京市朝内大街166号
邮政编码　100705
网　　址　http://www.rw-cn.com

印　　刷　三河市中晟雅豪印务有限公司
经　　销　全国新华书店等

字　　数　376千字
开　　本　880毫米×1230毫米　1/32
印　　张　15.375　插页1
印　　数　1—5000
版　　次　2005年8月北京第1版
印　　次　2019年11月第1次印刷

书　　号　978-7-02-012563-0
定　　价　68.00元

如有印装质量问题，请与本社图书销售中心调换。电话:010-65233595

道德的义务
——代序

本书英文原名是 *Empire Falls*，字面上的意思是"帝国崩溃消亡"。但是期待宏大题材和广阔的社会历史场景的读者也许会失望。作者理查德·拉索似乎跟我们开了一个小小的玩笑：书名实际上是个地名，用来指称一个虚构的美国小镇（帝国瀑）。小镇位于新英格兰地区最北端的缅因州，殖民地时期系大英帝国的前哨，因瀑布而得名。小说以几个家庭的生活经历为主线，在讲述二十世纪最后四十多年一个传统工业小镇的社会变迁的同时，描绘了善恶之间地貌无比曲折复杂的灰色地带。

一

《帝国瀑布》以故事情节和人物刻画取胜，叙事主要是全知全能式的，穿插了一些用异体字排出的倒叙，大都取主人公迈尔斯·罗比的视角。小说第一章的场景发生在二〇〇〇年，迈尔斯四十出头，经营一家比快餐店好不了多少的便宜餐馆。这家"帝国烤肉店"就像当地很多不动产一样，属于怀亭家族。缅因州林木茂盛，一百多年前，怀亭家族经营木材发了财，后来买下了诺克斯河两岸的大片土地，生意也扩展到造纸、纺织和服装。缅因州这个望族的最后一位男性成员查尔斯·波蒙特·怀亭已在七十年代后期自杀身亡,他的遗孀法兰辛是王熙凤式的女强人,接管怀亭帝国,她是理想人选。传统的制造加工业早已转移或废弃了,在所谓"全球化"的进程中,帝国瀑沾不上高科技的边,市面萧条。法兰辛临危不乱,一边变卖房地产,一边投资新项目,以此维持怀亭家族在当地至尊的地位。

法兰辛一生以"力量与控制"为座右铭,城府很深,她缺少常人称为"爱"的那种感情,不过善于在别人身上嗅出这一毛病。作者从来不带领我们进入她那曲曲弯弯的内心世界或从她的角度观察人事,因此她始终是个冷冰冰的角色,与读者保持着远远的距离。法兰辛言语不多,喜欢独自坐在庄园边上的凉亭里,逍遥自在,指挥若定。她和查尔斯的独生女辛迪年幼时因车祸留下腿疾,行动不便,成人后长期在州府奥古斯塔一家精神康复院疗养。辛迪没有继承母亲的性格,待人接物不设城防。她与迈尔斯同时出生于当地医院,在她九岁时父亲就南下墨西哥(据说是办厂去的),一去不返。辛迪很少得到关爱,在中小学,她始终是同学排斥的对象。迈尔斯的母亲格瑞丝多年为法兰辛·怀亭照料家务,对辛迪有一种特殊的感情。有一次她忍不住对儿子说:

> 我真受不了……看到那孩子那样被排斥,她的心每天都被撕碎。我们在这世上有义务,迈尔斯,你明白,是吧?
> 我们有**道德的义务**!

"道德的义务"原文为"moral duty",也可译为"道德责任"。作者特意提到,迈尔斯听了母亲这一席话后,首先想的是"我们"指谁,应该就指母子俩吧。

"道德的义务"完全不具尼采式"超越善恶"(beyond good and evil)的现代性,听来给人以隔世之感。评论家们说到《帝国瀑布》时往往指出作者独特的幽默感和悲喜剧杂糅的风格,以及以菲兹杰拉尔德、辛克莱·刘易斯为代表的现实主义文学传统在今日美国的强劲生命力。他们对迈尔斯母亲的道德义务观有所忽略,回避这一话题,大概不想扫兴。细读小说,我们会发现构成作品经纬的几条情节发展脉络都离不开道德义务的履行与逃避。同时,作者又时时让读者意识到,践履道德责任,没有简单的答案。

二

迈尔斯自己不用"道德的义务"这样的语言,他待人低调,随和宽容,身上有一种不张扬的正派。他从小跟母亲上天主教教堂,还当上了祭坛助手,假如周末没去教堂做弥撒,心里就不大踏实,这就是所谓的"习惯成自然"。他早就答应母亲陪伴辛迪,但是要履行这一诺言却不大容易。例如,中学餐厅的长餐桌能坐二十多个学生,辛迪一般都是独坐一端,另一端挤满吵闹的学生,仿佛她并不存在。午餐结束时餐厅是要打铃的,在众目睽睽之下迈尔斯没有与辛迪同坐的勇气,他只是在铃响前几分钟(甚至掐在打铃的时候)走到辛迪那头去帮她端盘子。作者写道:"糟糕的是,连十六岁的迈尔斯也觉得这小小的姿态既嫌太多又嫌太少……每当辛迪向他露出充满希冀的笑容时,他便痛苦地感到有一把匕首刺进他吝啬的心。"这所谓的"吝啬",多少是被周围的压力逼出来的。每当迈尔斯要替辛迪拿东西,都会受到无情的奚落。辛迪下课后等车回家,迈尔斯陪她坐在路边石凳上,这时新拿到驾照的同学有意驾车呼啸而过,车里其他同伴会摇下车窗对着他们露出屁股。能看清责任的人要为道德上的瞎子挑起重担谈何容易。

《帝国瀑布》也是一部关于成长的小说,书中多处校园生活场景。美国校园时有枪杀案发生,作案者往往是受到欺侮的学生,本书中的约翰·沃思就是一个生动的案例。少年儿童的残忍是我国作家涉猎不多的。辛迪在某种程度上也是这种残忍的受害者。她在学校受排斥,不是因为她的家庭背景,而是因为她的残疾。

辛迪车祸后几经手术,走路仍跌跌撞撞,时时伸出双手保持平衡。从小学到中学,不断有顽童学她走路,戏称"怀亭步"。辛迪一转身,学样的人会装出一副无辜的模样。能整治这帮男孩的是一个比他们大几岁的女孩夏琳,她身上长着一对"最上等的蜜瓜",只有她出面干涉,以鄙夷的口吻质问那些男孩什么时候才能长大,他们才开始发慌。

他们也许变了,也许没有变,也许他们只是变换了恶作剧的方式。迈尔斯小时候的伙伴吉米·明狄有很强的"竞争意识",迈尔斯的玩具和礼物都要由他来仔细盘问一番。吉米打听每样东西的来历和价钱,同时不忘告诉迈尔斯,他自己的父亲要精明得多,买同样的货色(实为处理品)不必花那么多钱。末了他会提议,既然玩具一样,何不交换一下?现在吉米是威风凛凛的警察,私配钥匙的能手。他已看中了警长的职位,甚至自称"帝国瀑先生"。他其实早已把迈尔斯比下去了(他的私车卡麦罗比迈尔斯的捷达强得多),但他对这位往昔的同学说话时本能地带有威胁的口吻——大概迈尔斯的善良使他产生不安全感。吉米还和他父亲一样沾有虐待妻子的恶习,手段不堪闻问。在小说行将结束处,妻子与他离婚了,他又因偷窃而辞职,但是他却深得怀亭夫人信任,到她庄园帮她看家,继续做他恶毒的美梦。吉米的某些特点遗传给了儿子萨克,萨克是中学运动场上的英雄,喜欢指使同伴玩残忍的"波兰轮盘赌"游戏,从中取乐。同学中那位瘦弱的约翰·沃思与迈尔斯的女儿笛子相好,为此一次次当众受到萨克羞辱。假如在一个友好的环境里,笛子的关爱会产生疗救约翰心灵的功效。约翰从小受冷落,父母没有任何道德义务的观念,只顾自己寻乐,年幼的儿子哭闹,就把他放入洗衣袋中,吊在黑暗的壁橱里。约翰在学校里也久受欺侮,养成了逆来顺受的习惯。表面的柔弱阻止不了他的变态发泄,他暗中已成为阴郁而愤怒的社会包袱。约翰最后踏上持枪杀人之路,萨克等恶少应该承担间接责任。

三

《帝国瀑布》中有好几位描写得活龙活现的人物。

有德的人并不一定都成双成对地生活在一起。假如迈尔斯的母亲格瑞丝象征了圣洁,那么他父亲马克斯·罗比就是无赖的典范。在儿子眼里他是一个需要人们为他祈祷的人,但是祈祷的内容却说不上来。这位蓝领工人在工作和生活中能混则混,能骗则骗,小偷小摸是他的擅长。对他讲道德的义务,他就当你神经错乱。格瑞丝是虔诚的教徒,而马克斯对上帝却不存一点敬畏之心,甚至敢叫教堂里值点钱的器物落到典当铺里。时常在法网边上走钢丝,自然有失去平衡的时候,偶尔落网,到牢狱里小住几天也无妨。马克斯身体强壮,因此喜欢挨揍,被打落的牙齿和他那辆破车保险杠上的凹痕都是他小小的财源。这个老活宝像流浪汉一样随遇而安,不过耍起小聪明来也十分厉害。例如,他悄悄把患有老年痴呆症的神父带去佛罗里达度假,没人知道他们的下落。待他用完了同伴信用卡上的钱(神父本人的签名一个不少),他就通知千里之外的教会把神父领回去。马克斯有点像莎士比亚笔下的福斯塔夫,插科打诨有趣得很,他种种淘气的把戏可鄙可笑而又有点可爱。如果读者得知他的隐衷,换个角度看,他是个值得同情的丈夫和父亲。某晚他喝得醉醺醺,趔趄来到教堂墓园,在妻子墓前稍稍逗留,然后拐到近旁查尔斯·波蒙特·怀亭的安息处,将扫墓人留下的花盆当溺器。他是在倒他一肚子苦水呢。

马克斯的儿媳妇亦即迈尔斯的妻子詹宁是小镇里思想开放的人物,如果她在美国大学英文系教书,大概就会开"身体政治学"方面的课程,宣扬自由使用身体满足欲望的权利。在这位新时代的唯我主义者眼里,迈尔斯老是考虑他人,"善于陷入麻烦",最没出息。且看他如何自找苦吃:美国老兵会的棒球赛常请迈尔斯做裁判,他不想再去,但经教练们求情,他答应继续尽力,直至找到新的义务裁判。(迈尔斯尽这些社会义务都是不取分文的。原中国职业围棋选手郭鹃曾在二〇〇四年的一期《围棋天地》上撰文介绍欧美业余围棋活动,组织者投入不少人力物力,从不收取任何报酬。)詹宁纳闷,辛迪居然为未能与迈尔斯结婚两次自杀,嫁给这个倒霉鬼,才想自杀呢。她倒不会自寻短见。自己才四十岁,还应该美美地享受二十年的性生活。詹宁不会问一问,她自我中心的人生观是不是已让丈夫完全失望。在她看来问题都是出在别人身上,迈尔斯一定是精力不济了。她搭上了"银狐"沃特·科莫,对他的床上功夫佩服得灵魂出窍。从离婚到再婚,似乎只是瞬间工夫。好脾气的迈尔斯还应邀在婚礼上与做了新娘的前妻跳舞,女儿笛子就没有这么好说话了。婚后詹宁又怀念起前夫的无数小事来,怀念他的大度与理解。生龙活虎的性事与身边有一位能够倾耳而听的人相比又算得上什么呢?再说,詹宁在登记结婚时发现沃特·科莫已经六十岁了,暗中大为恼火,指望他再坚持二十年看来是不现实的了。

"银狐"除了腿间的挂件几乎一无长处。健身堪称美国的世俗宗教,"银狐"专门经营健身俱乐部,给人以生意兴隆、业务扩展的印象。他喜欢哼哼过时的流行歌曲,这想必也是詹宁觉得他比迈尔斯浪漫的理由之一。他的实际年龄要比看起来大得多,财产则反之,场地和器械都是租借的,他甚至可能资不抵债。小说中有一句话生动地描绘了"银狐"的性格:他喜欢在迈尔斯的餐馆要关门的时候进去,听到门在身后锁上,看到那些想进而不能的顾客在门外张望,他心里生出美滋滋的满足感。赢得了詹宁,迈尔斯只有在他"银狐"的婚姻之门外叹息懊恼的份了①。然而"银狐"婚后

---

① 拉索在写到辛迪时也用了"门"的意象。辛迪一只手放在门把手上,仿佛要拉开门,进入另一种生活。这一动作定格为她一生的写照:她一直被各种各样的"门"阻挡在外。

依然有恐慌感,迈尔斯从未招惹他,他却气冲冲地赶到餐馆要与迈尔斯掰手腕,结果自取其辱。作者并未交代"银狐"为何有此一举。细心的读者会注意到,作者提到"银狐"近来有几次依赖人工辅助手段。他大概因此心里发虚,想用腕力来证明自己强过迈尔斯,找回自信和健身事业倡导者的尊严。也许拉索给詹宁留了面子。她或许言语行动间有失慎之处,"银狐"以为自己渐趋衰弱的性能力受到嘲笑,于是迁怒于她的前夫。

迷失在杜莎夫人蜡像馆惟妙惟肖的名人造像中间是一大乐趣,不过我宁可在想象中去帝国瀑,一路由这些鲜活得要从书页间跳出来的小人物做伴,走街串巷。

四

然而《帝国瀑布》的核心人物却是迈尔斯的母亲格瑞丝。她的故事还需从查尔斯·波蒙特·怀亭说起。

查尔斯年轻时在墨西哥生活,他梦想写诗、画画,一度还有"波儿"(Beau)的美称。小说的引子把我们带到五十年代中期,因家族事业之需,他不得不回到缅因。这位失意的文学青年做起他不大热衷的事情来还得心应手。为改造新建墨西哥式庄园旁的诺克斯河河道,他买下了罗比多一家贫瘠的地皮,由此结识了已从大学毕业、心气很高的法兰辛·罗比多。法兰辛靠奖学金进了那所昂贵的私立大学,她是聪明人,几年工夫就脱胎换骨,在言谈举止和行为习惯上与富家女一般模样。查尔斯为她所吸引,因为她能同时给人两种印象,它们仿佛并不矛盾:

> 她似乎在仔细观察他[查尔斯],而她的其他姿态表明,也许对她来说他根本不在房间里。他或许在那儿,或许不在,看情况而定。

拉索的笔法飘忽不定,恰如法兰辛的眼光和心思。这三言两语精确传神地概括了查尔斯在法兰辛心目中可有可无的地位。为了弄明白自己在她眼里存不存在,查尔斯决定娶她为妻。订婚后不久她祭出"力量与控制"的法宝来,语气里透出一丝寒意:"你听到我的话了吗,查理?"查尔斯不想得到"查理"这一他并不习惯的昵称,准备予以纠正,话到嘴边却缩了回去,说出来的竟是"对,亲爱的"。这温顺的表示后来一再重复,竟变成了对他们婚姻的诅咒。

二〇〇〇年某一天,迈尔斯在当地《帝国报》的"往事拾遗"栏看到一张摄于一九六六年的帝国衬衫厂员工集体照,好心的编辑还为他们认得出来的人标上了姓名。照片上有格瑞丝,她是惟一没有正视镜头的人。第一排站在最边上的是厂主查·波·怀亭。迈尔斯在其他场合见过这位厂主的照像,没留下什么印象。这次看到他与母亲出现在同一张相片上,突然有惊人的发现。他回忆起自己九岁时一次极其难忘的经历。

从时间上推算,就在这张集体照拍摄后不久,格瑞丝带儿子迈尔斯外出度假一周,这在他们的生活里是破天荒第一遭。他们去的地方是马萨诸塞州东南海岸外的旅游胜地马撒葡萄园(本书译为葡萄岛)。在洒满阳光的夏日里,迈尔斯第一次感到母亲作为女人的美丽。她如此欢乐,好像散发出一种光辉,使岛上的男士都向她回头行注目礼。也许纯粹出于偶然,母子俩不管出现在哪里,总会遇到一位有钱而又好心的查理·梅因先生。梅因先生讨人喜欢,待迈尔斯也亲切友好。他与格瑞丝有时过于亲近,迈尔斯想到父亲,不免生出一些模糊的妒意。度假结束时,他向母亲保证回家后绝不提起这位梅因先生。

回到帝国瀑,母亲若有所失。迈尔斯希望父亲马克斯早早归来,好看一看母亲穿上在葡萄岛买的白色连衫裙的丰采。可是格瑞丝很快就把这件新衣服捐给慈善组织,她还带了迈尔斯去教堂忏悔,迈尔斯忏悔的是自己未曾犯下的罪过。

迈尔斯三十多年后才猛醒,母亲的情人梅因先生原来就是查尔斯·波蒙特·怀亭。往事的碎片一旦拼在一起他就理解为什么集体照上母亲的眼睛在回避镜头,为什么她急着捐掉礼服,以及法兰辛在丈夫离开后长期雇佣格瑞丝意味着什么。迈尔斯长期为母亲保密,以为父亲蒙在鼓里。这时他主动与父亲谈起这事,没承想他竟是知情人。马克斯偷偷亵渎查尔斯的墓地,还是事出有因。

五

查尔斯长期生活在夫人专断意志的阴影下,爱上衬衫厂职员格瑞丝是再自然不过的了。格瑞丝与法兰辛同时在医院生产,两人处处形成对照。格瑞丝产后因疲惫而更加楚楚动人,她怀抱婴儿满心喜欢,脸上洋溢着感激之情,这使查尔斯深深感动(作者暗示法兰辛产后的情绪恰恰相反),立刻爱上了她,愿意放弃一切以换取与这位满足的母亲和她的新生儿一同生活的资格。这爱情故事不合"始乱终弃"的标准模式。贵为一厂之主,查尔斯从来不用唐突的方式向他的雇员表示爱意,他只是在她毫无察觉的情况下暗恋她,追求她。年长日久,她慢慢有所反应,最后发展为同意一起外出度假。作者在描写查尔斯的感情时写道:

> 格瑞丝对查·波·怀亭成了一个梦想,不仅代表着爱和幸福,而且代表着救赎。他在她身上看到人类的同情,全世界只有这一个人,他有一天可以对她吐露心中那可怕的秘密,她不仅会理解,而且会原谅。

可见查尔斯几乎把格瑞丝视同圣母。她的名字(Grace)很普通,用作名词时指上帝的恩惠仁慈和灵魂蒙受天恩的状态。格瑞丝确有圣人般的品质,这点连法兰辛也不得不承认(因而更要使她尝尝寄人篱下的滋味)。

查尔斯在葡萄岛度假后没有回家,据传他又去墨西哥了。第二年衬衫厂被卖掉,格瑞丝失业,不久应怀亭夫人之请帮她照料杂务。收入低得不能再低,她仿佛毫不在意。生活在情人缺席的庄园,听候女主人的使唤,这在常人看来是无法忍受的。庄园里没有一件东西属于格瑞丝,她却把它视同自己的家,为它尽心尽力。精明的法兰辛当然早就把丈夫与这位善良美丽的雇员之间的爱情看在眼里,把格瑞丝叫到庄园来服侍她,本有报复之意。女东家不动声色的恶毒其实伤害不了生活在不同精神层面上的格瑞丝:她为道德的义务遭践踏而焦虑,为爱、为救赎而憔悴消损。

葡萄岛别后,这对昔日的恋人还见过一面。

查尔斯在七十年代末从墨西哥回帝国瀑,怀揣手枪,决心完成他的男性先人未竟的事业——结束配偶兼冤家的性命。回到庄园,他同时见到他生活中最重要的三位女性。法兰辛神态自若,似乎早已看透查尔斯的心思,对他淡淡一笑,果然一切都逃不出她的掌心;格瑞丝瞬间的表情说明,她已经观察到他在离别的岁月里并未受苦,而苦难已在她脸上留下深深的印记;辛迪见到他喜出望外,扑向他叫了声"爸爸"。于是,他毫不迟疑地朝自己开了枪。

一直到小说的尾声,读者终于知道查尔斯自己也是有罪之人。什么是他"心中那可怕的秘密"?还在辛迪小时候,查尔斯不堪法兰辛的精神折磨,一怒之下要驱车离家出走,倒车的时候撞倒了正在玩耍的辛迪,致使女儿身受重伤。这突如其来的悲剧打消了他远走高飞的愿望。为避免麻烦,他指使妻子说谎,于是法兰辛在警察面前沉着老练地编造了一辆绿色庞帝亚克肇事逃逸的故事。可怜的辛迪不仅经受了数次外科手术,还要在母亲逼迫下抹去自己关于受伤经过的记忆,接受她虚构的版本。作者从未交代为什么她后来被母亲送到精神康复院。这可能与她儿时的心理创伤相关,更说明情感上十分吝啬的法兰辛将她视为累赘。从某种程度上说辛迪和制造枪杀案的约翰·沃思出奇地相似:他们的父母都背弃了自己最基本的道德义务。两人又是完全不同的:逆境泯灭了约翰·沃思的人性,但未能损伤辛迪的善良。辛迪更像格瑞丝的精神之女,她的灵魂蒙受天恩。

在葡萄岛上格瑞丝倾听了查尔斯的忏悔。查尔斯只想到自己将与格瑞丝母子在一起开始新生活,他在吐露自己"可怕的秘密"后仍未想到女儿,这是格瑞丝无法原谅的。她不会接受任何有负于辛迪的计划,也不能容忍迈尔斯离开自己的父亲。换句话说,她不会为了追求自己的幸福割断现有的社会纽带,与查尔斯远走高飞。在爱情和责任之间,她选择了后者。七年后,格瑞丝在对上中学的迈尔斯谈到辛迪时强调:"我们有道德的义务!"我们读到小说结尾处终于掂出这几个字的分量。这话也可能是格瑞丝在葡萄岛上对查尔斯说过的。

六

《帝国瀑布》于二〇〇二年获普利策奖,这说明以讲故事见长的作品在美国仍大受欢迎。理查德·拉索曾在大学英文系任教,对那些社会养料稀薄、炫耀"后现代"写作风格的作品,他并不掩饰他的反感。他曾在一次访谈中尖锐地指出,有的作家不会讲故事,为了吸引读者的注意力,只好以语言的铺陈和实验本身为目的。

拉索编排故事构思细密,但是一个好的故事无法完全独立于出色的语言。《帝国瀑布》中不少地方着墨不多,但有丰富的潜台词可以发掘。格瑞丝在葡萄岛某店看到一袭漂亮的白礼服(dress,本书中译为裙子或连衫裙),就想试一试。等她买了衣服出来时,迈尔斯在店外的椅子上睡着了。这一插曲出现在迈尔斯的回忆中,叙述者只是据实简单道来,语气中没有丝毫不耐烦。我们不难推知,格瑞丝有爱美之心,她也想到,在葡萄岛这样的地方,应该讲一点体面,尤其是与查尔斯一起出入昂贵的餐馆,两人的着装应该般配。白礼服价格不菲,格瑞丝狠了狠心才做出决定,迈尔斯在外等候良久,不吵不闹,安静入睡。母亲的犹豫和儿子的耐心通过这一细节跃然纸上。葡萄岛的消费超出了格瑞丝的能力,为这次难得的度假她几乎像扑火飞蛾一样勇敢。在归途上她皮夹子里只剩一些硬币了。她坚持要迈尔斯吃点东西,他说不饿。进一家咖啡店后,格瑞丝给他买了一份热狗,他很快就吃光了,而她自己"一边喝咖啡,一边忧伤地看着他"。(我在北京的美式快餐店经常看到母亲给孩子买一份快餐,自己在旁边看着孩子享用。)这些文字背后蕴涵了很多富有人情味的内容。查尔斯料想不到母子俩回家路上的窘境,他除了支付岛上一同用餐的账单,没有关心格瑞丝的财务状况并表示乐意资助,格瑞丝当然也不会在他面前流露出对开销的担心。查尔斯的"疏忽"和格瑞丝的自重对双方而言都是得体适宜的。这些细节读来让人心暖。

故事要讲得好,还必须对人物复杂的行为动机有独到的分析,巧妙的展示。且举一例:作者在小说里不提马可神父的同性恋倾向,只说这位天主教士怀疑一位画家是同性恋。当他收到画家邀请他去访问画室的短笺时,他把那封信藏了又藏,看了又看,既兴奋又不安。他终于认识到一个长期以来自己拒绝面对的事实,但是他不愿意放弃抗争,就把那封信撕了,以示决心,并到教堂祭坛前作感恩祈祷。最后他求助于奥斯卡·王尔德悖论式的妙语:抵制诱惑的最有效方式莫过于向它屈服。于是他又用透明胶带纸把撕毁的信粘拼了起来。整个过程中教士的微妙心理活动是通过外部的行动来反映的,描写得极其细腻生动。

拉索给小说安排了一个开放性的结尾,同时留下新的悬念。法兰辛随洪水漂流而去,死因不明。帝国瀑的居民有事可做了,他们要好好猜一猜法兰辛遗嘱的内容。有的人还抱有期望,如马克斯,他说罗比多和罗比两家是亲戚。吉米是小说中最靠不住的人物,请他来给自己看家,法兰辛差不多等于引狼入室,是否她另有深意?吉米妄想做"帝国瀑先生",他如对怀亭帝国不存觊觎之心,那才叫人惊讶。他会打什么如意算盘,料事如神的法兰辛怎么可能想不到呢?或许她有意在为辛迪的幸福设置障碍。吉米已经离婚了,为什么他不能向辛迪求爱?为什么辛迪的心只属于迈尔斯一人?在运动场看台上,他已经在动心思了(请注意他接住辛迪拐杖的一幕)。

　　辛迪一直爱迈尔斯,爱得发狂,但是迈尔斯却不敢回报她的爱情。他少年时和不少同龄人一样为夏琳痴迷,虽然那称不上爱情。格瑞丝临死前辛迪是她忠实的护士和陪伴,那晚迈尔斯去医院探望母亲,格瑞丝一看到他在门口就把头转开,这动作无力而又强烈,传达了内涵丰富的信息。辛迪悲哀地走到门口,她和迈尔斯拥抱,接吻,迈尔斯甚至还抚摸了她,一切都发生得如此自然。总为他人着想的辛迪不以这次幸福的经历限制迈尔斯的自由,没有坚持他必须再往前走一步,不然将引起怨愤。迈尔斯对他和辛迪在社会地位上的差异太敏感,生怕两人接触多了会被别人理解为他对怀亭家族的财产感兴趣,于是他反而收回已跨出的步履。有理由猜测,迈尔斯的这种意识使他辨认不清自己对辛迪的真实感情,而他当初与詹宁结婚可能只为图个自欺欺人的好名声。现在迈尔斯会不考虑财产因素(辛迪也许一无所有)向永远在不抱希望地等候他的辛迪求婚吗?读毕小说,我好像变得多愁善感起来,非常想听辛迪说"哦,亲爱的,亲爱的迈尔斯"。

　　吉米是个麻烦,可以先把他晾在一边。另一个麻烦来自詹宁。她在公路上当众猛踢"银狐"的汽车,仿佛要把她的第二次婚姻狠狠踢出自己的生活和记忆。小说里她隐约有复婚的愿望,或者说,她觉得和迈尔斯厮守在一起才是她生活的常态,这习惯的力量如此强大。笛子与母亲的感情裂痕已难以弥合,迈尔斯会原谅詹宁一时的孟浪和私心吗？在这种场合，"道德的义务"又当如何理解？

　　凡此种种都属伦理探究的范畴。正如英国当代杰出的批评家弗兰克·克莫德所言，小说是伦理探究的最佳手段。不同的读者会给《帝国瀑布》编写不同的续篇，要紧的是赶快打开这部引人入胜的小说，细细阅读，慢慢品味。

陆　建　德

2005 年 7 月

引　子

与城中的怀亭府相比,查尔斯·波蒙特·怀亭回缅因十年后造的这所房子是朴素的,但在大部分单户住宅造价都在七万五千美元以下的帝国瀑,用其他所有标准衡量,他的房子简直像宫殿一般,有五间卧室、五套卫生间,还有一个独立的画室。查·波·怀亭在老墨西哥待过影响个性形成的几年,他造的房子是一座西班牙传教馆式的庄园住宅,摒除装饰。他甚至把砖面特别处理,涂成黄褐色以仿土砖。人家说在缅因中部造这样的房子是傻气,但没有当他的面讲。

像怀亭家的其他男子一样,查·波身材矮小,并且不喜欢让人注意到这个事实,所以低矮的西班牙建筑对他正合适。家具用的是家居模型和房车里那种,造成宽敞的印象。这种视觉假象挺成功,只是在高个子来访时,显得像个奢侈的玩偶之家。

庄园(查·波·怀亭总是这么叫它)坐落在他家数代相传的地产上。德克斯特县第一代的怀亭人做伐木生意,渐渐买下了诺克斯河两岸的大部分土地,以便照看顺河而下、漂向东南面约五十英里外入海口的货物。查·波·怀亭出生的时候,缅因州已经通了电,在帝国瀑下游的斐尔港修了拦河坝,河道的重要性大大下降。林业移向西北,怀亭家的生意也已扩展到纺织、造纸和服装业。

尽管河道已经不是势力必需，但查·波·怀亭继承了一种残留观念，认为他有责任照看它。所以造房子的时候，他选择了紧邻瀑布上游的一处地点，铁桥对面便是帝国瀑，当时是个欣欣向荣的小城，住着怀亭大企业各个厂房的男女雇工。房子落成后，查·波可以在冬天透过树丛看到他的衬衫厂和纺织厂，在缅因中部，大半年都是冬天。造纸厂在上游两英里外，但大烟筒吐着一股股的烟，有时是白色，有时是黑色，他在后院就能看见。

住到河对面，在他家族中，查·波·怀亭第一个确认了与那些为他家生财的人们保持距离的好处。帝国瀑的家宅是一幢宏伟的乔治王朝式建筑，建于上个世纪初，每间卧室都有石砌的壁炉，还有一间正式的餐厅，栎木餐桌坐得下三十多位客人，六盏用火车从波士顿运来的枝形吊灯闪闪发光。这豪宅气派是为了引起从波士顿北上的爱尔兰、波兰、意大利移民和从加拿大南下的法国移民的敬畏与忠诚，他们都是为找工作而来。老怀亭府位于城中央，与衬衫厂隔一个街区，与纺织厂隔两个街区，是怀亭人有意造在那儿的——如果你能相信，他们一天工作十四个小时，走回家吃午饭，再返回工厂，常常在那里待到深夜。

查·波小时候很喜欢住在怀亭府。他母亲总抱怨房子旧，透风，到乡间俱乐部、湖边别墅和通往波士顿的公路都不方便（她喜欢去波士顿购物）。可是它有宽敞、多树的空地和不规则形状的房间，是孩子的乐园。他父亲霍纳斯·怀亭也喜欢这地方，尤其因为只有怀亭家人住过。霍纳斯自己的父亲以利亚·怀亭当时已年近九旬，还跟他那坏脾气的太太住在后头马车房里。怀亭家的男人有很多共同点，包括娶让他们生活不幸的女人。查·波的父亲在这方面比大多数祖先要走运些，但还是怨恨他的太太看不上他，看不上怀亭府、帝国瀑和整个落后的缅因州，她觉得自己是被残酷地从波士顿流放到这里。大老远从纽约运来的精致的铁门和栅栏被她看成监狱的围墙。每次她这么说时，霍纳斯便提醒她，铁门钥匙在他手里，随时可以放她出去。她要是那么想回波士顿，就回去好了。他明知她不会走，因为这是怀亭家男人的命：老婆出于怨恨一辈子都跟着他们。

不过，到儿子出生时，霍纳斯·怀亭开始理解并且私下同意他太太的意见，至少是关于帝国瀑的部分。十九世纪下半叶小城迅速发展，怀亭家的房产渐渐被工人的家包围，而包围者的态度似乎越来越恶劣。怀亭家每年夏天照例都要在院中举行庆祝会，以安抚雇工，但霍纳斯觉得好些来参加的人对免费的食品、饮料和音乐特别不领情，有的乜斜着这座宅子，好像它烧成灰他们也不会心痛。

也许是因为这种没有说出但日益增长的敌意，查·波·怀亭被送到外地上预科学校，上大学。此后他游历了好几年，先是跟他母亲在欧洲旅行（那位尊贵的妇人觉得欧洲比缅因好得多），后来是独自在墨西哥（他觉得那儿比欧洲好得多，因为在欧洲要学习和鉴赏的东西太多了）。许多欧洲人都比他高大，而墨西哥人个子矮小，查·波·怀亭尤其欣赏他们喜欢做梦，而不急于把梦想付诸实施。然而支付他观光旅行费的父亲终于决定这位继承人应该回来料理家业，不能再在国境以南挥金如土。查尔斯·波蒙特·怀亭当时已近而立之年，他父亲不情愿地总结出他惟一真正的才能就是花钱，尽管这位青年自称还能诗善画。这两项嗜好都该结束了，至少父亲是这样认为。霍纳斯·怀亭眼看就要步入花甲，他虽然高兴有能力纵容儿子，现在却意识到纵容得太久，儿子的学业和他有朝一日要继承的家业不能再拖了。霍纳斯本人在衬衫厂做起，后转到纺织厂，最后，当老以利亚发了疯，试图用铁锹砍死老婆时，他接管了上游的造纸厂。霍纳斯希望儿子能做好准备，因为他怀疑总有一天他也会失去理智，随便抓起什么去袭击查尔斯的母亲。他原指望欧洲之行能改善她对他、帝国瀑和缅因的看法，然而没有。在他的经验里，人们很少因为了解到自己缺少什么而更快乐,欧洲对他太太的影响只是助长了她那比较和怨艾的倾向。

至于查尔斯·波蒙特·怀亭,他小时候被送走时希望能留在家里,现在却像他母亲不愿离开欧洲一样不愿从墨西哥回来。可是当接到召唤时,他叹口气从命了,就像素来那样。他不是没想到他的年轻时代将会结束,连同他的旅行、绘画和诗歌。怀亭产业有一天要移交给他,这一点他从来没有疑问。他虽然觉得回帝国瀑接管家业会违背他个人当艺术家的天性,但也无可奈何。有一天,当他感到召唤临近时,他试图写下什么是他自己感觉到的天性,说明阻碍他真正的前途将是多么错误。他想让父亲了解这些思想,然而写出的东西读起来就像他的诗,意思模糊,连他自己都说服不了。最后他把信扔掉了,首先他怀疑他父亲那样一个实际的人会不会承认人有天性;就算你有,你可能也有责任要么否定它,要么把它打造成形,让它知道谁是主人。在墨西哥最后几个月的自由时光里,查·波躺在海滩上,在想象中跟他父亲辩论这个问题,辩了很多次,每次都败下阵来。当召唤终于来临时,他已经没有气力抵抗了。他启程回家,决定尽力而为,但是担心把真正的自己和他的才能都丢在了墨西哥。

他发现违背自己的天性没有想象的那么痛苦和困难。实际上,在帝国瀑看一看,他感觉到人们每天都在这么做。如果你必须违背你的天性,那么身为怀亭家的男人还不算差。令他惊讶的是,他还发现不感兴趣的事也可以做得很好,正如你非常喜欢的事情反而可能做得很差,无论是绘画或写诗。衬衫厂虽然对他毫无吸引力,他却表现出一种管理才能,看得出问题的症结,本能地知道该怎么解决。他也喜欢他的父亲,惊异于这小个子男人的精力,他的急脾气,他的不屈不挠,还有他坚信自己一贯正确,并且总能证明他最后采取的行动是合理的。这个人不是与他的天性完全协调一致,就是已经将天性驯得服服帖帖。查尔斯·波蒙特·怀亭搞不清是前者还是后者,也许这并不重要,无论如何这位老人都是值得效仿的。

然而查·波·怀亭心里清楚,他父亲和祖父已经享受了怀亭产业的黄金时代。时代在变,衬衫厂、纺织厂和上游的造纸厂利润都不如以前了。过去二十年中,那些人要把德克斯特县的所有工厂加入工会,尽管这种努力没有成功(这里是缅因,不是麻省),但就连霍纳斯·怀亭也承认抵制工会比让其发展代价更大。工人们迟迟不肯认输,回来工作时都闷闷不乐,消极怠工。

当然,霍纳斯是打算等儿子娶了老婆,老以利亚归了天,就让儿子住到家里。可是查·波放弃墨西哥都十年了,这两件事都还没发生。查·波年轻时热情开朗,也是爱在女人圈中厮混的,但在严寒的缅因他似乎失去了性冲动,不自觉地变成了独身主义者,虽然他有时想象另一个自己还在尤卡坦半岛上寻欢作乐。

也许他是被婚姻的前景吓怕了,娶一个女子,到头来却想杀死她。

以利亚·怀亭如今快一百岁了,他没能用铁锹杀死老婆,一直没有从失望中恢复过来。他俩还住在马车房里,老以利亚坚守着他的不幸,怨毒的老婆坚守着他。老人的医生说他好像在从里面死亡,最明确的迹象是惊人壮观的肠胃气胀,他把马车房熏得乌烟瘴气已经许多年了,但所有检查表明这个老化石的心脏依然强壮。霍纳斯看出他自己要搬到马车房给儿子腾地方恐怕还得等好几年,就算老头子明天咽气,也得要足足一年才能把浊气排清。霍纳斯的太太已经声明她决不搬进马车房,最近她对死在缅因感到如此恐惧,逼着他在波士顿的后湾给她买了一小套房。她自称在那里长大,这当然是无稽之谈,霍纳斯是在南波士顿遇到她的,如果他当时有点头脑,就该把她留在那儿。总之,当查尔斯来跟他说想自己造一所房子,与帝国瀑隔河相对时,他表示理解甚至赞许。只是到后来,房子显露出南美庄园风格时,他才担心这小子可能又要写诗。

不必多虑,就在那一年,查·波·怀亭曾在街上被人认成他父亲,当晚他对着镜子研究自己,找到了原因。他的头发已开始掺有银丝,目光中有一种猎犬般的凶猛,是他以前没有发现的。那个希望一辈子在墨西哥生活,做梦、画画和写诗的青年,现在几乎踪影全无。那年春天父亲建议他把纺织厂也管起来,他不仅没觉得下半辈子被套住了,反而发现自己几乎为能够更充分地行使继承权感到高兴。人们开始叫他查·波而不是查尔斯,他喜欢这称呼。

推土机清理地面时,发现了一个烦人的情况。在河岸清理出大量的垃圾——一堆一堆的,有的缠在树根和枝桠间,有的散落在小坡上,直到坡顶。垃圾数量之多令人震惊,起先查·波·怀亭以为是哪个家伙,或是许多家伙,厚颜无耻地把这块地皮当成了垃圾场。这种行径持续多少年了?他气得要拿枪打人,还是他雇来清场地的一个人指出,任何家伙或许多家伙要用怀亭家的地面倒垃圾,都需要有路,可是这儿没有,至少在查·波·怀亭本人上个月开出一条路之前没有。虽然这么多的垃圾(废车胎、轮毂盖、牛奶盒、锈铁罐、破家具等等)被自然冲集到一处地方似乎是不可能的,可它们在这儿,所以只能这么解释。没办法,只能用推车把垃圾运走,这项工作在浇注地基的那个五月完成。

春雨连绵,河水上涨,加上一群群贪婪的黑蝇,使施工有所延迟,但到六月下旬,查·波·怀亭在河对面衬衫厂顶层的办公室里,已经能看到庄园那大面积的低矮结构,他在那儿观察着施工进度。到七月四日,天气变得炎热干燥,杀死了最后一些黑蝇。光着膀子骑在庄园屋顶上,皮肤晒得红红的木匠们开始皱起鼻子,怀疑地相互对视,一股什么味道?

是查·波·怀亭自己发现了浅水中那头泡涨了的、正在腐烂的驼鹿,卡在纠结的树根间。那丛树是为了遮阴和挡蔽视线而特意留下的,防止帝国瀑那面有人对庄园的情况过分好奇。比死鹿更令人惊讶的是又发现一堆垃圾,虽然比运走的那堆小些,却堆积在同一地点,那儿有一小块陆地伸入河中,其背风面形成一个蚊虫出没、现在又被驼鹿占了的死水塘。

这堆湿漉漉的、腐臭的垃圾使查·波·怀亭想到他是不是有敌人,他跪在河岸上,在记忆里搜索他本人、他父亲和祖父在做生意的自然过程中害过的人。名单不短,但那些人似乎都不像,除非他漏掉了谁。他们都是没多少本事的小人物,碰上机会也许会开枪打死他——例如他走进他们那儿的酒馆,那些人喝多了,碰巧又有枪的话。可眼下这是性质不同的恶意,显然有人认为德克斯特县的所有垃圾都该堆到查·波·怀亭家门口,并且毅然去收集那些垃圾(不是件愉快的工作),把它们运到这里。

死鹿是不是一个巧合?查·波·怀亭不能确定。这畜生的颈部有个弹孔,可以有多种解释。也许是倒垃圾者把驼鹿射死,故意留在那儿的。但也可能是在别处被偷猎者射杀的。实际上,帝国瀑就有一户全家都是偷猎的,就是明狄家。也许这受伤的畜生想游过河来,力竭溺死,被冲到庄园下方。

那天下午剩下的时间,查·波·怀亭单腿跪在离恶心的驼鹿只有几英尺的地方,试图想出他的敌人是谁。几乎立刻就有一只纸杯漂过,卡在驼鹿的后腿间。接下来的一小时又漂来了一只超市的袋子,一个上下浮动的空可乐瓶,一个生满锈的油罐,一大团钓线,他没看错的话,还有一个人的胎盘,都跟发臭的驼鹿缠在一起。从他跪着的地方,查·波·怀亭只能看到一小段铁桥,半小时内他就亲眼看见六七个坐车或走路的人往河里丢东西。他在心里数了数诺克斯河上游的桥梁(八座)、临河的工厂和各种小企业(数十家)。他就亲身了解在日落后往河里倒垃圾的诱惑。多少代怀亭人冲放染料和化学品,把到斐尔港的河岸都污染了。斐尔港人也抱怨不得,因为他们自己的纺织厂几十年来对下游的邻居同样漠不关心。查·波知道抱怨必然导致控告,控告导致曝光,曝光导致调查,调查导致诉讼,诉讼导致花销,而花销通向贫民院。

然而这垃圾不能再任其堆积。作为一个明智的人,查尔斯·波蒙特·怀亭得出了明智的结论。在河边又跪了一小时之后,他断定自己是有一个敌人,那就是上帝,是他把这条该死的河造成这样——上游狭窄湍急,在帝国瀑河道变宽,水流减缓,结果别人的各种垃圾都变成了查尔斯·波蒙特·怀亭的。更糟糕的是,他想他知道上帝为什么这样设计,原来已预先安排,要惩罚他多年前把他最好的部分留在墨西哥,变成了一个能被误认成他父亲的人。

这是些不愉快的念头。查·波想到,大概离腐烂的驼鹿这么近是不可能有愉快的念头的。但他还是跪在那儿,河水汩汩地像在传递什么信息,他觉得就快破译了。实际上,近来他这不是第一次被不愉快的念头缠绕。自从他决定造新房起,他在夜间就经常几次被怪梦惊醒,有时他发现自己站在黑暗的卧室窗口,望着怀亭府的院子,却不记得什么时候醒来走过房间。他清楚地觉得梦还在他身上,无论是什么梦,尽管细节都溜走了。他是在和谁急切地交谈吗?和谁呢?

白天,当他的脑子本该被两家工厂日常运转的琐务占据时,他却常分心研究庄园的蓝图,好像忘掉了什么重要部分似的。上个月他分心得更加严重,只好请他父亲每周从造纸厂来帮忙照看一天,直到房子落成。这会儿在河边,也许是被腐臭的驼鹿扰乱了心神,他开始怀疑造这新房是否明智。这庄园,及其相邻的画室,显然是想召回从前的自我,查尔斯·波蒙特·怀亭——波儿,那里的朋友都这么叫他——他已经丢在墨西哥了。现在他想起来了,与他在梦中交谈的就是这个波儿。更糟糕的是,他是在为这个年轻的、被放弃的自我盖这座庄园。他以前对自己说,画室是为儿子准备的(假设他有幸生一个)。他允许自己做这一点反抗,画室将是他给儿子的礼物,暗示他的儿子决不用为需要或义务所迫而违背其真正的天性。当然,他现在意识到这都是幌子,他造画室是为了自己,确切地说是为了那个他以为已经死了,或还在墨西哥作诗、风流的查尔斯·波蒙特·怀亭。而实际的他在缅因的帝国瀑过着尽义务和独身的生活。紧接着这惊人的发现的是另一个顿悟:蹲了一下午,河水向他低诉的信息是一声声召唤。"来吧,"水流汨汨,现在明白无误了,"来吧……来吧……来吧……"

当天傍晚,查·波·怀亭把他父亲和老以利亚带到工地,在此之前他一直对工程保密,自己也搞不清为什么。现在他知道了。他们让他祖父坐在一截树桩上,老人有一个月没出马车房了,立刻陷入了平静的、胀气连连的沉睡。查·波带父亲参观新房的框架和拱形结构。对,他承认它是带有该死的墨西哥风格。那独立结构被他解释为客房,实际上,他下午已决定它应该做客房,河水的召唤使他如此恐惧。看完庄园后,查·波·怀亭把父亲带到水边,给他看了那堆垃圾,垃圾比上午又增多了,驼鹿也更腐烂。从他们站的地方,查·波能同时看到驼鹿和老以利亚,老以利亚还在沉睡,但时而一边腮帮子被气体撑起。虽然二者都不算是他的责任,查·波却感到舌根有种东西涌上来,像自我憎恶的味道。不过,他对自己说,舌根上偶尔有点自谴的味道比丢掉父亲和祖父一辈子的工作要好。他发现自己对两人带着真心的喜爱,尤其是对父亲,他一直爱戴他,这个可靠、实际、自信的人可以帮他走出当前的恐惧。

"是上帝,没错。"霍纳斯听了查·波关于敌人的解释之后说。两人在河边看了一会儿,大小碎石随波而来,停积在驼鹿旁边。老怀亭是个虔诚的人,发现上帝可以解释任何弄不清的问题。"你最好也想想对**他**怎么办。"

霍纳斯建议儿子请几个地质学家和工程师来研究这个问题,提出方案。事实证明这是个好主意,工程师们听了他们要对付的是谁之后,都格外谨慎细致。除了多次现场勘察之外,他们还在地质图上分析了整个区域,甚至从美加边界一直沿河飞到缅因湾的入海口。在众多的河流中,诺克斯河是上帝做得较差的作品,本该狭窄湍急的地方却宽阔平缓,工程师们与聘请他们的人得出一致的结论,是上帝设计的缺陷致使在边界与帝国瀑之间丢入河中的每个纸杯都可能冲到查·波·怀亭未来的草坪上。这是坏消息。

好消息是这并非不可避免。有识之士在近两个世纪中常改进上帝的设计,没有理由不允许纠正这一个。既然美国工程兵团能让该死的密西西比河改道,区区一条诺克斯河当然更可以任他们摆布。他们马上想出了一个方案。在帝国瀑东北几英里处,河道莫名其妙地拐了个急弯,然后蜿蜒迂回,又沿着原来的方向,大量河水排入小城西北面的洼地,那里每年春季滋生出无数黑蝇,夏季又蚊虫猖獗。从空中看,这段河道的不合理性十分明显。工程师们解释说,水想走直线往下流,河水的本性遇阻,才造成了弯曲。阻碍诺克斯河率性直行的是一条窄窄的土地——实际上是岩石,被当地人称作罗比多冈,丘石嶙嶙。如果你想在河边的悬崖上造一座别墅而不种庄稼的话,倒可以说是风景如画。可是当地人却祖祖辈辈顽固地试图在那里耕种。当然,河水终究会获胜,总有一天——比方说几千年之后,诺克斯河会把弯道冲直。

查·波·怀亭可不想等,他高兴地从工程师那里得知,如果有钱在罗比多冈最窄处炸开一条通道,河流当年就能修直,加快的流速足以带走怀亭湾那一大堆垃圾(包括那只奇怪的驼鹿),冲到斐尔港的水坝前,那是适得其所。事实上,查·波·怀亭的专家们在匆忙召开的非公开听证会上向州里论证说,诺克斯河对沿岸所有社区都将更为有益——水流更快,风景更优美,水质更干净。而且,由于排入洼地的河水减少,州里可以获得几千英亩的土地,派上其他用场,而不是繁殖蚊虫。缅因州还要几十年才会有真正的环保运动,所以对这个方案没有什么大的异议,尽管专家们承认道(他们现在压低了声音),一条更活泼的河有时可能表现得太有活力。像缅因的大多数河流一样,诺克斯河很容易泛滥,尤其是春季,暖湿的雨水使北部的积雪融化得太快。

查·波·怀亭改变河道的计划遇到的一个更实际的障碍是,怀亭家祖上购买河边地时不知怎么忽略了罗比多冈,这块土地现归罗比多家所有,其产权可追溯到上个世纪。但这里命运之神又向查·波·怀亭微笑了,罗比多家既贪婪又无知,正好是当前他需要的性格。当一位富豪的律师找到他们时,更有心计的人也许会猜测到自己地产的价值,但罗比多家显然没有。他们最担心的似乎倒是查·波·怀亭会来视察要出售的土地,看出它多么不适合耕种(他们只能想到这一种用途),立刻退出交易。

可查·波·怀亭没有这样的打算,而是以他们眼里的天价买下了这块地。多年之后那家人还相信他们占了缅因州最富有、最有势力的人的便宜,他买罗比多冈只是证明了他们向来知道的事实——富人并不那么聪明。走出恐惧的查·波·怀亭自己也得出了一个同样可疑的结论:他不仅赢了罗比多家(他们本来让他一筹莫展,自己却没想到),而且赢了上帝,**他**创造的河流现在被他改善了。

在七英里外的上游炸罗比多冈时,帝国瀑都能感觉到,八月里爆破完成的那天,查·波·怀亭跪在建好的新房前的河岸上,自豪地看着湍急的水流带走驼鹿的残骸,还有那堆不断增多的牛奶盒、塑料瓶和锈罐头,它们都顺水向南漂去,漂向毫无戒备的斐尔港。河水不再像以前那样绝望地呜咽,重获活力的河流分明是在为他的胆识而欢笑。他心满意足,点起一支雪茄,深深地吸入夏日甜丝丝的空气,端详着他身边苗条的女人,她名叫法兰辛·罗比多,这不是巧合。

法兰辛是个聪明的、有心气的女子,刚从波杜音学院毕业,比查·波·怀亭小十岁左右,在她的家人把罗比多冈卖给她未来的夫婿之前,她从没见过他,当然耳闻是有的。查·波本人也是波杜音毕业,他父亲和祖父都是。法兰辛是罗比多家第一个有高等学历的人。靠着奖学金,她读完了波杜音,在言谈举止、行为习惯上已经看不出是罗比多家的人了,这让她的家人感到不安和恼火。早知道她回来后会这样瞧不起全家,他们就不会让她去读大学了。作为贫家女待在富家小姐中间,法兰辛细心观察和学习了她们的进餐礼仪、时尚趣味、语言特点以至个人卫生。在波杜音她还学会了打情骂俏。

在摆满书的律师办公室那柔和的光线中,打从回到缅因还没有认真瞧过女人的查·波·怀亭喜欢上了法兰辛·罗比多的样子。他也欣赏她是波杜音毕业,而且法兰辛似乎明白查·波在蒙骗她的家人,但没有提出反对。每一次看她,每次她开口说话,都让他印象更深,这女子似乎能同时给人两种印象,而不让人觉得矛盾。她似乎在仔细观察他,而她的其他姿态表明,也许对她来说他根本不在房间里。他或许在那儿,或许不在,看情况而定。为了弄清他到底在不在,他决定娶她为妻,如果她同意的话。

结果她同意。他们九月完婚,查·波·怀亭后半生一直努力回忆,在律师办公室柔和的光线中,法兰辛身上究竟有什么令他那样着迷。在自然光中她看上去瘦骨伶仃,而且像许多加拿大法裔血统的女人那样,她没有下巴,好像被人捏了一把似的。他还发现娶法兰辛没能如他想象的那样彻底解答他在不在房间里的问题。那个八月的下午,当他点起庆祝的雪茄时,查·波·怀亭仔细打量着身边的未婚妻。怀亭家的男人似乎天生都很有商业头脑,但个个都像飞蛾扑火一样,偏偏被世界上那一位会把令他们不幸当成她毕生崇高事业的女人所吸引。这女人跟定了他,就像修女对受难的耶稣那么死心塌地。查·波深知他家这些历史,因此对婚姻一直存有戒心。他父亲有时提醒他需要有个传宗接代的,但查·波看看父亲和祖父,却不大肯定。为什么不让那可怕的循环到此为止呢?如果他们注定要受婚姻的折磨,生出更多怀亭家的男人又有什么意义?

所以查·波·怀亭审视着法兰辛·罗比多,试图想象有一天他会用铁锹去杀她的情形。幸好,他脑海中未能出现鲜明的画面。他只是想到与上帝作对可能是不明智的,既然**他**能送来一头你不想要的驼鹿,又怎么能防止**他**送来更糟的东西呢。譬如说,一个你不想要的女人。如果他不想要这个女人的话,这个念头会令他不安。然而他确实想要她,他几乎可以肯定。

他未来的新娘想着别的事。"那儿搭个凉亭很不错,查理。"她用纤纤食指朝岸边某处一指。查尔斯·波蒙特·怀亭没有立刻回答,法兰辛·罗比多又问了一遍,这次她的未婚夫觉出她语调中有一丝尖锐。"你听到我的话了吗,查理?"

他听到了,虽然他对凉亭没有成见,但对于在墨西哥风格的庄园旁边搭个凉亭却不太热心。然而这点审美上的保留并不是他犹豫的原因。他之所以没有回答,是因为没有人叫过他查理。他从小就一直是查尔斯,他母亲在这一点上尤其坚决,她给他起的好名字不可被寻常的诨名糟蹋,像"查理"或更难听的"碴子"之类。大学里有一阵,朋友们管他叫波蒙特,在墨西哥他是波儿。最近,工作中的熟人大多称他查·波,但他们都是很恭敬的,决不会放肆地叫他查理。

显然,要立规矩就得趁现在,但就在他考虑如何表示更喜欢查尔斯而不是查理这个称呼时,他意识到"现在"已经变成了"过去"。真怪。如果别人叫他查理,对方话音未落他就会加以纠正。可不知何故,在这个他跪下向她求过婚的女人面前,他迟疑了。错过了一拍,一拍又一拍,查尔斯·波蒙特·怀亭意识到一种新的情绪使他哑口无言。开始他只发觉这情绪令人不快,但他终于品咂出来,这情绪是恐惧。

"我说……"他未来的老婆开始说第三遍。

"对,亲爱的,真是个好主意。"查尔斯·波蒙特·怀亭附和道,在那决定性的一刻,他变成了查理·怀亭。日后他常常不无沮丧地说,和太太意见分歧时总是他下结论,那就是两个词——"对,亲爱的。"如果知道他要对这个女人重复多少遍这句话,知道这句话将成为他们婚姻生活中的咒语,他也许会记起河水的召唤,当场委身于它,跟驼鹿一起随波逐流,为自己省去许多的不幸,也省了三十年后他买来结束生命的那把手枪。

"把那支讨厌的雪茄掐掉好吗?"法兰辛·罗比多又说。

第 一 部

第 一 章

帝国烤肉店低矮狭长,一溜的玻璃窗。因为隔壁的瑞莎杂货店拆了,现在坐在午餐柜台旁放眼帝国大道能看到老纺织厂和它旁边的衬衫厂。两座厂房都已废弃近二十年了,尽管它们矗立在缓坡下的阴暗轮廓依然引人注目。当然,没有什么阻止人们朝帝国大道的另一头看,但餐馆老板——希望最终成为业主的迈尔斯·罗比早就发现顾客们很少那么做。

他们都喜欢凝视那两座厂房,厂房在实际上和象征意义上标志着这条街的尽头,是小城的过去不可否认的见证。就是这老旧、废弃的建筑坚定了迈尔斯的决心:一等餐馆归他所有就把它卖掉,能卖几个钱就几个钱吧。

厂房再过去就是很早以前为它们提供动力的那条河。迈尔斯常想,如果这些老建筑被拆掉,在它们周围发展起来的小城会不会被迫去设想一下自己的未来?也许不会。瑞莎原来的地盘只是用链子围上了。迈尔斯想,这表明不再盯着过去并不等于设想和创造未来。然而,如果过去被毁,擦个干净,也许就没多少人把它与未来混淆了,那至少是件好事。因为迈尔斯担心,只要两座厂房还在,许多人就会继续抱有幻想,总以为它们还能找到买主,从而使帝国瀑的经济起死回生。

九月初的这个下午,迈尔斯·罗比急切地朝帝国大道上张望,不是看他母亲在里面干了大半辈子的那座灰暗的、开有高窗的衬衫厂,也不是看衬衫厂后面那庞大的纺织厂,而是希望看到他的女儿笛子从街角出现,一个人慢慢地走过来。像她中学的大多数朋友一样,笛子这个瘦瘦的高二女生把所有课本都背在 L. L. Bean①牌帆布背包里,她必须身体前倾,像顶着大风似的,才能平衡几乎与她体重相当的负荷。很奇怪,迈尔斯记忆里的许多中学的传统全变了。他和伙伴们把书包背在胯部,身体左倾,然后换一边,身体右倾。他们只把当天晚上要用的(或是他们记得要用的)课本带回家,其余的都塞在上锁的桌洞里。现在的孩子则把桌洞里的东西一股脑儿塞进快要撑破的背包里带回家,可能是为了不用考虑哪些要用,哪些用不着,以免做出可能造成什么后果的决定吧,迈尔斯想。只是这办法本身也有后果。今春查出笛子的脊柱轻度弯曲,引起迈尔斯的好几层忧虑。"她只是背负的东西太重。"医生解释说,迈尔斯认为她没有想到这话的喻义。笛子过了一个暑假才恢复正常,昨天,上了一天学之后,她的背又有点驼了。

　　迈尔斯没等到女儿——他这一刻最想看到从街角出现的人,却看见沃特·科莫把车停在帝国烤肉店前面的空位中,那是他最不想见的一个人——一辈子看不到他才好呢。沃特的大面包车是车主的移动广告,引擎盖的格栅上方印着"银狐"标志,车牌号是 FOXY I。车身很高,沃特很矮,这意味着他必须从踏板上跳下来。过去一年中,迈尔斯在真实生活中和梦中几乎每天都看到这个动作,这一跳中的年轻活力使他想抓起一把斧子,在门口等着银狐狸,砍破他的脑袋。

　　迈尔斯回到烤架前,把贺瑞斯的肉饼翻了个身,怀疑烤的时间是否太长了。贺瑞斯喜欢带血的肉饼。

　　"哎,"贺瑞斯合上他的《波士顿环球报》,准备用餐,他的生物

---

① 是美国著名的户外用品品牌。

钟显然证实迈尔斯是等得太久了,"你去看怀亭夫人了吗?"

"没呢,"迈尔斯在盘里放入西红柿、生菜、一片百慕大洋葱和一条腌黄瓜,外加打开的小圆面包,他用铲子把肉饼压得咝咝作响,然后把它铲到面包上,"我一般等人来叫。"

"要是我就不会,"贺瑞斯劝道,"帝国瀑要有人继承,说不定就是迈尔斯·罗比。"

"还不如去买百万大奖的彩票有希望。"迈尔斯把盘子推到吧台上,看到贺瑞斯前额紫色的纤维瘤,他好久没注意到了。它长大了吗,还是迈尔斯离开了一阵儿又回来乍看的缘故?瘤子占了贺瑞斯大半条右眉,无毛的皮肤亮晶晶地绷着,网状的血管从暗黑的中心辐射开来。迈尔斯的母亲总说,小城市的好处之一是,它们容纳了几乎每一种人,瘤子和畸形人都是你的邻居,每天都看到他们,久而久之就注意不到区别了。

迈尔斯和女儿上周去葡萄岛度假时,就没看到几个外形异常的人。那个岛上好像人人都很富有、苗条和漂亮。听到他这么说,老朋友皮特建议他去洛杉矶住一段时间,说是在那儿,丑陋正被迅速地、系统化地从人种中消灭。迈尔斯表示怀疑,"他其实不是说洛杉矶,"皮特的太太多恩纠正道,"他说的是比佛利山庄。""还有贝尔-艾尔。"皮特补充道。"还有马里布。"多恩说。两人又一口气说了十来个消除了丑陋的地方。皮特和多恩这种五花八门的知识特别丰富,总的来说迈尔斯是喜欢的。他们三个是波特兰郊外一家小天主教学院的同窗,令他佩服的是,这两位老同学几乎都让他认不出了。皮特和多恩已经变成了完全不同的人,迈尔斯想大概应该如此吧,尽管他自己没有什么变化。就算对老朋友的缺少变化感到失望,皮特和多恩也隐藏得很好,甚至于宣称说,看到他还是老迈尔斯,恢复了他们对人类的信心。因为他俩显然把这话当作一种称赞,迈尔斯也竭力那样去接受。他们每年八月见到他时显出由衷的高兴,虽然每年他都隐约地以为老朋友不会再邀请他,但他总是猜错。

贺瑞斯从盘里拈出那片薄薄的百慕大,好像洋葱离他要吃的东西那么近是一种很大的罪过似的。"我不吃洋葱,迈尔斯。我知道你出去了一趟,可是我没变。我照旧读《环球报》,给《帝国报》撰稿,从不发圣诞卡,也不吃洋葱。"

迈尔斯接过洋葱片,扔进垃圾箱。不错,他这一整天都有点精神恍惚,还带着度假之后的懒散和迟钝,把已成习惯的事都忘了。他本想先看别人当班,再慢慢进入角色,但跟他轮流掌厨的巴斯特总是报复似的一等迈尔斯度假回来就去喝酒狂欢,迫使他还没适应过来就站到烤架后面了。

"她可比大奖彩票好。"贺瑞斯还在谈怀亭夫人,那位夫人在缅因的时间越来越少,冬天去佛罗里达,用迈尔斯去世多年的爱尔兰外祖母的话说这叫"鬼混",她自己喜欢待在家里。据说怀亭夫人刚乘船去阿拉斯加旅行回来。"如果我是她家的人,我每天都去亲她那皮包骨头的屁股。"

迈尔斯看着贺瑞斯夹紧他的汉堡,欣慰地看到里面挤出的红汁浸染了圆面包。

迈尔斯·罗比当然不是怀亭夫人家的人,贺瑞斯指的是,那位老夫人的娘家姓罗比多,有人认为德克斯特县的罗比和罗比多两姓在若干代以前是一家。迈尔斯的父亲马克斯就相信这种说法,虽然对他来说这纯粹是幻想。没有证据表明他和缅因中部最富的女人不是亲戚,马克斯便断定他们应该是。迈尔斯知道要是父亲有钱,姓罗比多的想来占哪怕一个子儿,他的看法自然会不同。

当然,这一点并不重要。怀亭夫人嫁给了那一大笔钱,她的丈夫查·波·怀亭拥有造纸厂、衬衫厂和纺织厂,后来它们都被卖给跨国公司,遭到掠夺和关闭。怀亭家仍然拥有帝国瀑一半的房地产,包括迈尔斯为怀亭夫人经营了十五年的这家烤肉店。根据不成文的协议,她去世后这家店将转到他名下,迈尔斯一直期待着这一天，却又想象不出这件事真的会发生。老夫人其余财产的归属引起了大量的猜测。正常来讲，它们应该由她女儿继承，但辛迪·怀亭长大后常住在奥古斯塔的州立精神病院，很多人认为怀亭夫人留给这个女儿的不会多于生活费。事实上，德克斯特县没有一个人了解怀亭夫人的实际财产和她的安排。她从不和本地的律师、会计师打交道，而愿意聘请怀亭家用了近一个世纪的那家波士顿事务所。她没有否认小城本身将得到一笔可观的遗产，但也没有做出具体的保证。怀亭夫人并非以乐善好施著称，在紧要时刻，比如诺克斯河最近一次发大水，她偶尔会捐助，但总是坚持要当地人做出相对应的贡献。给医院新建侧楼的种子基金和中学计算机升级的资助也有类似限制。这些捐赠虽然可观，却仅被看作冰山顶上的碎屑。人们希望在那位夫人死后资金流动会自由些。

迈尔斯不大相信。怀亭夫人对这小城就像对他的态度一样暧昧。例如，几年前她捐出在市中心占了很大面积的老怀亭府，条件是要妥善保存它。收下这份礼物之后，市长和市议会才发现它是多么大的一个负担。他们不能再对这块地产征税，又不能将它用于社会活动，保养费却花了不少。同样，如果怀亭夫人最后把餐馆给了迈尔斯，他也担心这礼物是不是代价太高。

现在厂子全关了门，有时候看上去，怀亭夫人似乎垄断了失败生意的市场。她拥有城里大部分商业用地，很乐意帮助在她的房子里创办新企业。但房租总是上涨，这些企业效益都不好，企业主请求怀亭夫人放宽条件，也没个结果。

"我不知道，迈尔斯。"贺瑞斯说，"你在那老太太心里好像占有特殊的位置。以我的经验看，她对你挺特别的。她没把烤肉店关掉就表明她多器重你，要么就是她喜欢看你受罪。"

虽然迈尔斯知道这后一句话是玩笑，但他不禁寻思（并非第一次）这会不会就是事实。客观地看，怀亭夫人对他是比较客气些，超出了她的习惯，但有时迈尔斯清楚地感到她对他并无特别的好感。这也许是他不那么想见她的原因，尽管他知道一年一度的会面推迟不了多久。她秋天去佛罗里达的日子一年比一年早。虽然"烤肉店状况"会谈不过是个形式，怀亭夫人却不肯取消。在她面前，他总甩不掉一种感觉，似乎这些年来老太太一直希望他露出某种迹象——究竟是什么，他也不知道，只是每次见面后，他都觉得自己又没通过某种秘密的考试。

门上的铃铛一响，沃特·科莫跳进来，像老派的歌手一样张着手臂，两鬓银发光滑地后拢，五十年代的发型。"别让星星迷你眼，"他用颤音唱道，"别让月亮伤你心。"

午餐柜台前的几个常客知道他们该怎么做，都把凳子转过来，身体倾向过道，右臂伸成一排，用全然不同的声调应道，"怕—怕—怕—怕呀。"

"佩里·科莫，"贺瑞斯感觉到身边靠近吧台的凳子让人坐了，看也没看就说，"你可真准时。"

"老伙计，"沃特招呼迈尔斯，"听到新闻了吗？"

"哦，行行好。"迈尔斯说，他一上午几乎没听到别的。上周末有人看到一辆挂着麻省车牌的黑色豪华林肯轿车停在纺织厂门外。去年是宝马，前年是高级卡迪拉克。车子颜色似乎非黑即白，但车牌总是麻省的，迈尔斯感到好笑。每年夏天涌入缅因的参观者被称作麻粪蛋，可帝国瀑幻想救主时，却总离不开麻省的车牌。

"什么？"沃特不服气地说，"你甚至都没在这儿。"

"让他给你讲吧，"贺瑞斯劝道，"讲完就好了。"

沃特来回看着他俩，像在判断哪个是更大的傻瓜，最后盯住了贺瑞斯，可能是因为他后说话。"好吧，你解释解释。三个人穿着八百美元的西装，大礼拜天早上从波士顿开过来，停在厂子门口，穿着锃亮的黑皮鞋走到瀑布头上，在那儿站了半小时，对厂子指指点点。你说他们是什么人，来做什么。"

贺瑞斯放下汉堡，用餐巾擦擦嘴巴。"嘿，这还不清楚。他们是带着上百万美元来投资的，曾经考虑过投科技股，可后来一琢磨，得了，投纺织业吧，那儿有真正的利润。然后你猜怎么着？他们决定不在劳动力每星期只拿十块钱的墨西哥或泰国建厂。咱开车去缅因的帝国瀑，他们说，看看那座去年春天差点被洪水冲掉的废厂，买一大堆新设备，雇上几百号人，工资都不下二十美元一小时。"

迈尔斯哑然失笑。除去讽刺的成分，这正是他一上午听到的说法。迈尔斯分析，这一年一度的报告与人们在本地快餐馆里看到猫王是出于同一种需要。可为什么总是秋天呢？这个季节滋生如此极度的乐观似乎有些奇怪。或许跟孩子们开学有关，父母们有空去想又一个肃杀的冬季即将来临，编出一个白日梦来熬过寒冬。

"嗨，"沃特好像受了伤害，"我只是说这地方可能会有好事发生，谁也说不准。就这个意思，行了吧？"

贺瑞斯已经又吃了起来，这次他说话时连放下汉堡和擦嘴都省了，"好事，你这么认为吗？有钱能让人变好？"

"啊，见你们的鬼吧。"沃特一摆手，把两人都打发了，"我倒想知道，聪明人，你怎么能天天坐在这儿一块接一块地吃那么油腻的汉堡？你不明白那垃圾对你多有害吗？"

贺瑞斯还剩一口汉堡，他把它放在盘子里，抬起头来。"我不明白的是，你为什么每天都要来搅坏我的午饭。你不能让人安生一点吗？"

"因为我关心你，"沃特说，"我忍不住。"

"我希望你忍住。"贺瑞斯推开盘子说。

"不行。"沃特把贺瑞斯的盘子推远一些，从兜里摸出一副旧纸牌，扔在贺瑞斯面前，"我不能让你死掉，还没弄明白你为什么能赢我呢。"

贺瑞斯用餐巾上的油把台面擦擦光,倒了一下牌。"你有得活呢,见鬼,我有得活呢。"他看着发牌,等一手牌都发完才去拿。他总让人觉得每把牌他都玩过,好像最难的是要耐着厌倦一次次地假装你不知道结果。相反,贺瑞斯发牌时,沃特总是在空中把牌接住,迫不及待地看牌,每手牌都代表全新的经历。

"得了,"他把牌一会儿这么理,一会儿那么理,拿不准该怎么排——按花色还是数字——才更有希望赢牌,"我是你最好的朋友,贺瑞斯。只是你不知道罢了。我还要告诉你一件你不知道的事情。你不知道你最大的敌人是谁。"

贺瑞斯每次似乎只调整一两张就把牌理顺了,他朝迈尔斯溜了一眼说:"是谁呀,佩里?"听口气他好像已经知道下文,他玩过的不只是这纸牌游戏。

沃特把头朝迈尔斯一点。"就是这位老伙计,"他说,没人感到吃惊,"你老吃他那油腻的汉堡,会长成他那样的,如果你不先得心肌梗死的话。"

"来杯咖啡吗,沃特?"迈尔斯问,"我总觉得,榨了你八毛五之后再听你损我的生意,心里要舒服些。"

"你需要多一些像我这样的顾客。"沃特答道,往柜台上丢下一张二十元美钞。迈尔斯对银狐狸的许多不满之一就是,他一有机会就要破大钞,哪怕钱包里塞满一元钞票,他也要用二十或五十的大钞来买咖啡。有时他还让迈尔斯破一百的,喜欢听他说找不开。"一杯咖啡的成本是……多少?一毛?五毛?你却卖到将近一块钱,对不对?八毛五的利润,不低啦。"

迈尔斯给两人都倒了一杯,然后把沃特的二十美元拿到收款机前,没必要跟银狐狸这种故意离谱的算术较真。"续杯四五次之后,我又赚多少了?"

门铃又一响,迈尔斯抬眼看见他弟弟走了进来,残废的胳膊下夹着一份报纸。他看到沃特在那儿,就到柜台另一头去坐了。迈尔斯给他倒了杯咖啡，已经打开头版在读的大卫与他对视一下，又朝沃特那边瞥了一眼，接着看起报来，总的来说兄弟俩很了解对方，尤其是在沉默的时候。眼下的沉默表明大卫认为迈尔斯度假之后并没有更聪明些。

"你准备挺充分，"迈尔斯指的是大卫当晚要承办的私人宴会，"我给你带回来两瓶熬汤用的龙虾酱。"

大卫点点头，用那只好手往咖啡里加奶。"告诉我，你为什么让他进来？"

"拒客是违法的。"

"谋杀也是，"大卫又拿起报纸，"其实那倒是个好办法。"

迈尔斯试图想象，假设能弄到一把手枪，什么样的人会端着枪走向另一个活人——哪怕是沃特·科莫，往世间再塞入一起死亡呢？不会是迈尔斯·罗比，迈尔斯断定。

"嗨，"迈尔斯往回走时，他弟弟说，"谢谢你的龙虾酱。葡萄岛怎么样？"

"我想皮特和多恩可能要散伙。"迈尔斯告诉他。

大卫没有显得很惊讶或感兴趣。关于大学老朋友的话题似乎让他厌倦，也许因为大卫自己没上过大学，只在缅因烹饪学院进修过一年。

"也可能是我瞎猜，"迈尔斯讨厌想到皮特和多恩离婚，要是真的，那可得适应一阵呢。老实说，他至今仍未适应自己要离婚的现实，"只是个感觉。"

"你还没回答我的问题呢。"大卫看着报纸说。

迈尔斯努力回忆，他提问题了？不止一个？

"葡萄岛……怎么样？"

"哦，对。"迈尔斯意识到这正是他未来的前妻常常抱怨的事：他从来没有专心听她说话。二十年来他一直试图让詹宁相信不是这样，或不完全是这样。他不是没听见她的问题和要求，而是这些问题总引起出乎她意料的反应。"我没有不理你。"他坚持道,她总是回答:"跟不理没什么两样。"

"怎么样呀?"他弟弟在问,葡萄岛。

"还是老样子。"迈尔斯说。在世界上他住不起的所有地方中,葡萄岛是他最喜欢的。

"你知道你这儿需要什么,老伙计?"沃特在柜台那头叫道。每次他输了一把牌之后,就会想出一点改进帝国烤肉店的新主意。

"什么,沃特?"迈尔斯叹口气问道,在柜台中间往盐瓶里装盐。

"你需要撤掉这些漱口水,改卖青山牌咖啡。"沃特自认为站在世界上一切新的和好的东西的前沿。他一天到晚劝迈尔斯加入他的健身俱乐部,说保证能练出洗衣板一样的腹肌。最近他开始推销蛋白奶昔,并认为它们在烤肉店也会畅销。迈尔斯当然没有理会这些建议,这使沃特更加断言他是个天生落后的人,注定只能经营落后的店铺。沃特每天多次表示这个看法,只是没回答他这个先进的人为何老来这落后的地方泡着。

"我打赌蒙上眼睛你准尝不出来。"贺瑞斯说,在这些争论中他通常帮迈尔斯说话,尤其因为迈尔斯好像不大愿意反驳这种对他人生哲学的无情攻击。

"你开玩笑?青山牌咖啡?一个白天一个黑夜呀。"沃特说。

门铃再次响起,迈尔斯抬起头,看到这次是他的女儿,这就是说,除非有人用车带她,她从河边沿帝国大道走了这么远,他都没有看见,这种可能性让他心慌。自从跟詹宁分居后,他和笛子之间也有点生分,究竟是什么性质他也说不准。如果女儿觉得他同意跟她妈妈离婚是背叛了她,他也不会怪她,可她显然没有。她一开始就知道分居是詹宁的主意,所以对她妈妈比对迈尔斯态度恶劣得多,以至于迈尔斯都看不过去,提醒她说要求离婚的不一定是造成婚姻失败的一方。他怀疑父女关系的变化可能更多跟他自己有关。从春天起,他似乎就无法让笛子好好站着听完他的教导。当然,她在成熟起来,变成一位少女,不是小孩了。他意识到她在经历某些事情,是他所不知道的,因为他不该知道。然而这种脱节令他不安。他常常觉得需要见到她,仿佛只有她在身边才放心。可她真的出现时,又好像跟他需要和担心的那个女孩不一样。他们在葡萄岛的那一周过得很开心,假期结束时他感到与笛子的关系比夫妻分居以来任何时候都融洽,可是回到家,那种脱节的感觉一下又回来了,好像她一不在眼前就会带来悲剧后果。就算现在,他也没有松一口气,眼前却出现了另一幕情景——刺耳的刹车声,笛子一动不动地躺在街上,一辆汽车拖着她的大背包飞驰而去。这没有发生,他提醒自己,急忙压下恐惧。

像每天下午一样,笛子远远地躲着沃特,假装没看见他伸出的手臂。"你好,大卫叔叔。"她从远的那头绕过柜台,在大卫脸上亲了一下。

"你好,小美人。"大卫帮她取下背包。背包重重地落到地上,把午餐柜台上的水杯、装盐和胡椒粉的瓶子都震得跳了起来,"你今天来给我帮忙吗?"

"你那包里是什么,小甜甜,是石头吗?"沃特在那头喊道。

笛子当他不存在一样,走到迈尔斯跟前,把脸埋在他的围裙里,抱住他的腰。"我脑袋里有阿巴,"①她对他说,"把他们赶走。"

"小可怜。"迈尔斯搂住孩子,感到自己展开了笑容,因为她跟他这么亲,这么相信他能驱除老流行乐队的魔法。但她已不是小孩了,不是了,"你在收音机里听到的吗?"

"不是,"她报告说,"都怪他。"指的是沃特。告状之后她离开父亲,抓起一条围裙。

---

① 美国一个著名的演唱组合。

说都怪沃特·科莫,是因为笛子的妈妈詹宁在他俱乐部的初级和中级健身班上用"我的妈妈"和"跳舞女王"伴奏,回到家里也老哼这些歌。只有高级学员才能用巴瑞·曼尼洛和"科巴卡巴那"。

"你爸爸说你们在葡萄岛玩得挺好?"大卫问道,笛子端着一盆脏碟子往厨房去,路过他身旁。

"我想住在那儿,"她承认道,仿佛那是一个永远没机会去犯的罪,承认了也没有害处,"海滨路上有一个书库在出让,可爸爸不会买的。"门在她身后关上了。

"多少钱?"大卫问,他放下报纸,抓起一条干净的围裙,到柜台中间帮哥哥招呼。他的残手还有点用,但没什么劲儿,很不灵活,"省我半小时,帮忙系一下行吗?"

迈尔斯已经放下了他正在灌的盐瓶。

"说呀。"系围裙时大卫说。

"说什么?"

"书店多少钱。老天!你怎么回事,能背得出客人点的二十五份早餐,却记不住我两秒钟前问的一个简单的问题?"

"实际上更像一个书库。"迈尔斯说,因为它曾经是库房。楼下有足够的空间可以出售新书和开个小咖啡厅——现在的人似乎觉得这是书店的一部分。楼上可以打扫出来陈列旧书。它甚至还外带一个小屋。一对夫妇经营了约二十年,现在妻子病了,丈夫试图说服自己放弃它。他们的孩子上了大学之后就不想要它了。

"你知道这么多,怎么就不知道价钱?"迈尔斯说完后,大卫问道。

"我没看到标价。皮特只是指出了那个地方。我想他也不知道价钱。他对开书店不感兴趣。"

"他们那儿有健身俱乐部吗,老伙计?"沃特问。

"我不知道,沃特。"迈尔斯努力使语调保持中性。对他来说,如果世上有什么能毁掉那个岛的话,那就是沃特·科莫。当然,把银狐狸这样的吹牛大王和帝国瀑以外的任何地方联系在一起都显得荒唐,可是迈尔斯不敢笑。一年前沃特开玩笑说如果迈尔斯不小心点,他就会把他的老婆偷走,然后真的偷走了。

沃特若有所思地摸着下巴,考虑出牌。"我在这儿的俱乐部办得不错,几乎是自动运转。现在也许是发展的好时机。"听他的口气,好像惟一的障碍就是时机。银狐狸喜欢暗示钱从来不是问题,德克斯特的每家银行都巴不得贷款给他。迈尔斯不相信,但或许是真的呢。他以前也不信妻子是会被沃特的花架子骗住的人,事实证明他显然看错了。

"要走就快走,"大卫说,"他马上就要跟你掰手劲了。"

迈尔斯耸耸肩。"我想他只是来表示他跟我没仇。"

这引起一声嗤笑。"偷你老婆是没仇?"

"有些罪行自然会带来忏悔。"迈尔斯朝里间瞟了一眼,轻声说。能听见笛子在把脏碟子放进洗碗机。迈尔斯和詹宁在婚姻解体时达成的少数协议之一就是,在女儿面前不说对方坏话。迈尔斯知道这协议实际上对他有利,因为多数时候他并不想说前妻的坏话,而詹宁却总像是如鲠在喉,不吐不快。当然,他们达成的其他协议都是对詹宁有利的——例如在房子卖掉之前让她住在家里,分给她好车和大部分财产等,留给迈尔斯的是一屁股债。

"笛子真的玩得很开心吗?"

迈尔斯点点头。"你要看到就好了。她又回到了从前那样,在这些烂事降临到她身上以前的样子。她一个礼拜都乐呵呵的。"

"那就好。"

"她还遇到了一个男孩。"

"这总会有帮助。"

"哎,别拿这开她的玩笑。"

"好吧。"大卫保证道,尽管这是个他很难遵守的诺言。

迈尔斯摘下围裙,扔到门口的筐子里。"你也该休息一个礼拜,出去玩玩。"

他弟弟耸了耸肩。"何必找祸呢?我已经只剩一只胳膊,如果我让自己出去玩玩,可能又会出轨,那时我就只能用脚趾翻你的肉饼了。"

当然,他言之有理。迈尔斯知道他弟弟自从三年前的那个下午以来一直很清醒。那天下午,大卫去北部打猎回家,喝得醉醺醺的,在开车时睡着了,把小货车从山路上开向沟里。车子在空中撞到一棵树,跟没系安全带的司机分开,又冲出一百米,消失在密密的树丛中。大卫从车里被甩出去,猎装背心挂到一根树枝上,吊在离地面十几米的高处,时而苏醒时而昏迷,手臂断裂了好几处,四根肋骨骨折,第二天早上才被一伙打猎的人发现,已经快冻僵了。当时有一个人就站在他不可思议地挂着的那棵树下,可他发不出声。大卫喜欢说,要不是膀胱失禁,他现在还挂在寒风中打转,一个结实的 L. L. Bean 牌外套包着一副白骨。

那个孤独的、充满幻觉的夜晚比他前十年进过的各种戒瘾所都有效。帝国瀑的老酒友们有时还来邀大卫出去(他们很多人还开着满载啤酒的雪车在野外呼啸狂奔),提醒他饮酒的生活多么逍遥,希望他回心转意。但迄今为止他都抵制了他们的引诱。去年他在小塘路的树林里买了一座小棚屋,他说每当他想透过空啤酒瓶底的棕色玻璃看世界时,只要走到露台上,仰望松树,再听听风在高枝间发出的可怕声响。迈尔斯希望能够如此。事故发生时他跟弟弟有些疏远,此后他一直谨慎地观察大卫,不是怀疑他痛改前非的决心,而是怀疑他的能力。迈尔斯知道他弟弟还在服用少量的麻醉剂,也许还像缅因的乡邻那样,在树林里种着一小块大麻。但自那次事故之后,他还没有喝过酒,而且一直穿着救了他一命的那件橘红色背心。

迈尔斯环顾餐馆,看看还有什么没做的。离开一星期,一切都显得陌生了。他昨天花了大半天回忆店里的事。只有在忙得没工夫想时,他的身体才记起自己是在什么地方。今天好多了,虽然还不大好。"好吧,"他说,"你需要什么东西吗?"

大卫咧嘴一笑。"各种东西,但咱们还是不要起头吧。"

"好吧。"迈尔斯同意道。

"你该考虑考虑,迈尔斯。"大卫跪在地上检查柜台下的存货。

"考虑什么?"

弟弟只是抬头看看他。

"什么呀?"迈尔斯又问。

大卫耸耸肩,继续去柜台下面搜寻。

"第一,我买不起,至少在这地方能卖掉之前。第二,詹宁不会让我带着笛子,而只有笛子是我不能让给她的。第三,谁来照顾爸爸呢?"

他弟弟站了起来,残胳膊下夹着一大叠餐巾纸,表明迈尔斯忘了往纸巾盒里加纸。"第一,你不知道是否买得起,因为你根本没问。碰到合适的买主,卖方也许会同意在付款方面灵活一些。第二,如果你愿意去据理力争,你有可能在法庭上赢得笛子,你不是需要担心被判为不称职家长的一方。第三,马克斯·罗比是全世界最独立的人。他只是看上去和装得可怜兮兮。所以当你说不可能的时候,实际上是说不容易,对不对?"

"你爱怎么想就怎么想吧,大卫。"迈尔斯不想争论,"我来拿吧。"

但当他伸手去拿餐巾纸时,弟弟敏捷地躲开了。"走开。"

"大卫,把那些该死的餐巾纸给我。"迈尔斯说。对于两手健全者很轻松的活儿,一只手的人做起来却很难。迈尔斯看出这似乎就是弟弟的意思,很难,但他还是要做。说来也怪,大卫曾由于自己的愚蠢行为而仅靠一件背心吊在十几米高的树枝上,几乎冻死,但他对别人的失败却总是那么不耐烦。

"走开,出去。"

迈尔斯无奈地摇摇头。"他上星期来过吗?"

"马克斯?三个下午呢。"

"你没让他靠近收款机吧?"他们的父亲不能离钱太近,他的不老实是否有限度是兄弟俩争论了多年的问题。迈尔斯认为没有,大卫认为是有的,尽管这界限不总那么容易分辨,例如,他相信马克斯会从儿子兜里拿钱,却不会从餐馆收款机里拿钱。

"不过,我是私下给他钱了。"

"我希望你没有。"迈尔斯说。

"我知道。可是为什么不满足他的要求呢?有什么大不了?"

"首先这是违法的。另外,怀亭夫人要是觉得我有时候不走账,准会大发雷霆。"

"她可能倒愿意这样呢,如果她知道留给她的钱会更多的话。"

"也许。她也可能会起疑心。如果我跟政府玩花样,说不定也会跟她玩花样。"

大卫点点头,就像听到一个不充分的解释,但还是决定接受。"好吧,我还有一个问题,"他眼睛盯着迈尔斯说,"你为什么觉得那女人会把餐馆给你呢?"

"她自己说的。"

大卫又点了点头。"我不知道,迈尔斯。"

只剩下一盆脏碟子了,不过是一大盆。迈尔斯把它拖进厨房,搁在沥水架上,站在那儿听洗碗机发出的轧轧声和嗡嗡声,蒸汽从不锈钢的机壳里冒出。这台霍巴特牌洗碗机用了有多少年,二十年了吧?二十五年?他记得罗杰·史佩里当初雇他时就有这台洗碗机了,那还是上中学的时候。它不可能还剩多少寿命,如果要迈尔斯猜它什么时候会垮掉,大概就是餐馆归他所有之后的第一天吧。他跟怀亭夫人提过想把它换掉,但洗碗机是高价物品,只要它还能转,那老太太是听不进这话的。迈尔斯大方的时候会想,七十多岁的老太太可能不愿听人说东西老得不能用,已经超过正常寿命。不宽容的时候,他会怀疑雇主算好了餐馆里每台设备(洗碗机、嘉兰牌炉灶、烤架、牛奶机)正好用到她老死那一天报废,把她留给他的财产降到最低。

罗杰病倒后,他们达成协议,迈尔斯代为经营,直到怀亭夫人去世,餐馆由他继承。到现在快二十年了——迈尔斯觉得像一辈子。这协议是秘密达成的,因为迈尔斯知道母亲会反对他大学二年级辍学。若是他为了守着病重的她而自毁前程,她不仅会感到绝望,而且准会大怒。怀亭夫人似乎也知道保密的必要,一旦格瑞丝得知这安排,就会叫迈尔斯不要做这种无谓之事,提醒他说她反正是要死的,而毁掉他的前途是让她做的牺牲都付诸东流。迈尔斯也很了解,所以他和怀亭夫人串通,不给母亲这个机会。

撇开母亲的病不说,接管帝国烤肉店在当时似乎并不是那么糟糕的主意。作为历史系学生,迈尔斯认识到没有研究生学位他是不可能找到工作的,可是要读又没有钱。他初中时就开始在餐馆打工,上大学后暑假和节日回来帮忙,所以餐馆运作中没有哪个方面他不了解。它提供的生活是辛苦的,报酬在世界范围来看是微薄的,但按当地的标准还过得去。何不经营几年,攒一些钱呢?书总可以日后再读,怀亭夫人应该会理解。

当然,这都是在纺织厂关门,帝国瀑的人纷纷迁往外地谋生之前。年轻的迈尔斯还不知道,也无从知道,他永远不会像罗杰那样爱这个店,那男人的热情是店生存的主要动力。虽然年轻,迈尔斯也懂得人们进帝国烤肉店这样的地方不是看中它的食物。两三次培训之后,他做快餐就比师傅好多了。罗杰自豪地夸他是天才,也许指的是迈尔斯能记住顾客要什么,然后拿给他们,他本人很少做到。就算感到迈尔斯有什么缺点，罗杰也没有说，因为他太喜欢这男孩了。

接手餐馆之后，迈尔斯才发现他和顾客的关系发生了深刻的变化。以前他是那个机灵的男孩——格瑞丝·罗比的儿子，上大学深造的，因而是温和、善意的嘲笑的对象。午餐柜台前的人们总是考他各种问题，挖土机的操作、化粪池的最佳地点等，他们想象大学里会教的东西。他的一问三不知引得他们大声嘀咕波特兰究竟在教什么玩意儿。他们往往不直接跟迈尔斯攀谈，而是通过罗杰。罗杰死后，食物的改善跟谈话的多少成反比。午餐柜台前的人们本来也不会跟迈尔斯有那么多话，但他们认为他背对顾客的时间太多，看着呲呲响的肉饼，而不注意他们的故事、牢骚和笑话。他们虽然承认他的称职，却开始怀疑他对他们的谈话不感兴趣，而且通常不开心。罗杰·史佩里看到顾客时总是那么开心，以至于把菜都做坏了，帝国烤肉店一半的乐趣就在于嘲笑他的这些失误。在迈尔斯称职的照料下，利润从来不高的帝国烤肉店生意开始缓缓下滑，不用慢镜头来表现几乎看不出来，直到有一天突然发现餐馆不赚钱，以后多年都是如此。

不过当怀亭夫人回忆起要把餐馆赠给他的承诺时，迈尔斯还是能从她的神态中觉察到一丝后悔。有时她似乎怪他使生意下滑，大声问自己为什么要留着收入这么少的店找气生。但有几次迈尔斯自己气馁了，向雇主提出同样的想法时，怀亭夫人立刻退回来，劝他不要放弃，提醒他说帝国烤肉店是个老招牌，是城里惟一一家非快餐店性质的餐馆，如果要当地人对未来有点希望的话，帝国瀑离不开这家烤肉店，就算它不红火。

更琢磨不透的是，迈尔斯感到怀亭夫人对最近生意有点起色并不怎么高兴。这九个月中，靠了大卫的一个大胆举措，生意实际上开始好转，入春后有几个月还小有盈利。他把这乐观的前景透露给怀亭夫人，以为她会为这一小小的转机而高兴，她却对这消息和报告消息的人都持怀疑态度,好像不相信听到的数字,或是害怕罗比兄弟在跟她搞鬼。

迈尔斯知道怀亭夫人把赠店之事写进了遗嘱,多年前她给他看过该文件的有关段落。当然,正如大卫提醒的那样,他不知道她有没有改过遗嘱。可能性当然是有的,但他一直认为,如果怀亭夫人说过要把餐馆留给他,她就会这么做,至少他对弟弟是这么讲的。不过,他不得不承认按老太太的性格,很可能会使餐馆在转手的时候价值降到最低。而在此之前,他要负责让洗碗机保持运转,必要时用橡皮筋。

笛子坐在对面的沥水板上,没精打采地嚼着一根麦果条,等着机器转完。"我在路上碰到一个'帝国瞬间',"她不热心地说,"不过不大,花店把 Bouquet① 拼成了 B.O.K.A.Y.。"

这是他们玩了将近一年的游戏,寻找不经意的幽默,比如《帝国报》上的漏洞,商店广告的错别字,告示中的逻辑毛病,像无人的老衬衫厂的砖墙上写的:NO TRESPASSING WITHOUT PERMISSION②。他们把这些发现的乐趣称为"帝国瞬间",现在笛子在这方面眼睛尖得令人不安。上个月在斐尔港,她注意到一家据说是同性恋出入的破酒吧,门口在装修,牌子上说:ENTER IN REAR③。十六岁的女儿能看出这里面的幽默,迈尔斯感到吃惊,却也很自豪。然而他也怀疑或许詹宁说得对,她一开始就不赞成这个游戏,认为它又是父女俩自视高人一等,尤其是高她一等的机会。

"好眼力,"迈尔斯点头道,"我去看看。"他们照例要证实对方

---

① 花束。
② 意为"未经许可禁止擅入",由于 trespass 一词本身即有"擅自进入""非法入侵"之意,一般只用"No trespassing"来表达"不得擅入"之意,故"without permission"(未经许可)显得多余而可笑。
③ 该短语有双关之意,一层为"从后门进",另一层则暗示了同性恋的某种性爱方式。

的发现。

"我会干那个。"看到父亲动手把剩菜拨进垃圾箱,把碟子摞到塑料架上待洗,笛子说。

"从不怀疑,"父亲向她保证,"学校怎么样?"

她耸耸肩,"还行。"

迈尔斯希望女儿身上改变的东西极少,但他感到笛子生活中太多的东西都是:"还行。"她是个聪明的孩子,懂得一流、平常和糟糕的区别。可是像同年龄的许多孩子一样,她似乎对这种区分感到厌倦。电影好看吗?还行。薯条好吃吗?还行。扭伤的脚腕怎么样了?还行。什么都是还行,哪怕实际不是,哪怕实际上很糟糕。从绝望到狂喜的所有感情都可以用同样的两个字概括,叫当家长的怎么办呢?更令他不安的是,他怀疑"还行"是专门用来堵住谈话,希望提问者走开的。

迈尔斯已经学到这时候不要走开。别再追问什么,因为再问也只会得到这两个字的搪塞。窍门是沉默,如果有窍门的话。

洗碗机颤抖着停了下来,笛子掀开门取出洗干净的碟子。"我交了个新朋友。"她终于吐露道。

迈尔斯洗了手,走到正在把热乎乎的碟子放起来的笛子身边。他拿起一个碟子检查了一下,欣慰地发现摸上去叽叽响,洗碗机还能活些日子。

"田西西·伯克,美术课上的一个女生。她今天偷了把美工刀。"

"为什么?"

笛子耸耸肩,"我猜她自己没有吧。她每句话开头都是啊呀啊呀。比如,啊呀啊呀,我的睫毛膏花了。啊呀啊呀,你比去年还瘦。"

迈尔斯怀疑后一句不是假想的例子。一向瘦骨伶仃的笛子常被怀疑有厌食症。去年她还被叫到护士办公室,询问她的饮食习惯。迈尔斯和詹宁也被叫去了。那是在詹宁本人减了这么多磅之前,所以她和迈尔斯坐在学校顾问的小房间里,确实让人觉得笛子不可能自然地长成那芦柴棒似的身材。

迈尔斯努力想他认不认识这个田西西·伯克。城里有好几家姓伯克的。"她长什么样?"

"胖。"

"很胖还是有一点?"

"她的胖就跟我的瘦一样。"

"换句话说,就是不很胖?"迈尔斯斗胆说。青春期的女儿很难讨好。事实上,他认为她是个美得令人心疼的女孩,常试图解释是她的智力、她的聪明,才使她没有更招男孩喜欢。"哪个伯克?"

笛子耸耸肩。"她跟她妈妈,还有她妈妈的新男朋友住在水街。她说我们有很多共同点。我想她爱上了萨克,她老讲,'啊呀啊呀,他长得真帅,你怎么能抵挡得住?我是说,他曾经是你的,现在不是了。'"

"你有没有跟她说,她没啥可遗憾的?"直到如今,两人吹掉几个月后,提到笛子以前的男朋友萨克·明狄,迈尔斯还咬牙切齿。那小子跟他爸爸和爷爷一样,需要经常看着点。他十分希望笛子在葡萄岛结识的那个东尼能使女儿从可能还有的迷恋中解脱出来。

女儿的无语更不能让他放心。"问题是,"她终于说道,"不和萨克来往后,我一个朋友也没有了。"笛子的两个好友都在过去半年中搬走了。

"除了田西西。"迈尔斯指出。

"啊呀啊呀!"她假装惊恐地尖叫,"我把田西西给忘了!"

"你还忘了我。"迈尔斯提醒道。

笛子耸耸肩,现在严肃了。"我知道。"

"还有你大卫叔叔。"

皱皱眉,耸耸肩,抱歉的一句"我知道"。

"还有你妈妈。"

只是微微皱了皱眉,他没再往深里问。她让他搂住,柔弱地接受他那笨拙的、过大的拥抱。通常当笛子感到大狗熊式的拥抱来临时,她会侧过身子,一个肩膀顶在他的胸骨下面。詹宁解释过为什么会这样:女儿发育较迟的乳房可能会压痛。这解释表明詹宁自己对他的拥抱也不那么欣赏。"我知道我们不是你想要的那种朋友,"迈尔斯对女儿说,"但我们不是空气。"

她抽了抽鼻子,她的鼻子深深地埋在他的胸口。"我知道。"

"你要写信给东尼吗?"

"干什么?我永远见不到他了。"

迈尔斯耸耸肩。"谁知道呢?"

"我,"她挣脱了他的怀抱,"还有你。"

他任由她回到洗碗机旁取碟子。"今天有作业吗?"

她摇摇头。

"要我过会儿来送你回家吗?"

"妈妈说她会来的,"她说,"如果她忘了,那白痴可以送。"

"嗨,"迈尔斯叫了一声,等到她转身看着他,"宽容点。他在努力。他只是不知道怎么……跟你相处。"

"他可以假装死了。"

"笛子。"

"你为什么不能干脆承认你有多恨他?"

因为他也许不能仅止于此。因为当大卫建议用谋杀来制止银狐狸每天上门的时候,迈尔斯几乎能想象出那一幕。

"老伙计!"迈尔斯走出厨房时,沃特嚷嚷道,"过来一下。"

迈尔斯见沃特已经脱下了外衣。他总是穿白色的T恤,左胸印有他的健身俱乐部的标志,而且总是穿小一号的绷在身上,让人人都看到他那五十岁依然肌肉滚动的身躯和臂膀。当然给大卫说中了,银狐狸正要把胳膊肘支到丽光板的柜台上,找迈尔斯掰手劲。

"等着,"迈尔斯喊道,然后转向大卫,他正在把餐巾纸递给贺瑞斯,让他塞到取纸器里去,"你晚上有帮手吗?"

"夏琳,"大卫说,"我想她的车刚到。"

"要不要我过来?"

"不用。"

迈尔斯耸耸肩。

大卫朝他笑笑。"从后门溜?"

"那还用说。"

餐馆后面,垃圾箱旁的第一个车位上,停着迈尔斯的十年老捷达,旁边是夏琳那辆更破的现代。他尽量走得重些,免得吓着她,但夏琳的收音机开着,所以当他出现在车门旁时,她还是吓了一跳。

"天哪,迈尔斯!"她摇下车窗,像吸大麻的那样从牙缝里沙哑地说。甜丝丝的烟味和一首滚石乐队的老歌飘了出来。"成心把我吓出心脏病,是不是?我以为是那个讨厌的警察呢。"指吉米·明狄。

"对不起。"迈尔斯说,其实心里不无一丝快意。大多数女人看到他走近都这么说。詹宁就是如此。"别以为你让我吃了一惊,迈尔斯,你没有。"她在接受他的求婚之后这么说。那次求婚让他吃惊,所以他想詹宁也会,然而她没有。她称他为"天下最透明的男人"。"别想走犯罪的路,"她告诫道,"你要决定抢银行,警察比你先知道是哪家。"

"上周怎么样?"他问夏琳。

"清淡,但晚餐有起色。"

"最近是有起色。"

"一些大学生回来了。"

晚餐是相对新的项目，一年前还只供应早餐和中餐。大卫建议在周末增加晚餐，吸引新顾客，但怀亭夫人反对，怕失去老主顾。迈尔斯跟她讲，大部分老主顾都一去不复返了。最后她终于勉强同意，但先要他们保证不要广告费，早餐和午餐品种不变，并且不向她申请昂贵的装修来与新的更复杂的晚餐服务相配。

在大卫的提议下，他们开始请那些给校报写餐馆评价的大学生来免费用餐。大学在七英里外的斐尔港，连迈尔斯都不相信会有多少学生愿意跑这么远，他们的父母每年已经要支付两万五以上的学费和膳宿费。但看来还有余钱。学生们开始光顾帝国烤肉店时，门外停的是宝马和奥迪——至少有一些是。暑假里，这支奢侈的车队回麻省和康州去后，生意清淡了一些，但周五和周六晚上还足以维持。大卫的另一个主意也在见效，餐馆一周中还承办私人宴会。

"你和大卫今晚忙得过来吗？"

"睡着了都行，二十个人的婚礼彩排酒席。"

"好吧。"迈尔斯说，未能完全掩饰自己不被需要的失望。

夏琳似乎完全了解，转换了话题。"你和笛子这趟玩得好吗？"

"好极了，我后悔自己这么兴奋，现在沃特打主意要去岛上开健身俱乐部。"

"我看到他的车停在前面，"她说，"你要我进去让他蔫掉吗？"

"请便，"迈尔斯知道她有这个本事，四十五岁了，夏琳还有绰绰有余的女性天赋对那些自命不凡的大学运动员起同样的作用，"反正我走了。"

"你不该让他把你挤走，迈尔斯。"

"多亏他出现。要不是他，我可能永远不会离开那个家。"和詹宁分居后，迈尔斯一直住在餐馆楼上的房间。原打算修修，弄得像样一些,但六个月之后他还没干多少。半间屋仍被发大水时从地下室搬上来的纸箱子占着。迈尔斯还怀疑屋里的暖气有问题,因为天冷时他经常头痛醒来,感到眩晕窒息。四月里他甚至想问詹宁能不能让他在后头的卧室睡一会儿,等头痛过去。可是当他去找她时,发现银狐狸已经搬进去了。还不如在帝国烤肉店楼上闷死呢,他决定。

"如果你要去哪儿的话,就请走吧,让我吸完这一口。"夏琳说。

"你吸好了,谁拦着你?"

"你。你知道我在你跟前吸大麻不自在。"

这话隐隐有点侮辱性,迈尔斯感到必须问一下为什么。

"因为你是那种从来不会掩饰反感的男人。"

迈尔斯叹了口气,心想这大概是真的。詹宁也总这么说。真奇怪,别人对你的看法。迈尔斯一直以为自己是宽容的典范。

第 二 章

马可神父下午从教区家访回来,看到迈尔斯站在圣凯瑟琳教堂后面,仰望着教堂尖塔。迈尔斯小时候喜欢爬高,经常把他母亲吓得心惊肉跳。晚饭时,她常要出来找他,总是在地上寻找,让他得意不已——他喜欢在空中喊她,迫使她抬起头来,在蓝天里交错的树枝间发现他,纤细的手一下捂住嘴巴。那时他以为她没有记性,在高处找到他那么多次,她还总以为他会在地上。现在他自己当了父亲,才知道她当时多么害怕。她不抬头看是因为有太多的树,太多的树枝,太多的危险。只有当迈尔斯安全地跳下来,落到她面前,她才能露出笑容,同时严厉责备,让他做出她明知他不会遵守的保证。"你天生是爬高的,"回家的路上她承认道,"长大之后要攀得多高啊!我想都不敢想。"

现在是迈尔斯想都不敢想。爬高是不敢了。在成长中不知何时他开始怕高,如今想到要漆那尖塔都让他膝盖发软。

"小时候,"马可神父说,"我以为上帝就住在那儿。"

"在尖塔上?"

马可神父点点头。"我以为我们唱圣歌,是在叫**他**下来到我们中间。当然这也是对的,但这实际距离的接近令人安心。"两人握了握手。迈尔斯已经换上油漆斑斑的工作服,但还没有开工,所以手还是干的。天空在迈尔斯离开餐馆后变得阴沉起来。"上帝本人,就在几层楼梯上面……这么近。"

"我也在想尖塔有多远,"迈尔斯坦白道,"不过我是想油漆它。"

"那是不一样。"马可神父说。

"实际上我想得更多的不是油漆,而是摔下来。"

有意思,迈尔斯想。马可神父小时候跟他一样,也为想象中上帝的接近而觉得安心。而成年人却为上帝的遥远而感到安慰,也许是因为他们罪孽深重吧。迈尔斯虽然不认为自己是罪孽深重的人,但他也宁愿有一个普爱的上帝而不是全知的上帝。他喜欢想象上帝是他母亲那样的人,终日操劳,没有精力每分钟都监视着一个好动的男孩,但因为爱他和担心他的安全,一有空就来看看他。这想法荒唐吗?上帝当然应该有人类之外的其他事务,就像父母有抚养子女以外的责任一样。迈尔斯喜欢想象上帝在终于有空查看**他**的儿女时,惊奇地摇头自语:"啊呀,看他们闹成什么样了。"一个常常分心的上帝,吃惊地发现自**他**上次查看之后,这么多儿女都上了树。这个上帝会惊恐地用手捂住嘴巴——天哪!那孩子会摔着的。并且也会有意外的骄傲——乖乖,那孩子是爬高的料!

一个散漫的、做白日梦的神,迈尔斯不得不承认。实际上,当上帝垂察**他**淘气的儿女时,他们的所作所为往往比爬树要糟糕得多。

不过,如果真有这么一个神,担心过迈尔斯会摔着,**他**现在可以不用担心了。迈尔斯虽然小时候那么有希望,长大后却没有攀过什么高峰,现在,四十二岁的他恐高得那么厉害,乘玻璃电梯时都挨在钢门边,不肯退后让别人进来。

"我想咱们说好你不漆尖塔的。"马可神父说。

"是啊。"迈尔斯原以为自己油漆教堂能为教区省很多钱。可是他找的两个包工头开出的漆尖塔的价钱都和漆整座教堂的价钱差不多。他们因为他自己干了安全轻松的部分而不满,咬定说他不想干的那部分是没人愿意干的,贵也就贵在这儿。话里的事实让人受刺激。"问题是,"迈尔斯对朋友说,"每次我抬头看,它都像一个谴责。"

"那就不要抬头看。"

"好主意,由一个信奉神灵的人说出来。"迈尔斯说,他仰起头,感到一滴雨水。

马可神父同时仰起头,也感到了一滴。"我们去直肠喝杯咖啡,"他提议道,"你可以跟我说说度假见闻。"

当迈尔斯坦白他小时候分不清"圣宅"跟"直肠"①时,马可神父跟格瑞丝·罗比一样乐不可支,此后就老爱用这个说法,尽管有时在不适当的场合说走嘴。比如这年夏天他做完弥撒请大家跟他和汤姆神父一起到直肠后的草坪上喝汽水。

圣凯瑟琳的圣宅是迈尔斯最喜欢的地方之一。它四季明亮,冬暖夏凉,但也许更重要的是汤姆神父(他现在退休了,但还住在圣宅内)从来不让小孩子进去。迈尔斯的母亲也没有被邀请过。也许是这种排斥增加了它的吸引力。一楼的房间都很大,天花板很高,没挂窗帘的高窗让路人窥见里面特殊的生活。"直肠"的餐厅临街,有一张长长的栎木餐桌,坐得下二十位客人,然而当迈尔斯和他母亲星期六傍晚做完忏悔路过那里时,只看到汤姆神父君王般地坐在桌子一头,他的管家邓布劳斯基夫人在旁边伺候。那时候有两三个神父在任,但星期六汤姆神父喜欢早用晚餐,不等年轻的神父,他们总是听忏悔听到很晚。路过时母亲总是说这样子多可悲,但迈尔斯看不出有什么奇怪,不知道母亲为什么觉得不舒服。等他们到家时,父亲已经吃完三明治,步行去当地的小酒馆了。

在幼小的迈尔斯看来,不许进去的圣宅那么温暖明亮,满是木

---

① 英文中圣宅(rectory)与直肠(rectum)读音相近。

器和书籍,似乎是另一个世界。他猜想一个人要非常有钱才能当神父。对这个职业的幻想持续了很长时间,直到高中他还认真考虑过从事圣职,现在他有时仍然奇怪为什么未能实现这愿望。詹宁也觉得奇怪,以她之见,像迈尔斯·罗比这样性欲不高的男人就该去信奉独身,免得来让她这样可怜的女孩失望。

马可神父和迈尔斯从未在他儿时向往的餐厅里喝过咖啡,而总在厨房里那个舒适的早餐角落,跟帝国烤肉店正面窗口的火车座差不太多。马可神父在贴塑桌面摆上一盘甜饼干,给每人倒了一杯咖啡。虽然只是九月的第一个星期,空气中已有秋意,吹动镂花窗帘。他们一进"直肠"细雨就停了,但天还是很暗。日光退得早了,使迈尔斯在教堂干活的时间减少。多数下午他都在三点离开餐馆,可是等换了衣服,架起梯子,就至少三点半了。多云的天气,六点钟光线就暗下来,只得收工。当然,真正的罪魁不是白天越来越短,而是跟马可神父喝咖啡聊天的时间越来越长。神父坐到迈尔斯对面,"看来度假对你有些好处。"他说。

"不错。在葡萄港有一个很好的小教堂。我早晨一般都开车去做弥撒。笛子跟我一起,所以就更好了。"

笛子说过,父母分开的惟一好处是她不用去教堂了,因为她妈妈用健身运动代替了天主教。事实上,笛子自命为不可知论者,这哲学立场使她能够在星期天早上睡懒觉。迈尔斯知道不能强迫她,在葡萄岛也没有,所以当她早上挣扎起来迷迷瞪瞪地陪他去时,他格外高兴。等到弥撒结束,她也完全醒了,两人在露天小餐馆吃块松糕,然后出岛去皮特和多恩家,在海滩上过慵懒的一天。回缅因后他问她要不要继续去教堂,她还是不去。她说在葡萄岛信上帝或至少是相信可能有上帝,要比在帝国瀑容易。迈尔斯明白她的意思,听得出话里的讽刺。葡萄岛的小教堂前停的都是奔驰和凌志,难怪车主相信上帝在天堂里。

"当然,"迈尔斯补充说,"皮特和多恩老宠着她。"

"比你还宠?"

"宠多了。"迈尔斯嚼着饼干说。说来也怪,他的胃口啥时都没有像在圣凯瑟琳教堂的傍晚这么好。在餐馆整天被食物包围着,他经常忘记吃饭,可在这儿,要是不注意,他会把一盘饼干都吃光的。"或者说像我在有能力的情况下一样地宠她。实际上我们两个都被宠了。吃得很好,每天晚饭都喝二十块钱一瓶的葡萄酒。"

"詹宁不在一定怪怪的吧。"

"邀请她了。"迈尔斯对自己的辩护语气感到惊讶。

"没说没邀请她啊,迈尔斯。"

"她不在我也有好多事可想。他家临着一片私人海滩,那些女人都光着身子晒太阳。我想我们不在时,皮特和多恩也这么晒,不知道多恩身上是不是有晒痕,我反正是没看见。"

"皮特呢?"马可神父问,"他也有晒痕吗?"

"没想起来看。"迈尔斯笑道。

马可神父也笑了。"迈尔斯,你真是个双重人,早上找弥撒,下午找朋友老婆的晒痕。我又忘了,他们是做什么的?"

"写电视剧的。下周他们就要锁上屋子,飞回洛杉矶去。你该看看那所房子,一年里有十个月都空着。"

马可神父点点头,但没说话。按神父的政治倾向,迈尔斯知道他不赞成私人财富,更不赞成挥霍。

"皮特说了一句怪话,"迈尔斯说,尽管他本来决定谁也不告诉的,"他说他俩对詹宁和我维持了这么久感到惊讶,因为我们过得那么糟,他俩一直佩服我们总是在设法解决问题。"

马可神父笑了。"别忘了,洛杉矶人在处理婚姻问题方面期望值很低。"

迈尔斯耸耸肩,承认这一点。"我只是没想到别人那样看我们。"

"你是说不般配？"

迈尔斯想了想。"不完全是，而是别人看我们很不幸。我并没有那么不幸……或是没有意识到。所以朋友那样判断挺奇怪的。我是说，如果我那么不幸，自己会不知道吗？"

"也许，"马可神父答道，"但不一定。"

迈尔斯叹了口气。"詹宁知道。我必须承认她这一点，至少她知道自己的感觉。"

这时两人听到厅里传来踢里趿拉的拖鞋声。马可神父闭上眼睛，仿佛偏头痛发作。片刻之后汤姆神父走了进来，灰发蓬乱，领子歪着，特别凶恶地瞪着迈尔斯。

"来喝一杯吗，汤姆？"马可神父提议道，显然想避开麻烦，"如果你有礼貌，我就给你泡一杯热可可茶。"

汤姆神父一向喜欢热可可茶，尤其是不用自己泡的时候。但此刻他似乎觉得吵架更解渴。"那个混账小子哪儿来的？"他咆哮道。

迈尔斯也急于安抚老神父，想起身跟他握手，但桌椅都是固定的，要站起来不大容易。

"他不是混账小子，汤姆。"马可神父平和地说，"他是迈尔斯，本地最虔诚的教民。你给他施的洗礼，你还给他父母主持过婚礼。"

"我知道他是谁，"汤姆神父说，"他是个王八蛋，他妈是妓女，我对他妈也是这么说。"

迈尔斯坐了下来。这不是头一回，老头不知中了什么邪，一看到迈尔斯就断定他人格卑下，但以前还没有侮辱过迈尔斯的亡母。这显然是老人的昏话，然而迈尔斯下午第二次于一闪念间想到送一个人归西是多么痛快，这次是位神父。

"看他，看那张脸，他知道这话没错。"老头打量着迈尔斯那身油漆斑斑的工作服，"他是个下三滥。他把污秽带到我家来了。"

马可神父叹了口气。"你完全错了,汤姆。首先,这不是你家。"

"是我家。"

"不,这所房子归教区所有,你很清楚。"

汤姆神父似乎在考虑这个安排的不合理性,最后耸了耸肩。

"再说迈尔斯不是下三滥。"年轻的神父说,"他衣服脏是因为他在为我们油漆教堂,记得吗?免费的。"

老头眯眼看看他的同事,又看看迈尔斯。汤姆神父节俭成性,这个消息本来可能使他消一些气的,可他仍然怒目而视,好像什么善行也掩饰不了迈尔斯心里本质的邪恶。"我可能是老了,但还看得出谁是王八蛋。"

马可神父的忍耐到了极点,他站起身来,抓住老头的肩膀,轻轻地但坚定地扳动他。"汤姆,看着我。"老头还瞪着迈尔斯,马可神父捏住他那胡子拉碴的下巴,把他的头转过去,"看着我,汤姆。"

他终于这样做了,表情一下从厌恶变成了羞愧。

"汤姆,"马可神父说,"记得我们以前说的话吗?"

即使记得,他也一点没有表现出来,只是用潮湿的、红红的眼睛打量着马可神父。

"我理解你今天不舒服,但这种行为是不可容忍的。你欠我们的朋友一句道歉。"

在迈尔斯看来,汤姆神父不过像个受斥责的孩子,慈爱的家长使他违背本能而相信自己表现恶劣。他瞄了瞄迈尔斯,看看有没有可能欠这种人一句道歉,然后回过去对着马可神父严厉的目光。两人对视了好久,迈尔斯都坐不住了,但汤姆神父终于掉头对他说:"原谅我。"

迈尔斯没有迟疑。"当然,汤姆神父,我也很抱歉。"他是很抱歉。无论痛不痛快,杀死一位年迈的神父总不是件好事,因此有这样的念头也不是件好事。

"哎,"马可神父说,"这就对了,大家做朋友不是很好吗?"

汤姆神父似乎认为这极其可疑,他又长长地盯了迈尔斯几眼,然后摇摇头,蹒跚地走了出去。迈尔斯好像听到老头在走廊上又嘟哝了一声"王八蛋",但不能肯定。

马可神父一直盯着门口,听拖沓的脚步声渐渐远去,脸上的表情可没有神父应有的那样宽容。

"没关系,"迈尔斯安慰他,"汤姆神父跟我是老相识了,你知道。他精神不正常。"

"你觉得?"马可神父问。

"冒出那些话不是他的错。"

"的确,但有趣的是那些话怎么会有的?我知道它们为什么会冒出来,可是你说它们怎么进去的?"

"这……"

"我知道。"马可神父笑了,"一个永恒的问题,答案在《创世记》中。不过,我还是很抱歉他说了那些。我不知道他那一套是哪儿来的。他可能都不记得你妈妈了。"

迈尔斯强迫自己考虑这个可能性。不错,老头儿是精神失常。问题是它没有完全失常,而且汤姆神父的眼睛,尤其当他发怒的时候,往往像是闪耀着智慧和记忆的光焰。"实际上,我最近常想到我妈,"迈尔斯说,然后加了一句,"不知道为什么。"其实他知道,是因为葡萄园,就像每年夏天一样。

外面又下起雨来,天空低垂,雨脚变得连绵了。迈尔斯把空杯子推到桌子中间。

"得,看来我今天干不成了。"他说,一面站起身来。那盘饼干已在不知不觉中吃光了,迈尔斯能感到最后一点饼干卡在他的食管里。

两人一起走到门廊上,站在那儿听着雨声。

"北面你还要几天时间?"马可神父看着教堂问。

"两天吧,也许明天跟后天,如果天放晴的话。"

"你真应该干到那儿就停止。"马可神父劝道,"我在主教管区又听到一些传言,我们可能很快就要关张了。我猜是可怜的汤姆才使我们支撑到现在。"

一年多来,一直风闻圣凯瑟琳的教区要和城那头的圣心合并。帝国瀑以前有不少天主教徒,养得起两个教堂,近年来人口和宗教热情都不断减少。现在维持两个教区的惟一理由是,圣心教堂的法裔加拿大教民需要一位讲法语的神父。要不是因为这个,两个教区几年前就合并了。马可神父猜想留下的会是圣心,他将被派往别处。他不会说法语,而狄毕多神父英语法语都能说。

没有解决的是汤姆神父怎么办。尽管有为退休神父,尤其是体弱多病者开设的养老院,但他的疯癫在污言秽语和亵渎神明之间摇摆,主教方面不敢把他放在年老但还正常的神职人员中间,他们大多数都兢兢业业奉献多年,不能在最后岁月再用一个口头禅是"王八蛋"的疯老头去考验他们的信仰。而且,马可神父能管住这个老神父,他在圣凯瑟琳圣宅住了四十年,习惯了。可以说这就是他的家,正如他坚持认为的那样。更何况,还有比"王八蛋"更糟的字眼,如果强迫汤姆神父搬走,他可能会动用它们。他的举止失常已使圣凯瑟琳教区的几个天主教徒转变了信仰,有的入了圣公会,有的信奉了可怕的不可知论,主教不敢再让他去污染其他的神职人员。主教方面似乎相信他们把汤姆神父的情况控制住了,直到最近都没表示有打破遏制的意思。

"你知道要把你派到哪儿去吗?"迈尔斯问。

"不知道呢,"马可神父说,"但我怀疑他们还没有惩罚够我。"他有犹太教的博士学位,最合适的职位是去大学的纽曼中心。他以前在麻省担任过这种职务,后来跟一伙抗议者翻过新罕布什尔一所军事基地的围墙,用圆头锤子敲打核潜艇的密封壳,被抓了起来——马可神父认为那是象征性的行为,但一板一眼的基地司令官视之为蓄意破坏和叛国。马可神父的过失还不止这一桩,他不仅在大学的纽曼中心教书布道,而且主持过一个主日晚间的广播节目,他在节目中劝导一位打进电话的男青年奉行恩爱的一夫一妻制,"不论那男孩的性取向如何",并劝导他相信上帝的无限谅解和怜悯。主教得知后相当恼火。年纪轻轻,受教育过多,谣传是同性恋的神父,在大学找了个美差,随便提自由化建议,这种人自然会被发放到缅因的帝国瀑,也许是希望上帝冻掉他们的不轨倾向。

"我希望他们没有更糟糕的职务派给你。"迈尔斯说,努力想象这种职务会是什么样。

马可神父耸耸肩,注视着漆了一半的教堂。"别人无法真正伤害你,除非你让他们伤害。我不后悔来圣凯瑟琳,这是个好地方。我也不想错过我们的友谊。"

"我知道,"迈尔斯说,"我也不想。"过了一会儿,"这里以后会怎么样?"

"难说。有些美丽的老教堂被买去,装修成剧院、艺术中心之类。"

"我想在这儿不大可能,"迈尔斯说,"帝国瀑对艺术的兴趣比对宗教还少。"

"漆完北面就算了吧。你可能在油漆帝国瀑的下一所浸信会教堂呢。"

长街上他小时候住的房子已经待售一年了,迈尔斯把车停在街对面,努力想象什么人会买它。在他儿时就已朽坏危险的侧门廊被拆掉了,但没有重装,拆掉的地方留着四个难看的、没漆过的伤疤。现在谁要是从后门出来(迈尔斯只用过这个门),就会坠落六英尺,摔到看上去有毒的杂草和生锈的轮毂盖中间。屋子的其他部分也因年久失修而显得灰扑扑的，前门廊向几个不同的方向严重倾斜，仿佛屋子是建在裂缝上的。连平台上"出售"的牌子也是歪的。

他母亲死后有几家人租过这所房屋，显然都无心防止它的衰败。当然，公平地说，迈尔斯必须承认衰败是在罗比家自己使用时就开始了。在当年那条整齐的、中产阶级的街道上，他们家和旁边的明狄家最早预示了整个街区的衰落。迈尔斯的父亲虽然有时给人油漆房屋，却不愿漆任何他自己住的房子。他夏天忙着在海边干活，到十月总是宣布自己"漆够了"。但如果房东抱怨或威胁要收房，他有时还会干一个星期（当初议定减收房租的条件，马克斯要负责油漆和维修房子）。马克斯对如此紧抠协议字眼愤愤不平，作为报复，他用夏天在各处干活拿回来的剩油漆，把房子漆成了不协调的五颜六色。罗比家的地下室总是有一大堆废油漆桶，盖子有一点歪，潮湿朽蚀的架子上摆满了打开的松节油瓶子，一冬天楼上都弥漫着松节油的气味。迈尔斯四年级时有个朋友问他住在滑稽房屋中是什么感觉。这话他没有告诉父亲，那个造成这滑稽效果的人，而是告诉了他的母亲，她先是脸涨得通红，然后好像要哭了，跑进她的卧室，砰地关上房门。后来，她红肿着眼睛对迈尔斯说，房子里面的东西（她所想的似乎是爱）比外部的东西（油漆，最好是一色的）更重要。但迈尔斯上床之后听到父母在争吵，打那天晚上之后马克斯再也没有油漆过这幢房子。现在它的五彩斑驳已经被岁月统一成了灰色。

迈尔斯仰望着那扇黑洞洞的、没有窗帘的窗户，他母亲开始死亡之旅时住的房间。他把车停在街对面不过一分钟，就见前面第二个路口拐出一辆警车，朝他这边驶来，穿过马路，摇摇地刹住，保险杠离捷达的格栅只有几英寸。开车的是个年轻警察，迈尔斯不认识。他走出警车，戴上在这阴天并不需要的墨镜，迈尔斯摇下车窗。

"驾驶证和牌照。"年轻警察说。

"有什么问题吗,警官?"

"驾驶证和牌照。"警察又说了一遍,语气生硬了一些。

迈尔斯从手套箱里找出牌照,跟驾驶证一起从车窗里递出去。警察把证件夹在笔记板上,写了两笔。

"可以告诉我您在这儿干什么吗,罗比先生?"

"不可以。"迈尔斯说。即使有讲得清的理由,他也不愿意说。一个疯神父说他母亲是妓女,迫使他重访幼年住过的房子,仿佛他那去世二十年的母亲还会坐在门廊上的摇椅里,迈尔斯觉得这解释不能让一个在阴雨的下午都要戴墨镜的男子满意。

"为什么,罗比先生?"

迈尔斯觉得这不是一个认真的问题,所以他没有回答。

年轻警察在单子上又记了几笔。"也许您没听到我的问题?"他问道。

"我违章了吗?"

现在轮到那警察不吭声了。他足足有一分钟没理迈尔斯,显然想证明他也会玩这个沉默游戏。"您知不知道您开的车没上牌照?罗比先生?"

"我想牌照在你手里。"

"上个月过期。"

"我会去办的。"

警察没有理睬这句话,又指了指挡风玻璃上贴的车检标签。"您的车检也过期了。"

"我会去办的。"

又没有理睬。"您在这儿干什么,罗比先生?"警察说,好像是第一次问似的。

"我以前住在那所房子里。"迈尔斯指了一下。

"以前,现在不住了。"

"对。"

迈尔斯在后视镜中瞥见一点红色,回过头,看见吉米·明狄那辆红色的卡麦罗停到了他的车后。吉米是从小一起长大的邻居,迈尔斯最不希望被他撞见自己停在这儿。当吉米摇下车窗,年轻警察突然朝卡麦罗走去。迈尔斯从镜子里看到他们交谈,见那警察摘下墨镜,他微笑起来。在这种情况下,显然只有级别高的警察才能继续戴着墨镜。谈话很短,然后吉米把车调了个头,往来的方向驶去。年轻警察显然有些失望地看着他开走,然后回到迈尔斯跟前,把驾驶证和牌照还给他。"最好今天就办。"他说,语气中的对抗消失了。

"你不给我开票了?"

"除非您认为有必要,罗比先生。"

迈尔斯把驾驶证放回钱包,牌照放回手套箱。

现在他们是朋友了,警察似乎急于确保没有结怨。"您以前住在那所房子里?"

迈尔斯点点头,把捷达挂上挡。

"嘿,"年轻警察说,"看上去像闹鬼的。"

机动车管理处现设在怀宅之外,准确地说是在"小别墅",即掩映在主屋后面树林中的一座宽敞的外屋。这是在法院维修期间的临时安排,去年冬天暴风雪之后,法院的圆顶部分坍塌,打那以后,帝国瀑从来就效率不高的司法工作几乎陷于停顿。除交通法庭外,大部分法律事务都在斐尔港处理,从建筑许可、财产纠纷,到税额评估,两个城市的大小诉讼已积压到几个月。就连最简单的官司,像迈尔斯的协议离婚,也是一拖再拖。因为不是他要离婚,所以他并没有很烦恼。实际上,今春他还希望这拖延会使詹宁回心转意,但他现在知道她是铁了心要嫁给银狐狸了。她好像还为这拖延而怨恨迈尔斯,因为破坏了她夏天结婚的计划。她那么坚决地打算一离婚就嫁给沃特·科莫,迈尔斯怀疑在她那至今仍让他捉摸不透的脑子里,是否意识到这二次婚姻是件蠢事,所以才要赶紧办,免得她清醒过来。

迈尔斯把车停在主屋和小别墅之间的一小块空地上,主屋现在是德克斯特县博物馆和历史协会的总部,小别墅除了临时的机动车管理处之外,还有帝国瀑规划开发委员会的常设办事处。过去十年里这委员会成了个笑话,因为没人在帝国瀑开发任何东西,也没人规划开发。但怀亭夫人作为会长,在那里有一间办公室。迈尔斯看到她的林肯停在那边,忙低头快步走过草坪,希望不要被她从窗户里看到。他回来之后一直在躲避"烤肉店状况"汇报,虽然生意有所好转,他却比以往更不愿意花一下午看收据,作预测。

安全走到室内之后,他排到"汽车注册"窗口前的短队中。他发现整个红木柜台都是从法院运过来的,想必还要用渡船运回去。其他陈设,包括墙上怀亭家男子的画像和照片,都属于博物馆的收藏。迈尔斯研究着这些男子。作为直系亲属,他们长得并不是很像,除了一点,迈尔斯总结出。即使在年轻时,他们也很显老,也可能只是尊贵,银白的头发,深思的额头。也许他们满意地想到,帝国瀑乃至德克斯特县的历史差不多就是他们这个家族的历史。

几分钟后,他看到吉米·明狄的红卡麦罗停了进来。那警官让发动机空转着,从车里出来,走向别墅,离开通向机动车管理处的小道,穿草坪绕到屋后去了。迈尔斯一直看着他,后面的男子拍拍他的肩膀,提醒他排到了。在窗口他开了新牌照的支票,从缝口塞进去。玻璃后的女子微笑道:"你好,迈尔斯。"他认出这是他的中学同学,玛夏,她的名卡上写着。哪个可能性更大呢,他想,他跟玛夏在这弹丸大的小城生活了这么久都没有碰过面,而他和吉米·明狄半小时内就遇到了两次。

"你这车再用一两年,我们就要倒贴钱给你注册了。"看到他支票上的金额,公务员说。

"我没意见,玛夏。"迈尔斯对她说,希望她感受得到他隔了这么多年还记得她的名字。

"你的山雀车牌。"她把一对车牌从缝口推出来。

"龙虾的怎么了?"

"外州的人拿它开玩笑,说龙虾像蟑螂。"

迈尔斯端详着新车牌,觉得没好到哪儿去,尽管龙虾确实画得像蟑螂。"我希望这不会意味着我们要开始吃山雀。"

"没准儿,如果情况不好转的话,"她说,"不过听说也许有人要买厂子。"

迈尔斯想问她在哪儿听到的。毕竟,规划开发委员会只有几步之遥,她有可能听到了什么真消息。但更有可能她是听排队的人说的,那人上午可能在帝国瀑喝过咖啡。

从另一个窗口可以看到吉米·明狄站在帝国瀑规划开发委员会的门口跟人说话,因为角度的关系,看不见里面的人,但迈尔斯立刻判断出是怀亭夫人。从吉米的姿态看得出来,他像半小时前那个年轻警察那样洗耳恭听,这回是吉米摘下了墨镜。迈尔斯看他的头点了一下,两下,三下,显然是在接受指示。是迈尔斯的想象还是他真的看见,吉米朝机动车管理处投来一瞥,又移开了目光,好像有人叫他不要看似的。

"你怎么看?"玛夏在问。

"对不起,"迈尔斯收回注意力,"看什么?"

"我说咱们可能要转运了。"

"当然。"迈尔斯附和道。当然啦,假设是运气的问题,但他私下对此表示怀疑。估算数学概率的问题是,它假定所探讨的问题是由机会决定的。

窗外,吉米最后一次点点头,穿过草坪走回空转的卡麦罗跟前,把车开向帝国大道。迈尔斯等他转过弯,才夹着车牌朝门口走去。可是没等他溜走,玛夏的电话响了,他听到她说"是",随后便喊他的名字。他本想径自走掉，假装没听见，然而他又转念想了想。

他敲门进去时，怀亭夫人正在打电话，但她指了指椅子，承认他的存在。迈尔斯却不愿马上坐下，先要在屋里找找老太太的常伴儿，一只凶恶的黑猫，名叫丁姆。迈尔斯对猫过敏，对怀亭夫人的猫尤甚。很少有哪次遭遇它后迈尔斯身上不留下条条块块的。

怀亭夫人笑着捂住话筒。"放心吧，"她安慰道，"我把丁姆留在家里了。"

"真的吗？"迈尔斯问，还是不敢放松。在他看来，那只猫有许多近乎超自然的能力，包括随时显现。

"真逗，宝贝。"她答道，然后继续打电话。迈尔斯常想，他们这二十年的关系可以用这四个字概括。从迈尔斯和她的女儿辛迪一起上中学时，怀亭夫人就称他为"宝贝"，尽管迈尔斯怀疑她对他没有那么亲。她还总是说他的话"真逗"，尽管她的表情显示她一点也不觉得好笑。

迈尔斯没来过规划开发委员会办公室，房间很大，沿一整面墙摆着帝国瀑的市区模型，显然理想化了，他一时都没认出这就是他住了一辈子的小城。街边栽着翠绿的假树，建筑物颜色鲜亮，街道整洁，迈尔斯开始还以为是艺术家对一次昂贵的整治工程之后帝国瀑新貌的构想，细看才发现模型展示的不是未来而是过去。他认出这是他小时候的帝国瀑，并认出帝国大道上这二十年里被拆掉的几家店面，而现实生活中只留下一堆停车场。在现实中被忽视的帝国烤肉店，在模型中却好像怀亭夫人批准了迈尔斯要的每一分钱似的。

底部一个小银牌上写着："帝国瀑，一九五九年左右"。当然，现实中的小城从来没有如此繁荣过。即使在一九五九年，纺织厂和衬衫厂的砖墙（模型中是鲜艳的红色）也已被日晒雨淋和烟灰蚀成铁锈色,有的地方都发黑了。厂子旁边那条河在模型上是天蓝色的。那才真逗呢,迈尔斯想。一百年来诺克斯河惟一一次变蓝,是纺织厂排放了蓝染料。更逗的是,这样一幅怀旧的图景会摆在小城的规划开发办公室里。显然,委员会的规划是让时光倒流。

画像中板着面孔的伊利亚·怀亭看不出这里面有什么幽默。像另一间屋中的其他怀亭家男子一样,伊利亚表情阴沉,嘴部也有同样的缺陷。他们都让迈尔斯觉得像一个人,但又想不出是谁。

怀亭夫人说声再见,挂上电话,做得如此敷衍,迈尔斯不禁怀疑她是真的在打电话,还是以此作掩饰在观察他。在她身边,这种被审视的感觉并不罕见。她转动椅子,靠在椅背上,端详着伊利亚·怀亭。"他们都是神经病,你知道,表现方式不同。从眼睛里可以看出来,细看的话。"

迈尔斯仔细看了,可是没有看出要他看的东西。或许有一点热切,一点顽固,但没有疯狂。

"你小时候也许听说过这位尊贵祖先的故事?"

"没有。"

"据说他曾在这间屋里举着铁锹追他的老婆,想敲碎她的脑壳。"

"这儿肯定没出过那种事。"迈尔斯说,指那个模型,只有怀宅看上去与现实中没有质的差别。他突然想到它准是怀亭夫人自己定做的。通过美化小城的其他部分,她成功地掩饰了真相——小城的财富和活力都被一个家族榨干了。这也许是挖苦的想法,但也可以解释为什么查·波·怀亭在河对岸造的房子在模型中根本没有。铁桥那头是原始的荒野,树木茂盛,冈峦起伏。

"看到你站在那儿我突然有个想法,"老太太说,她还没讲出来,迈尔斯就怀疑她的灵感与他的没有任何共同之处,"你应该当市长。"

"模型的?"迈尔斯笑了,"我只当得起那个。"帝国瀑的市长是全职的工作,拿半职的薪水,尽管常有人说过去的市长都找到了贴补收入的方法。

"你太谦虚了,宝贝。我常常觉得你应该从政。"

迈尔斯决定不提醒她说他两次竞选过教董,并且当选了。

"您让我当吗?"

"你高估了我的影响力,宝贝。"她笑道,"在这一点上你挺像你母亲。不过,人们总是混淆意志与权力,你没发现吗?我有一个理论可以解释,如果你感兴趣的话。"

"为什么我像我母亲。"迈尔斯终于坐了下来,"还是为什么人们会混淆意志与权力?"

"后者。"她说,"毕竟,你像你母亲没什么特别神秘的,是不是。你父亲不是能激发模仿的类型。我说,人们混淆意志与权力是因为,没几个人能最起码模糊地认识到自己想要什么。没有认识,意志就软弱无力,仿佛软绵绵的阴茎。"她扬起眉毛看着他,"而碰巧知道自己想要什么的少数幸运儿就被说成有意志力。"

"就要这个?"

"嗯,称之为必要的开端吧。"

迈尔斯让自己靠到椅子上,在他认识的人中,怀亭夫人最能把他引入他本想回避的谈话。这似乎是因为她的结论总是跟他的对立。"您认为人类是本应知道他们想要什么的?"

怀亭夫人叹了口气。"'本应'这个词说明你又在玩你的老把戏,把一切都打上宗教色彩。这样可不行,如果你想当市长的话。"

"我不想,"他指出,"肯定不想当一九五九年帝国瀑的市长。"

"但这就是你傻的地方,宝贝。多数美国人想要回到一九五九年,添上卡布奇诺咖啡和有线电视。"

"那是他们想要的,还是他们觉得自己想要的?"他想到的是詹宁。他那未来的前妻永远不会拿不准她想要什么,只是得到之后又失望。迈尔斯本人就是一个例子。银狐狸会是另一个,虽然他还没有想到。

"这个区别没多大用处,是不是?需要不是感觉又是什么呢?可是为了辩论,我们接受你的条件,从头讲起,亚当和夏娃,他们知道自己想要什么,不是吗?"

"我怀疑,"迈尔斯说,也是为了辩论,"直到它被禁止。"

"没错,宝贝。可是一旦它被禁止,他们就没有这种怀疑了——对吗?"

"对,只有悔恨。"

"你认为拒绝禁果会使他们幸福些吗?那样会消除悔恨还是只会重新定义它?"

她自有看法。"我想我们永远不会知道。"

"我肯定不会,宝贝。但像我们的祖先一样,我没有抵制许多诱惑。而你……"她引而不发。怀亭夫人从未掩饰她把迈尔斯看做一个心理压抑的案例,"你假期过得好吗?"

"好极了。"他说,期望让老太太知道别人也能有开心的时候。

怀亭夫人仔细审视着他,仿佛怀疑他的兴致中有虚假的成分。"你每年夏天都去,是不是?"

"差不多。"

"你想过为什么吗?"

"没有。"除了隐射他心理压抑之外,这老太太还爱暗示他尽管聪明,眼光却比较狭隘,因为见的世面太少。像许多富人一样,她似乎不能理解为什么穷人不想去气候宜人的卡普里①过冬。她也不觉得对一个二十年来为她管理生意,让她到处游玩的人这么说是不公平的。"我的朋友在那儿有所房子。"他说道,没讲出怀

---

① 卡普里,意大利南部一岛屿,位于那不勒斯湾的南部边界。自古罗马时代以来就是一个度假胜地,以其风景优美的洞穴而闻名。

亭夫人无疑很明白的一点——这样一次不算豪华的度假也是靠了慈善才成为可能。

实际上,在大学时代,是迈尔斯把葡萄园介绍给皮特和多恩的。当时他们都很穷,那个秋天他们把钱凑在一起,刚够乘渡轮的。他们非法地在海滩过夜,躺在欢乐岬的悬崖底下,相信劳动节后警察不会来赶他们,岛上可能一共只有五六个警察。迈尔斯想或许就是在岛上的那个周末,皮特和多恩先是爱上了海岛,然后爱上了对方。此后两人把迈尔斯看做他们幸福的使者,对他很感激。即使两人之间的感情开始磨去(他担心如此),他们无疑都还爱着葡萄园。他无法想象哪一个肯在离婚协议中割让岛上的房子。

"嗯,那可以理解,"怀亭夫人不情愿地承认,"可是——"

"可是什么?"

她似乎找不到思绪了,但只是暂时的。"'可是我们奋力向前划,逆流向上的小舟,不停地倒退,被冲回到过去。'"老太太朝他会心地微笑,迈尔斯听出那是《了不起的盖茨比》中的结束语,他强烈地感到有必要不动声色,也不表示出对她的意图有丝毫的好奇。

电话铃响起,两人都显得如释重负。怀亭夫人拿起听筒,简洁地一挥手,打发迈尔斯离开,再没有别的表示。

好嘛,迈尔斯想,这样对待一位你刚刚鼓励去竞选市长的人。

第 三 章

詹宁上完健身课,快速冲了个澡,开车到帝国烤肉店,在外面兜了一圈,确认迈尔斯不在。尽管离婚无止境地拖着,整个过程还算友好。事实上,在分居后这九个月,她对迈尔斯比在过去二十年中的任何时候更有好感。可是她现在还是不想见到他,尤其是在新未婚夫不在身边的情况下。沃特现在老去烤肉店可真是奇怪,他们偷情的时候他从来不去的。

她把车停到沃特的面包车旁边,故意不去看车上印的标志,不愿承认它开始让她心烦。"银狐",什么样的人会在车上写这个呢?对詹宁来说这不是个无关痛痒的问题。离婚一判下来,她就要嫁给沃特,所以希望在她成为半个车主和司机的主人之前知道这个问题的答案。

话说回来,有些问题最好不要找出答案。她对沃特很了解,肯定比当初对迈尔斯了解得多。第一次结婚的时候,她甚至不了解她自己,更别提未婚夫了。现在詹宁至少知道詹宁是谁,詹宁想要什么,以及同样重要的:詹宁不想要什么。她不想要迈尔斯,或任何让她想起迈尔斯的人。她也不想再肥胖。再也不想。还有,她想要真正的性生活,想改变一下,做年轻的事,那些她年轻时没能做的事。她想跳舞,让男人们盯着看。她喜欢减肥之后全身的感觉,她那么喜欢高潮来临。对四十岁的詹宁来说,性高潮是个新体验，每次高潮时她几乎灵魂出窍，想到差点一辈子都没体验过那种无与伦比的、爆发性的、令人震颤、引起幻觉的刺激，她便要发狂。第一次完全出乎她的意料，在高潮中她到了很远的地方，回来之后，在沃特怀里抽泣，断定自己再也不会到达那里了，但他向她保证她会，并且随后证明了这一点。妈的，她记得自己想道，妈的。

　　是沃特教她了解她自己和她身体的需要，不过，她开始认识到就连沃特在这方面的看法也过于简单。在他看来，她的身体需要的是大量的锻炼和沃特。詹宁却在想她的身体或许需要一点旅游。她不介意在沃特的俱乐部里锻炼，但她读到过亚利桑那州图森附近沙漠中有一处温泉疗养地，专门提供女性形体健美。小册子上用的形容词是"豪华"，詹宁既已开始往豪华方面考虑她的身体，她觉得自己应该在那样的地方待上一两个星期。贵是很贵，但沃特总吹他有钱，她一直想说动他去那儿度蜜月。等笛子中学毕业，还有什么能阻止他们搬到温暖的地方呢？在缅因待了大半辈子，能搬到天天出太阳的地方该有多好。沃特总说要开一个新的健身俱乐部，为什么不开在塞东纳或圣达菲？如果她的信息属实，西南部沙漠就像加利福尼亚。人们身体结实健康，穿着基本上是象征性的泳装。如果沃特不想去见识一下，詹宁不介意独自去住一个星期。她喜欢小册子上拉美男按摩师的样子。这有点忘恩负义，她不得不承认。毕竟，是沃特唤醒了她，帮助她找到自己，找到真实的她。而且他找到了那个奇妙的地方，一下子就找到了，那个迈尔斯从来不知道的地方。可她现在却在想拉丁按摩师。

　　真希望他没把那行愚蠢的字印在面包车上，詹宁从开拓者里出来时想道。也许"愚蠢"并不准确。更多的是自负，她想，一面朝餐馆门口走去。何况，最先吸引她的不正是沃特的自负吗？与驯良的迈尔斯截然不同。当然，她母亲还是喜欢迈尔斯，每次都站在他一边，说沃特是"好斗的矮脚鸡"。"妈，相信我，迈尔斯的温和是有原因的。"她对母亲说。这话也许有些刻薄，但是事实，它暗示无法与毕姨讨论性的话题。詹宁断定她母亲是詹宁自己差点成为的那些可怜女人之一,她们一辈子都没有经历过性高潮。毕姨去世时,实际上可以说她还没来就走了。詹宁则不,如果她是在车身上印字的那种人,大概会印上:她来过。她想这意味着她和沃特是相配的,她应该不再去想拉美按摩师有力的双手。

"嗨,宝贝。"她坐到下个月就要跟她结婚的那个男人身边,如果那白痴律师的话可信的话。除非斐尔港法院的屋顶也塌了——就算真塌了,詹宁也丝毫不会惊讶,从开始就好像一切都在跟她作对。她犯了个错误,向那个老年痴呆的神父坦白了跟沃特的关系,指望他会宽恕她,然后全部忘掉。人人都说他不记事,所以才要聘请那个年轻些的神父。然而这次老头偏偏记住了。他把她忏悔时说的一切都告诉了迈尔斯,第二天忘了已经说过,又告诉了他一遍。

不过,现在事情都快完了,詹宁觉得那老傻瓜告发了她也许倒是件好事。当时她搞不清自己要什么,不然也不会去找神父了。一切公开之后,她发现她要的是沃特,要他帮她弥补被骗走的性生活。如果这意味着所有人都把她看成荡妇,包括她女儿和她妈妈,那就随他们去想好了。她和沃特被发现有一定的好处,要是不揭发出来,作为男人的沃特可能乐得继续偷情。是詹宁不喜欢偷偷摸摸,被揭发至少使法律程序启动。而继续推动它,则花去了她的全部精力,除了留给性交和爬楼机的之外。这九个月确凿无疑地证明了一件事:你无法在市政厅塌了屋顶的这一年战胜它。

沃特在专心致志地和贺瑞斯打牌,没注意到她进来。开始让詹宁心烦的另一件事是,沃特在想让他费脑筋的事时总要皱着眉头。詹宁必须承认,这种事还挺多,所以她有许多机会观察她最讨厌的表情。沃特现在便是这副表情,他把目光从牌上移到对手的脸上,仿佛令他困惑的谜底会显示在贺瑞斯的宽额头和那恶心的瘤子上。在这种时候,沃特·科莫紧锁眉头,眯缝着眼睛,好像不是在琢磨对手为什么会赢,而是在琢磨他在耍什么滑头。詹宁想他的绰号是否与这种狡猾的、不信任的表情有关。它总让詹宁想把他拉到一边,告诉他别人怎么耍他的。"他比你聪明,沃特,"她想对他说,"他的花招是记得你出的牌和他出的牌。所以他知道还剩下什么牌。他留意你的一举一动和它们的意义。牌上没有记号,他没有跟人串通,你身后也没有镜子。他只是比你聪明。这也许不公平,但事实如此。"

迈尔斯虽然可恶,牌却打得好得多。他不会不动声色,当幸运女神向他微笑时他会面露惊喜,没受到眷顾时又有失望之色。但至少他打牌时能先算一步,而不是像银狐狸那样落后一步。在詹宁看来,人生中比较残酷的讽刺之一是,在红心大战时常常出了两圈牌就猜到黑桃皇后在谁家的迈尔斯,结婚二十年都没找到她那个地方。

詹宁在心里默念"密西西比",第十遍时沃特才决定扔哪张牌,正好让贺瑞斯成牌了。一贯好奇的沃特翻开贺瑞斯扣的牌,一看就抱怨起来。"你这个走运的家伙,我就等这张牌呢。"

"我知道,科莫先生。"贺瑞斯说,开始计算他赢沃特的分数,"你想我为什么不会给你呢?"

脱离了折磨,沃特在凳子上转过身,看到即将成为他老婆的女人,咧开大嘴笑了。沃特看她的时候詹宁想到,这就是她要嫁给这个男人的原因。他可能是慢一拍——就算慢几拍吧——可是他看到她时总是那么快乐,用初次见到般的目光贪婪地吸收着她,她并不在意这是记性不好的缘故。沃特的欣赏让她青春焕发,使她整个人打开,她的那个地方如柔软的花瓣一样绽放,连迈尔斯都可以找到它,不过他没有机会了。"嘿,美人儿,"沃特说,"幸好老伙计不在,看到你这么漂亮他会切腹自杀的。"

说完这个令人愉快的阴暗念头之后,沃特又去征求贺瑞斯的意见。"你觉得呢,要是知道你拥有过又失去了这么漂亮的女人,以后的日子怎么过?"

贺瑞斯还在笔记本上算分数,或是假装在算。沃特只好转回身来。"我猜猜,一百二十二。"

唉,这又是一件让詹宁心烦的事,总是当众猜她的体重。她并不是不为减掉了五十磅而自豪,她知道沃特这样做也是为她自豪。可是这让她想起小时候在游乐场玩的把戏,在亭子间里猜别人的重量。"一百二十三。"尽管有意见,她还是禁不住感到开心,朝他笑了笑,"咱们别当着这么多人说这个行吗?"

"一百二十三?"沃特大叫,"我要检查一下女更衣室的磅秤了。"他又转身捅捅贺瑞斯,"怎么样?一百二十三。猜猜我们刚见面的时候她有多重。"

"说话要小心。"詹宁提醒贺瑞斯,他看上去不需要提醒。

"别那样,"沃特说,"你应该感到骄傲。"然后转向贺瑞斯,"一百八十多。"

"要点什么吗,詹宁?"正在烤肉的大卫回头招呼道,当然,眼睛没有看她。

"不用了,笛子快干完了?"

"快了。"头也不抬,这可恶的家伙。

"告诉她我来了,行吗?"

"她知道。"

什么意思——那孩子能嗅出她进来了?还是詹宁的出现改变了这儿的气氛?

"你相信这个女人吗?"沃特问道,"我可不想当你哥哥,知道自己让这么漂亮的女人从身边跑掉。"

"她是大美人。"大卫说。

"听见吗?"沃特用鼻子蹭着詹宁的脖颈说,"人人都这么说。"

詹宁听到了她小叔子的话——比银狐狸听得清楚得多,她扭头躲开他的凉鼻子。在家里她也许会喜欢这种亲热,但这儿不行,尤其是别人话里有刺时。为了让大卫看看谁厉害,她站起来,绕过柜台走到收款机后面,敲了"无销售",抽屉弹开。

"大卫,我要换五十块零钱,"她叫道,"可以吗？我以前是这儿的雇员,又是健美皇后。"

"如果迈尔斯同意的话。我只是帮忙的。"

这让她更加恼火。"你要愿意可以过来看着。"

夏琳走过来,抓过那张五十元,迅速换了零钱,重重地关上抽屉。"你好吗,詹宁？"

"很好,夏琳。"她把那叠钞票塞进钱包,觉得被剥夺了某种模糊的满足感。她本来不需要换零钱。看着夏琳为今晚的宴会摆桌子,她想,好消息是,四十五岁的夏琳终于开始显老了。自从动过手术她显得很疲惫,眼角生出了鱼尾纹,并且在加深。她看上去长了约有十磅,詹宁不知道自己那将来的前夫还会对她迷恋多久。打破这个习惯对他来说会很难,因为他婚后一直保持着。在心理活动方面迈尔斯比打牌时还要透明。至于藏在胸口的东西,他守得紧紧的,死不松开,并且矢口否认,无论你怎样努力想撬开他的嘴巴。

夏琳摆完桌子之后,詹宁禁不住微笑了。再过一两年看那肥屁股吧,女士,她想道。披块床单就可以放家庭电影。这个周末詹宁注意到,秋季返校的大学男生没有以前那样爱调情,今年他们似乎对自己的女伴比对窥探夏琳的衣领更感兴趣。明年,就连推车往里间送罐头食品、开玩笑请她一起到大冰柜里待会儿的推销员,也不会再把她当成性感化身了。就只剩下迈尔斯还迷恋着她——也不是真正的她,而是枯损前的那个女人,他以为她还是那个女人,不管自己眼睛所见。

咳,詹宁想,我这真是作践自己。因为实际上她喜欢夏琳——她有过四次不幸的婚姻,也伤够了心,而且在詹宁和迈尔斯结婚的这些年中,她从未鼓励过他的迷恋,就像她没有鼓励过那些大学生一样。是她的身体吸引他们，她阻止不了。詹宁在形体上的胜利与夏琳失败的速度几乎相等，这固然令她自豪，但聪明的詹宁不会看不到最后的结局，她们都是失败者。争夺沃特和迈尔斯之类男人的爱慕会像火炬一样传给别的女孩，小姑娘，那新人看到詹宁和夏琳，根本都不会想到她们经历过。悲哀的、该死的现实是，无论你是谁，你永远永远也不能完全满足。

有了这个智慧，詹宁悄悄把左手在柜台下插进银狐狸的前裤兜里，他狡黠地微笑着，慢慢有了反应。沃特五十岁了确实让她有点担心。她刚刚开始领略到性高潮，如果沃特停得早，她就倒霉了。他此刻不是很活跃，但在兴奋起来。

餐馆那头有一桌德克斯特县美发学院的年轻姑娘，她们常在下午关门前几分钟进来，坐在远处的位子上，一边吃着馅饼，一边叽叽喳喳，窃窃私语。她打量着这些女孩，寻思里面会不会有下一个夏琳和詹宁。有两个几乎可以算是漂亮的，如果你在想象中去掉那夸张的发型和那二十出头却已经显出的多余的体重。也许詹宁的日子和夏琳一样不多了，但至少目前视野之内还没有多少竞争对手，意味着这地盘暂时是她的，尽管价值有限。

詹宁正在微笑，厨房的门开了，她女儿走出来宣布可以回家了。

沃特显然忘记了前裤兜里还有一只友好的手，从凳子上蹦起来，扭着了詹宁的手腕。"出来了，"他没理会未婚妻的痛楚，大声叫道，"我们的小美人。"

第 四 章

在美术课上，五张长桌子用颜色编号，每桌有七八个学生，笛子分在蓝桌。教美术的罗德礼夫人是个大块头，胸部像书橱那么宽，但她本人似乎浑然不知。当她走进教室，某个男生声音挺大地说"大熊——扑！"时，她似乎从未把自己的外形跟这句可以预料的话联系起来。罗德礼夫人和笛子的爸爸年纪差不多，但她显得老一些，也许因为她梳着在笛子眼里是和老女人联系在一起的发型。

作为教师，罗德礼夫人最自豪的是她的组织能力。"有四十个人，"第一天全班坐好后她说，"所以我们一定要有组织。"一般不允许有这么大的班级，但美术课例外——这是心照不宣的。笛子怀疑没人把美术当成真正的课程，像历史或数学。罗德礼夫人甚至不是全职的，她下午教高中，上午教初中，教学方法都一样，不管学生程度如何。

笛子认为罗德礼夫人用颜色编号的有趣之处是，桌子本身都是钢灰色的，所以第一天区分蓝桌和红桌的惟一办法就是看牌子——蓝色、绿色、红色、黄色、棕色，用黑墨水仔细地标着，贴在桌上。第二天牌子都掉了下来，在弄脏和弄皱之前被塞进塑料袋里。她对学生说，美术就是对秩序的学习和实践。没有邋遢的艺术。她说艺术家首先要知道自己是谁，在罗德礼夫人的课上，你学到的第一件事就是你是蓝色还是绿色或其他。如果你是蓝色,就要记住蓝色在哪儿,尽管蓝色为什么是蓝色而不是数字"一"或"二"等等仍是一个谜。

反正,在蓝色那桌,笛子的旁边是田西西·伯克,她喜欢新潮的女孩子服装——宽松的牛仔裤,紧身衬衫,粉红色的阿迪达斯女鞋。还有白色眼影和浓重的睫毛膏。今天她穿着独角兽 T 恤,她大概有两件,要不就是洗得勤。她开学第一天就穿着它,星期四又穿了。"啊呀啊呀!"她看着笛子的画叫道,"你都快画完了,我还没开始呢。帮帮我,好吗?我最生动的一个梦是什么?"

"我不知道你做过什么梦。"笛子指出。

田西西耸耸肩,似乎表示她跟她一样,但这个问题只占据了她一秒钟的时间。"你为什么跟糨糊一起上课?"才是她真正想知道的。虽然田西西天天都问,也得到回答,可她要么是健忘,要么就是对答案有所怀疑。她的坚持不懈让笛子想起一部电影中长时间审问一个男人,问各种问题,特别是有一个问题反复问到,他的回答每次都一样,但审问者大概是怀疑什么,总是回到那个问题。最后他们泄了气,把他给杀了。你永远无法知道那男人说的是不是真话。

田西西在公然使用她第一堂课偷来的美工刀,把她男朋友鲍比的名字刻到木头椅背上,她把椅子掉过来骑着坐,像老头们有时在帝国烤肉店里做的那样。离这危险的工具这么近,笛子紧张得很,尤其是田西西停下来挥着刀子做戏剧性的手势时。笛子想象她会把刀刃抵在她的喉咙口,嘶声说:"你到底为什么跟糨糊一起上课?谁派你来的?老实交代,不然我就——"

田西西想不通的是,笛子是快班生,而她自己和其他同学都是"榆木",生物之类必修课都上慢班,再修些保险能拉分的美术课之类。笛子怀疑,田西西跟她交朋友的一个动机是想向榆木世界的人炫耀。那个世界里都是学不会语法,解不出数学题,并且看不出为什么要学的主儿,大部分是男生,他们不介意被称作"榆木脑袋"。

田西西本人更喜欢"糨糊"。她告诉笛子,她妈妈也最喜欢用这个词,在各种场合这么称呼田西西,"什么事,糨糊?""今天学了点什么,糨糊?""嗨,糨糊,你没有又把我的车钥匙拿走吧?""我他妈对基督发誓,糨糊,再让我在酒柜里抓到你,我就把你跟基督徒一起放到髑髅山①上,罚你喝羔羊血,看你喜不喜欢。我可以告诉你,你不会喜欢的,所以别他妈碰我的伏特加。"在笛子看来,田西西把这个词当成了对像她这样公认为没有前途的孩子的昵称。

笛子想是不是要先反对"糨糊"这个称呼,再解释她为什么跟被划入这类的人在一起。但田西西似乎没这思想准备,所以她决定算了。"我喜欢美术。"笛子无力地回答,像前几天一样。她知道这事实代替不了好的理由。

笛子差点上不成美术课,因为美术课排在快班生必修课(如化学和微积分)的时间,或者是午饭时间。笛子提出如果让她在第六节课时在餐厅吃午饭,她就可以上美术课。这个主意遭到否决,后来她父亲陪她去见校长梅尔先生。校长说餐厅第五节课之后就关了,笛子不仅要自带三明治,从自动售货机里买汽水,而且只能一个人在空荡荡的大餐厅里吃饭。她进去后餐厅会锁门,她得保证不放任何人进去,因为无人看守。

当梅尔先生问笛子能否接受这些条件时,她照常想到大人的世界是多么奇怪。他们都得了集体健忘症吗?你只要看看梅尔先生,就知道他小时候是那种老被大家取笑的胖孩子,午饭时间对他是一种折磨,他自然地分布到受排斥的那桌,或是独自坐在给十六岁孩子准备的桌子旁,成为挤在冷餐桌旁的所有学生捉弄的对象。好桌子是由那些有权坐在那里的人评定的,开学第一天就划分出

---

① 《圣经》中,耶稣被钉死于十字架之地。

来了,大家都很清楚,无须用颜色编号。梅尔先生一看就是在中学被用各种食物砸过后脑勺的,可他却担心笛子会失去中学教育里重要的"社交"机会。他那尖脑袋准是在哪次午饭时被什么东西重重地砸到过,笛子想,因为这人好像一点也不记得了。

所以他不知道笛子多么向往一个人吃午饭。她一点也不介意等到第六节课才吃她的三明治,反正学校让她胃口发堵。这样她至少不用忍受没地方坐的屈辱。那是她必然的命运,因为暑假里她和萨克·明狄分手了,以他那个圈子的人为主的桌子不会再欢迎她。她也知道很难加入吃香女孩那桌的小集团。空餐厅中的孤独比人群中的孤独要好受得多,笛子想。

"你知道克莱格曾经要给我买《甲壳虫文集》做生日礼物吗?"田西西问道,"在我跟他分手之前?"

笛子想不睬她。第一次作业是画你最生动的一个梦,笛子的是她手里攥着一条蛇。画得挺顺利,那条蛇一开始像鳗鱼,但现在不那么直了,多了蛇的弯曲,只是没有梦里的蛇那么可怕。在梦里无论她攥得多紧,它总能扭过来看着她。她只要攥住靠近蛇头的部位就是安全的,但每次它都从手里滑出去。当它扭过来看着她时,她惊醒了。由这个梦笛子总结出一条有用的经验:要伤害你的东西都会先盯着你看。

"你在听我说话吗?"田西西说。

"克莱格是谁?"笛子问,怀疑她应该知道,可能是田西西以前提到过的,可能提过不止一次。好在田西西从不介意重讲男朋友的故事。

"就是我为了鲍比吹掉的那个。"她说,宁愿谈这个话题而不去画草稿,草稿然后要摹到一张大纸上,再涂颜色。田西西似乎毫不在意她是全班最慢的。更有趣的是,罗德礼夫人似乎也不在意。这星期笛子一直指望罗德礼夫人会踱到蓝桌,看到田西西什么都没做,狠狠训她一顿。可她到现在都没过来,好像已经断定蓝色是麻烦,因此不存在。

笛子发现许多老师都不大愿意面对麻烦。比如说买卖毒品的时候他们从不在场。还有第一堂课后美工刀失窃之谜,在指导课上喇叭里播了。其实罗德礼夫人到蓝桌一看,这个谜就会不解自破,田西西在公然用它刻"鲍比"。笛子不禁怀疑老师是否跟她一样怕刀子。那种经常是非理性的恐惧让笛子失去行动能力,这是她希望长大后能克服的。大人们总的来说好像没有这个问题。就连她叔叔大卫,在车祸中几乎失去了整个前臂,可他坐到方向盘后面几乎仍是无忧无虑。多数大人都像她爸爸,他们的恐惧已经被忧郁代替,如果有过恐惧的话。但她妈妈另当别论,有时笛子看到詹宁的脸上现出一丝恐慌,当她不知道有人看见的时候。但她用意志的力量把它强压下去。笛子倒很乐意学习这个本事,因为恐惧常常伴随着她。

"你说我是该等我的男朋友,还是跟克莱格玩两个礼拜?"田西西问道。

田西西可能等也可能不等的那个鲍比在监狱里。据田西西说他是在斐尔港中学被带走的,抓得不公平。为什么这么想笛子不大清楚。田西西似乎相信警察抓他是因为他拿了他妈妈一块钱,只还了七毛五。他大概两个星期后释放,能赶上返校节。笛子不知道田西西告诉她的事有多少是真的。比如她不知道那个男孩是否真在监狱里,甚至不知道有没有这个人,也不知道那个克莱格是否答应过给她买《甲壳虫文集》。这些想法让人难以提出好的建议。

如果田西西的话可信,她的恋爱故事极富戏剧性,笛子倒没有意见,只是当她终于讲完她自己的罗曼史之后,她就会问笛子的。笛子的故事可缺乏戏剧性,或者根本就是缺乏。在葡萄岛她遇到了一个印第安纳的羞涩男孩,他是在父母离婚判决下来之后跟他妈妈来访友的。如果笛子要偷美工刀在椅背上刻一个男孩的名字,那名字将是"东尼"。他对她说起他爸爸的时候,眼里含满了泪水。就在那个星期,他爸爸要搬到加利福尼亚去。东尼说他到葡萄岛来就是为了不看到爸爸离开。东尼还说他宁愿跟着爸爸,尽管是他有错,爱上了别的女人。

笛子对他说她的经历也很相似。爸妈分居后没人问过她想跟哪一个。当然,她家没有人搬到加利福尼亚,她虽然名义上跟妈妈生活,但跟爸爸在一起的时间几乎同样多。东尼难以相信笛子的父母现在的住所只隔三个街区。他爸爸之所以选择去圣地亚哥,显然是因为那是在不离开美国大陆的情况下离印第安纳波利斯最远的地方。笛子解释说她的父母可能只是没钱住得离彼此更远。

这次亲密交谈发生在他们一起度过的最后一晚,在海滩上,东尼握着她的手,看橘红色的夕阳沉入海中。他们甚至没有勇气接吻。第二天早上说完再见,两人当着笛子的父亲和东尼的母亲握手告别,不确定可不可以有更多的表示,失望使他们手指冰凉。

总之,这种故事不会对田西西的胃口,就算笛子想讲的话。她怀疑它主要证明自己感情方面发育不足,就像她总是想到坐在温暖的沙子上,在渐浓的暮色中跟一个她喜欢的男孩握着手,感觉多么美好。当然,她现在希望他们能有勇气接吻,但当时两人都很满足。相互的默契(尽管是忧伤的默契)一开始让她激动,然后让她安心,但她怀疑田西西会不会这么看。这女孩已经几次提到要给鲍比吹箫,笛子差不多可以肯定她知道吹箫是什么意思,如果她猜得对的话,田西西是不会对一次高潮就是握握手的相遇感兴趣的。

"克莱格也不坏,他喜欢我……而且他真的想给我买《甲壳虫文集》,所以,我该怎么办?"田西西又问。

笛子还没开口,坐在桌子顶头的一个叫贾斯廷的男孩打岔了。"什么,田西西?"他说,假装她是在跟他说话,"你要跟约翰好?"

约翰·沃思也坐在蓝桌,从来连头也不抬。在帝国中学的所有学生中,笛子觉得他是最捉摸不透的,让她有点害怕。不是因为他那旧货店买的古怪衣服,也不是那深一块浅一块的头发(像是他自己剃的),而是他的沉默。这星期他还没有说过一句话。要不是贾斯廷不时提到他,假装解说这昏睡状态的男孩的思想,大家都忘了他的存在。约翰·沃思在画一个装饰精细复杂的蛋形的东西,这也令笛子感到迷惑而可怕。谁会梦到蛋呢?看他画画让笛子想到在标准化考试中遇到的类比题:约翰对贾斯廷就像——对田西西,答案是笛子。

"约翰让你今天放学后到他家去,田西西。他说他要给你看样东西。"

"闭嘴,讨厌鬼!"田西西大喝一声,把笛子吓了一跳。笛子知道她声音中的惊慌是由于贾斯廷试图把她与中学社会等级中最底层的男孩编派到一起。田西西本人离底层也不怎么远,所以她必须防止任何此类的误解。红、绿、黄和棕色桌子的学生都回头看着她,"对不起,罗德礼夫人,"她说,"可是贾斯廷老捉弄我。"

罗德礼夫人的确挺直了身子,正在瞪着蓝桌,好像全桌人都对田西西的喧哗有同等责任。她的失望与不悦似乎也包括对笛子和约翰·沃思,那男孩依然没有从蛋上抬起头来。"我希望蓝桌不要再发出喧哗。"老师高声说。

"我说过对不起了。"田西西出声地说,翻着眼睛,似乎表示她难以想象那女人还想要她做什么。

"如果你们需要一个规矩的榜样,"罗德礼夫人说,似乎以为这就是问题所在,"只要看看绿桌。"

笛子看到绿桌今天缺席很多,八个学生里少了四个。在座的有两位在看代数书准备下节课的考试,还有一位趴在桌上睡着了。若不是学聪明了,笛子倒想举手问问罗德礼夫人,绿桌有什么值得效仿的。就连田西西,虽然正在拿偷来的美工刀用花体字刻她那进监狱的男朋友的名字,纪念她对一位少年犯的爱慕,同时损坏学校财产,也还更接近一点美术课的目的。

"哎,你怎么跟萨克分手的?"罗德礼夫人一把注意力转向她所喜爱的红桌的创作活动,田西西就问道。

"我们两人同时要分手的。"笛子说,这可以讲是事实。当她告诉萨克她不想再跟他约会时,他说好啊,他也正这么想呢。好像说,她以为她是谁?第二天他打电话说已经有了新女朋友,说了一个似乎很讨厌笛子的女孩的名字,尽管她跟她从来没说过话。

"我觉得你应该跟他和好,"田西西说,显然不顾她对两人关系几乎一无所知,"我是说,他还是真心喜欢你。"

笛子强作镇静,努力集中思想画她的蛇,她突然觉得蛇有些不对劲,可又搞不清是哪里。不错,它是不怎么像鳗鱼了,可是它的比例肯定有问题,好像下半截是按一个比例,上半截是按另一个比例画的。她希望能用视角来解释。在她看来许多蹩脚的艺术都以独特视角作辩护。

"我怀疑。"笛子说,这次选择了绝对的、未加粉饰的真实。

奇怪的是在她去葡萄岛之前,她不知道该怎么对待萨克。暑假是一回事,但在学校没朋友的日子要难过得多,你总是展示在众目睽睽之下。失去萨克本身并不那么可怕,至少她不用再天天揣摩他的心情,今天是友好还是粗暴,他的行为像风一样捉摸不定。所以没有男朋友还没关系,虽然她怀疑自己能不能很快找到新的。比失去萨克更让她担心的是失去他的朋友,萨克的关系网。在一起的时候,他的朋友就是她的朋友,可是一旦分手,她发现了真相:他们全都是他的朋友。并不是说他们讨厌她,她怀疑其中有几个喜欢她超过喜欢萨克,或者愿意保持中立,如果规矩允许的话。可是规矩不允许,萨克不是你愿意得罪的人。刚分手她就开始接到他朋友的电话,劝她与他重归于好,暗示否则她将不受欢迎。有两个男孩几乎带着惊恐的语气,似乎不能想象她的鲁莽行为。有个女孩甚至说如果笛子回去,萨克也许愿意跟新女朋友分手,也许,但说不准。

去葡萄岛之前她认真考虑过这么做，但现在她觉得不会了。在接触过一个真正喜欢她的男孩之后，她宁愿没有朋友，至少在目前。令她悲哀的是这个新认识的代价。尝到来自父母以外的另一个人的爱意，如此甜蜜而新鲜，可是难道这意味着她要完全放弃其他交往吗？

"依我看，他根本不在乎石南，"田西西说，"你该看到他怎么对她的。"

"我知道他怎么对她，"笛子用批评的眼光看着她的蛇，断定它需要的是一条舌头，"就像他以前对我那样。"

"他变了。"田西西看着她说。她已停止了雕刻，开始收拾东西，等待下课铃响。她突然对笛子的恋爱故事如此感兴趣证实了笛子的担心：田西西跟她做朋友，实际上是受了萨克的指使来探听有无和解可能的。还好，开学后笛子很少看到他，但那是因为他每天放学后要参加橄榄球训练。否则他会来不停地折磨她。救了她的另一点是萨克去年成绩太差，被踢出了快班。要不然他在化学课和美国文学课上都会坐在她的后面，让她一整天都感到他那受伤的、愤怒的目光。

看透田西西的动机之后，笛子很生气，没考虑是否明智，就说："我也变了。最大的变化是我不再喜欢他了。"

田西西发出了笛子听到过的最响亮的一声尖叫，桌子另一头的约翰·沃思居然都抬起了头。有件金属的物体当啷掉到笛子的木底鞋旁边。田西西号叫着"啊呀啊呀"，举起她的手，手上鲜血淋漓，一道深深的刀口从拇指甲几乎延伸到掌心。到处是血——手臂上，她椅背上精心雕刻的槽痕里，甚至笛子的蛇身上都有一小滴桃红。看到这么多鲜血，笛子感到她的左胳膊突突地悸动，在医院打针前和恐怖片里有人被砍时，她也总是这样。

田西西还在尖叫，把拇指攥在另一只手的手心里，身子频率很快地前俯后仰,像那种在假想的水池边饮水的机械鸟。她的独角兽T恤上有血在往下淌,绿桌的胆小鬼们都站了起来,往教室后面躲。

笛子的左胳膊疼得厉害,她开始感到眩晕,教室呈现出异样的光泽,边缘模糊,像电视里的梦幻镜头。她向前一趴,把额头搁在冰凉的金属桌面上,听着田西西的尖叫,直到另一个声音加了进来,听上去很遥远,田西西的鞋子旁边出现了另一双脚。笛子认出是罗德礼夫人的,她远远地听到那女人喊道,"把手拿开让我看看,孩子。"然后,"这是谁干的?"

现在田西西在尖叫:"对不起——哦——天哪——对不起。"笛子糊涂了,以为田西西是在跟她说话,为充当萨克的探子而道歉。"没关系。"笛子说,或在想象中说,因为她无法抬起头来说话。反正这是她想说的,因为她是那种很容易原谅别人的人,她不能忍受有人请求原谅而得不到。所以,说出或未说出的"没关系"与她的血一起在她耳中鸣响。就在她感到左胳膊的疼痛如果再加剧,胳膊就要爆炸时,疼痛达到了顶峰,然后一切渐渐地模糊起来。笛子浑身虚汗,瑟瑟发抖,担心如要恢复正常,她必须返回疼痛地带,事实是她不想,她宁可失去知觉。

睁开眼睛,她才意识到刚才自己紧紧地闭着双眼。她前额依然搁在桌子的边缘,能看到脚边的地面。在她的右脚和书包之间,是那把带血的美工刀。田西西的尖叫停止了,她那双粉红的阿迪达斯也不见了。罗德礼夫人好像离开过一阵又回来了,她在叫笛子抬起头,这次笛子发现她可以抬头了。更令她惊讶的是,教室里空空的,所有的学生都聚在走廊上朝她张望。墙上的挂钟告诉她有十分钟过去了。罗德礼夫人用手指摸着田西西椅子的金属边,想找到一个能把学生的拇指割到骨头的锋利之处。校长梅尔先生挤进教室,走过来把手放在笛子的额头上。

"别靠太近,"罗德礼夫人说,"她看样子可能会吐的。"

梅尔先生明显吃了一惊,虽然笛子不能确定是因为那个可能性还是他的教师的冷酷。

"我没事,"笛子说,以防校长为前者而担心,"出了什么事?"

"你晕过去了,小天使,"梅尔先生说,让她第一次对他有了好感,"看到那么多——"

他突然顿住,或许担心"血"这个词会和看到血产生同样的作用。"要我打电话给你的父母吗?"话一出口又连忙打住,大概想起她父母分开了。

笛子动动左手的手指,又说了一遍她没事。手指好像有一千根针在戳,可是除此之外再无疼痛,就是说她会从新的地方出来,谢天谢地,不用再穿过那黑暗的疼痛的隧道。

梅尔先生嘱咐她待着别动之后,把罗德礼夫人叫到一边。笛子还能断断续续听到他们的对话。罗德礼夫人报告了田西西自己说是怎么把手指割破的。这回轮到梅尔先生来检查椅背,把椅子翻过来,用手指试探地抚摸金属表面,似乎他也拿不准是否真想解开这个谜。笛子装作拿书包,把手伸到桌子底下,捡起了那把美工刀,塞进书包侧兜里。

她直起腰,背上书包,梅尔先生轻轻扶着她的胳膊肘,送她朝门口走去。她瞥见走廊上萨克·明狄的身影,一阵反胃,膝盖摇晃了一下,梅尔先生挽住了她的腰。笛子平常讨厌别人碰她,尤其是大人,但这次她很感激。

"去医务室,小女士。"梅尔先生引她往那边走去。笛子想起这星期该她和田西西值日,她们还没有打扫呢,而罗德礼夫人明确教导这是整个艺术活动过程中最重要的部分。她回头朝教室里望了一眼,看到罗德礼夫人站在蓝桌旁,似乎在艺术家们离开之后终于可以安全地访问蓝桌了。她正端详着笛子的蛇,表情是极度的嫌恶。

第 五 章

　　帝国瀑的面圈店向来是马克斯·罗比最喜欢去的地方之一，因为它对吸烟的政策是："抽吧，我们才不管呢。"迈尔斯想，明年缅因州的所有餐馆将依法成为无烟场所，不知道父亲会怎么办。目前门口仍有一台售烟机，店里只有八个火车座和一个柜台，六七张凳子，不可能有无烟区，这比允许他点烟还要让老头高兴。马克斯是制造自己气氛的那种人，据迈尔斯看，他特别高兴知道在他过完瘾后别人必须呼吸他的空气。实际上，抽烟只是这种现象的一种表现。马克斯总是喜欢打破他自己的局限。他喜欢凑得很近地跟人说话，吃东西时食物会到处乱飞。七十岁了，他又爱上了甜食。如果牙口允许的话，他会去嚼巧克力，可惜牙齿掉了一半，另一半也松动了，只能满足于甜面圈。等马克斯吃完一个，一般只喝咖啡的迈尔斯常发现他衣襟上沾满了糖霜。
　　多年前，迈尔斯问过母亲怎么会被个人习惯如此恶心的男人所吸引，她说他并不总是这样，年轻时当然不是。迈尔斯爱母亲，愿意相信她的话，但做起来并不容易。她一辈子都是那种一旦付出真心便会忽略一切消极方面的女人，但迈尔斯疑心她为了维持婚姻而学会了完全忽略马克斯。不过，在迈尔斯提问的时候，她显然为自己选择的配偶感到羞辱。"你现在看不出来了，"她对儿子说，"可你爸爸那时候笑起来特别有感染力。"

有感染力迈尔斯可以相信。像许多孩子一样,迈尔斯和他弟弟小时候从学校带回各种流行病:水痘、腮腺炎、麻疹、常见的伤风感冒等。大卫特别容易感染,而且比迈尔斯病得更久。但两个男孩都不能说是病恹恹的——除非父亲带回来什么分给他们,那一来除了马克斯之外,全家人统统被打倒。无论什么病毒,在他的呼吸系统里循环一下,毒性都会增强几度,最后通过他那爆炸式的喷嚏重新注入空气中。马克斯认为捂嘴巴是没有道理的行为。在他看来,这就像是放屁捂屁眼,有个屁用。

迈尔斯看着父亲用烟头点燃一根新的雪茄,然后把烟头摁灭在烟灰缸里。才二十分钟,烟灰缸已经半满。他盯着父亲的嘴巴,努力想象一口洁白的牙齿和那有感染力的微笑,可是没有用。迈尔斯常想宇宙中最大的一个谜是女人为什么会被某些男人所吸引。似乎全世界的女人都想跟米克·贾格尔①做爱,或至少曾经想过。还有人对马克斯·罗比并不反感。迈尔斯不禁钦佩女人排除感官印象的能力——如果可以这么解释,而不是她们有时会莫名其妙地被怪物吸引。

外面又淅淅沥沥起来,像昨天一样,下得不大不小,正好让他干不成油漆活。半小时前迈尔斯回餐馆时,看到他父亲坐在帝国公寓外的长椅上跟一个老女人说话。那女人似乎在想她造了什么孽会被他缠上,以后怎么避免犯同样的错误。"往前开。"迈尔斯大声说,但还是把车停到路边,按了按喇叭。做好事有恶报,他提醒自己,马克斯从长椅上跳下来,踏着新撒了籽的草坪朝他走来。

这回也是,迈尔斯望着桌子对面的父亲,心里想。"爸爸,你胡子上有面包屑,你知道吗?"他提醒道。马克斯三四天才刮一次胡子,而且从来不熨衣服。他总把衣服忘在帝国公寓的公共烘干

---

① 米克·贾格尔(Mick Jagger,1943—),二十世纪六十年代走红的英国摇滚歌星。

机里,直到别人把它们取出来送给他,所以他穿的每件衣服都皱皱巴巴。

"怕啥?"老头子说,又吸了一肺的烟,然后吐向一边,以示对不吸烟的迈尔斯的礼貌。好像周围空气没有发青,好像迈尔斯和大卫没有从小就相当于一天吸一包烟(只要父亲在旁边)。

"你看上去像傻子,"迈尔斯说,"人家看见你,还以为你像汤姆神父那么老呢。"其实,跟马克斯站在一起,汤姆神父可以称得上优雅。

马克斯考虑了片刻这个可能,然后打消了它。"你应该让我帮你干教堂的活。"他说,因为迈尔斯提到老神父而想起了这个愿望。油漆教堂是迈尔斯认为已经结束的话题,而马克斯认为还大有商榷余地。"你知道,我漆了四十年的房子。再过一个月我就要到佛罗里达礁岛去,你想,没钱我怎么去呢?"

"我认为你帮我油漆不是个好主意,爸爸。"迈尔斯说,"上个月你从酒吧高脚凳上摔了下来,我可不想你从梯子上摔下来。"

"那不一样,"他父亲分辩道,"我喝醉了。"

"没错,我相信你从梯子上摔下来时也是。"

他父亲好脾气地点点头,若不是有经验,迈尔斯会坚信他已经让步了。

可是这次吐烟时,老头没有转过脸去。

"如果我兜里有几个钱,我也不会老缠着你,你知道。"

女招待出现,给他们续上咖啡就走,动作连成一气,让迈尔斯感到她坚决不要在马克斯·罗比的附近逗留。

"你听到我的话吗?"他父亲问。

"听到了,爸爸,"迈尔斯把一小袋甜味剂倒进他的咖啡里,"可你老是忘记我油漆圣凯瑟琳是义务的。"

他父亲耸耸肩。"那并不表示你不能付我钱。"

"不对,爸爸,"迈尔斯说,"那恰恰表示这个意思。"

迈尔斯最不希望马克斯跟他一起油漆教堂。每次看到马可神父,马克斯都要损他说天主教徒多么小气。他的逻辑是:因为梵蒂冈很富,而所有神职人员都是梵蒂冈雇的,所以他们都能随便开支票。教会藏有亿万财产,怎么就雇不起缅因州帝国瀑的两个可怜的油漆匠呢?这是他希望马可神父解释的问题。实际上这是一个设问句,马克斯给马可神父两秒钟时间,接着便解释起教会是怎么玩这种诡计的。每星期,你们从只知道傻乎乎地捐钱给你们的人中间收钱,然后把钱放在几万里外的银行里,缅因州帝国瀑的人不可能去找它,更不可能找到。如果有人问你们要回一点——比如用来油漆你们自己的破教堂,你们会说钱都没了,说你们跟他们一样穷,那些钱都交给了主教,主教交给了红衣主教,红衣主教又交给了教皇。"下辈子我也要当教皇,"马克斯总结道,"我要做他做的事情,拿所有的钱。"迈尔斯喜欢想象这种情景,主要因为这有助于在现实中避免它们。

"如果你付我工钱,"马克斯接着说,作为一个胡子上沾着食物的人,他的辩才超过了你的想象,"我就不会觉得自己没有用。没有一条法律说老年人应该觉得自己没有用。你付我钱,我可以有些尊严。"

这回轮到迈尔斯好脾气地微笑。"我想尊严号客轮早就起航了,爸爸。"

马克斯咧嘴一笑,停止了搅拌咖啡,用勺子朝儿子一指,迈尔斯感到两滴咖啡溅到他的衬衫上。"你想伤害我的感情,"他父亲狡黠地说,"可你做不到。"

迈尔斯用湿纸巾擦了擦衣服。"再说,爸爸,你什么时候想要尊严了,可以来餐馆洗会儿盘子嘛。"

"那就是你认为的尊严?把你老爹关在那间没有窗户的小屋子里,洗上几小时的盘子,拿最低的工资?还有一半要交给政府?"

马克斯最后还是会干的,当他穷急了的时候。迈尔斯也不急于要他投降,因为老头干活马虎,还怨气冲天。他认为从洗碗机里出来的任何盘子自然都是干净的,哪怕上面沾着蛋黄。比小黑屋更让他痛恨的是迈尔斯不肯走黑账付他钱。他觉着既然漆房子都可以走黑账(他一辈子都是这么干的),洗几个盘子当然也可以。在马克斯看来,格瑞丝把儿子培养得在道德上如此谨小慎微,纯粹是为了气他。如果预见到这种死板,他会多过问一下儿子的教育,不幸的是,等他发现时已经太迟了。感谢上帝,他的另一个儿子大卫弹性大一些。

"要是可以时不时地到前台招呼,我就让你雇我。"马克斯说,"翻肉饼再有趣不过了,你知道。而且我喜欢跟人说话。"

"我先得把你搁洗碗机里过一遍,"迈尔斯说,"洗掉你胡子上那些渣子。你好像不明白人家进帝国烤肉店是来吃饭的,你的样子让人倒胃口。"

"我虽然已经古来稀,"他父亲一个顿都没打地接着说,"可爬高还是像猴子。"

又回到油漆教堂了。迈尔斯必须承认,老头的确很敏捷,无论是腿脚还是言谈。迈尔斯早就放弃把他逼入角落了。

但马克斯坚持要油漆教堂也是很奇怪的。三十年前,汤姆神父雇另一位承包人油漆圣凯瑟琳教堂后,他发誓再也不踏入那块地方。当然,教堂内部他是已经十年没有踏入了,只有他的太太和儿子(大卫还没出生)去做礼拜。但马克斯认为他太太和儿子做的一切都是在他庇护之下,而汤姆神父雇的承包人是个该死的长老会教徒,与这个教区根本不相干。或许马克斯本人不是虔修的天主教徒,但他娶了一位每分钟都在虔修的女人,尽管她已经十分精通。而且他还养了一个小天主教徒,那也应该算数的。

马克斯倒是恪守了他的誓言,这一点让迈尔斯感到惊奇。他想帮着油漆教堂是不是某种间接的懊悔?迈尔斯从未见过他父亲沉溺于任何形式的懊悔，虽然他有太多这样的机会。毕竟，马克斯做父亲不尽责，做丈夫的表现更差。实际上，他漆房子也不怎么样。他不喜欢用刮刀，油漆上得又厚又不均匀。他更喜欢泡酒吧而不是漆房子，因此他干活图快，哪怕是特别要求细致的活。他常把窗户漆死，刷到了窗玻璃也不拿布擦一下。

换了其他这么大岁数的人，想油漆教堂也许只是希望与以前忽略的儿子多相处一些时间。但迈尔斯不相信马克斯是出于这个动机，马克斯从未怎样表现出喜欢儿子的陪伴，但他喜欢任何给他买面圈的人，好让他把面圈钱省下来买烟。迈尔斯能得出的惟一结论是，年迈往往会搅乱人的性格。比如汤姆神父一向是把听忏悔交给年轻神父的，现在老糊涂了，却恳求马可神父让他听几个。要是马可神父星期六下午不留神，一转眼老神父就不见了，他必须赶紧穿过圣宅和教堂之间的草坪，找到昏暗的忏悔室，老头在那儿耐心地等着教徒进一步泄露。如今年纪大了，他好奇地想知道别人在干什么，并且热衷于分享他了解到的情况。迈尔斯就是从汤姆神父那里第一次得知他妻子跟沃特私通的。

"还有一样，我在梯子上不会像小姑娘那样害怕。"

"同样的，爸爸，"迈尔斯提醒道，"你也没法伤害我的感情。"

"从来没想。"老头表现出一种坦率的不诚实，倒也有其可爱之处，"我就想知道，你什么时候变得这么怕高的？我古来稀了，爬高还是像猴子。你多大？"

"四十二。"

"四十二。"马克斯捻熄雪茄，好像至少他儿子的年龄是确定无疑了，"四十二还怕爬梯子。我从两层楼摔下来都没害怕。"

"把咖啡喝完，爸爸。"迈尔斯说。"我要回餐馆去了。"

"我从两层楼高的脚手架上掉下来，一屁股摔在玫瑰花丛里。你哪天试试。可我没有从此就害怕爬梯子。"

一辆警车开进停车场，迈尔斯看到车里是吉米·明狄。他感到车前的保险杠撞到房子上,贴塑桌面、桌上的烟灰缸都颤了几颤。吉米(今天穿了制服)坐在车里没出来,嘴巴一动一动,像在跟无形的同伴说话。直到他倾身挂上机子,迈尔斯才想到他是在对着步话机讲话。这样他们两天内就三次不期而遇了,嘿,这是可能的。

"至少我可以帮你搭台子,"他父亲在说,"这样你可以放心脚底下很牢靠。"

"我会搭脚手架,爸爸。"

"我希望你会,"马克斯说,"是我教你的,别忘了。"

"我没忘。"

"我让你帮忙,如果你还记得。你妈妈要是知道了会大吵一场,可我还是让你帮忙。现在我需要几个盘缠,你却叫我走着去。"

"我没说——"

"我要小便。"他父亲厌烦地说,从座位里挪出来,好像是谈话而不是咖啡造成了这不幸的需要。

洗手间的门刚在马克斯的身后关上,吉米就挤进了座位,把闪亮的黑帽子搁到桌上。迈尔斯注意到他的鬓角有些花白。

女招待在他面前放上一杯咖啡。"我希望你不要每次都撞到墙上,吉米。"她说,"你把人都吓坏了。人家在好好地喝咖啡聊天,你冷不丁把车子停到他们的座位上。墙壁又不是透明的,应该在撞到之前停住嘛。"

"你们应该在外面砌两道水泥沿子,"吉米嬉皮笑脸地说,"我敢打赌碰壁的不止我一个,雪莉。"

"那是,"她承认道,"但只有您老人家每次都撞。"

她走后,警官耸了耸肩。"嗨,迈尔斯,我一猜那就是你的捷达。你该花点钱把底漆给上了。有多贵——几百块?"

吉米·明狄三句话就能把任何话题转到钱上。他特别喜欢指出迈尔斯的私人财产的缺点，例如捷达上的铁锈，那可有不少。迈尔斯常怀疑吉米把他当作衡量自己经济地位的尺子。最奇怪的是，这似乎是他们小时候在长街上的经历的延伸。吉米那时就仔细盘点迈尔斯的东西，想知道每样东西的价钱，在哪儿买的。如果两人得到了相同的圣诞礼物，吉米也喜欢说明他的更好，买得更实惠，更便宜，因为他爸爸知道去哪儿买——即使那个玩具明显是处理品。细数完他的礼物的好处之后，他会建议两人交换，就一会儿。常常是在吉米归还之前，迈尔斯的玩具就已经被弄坏了。

　　三十年后，迈尔斯还记得当母亲把他从公立学校转到圣心时，他心里那份轻松——吉米不能跟去，因为他家不是天主教徒。虽然仍是邻居，但两个孩子的生活渐渐分道扬镳，在高中又碰到一起时，两人已经有不同的生活，不同的朋友。当然，按吉米的说法，还是他的更好。毕业后吉米服了一阵役，迈尔斯去读大学。等迈尔斯回到帝国瀑时，吉米刚结了婚，住在斐尔港，但有时来看望父母。迈尔斯和詹宁结婚后吉米曾提议他俩重修旧好，迈尔斯不是很热心，因为成年的吉米·明狄仍然带着那盘点的眼光，只不过现在他比的是老婆。最近十年他们很少见面，除了在行驶的车中或当吉米有新玩具要在帝国烤肉店炫耀的时候。上次（一年前），他要了一份牛排，在柜台前喝了老半天咖啡，直到迈尔斯肯去注意停在外面的红色卡麦罗。在这种时候吉米总要向迈尔斯证明他过得很好，虽然没得到上大学之类的机会。只要他不惹麻烦，吉米看不出他为什么不能当上帝国瀑下一任警长。不过，还有他的儿子萨克——他会有出息。

　　"刚才那个是你爸？"吉米把头朝洗手间一点，问道。

　　"你知道。你刚才就坐在那儿看着我们。"迈尔斯把头朝窗外的警车一点。

　　"玻璃有反光，"吉米说，"可能是任何人。"

　　"那你可真会猜。"

"昨天很抱歉，"他显然是指年轻警察在长街上盘问迈尔斯之事，"新来的，还没摸着门道呢。亏得我路过，你跟他顶嘴了？"

"哪有啊。"

明狄耸耸肩。"你不知哪儿招了他。幸好我及时出现。"

迈尔斯意识到，这第二遍提到他的幸运是又给他一次表示感谢的机会。他的不接茬显然令对方失望，但吉米似乎决心克服它。

"老街让你难过，是不是？"他说。

迈尔斯想把对话引到比较安全的泛泛而谈。"整个城市都是。"

从吉米那惊讶甚至受伤的表情看，他认为对帝国瀑的这种批评打击面太宽。"我还是喜欢这儿，"他说，"没办法，我就是喜欢。人家说有更好的地方，可是我不知道。"他停了一下，准备迈尔斯报出一堆所谓更好的地方。"但长街就不一样，我最近老给叫到那儿去，只剩下打老婆的和卖毒品的了。"

"打老婆并不新鲜。"迈尔斯提醒道，因为吉米的父亲威廉就常以这种方式解决婚姻中的分歧。

吉米没有理睬。"妈的，你那天停车的地方是城里最大的毒窝。"他压低了嗓门，"我们监视那所房子有一阵了。我猜波罗警官以为你是去买药的。"

迈尔斯哑然失笑。"应该有人告诉他，不要在人进去的时候逮，等出来了再逮，才更有可能抓到证据呀。"

"我是这么跟他说的。可你得承认，你那辆捷达看上去是挺像贩毒车的。"

"是吗？为什么？"

吉米耸耸肩，"恕我直言，那种车就是被没收，车主也不怎么在乎。"

"我在乎，我只有这一部车子。"

吉米似乎想踢自己一脚。"该死，我伤着你的感情了。"

"哪里。"迈尔斯微笑道。

对方困惑了好一会儿。"想知道一个秘密吗?"

诚实的答案是不想,所以迈尔斯没答腔。

"你昨天在那儿干什么?我有时也会这样。"

"怎样?"

"你知道,就是开到那儿,坐在车里想事情。"

"想啥?"迈尔斯问,是真的好奇。

明狄耸耸肩,"生活呗,人生的际遇,我想有些人会觉得我当上警察很奇怪。"

"我不觉得,吉米。"

明狄仔细打量着他,或许怀疑有侮辱的成分。"我是说我爸爸和那种环境。没错,他是打过我妈妈,你刚才要说的就是这个,对不对?还有我家冰箱里的确塞满了不完全是在狩猎季节里打的肉,等等。可我还是怀念他。人只有一个父亲——我是这么看的。虽然回过头来我能看到他哪里出格了。无论奇怪不奇怪,总之我成了警察。这里头有上帝之手的安排吧,我猜。"

"有可能。"

吉米点点头。"就说你吧。如果你妈妈没在那个时候生病,你也许根本不会回来,对不对?"

迈尔斯承认这也有可能。

"我就是这个意思。有时我开车到那条老街上,就坐在那儿。"他停了一下,"我总是想起你妈妈,死得真够惨的。"

"能换个话题吗?"迈尔斯说。

"哦,对。"吉米坐直了身子,摇了摇头,"我不知道怎么想起来的。大概是昨天看见你坐在那儿,想到我们从前在一起玩。似水流年啊。你那个可爱的小姑娘怎么样了?"

"很好,"迈尔斯告诉他,"比以前开心。"自从她停止跟你的儿子交朋友之后,这句话他没有说出来。

即使听出了这句潜台词,吉米也没有露出痕迹。"想知道另一个秘密吗?我想我的萨克还有一点喜欢她。"他让这句话悬在空气中,仿佛等迈尔斯泄露出兴趣或厌恶,"当然,小孩的事说不准。我跟他说拒绝她也要委婉一些。你希望人家怎样待你,就要怎样待人,这是我的座右铭。损人利己长不了。可你没法跟这么大的孩子讲明白。"

听到洗手间的门开了,迈尔斯露出一丝微笑。很少有社交场合因马克斯·罗比的加入而改善,但眼前就是一个。

"我总对他说,如果再不注意成绩,就没有一个大学会要他了。可人家主意都打好了,那帮孩子都是。我也不能怪他,他看我的榜样,我没上大学也干得不错——嘿,不只是不错。所以他想有什么关系。"

吉米又停了一会儿。"孩子们不懂的是,我们希望他们过得更好,不只是一样好,对不对?"

马克斯回来免去了迈尔斯表示同意的必要。

"吉米·明狄,"马克斯坐下来,把警官挤到窗口。老头一脸困惑地看着他,"老天爷,你小时候多笨啊。"

"小心点,爸爸,"迈尔斯说,"他这些天带着枪呢。"

"我只是希望他比那时候聪明一些,"马克斯把一只大手伸给吉米,"你怎么样,吉米?"

吉米看着那只手,好像怀疑马克斯在洗手间有没有洗过手,但还是握了。"你好,罗比先生。"

马克斯一边跟吉米握手,一边对迈尔斯说:"你记得他小时候多笨吗?老天爷,简直是可怜。我不记得还有哪个小孩这么呆的。"

吉米似乎想抽回他的手,但又不知道怎么做,迈尔斯朝他耸耸肩,表示他也不知道老爹是着了什么魔。

"笨得能让你哭。"马克斯说,终于放开了那个人的手。

吉米似乎想问他为什么会得到这么低的评价,还在权衡这个问题的危险和好处。

"我想这对我们是一个教训,"马克斯说,"永远不要放弃一个孩子。因为就连结婚时都要你给他系鞋带的角色也会让你刮目相看,挣上大钱。"

马克斯带着几乎像天使般的表情发表了这段演说,似乎他把这些都当作恭维,使得警官迷惑地皱起了眉头。他几乎肯定自己是受到了侮辱,但又不十分肯定。

当然,迈尔斯经常看到他父亲笑呵呵地拍着别人的肩膀继续侮辱他们,直到人家除了揍他之外别无选择为止。只有最聪明的一上来就揍。一旦马克斯让人觉得他说的都是无害的玩笑,就很难摆脱这种局面了。迈尔斯也知道他父亲嘲讽的矛头转得很快,所以这次也没有感到惊讶。

"我这儿子正相反,"马克斯说道,"一直是班上的尖子……在学校门门都拿 A。你打赌他是能到大地方去的。"

迈尔斯叹了口气,无奈地接受那不可避免的打击。马克斯刚才侮辱吉米时看着迈尔斯,现在侮辱自己的儿子时,当然是直接对着以前嘲讽的目标。

"小孩最难料了。"马克斯总结道,好像他大半辈子都在琢磨这个问题似的,"我以为这迈尔斯长大会有个好心肠,当爸爸落魄了,问儿子找个活干的时候,他会痛快地帮忙。可看来不是。"

"走吗,爸爸?"

"不走,我在跟吉米说话。你先走好了。"

迈尔斯用目光示意女招待结账。

"吉米可能不如你有天分,但我打赌他能听懂我的话。"

听见第二次提到他的智力缺陷,吉米的眉头皱得更深了,尽管马克斯把它安全地放在过去。

"你瞧,吉米,我求儿子让我帮他油漆老教堂,好挣些钱去佛罗里达礁岛,可他就是不肯。我爬高还是像猴子呢。"

迈尔斯在桌上放下五元钱,站起身来。"爸爸,你真的不要我送你回家吗?我不会回来接你,所以不要打电话到餐馆找我。"

"我不想打电话找你,"他父亲说,"再说,吉米可以用警车带我。"

"那是违反规定的。"吉米说。迈尔斯的座位空出之后,他看上去更不自在了。现在就剩下他和马克斯,坐得那么近。他知道人家看到会怎么想,两个人挤在一张小椅子上,其中一个胡子上沾着食物。

"见鬼,我懂。"马克斯挥手打发迈尔斯走开,看上去不打算动窝,"规定就是规定。它们可能很蠢,雇来执行它们的人更蠢,可你有什么办法?法律就是法律。没有一条法律规定亲生儿子不能接济爸爸的,我要说的就是这个,没有一条法律。"

外面,迈尔斯钻进汽车,打着了火,决心不理睬面圈店窗户上的敲击声。他父亲把话放出去之后,现在又决定要收回了,原因是他可能的确需要搭车。而且他还没有问迈尔斯借钱呢。迈尔斯坐在捷达车里,假装听不见那急促的敲窗声,他觉得自己比马克斯本人更了解这老头子的思想。应该把车倒出去开走。给老头一个教训。也许因为感谢马克斯让吉米那么难堪,他放弃了假装,朝那边看了一眼,马上就为此感到高兴,因为窗户中的画面有趣极了。为了敲窗子,马克斯身子倚过去,他那潮湿的、香喷喷的腋窝几乎盖在警官的脸上。迈尔斯不禁微笑起来,他的确要感谢他的父亲,就像吉米告诉他的那样。他叹了口气,招手叫马克斯,他知道老头会过来的,只是要按他自己的时间。

他的脚平放在捷达车的踏板旁边,旧地毯下面的金属有点弯曲,表明车盘已经锈蚀。吉米又说对了,他应该及时上底漆。看见两人从座位上站起来,他发现吉米说的玻璃反光是胡扯。窗户里面的一切都像霍珀·爱德华①的画那样鲜明,吉米是假装看不见。一个愚蠢的谎话,如此细小而毫无意义,它让迈尔斯看到一种生活方式,一种面对世界的策略。这让他有进一步的理由怀疑那人在店里说的一切——如果还需要进一步的理由。吉米在柜台前付账,马克斯从机器里买了一包烟。迈尔斯感到舌根有点怪怪的味道。可能是太多的咖啡加上胃酸,或是愤怒加上恐惧。迈尔斯咽了口唾沫,把它压下去。

两个人推门走到人行道上,迈尔斯注意到两人都拿了牙签。"你不错,吉米。"他爸爸说,"跟你说句大实话,我宁可养个白痴儿子也不要一个忘恩负义的。"

吉米没上警车,却走到捷达跟前,示意迈尔斯摇下车窗。"咱们走走。"他低声提议,像有什么机密。

"我真的得回餐馆去了。"迈尔斯说。

"用不了一分钟。"

"去吧,"马克斯说,"我坐在这儿等,你跟吉米去交换秘密吧。"

迈尔斯跟吉米走到警车跟前,警官转着塞在嘴里的牙签,好像在考虑怎么开始。"我不应该这么做,可咱们是老交情了。在店里本来想讲的,可是你老爸回来了,我不想让他担心。"

"什么事,吉米?"

"是这样,"吉米剔着牙说,"现在城里毒品很多,叫你弟弟当心点。"

迈尔斯腾地火了,更多是因为这假惺惺的亲密,而不是因为暗示的指控。"大卫为什么要当心?"

"嘿,我理解。他是你弟弟。我只是那么一说。"

---

① 霍珀·爱德华(1882—1967),美国画家,以其质朴和现实主义的风格而闻名,他最著名的作品是《周日清晨》(1930年)和《夜鹰》(1942年)。

"不，吉米，你什么意思？"

"我只是……没什么，别放在心上。我只是那么一说，提个醒而已。"

牙签还在若有所思地转动。迈尔斯想一把抓住它，穿过那家伙的下嘴唇，打一个毛刺刺的结。"我不禁想到你妈妈知道了会有多难过——"

迈尔斯没有在光天化日之下，在帝国大道中央殴打一位持枪警察，而是转身大步走向捷达车。其动作之突兀显然让他父亲吃了一惊，老头正在捷达的手套箱里摸索。这发现居然让迈尔斯又走回尚未离开的吉米面前。"听着，"他说，"你连我妈妈最根本的一点都不知道，所以不要再在谈话中提到她。"

"嗨——"

"闭嘴听着，吉米。"迈尔斯感到怒火升到喉咙口——刚才的味道是愤怒，不是恐惧，血涌到脸上。"你—不—了—解—她。你说一遍，让我知道你听懂了。"

吉米脸色发白。"嗨，好吧，我并不了解你妈妈。"

"很好，"迈尔斯说，愤怒消下去一些，他意识到自己刚才反应过度，"好极了。"

"你不应该叫我闭嘴，迈尔斯。"吉米说，"在这种公共场所。我这身制服该得到一点尊敬。"

"你说得对。"迈尔斯承认道，羞愧地涨红了脸，但不愿放弃他的愤怒，"你说得对，对不起。只是不要假装你了解我母亲。"

"嗨，我觉得她是一位了不起的女士。我就这个意思——"他一定是看到迈尔斯又变了脸色，赶忙打住，"我只是说你弟弟要小心些，好了吧？人人都知道他种大麻——"

"看见了吗，"迈尔斯说，"这就是你错误的地方。并不是人人都知道。我就不知道。"这是实话，他不知道，不确定。

"你为什么这么失态呢，迈尔斯？我是想关照你和你弟弟——"

"不,"迈尔斯打断了他,突然感觉平静下来,"我不相信。我不知道你想干什么,吉米。我不知道为什么最近我突然走到哪儿都能碰见你。我也不知道为什么你跟怀亭夫人在法院谈话时会提到我的名字……"

吉米眯起眼睛,然后移开了目光。

"可是我知道你不是为我好。这一点我可以肯定。所以从今往后,如果你想关照我,就离我和我全家远一点。你家那小子也是。帝国瀑女孩子很多,他尽管挑去,只有一个他不能碰,那就是笛子。"

警官的脸上浮现出一丝狡诈的微笑,迈尔斯转过身,怕自己忍不住要撕掉它。

"你为什么不喜欢我,迈尔斯?"吉米在后面喊道,"我一直想不通。"

迈尔斯头也不回地答道:"一辈子的习惯吧。"

回到捷达车里,迈尔斯等吉米的警车在马路上消失后才打火。

"老天,他以前多笨啊。"马克斯亲切地回忆道。

"他不笨,爸爸。他猥琐、卑鄙、妒嫉、危险,现在还是这样。"

"别生我的气,"他父亲说,"惹你生气的是吉米·明狄。我只是一个不中用的老头。"

迈尔斯挂上倒车挡。"在手套箱里找到你要找的东西了吗?"

"我借了十块钱,"他父亲羞怯地说,"刚才想讲的,可你没给我机会。"

"噢。"

"真的。"马克斯坚持道,也许是事实。他有时会讲实话,在方便的情况下,"你雇了我,我就不会老没钱花。如果我能挣些钱,你冬天就不用见到我了。"

迈尔斯探头往帝国大道上看看,确定没有车子才开出去。以前他跟母亲步行到市中心的宝石剧院看星期六的日场时,街上熙熙攘攘,车辆堵塞,人们须侧身而行。红绿灯前的车龙排到几个路口外,他们在车缝间过马路。现在帝国大道一直到衬衫厂都空空荡荡(未经许可禁止擅入)。母亲在那家厂子里干活,他们才租得起长街上那幢小房子。在二楼那间阴暗的卧室里,她的癌症最后复发之后,母亲那极度痛苦的喊叫,左邻右舍都能听见。吉米·明狄当然听到了那些叫声。迈尔斯也听到了,远在波特兰,在他那所小小的天主教学院里,这声音让他匆匆赶回家,尽管她恳求他别这样做。

看着荒凉的街道,迈尔斯不禁觉得全城人一定都听到了她那可怕的号叫。他那未成年的弟弟逃到了酒瓶里,他父亲逃到佛罗里达礁岛。几乎可以相信是她的号叫造成了这二十多年的大批迁离,城里的人都被她的痛苦吓跑了。

"你把我丢在快乐汉吧。"马克斯提议。

迈尔斯不相信地眨眨眼,扭头瞪着他父亲。"就是那儿?"他指着街对面一家红砖小酒店,他岳母的房子。

"对。"

"这点路你也要搭车?"

"也许我想跟我儿子多待一会儿,这也犯法吗?"

迈尔斯叹了口气,这老头真是恬不知耻。

"你那儿怎么会有一份葡萄岛房地产指南?"他父亲指着手套箱问。

"犯法吗?"

马克斯没理这个茬儿。"有你的,搬到岛上去,把我丢在这儿,没有工作,我要见你还得游泳。"

"我哪儿也去不了,爸爸,你自己说的。"迈尔斯提醒道,"不过是度了一个礼拜的假。"

"你本来可以带我去的。我可能也想度度假,你想到过吗?"

迈尔斯驱车过街,拐进快乐汉的停车场。

他父亲下车时,迈尔斯说:"爸爸,你胡子上还有点心屑。"

"怕啥?"马克斯说,关上了接受开导的门。

第 六 章

"我想罗德礼夫人不喜欢我的蛇。"笛子对她父亲承认。

这是九月中的一个星期四,她星期四晚上总是和迈尔斯共进晚餐,因为詹宁通常在健身俱乐部的服务台帮忙到八点,笛子拒绝和银狐狸一起吃饭。在帝国烤肉店,星期四晚上还意味着中国菜。今晚大卫准备的特餐是鲜贝回锅面加海鲜酱。弟弟的大胆创意总是让迈尔斯微笑地想起老罗杰·史佩里——他最喜欢的特餐总是油炸鳕鱼加鞑靼酱,土豆泥加牛肉汁,配上苹果酱和黄油面包。罗杰做面条的理论(他不经常应用)是把它搁在水里煮到肯定熟了为止,这样就不用回锅。而且他坚信,如果你回来还要卖海鲜酱(无论那玩意儿是什么),打世界大战就没多大意义。他认为那是战败之后才做的事情。(罗杰从来不会区分跟我们打仗的日本人和没跟我们打仗的中国人。)

餐馆要渡过本地经济的难关,就必须吸引外地顾客。当弟弟提出用"国际晚餐"来招揽城外的生意时,迈尔斯本人也有些怀疑。一开始周五和周六晚上没有盈利,但大卫正确地预计价廉物美的民族食品最终会吸引斐尔港的学生和年轻教员。他们会把被烟头烫坏的旧桌面和摇摇晃晃的座位当作"简朴"或"怀旧"之类。今晚是推出中国菜的第二个星期四——周五和周六分别是意大利菜和墨西哥菜。迈尔斯很高兴看到餐馆几乎已经坐满,有不少新面孔,他们似乎愿意相信面条回锅或许有些好处。得了个空儿,站在炉前的大卫转过身,倚在铲子上,搜寻到迈尔斯的目光,扬起一根眉毛——不坏吧？迈尔斯点点头。不坏。

实际上,今晚看上去岂止是"不坏"。从葡萄岛回来的第一周是不好过,但是一向如此。每年他离岛时总是被一种深刻的挫折感所笼罩。是小岛本身引起的吗？也许。但更可能与皮特和多恩有关,他们无意中提醒他想起学生时代他对自己人生的憧憬。当然,他俩可能也有相同的遗憾。在大学里的时候,皮特想当剧作家,多恩想当诗人。他们谈到现在从事的电视一行时,似乎也有些怀疑自己背弃了最初的、更深刻的追求。也许他们甚至会像迈尔斯那样,幻想在另一个宇宙中有个跟自己一样的人,愉快地过着自己年轻时憧憬的生活。

但这种幻想是自欺欺人。首先,迈尔斯甚至已搞不清这另一种生活究竟是他所憧憬的,还是来自母亲的期望。从幼年起,他看书时抬起头,常发现她在静静地观察他。"我的小博士。"她微笑着说。在大学里,他被教授的生活深深吸引,羡慕他们被书籍和值得争论的思想所围绕。他想或许母亲是对的,精神的生活是他真正的归宿。有一样是肯定的,他从未憧憬过依靠给其他教授做回锅面条为生。

柜台那儿,夏琳把盘子托到手上。在这个距离,她几乎像是他在高中迷恋过的那个女孩,十八岁就那么成熟的女孩,使十五岁的迈尔斯感觉像十一岁。此刻看到她,让他难以认定自己在命运的转变中完全是个不自愿的角色。他固然被精神的生活吸引,而且母亲对他的期望影响了他的自我形象,但当母亲生病后,他辍学回帝国瀑为怀亭夫人经营烤肉店,这一行为并非完全出于无私。的确,他是想守在母亲身边,而且弟弟已经显示要出麻烦的迹象。但他也想到了夏琳,估计三年的岁数差别现在不大要紧了,一个二十一,一个二十四。他对怀亭夫人说要考虑考虑,但挂电话时他已经做出了决定。那年暑假夏琳的丈夫丢下她跑了,迈尔斯想也许……只是也许。他不知道的是等他回到帝国瀑时,夏琳已经与第二任丈夫订婚了。不,他当然不是一个不自愿的角色。更重要的是,即使有机会重写剧本,他也不想。至少今晚不想,在这个有一天将归他所有的餐馆里,跟女儿坐在一起,她的命运不会被拴在帝国瀑——如果由他说的话。他母亲对他的命运也有过同样的信念,这隐隐地令人不安,但今晚他不由得感到幸运,十年来生意第一次有了起色。大卫似乎赶走了他最可怕的魔鬼。笛子看来能经受住父母的离婚。平衡的基础虽然还很脆弱,但有很多令人心存感激的地方,所以在这样的夜晚他的生活看上去几乎是……几乎是满足的。

"问题是,"笛子说,一面用叉子作指挥棒来强调关于她的美术教师的一个要点。迈尔斯看着叉子,庆幸笛子能够证明观点而不甩出食物,不像她爷爷,"如果她喜欢呢?那会更糟。我是说,如果她喜欢我的画,我会怀疑画里有什么问题。"

迈尔斯想忍住微笑,但没有做到。女儿对成人世界的了解常令他吃惊。迈尔斯和多莉丝·罗德礼是中学同学——那会儿她叫多莉丝·福林。他知道那女人的脑子在小学期间就封死了。她十二岁后发生的任何事都只是加固了她已有的信条。作为聘用她的条件,学区要求她在法明顿上暑期学校。但那些课程未能动摇那女人顽固的思想,她骄傲地自称没有被大学腐蚀。

在当地保险推销员比尔·罗德礼的身上,她找到了她理想的配偶。一个无限耐心的人,似乎从来不会厌烦她的自命清高。迈尔斯当过几届教董,对笛子的大部分老师都有了解,他很注意不说他们的坏话,无论他们多么无知和狭隘。但对多莉丝·罗德礼他常常忍不住想破例。这五年里他多次和她发生冲突——关于课程、图书馆的藏书、人事安排等。有一次他在公开会上请她讲解安德鲁·魏思①与杰克逊·波洛克②的一点不同,然后用她的茫然失措暗示为什么她的课程中没有艺术史,打那天起她就一直躲着他。据笛子说,那女人也在躲着她,把她与班上最不用功的学生安排在一桌,然后假装那一桌人不存在。

"记住,"迈尔斯提醒道,"她不是跟你作对,而是跟我。她可能以为我要解雇她。"

"你会吗?"

"教师是不能解雇的,除非他们妨害学生。多莉丝没有吧?"

但笛子的注意力已经转到晚饭上,她若有所思地拨拉着盘里的食物,好像在考虑一种更有艺术性的用途。

"她对你的蛇提过什么具体的批评吗?"

"问题就在这儿。"笛子愉快地说,又拿叉子当指挥棒使起来。最近她说话总是以"问题"开头:问题是。问题就在这儿。有个问题。"我想她不喜欢我的蛇是因为,它让她想起真蛇。"

"这是一种可能。"迈尔斯同意道,他想到的另一种可能是弗洛伊德式的,虽然他不认为十几岁的女儿需要开始担心什么性压抑。

"有趣的是,"笛子继续说,"这意味着我画得越好,就越让她讨厌,我的分数就越低。因此,"——这个词是笛子的又一个新修辞手段,"如果我想要好分数,就应该把蛇画得差一些。"

"或者不要画蛇。"迈尔斯觉得必须指出。

"可是我们的作业是画最生动的一个梦,我最生动的一个梦就是这个。"

"我知道,"迈尔斯说,"可是你怀疑你们老师对你的蛇的评

---

① 魏思(1917—2009),美国画家,以写实主义手法描绘朴实的田园生活场景,主要作品包括《克里斯蒂娜的世界》《佃农》等。
② 波洛克(1912—1956),美国艺术家,因运用他的"滴画法"而成为美国抽象主义的先驱。

价,对不对?"

"对。"

"因此,"——迈尔斯会心地一笑,"你也可以怀疑作业题目的合理性,对吗?给她画个天使。罗德礼夫人会很高兴知道你梦见天使的。"这也不是臆测,多莉丝·罗德礼从来看不到政教分离的意义,她公然鼓励宗教题材的作品。

"可我梦到的是蛇啊。"

"她才不管你梦到什么呢。"迈尔斯指出,对自己的愤怒有点吃惊。想到把他女儿或任何聪明孩子的发展交给多莉丝·罗德礼之流,他就义愤填膺。

"知道你真正的问题是什么吗?"夏琳已经几次走过父女俩的桌边,显然觉得她听到的够多,可以发言了。夏琳当了这么多年的小城女招待可没有白干,她总能带着自信和理所当然的态度加入用餐者的谈话。今年春天大卫和迈尔斯都暗示过这个做法对晚间的新顾客可能不合适,尤其是那些教授们,或许不习惯让女招待来澄清他们的思想,并且不大可能付小费给贬低他们逻辑的人。夏琳考虑了一下这个忠告,但最终没有接受。首先,在听了一些谈话之后,她说许多教授都非常需要一点澄清。其次,她相信,大学教授们尽管留着精心修理的胡子,穿着笔挺的丝光斜纹裤和粗花呢上装,但在付小费方面还是和其他男人一样——按杯子大小。她在他们中间能吃得开,不过多谢提醒。"你真正的问题是,"她对笛子说,"你在空想而不是在吃饭。要不要向你爸爸揭露你的秘密?"

"问题是,"——笛子用叉子指着夏琳说,父女俩都没料到夏琳一把夺过叉子,反过来指着笛子,笛子佯装害怕地躲开。

"别对我说'问题是'。"

"什么秘密?"迈尔斯问。

夏琳把叉子还给笛子,两手叉腰端详着他,就像你端详一个心爱的宠物,也许是一条在你心中占有位置的狗,尽管你已拥有了别的更聪明的狗。"整个谈话的目的就是使你注意不到一个明显的事实:笛子没在吃饭。"

除了自由加入顾客的谈话之外,夏琳这个尽职的女招待从不忘记提醒人们浪费食物是不可原谅的,要知道还有人饿肚子呢。她对笛子尤其看得紧,这孩子春天体检发现体重偏轻。但并不是只有笛子吃东西的习惯引起夏琳的注意。她也观察迈尔斯很多年了,指出他老是东扒一口,西扒一口,不正经吃饭。多年来他陷入了餐馆老板的习惯——吃自己的错误,多做的薯条、烤得欠熟或烤过头的肉饼等,不只是在饿的时候,而是随时。比如今晚大卫做的这碗虾味奶油浓汤,仅仅是为了把锅打扫干净。夏琳认为如果迈尔斯能把落到柜台上的薯条全部扔掉,他不会比瘦精精的大卫更重。

"揭别人的秘密可不好,夏琳。"笛子皱眉道,"我就没有到处乱讲你的秘密。"

"那是你聪明。"夏琳说。

"她表现还不坏。"迈尔斯软弱地说,指女儿的盘子。她是把面条弄平了,巧妙地在中间挖了个坑,表示那里曾经有过食物。不过迈尔斯估计大卫给她上的晚餐至少下去了三分之一。

"得了吧,迈尔斯,"夏琳说,"是你表现还不坏。你喝掉了你的汤,刚才十五分钟里,你在挑笛子的晚饭吃。别跟我说你没有,我一直在看着你呢。"

迈尔斯是挑吃了一点笛子的晚饭——像往常一样惊讶于大卫的特餐多么美味。

"我不饿嘛,夏琳,"笛子把盘子推开,没必要再装了,"人不饿又没有错。"

夏琳把盘子推回她的面前。"不饿就是问题。凯特·摩丝①是昨天的新闻了,小丫头,快吃。"

她走开后,笛子叉起一小块蘸着浓汤的鲜贝,咬了一半,朝她爸爸半带愧疚地笑了一下。

"夏琳有秘密?"迈尔斯期待地问。他很高兴夏琳在观察他,暗示也许有超出长期友谊的感情——虽然只是微弱的可能。她已经有一阵没交男朋友了,迈尔斯也即将离婚,所以也许。她多年来也总说如果她有点头脑的话,迈尔斯就是她应该嫁的那种人——一个好人,忠诚老实,只要给一点鼓励就会全心全意爱她一辈子。所以也许。

可惜,夏琳也曾坦言,即使在四次失败的婚姻之后,她还是喜欢花花肚肠的坏男人,纵然他们一遇到麻烦就开溜。他们的车快,开得很野,这是她喜欢的地方。不知道她跟了迈尔斯这样的人会怎么样。但她怀疑她最终会对他很坏,可能比詹宁还要坏,那位已经够他受的。"我觉得我没法按你的节奏生活,迈尔斯。"她对他说过,"你就不想猛踩一脚油门,看看是什么感觉?"所以,也许不会。

"人人都有秘密,就你没有,爸爸。"笛子说。

迈尔斯想了想说:"你怎么知道我没有个把呢?"

女儿没有马上回答。"不是你没有,"她解释道,这次让叉子老老实实地待着,"只是你的秘密谁都猜得到。"

"这话是你妈妈说的吧。"

"人人都这么说,因为这是事实。我更像我妈,"她郁闷地说,仿佛这不是那么光彩的事情。自从他和詹宁递了离婚申请之后,笛子就开始归纳她与父母的异同,也许希望这种遗传图能使她自

---

① 凯特·摩丝(Kate Moss)是 1995 年最风光的名模,有人批评她使许多青少年得了厌食症。

己的人生航道更清晰一些。"善于保密。我要是欺骗我的丈夫，谁也不会知道。"

迈尔斯张大了嘴巴，然后又闭上了，他经常想天下还有没有第二个这样的十六岁小孩。"笛子。"他终于说。

"我不是说要欺骗我的丈夫，"她声明道，"只是说我善于保密。"

没等迈尔斯回答，门上的铃铛响起，詹宁出现在门口，仿佛是被女儿的话召出来的。她一刻都没停，就穿过拥挤的餐馆朝他们走来。笛子也是没有转身就好像知道她妈妈来了，朝窗口挪了挪，给她腾出位子。

"我们以为你至少还要过一个小时才来呢。"迈尔斯说。詹宁坐下来，脱掉套头衫，露出艳红的紧身衣。

"是啊，反正我来了。"她说，"别盯着我的乳房，迈尔斯。结婚二十年都没见你对它们感兴趣。"

迈尔斯感到脸上发烧，因为他是在盯着她的乳房。"不是那样。"他无力地说。其实他现在也不是对它们那么感兴趣，只是它们在紧身衣下面那么明显——但他不大愿意当着女儿讨论这个话题。

"我在俱乐部刚忙完，"詹宁解释道，"一身的汗，澡都没来得及洗。"她转向笛子问，"你打算回家了吗？"

"差不多。"笛子说。

"差不多，有人能肯定吗？谁能给我们一个明确的回答？"

"我要去拿书包。"笛子说，"你没必要每分钟都像个泼妇吧？"

"有必要，小姑娘。"詹宁说，一面起身让笛子出来，"等你四十岁就懂了。"

"你四十一了，"笛子提醒她，"到一月份就四十二了。"

迈尔斯目送女儿走进里间，又像近来常有的那样，心中充满复杂而矛盾的感情——对婚姻失败的羞耻，对詹宁所作所为的恼火，对他自己的恼火,但同时也庆幸他们把一个错误坚持了足够长的时间,才有了这个孩子。他想知道詹宁是否也有这些感情,还是她的感情已简化成只有后悔。迈尔斯转向詹宁,发现她在从笛子盘里偷吃一个鲜贝。

"见鬼,"她发觉自己被看到了,"见鬼,真好吃。"

"我可以给你要一份,詹宁,"迈尔斯提议道,"吃点东西要不了你的命。"

"你错了,迈尔斯。那就是要我的命。我不想再发胖,永远不想。"

夏琳正好走过,詹宁把盘子递给她。"行行好,把它拿走。"然后转身冲着迈尔斯,"有一个词形容你这样的人,'纵容者'。"

也有一个词形容詹宁这样的人,迈尔斯想,她自己的女儿已经用过。

"你不用再喂我了,伙计。我已经控制了我的身体。"

"很好,"迈尔斯说,"我为你高兴。"

不知詹宁是否听出了讽刺之意,她没有作出反应。她的火气倒似乎消了一些。笛子拖着书包出来后,詹宁说:"你先去车里待会儿,我在这儿跟你爸爸说几句话。"

笛子俯身亲了迈尔斯一下。"明天见,爸爸。你有时间帮我校对一篇作文吗?"

"我会抽时间,"迈尔斯说,"但吃饭时跟我打马虎眼可不好。"

"我知道,"她一点也没显出忏悔的样子,"你真好说话。"

等她出了门,迈尔斯转向詹宁,"你最近对她太厉害。"话一出口他就知道说错了。迈尔斯发现,婚姻中最奇怪的事之一就是你要把话说出去之后才知道不该说。他对詹宁说了这么多年的错话,已经学得小心了,许多话都先在想象里检验之后才说出来,即便如此他还是经常说错。当然,另一种可能是根本没有对的话,选择不是在对与错之间,而是在错、更错和大错特错之间。都是错的,只是程度不同,要么是本身的错误,要么因为是从迈尔斯口中说出来的。

"哼,总要有人厉害些,"詹宁说,她现在毛都挺起来了,像她的乳头一样,"她爸爸和她叔叔都惯着她。"

迈尔斯张嘴想反驳,但他太太还没说完呢——不出所料。

"沃特也不行。那丫头对他越坏,他就越巴结她。"

"她还是个小孩,詹宁。"我们的。

詹宁抓起一把干净勺子,像刀子一样顶在她的太阳穴上,好像要扎进去。"迈尔斯,你错了。首先,她不是小孩了。你不信,只要看看她,用一用你看别人的目光。再说,是又怎么样?我没当过小孩,你也没当过。我才那么点大就开始换尿布了。笛子是长在蜜罐里的,你心里明白。"

"这不好吗?"迈尔斯说,"我以为我们就是希望这样呢。"

"不能永远这样,迈尔斯。"

迈尔斯此刻想象到的是女儿在看着他们,两人脑袋凑到桌子中央,以便压低嗓门而仍能对吼。不,女儿生命中过去这一年决不是蜜糖般的。也许其他那些年也不那么美好。"詹宁,"他突然感到很累,"我们能不能不吵架?"

"不能。二十年来就是这么过的,如果你怀念的话。而且,每次出了问题要找家长,那个鬼学校不去找你,总是来找我。都要我请假去处理,而不是你。"

"这么说不大公平吧,"迈尔斯说,"我倒希望他们来找我。要是你把第一监护权让给我——"

"是啊。她住哪儿?楼上?把那些备用油搬到地下室去,给她腾出一点地方?"

"你说得不错,"迈尔斯努力不带出怨气,"我是丢掉了房子。"

"别,"詹宁用勺子指着他,"别提那个。"

"好吧。"其实他已经提了,詹宁知道。

詹宁答应跟沃特谈房子的事。她也同意公平合理的做法是由沃特买下迈尔斯的那份房产——或他本来可以有的那一份。离婚协议将把房子分给詹宁,要求迈尔斯继续偿付一半的抵押贷款,直到房子售出或她再婚。他和詹宁私下商定房子售出后净所得平分。他们买房首付的钱是他掏的,但数额不太大,他决定不去计较,别的事也是。他给律师的指示很简单:她要什么就给她。说实在的,可以争的东西少得可怜,就算他想争,要对詹宁抠门就没法不对笛子抠门,他不愿意。

然而,离婚即将判下来,詹宁的婚礼不会再拖下去,迈尔斯开始反思是否应该听从律师的忠告。律师跟他说沃特会把自己的房子租出,搬过去跟詹宁住,结果不幸而言中。"你想那样吗?让抢走你太太的人跟她一起住在你的房子里,睡在你的床上,还不用付房租?"迈尔斯当然不想那样,但当时这种情形似乎不可能发生。什么人会那样干呢?可是他没料到沃特居然会成为烤肉店的常客,每天下午来喝咖啡,跟贺瑞斯玩牌,给迈尔斯讲生意经。今天他还建议把烤肉店的"店"字改成"居",听上去时髦一点。每次沃特提出这类建议时,迈尔斯总有两个印象。第一,虽然这很奇怪,沃特的目的不是要激他杀人,沃特·科莫真相信他的建议是有价值的。第二,他可能想用它们来代替房租。迈尔斯认识到,大多数人做事还是有逻辑的,只要你承认他们的几个基本假设。没有法院要求沃特向迈尔斯付房租,所以他是不会付的。但他又不免对被他抢了老婆的人有些同情——光明正大,更优秀的人赢了,沃特会这么想。所以,尽管没有义务,他也会寻找一些小机会来补偿迈尔斯。事实上,他似乎越来越决心要献计献策。他无疑认为他的免费建议价值千金,可迈尔斯顽固地拒绝采纳。你有什么办法?牛不喝水强按头吗?如果迈尔斯今晚睡觉睡过去了,沃特会对每个送葬者说他想尽了一切办法要让帝国烤肉店兴隆起来。迈尔斯是个大好人,他会总结说,可就是没有生意头脑。所有这一切都不会让银狐狸觉得过分。

"我跟他谈过,"詹宁终于说道,盯着玻璃窗中她自己的影子,"他说……"她又停住了,好像她也不能相信下面的话,"他说他觉得那所房子目前不是很好的投资。"

"是吗,他算过了?"

"他说他不想在看准下一步之前就把钱套进去。"

"下一步是什么?"

"我不知道,迈尔斯,真的。"她坦白道,突然卸下了愤怒的伪装,"你没见他玩牌时摸着下巴的样子吗?他想算出贺瑞斯有什么牌的时候?时间都停止了似的,你好像在看一幅静物画。"

"詹宁——"

"我是说,谁知道呢?他一会儿说要扩建俱乐部,添设室内网球场,一会儿又说要在湖滨建分馆。他看中了湖边一块半英亩的地皮,可是当我问他在哪儿,他又守口如瓶,好像我会告诉人家先来把它买走似的。每次我想让他说句准话,他总是露出那种狡猾的表情,你知道吧?就是他在贺瑞斯赢牌之前的那种表情。"

"詹宁。"

她还是望着窗户,好像与他目光相遇会导致某种可怕的坦白。等她终于转过头来时,眼里含着泪水。迈尔斯感到她可能还有些事情没对他讲。某些她自己也搞不清的事情。

"怎么了,迈尔斯?"

"你在重新考虑吗?"

她用紧身衣的带子擦了擦眼角,又恢复了挑战的表情,二十年中迈尔斯时常纳闷詹宁到底为什么喜欢这种敌对的姿态。

"别担心,"她说,"我会办成的。我保证。下个月这个时候你就只欠孩子的抚养费了。"

"我从没说想要你办成什么事情。"迈尔斯提醒道,突然对他的前妻产生了一种柔情,这种感情在他不注意的时候偶尔会冒出来。

"我心烦的不是我跟沃特,我现在都没搞明白的是我跟你。"

"你是说我们为什么会搞得一团糟?"

詹宁冲他做了个鬼脸。"不是,迈尔斯,那很容易,我们搞得一团糟是因为我们不爱对方。我想知道的是为什么。我说过我为什么不爱你,这二十年里你做的每一件事都让我生气,我告诉过你。"

迈尔斯只有苦笑。的确,詹宁把他的缺点列了长长的清单,而且经常修改。

"现在我们差不多离婚了,我就要跟别人结婚,可你还没告诉过我你为什么不爱我。这公平吗?我对你很坦率。如果你想再婚,你至少能知道哪些地方需要改变,对不对?虽然我不建议你再婚。"

"你想听什么,詹宁?听苦水?是你跟沃特·科莫私通啊,拜托。"

"好啊,不错,你揭我的丑吧。"

现在轮到迈尔斯望着玻璃窗中的影子,回瞪着他的那个男人看上去怒不可遏。

"这不公平,你知道。"她接着说,"不错,我是跟沃特·科莫私通,你心里有气。可我跟沃特好是因为你不爱我。我知道我爱上他伤了你的感情,可是你不要假装你爱我,迈尔斯,我们都知道你不爱。"

"我在这谈话中是什么角色?你把两个人的话都说了——"

"你想说你爱我吗,迈尔斯?如果那是你要对我说的话,你说吧。我闭上嘴让你说。"他低头看手,她说:"我看不是。"

她当然是对的。从最深的意义上讲,他没有爱过她,没有以他预想的方式,没有像他在天父和亲朋面前宣誓的那样去爱她。这个简单的事实让他深深不安,以至于无法去分析。他没有爱过她,也不知道为什么。就算他知道,也不能够告诉她,他不知道如何解释阻止他那么做的情感。如果不能解释为爱,又该如何解释想保护一个人不受伤害的感情?如何解释现在似乎要淹没他的那种感情——想把她搂在怀里,告诉她一切都会好的。如果不是爱,那到底又是什么呢?

但她是对的。无论他对这个跟他生活了这么久的女人是一种什么感情,那肯定不能混同于爱欲、需要和渴望。迈尔斯知道这一点,纵使只因他曾竭力将它们混同起来。

"你何苦折磨自己呢,詹宁?"他说,"如果沃特让你开心,别的又有什么关系?"

她定定地看了他一会儿,然后放弃了。"我认输,"她挤出一个笑容,"我猜我只是想听你说我不是个可怕的人。"

"我从没说过你是——"

"这就是我想对你说的,迈尔斯,"她站起身来,"你什么都没说过。"

"他总说他爬高像猴子。"迈尔斯对他弟弟说。两人在餐馆楼上他的屋子里,将近十一点了。迈尔斯长年失眠,五点钟本来也就醒了,但他还是忍不住抱怨如果他有一晚睡得香,还不得不挣扎着爬起来开餐馆。大卫从小冰箱里取出一小瓶汽水,搁在地板上,把一大盒卫生纸从沙发上挪开,腾出一个坐的地方。电视里在放西海岸的一场晚间球赛,波士顿红袜队。

当然,詹宁说得对,这里是没有笛子住的地方,虽然他晚上动过脑筋,想找出一个办法。他可以把餐馆用品都搬到地下室去,直到再发洪水,餐馆被淹。那些东西清出去之后,地方是够两个人住的,只是笛子这么大的女孩需要的不只是够住。她需要一个自己的房间,有一扇她可以关上,必要时甚至可以撞上的门。迈尔斯的屋子(罗杰·史佩里去世后一直没人住)基本上就是一个大房间。

除了进来的那扇门之外,剩下的就只有卫生间的一扇门,而且还关不紧。笛子应该住得更好。当然,花一点工夫和本钱他可以把它改得好一点,但毕竟还是餐馆楼上的一间陋室。

尽管如此,他知道女儿会巴不得从她妈妈家搬出来。她讨厌跟沃特住在同一所房子里。葡萄岛上书店后面的小屋虽然也大不了多少,但父女俩绰绰有余,如果他能有办法买得起的话。

"他干什么都像猴子。"大卫在沙发上说,对他们的父亲大卫是不动感情的,"你不让他上梯子是对的。别让他骗取你的同情。"

"我尽量。可他挺会对我攻心的。我可能是不想自己年老之后被人轻贱。"迈尔斯想为这愚蠢的感情找个理由,同情马克斯·罗比显然是愚蠢的。

"今晚还不错。"大卫甩甩他的长头发说。戴了八小时发网的后果是在你摘下它之后,看上去还像戴着一样。

"何止不错。"是迈尔斯关的收款机,"看来星期四能火。"

"我不知道成本控制住了没有。"

"我想差不太远。"

"你知道逻辑上下一步是什么吧?"

"知道。"迈尔斯说。这是老一套的对话。没有意义,就像他们兄弟间的那么多对话一样,母亲在世时就是如此。奇怪。他和大卫现在关系近了,自从弟弟伤残的事故之后。以前两人都要说到火光交迸,燃起宿怨,揭开旧疮疤。他们相差将近十岁,生活经历迥异,迈尔斯在母亲生病前长大,大卫在她生病之后。也许同样重要的是,他们性情截然相反:迈尔斯谨慎体贴,像他们的母亲;大卫则好动,精力充沛,像马克斯。但事故之后,这一切似乎都不那么重要了,只是迈尔斯有时不安地想到这新近的亲密依赖于两人之间话这么少。他们用几乎不费力气的最少的对话完成餐馆事务的交接。有时两人的交流几乎是仪式性的。大卫会向迈尔斯报告他锁了门,他了解迈尔斯明明知道,但还是等着他这句话,好像否则这一天就不算结束似的。

"不需要全套牌照,"大卫说,"有啤酒和葡萄酒就够了。"

"怀亭夫人不会肯办的。"

"她宁可赔钱?"

古怪,但迈尔斯预感到这可能恰恰是事实。当然不合逻辑,为什么放着利润丰厚的机会不去利用,非要靠这一点薄利撑下去呢?怀亭夫人是个冷酷实际的生意人,她看准时机卖掉了怀亭家的三座厂子,她以前对薄利生意从未表现过丝毫的耐心。可是十年多来,她却好像愿意任凭帝国烤肉店缓缓走向不可避免的灭亡。没有其他合理的解释,迈尔斯推测是感情的因素。可是对谁呢?迈尔斯?他想有可能,本地最聪明世故的观察家贺瑞斯都这么说,所以也许。或者是对帝国烤肉店本身?不像,因为那老太太二十年都没有踏入这个破旧的地方了。迈尔斯经常想到的另一个可能是,也许老太太是顾念他的母亲,毕竟母亲曾为她干过活,直到病倒。

"跟她讲道理,"大卫怂恿他,"告诉她客人吃带辣的墨西哥菜和亚洲菜不能没有啤酒。而且客人喜欢就葡萄酒吃意大利菜。"

"我试试,但别抱太大的希望。她不傻,可是好像不喜欢改变。也许只是因为岁数大了。也许她不想麻烦。反正,这是她的生意。"

大卫考虑着这个明显的事实,红袜队的击球手打出一个高飞球,在全垒打墙前被接杀。然后他看着空汽水瓶,似乎想记起他这样一个男人为什么喝汽水而不喝啤酒。"还有个主意想听吗?"他说。

不想。过了漫长的一天,迈尔斯很疲劳,跟詹宁的对话又让他灰心,不想思考。"什么主意?"他说。

"去跟你丈母娘谈谈。"

"毕姨？为什么？"

"想一想，迈尔斯，有道理的。"

"是个想法。"迈尔斯说。詹宁的母亲不仅拥有那家行将倒闭的快乐汉酒店，而且拥有酒店的房子，这意味着怀亭夫人即使感觉到背叛想要报复，也无计可施。大卫不需要解释他的想法。如果怀亭夫人不肯去办酒牌给他们一线生机，那就把全部家当搬到城那头去。毕姨的房子还大些，有发展的空间。

"你是帮毕姨的忙，她在一步步走向破产。你可以救她，同时也救你自己。"

"我没钱买她的店，大卫。"

"跟她合伙，她提供酒牌，你提供饭菜服务。"

"你走了我怎么办？"

"我要走吗？"

"得了。"

"别对我说'得了'，迈尔斯。"

"你会厌倦，然后就走人。我不是批评你，这也没什么不对，你没有家室，可是我没那么轻松。"

"你是说因为我，所以你不会考虑毕姨的房子？"

"我没说不会考虑，"迈尔斯说，"我承认，这是个想法。"

"我希望你不要那样说，听起来已经死了。"

迈尔斯没有马上回答，免得话里带着火气。红袜队这一局最后一位击球手终于三击出局，队员留在一垒和三垒。"我欠她的，大卫。"

"欠谁？"

"怀亭夫人。我们不是在谈她吗？也许詹宁、笛子和我过得不是很富裕，但还不算糟糕。餐馆不容易，上帝知道我们也不容易，但我们一直没淹过脖子，这就比周围许多人强了。怀亭夫人好几年前就可以关掉这个店，那样我们又是什么光景？你要我不领她的情？还有，我上了三年大学，每次我真需要用钱的时候，妈妈就会寄来。你想妈妈从哪儿找来每学期五百块的书本费和学杂费？"

大卫想了一下。"你认为是怀亭夫人给的？"

"她不是从马克斯那儿拿的，还能有谁呢？"

"不知道，"大卫承认，"但我们终于说对人了。"

"什么意思？"

"你说你欠她的，我以为你说的是妈妈。你要说欠她，那还可以理解。"

"我欠她多少不用你告诉我，大卫。"

"是吗？只有一个办法偿还那笔债，老大哥。对不起，可你是需要人提醒一下。妈妈从来没要你回来，让你从这儿跳出去是她一辈子的心血。这一点你比我清楚。如果她问怀亭夫人借过钱，你可以放心她全部还清了，用劳务，她带大了那女人的女儿。如果她知道你四十二岁还在开帝国烤肉店，她会死不瞑目的。"

迈尔斯用拇指揉着太阳穴，感到头痛的最初先兆。"我想她是会感到失望，"他承认道，也知道"失望"这个词太轻了，"痛心"更接近些，"我辜负了她，我自己觉得，相信我。可我想我不需要向格瑞丝·罗比解释的一点是孩子第一。也许我回来是错的，但我现在有了笛子，我不能害了她。"

"你以为我会吗？你以为我会建议你那么做？"

"难道不是吗？上星期你一个劲地提起葡萄岛上那个我买不起的书店。现在你又要我跟怀亭夫人翻脸，去和毕姨合伙。你看过那个厨房吗？你知道修一下要多少钱？"

"咱俩一起——"

迈尔斯不想听。"大卫，如果你想跟毕姨合伙，你去好了，我祝你好运。"

他弟弟缓缓地点点头，好像这场对话已经发生过许多遍，只有一两处细节他不记得。"好吧,"他终于说,"既然我已经把你惹火了,干脆再试一下,然后就放弃。我知道你有笛子,我知道你处境困难。实际上,我比你更担心你的处境,因为它比你想的还要糟。我想说的是它不会变好。那个女人把你套在了转轮上,迈尔斯,你一天到晚地卖命,看不到自己的处境。妈妈就是怕这个,她知道如果你——"

"告诉我,"迈尔斯打断他说,"你为什么这么恨怀亭夫人?"

"这不是恨不恨她的问题。你以为她会按照许诺把餐馆给你,然后你把它卖了离开这儿,对不对?"迈尔斯没答言,他又说,"可是怀亭夫人不死,迈尔斯。你知道她在干什么?她活得好好的,高兴时到意大利待一个月,冬天去佛罗里达,春末去圣达菲。是你在一天天走向死亡。你知道怀亭夫人的老妈多大岁数死的?"

"不知道。"迈尔斯承认道。

"因为她还活着,"大卫告诉他,"住在斐尔港的疗养院里,九十多了。如果怀亭夫人也活那么长,你继承餐馆的时候就六十五岁了。假设她会给你的话。这还不是最糟的,迈尔斯。你口口声声说是为了笛子,可你知道要是你不当心的话,那孩子会成为什么?她会成为帝国烤肉店的下一任经理。"

"除非杀了我。"

他弟弟微笑着站起来,显然预见到了这一回答。"好,一个圈子兜回来了,当年妈妈就是这么说你的。"

大卫把空汽水瓶丢进门边的垃圾箱。"话说多了别见怪。我该回家了。反正我已经知道结果。"

迈尔斯有一会儿以为他是指两人的谈话,然后意识到大卫可能是指球赛。红袜队在第七局以微弱的一分领先,近期和不那么近的历史都预示它不能保持。九月对新英格兰的棒球迷来说是个不幸的月份,大部分时间你徒劳地寻找四月份让你那么乐观的理由,到明年四月你才会想起来。

"巴斯特什么时候回来?"大卫问起烤肉店另一个厨子,迈尔斯从葡萄岛一回来,他就喝酒快活去了。

迈尔斯怀疑他弟弟并非真的关心巴斯特。大卫只是怕两人不欢而散,他的询问是为了恢复往常的平和。"明天我去找找他。"

"我们还需要添一名女招待和小工。"

"知道,我会去办的。"

"行。"大卫往外走去,又停下来,一只手扶着门把手,"詹宁今天晚上怎么了?"

"不知道,"迈尔斯看着他弟弟的眼睛,实话实说,"脚底发凉吧。"

大卫点点头。"我想也是。看看她要嫁的那个人,她应该凉到头发簪子才是。"

"现在女人不戴那个了吧?"迈尔斯很久没有松过女人的发髻,都不知情了。

"不过很有趣。"大卫还站在门口。

迈尔斯看着他,能够肯定下面的话一点也不有趣。

"你们俩今晚坐在那儿,比结婚之后哪一次都更像情人。"

"有趣?"迈尔斯悲哀地说,"真逗。"

他意识到这是怀亭夫人的话。

大卫下了楼梯,迈尔斯忽然想到一件事情,忙追下去。他弟弟正要把小货车从餐馆后面的停车位倒出来,对仅有一只好胳膊的人来说这是个复杂的动作。迈尔斯敲敲车窗。

"喂,提醒我别管闲事……"

"好吧。"大卫答应道。

"你在湖边种着大麻吗?"

他弟弟嗤笑一声。"怎么,迈尔斯?你想要点儿?"

迈尔斯看不出这有什么好笑的,但没去管它。"吉米·明狄认为你种了,所以我问一声。"

"吉米·明狄认为?"

"似乎。"

"谁告诉你的?"

"他算是友好的提醒,因为大家都是老熟人。我让他一边去,还说我想你没有。"

大卫点点头。"你看到他,跟他说我谢谢他的提醒。"

他弟弟摇上车窗,迈尔斯又敲敲窗子。"你没回答我的问题,你到底种了没有?"

大卫一笑。"别管闲事。"

"你一说起妈妈,好像她总是只为我一个人打算似的。这不是事实,你知道。"

大卫点点头。"我知道她希望我干什么,因为她临死前对我说过。"

迈尔斯预感到有陷阱,但因为是他弟弟设的,他决定径直走进去。"是什么?"

"照顾好你哥哥。"大卫说,把车倒了出去。

第 七 章

"刚进来的是谁?"马克斯·罗比问,他感到小酒店里的气氛有点变化。坐在吧台的最里头,他听到前门沉闷地关上。进来的人在售烟机前停住了,一个好兆头。马克斯在凳子上向后倾,眯起眼朝昏暗的屋子里望去。年过七十,他的眼睛不如以前了,幸好他爬高还是像猴子。

"是贺瑞斯,"毕姨在吧台后面说,"甭管他。"

毕姨正在考虑是否要打烊。快半夜了,她惟一的顾客就是马克斯·罗比,他其实都不能叫顾客,因为他总是在一百块赊账限额附近徘徊。老实说,毕姨的大部分顾客都是这样。他们下午掏十块二十块钱还账,到打烊时又喝回一百块。除非她走运,哪位给了她二十块后当即毙命,否则这些赖皮们死时个个都会欠她一百块。就是给了她二十块的那个死尸也还欠她八十块。快乐汉现在仅有的生意都来自帝国公寓,近旁一处政府补助的老年人住宅。月初拿到支票之后,那些呆鸟就鱼贯而入。他们会痛饮几天古典鸡尾酒和边车鸡尾酒,可是到十号左右就把限额挥霍光了,要到下个月一号才会重新露面。除了马克斯·罗比。他也住在帝国公寓,但他还是老来。至少呆鸟们不会打架,毕姨想,除了马克斯·罗比。

"甭管别人。"毕姨补充说,怀疑前面那句话可能被理解得太窄。

"请他过来,"马克斯建议道,"我需要酒伴儿。"

毕姨瞪了他一眼。"我刚才说什么?"

"碍着谁了?我喜欢贺瑞斯。"

"我也喜欢,"毕姨望见门口那人弯腰站在售烟机前,疯狂地拽动拉杆,显然已经放弃他想要的牌子,准备接受机器肯给他的任何一种,"所以我叫你别管他,人家来我店里有权利不碰到你问他讨香烟和扎啤。"

门口,机器终于吐出一包不知什么牌子的烟,贺瑞斯俯身从槽里拾起它。他直起腰转向吧台,一眼望见惟一的顾客马克斯坐在最里头,毕姨总是把他搁在那儿,因为他身上臭烘烘的讨人嫌。这个发现让贺瑞斯挽了一下缰绳,在这片刻的犹豫中,一个人会考虑他的选择,比如撤离。确实有人一看到马克斯掉头就走的。但贺瑞斯一辈子都被他的好风度所累。当了将近三十年的《帝国报》记者,他从各个角度观察人性,总结出大部分人都是自私、贪婪、没有原则、唯利是图、不可救药的龌龊东西,但他也发现这些人对批评极其敏感。马克斯·罗比是个例外,但贺瑞斯还是不愿伤害他的感情。这意味着他也不能坐到吧台另一头,况且这招也没有用,对话照样不可避免,马克斯会大声嚷嚷。

"这次给了你一个什么?"马克斯好奇地随口问道。贺瑞斯坐到他旁边,中间留了一张凳子作为缓冲地带,尽管很不够。贺瑞斯试图想象有人进来坐到那个位子上,必须是个外地人,瞎眼的外地人,还得没有嗅觉。

"田野。"贺瑞斯看看烟盒,把它放到吧台上,另加一张二十元的钞票。毕姨给他倒了杯扎啤,把烟灰缸推到他面前,暂时没动那二十元钱。"你要一根吗,马克斯?"

"行。"他伸手抓过烟盒,熟练地剥掉细封带,用拇指顶开盒盖,撕去锡箔纸,取出两根烟。

贺瑞斯注意到老头拿了两根而不是一根,但没说什么,马克斯知道他不会说的。"给我这位朋友也倒一杯吧,"他对毕姨说,"他看上去很渴。"

毕姨不赞成贺瑞斯这种大方,但还是照办了。"加班呀?"她问。

贺瑞斯点点头。今晚真够意思,首先是采访斐尔港教育董事会会议,他最不喜欢的差事之一,这次会议很快从文明发展到不文明,到火冒三丈,恶语相向,差点动了拳头。然后,在回来的路上,他的车又在一条人迹稀少的乡村小路上抛锚了,挨着垃圾场。方圆一英里内只有一幢房子,贺瑞斯为了借电话叫拖车而沿着长长的土路绕到阴森森的老宅背后,窥见了令他心惊肉跳的一幕,远远超过了他看惯的自私、贪婪、没有原则、唯利是图、不可救药的龌龊行为。他悄悄退了出来,好像犯罪的是他而不是那个可悲而又可怕的男孩。步行三英里回城时,刚才目睹的情景伴随着他的每一步,所以他现在很高兴有人做伴,哪怕其中一位是马克斯·罗比。

"你应该把那东西拿掉。"马克斯瞟着他额头的纤维瘤说。

"什么东西?"贺瑞斯说,这是他对此类评论的一贯回答,其频繁超过了任何人的想象。

"我跟你说话的时候总担心它会爆掉。"马克斯一口气喝下半杯啤酒,本来不想喝这么多,可是他在高脚凳上干坐了这么久。当你没钱的时候,酒吧会变成沙漠,啤酒桶的塞子是海市蜃楼。终于到达一片绿洲时,你可以告诉自己不要喝得太猛,但在沙漠中干渴太久的身体有它自己的需要,它自己的主张。马克斯只庆幸他的身体没有要求把贺瑞斯买给他的那杯酒全喝下去。现在要耐住性子,适应对方的速度,才有希望继续跟他喝下去。如果他喝得太快,把贺瑞斯逼急了,拍拍屁股一走,马克斯又被丢在沙漠中央。贺瑞斯有车,想走就走,人家可以开到灯夫屋去,那个地方不欢迎马克斯——就算他能去的话,而他去不了,除非走路或搭便车。前者他不肯,后者他从来运气不佳,照他儿子迈尔斯的说法,是因为他的个人仪表。

　　这交通不便开始让马克斯沮丧。他们三年前没收了他的驾照，因为他轧死了市长女儿的爱犬，这让他更加认定一个人的浮沉是由运气和政治决定的。在一个遍地杂种癞皮狗的城市里，偏偏轧到了市长家八岁小千金养的纯种猎狐犬，你说多倒霉。别的任何受害人都不会有神通抽出马克斯的档案，把他定为公害。幸运者会轧到一条野狗，被誉作为民除害——或许还能在人道协会捞到一个工作干干，他们让人认领动物，每星期至多两只，剩下的处以安乐死。

　　马克斯太了解运气了。例如，他了解坏运气总是带来什么。更坏的运气。丢了驾照之后，他有一天夜里在快打烊的时间离开快乐汉，握着方向盘打起了瞌睡，把车开到沟里，车身断成两截，他只得走回快乐汉报告车子失窃，致使他落入现在的境地——不仅没有驾照（已经够不方便了），而且没了车子，简直是寸步难行。一个没有轮子的老头真可怜哪，人家可以站起来就走，你不能跟着，人家知道你不能，这意味着人家更可能那么做。冬天就要来了，他正应该到西礁岛去，在那儿你不会冻得鼻子拉呼，也不需要汽车，因为酒吧一座挨一座，几乎所有的人都走路或骑车。

　　马克斯叹了口气，盯着喝空了的杯子，思忖这一切多么不公平。"把它拿掉要多少钱？"他大声问，摸着前额上他自己的瘤子的位置，如果他有的话。贺瑞斯坐在那儿慢慢地品咂啤酒，这让马克斯更加愤懑。"两百块？"

　　贺瑞斯耸耸肩，跟毕姨交换了一下眼色，看得出她正准备踢马克斯。"难说。"

　　马克斯抑制住一声讥笑。"为什么？你从来没问过？"

　　"没有。"

　　"我肯定会问的，"马克斯说，"要是那恶心东西在我脑门上长出来，我马上就会去问。"

"我想它没准是我智慧的来源,"贺瑞斯朝毕姨挤了挤眼睛,"要是我把它开掉了,结果发现我最好的思想都是从它来的呢?"

"马克斯不用担心这个,"毕姨说,"他没脑子。"

马克斯对这个侮辱像他对所有侮辱的反应一样,把杯子推过去要求加满。在他的经验中,别人侮辱了你之后通常会有负疚感。他们觉得可能亏待了你,想做点什么来补偿你。但这种想法从来都不长,所以你得赶快利用。马克斯一晚上都在给毕姨机会侮辱他,可是在此之前她一直拒受诱惑,这意味着她不欠他的,他的杯子始终空着。现在她不得不把它加满,不情愿地推到他面前。这次他只喝掉三分之一,与贺瑞斯看齐,正是他所希望的。

"你去过佛罗里达吗?"马克斯问。

"去过一次,"贺瑞斯坦白道,"我结婚的时候。"

"肯定是在那东西长出来之前。"马克斯说,突然从凳子上跳下来,"我要小便。"

洗手间的门关上后,毕姨叹了口气。"要我把这浑蛋轰走吗?"她之所以没对老浑蛋下逐客令,只是看在他儿子迈尔斯的面子上。迈尔斯几乎是帝国瀑最善良、最忧郁的男人,脾气那么好,连娶了她女儿詹宁都没有把他带坏。搞不懂詹宁是怎么想的,拿这么好的男人去换矮脚鸡一样的沃特·科莫。的确,迈尔斯是不算性感,从来都不算——除非你把善良看做性感,毕姨就一直是这么看的。世上有些男人你愿意跟他睡觉,有的是因为他让你狂热迷乱,有的是因为他人好,值得你那么做,而且你知道他会感激而不会介意你自己也不那么漂亮。毕姨有一次试图对女儿讲明这个道理,可是讲得很失败,詹宁完全误解了。"那是怜悯的性交。"她说。毕姨没有争辩,因为女儿近来自诩为性方面问题的权威。事实上,她的津津乐道已经让人厌倦,尤其因为毕姨希望把那部分人生经历遗忘。告别性交就像从热病中醒来,回到加拿大清爽的凉风中,一大解脱。

迈尔斯则是那种你可以爱他而不完全失去你的自尊的男人，大多数男人可能不能这么说，沃特·科莫当然别提了。

"由他去吧，"贺瑞斯说，"马克斯只是想到什么就说什么，我怕的是那些总要琢磨好了再说的人。"

"他是个浑蛋，没错儿。"

"唔，不错，浑蛋来了。"贺瑞斯承认道，洗手间的门开了，宣告马克斯回来。一个人排尿这么迅速似乎不可能，贺瑞斯和毕姨都好奇地看着他。马克斯敏捷地爬到凳子上，裤子前面有尿急的痕迹。

"老天，"毕姨厌恶地摇着头说，"你是个恶心的老头子。完了事至少要抖一抖吧。"

"你去过礁岛吗？"马克斯问贺瑞斯，对毕姨置之不理。

"没有。"

"你去过佛罗里达什么地方？"

"奥兰多。"

"你会喜欢西礁岛的，"马克斯告诉他，"海明威在那儿住过。"

贺瑞斯痛饮了一口啤酒，看着马克斯也痛饮一口。海明威的名字从这个老头嘴里说出来很有趣。

"海明威。"

"没错，"马克斯很高兴他放对了钓钩。他知道贺瑞斯给报纸写文章，可能会被另一位作家吸引，就像普通人被啤酒和温暖的气候吸引一样，"了不起的人。"

"你见过他？"

"那儿什么都用他的名字命名。这个叫海明威，那个叫爸爸。他的朋友管他叫爸爸，你知道。"

"我问你见过他吗？"

"谁知道。"

贺瑞斯忍不住吃吃地笑了。"啥意思？"

"咳,谁知道呢。我这些年在那儿喝了好多啤酒,他可能哪个晚上就坐在我旁边。我怎么晓得?"

"我打赌你们之间至少隔了一张凳子。"毕姨说。

"你什么时候开始去那儿的?"贺瑞斯问。

"六九年冬天。"

"那你没坐在海明威旁边,他六一年就自杀了。"

马克斯试图回忆他是否听过此事。他相信自己本来就知道海明威已经死了。他曾跟在观光团中混进那位作家的故居——多会儿,二十年前吧?他好像记得有人提到海明威死了,反正是不在家。马克斯印象最深的是海明威家里那些猫,它们前爪上大都多出一根指爪,状如拇指。他不认为拇指对猫有多大好处,不过这些老公猫似乎真能像人那样抓起一杯啤酒似的,拇指那样卷曲起来。据导游说,这位大文豪的猫很受尊敬,至少它们可以到处乱跑。这就是马克斯喜欢礁岛的地方,那儿几乎什么都能接受,包括马克斯本人。他这在北方备受嘲弄的糟老头,也被看成是人的一种自然的,甚至不可避免的状态。在西礁岛马克斯常被当成本地人,即所谓的"海螺",旅游者会心甘情愿地请他喝酒。海明威那么有名,大概从来不需要自己买酒喝。这引出了一个有趣的问题。

"自杀?为什么?"

"也许有天早上醒来感到一切都是白费。"贺瑞斯猜测道。

"什么白费?"

贺瑞斯注视着他的同伴。"你知道,有不少人对他们的生命得出这样的结论。咳,举个不太远的例子,缅因中部最富有的人就在这帝国瀑把自己脑浆打了出来。"

他指的是查·波·怀亭,查尔斯·波蒙特·怀亭,查理。"二十三年前的三月。"马克斯说,话一出口就发觉贺瑞斯和毕姨都瞪着他。

"你怎么知道的?"毕姨问。

马克斯耸耸肩,仿佛表示谁都有权知道他想知道的事情,自由社会嘛。其实查·波·怀亭自杀还不是最蹊跷的地方。在马克斯想来(他在过去二十多年里没少琢磨这个事),最蹊跷的是怀亭非要千里迢迢回到帝国瀑来死,而不在他所居住的墨西哥开枪自杀。话说回来,马克斯一面喝干残剩的啤酒一面想道,一个决定对自己脑袋开枪的人可能本来脑子就不清楚。

杯子又空了,他望望贺瑞斯的杯子,还有半杯呢。马克斯想再把杯子推给毕姨,但他知道这没有用。你一晚上只能从毕姨那儿讨到一杯侮辱啤酒,此后她就可以免费侮辱你了。说到白费。

"咱们哪天一起去,"他向贺瑞斯提议,"那儿的女人都半裸着身体到处走,她们也不在乎你看。还有一个酒吧里的姑娘们把胸罩和短裤脱下来钉在天花板上。你应该去看看。我有空,随你什么时候想去。"

"算了吧,"贺瑞斯把二十元推给毕姨,向马克斯表示今晚只喝一杯,"我可能会得抑郁症,对自己脑袋开枪的。"

马克斯看到这个信号,大为沮丧,并且愠然。"别打到你脑门上那玩意儿,"他建议道,"那会弄得多脏啊。"

贺瑞斯走后,马克斯把同伴杯里的最后一口啤酒喝干,对自己脑子里阴森的念头感到恼火,转而考虑可以引诱谁陪他去南方。理想的同伴必须有车,而且不指望马克斯出多少油费。一到佛罗里达就好办了。找到住处之后,他可以让帝国公寓的人把每月初政府发的支票寄给他。钞票在礁岛蒸发的速度让马克斯有点担心。他想是阳光——一天到晚地晒着,让你出汗,出汗让你口渴。佛罗里达的啤酒贵,但马克斯喜欢他们上酒的方式,冒着汗珠的啤酒瓶,瓶口嵌着一片鲜柠檬。不小心的话,一个人可能在月中就把社会救济金喝得底朝天了,然后只好东蒙西骗地熬到下月初。

马克斯需要的是一个心地纯洁的冤大头——手里有几个钱,

想快活一下,又不知该怎么做的人。他本来把贺瑞斯设想成这样一个角色,但仔细想来,觉得他不合适。他没被说动正好。马克斯无法想象走到哪儿都要设法解释那人脑门上的瘤子。女人们尤其会对那个紫不溜秋、布满血管的玩意儿刨根问底,至少要弄清它不会传染为止。

十年前马克斯可以说服的人有的是,但岁月不饶人。许多他喜欢的人都已去世,另一些在养老院里,还有的心态太老,马克斯实在搞不懂,他刚过七十,感觉还像十五岁,一辈子都是这样。

女人也可以是有趣的旅伴,十年前他也不需要到大老远去找。在帝国瀑这样的城市,只要方法对路,总是有人的老婆愿意飞出笼来,马克斯纳闷那些好女人都怎么了。年长的大都信了教,年轻些的可以找到比马克斯·罗比更好的,并直接告诉他,免得他存着念头。这也许正好。一般来说女人都有很多需要,她们要住好地方,动不动就要小便,还要你时时跟得上她们的思想。可是她们一点不懂钱的需要,比如你腰包空了的时候。另外还有一个哲学性的问题,去的地方遍地是女人,何必带一个呢?这不是往煤山运煤吗。马克斯喜欢礁岛上的女人,生活似乎把她们造就成了现实主义者,而不是梦想家。而且她们似乎本能地了解马克斯这种男人为什么会成为这种人,不会苛责他们。

"醒醒,马克斯,"毕姨打断了他的遐思,他有一会儿以为她听到了他的思想。他惊讶地发现吧台上方的电视里球赛已经变成了终场后的节目。红袜队又输了。"回家吧。"毕姨对他说。

"几点了?"马克斯眯眼看着吧台中部的时钟。如果他憎恨什么的话,那就是打烊早的酒吧。

"一点,"毕姨说,"你睡了一个小时。"

"我没睡着,我在想事情。"

"是吗?那你是我知道的头一个打着呼噜想事情的人。"她关掉电视,只留下够马克斯找到前门的光线,"你最后两杯啤酒喝得太快了，老头，伤身。"

"我喝得正好。"他向她保证。在马克斯看来只有一种错误的喝啤酒方式，那就是贺瑞斯那样，把它搁热了，还留一些在杯里。马克斯如果留啤酒，是留在小便池里。"我要小便。"他朝男厕所走去。

"回你自己家小便去，"毕姨把他推向店门口，铁石心肠的女人，"就一小段路。"

也许，但一小段路太远了。帝国公寓离街边还有很长的距离，马克斯的小单间在六楼，电梯又慢。他根据经验知道急需立刻解决，有时他甚至来不及把钥匙插进锁眼里。

幸好，快乐汉旁边的小路上没人，马克斯充分利用了酒店的砖墙。事毕之后他浑身轻松，突然不想就这么回去睡觉。轻柔的夜雾浮在空气中，马克斯决定这是一个适合散步的夜晚，于是他信步走去，整个帝国瀑静谧地呈现在面前，沿途没有碰到一辆车或一个行人。他一直走到墓地，在黑暗中也毫不费力地找到了他妻子的坟墓。他一动不动地在坟前伫立了好久，如果有人在高高的铁栅栏外面走过，很可能把他当成一座雕塑。雾气渐渐变成雨水，没戴帽子的老头仍站在刻着"格瑞丝·罗比"的墓石前，这石头是她死后两个儿子埋下的，马克斯当时在佛罗里达礁岛跟一个完全不同类型的女人厮混，他本来就该找那样的女人。奇怪，他此刻在格瑞丝身旁感到如此满足和平静，她活着的时候他从来不是这样，她那么充满了希望和梦想，看着叫人难受。马克斯站在那儿打了个盹儿，醒来后感觉神清气爽，虽然浑身湿透。又想小便了，他大声向他妻子和其他沉睡者宣布了这个需要。其中一位是查尔斯·波蒙特·怀亭，他准是像伟大的海明威那样（如果贺瑞斯的话可信），某天早晨醒来感到自己生命的白费，一种马克斯怀疑自己永远不会有的感觉，生活中有那么多事情，包括有时失望，但还是充实的。

在不远处查·波·怀亭的墓上，他太太立了一座墓碑，确保她的丈夫待在底下。马克斯就在那里拉开裤裆，想到一泡长长的、净化灵魂的大尿是他这个年龄的许多男人做不到的。一到七十，他们就变成了滴滴拉拉的水龙头，马克斯则不是这样，他的前列腺应该捐给科学研究。"我希望你渴了。"他对老查理说，然后射了出来。

　　解完之后他才抬起头来，看到墓碑上蹲着一只石猫。奇怪他以前来祭奠过查·波·怀亭那么多次都没有发现。那畜生看上去那么逼真，把马克斯吓了一跳，如果他看出它在呼吸，会更加毛骨悚然的。

第 八 章

　　九岁那年的暑假,迈尔斯在帝国纸业巨人队当二垒手。他是年纪较小的队员,赛季中大部分时间都是坐在板凳上观战,看那些大男生英勇地迎接地滚球,无论它来势多猛。拉萨尔教练总要到最后几局,比赛胜负已定时才把他换上去。迈尔斯感到庆幸,他生怕球队因为他而输掉。当他终于上场后,对方球员看到他戴着大手套怯生生地在二垒徘徊,常转过身用左手击球,知道在他那边地滚球跟安打一样有效。

　　七月的最后一个星期改变了这一切,迈尔斯奇迹般地接住了一个球。其实他正在那里做白日梦,忽听球棍一响,球来得太快,他来不及像平时那样躲开。球重重撞到他张开的手套上,嵌到网眼里,撞得迈尔斯转了个圈,一屁股坐到地上,手套居然还在手上,球还在手套里。"瞧我发现了什么。"拉萨尔教练跑过来说,语气不是挖苦而是满意。队友们拍着后背的祝贺让迈尔斯勇气倍增。迈尔斯衷心喜欢棒球,更喜欢自己是球队的栋梁而不是累赘。侥幸接到一个球之后,他看不出为什么不应该开始真正地接球。

　　母亲宣布要带他出去度假一周,迈尔斯非要戴上棒球手套才去。格瑞丝对他说葡萄岛上没有地方打棒球,可他决心每天练习,哪怕只是在海滩上自己接抛球。再说,母亲承认她也没去过那儿,迈尔斯心底希望到了之后会有意外的发现。在他想来,如果岛上真的都是富人,那棒球场一定比比皆是,足够让每个想玩的人都能玩上。或许还有为像他这样在最不情愿的时候被仓促拖去度假的男孩组织的联赛。

结果证明他母亲是对的,渡轮驶进葡萄港时甲板上的迈尔斯就看出来了。但显然母亲也没有完全料到,因为当船靠岸时,举目都是衣着考究、开着高级车子来接船的人们,迈尔斯看到她的手不自觉地捂住了嘴巴,就像她担心或发现自己犯了个错误时那样。事实上,她好像在考虑是否不要下船,就站在船栏杆旁等待返航。是迈尔斯看到码头上有个男人在朝他们或旁边的人挥手。他从没见过那个人,但当他指给她之后,母亲也挥起手来。那男人在舷梯底部迎接他们,自我介绍是米勒先生。"您怎么认得我们的?"她问。

"这个小伙子告的密,"米勒先生微笑地看着他,"打球的?"

这下轮到迈尔斯惊叹那人料事如神——直到他想起自己戴着棒球手套,温润的海风和溅到甲板上的浪花似乎将它软化了,从父亲送给他以来,他第一次能够一只手把它握拢。

"谢谢您为我们破例,"母亲说,米勒先生从渡轮上卸下的一连串行李箱中捡出母子俩的旅行包,好像不问就知道哪个是他们的,迈尔斯怀疑是不是因为他们的最寒酸,"我知道您一般不接待小孩的。"

"哦,"米勒先生把行李装到开着引擎的旅行车的后部,"你们有一位高贵的朋友。"马上又加了一句,"而且这小伙子差不多成人了,是不是?"

他们下榻的地方在小岛另一面,傍着一个渔村。米勒先生把车子开上又长又窄的车道,"夏庐"坐落在峭壁上,下瞰大海。母亲的眼睛里又出现了迈尔斯在渡船上看到的那种担心。他疑心她会请米勒先生掉头把他们送回码头。

主旅馆之外还有几所小房子,米勒先生说有时租给艺术家和影星住的。他们母子俩住的那所离其他房子稍远一些,一侧有蔷薇花架。在所有的小屋中迈尔斯最喜欢这一所,因为它离小径最近,这条小径通到峭壁之下,越过沙丘,延伸到海滩。他们被警告不可走出小径,因为有毒葛。

格瑞丝最喜欢的一点是清晨风向转变时,可以在拍岸的涛声中醒来。迈尔斯知道海水有多远,但涛声如此之响,每天早晨他都要跑到前窗去,看看世界是不是在夜里倾翻了。他几乎期望看到雪白的海浪冲上台阶。

他们没去过旅馆的餐厅,因为在登记的时候格瑞丝往里面瞥了一眼,足以看出里面东西很贵,并且怀疑她没有合适的衣服。小屋的厨房里有个小冰箱,格瑞丝买了一盒麦片和一瓶牛奶作为早餐。每天上午十点钟旅馆有人送来一篮子三明治,水果和饮料,供他们带到海滩上去。只有在那儿,在沙丘间,母亲才好像真正放松和开心起来。

三十岁的格瑞丝风姿绰约,尽管带着一个九岁的孩子,她还是招来许多男士欣赏的目光,明显到引起了太太们的注意。一位男士停在母子俩的垫子前自我介绍,询问为什么晚上在餐厅从没见过他们,还提议下午请格瑞丝喝杯鸡尾酒,如果她愿意,并且她的小朋友能够自个儿玩一会儿的话。格瑞丝左手屈指托着下巴,装作考虑这个建议,结婚戒指在阳光下闪闪发亮,最后那男人耸耸肩说:"你不能怪人想试一试吧。"她不置可否。

傍晚,白天的日光还热乎乎地留在皮肤上,他们在小屋里冲掉沙子和盐粒,穿上汗衫短裤和凉鞋,沿着土路走到村子里,在能找到的最便宜的饭馆里吃晚饭。那地方叫"大海鲸",专做外卖,但也在一个有遮阳伞的小甲板上供应饭菜。一个打工端盘子的女大学生很喜欢迈尔斯,教他吃清蒸蛤蜊。蛤蜊用铁丝篓子装着,带两杯液体,一杯是热蛤蜊汤,但她说其实是为了涮掉它们身上的沙子,另一杯是蘸着吃的奶油。外加一大碗牡蛎饼干。这道菜挺贵的，但格瑞丝说可以，迈尔斯每晚都点，贪婪地把铁丝篓子吃空。

通常他们坐下用餐时夕阳还很明亮，到吃完的时候，凉风开始吹动头上的阳伞，饱餐了奶油蛤蜊的迈尔斯舒服得昏昏欲睡，回夏庐的路显得漫长无比。村子里的几家店铺开到很晚，一天晚上格瑞丝停下来看橱窗中的一件夏装，等她试过衣服决定买下的时候，迈尔斯已经在门口的椅子上睡着了。在漆黑的夜色中走回住处时，迈尔斯问了一个或许是在打瞌睡时跑到他脑子里的问题。"妈妈，我们在等人吗？"

他感到母亲停下来在黑暗中望着他。"你怎么会有这个念头的？"

也许是没有别人的缘故吧，迈尔斯认为他们等的是他父亲，尽管他母亲和马克斯在她意外宣布要去葡萄岛的前一周大吵过一场。其实那次吵架之后迈尔斯还没见过他父亲，但这并不稀奇。马克斯经常在这种争执后消失，也许幻想他的离家会给格瑞丝一个教训。有时他会消失几个月，但多是在冬季而不是夏季，去佛罗里达礁岛，那里气候暖和，他可以漆房子或在带游客看日落的纵帆船上帮忙。他不寄钱回家，也不认为这是遗弃妻儿。按马克斯的逻辑，他的出走意味着格瑞丝可以少养活一口人，更重要的是不需要用她在帝国衬衫厂的工资付酒钱。这非但不是遗弃，反而是一笔横财，每当她感到委屈时，他会毫不害臊地指出这一点。

当然，马克斯夏天也会消失。漆房子的人生意最好的地方在沿海，像卡姆登、蓝山、卡斯汀等地，那里有麻省富翁们的避暑别墅，稍有剥落的迹象就要重新油漆。更妙的是，这些主顾不是本地人，不一定知道马克斯讨厌用刮刀——讨厌一切工作中费时间的部分。他们也不会在他走掉之前发现他把窗户漆死了。等他们在布特湾发现他干活马虎时，他已经在巴尔港漆别人的窗户了。在缅因沿海的旺季解雇一个不可靠的漆匠很难，因为新找的人很可能比他更马虎。七八月份,缅因的穷人占了富人的上风,所以这两个月让马克斯·罗比特别满意。

因此,最近那次大吵的第二天马克斯不见之后,迈尔斯猜想他又搭车去沿海了。他会挣一些钱,在适当的时候使自己被解雇,到岛上来跟他们一起度过假期的最后几天。以前度假从没少过马克斯,所以迈尔斯认为父亲终归会来的。母亲两次进旅馆打电话,一定是有什么人。她回来时神情沮丧,迈尔斯想大概是父亲走不开或还在生气。他倒松了口气,母亲本能地知道他们与夏庐不相称,但父亲到哪儿都觉得他很受欢迎,即使显然不是这样。要是马克斯来了,他会占住吧台的里头,拿那些金纽扣、蓝夹克的男人和大块头、丁香味的太太们寻开心,直到被轰出去。出门时他还可能脱下裤子向那群人展示他的屁股。

一个傍晚,还有两天就要离岛了,迈尔斯在海浪中逞能,母亲喊他上来擦干身子去吃晚饭他也不听。忽然他发现母亲并不在注意他,即使他大声叫她。这两天每当一个特别带劲的浪头扑来,把他冲到海滩上,她的惊恐让他很过瘾。自从上岛以来,她一直是他干的一切傻事的忠实观众,可此刻她背对着他,一手举起遮着阳光。他顺着她的目光望去,看见崖上有一个人影,背着太阳,在向海滩上眺望。几乎所有游人都已经收起东西,沿着蜿蜒的沙石小径往回走了。崖上那个人好像在挥手,迈尔斯环顾四周,发现没有别人,他又回头去看母亲,她遮着眼睛的手刚好放下。她朝那人挥手了吗?没有吧,他想。母亲转过身,再次唤迈尔斯上来。

"那是谁?"母亲给他擦身时,迈尔斯问。

"谁是谁?"

回到小屋,她坚持要他洗完澡再去吃饭,他穿了汗衫短裤出来,格瑞丝又叫他回去换上像样的衬衫、长裤和正经的鞋子,别穿运动鞋。今晚他们要去夏庐的主餐厅吃饭,她自己要穿在岛上买的那件白裙子。

迈尔斯在冲浪俱乐部的菜单上没找到清蒸蛤蜊,实际上,那上头没一个他认识的,许多菜是陌生的文字,母亲告诉他是法语。对迈尔斯来说,这都不是好兆头。他看不出穿着长裤、浆硬的衬衫和皮鞋在铺着白桌布的室内就餐有什么好处,他们本来可以穿着舒适的衣服,坐在"大海鲸"外面鲜艳的阳伞下,用英语点清蒸蛤蜊吃。他尤其讨厌长裤,因为他腿上痒痒。昨天走小径上山的时候,他抛出一个球,跑到灌木丛里去接,今天冲澡时发现皮肤上有麻麻点点的红斑。出来之后,他用每天送来的粗糙的白毛巾擦,一直擦到超过了止痒的快感,干燥的皮肤灼热发痛。现在那些地方又痒起来,他不能去抓。更糟糕的是,母亲给他立了一大堆规矩,说这是大人的晚餐,时间会很长,这是好事,他不能乱动和挠痒,连棒球手套都不让戴。

迈尔斯得承认他从没见过母亲像今晚这么漂亮。她的皮肤这一星期在海滩晒黑了,但她很注意没有晒伤,新买的白裙子的质地与肌肤形成美妙的对比。她还洒了香水,他想也许父亲会来,尽管这不大现实,还有一天就要离岛了。

餐厅几乎坐满了,但异常安静。迈尔斯不记得见过这么多人在一个房间里而声音却这么小。不知何处传来钢琴声,几乎轻不可闻。你可以听到刀叉的叮当声。迈尔斯看完菜单说没有清蒸蛤蜊,格瑞丝凑近了轻轻叫他小声点。邻桌坐着一个白头发,目光忧郁的男人,呷着鸡尾酒看他自己的菜单。像餐厅里半数的男人一样,他穿一件金纽扣的藏青夹克。迈尔斯和母亲坐下时,那男人对他们笑了笑。事实上餐厅中的每个男人都回过头看了看格瑞丝,尽管多数人马上假装是别的东西吸引了他们的注意。听到迈尔斯说没有清蒸蛤蜊,白头发的男人放下菜单,欠过身子。"恕我冒昧,"他说,"但我想您可爱的同伴可能会喜欢意式烤香蛤,这儿做得很好。"

迈尔斯打量着这个人,想判断出他的年龄。因为他一头银丝,迈尔斯开始以为他年纪很大了,可是他的脸很光滑,越看越年轻。当然比格瑞丝要老一些,但迈尔斯看不出老多少。母亲对他微笑的样子也让人感到他不是一般的老头子。"你说呢,迈尔斯?"她问,"你相信这位先生吗?"

迈尔斯仔细掂量着这个问题,本来应该很简单,但好像又不是。他还没决定下来,那人叫住了一位女招待,点了六只意式烤香蛤,对格瑞丝说,"别担心,如果他不喜欢的话,我喜欢。"

迈尔斯惊讶地看到母亲跟那人攀谈起来,说任何一种蛤蜊对她儿子都是新口味,自从发现它们之后,他就不想吃别的东西了。

那男人微笑了。"看来他会享受生活中的好东西。"

"我们在度假,"格瑞丝说,介绍了她自己和迈尔斯,然后迟疑地说,"能不能问一下,您是一个人用餐吗?"

"唉,是啊。"

"您愿意坐过来吗?"

"非常荣幸,"那人说,"不过我的桌子好像大一点,您和迈尔斯先生坐到这边来如何?"

话音刚落,就有两名侍者过来付诸实施。迈尔斯一开始不大拥护这个主意,直到那人问他喜欢什么运动。上岛之后,迈尔斯就敏锐地感觉到如果他不在旁边,会有多少男人来跟母亲搭讪。但这个人似乎完全不同,所以,当问到他喜欢的运动时,迈尔斯说了棒球,然后主动讲起他上星期奇迹般的救球。讲完之后从头又讲一遍,免得那人漏掉了什么细节。这故事成功地成为开胃菜的一部分,他觉得。迈尔斯果然很喜欢这些新蛤蜊,虽然遗憾不能像在"大海鲸"那样吃上一篓。

那男人叫查理·梅因,他把"梅"字说得很清楚,以便跟母子俩住的州区分开来。母亲不知为何显得有些惊讶,尽管迈尔斯觉得这名字挺合适。迈尔斯吞食蛤蜊时,查理灵巧地从螺旋形贝壳里抽出一条条大橡皮似的东西,那贝壳的形状有些眼熟,但迈尔斯想不出是什么。这星期他花了好多时间在海滩上捡贝壳,可是没见过这样的。

"想尝一个吗?"看到迈尔斯在研究它们,那人问道。

橡皮看上去不大好吃,可是清蒸蛤蜊和它们那带鞘的黑色阳具也中看不到哪儿去。迈尔斯就尝了一个。口感和他想的差不多——牛皮糖似的,但很鲜美。给他第二根时,他马上接受了,尽管格瑞丝抗议说一根就足够。"哪里,"查理·梅因坚持道,"我跟他一样喜欢,要不要告诉他吃的是什么?"

他笑容可掬地看着迈尔斯的母亲,迈尔斯发现他即使在微笑时眼神也是忧郁的。当母亲也报以忧郁的微笑时,迈尔斯想到他们在某些方面倒是一对,这些奇特的相似是格瑞丝和他父亲所没有的。

"有些秘密最好不要说破,梅因先生,"母亲说,"至少暂时不要。"

但迈尔斯觉出查理·梅因是个经不起盘问的人,便缠着他问大橡皮是什么,查理终于招架不住,告诉他说他吃了一个 Escargot①。这是一个如此令人失望的回答,迈尔斯怀疑是在骗他,母亲也串通在内。如果是这样,当然也很有趣,但想到母亲会站在查理·梅因一边来骗他,心里总是不大舒服。然而他们没有骗他,菜单送回来让点主菜的时候,迈尔斯看到开胃菜的下面列着:蒜茸黄油 Escargot,带壳,本店风味。他想到查理·梅因说得很准,一见面就断定这个男孩会享受生活中的高级东西。

晚餐结束后,查理·梅因让账单神奇地消失了,没有钞票易手。他问母子俩有没有看过岛上其他地方。格瑞丝说他们在夏庐之外就只去过那个村子,查理(迈尔斯现在这么看待他)看了看

---

① 法语,食用蜗牛,通常用来做开胃菜。

表,说快点走还来得及。他们问他要干什么,他只是微笑着说去了就知道。

他们匆匆而行,或者说是查理匆匆而行。他开着一辆鲜黄的小跑车,前座仅够坐下他和迈尔斯的母亲,中间隔了一根换挡杆。迈尔斯挤进后面的狭小空间。他们风驰电掣地穿过小岛,查理拐弯的速度真是刺激。敞着篷,他的长发向后飞扬,像狂野的白色马鬃。他给了格瑞丝一顶帆布水手帽,她一只手紧紧地按着才没有吹掉。迈尔斯一直以为她会叫查理开慢点。马克斯一开快车她就要生气,可此刻她却没有反对,至少迈尔斯觉得她没有。风声呼啸,他听不到前座说话。车的速度使他两边眼角好像被往后拉,他怀疑等开到那儿他都变成中国人的样子了。

公路终于到头了,查理·梅因把小车开上一条土路,约一百米外小路变成了一片沙地。他把车停在木栅栏旁,傍着缓缓倾斜的海滩。一轮夕阳挂在葡萄湾平静的海面上,又大又红,令人难以置信。引擎声止息后,迈尔斯听到母亲说,"哦,查理,看啊!"迈尔斯问他们到底赶来看什么,她和查理都哈哈大笑,让他感到自己很傻,但他发现不是只有他一个人没专心看日落。沙地上还停着五六辆车,他看到最近的车里有一对在接吻。没想到,当他问母亲他能不能到海滩上去玩时,她竟说当然,只要他脱掉鞋袜,卷起裤腿,并保证不走到浪里去。"不超过十分钟,"她警告道,"天很快就黑了。"

果然。迈尔斯暗暗高兴。他在洗澡时抓伤的皮肤现在突突地跳着,车上地方太小,没办法挠。他打算一到别人瞅不见的地方就挠个痛快,所以当他爬过沙丘,发现海滩上不是空无一人时,心里又是惊讶又是失望。海边立着不少捕鱼者,间隔均匀,一直排到他看不见的地方,这些人把钓线远远地甩进轻波中,然后起劲地收线,再甩出去。迈尔斯看了几分钟,想弄明白。马克斯带他去湖上钓过一回鱼,可是你只需把线垂在船边,等有东西拽它。这些人简直像在比赛谁甩得最远,因为每一竿都是失望,他们一次次收线再来。近处一人警告地喝了一声,迈尔斯随后便明白了,那人扬起长长的钓竿,一道银光带着呼啸从他身后划出,远远地射入海中。

迈尔斯与钓鱼人保持着他希望是安全的距离,沿着海滩走去,一直走到沙丘和高草之间的一个隐蔽之处。他把裤子脱到脚跟,开始挠痒。天黑看不清楚,但麻麻点点的红斑似乎比洗澡时多了一倍。指甲的抓挠介于强烈的快感和疼痛之间,他本来会一直抓到出血,忽听近处有声音一响,接着是低低的人声,他赶紧拉上裤子溜走。

在海滩上他又听到一声响动,这次更像是拍打声,低头一看,惊讶地发现一条银色的大鱼,鳃上带着血,在他脚边的沙地上扑腾。"小心,"几尺外有个声音说道,一人蹲在那里往线上系银色的诱饵,"它们有牙齿。"

回到停车的地方天已几乎全黑了,他仅凭大小和轮廓才找到查理·梅因的小车。他满以为母亲会责备他在海滩上待得太久,可是错了。在他们听到他回来之前,夜色中刚刚能看出母亲的头靠在查理·梅因的肩上。

次日清晨,迈尔斯醒来听到母亲在小屋的小盥洗室里呕吐,记得自己做了一晚上生动的梦。这是他第二次或第三次早上听到这种声音,今天他在生她的气,虽然昨晚睡觉时还没有。似乎与看到两人在车里的画面有点关系,但更多的是他感到在那一夜格局都变了。母亲请陌生人一起吃饭总归意味着自己的陪伴不尽如人意。不是他不喜欢查理——他喜欢。但他对那人也感到恼火,那个查理,吃晚饭时那么殷勤,可当迈尔斯讲述海滩上张着嘴的银鱼时却听得不大热心。当他夸大了危险,说自己差点被钓钩钩住时,母亲和查理都没有表现出他期望的那种惊恐。更糟的是,早上醒来回过味想到昨晚吃了一只蜗牛,他几乎恶心得要吐。

但他发现,当你所爱的人在隔壁呕吐时,你很难继续跟她生气。为了保持他那正当的愤怒,他戴着手套和球出去练习,一面等野餐的篮子。篮子来了,今天特别沉,他把它拖进屋,搁到早餐桌上,母亲还穿着睡袍,捧着脑袋坐在那里。她抬起头看着他,脸色苍白,精疲力竭,他试图保持的愤怒一下子消失了。

"你病了吗?"他问,突然害怕起来。

"我希望是病了,"她悲哀地微笑道,"那样还可以盼着好起来。"

他注意到她说话时在无心地挠着小臂上的一块红斑。

"别担心,"她补充道,"我不会死的。"

迈尔斯正在查看野餐的篮子。她一叫他别担心,他便马上听从了。"今天多了好些东西。"他举起一小瓶墨黑的小滚珠状的东西对她说。

这个消息似乎让她高兴起来,格瑞丝起身拉开厨房的窗帘,站在明亮的阳光中。她站了好久,闭着眼睛,像在吸收阳光,嘴角似乎浮现出一丝笑意。这个女人,前一小时还伏在抽水马桶上,迈尔斯觉得她看上去非常美丽,他决定原谅她昨晚的事。

毕竟,这是他们在岛上的最后一天。

可到海滩上才半小时,查理·梅因就来了。迈尔斯高兴地看到他两条腿又细又白,几乎没有毛。当他脱下运动衫,迈尔斯看到一副苍白、凹陷的胸膛,乳头旁围着几撮黑毛。虽然母亲并不高大,但现在看他们站在一起,迈尔斯发觉她比查理大了一号。昨晚,尤其在跑车里,他像是中等身材,可今天坐在他们的垫子一角,却分明如此矮小。迈尔斯想母亲一定会注意到,把他撵走。

"他们没给你准备午餐篮子吗?"她问。

"啊呀,没有。"查理说,看上去并不在意。

"那你跟我们合吃吧。"格瑞丝说,看她的样子,你不会想到一小时前她多么难受。她也一点没有要撵走查理的意思。

"不过,你可能高兴看到,我也没有完全空手而来。"他从泳裤口袋里掏出一只白色的长软管,给她看了一下,扔给迈尔斯,他用手套接住。

格瑞丝拍手叫道,"哦,查理,你是救命菩萨!"

"对啦。"他承认。

"旅馆里说卖完了。"她说,一面示意迈尔斯把药膏拿给她。

"我早上开到埃德加镇去了。"查理解释道,格瑞丝把药膏涂到迈尔斯的腿上和肚皮上,然后涂她自己的小臂和一个迈尔斯没注意到的地方,在大腿上。"我买到了店里最后一管,看来今年岛上毒葛大丰收。"

查理·梅因看着她把药膏抹在大腿上,直到发觉还没跟他打过招呼的迈尔斯在紧紧地盯着他,才把视线转到野餐的篮子上。他发现了那个墨黑的小瓶子,举起来给迈尔斯看:"尝过鱼子酱吗,小伙子?"

迈尔斯摇摇头,还因昨晚的蜗牛而对特色食品心存芥蒂。他打定主意拒绝尝鱼子酱,不是因为它可能不好吃,而是因为让他尝的人是查理·梅因。昨晚他很高兴被看做一个会享受高级东西的人,今天早上一切都变了,他甚至希望自己没抹那个药膏,因为他已经感到药膏在使他发炎的皮肤清凉下来,他顽固地假装他宁可痒痒。

"我还找到了一个吃饭的好地方,"查理对他母亲说,"但你要答应穿那件白裙子。"

母亲戴上墨镜,仰卧过来,笑道:"我只有那一身。"迈尔斯的怨气又来了,她都没跟他商量,就让查理·梅因跟他们一起吃饭。

"今晚我想去'大海鲸',"迈尔斯用脚推推她的脚说,"我要吃清蒸蛤蜊。"

母亲满足地叹了口气,"太阳真好啊。"她颤声说。

迈尔斯又推推她的脚,"你听见了吗?"虽然有墨镜,他也知道她闭着眼睛。

她说话时也没有睁眼。"我没听见。而且如果你继续不礼貌,我还是听不见。"

查理·梅因似乎看不出他们在争吵。"你想吃清蒸蛤蜊?"他愉快地问,身体舒展地趴在地上。他背上也有一撮撮卷曲的黑毛,约有十来处,好笑。"看他的背上。"迈尔斯想对母亲说,他知道问题是她不听。

"那就请你吃清蒸蛤蜊。"查理径自说道。

傍晚时分,格瑞丝淋了浴,穿着浴袍从盥洗室出来,迈尔斯对她说他不想跟查理出去吃饭,他希望就他们两个人,他说在查理·梅因出现之前他们过得很开心。

"是吗?"格瑞丝一下子就火了,让迈尔斯心惊,好像她一直在等着他说这话似的,"可我在他出现之后过得很开心,你说怎么办?"

迈尔斯没有马上回答。"爸爸不喜欢。"他直视着她说。

"真不幸。"

"我会告诉他。"

"很好。"她说,又一次出乎他的意料,加强了他一整天都有的那种没着没落的感觉。她拿出了药膏,往皮肤上抹着,"告诉去吧。"

"我会的。"他知道不该说这句话,但还是说了。

"不过得等他从监牢里出来。"她的目光突然变得从未有过的严厉。那句话不像是说出来的,而像是从笼子里放出来的。她现在盯着他,似乎纯粹好奇地想知道它会产生什么效果。必要的话,她还有更多的可以放。"你不知道是吗?你爸爸坐牢了。"

她把一只脚搁在厨房的椅子上涂药,当她把脚放下换另一只脚时,浴袍张开了,迈尔斯模糊地瞥到一眼他知道不该看见的地方。他其实也并未看见,因为他的眼里已经盈满泪水。

"你想知道为什么吗,迈尔斯?因为上星期他被当作公害逮捕了。不是第一次。他在家里祸害够了就不时地当一下公害。我还要告诉你一点,你以为马克斯·罗比会在乎查理·梅因的事吗?想想吧,你父亲只关心你父亲。我希望不是这样,可这是事实。你这么大也可以知道了,越早明白对你越好。"

她涂完药膏,站在他面前说:"既然讲到这儿了,我再告诉你一件事。咱们回家后,会有一些很大的变化,你要有准备。"

为了惩罚格瑞丝,在她去换白裙子时,迈尔斯没有听话地去洗澡,而是从后门溜了出去,回到崖下空荡荡的海滩上,使劲把球往高处抛,直到愤怒的一掷使球飞进了海里。他坐到沙地上,用力击打手套,希望他们没有到葡萄岛来。他突然再也不怕地滚球了,无论它来势多凶。被砸到又怎么样?他现在终于悟到拉萨尔先生教了他一暑假的东西。砸到了没关系,痛也没关系。

少顷,听到身后的小路上有人走近,他转过身,以为是母亲怒气冲冲地来抓他回去,却见查理·梅因穿着闪亮的黑皮鞋在沙地上走来。他穿了一条高级的裤子,迈尔斯以为他不会往地上坐,可他坐下了。

"球呢?"

迈尔斯朝海里一指。

查理·梅因点点头。"跟你妈妈吵架了?"

迈尔斯没说话。

"她是个大好人,你知道。"查理说。

"我知道她是好人。"迈尔斯气呼呼地,不要人家来告诉他已经知道的事,何况是一个刚认识他母亲两天的人。

"她爱你。"

"我知道。"

"她让我告诉你,她为关于你爸爸的那些话道歉,那么说不大好。"

迈尔斯耸耸肩。

"问题是,"那人接着说,"谁都有快乐的权利。"

"她很快乐。"

"在一生中有个时候你意识到,如果你不抓住快乐的机会,可能就再也没机会了。"

"她很快乐。"迈尔斯坚持道。

"实际上,我是在说我自己。你妈妈是那样一种女人——嗯,她就像云层后突然露出的太阳。"

迈尔斯什么也没说,但这确实让他想起早晨她拉开窗帘时的样子。

"好像,她使一切都变得新鲜。"迈尔斯还是没搭腔,查理又说,"总之,如果今晚能和你们共进晚餐,我会非常快乐,但这要由你决定。"

迈尔斯耸耸肩。

查理·梅因点点头,等了一会儿问道:"耸耸肩膀表示什么?"

又耸耸肩。

"嗯,我猜它可以表示同意我一起去吃饭,也可以表示你希望我不去,也可以表示你希望整个世界是另外一个样子,对不对?"

耸耸肩。

查理·梅因点点头,"好,明白了。"

他们去了一家"金鸡"餐馆,像昨晚一样,那位男士对迈尔斯比对他母亲更殷勤。菜单上没有清蒸蛤蜊,查理建议迈尔斯还是点上,然后朝侍者眨眨眼。结果送上来一大堆,三个大人都吃不完,但查理似乎很高兴看迈尔斯试试。"瞧他吃得多欢。"他对正在努力不再对儿子生气的格瑞丝说。当她微笑着叫他别吃伤了时,他说别担心,再说每天早上恶心的不是他。查理听到这话脸色发白,几分钟内只听见空蛤蜊壳丢进专门给他们放壳的大碗里的声音。

有两次迈尔斯想到,他们跟一个开高级跑车的男人在豪华餐馆里享受美味佳肴,而他父亲蹲在帝国瀑的一间小牢房里,但这个念头只带来短暂的不安。每当他决定应该站在父亲一边时,就想起查理·梅因说的谁都有快乐的权利,觉得这话可能是对的。他也能理解母亲为什么喜欢跟一个能让美好之事发生的人在一起(至少一两天内),而不喜欢一个被判为"公害"的人。查理·梅因似乎光靠奇思妙想就把事情办到了。父亲坐牢的消息一开始让他感到羞辱,但想得越多,他却越平静。以前他一直觉得父亲跟别人的父亲不一样,但不知道怎么概括他。现在知道了。马克斯·罗比是公害,有这个简短的词,总比怀疑父亲异常到了还没人发明出一个词来形容他好一些。

直到深夜——天快亮的时候,悲哀才袭上心头,他被莫名的恐惧惊醒。他好像梦到了父亲,但不记得任何细节。一个人躺在床上,他感到内疚,父亲肯定应该有比"公害"更好的名称。他想象马克斯出狱之后发现他们不见了会不会发怒,继而又想他可能已经被放出来并已查出他们的去向。也许他正在赶来搜捕他的家人,拽着手腕把他们拖回本来该待的帝国瀑,命令他们安分守己,不准再吃蜗牛。迈尔斯正要相信这都是可能的,静悄悄的窗外忽然传来一点声响。

乳白色的晨雾从海上漫来,把细小的音响放大,包括远处浮标的声音。迈尔斯拨开床边的窗帘朝雾中望去,直到肯定那一声是自己的想象。可这时又听到了一声,一只脚落到石子路上的轻响,然后雾气包围了一个向他走来的身影,最后雾气变成了他的母亲,踏着小径边缘的草地走过来,一手提鞋,专心地迈着步子。迈尔斯大吃一惊,母亲明明睡在隔壁,怎么又会在外头,没等他反应过来,她抬起了头怔怔地望着他,他这才把窗帘放下。

查理·梅因默默地开车把他们送到码头,帮他们把旅行包放到行李车上,然后又请舷梯口的人让他免票上船送迈尔斯和他的母亲。这是他让迈尔斯最惊奇和最难忘的地方:他神通广大,能让人家做绝对不会为其他人做的事情。跟查理·梅因在一起,你可以在没有清蒸蛤蜊这道菜的饭店里吃清蒸蛤蜊。

可是,他的法力显然还是有限度的,站在葡萄岛渡轮的上层甲板上,查理似乎找不到词语来表达他要对格瑞丝说的话。迈尔斯看他那么费劲,却没想到自己的在场偷走了一半词语,剩下的一半不够表达。母亲昨晚穿着白裙子在烛光中那么光彩照人,在无情的晨光中却显得苍白虚弱。查理也显得憔悴而不自信,他的衣服第一次好像掩不住里面凹陷的胸脯。迈尔斯觉得他全然是个老人。奇怪,这本是两天前他没细看时的第一印象。

下面,最后一批乘客在排队走上跳板,最后几辆汽车被装进船肚。迈尔斯知道再过一会儿舷梯就要撤掉,渡轮将离开船台。最后,查理·梅因握住格瑞丝的手说:"问题是,要有一段时间。"

"我知道。"她移开目光,凝视着葡萄湾。

"想着巴亚尔塔港①。"

"我会的。"

"答应我不要灰心。"

"你该走了。"她指着下面说,码头工人已开始拆底层的舷梯。

他也看到了,但又逗留了一刻跟迈尔斯道别。"也许我们会再见的。"他把手伸给男孩说,握手时迈尔斯看到查理的小臂上有一大片红疹。

"查理。"格瑞丝说,舷梯被抽走了。

---

① 墨西哥中西部一城市,濒临太平洋,是滨海旅游胜地。

他们四目相对。"格瑞丝。"

"我知道,"她说,"我知道,走吧。"

他走了,朝码头工人挥手喊叫,匆匆下到底层,工人们毫无怨言地把舷梯推回原处。安全下船之后,查理跟每个人握手,好像他们一起完成了什么复杂高超的技艺似的。当汽笛鸣响,渡船驶离船台时,查理·梅因仍站在码头边沿朝他们挥手,直到他变得很小。看得出他一直举着手,除了停下来抓痒的时候。迈尔斯不禁为他难过,孤零零留在岛上,没有药膏,没有东西减轻他的痛苦。良久,他才发现母亲已不在身边。

小岛已完全消失,细带般的鳕鱼岬出现在地平线上,格瑞丝才回到甲板上。迈尔斯看得出她又呕吐了。她摇摇晃晃地朝他走来,看上去与晨雾中现出的那个身影判若两人,他怀疑早上是一个梦。但以防那不是梦,她在他身边坐下时,迈尔斯说:"我不会告诉爸爸,我保证。"

他知道她听到了,但好像没听到一样。她握住他的手,两人都沉默不语,直到渡船驶进伍兹厚港,碰撞着船台停了下来。

他们站在船边,格瑞丝用发白的手指紧紧抓着船栏,最后她深深吸了口气说:"我错了。"

他想说些什么,但她摇摇头阻止了他。"我说回家后会有一些变化,那是错的,不会变,一切都不会变。"

他希望如此,可担心不是如此。码头上有个男人戴着红袜队的球帽,这让迈尔斯想起他忘了拿手套。他仿佛看到手套还留在小屋的床头柜上。

第 二 部

第 九 章

迈尔斯开车到怀亭夫人家去，过铁桥之前，他的心情就不大好。这几日阴雨连绵，没法油漆。今天早晨天终于放晴了，预示着一个长长的、阳光灿烂的下午，知更鸟蛋壳那么蓝的高高的天空。在这样的日子，迈尔斯想，一个怕高的人也许会奇迹般地有勇气去油漆教堂尖塔。也许会，如果他没有接到雇主的电话让他下午去一趟，说她要给他一个意外。虽然他知道不该抱有幻想，从两根石柱间拐到环形车道上时，迈尔斯有一瞬间想到会不会是酒牌的事，老太太改主意了。或者她还认为他应该当市长，打算资助他竞选。

可是当他把车停在主屋前，钻出捷达，朝正门走去时，怀亭夫人所说"意外"的含义一下清楚了，迈尔斯猛然刹住脚步。双车位车库的内门通常是关闭的，今天却敞开着，望得见里面泊着的米黄色老式林肯，挂着画有轮椅的车牌。看到它之后，迈尔斯·罗比，一个成年人，鼓起了全部的勇气才走上台阶按门铃，而没有开车逃走，在柏油路面上留下一道烧煳的橡胶印，他知道马克斯就会这样做。尽职地站在大门口，他纳闷性格中是什么东西阻止他采取父亲那种快乐而明智的懦夫行为，长大后他经常寻思这一点。马克斯丝毫不想让自己痛苦，更不想分担别人的痛苦，在他看来这种态度不需要理由和解释，倒是那些甘愿受苦的人需要解释。

迈尔斯还没想出他为什么没有遗传到父亲那卓越的自我保护

本能,大门吱呀一声开了,他看到辛迪·怀亭,像从小那样努力不绊到自己,挣扎着想让无情阻挠她的身体听从使唤。迈尔斯一眼就发现她已告别双拐,升级到了坚固的四条腿铝合金助步架——上次见面有五年了吧?准是最近才换的,因为她似乎还不大会控制这个装置。要不就是从这种装置后面开门太难了,要学上一辈子。为了够到门把手,你可能必须把助步架靠着门框,可是它本身又可能使门打不开,除非是笨拙地、令人羞辱地一步步打开,每次都要撞一下。

"辛迪,"迈尔斯站在半开的门口说,装出惊喜的样子,"没想到你在家。"

她已经眼泪汪汪。"哦,迈尔斯,"她叫道,腾出的手捂住了嘴巴,非常激动,"我想让你大吃一惊。我成功了,是不是?"

"你气色好极了。"迈尔斯说——也许是夸张,但她看上去确实健康得令人惊讶。她长了约有十磅,气色也红润了。辛迪·怀亭可能永远算不上美丽,但她还是可以蛮好看的,如果她能得到好的建议,不执迷于比她至少老十年的服饰和发型的话。二十岁时她已经开始像老处女,三十岁时这个角色固定下来,如今四十二岁(迈尔斯知道,因为他俩在帝国瀑医院同日出生),她似乎发现了些许女性特征,甚至找到了被遗忘的女孩子气。

"进来,"她说,"让我看看你。"可是他一迈步,足尖绊到了助步架,辛迪赶紧又用两手扶住。

"你瞧,我还是优雅的化身。"为证明这话的意思,她假装失去平衡,迈尔斯虽然多年来一直对她保持着必要的硬心肠,见状心里也软了一下。她从十几岁起就试图用自嘲来淡化她那可怜的笨拙,主要靠佯装跌倒。她从没意识到这并不是个高明的玩笑,首先,这些假动作跟真摔不好区分,总是让人冲上去扶她。更糟糕的是有时会弄假成真,而且往往比自然跌倒摔得更重。迈尔斯知道她手腕中打满了钢针。但自嘲的需要似乎超过了她对骨折的恐惧。

　　对于别的女人,在这种情况下迈尔斯可能会拥抱一下,可别的女人会懂得放开,知道拥抱只是表示"你好,好久不见"。这个女人则会借此机会死死搂住他,哭哭啼啼,脸上化的妆染到他衬衫胸口上,"哦,迈尔斯,哦,亲爱的,亲爱的迈尔斯。"上次见面,她把双拐举向空中,像电视里残疾人听了福音布道一样,向前栽倒下来,他慌忙接住,被迫像她抱他那样紧紧地抱着她,免得她滑到地上去。所以他感谢(上帝宽恕,他确实感谢)这个新的铝合金装置,让他倾身得体地亲了一下她的面颊。这见面形式比他想象的要成功,鉴于对方从小学起就迷恋他,并且两次自杀,自称是为了迈尔斯。

　　"啊,"他有些语塞,处在一个他怀疑没有多少人遇到过的修辞困境:对一个曾试图为你而结束自己生命的女人该说什么,"你好吗,辛迪?"

　　"很好,迈尔斯。"她答道,"我非常,非常好,医生都很惊讶。"然后仿佛知道这不大可信似的,补充道,"他们说这是个奇迹,好像我的心理上突然决定要治好,连复发都没有……"

　　她停下来想,显然在脑子里做着算术,虽然迈尔斯不知道她加减的是什么数字,大还是小,代表的是年,月,日还是星期。她计算的时候,迈尔斯打量着怀亭家的门厅和起居室,像往常一样隐隐地感到不舒服。房间很宽敞,但天花板很低,身材高大的迈尔斯感到的与其说是幽闭的恐惧,不如说是沉重的压抑。怀亭夫人是收藏家,墙上挂满了艺术品原作,但他觉得大部分画都摆得不好。大幅的显得墙壁太小,就连他最喜欢的,约翰·马林①的几幅较小的作品也好像摆错了地方,缅因州野外的风景不情愿地被囚在室内。明显缺少家庭照片,怀亭家和罗比多家的成员都看不到,全被怀亭

----
　　① 约翰·马林(1870—1953),美国先锋派画家,出生在新泽西州。

夫人捐到市中心的老怀宅去了。

"反正,"辛迪·怀亭说,显然放弃了,"看来我要开始新的生活,像个正常人,三十九岁,祝贺我吧。"

"太棒了,辛迪。"迈尔斯吞下了这个荒唐的谎言,他跟她同一天生日,是世界上最不可能忘记她实际年龄的人。不过他想,她希望是三十九岁而不是四十二岁,也许表明她说的是真的,她心理上某个东西治好了。毕竟少说几岁是正常女人会做的事情。也许辛迪学会了用相对无害的、乐观的小谎言代替那些令她失去理智的大谎言——例如迈尔斯·罗比爱她。就像幻想在一个大晴天你醒过来就有勇气登梯子油漆教堂尖塔,在高高的蓝天里。这是可能的。

"你以后住哪儿?"

话一出口,迈尔斯意识到提了一个伤人的问题,这不是他的本意。

"这儿啊,还能住哪儿?"

"当然,我不是这个意思,"他赶紧撒了个谎,"我是想问你会跟你母亲住还是——"

"到我找着自己的住处为止。"她微笑了,"一个成年女性应该可以想来就来,想走就走,愿意招待谁就招待谁,你说呢?"

迈尔斯还没来得及就成年女性的行为发表意见,身后传来响亮的呲呲声。他不回头就知道他的复仇女神来了。那只猫从小被唤作丁姆,虽然是雌性,却因凶猛异常而被当作公猫看待。这小东西有一天清晨出现在怀亭家院子里,湿淋淋的,毛纠结在一起,黄眼睛里带着惊恐和愤怒的疯狂。它叫得那么凄厉,从奥古斯塔州立医院回家暂住的辛迪·怀亭收留了它,养到它复元。大概是有人从上游把它扔进河里,指望它会淹死或被瀑布摔到岩石上。猫爪上带着一片粗麻布,由此看来丁姆可能是在一只麻袋里开始它的漂流的——从它精神错乱的程度判断,也许是和它的兄弟姐妹们一起。反正，体力一恢复，丁姆就变成了一个怨毒的小畜生，似乎它活着惟一的欲望就是把它周围的世界撕个粉碎。阉割似乎是个好主意，但带它去阉割时，兽医马上指出这不可行，鉴于它的性别。

对迈尔斯来说，最重要的不在于丁姆的性别而在于它的超自然性，它看上去不像猫而像魔鬼。曾不止一次以《帝国报》记者的身份采访过怀亭夫人的贺瑞斯断言，丁姆是那老女人的守护精灵。迈尔斯觉得有可能，他也发现那只猫往往在有人提起怀亭夫人或是她本人到来时突然出现。

因为丁姆没有睾丸可割，它被送回家，跟猫砂盆和一星期的食物一起关入地下室，看看这禁闭会不会让它反省不该把过去的虐待怪到新主人头上。结果没有。这畜生不喜欢禁闭，或许这让它想起了麻袋中的经历。地下室的门下有一条缝，丁姆能爬上台阶把爪子伸到门下，将原本不大牢的门摇得像一个大人摇得那么响。开始谁都不相信一只愤怒的小猫能弄出这么大的声音，可是丁姆每天夜里都摇门，直到被放出来。然后，为了庆祝它的自由，它开始撕餐厅椅子的坐垫。一星期后，怀亭夫人叫管家去给她自己、辛迪和怀亭夫人买耳塞，要买好的。

那一夜，她们戴着耳塞还能听到丁姆在尖叫，摇地下室的门，可是后半夜声音停了，三人庆贺那畜生已被制服。第二天早上，管家进厨房去放出那只（她以为会是）驯顺的母猫时，差点没魂吓出来。她不能相信自己的眼睛。那畜生的脑袋倒搁在地窖门下的砖地上，牙齿血淋淋的，爪子像是被落下的门压住了。这就是可怜的管家根据它的眼睛得出的结论。当然她知道门不可能落下，这扇门像其他的门一样是靠两个铰链开关的。但那带血的猫头和一动不动的爪子造成一种幻觉，仿佛门是像车库的门那样从顶上落下的，当丁姆企图跑出去时，门像铡刀一样切下。这个视觉假象太逼真了，女管家的理智无法克服它，直到丁姆动了起来。天哪，一个蠕动的、血乎乎的、离了身体却还没死的猫头,女管家尖叫着从房子里逃了出去。

后来分析,是那可怜的女人阻止了丁姆的越狱。从半夜起,那只猫不顾牙齿出血,锲而不舍地咬穿了门底。女管家进厨房时,洞口刚够丁姆蠕动着身体把它那可怕的脑袋和半个肩膀伸出来。看见女管家突然出现,它一下惊呆了。

那无疑是一个恐怖的画面,但只比迈尔斯现在看到的恐怖一点点。丁姆的牙齿没有因为咬穿了一扇门而鲜血淋漓,但它咧开了嘴唇,保证迈尔斯能看到每一颗锋利的牙齿。它的毛竖立着,脊背拱起,像 B 级片中的猫在一个动物能看见而人看不见的幽灵走进房间时那样。不是幽灵的迈尔斯本能地后退。

"哦,丁姆,"辛迪·怀亭冒着失去平衡的危险,弯下腰去摸那畜生,"别这样,你看不出是迈尔斯吗?"

丁姆报以更加强调的咝咝声。迈尔斯从经验中知道野蛮宠物的主人很少能提供多大的保护,他开始东张西望寻找武器,忽然听到远远的铃声从房子后部传来。回身再看丁姆时,那只猫已经消失了。

"是妈妈,"辛迪朝铃声的方向点头道,"她准是听到了你停车,等得不耐烦了。"

迈尔斯还在那里搜索黑猫丁姆。

"她在凉亭里等着。"辛迪解释道,"她要我答应立刻把你带出去,走吧。"她开始扶着助步架慢慢地、笨拙地转身,"我很慢的。"

"没关系。"迈尔斯扶住她的胳膊肘,为那只猫和他那尴尬的恐惧而心慌。他们缓慢的行进中,铃声持续地响着。走到院子门口,迈尔斯看到那只猫四肢张开贴在滑动纱门内侧,约有半门高,爪子抠着丝网,喵喵大叫。纱门破了几处,说明丁姆不是第一次表演这种杂技。

"它就是喜欢妈妈的铃声。"辛迪甜甜地说。

门外,可以看到老太太坐在凉亭里,背对着他们,冲着河面摇铃,好像指望会让鱼听她的命令跳上来似的。所有的人都是这么做的,鱼为什么不能呢?格瑞丝·罗比说她睡梦中都能听到女主人的铃声。迈尔斯的心里又软了一下,想到辛迪·怀亭悲哀的生存现实:她的生活选择就是住在家里听那个铃声或待在奥古斯塔的州立医院。

走出去之前,迈尔斯深深吸了口气,转身看着她。"辛迪。"他温柔地说。

一个错误。她左手攥着助步架,右手向迈尔斯抓来,够到了他的衬衫袖子,以惊人的力量揪着不放。"我听说你和詹宁的事了,你们离婚了,我很难过,迈尔斯。"

他决定用简单的事实回答。"我也是。"

但辛迪似乎没听出他的语气。

"你从来没有爱过他,迈尔斯。我知道你没有。"

"她也这么说。"他承认道,詹宁和辛迪这样不同的两个人竟得出同一个丧气的结论,令他感到悲哀。

辛迪放开他的衬衫,钳子般地握住了他的手指。"我说谎了,迈尔斯,"她的眼泪涌了出来,"你离婚我不难过,它给了我一丝希望——"

"辛迪——"他努力挣脱,又得小心不打破她那脆弱的平衡。外面铃声更响了。

"我依然爱你,迈尔斯。你看得出来,是吗?这是锂盐惟一不能碰到的东西。你知道吗?药物洗刷你的脑子,使情况好受一些,可它们碰不到你的心!它们改变不了已经在那里的东西,迈尔斯。"

她把他的手按到她的胸口,让他感到她说的真情。现在迈尔斯觉得怀亭夫人的铃声是从他脑子里的扩音器放出来的。他想抽出手,可是办不到,至少没法抽出手而不使辛迪摔倒。"我得走了——"

"别走,迈尔斯。"

"辛迪,"他叫道,语气比预想的要严厉,终于挣脱出来,她重新撑住助步架,"辛迪,别这样。"

助步架摇晃了一下,他抓住她的手腕,二十年前她割伤的那一只。"没事,"她说,显然在强打精神,"走吧。"

不可能有上帝,迈尔斯想,不可能。"辛迪。"他又叫道。

"走吧,"她拖着助步架往后退,"我很好。"

迈尔斯深深吸了口气,然后听到自己说:"我这星期给你打电话怎么样?"

她的脸一下亮了,迈尔斯一时怀疑自己上了当。"真的吗,迈尔斯? 你会给我打电话?"

现在必须咽下他的烦恼。"为什么不呢?"他反问,肚里有数不过来的理由。

"哦,迈尔斯,"她又捂住了嘴巴,"亲爱的,亲爱的迈尔斯。"

亲爱的,亲爱的上帝。

他刚走到院子的拉门边,她又在后面叫他,脸色阴沉了下来。他记得这是她小时候就有的表情,往往伴随着可怕的发现。"迈尔斯?"

"怎么了,辛迪?"

"在外面,你从车里出来的时候? 你停下来站了一会儿,你看上去……像要逃走。"

迈尔斯找到了需要的谎话。"我想起忘带了要给你妈妈的东西,你知道她这个人——一切开支都要有收据。"

她久久地端详着他。"我当时有个可怕的念头,"她缓缓地说,"你可能看到了我的车,知道我在家。"

"辛迪——"迈尔斯说。

"我能忍受你不爱我,迈尔斯,"她说,"我忍受了一辈子。可是想到我让你想要逃走……"

"我们是老朋友，"他向她保证，"我不想躲开你。"

她朝他笑了一下，希望与知识在那里激烈格斗，势均力敌，永远难分难解。还是有上帝的，离开她时迈尔斯想道，这痛苦就是他对我们的计划。

其实迈尔斯此时不该想上帝，而应该注意黑猫丁姆，因为在他伸手去拉开纱门时，怀亭夫人刚好停止了摇铃，把丁姆从催眠状态中释放出来。在同一刻它那低沉的鸣噜声停止了，它把爪子伸向迈尔斯，在他手背上抓了一道。

"哦，丁姆，"辛迪·怀亭见状叫道，"你真是个小坏蛋！"

"你有没有想过人生是一条河，宝贝？"迈尔斯在她对面坐下时，怀亭夫人说。老太太的这个问题像所有这类询问一样，让人感到她并没指望听到有洞见的回答。有些人的态度显示他们知道一些你不知道的事，怀亭夫人则显示她知道所有你不知道的事。只有她是有心人，所以她有责任让你至少跟上一点趟。

她衣着优雅，尤其是相对后院而言。如果辛迪已经开始显得过时了，怀亭夫人——精心制作的发型、剪裁考究的粗花呢上衣、桃皮绒长裤，手腕上饰着珠宝而不是伤疤——则像是一个勇敢地试了试老年生活，然后决定年轻更合她口味的女人。她似乎争取到重返年轻，当然不是一下子，而是渐渐地，每一分钟，每一小时，每一天，时钟的指针一点点往回走，直到她恢复最满意的状态。更怪异的是，怀亭夫人还散发出一种活跃的性欲，迈尔斯不知道为什么。她那意味深长的微笑暗示她最近比迈尔斯做爱次数还多，她知道。或许她甚至短暂地考虑过把他作为性交的对象，但抛弃了这个想法。

此刻她自己坐在一片正在减弱的九月阳光中，把阴冷的椅子留给了迈尔斯。注意到这一安排，他不禁想起弟弟的话，怀亭夫人哪里会死,她活得好好的,而她周围的人被逐入昏冥中。背朝河水,迈尔斯的眼前是倾斜的草坪,白砖镶边的石子路曲曲折折通到房前。如果怀亭夫人愿意,她本可以把小径拓宽,甚至把路面铺一下,让她那残疾的女儿也能到凉亭来。它毕竟是这所住宅中最美丽的建筑,尤其在晴朗的下午,不过今天他好像闻到了一阵腐臭味。

"我想凡是见过河的人都会这么想吧,怀亭夫人。"跟辛迪谈过话之后,迈尔斯没心情讨论抽象的哲学。银铃搁在桌上,迈尔斯有一种强烈的冲动想把它扔到河里,不是生命之河。老太太一定看出了他的想法,她拿起铃铛,放到她那边去,让他够不着。

"我死去的丈夫……"怀亭夫人刚开头又停住了,"你见过他吗?"

"没有。"查·波·怀亭用一颗子弹打穿自己的脑袋时,迈尔斯在上大学。据说就是在这个凉亭里。事实上,每次跟怀亭夫人在这里见面时,他都有意识地努力不去寻找枪击的痕迹,比如少掉的木格或是打裂的椽子。

老太太观察了他一会儿,然后耸了耸肩。他总是感到惊讶,她能那么轻松地提起一个自杀的男人——她的丈夫,老天。仿佛她认为这回忆会让别人感到不舒服,而不是她自己。"你可能见到了也不知道。他不是那种你会注意到的男人,除非你知道他有钱。"

"你注意到他了。"迈尔斯忍不住指出。

"不错,"——她咯咯笑了,"我已经说明了原因。至少他不比大部分男人更蠢,我想。可你绝对猜不到我见到他时他在干什么,他在让这条河改道。花了一笔不小的钱炸河道,在上游建导水坝和防洪堤,更不用说贿赂州里的官员批准这一切,只为了不让垃圾堆到我们的岸边。他死时以为自己成功了,这荒不荒唐?"

迈尔斯耸耸肩,对老太太感到恼火,不愿假装对富人的傲慢有多大兴趣。

"可现在这条河又故态复萌,它的本性就是要把死动物和各种垃圾冲到我美丽的草坪上。就是你坐下时注意到的可爱的气味。所以我说,人生就像河流。我们以为能够改变它的方向,可到头来只有那一个终点。我们最终顺乎本性,只是因为别无选择。人们谈到自私,可这也是荒唐的,因为当然没有那种东西。这一点我始终没能让你亲爱的妈妈搞懂。她倒有一点像我的丈夫,只不过她想改造的是人生的河流。"

迈尔斯假装察看手背上被丁姆抓出的道道,皮都破了,已经肿起来,又疼又痒。也许格瑞丝·罗比是天真地以为她能改造别人,她嫁给马克斯时无疑就有这种想法。但是有一点不同。她的目的决不是为了不让垃圾堆到她的岸边。他考虑向怀亭夫人指出这个区别,但立刻放弃了。"你本来可以提一句辛迪回来了。"他说。

"她想给你一个意外。"老太太弯腰从圆桌底下拾起一个东西,迈尔斯大吃一惊,竟是黑猫丁姆。他有时怀疑这畜生有两只,因为它好像从来不曾从一处走到另一处,而总是突然出现。迈尔斯看到纱门还关着,它是怎么出来的,又怎么会穿过那一大片平整的草坪而没被他看见?

迈尔斯用手帕擦去血迹,警惕地望着丁姆,又一次纳闷为什么有人后门外有条蛮好的河,还要养着一只有杀人倾向的动物。丁姆的前主人想的是对的。但此刻丁姆看上去一点也没有杀人倾向。它钻在女主人的怀里喵喵大叫,带着猫的冷漠打量迈尔斯,眼皮慢慢地合上,仿佛睡意蒙眬,然后又睁开,露出尿黄色的眼珠。"哪个抓你的,我女儿还是这位?"

"我衷心希望你把它丢下去,"他多次自告奋勇去办这件事,"我不是指丢到地上。"

"宝贝,"——老太太微笑道,"你一烦躁就指代不清了,我想你指的是猫吧,如果理解错了,请你纠正我。"

迈尔斯叹了口气。"我担心我伤害了她,我没想——"

"可怜的迈尔斯,"怀亭夫人说,"你责任感过分强烈了,你该明白我女儿不幸的一生不是你的责任。她出车祸时你还是个孩子。"

那次可怕事件是他最早和最鲜明的记忆之一。迈尔斯没看到她被压到,但人们议论了好几个星期,那些画面在他恐惧的脑海中久久不去。汽车撞到小女孩,把她拖了一段,碾断了她的双腿,连骨盆都裂了。她还有严重的脑外伤,送医院后昏迷不醒,几星期中那孩子像是必死的了。

有关方面长时间里大力搜索那辆鲜绿色的庞蒂亚克,有人报告看到它急速驶离现场。迈尔斯还记得帝国瀑每个拥有庞蒂亚克的人都成为怀疑对象。起初以为司机可能是本地人,因为事故发生在铁桥对岸怀亭家那面。当时那一带除了怀亭家和乡间俱乐部外没什么建筑。吉米·明狄的父亲有一辆破旧的红色庞蒂亚克,总是停在他家和罗比家公用的车道上,炫示他有汽车而他们没有,至少大部分时间没有。马克斯老买车,但很少付款,所以车最后总是被收回。迈尔斯小时候以为这是父亲失踪的原因,当他问母亲马克斯是不是跟汽车一起被收回了时,她扑哧乐了,让他觉得自己很傻,说了一个自己不懂的笑话。

迈尔斯从二楼他卧室的窗口俯视明狄家的红色庞蒂亚克,觉得它一定就是撞到怀亭家小女孩的那辆车,虽然颜色不对。明狄先生高高大大,脾气很可怕,在迈尔斯心目中正是可能撞到富人家小女孩的那种人。他总是出现在后门口,要把他家冰箱里的肉送给他们——不过从不是马克斯在家的时候。经常请人来家的格瑞丝从没让明狄先生进过门,那个人看他母亲时的眼神让迈尔斯感到不舒服。事实上,格瑞丝一看到他总是要把纱门锁好。外面就是那辆行凶的汽车,可能正等着迈尔斯无心地从它后面走过。可即使是小时候,他也本能地知道他被撞到决不会像辛迪·怀亭的事故那么轰动。

他是对的。当然,是怀亭家的孩子这一点引起了德克斯特县每个人的想象。这种悲剧居然降临到向来免于不幸的家族中,引起了一大堆哲学推想,尤其是在工人住区。有的说这只证明上帝并不偏心,并不嫌贫爱富,需要这样的事件来证明这个常被怀疑的事实。

格瑞丝并不同意这种说法,迈尔斯感到奇怪,因为她总对他说每件事中都可看到上帝之手。可她坚决不相信那辆庞蒂亚克的方向盘也有上帝在操纵。迈尔斯怀疑她之所以站在上帝一边,是为了下次**他**要在世间播撒一点不幸时,能想起忠心的人。

如果真如怀亭夫人所说,迈尔斯对辛迪的责任感是夸大的,它却有正当的来由。想当年,他母亲真被那次事故吓着了,仿佛它证实了她平素的担心——世上充满危险。她总用这件事来吓唬迈尔斯不要爬树,描绘摔下来的情景,问他想不想像小辛迪那样终身残废。当然,这道理对迈尔斯不那么有力,他认为待在树上可以减少被汽车撞到的危险。但格瑞丝坚定不移。因为她与怀亭夫人在同一天和同一个医院分娩,在她的想象中迈尔斯和辛迪成了心灵双胞胎,或者是他这么感觉。从一开始,格瑞丝就给怀亭家的小女孩寄生日卡和圣诞卡,尽管据迈尔斯所知,怀亭夫人从没回寄过。事故之后,格瑞丝教他懂得他们对残疾的孩子有特别的义务;迈尔斯开生日会一定要邀请辛迪·怀亭;在市里碰到她跟她的妈妈时,总要叫迈尔斯过去问好。她一再跟他说,辛迪·怀亭是个勇敢的小姑娘,忍受了一次又一次的手术,她遇到了可怕的事情,所以其他人有义务做好事。格瑞丝·罗比认为这是一个人在世上的责任。上帝的计划是——《圣经》上写了,为了让生活公平一点——要我们让饥饿的人有饭吃;让寒冷的人有衣服穿;让口渴的人有水喝(马克斯在出门去他最喜欢的酒馆时,总是对这一条表示赞成);最重要的是,我们有义务对需要爱的人付出爱心(妻子说到最重要的一点时,马克斯通常已经走掉了)。格瑞丝认为人们最需要的是爱,它比食物、住所和保暖更重要。最好的是,爱不需要花钱,穷人也可将它馈赠给富人。

虽然母亲从未提过,但迈尔斯怀疑她和法兰辛·怀亭在医院生小孩时发生过一些事情,也许是许多事情,使母亲相信两个新生儿之间有心灵的联系。她的逻辑不难推想:两个仅几小时之差的婴儿降生到如此不同的家境中,一个富有,一个贫穷。医院的人必定以上百种细小的方式让格瑞丝看出哪个是重要的孩子。这样一位沉静深思的女人不可能不想到两个婴儿今后殊异的命运——她的孩子和那个姓怀亭(尽管不久前还姓罗比多)的女人的孩子。她甚至可能想过这一切的不公平,想过摇篮里的婴儿会不会被抱错,一个失误打乱了命运的安排。虽说一男一女的情况下不大可能抱错,但是,处在格瑞丝这样地位的女人怎能不思考这种问题呢?

但迈尔斯一直觉得这个解释不大充分。首先,如果他没记错的话,在辛迪·怀亭出事之前,格瑞丝好像就认为她自己的孩子是幸运的,蒙上帝祝福的。为什么呢?迈尔斯不知道。不知在法兰辛·罗比多嫁给缅因中部最富有的男人之前母亲认不认识她,但他怀疑不认识,这意味着格瑞丝没有理由觉得法兰辛当不了好妈妈。她对那个女人的了解都来自住医院时的接触。不过,格瑞丝观察仔细,直觉敏锐,或许她只是看到女婴在费力吮吸母亲干瘪的乳房,便预料她将来吃不饱。无论如何,格瑞丝总是指出怀亭家的小女孩是重要的人,迈尔斯要特别善待她。事故没有引起而只是增强了这种关系。所以当要开毕业班舞会,辛迪·怀亭没有舞伴时,迈尔斯就要去邀请她——尽管当时他已经倾心于一个叫夏琳的漂亮女孩。她比他大三岁,在帝国烤肉店做女招待,迈尔斯放学后也在那儿端盘子,洗锅。那女孩似乎知道他的痴心,总是那么和蔼可亲,从不让她的那些男朋友在他听得见的距离内拿他开太重的玩笑,有时还好像对他的感情挺认真。

可惜,在格瑞丝看来,迈尔斯没有义务爱那个叫夏琳的女孩。她承认论漂亮夏琳在帝国瀑是拔尖的,但她谨慎地说有的事情他这个年纪还不懂,以后会明白的。"夏琳不是女孩子。"她说,迈尔斯张大了嘴巴。"我知道她年纪没大多少,可是她已经是个女人了,你还是个男孩。"

格瑞丝的后半句可能是对的,但说迈尔斯不知道夏琳是女人则是大错,那正是夏琳最让他迷恋之处,他最喜欢幻想的就是她如何以各种方式让他成为男人。而辛迪·怀亭呢,他怀疑她只会让他痛苦,这一点在后来的三十年中得到证实,直到现在。

黑猫丁姆抬起头来,怀亭夫人依要求给它挠了挠脖子。"我想我是该把你丢下去,"她承认道,"你真是一个可恶的小畜生。不过,倒也不得不欣赏你感情的强烈。"

"我不,"迈尔斯说,"我每次来这儿它不是抓我就是咬我。"

"哦,不只是你,宝贝。它对所有外面人都非常凶恶。上星期还在市长胳膊上抓了长长的一道沟——是不是啊,小甜甜?"

"你应该搞个抽奖活动,"迈尔斯提议,"抽一次十块钱,中奖者可以用棒球棍把它打死。我们可以用这笔收入把医院的新楼盖完。"

老太太欢喜地拍手。"宝贝,不知为什么,每次想起你的幽默感,我总是如此惊讶。"

"我说了什么好笑的话吗?"迈尔斯问。

"你看,又来了,准是从你那堕落的父亲那儿学来的。顺便说一句,你不在时他又给我打电话了,我只好用警察来威胁他。"

"我跟他谈谈。"

"他有没有意识到他是个多么好笑的小老头?"

"我想没有,这种意识在我身上丢掉了不少。"

"还有你母亲,可爱的女人,可怜的格瑞丝感觉不出生活中的大荒唐。"丁姆把脑袋像活塞那样摇了摇,注视着女主人,表明它在感兴趣地听着。

"我母亲很爱笑。"迈尔斯讨厌跟怀亭夫人谈起他的母亲,几乎与讨厌吉米·明狄谈论她一样,"生活也许是个大荒唐,但当你总是被捉弄的对象时,你很难欣赏它的玩笑。"

"我了解生活对有些人是严酷的,"怀亭夫人承认道,似乎她以前听到过这种观点,认为也许有道理,"但我始终相信人的命运主要是自己造成的。你不用发笑,迈尔斯·罗比。"这一刻她的语气几乎是真诚的,"你认为我是嫁得好,可这种结论是刻薄和轻率的,不表示你有水平。嫁给合适的人需要许多的技巧和时机的掌握,尤其当一个女孩来自罗比多家这种环境。"

"还有波杜音学院。"迈尔斯忍不住补充,因为这一事实可能会让她恼火。喜欢想象自己造就了自己的人很少愿意仔细回顾制造的过程。

"哎呀,不错,"怀亭夫人只停顿了半拍,"别忘了波杜音和高等教育的解放作用。但它没有解放每一个人,是不是?"

指的是他,迈尔斯听得出来。怀亭夫人的重要本领之一是富有弹性。每当她受到了一记打击,马上会反弹回来。迈尔斯硬起头皮准备挨这一下。

"但明智的婚姻很少见,不是吗?"她问,"大部分人都稀里糊涂。他们为了错误的理由跟错误的人结婚。那些理由是如此荒谬,终身相许后短短几个月他们自己就忘了。对于那些婚姻不幸福的人来说,当时为什么迷了心窍一辈子都是一个谜,尽管在旁观者看来常常是明摆着的。比方说,我打赌你就不知道你为什么结婚。"

迈尔斯点点头。"如果你能找到跟你打赌的人。"

"你承认不知道!"她叫道,"很好。现在,要我告诉你吗?"

"谢谢,不用。"

"哎呀,宝贝,你难道一点都没有兴趣吗?"

其实他有,如果他能相信怀亭夫人有什么真知灼见的话。但他断定她想告诉他的只是她的卑鄙心思。"那我为什么结婚,怀亭夫人?"

"哦,太好了,我还以为你是个扫兴的人呢。宝贝,你结婚是因为害怕。"丁姆又猛烈地摇头,仿佛不相信它的耳朵,"要说下去吗?"

"我以为害怕是人们不结婚的原因。"

"别犯傻,人们总是说些愚蠢的话,但并不表示它们是对的。"

"我害怕什么?"迈尔斯听到自己问。

"你真不知道?"她笑起来。丁姆大大地打了个哈欠,好像表示哈欠都能回答这个问题,"哎呀,还真是。好吧,这下我们有机会检验一句老话:真理让人自由。我本人从来不大相信,不过——"

"怀亭夫人——"

她凑过来,密谋似的压低了嗓门。"宝贝,你结婚是为了逃避更坏的命运。我猜你对此感到羞耻,其实不必。或许你自己还不了解,但我保证,我要向你揭示的这一点很真实。在危险的激情与泯灭灵魂的冷漠之间,你本能地选择中庸之道。你成年的人生整个就是航行术的练习。不妨告诉你,我一直很欣赏你的技术。你为婚姻失败而责备自己——别假装没有,我不会相信——可那么想是愚蠢的。你不过是救了自己,自我保护是我们共有的功能。妙啊!我要说。"

"怎么叫救了自己,怀亭夫人?"

"哦,你当然会猜到,刚刚被提醒过嘛。想一想,宝贝,回忆一下。你有意结了一个糟糕的婚,为的是躲过一个更糟的。你担心如不马上结婚,就会跟我女儿走向圣台,因为你相信这是你母亲的愿望。你部分地受了你父亲的遗传,能为自己争取最好的处境,只是不能用一走了之这种更优雅的方案。二十年前帝国瀑还有灰狗车站,可那不会是格瑞丝·罗比的儿子的选择。那些谆谆教诲让你相信逃跑者不会不受惩罚,所以你躲进了安全的中间地带。也许你得不到最想要的——那个高胸脯的女孩,她现在还在餐馆为你工作,对不对?——但你能聪明地避免你最害怕的——一个不幸的瘸腿姑娘,爱你爱得要死要活,她那可怜的痴心可能把你的人生变成漫长的、地狱般的道德修炼。"

怀亭夫人在揩着她的膝头,丁姆不知什么时候跳下去了。

"所以,现在你闷闷不乐,每天做着忏悔的功课,而不是像明智的人那样庆祝你的成就。我真希望你能说点什么,别光坐在那儿,像被打中了肚子似的。信不信由你,我没想伤害你的感情。"

"那你想干什么。"

"给你及时地提个醒儿,宝贝。指出你尽管技术不错,可是又掉了回来。你又要成为单身汉了,是不是?你不会以为这个……情况和我女儿回到美丽的帝国瀑完全只是巧合吧?"

不是,现在想来不是。

"老实说,我很好奇,想看看第二次你会怎么处理这件事。"

"好奇。"

她从眼镜上面看着他。"哦,行行好,别对我用那种清高的口气,你妈妈的遗传。坦白地说,这是一位本来挺可爱的女人身上惟一令人厌倦和不愉快的特点。她不会公开地批评,可总是用这种口气。她无疑跟你一样错误地认为我的思维是冷漠无情的,实际上那只是活跃。思维活跃在男人身上令人钦佩,在女人身上却往往不被容忍——我没想错吧?"

"我没想错吧,我们是在谈你女儿吗?"

"实际上,我想我们是在谈你。我同情我女儿的处境,宝贝,一直都很同情。信不信由你。可是恕我直言,她的处境虽然很痛苦,但不是特别有趣——跟你的比起来。命运很早就介入了,从事故之后,我女儿的人生大体上就被她无法理解和控制的力量所左右。如果我记得不错,怜悯与恐惧是恰当的情感和道德反应。然而当命运夺过了缰绳,自由意志被推下马鞍,实在就没什么可说的了,对吗?而你是人生舞台上的一个演员,无论多么不情愿。不是每个人都像你当初那样有机会选择。现在你又有机会了。别对我说你不觉得这很不寻常。我不是说羡慕你,但我很好奇。你的选择会是同样还是不同?原来的大部分条件还在。例如,你仍然可以娶那个高胸脯的女孩。毕竟,你脑子里总有个细小的声音在问:'我不应该得到一点幸福吗?我当好孩子还不够久吗?'而你总是假装没听见。另外还有一个声音,是你妈妈教育的结果,它谴责你自私,不考虑别人……比方说可怜的、瘸腿的辛迪·怀亭。她不也有权得到一点幸福吗?这一回你可以听听那个声音,因为它感觉挺高尚,如果不是带着那些令人不安的利益因素——这桩婚事带来的财富相当可观,你又过够了拮据的生活,谁不会呢?要是心里太不安,你当然可以对自己说你是为了你女儿,她就快到上大学的年龄了,她不是最重要的吗?哦,老天,真复杂啊。难怪人们总是想让生活简单些。我们的福音弟兄总要问的是什么?'耶稣会怎么做?'是啊,究竟怎么做呢?"

风向变了,迈尔斯又闻到一股腐臭味,不知是从这边河岸还是从帝国瀑那边飘来的。

"我觉得你好像有什么建议。"

她叹了口气。"恐怕没有,宝贝。除了说明你的困境之外,我怕是爱莫能助。唉,只有一件事我很肯定。"

"那就是?"

"我女儿可能对你暗示过医生认为她好了?"

迈尔斯点点头。

怀亭夫人扬起眉毛,摇了摇头。

迈尔斯开车过铁桥回帝国瀑时已快三点。等他把车停到"直肠"后面时,天已经灰了下来,教堂尖塔矗立在沉甸甸的雨云中,仿佛是一个谴责。这还不是最糟的。门廊上坐着老汤姆神父和马克斯·罗比,似乎在愉快地交谈。儿子关掉捷达车时,马克斯抬起头来咧嘴笑了。几分钟没见迈尔斯有下车的意思,马克斯拖着步子走过来,示意他摇下副驾一侧的车窗,显然觉得隔着一辆车的宽度要安全些。

"你在这儿干什么,爸爸?"迈尔斯揉着太阳穴说。

"等你啊。"

"等我干什么?"

"我等了你两小时了。"

老汤姆神父还坐在原地,但现在用他那恶意的目光盯着迈尔斯。老头的嘴巴在动,但距离太远,迈尔斯看不出他有没有在说"王八蛋"。

"我们开始干活吧。"马克斯提议道。

"要下雨了。"迈尔斯指了指天空。

"也许下不了。"

"会下的。"迈尔斯坚持道。

"你应该早点来,本来有太阳的。"

"我知道。"

"我等你这两小时的钱就不用付了。"

"我不用付你任何钱。"

马克斯考虑了一下这里头的不公平,然后低头看着捷达。"你的车怎么回事?"

"不关你的事。"迈尔斯不想解释。走向停在怀亭家屋外车道上的捷达车时,他看到一个影子蹿了出去,猛然想起副驾一侧车窗是半开的。现在车里飘满了从座位里撕出来的泡沫塑料碎屑。

"别冲我发火,"马克斯说,"又不是我干的。"

"我知道。"

"那些云也不是我弄出来的,我啥也没干,我只是一个老头子。"

迈尔斯望着他的父亲,老头的胡须染成了奇怪的橘黄色。"你胡子上沾满了东西,奶酪饼干?"

"怕啥?"

他有一定的道理,迈尔斯悲哀地想道,怀亭夫人或许是对的。本性难移,无论人们怎样努力去改变。马克斯就是被编程为马克斯,胡子上沾着食物渣。换一个角度看,他父亲从来不与本性作对也许倒是值得赞赏的,根据经验从来不对自己有过高的期望,从而避免了失望和自责。这是一种舒服的、明智的生活方式,比迈尔斯的要明智得多。不像他这样,为自己不敢爬梯子而失望,为妻子的不忠而自责,荒谬地把自己陷入就算不是痛苦不堪也是肯定会愈来愈坏的情形。也许正如老太太说的,是那些谆谆教诲,机械地要求把个人意志服从于上帝的意志,许多教条是由现在坐在几米外,恶狠狠地瞪着他的那位老神父灌输的。这两个老山羊究竟能谈些什么呢?迈尔斯暗自寻思。

"怀亭夫人说你又给她打电话了。"

马克斯耸了耸肩。"怕啥?"

"你说过不再打的。"

"我没说。"他无赖得令人吃惊。马克斯坚信一切承诺都只有短暂的时效,"我跟她是亲戚,你知道,罗比和罗比多是一家。"

"你不知道,"迈尔斯说,"你只是希望。再说,就算那样,你也没有权利半夜三更打电话问她要钱。"

"她白天不接电话,"马克斯解释道,"她让机器接。"

"正因为有你这种人,别人才要用录音电话。你这种人在推动许多现代科技。"

"我只想有钱去礁岛。如果你肯掏,我也不会去求她。你比她更近嘛。"

"她说如果你再打电话,她就要让警察来逮你。"

马克斯若有所思地点头。"他们可能会派那个吉米·明狄来。老天,他小时候真笨。"

没你笨,迈尔斯想照直说。他倾身摇上车窗,有效地结束了谈话,钻出车子。至少外面空气中没有飘着泡沫塑料屑。他绕到副驾一侧打开车门看看被撕破的坐位,然后明智地转身离开了那堆烂摊子。毕竟,撕碎的坐垫还不是最糟糕的。离开怀亭家时,他做了一件那么荒谬的事,现在都过去十五分钟了,还让他透不过气来。当时到底在想什么呢?他问自己。

他做的事是出来时在后屋停了一下,邀请辛迪·怀亭陪他去看下周末的高中橄榄球赛。返校节。上帝啊,他盯着油漆剥落的教堂尖塔想道,他为什么不干脆爬到顶上,往前跨出一步,一了百了呢?事实是,怀亭夫人对他性格的讽刺性评价搅乱了他的心神。也许那老太太并不完全了解他,但她了解得够多了——他想做点什么来证明她是错的,不仅是关于人性,而且关于他的性格。他想证明自己可以做出无私的行为,从而支持他母亲对牺牲精神的信仰。可是他现在怀疑邀请辛迪出来(她无疑会以为是约会)只是证明了他想要驳斥的论点。中庸之道。他由羞愧支配而做出了一个无力的、虚伪的姿态,可悲地不能坚持到底。二十年前,他在母亲的要求下邀请辛迪去参加毕业班舞会,现在又做出了几乎同样的事,他能想象到怀亭夫人坐在河对岸的凉亭里笑出了声,她又一次将他玩弄于股掌之中。

而他答应弟弟要问的酒牌的事根本都没有提。

第 十 章

开学第三周的一天,餐厅的门开了,笛子抬起头来,看到校长梅尔先生拖着昏睡状态的约翰·沃思走进来。那男孩照常穿着嫌大的黑T恤,领口都懈了,旧货店买的涤纶宽松裤,断了鞋带的球鞋。他手里捧着一个鼓鼓囊囊、皱皱巴巴的纸袋子,笛子猜到她要有一个吃午饭的同伴了,如果一个从没说过话的男孩可以称为"同伴"的话。要不是贾斯廷在不断骚扰田西西时突出了约翰·沃思,笛子都不知道他叫什么。橄榄球队的男生干脆叫他呆瓜。自从他神秘出现(是两年前吗?),约翰·沃思就一直是个谜。笛子不知道他住哪儿,为什么沉默寡言,为什么那副打扮,为什么对外部刺激没有反应。他显然一个朋友都没有,这使他显得特殊,因为学校里其他受排斥的人组成了一个松散的集体。实际上,笛子现在想来,约翰·沃思最像的人就是笛子,至少是在她脱离了萨克·明狄的圈子之后。要不是田西西在美术课上对她盘根问底,笛子也可能整天都不和人说一句话。就她所知,在别的学生眼里她可能与面前这个沉默的男孩一样可怜。

此刻男孩眼睛盯着地板,等待梅尔先生的命令。校长却没有发话,只是盯着男孩,就像你在蜡像馆盯着一个穿制服的警卫,等着他动起来证明他不是展品。还有比他更不自然灵活的男孩吗?笛子想。他好像跟迪斯尼世界的机器人学过人体动作。当梅尔先生叫他随便找个位子坐时,他慢吞吞地走到餐厅另一头,坐下来,对着牛皮纸袋子看了好大一会儿,然后才把它打开,往袋子里看。里头的东西没有立即引起他的下一步行动。

梅尔先生继续注视着他,表情即使对中学校长来说也显得特别傻。笛子觉得他就像一个士兵被空投到战场中间,要他就地找武器。他招手叫她跟他出去一下,笛子不情愿地服从了。

"我给你找了个伴儿。"门安全地关上之后,梅尔先生汇报道。笛子忍不住瞪着他。大人们本质的不诚实总是让她吃惊。他们自以为说什么你都会相信,就因为他们是大人,你是小孩。好像成人跟青少年打交道的历史是一部长长的、连续的真话史;好像从来没有一个小孩有理由不相信二十五岁以上的人。比如现在,梅尔先生似乎想让笛子相信,在批准她独自吃午饭之后的这两个星期里,他一心就想着要给她找个伴儿。而笛子怀疑他压根就没想到过她,直到碰上了一个更大的问题:这个可怜的男孩,因为没有朋友、闷声不响、举止笨拙而成为餐厅里的捣蛋鬼们捉弄的对象,他们对着他的后脑勺发射空牛奶盒、铅笔头、橡皮筋和其他顺手的飞弹为乐,为了达到最大力度还从餐厅的另一面发射。

笛子对付说谎的大人的策略是一声不吭,看谎话在他们的喉咙里膨胀和收缩。这种时候谎话好像变成了有形的实体,必须吐出或是咽下。大部分成人喜欢用打嗝一样的干咳把谎话咳进手心里,还有的人吃吃地笑,鼻子哼哼,或是发出咆哮。梅尔先生的喉结动了一下,笛子看出他是咽下去的人,这个谎话顺着食道一直咽到了肚子里。跟梅尔先生是老朋友的爸爸说他有出血性溃疡。笛子看得出为什么。她想象着他这个位置的大人要说多少谎话,它们像一团团消化不掉的食物在他的肠子里蠕动,等待排出。大概谎话天生是要见天日的,笛子想,它们不喜欢关在黑暗狭小的地方。不过,梅尔先生把谎话咽了回去,这增加了笛子对他的好感。她爸爸也是咽的,他说谎既不经常也不高明(至少按大人的标准看)。她赞赏梅尔的谎话咽得那么痛苦。罗德礼夫人那种用鼻子哼哼的和沃特·科莫那种咆哮的人是最坏的。

"约翰跟你一样因为美术课时间安排不过来。"梅尔先生注视着她,看这第二个谎话效果如何。他的喉结又动了。笛子知道约翰·沃思不存在这个问题。除了计算机之外(据说他这门课很好),他上的都是慢班的课,美术课正好合适。

笛子不吭声,梅尔先生紧张得冒汗,怎么回事——两个泥塑木雕的孩子?如果搭救说谎的人不是违背笛子的信仰的话,她倒想扔给他一根绳子。她没有忘记田西西被美工刀割破拇指的那天下午他的亲切关怀,也没有忘记自己却跟他耍滑头把刀了塞进书包,刀子至今还在书包里呢。

"实际上,我想请你帮个忙,笛子。"梅尔先生说,喉结没有动,这句话应该是真的。他把头朝门里一点,"约翰·沃思是一个很不快乐的男孩。我担心是别人想象不到的不快乐。"

他把嗓门压得更低一点,也许担心那不快乐的男孩会发现自己的不快乐,变得更不快乐。"我们学校里有个别人把这个不幸的年轻人当作嘲笑和更残忍行为的好对象。"

他停下来看着笛子,也许希望她能证明这个别人不存在,在这一点上他很愿意自己是错的。"我们是个好学校,"他赶快补充,好像生怕批评得过分了,"但不是每个人……"他的声音小下去,喉结又动起来,证明了笛子的观点:"省略也可能是谎话,或许还是最危险的谎话。"

"约翰需要的——"梅尔先生把手搭在她肩膀上说,"是一个朋友。"

笛子不想那么做,但还是不由自主地后退了一步。她不喜欢大人碰她。银狐狸每次走过时都要用一只大爪子在她头顶上摸一下,他不知道这个动作让她想马上洗头。

梅尔先生注意到这个反射动作,立刻把手拿开了。"我不是指……"

笛子耐心地等那人解释他不是指什么。

"不是说你们应该成为最好的朋友,"他用手帕擦了擦亮晶晶的额头,"我只是想……要是那孩子知道有个同龄人不……"

不把他当成蛆虫,笛子想。说完这句话并不那么难,她换了几种方式说,用蜗牛、老鼠、蟑螂、蜥蜴、癞蛤蟆代替蛆虫。梅尔先生还在那里艰难地找词形容少年人的残酷。

"你可能听说了昨天有些男生在餐厅里攻击他。"他说,完全放弃了终于为笛子找了个伴儿的谎话。笛子几乎不易察觉地点了点头,他接着说:"这是第二次了,相隔才……"

几天?几星期?几个月?多少?——现在他好像连表示时间的普通词都想不出来了。梅尔先生期待地看着笛子,好像她可能提供需要的信息似的。或者他在等她保证,当他把约翰·沃思托付给她之后,她能抵制住显然是人人都有的痛打那孩子的冲动。

或许,只是或许,校长意识到他请她帮的是一个多大的忙。他试图假装这是一件有益的小事,但两人都知道不是。他是在请一个在中学社会等级中靠近底层的人——一个几乎与那要她当朋友看的男孩一样没朋友的人——降到最底层,掉进阴湿的黑暗里,待在那儿的人没有希望也没有办法,只能耐心地等待毕业(如适用)、大学(同上)、工作(在帝国瀑?)、结婚(难以相信)或死亡(终有一天)让他们得到解脱。

"也许你可以找一两个朋友帮忙,"梅尔先生建议道,仿佛突然发现这个任务对一个瘦骨伶仃、已经没人缘的孩子来说太艰巨了,"比如罗德礼夫人美术课上的那个女孩?把自己割伤的那个?"

笛子不禁失笑,想起田西西听到把她跟约翰·沃思扯到一起时那么恐惧。"田西西?"

"对,田西西。"梅尔先生马上说,为笛子知道他说的是哪个人而兴奋,或只是为她终于在他面前发了个音而如释重负。"或别的人。"他赶快补充,以免显得他在指示她怎么做。

"好吧,我试试。"笛子听见自己答应,她的心沉了下去,同时看到道德的责任从梅尔先生那厚墩墩的肩膀上卸下,落到她自己瘦削的肩头。那人似乎站直了一些,突然像要吹着口哨蹦蹦跳跳地跑开。然而他的脸色又阴沉下来,笛子怀疑自己看错他了。"那个姓明狄的男孩……"他说。

"萨克?"只有一个姓明狄的男孩。

"他是你的朋友?"

"以前是。"

梅尔先生领悟地点点头,然后望着餐厅说:"那孩子的遭遇……我不是说萨克·明狄直接参与了,但我想没有他的鼓励这些都不会发生。也许我对他不太公平。"

"我不会担心对萨克不公平。"话一出口笛子就后悔了,感到这等于承认了她与校长之间的同盟,或者更糟,承认与他有相同的世界观。她还感到与梅尔先生并肩作战跟自己孤军奋战差不多。

但她的话显然让那人恢复了快乐。"你跟多莉丝最近关系怎么样?"他直呼罗德礼夫人的名字,用这种亲密来表示最后成交。

"很好。"笛子用力咽了一口唾沫,她看不出说真话有什么好处;其实她巴不得那女人早点死。

回到餐厅,笛子决定她最好的选择是假装跟梅尔先生的谈话没有发生。首先,校长很快就会忘记他请她帮过忙,如果不是已经忘了的话。他不会记得两人的约定,除非他在一两天内碰到她。而她相信自己肯定能避开他,鉴于她在帝国中学的默默无闻。除非目光相遇,他是不会认出她来的;万一目光相遇,最坏的情况是他会想起来,问她进展如何。笛子知道大人多么好糊弄,耸耸肩和一句"还行"就过去了。

这个办法风险很少,要求更少,另外还有一个几乎同样好的选择。她可以走过去说:"要一起吃午饭吗?"用语气表明是梅尔先生让她这么做的,她只是在履行一个被迫作出的承诺。这第二个办法还有一个好处是符合事实,假设这能算好处的话。关键是,那男孩会不肯要她的施舍,这事就结束了。他不是坐到餐厅另一头去了吗,如果那不够说明问题,他还拣了一张背对她的椅子。很可能他跟她一样不想有任何来往。

最差的选择是认真试一试,笛子一开始认为她不会的,这要求太过分了。问题是约翰·沃思虽然背对着她,她却不幸面朝着他。这顿饭余下的时间要盯着那受害者谴责般的后背,提不起胃口。她把爸爸早上在餐馆给她做的鸡肉沙拉三明治吃了一半,就没兴趣吃了。她本想用剩下的二十分钟再读一章《毕加索传》。她上星期读完之后很受鼓舞,马上从头又读。她赞叹那个人敢于标新立异,我行我素,第一周英语课上读的爱默生的文章也宣扬这一点。这是一门好技巧,笛子很想学学怎么才能做到,但她知道书里没写怎么做,至少第一遍没读到。不过,光是知道这种自信是可能的就让她感到安慰,在午饭时间读几页可以帮助她度过这个下午。

可是为了集中思想,她必须起来换个座位,使她的背冲着约翰·沃思的后背。她从椅子上站起来要这么做,却惊讶地发现自己背起书包,端起吃剩的午饭朝餐厅那头走去。到了男孩的桌前,她把书包重重地搁到一张塑料椅上,他抬了抬头,目光大概抬到她下巴那么高,又低头吃他的饭。他在吃装在塑料盒里的一种好像金枪鱼的东西,不管是什么,味道可够冲的。笛子本人已快成为素食主义者,大部分肉类和鱼类都让她闻着恶心。

"我喜欢你的蛋。"她说,一个笨拙的开场白。

"你不用跟我说话。"男孩马上粗鲁地说,粗鲁到笛子觉得她的责任已解除了。她想象不出他凭什么来教训她。难怪他每天都要挨踹。可是她没有退却,而是抽出一把椅子,坐下来看着他,直到他又抬起头来,这次几乎(但是没有真正)看到她的眼睛。她觉得自己已经取得进展,那孩子说话了,说明他不是哑巴。

"也许我想说呢,"她迅速用梅尔的方式咽下这个谎话,并让语气中只露出一丝粗鲁,"也许我想告诉你我喜欢你的蛋。"

"哼哼,"他答道,一面把那油汪汪的、筋筋拉拉的东西送进嘴里,让笛子想到跟一个刚吃过这么恶心的东西的男孩亲嘴会是什么感觉,"他叫你来的。"男孩让这个"他"字悬在空气中,好像梅尔先生还在餐厅里似的,至少对约翰·沃思是如此。怪异。而且每次男孩抬起眼睛,他的目光总要在笛子的三明治上逗留一瞬间,再垂下去看他自己那可怕的饭食。

"你怎么会梦到蛋的?"她终于决定问道。

"我没梦到蛋。"那种梦多傻呀,他的语气仿佛说。每次他说话时,她总为听到他的声音而惊讶:很正常的声音,尽管有点气呼呼的,没什么特别古怪的地方,只是她从没听他用过。笛子认定,他的声音是一个稀奇古怪的男孩身上惟一正常的东西。

"可作业是要画你最生动的一个梦啊。"她提醒道。

"我从来不做梦,所以我没法做作业。"

"每个人都做梦。"

他第一次看着她的眼睛,让她想到某种东西,可又搞不清是什么。"你只是一个人。"他说,好像暗示幸好那样,他不希望她有翻版。

"是,"她认可道,"所以?"

"所以你怎么能知道世界上每个人做什么或不做什么?"

笛子跟她父亲谈过这个话题,觉得对这个智力领域很有把握。"这叫推断。"她说。如果在课堂上发言也能这样自信,她就不会那么沉默了,"我推断没有两片雪花是一样的,用不着去检查每片雪花。"

男孩一个顿都没打。"这不是个好例子。"他说,好像他也有过类似的谈话一样。"你说因为你做梦,所以我也肯定会做梦,你在推断没人能跟你不同。并不是人人都得一个样,"他的目光落到《毕加索传》上,"他不是不一样吗?"

她要考虑考虑。"某种程度吧。"她得出结论,很高兴她真是这么认为,而不只是为了不输掉辩论才说的。她更高兴地看到同伴不在乎似的耸了耸肩。笛子自己也经常耸肩,知道当你在乎的时候才这么做。更确切地说,她推断他的某一次耸肩与她的某一次意思多少相同。"那你怎么会想到画蛋呢?"

他又耸了耸肩,所以笛子特别注意听他的话,"我妈妈有一次说过,如果小鸡知道将来会怎样,它们可能就待在蛋里不出来了。"

啊,一个哲学命题。

"她当时在煎鸡蛋,"男孩接着说,"我不知道她懂不懂那些鸡蛋永远也变不了小鸡。我妈妈不大聪明——我奶奶说的。"

笛子犹豫了一下,决定问道:"你妈妈去世了吗?"

"那是一种可能。"听他的口气,好像这只是个科学上的问题。

笛子努力想琢磨明白。她喜欢弄懂问题,不喜欢承认自己不懂,尤其是怀疑自己没领会什么明显的东西时。然而再提一个问题就可能被奚落,所以她一直等到约翰·沃思显然已经把他想说的都说完了。"我不明白。"她终于承认。

"你不明白。"他嗤之以鼻,那种理都不愿理的轻蔑。

笛子火了,咬着牙说:"我不明白。"

男孩终于说:"我爸爸先走了,然后我妈妈又结了婚,他们也走了,我就来这儿跟奶奶过。现在你明白了吧?"

他的午饭已经吃完,那股味道还留在空气中。他的目光又落到笛子那吃了一半的三明治上时,她说:"我吃不下了,你要是饿的话就吃了吧。"

"我饱了。"他说,可是他看上去根本没饱,于是笛子看着他的喉结，估计它要动了。那男孩脖子又细又长，喉结像一个尖锐的异物从苍白的皮肤下突出来。笛子从他脖子上的斑痕看出他刚开始刮胡子，还没掌握要领。他会刮上嘴唇和下巴，但对脖子上疙疙瘩瘩的不规则地形处理不好，那儿的毛比较顽固，角度不可预料，有几根显然漏网已有几星期，都卷起来了。

男孩的目光突然闪烁起来，望着她的身后。笛子朝餐厅门口瞥了一眼，看到萨克·明狄的面孔一动不动地镶在一小块长方形玻璃中。她几乎畏缩了一下，因为从那张脸静止的样子看，似乎已经在那儿观察他们很久了。她正要告诉同伴不要害怕，餐厅的门在第五节课之后总是锁着的，却见萨克一把推开门，溜溜达达地走了进来。有些人你永远也不能让他保管钥匙，笛子想，梅尔先生就是其中之一，他打开门让约翰进来之后，就忘了再把它锁上。想当初在订立孤独午餐协议之前，还教训笛子门必须锁好，不能放她的朋友进来呢。

门哐当关上，萨克戏剧性地刹住脚步，像要给他的前女友和帝国高中他最喜欢嘲弄的对象一点反省的时间，想想以为能把他关在外面是多么可笑。他似乎并不急于加入他们，而是走到那一溜自动售货机前，用掌根把汽水售货机上的按钮挨个敲了一遍，等着掉东西出来，什么也没有。他双手扶住机器的两侧，好像这一连串简单的要求和被拒绝的失望超过了他的承受能力。他把额头抵在光滑的机身上，停了好一会儿，然后开始来回摇晃那家伙，直到它撞到墙上，内部有玻璃碎裂的声音。他让机器落回原地，等待着，还是什么也没有。

笛子观看着这场表演，目光中兴趣多于恐惧。约翰·沃思则仿佛又陷入了昏睡状态。当萨克放弃了售货机，走过来，在笛子旁边抽出一把椅子时，她从兜里掏出三个钢镚儿，推到他面前。萨克还没有看她，而是盯着约翰·沃思，好像在徒劳地寻找那孩子存在的理由。他终于注意到了钢镚，但好像也想不出它们的理由。

"这是什么?"

"我以为你要汽水。"笛子说。

"不——是。"他拿起一枚钢镚,让它在指关节上走。他曾经教过笛子玩这一手,她知道这让他多么得意。坐得这么近,看得出他暑假里又长了两英寸,但更明显的是往横里长了,这让她怀疑他是不是在吃类固醇。他显然够笨的了。今春他对她发誓不吃,但分手可能让他解除了承诺。

不过,她必须承认他还是很漂亮,漂亮得让她像去年那样纳闷他为什么要来找她。如果他愿意的话,他可以找一个很酷的女朋友。不是只有田西西一个人觉得他是大帅哥。

"我不是要汽水,"他解释道,"我要的……"

钢镚还在他的指节上滚来滚去。

"……是不要钱的水。"

与此同时,已停在拇指与食指之间的钢镚朝桌子对面射了出去,重重地打在约翰·沃思的额头,刚好在左眉毛上面。那男孩几乎没有畏缩,应该是很疼的。萨克伸手要拿第二枚钢镚,笛子把剩下的两枚都塞进书包侧兜里,她听到它们碰到那把美工刀,她一直想找机会在课上把它塞回用品柜里。

"哎,"萨克说,"这是谁?你的新男朋友?"

"不是。"笛子说,也许说得太快了一点,萨克得意地笑了。"我们只是在说话。你不可以进来。"

萨克耸耸肩,回过头盯着约翰·沃思。那男孩额上被钢镚打中的地方出现了一个红印,萨克也许和笛子一样在疑惑他怎么能忍着不揉。

"门没锁,"萨克说,"我有通行证。"他掏给她看,罗德礼夫人签的字。这也是一个小谜团,因为他没上她的课。不过,萨克总能搞到需要的东西。这是他让人惊奇的地方之一,笛子奇怪自己过了一暑假就把这给忘了。去年每次去看电影时,他总是不用去售票处就能有两张票,如果一个朋友突然出现,他还会变出第三张,或第四张。总是闭口不谈这些是怎么来的。他显然喜欢让人觉得对他忠诚的人能得到照顾。

他把通行证揣回兜里,转向那个男孩。"你为什么不走开呢?"他建议道。

约翰·沃思把这句话当成了他听到过的最好的主意,简直是一跃而起,开始收拾东西。

"我的女朋友要解释她为什么不喜欢我了。"

这句话最奇怪的地方是,它好像是发自真心的。萨克所证明的,如果她理解正确的话,就是高大、蠢笨、残忍的人也有感情,而她伤害了他的感情。

笛子看着那男孩走到餐厅最远处的角落里,背对着他们坐下来。她没指望这个孩子有多英勇,但还是为这种毫不惭愧的怯懦而惊讶。他显然已经把羞辱当成了他的命,也许甚至当成了朋友。

"比利训练时扭伤了脚腕,"萨克说,"所以我这个周末要当中后卫。你去看吗?"

"不知道。"笛子说。那男孩的食物的味道大部分被他带走了,虽然塑料盒还留在桌上,扣着盖子。鱼腥味被萨克的香水味盖过了。笛子注意到暑假里他也养成了每天刮胡子的习惯。不知是他的胡须顺服些,还是他掌握了约翰·沃思没练会的技巧。"比赛后大家要聚一聚,"他说,"你想来吗?"

笛子希望不想,可事实是她想。开学才三个星期,她已经尝够了孤独的滋味。她怀念她的朋友(如果他们真是的话),或至少是有一种归属感。也许有一天她会像毕加索那样独立,但现在不行。在葡萄岛遇到东尼之后,她发誓再也不回到萨克身边,因为不值得。她也不是傻子,她知道他过不了多久又会开始贬低她,削弱她那微薄的自信,取笑她在意的东西,说毕加索是变态。更坏的是,他还会和比她漂亮的女孩打情骂俏,引她嫉妒。笛子知道自己容易嫉妒,她不喜欢自己这一点,希望改掉,就是不知道怎么做。再过一阵,萨克就会不满足于贬低她和让她嫉妒,他会开始把她当狗屎对待,而且那时将没有出路,因为她已开始相信他的话。然而这还不是最坏的,那最坏的笛子想都不愿想,虽然春天分手之前萨克保证再也不会发生那种事。

"田西西要去。"萨克补充道,好像这可能就是需要的诱惑——谁知道呢?

"我不知道,"笛子说,"也许。"

"也许。"他深深吸了口气之后重复道,仿佛"也许"这个概念需要跟大量氧气混合之后才能吞服。他抓起塑料午餐盒,用拇指扳开一角,空气中一下又充满了腐臭味。"我今年春天以来变了许多。"

"田西西告诉我了。"她说,免得他怀疑口信没带到。那气味让她作呕,但萨克好像没注意到。

"我只是生气你不肯再给我一个机会。"他冲口而出。当然,他们以前就有过这样的对话。萨克衷心地、虔诚地相信第二次机会,以及第三次和第四次。笛子猜想这与他酷爱体育有关。屡次失败甚至可笑的行为都不能阻止你再玩。你可以被停赛一两场,可是没有终身禁赛这回事。所以在他看来,他的停赛期已满,现在她要强加联赛委员会无权执行的惩罚,就是她的不对了。他说生气,可不是说着玩的。她看得出来。这男孩也不觉得生气是对他不利的证据。谁不会生气呢,他会问。这的确有些不公平。如果一个男孩惹你生气,你可以打他一个屁股墩,他要是爬起来,你再扑上去。对女孩你就没办法,因为什么都不确定。她们说也许,说不定就是去你妈的。

受了挫折,他现在希望没把约翰·沃思撵走了,笛子看得出来。"我有个主意,"他说,"我们请你的新男朋友过来吧。嗨,呆瓜!"

男孩没有应声。

"他聋了吗,"萨克几乎是担忧地说,"还是他以为这儿有两个呆瓜?"

是有两个,笛子差一点说了出来,但她只是说:"别这样,萨克,别去打搅他。"

"嗨,呆瓜,"萨克又叫道,"别假装你不知道我在跟谁说话。转过来。"

男孩在椅子里转过身,没有看他们,像往常一样盯着地板。

"这就对了。"萨克说。

"萨克,"笛子希望自己的声音中没带着这么多的乞求,"别那么恶。"

"问他想不想球赛后一块儿聚聚有什么恶的?恶在哪儿?"

"你不是要问这个。"

"不是?你在说我不知道自己在干什么?你比我知道?"

"别去招他。"

"听着,呆瓜,"萨克说,"没有不高兴吧?你叫什么呀?"

男孩的眼睛抬了抬,又垂了下去。

"他叫约翰·沃思。"笛子轻声说。

"嗨,约翰·沃思!你想球赛后一块儿聚聚吗?"

那男孩发出声音了吗?笛子说不准。萨克显然也拿不准,他看看她,又回头看着男孩。"嗨,约翰·沃思,那是同意还是什么?"

这次两人都听到他说,"好吧。"

"你听到了吗,"萨克对笛子说,"约翰·沃思说'好吧'。"

"你放过他,我就去,行不行?"笛子说。

萨克正要再对那男孩嚷嚷,听到这话马上不喊了,笑眯眯地看着笛子,那笑容几乎消除了她的疑虑,里面充满了……什么?她需要的东西。她愿意想象那是爱,也许是有爱的成分,但她怀疑不是主要成分。那么又是什么呢？高兴在已经第三次进攻，离目标还很远时，比赛终于有了转机？

"嗨，呆瓜——我是说约翰，"他叫道，"你听见吗？笛子也去！我们会玩得多快活啊，对不对，约翰？"

没有声音。

"你没生我的气吧？因为那个钢镚儿？那是有些卑鄙，约翰，我承认。但咱们还是朋友，对不对？"

依然没有声音。

"还是朋友就点点头，行不行，约翰·沃思？"

他点了点头。

萨克看都没看，他已经转向笛子了。他握住了她的手，她没有反抗。"很好，约翰，"萨克叫道，仍然看着她，"谢谢第二次机会，约翰，说真的。"

"我们走吧，好吗？"笛子小声说，不想去望那个男孩。站起来也让她有借口把手抽回来。仿佛是附和似的，铃声响了，宣告第六节课结束。

"好吧，约翰，"萨克抓起塑料盒叫道，"星期六见。"

他和笛子朝餐厅的双扇门走去。为了防止他在约翰桌前停下，她伸手拽住他的袖子，可他轻而易举地挣脱了。

"问一个问题，行吗？"萨克把午餐盒扔到那男孩面前，"你吃的是什么恶心东西？"他突然大笑起来，笑得站都站不稳，"我必须告诉你，它闻起来好像在你前面已经有人吃过了，伙计。下次当心点，约翰·沃思，别吃人家嚼过的东西，知道吗？这是我的忠告。"

来到已经挤满学生的走廊上，萨克瘫靠在墙上，眼泪都笑出来了。有几个学生见状也笑起来，虽然不明就里。这让板着面孔的笛子变成了少数。但她见过萨克这种状态，知道真正的危险已经过去，他会疯上一阵，意味着她可以大胆地问她的问题。

"你为什么总要这么卑鄙？"她问。

萨克觉得这是最好笑的地方,他弯下腰,笑得几乎说不出话。"我不知道。"他上气不接下气地说,一面用手臂搂住她,以便汇入人流中。她希望不是这样,可是被他搂着感觉挺好的,夹在这么多朝同一个方向走的学生中间很舒服。她知道不应该回头朝餐厅门上的长方形小窗里看,可还是看了一眼,立刻就后悔了,希望没看见约翰·沃思贪婪地咬了一口她吃剩的三明治。

第十一章

詹宁·罗比坐在快乐汉的吧台一头喝着挤了酸橙汁的气泡矿泉水,一面在一沓鸡尾酒餐巾纸上练写她的新签名——詹宁·路易丝·科莫。她妈妈在换啤酒桶。除非斐尔港那该死的法院塌了(有可能,只为跟她作对),詹宁和银狐狸很快就要结婚,她希望那时签名已成为习惯,而不要像年终的时候,一月份前半个月开的支票上老是写错年份。要是像她丈夫迈尔斯——更正:将来的前夫迈尔斯那样,会一直错到三月份去。她微笑起来,幸好他不需要改姓和签名,她怀疑他适应不了。如果还有比她丈夫——更正:将来的前夫更典型的"习惯的产物",詹宁肯定没见着。他就像一只旧轮子,磕磕碰碰地在他的辙里转动,从家到餐馆,从餐馆到该死的教堂,从教堂回餐馆,从餐馆回家(是他的家时)。分居之后,迈尔斯搬到餐馆楼上都好几个星期了,有一天晚上他居然出现在她的卧室里。把她吓了一跳,半夜醒来看到他在床脚,一个黑影耸立在她和沃特跟前。她的第一个念头是迈尔斯来杀他们了。然后看到他把内衣从头上脱下,于是她知道他是关了餐馆之后,拖着疲惫的身子机械地回家来了。詹宁打开床头灯时他准是清醒了过来,灯光照见他像窃贼一般慌张地去捡他的衣服。换个人可能会利用这个错误,索性把他们的喉咙割断。可詹宁从他的表情看出如果他有刀的话,他惟一会割的就是他自己的喉咙。

事实上，迈尔斯让她想起小时候她弟弟的曲棍球赛玩具中的塑料小人。代表冰场的板面上有许多凹槽，每个槽里有一个挥棍的塑料小人，在槽里来回滑动。这个礼物没有达到极其令人满意的效果。父母说比利年纪太小，因为他做的第一件事就是把塑料小人从槽里拽了出来，也许是觉得如果球员们能像真正的曲棍球手那样到处跑，比赛会更有意思。小孩怎么会知道板下有一个个大圆砣来使小人保持平衡呢？被解放之后，小人们看上去很滑稽，像一队微型的双脚畸形的士兵，偏巧只配备了曲棍这一武器。更糟糕的是，你怎么也没法让他们像人那样站着。詹宁早就看出如果你把她未来的前夫从他的槽里拽出来，想要给他自由，也会有同样的结果。给迈尔斯·罗比自由，他会连站都站不直。

"那些餐巾纸是要钱的，你知道。"毕姨说，詹宁已经写了快半沓。每张餐巾纸的背面能写下三行詹宁·路易丝·科莫，但正面只能写两行，因为有快乐汉的小精灵标志。"你到底怎么了？"

詹宁拿起一张新的餐巾纸，在爱尔兰小精灵的下面签上她的新名字。"我在想比利，"她解释道，"还记得圣诞节你和爸爸买给他的那个曲棍球赛玩具吗？"

"记得，"毕姨给她女儿留了半打餐巾纸，把其余的移到安全地带，"我记得那孩子弄坏的每一件玩具，也就是他碰到的每一件。他一眨眼工夫就把那些小兔崽子扯了出来，然后又哇哇大哭，闹到我们答应再给他买一个。"

詹宁把她妈妈怀旧的回忆大部分都关在脑外。她的小弟弟十九岁就死了，他被千斤顶支起的汽车砸了下来。她根本没打算想他，她正在快乐地想着她的丈夫——更正：将来的前夫，那只旧轮子，比利突然冒了出来。因为想弟弟让她忧郁而压抑，她又回过头去想迈尔斯，这让她快乐而压抑，压抑是因为他永远是迈尔斯，快乐是因为她很快就要跟他一刀两断了。

把剩下的餐巾纸都签上名之后，詹宁看了看表，离下午的健身课还有不到半小时,如果她能坚持那么久的话。对詹宁来说,下午的后半段总是一天中最难熬的时间,她没法一个人度过,这是她上她很烦见到的妈妈这儿来的惟一原因。根据经验,她知道一旦进了健身房,阿巴在大扩音器里震响"我的妈妈!我怎能抗拒他!"她就没事了。没有比剧烈运动更好的食欲抑制剂。等她四点钟做完高强度有氧练习,五点做完低强度练习,她体内最厉害的魔鬼就重新被拴住了。她可以跟沃特坐下来吃一顿适量的晚餐。他教她一开始觉得饱就停止,而不是一直吃到撑。在合理的晚餐之后,她可以安生地待到上床睡觉的时间,到那时饿狗们又会开始吠叫,但她能制得住它们,因为她已经锻炼得精疲力竭。正如沃特总是提醒她的那样,疲劳能打过饥饿。再说还有做爱,又一个转移注意力的好消遣。

可是现在她饿得能吃下矿泉水里泡透的那片酸橙。漂在吧台上那坛盐水里的恶心的腌猪蹄此刻看上去也像是美味,詹宁能想象自己趴在地上,像狗那样啃一块猪蹄,用后槽牙把骨头咬碎,吸里面的骨髓。她妈妈好像察觉到她的痛苦,在她面前放下一碗花生米,自己嚼了一小把,证明它们多么香,"嗯——"。

詹宁只能分辨出三种基本欲望:吃饭、性交、杀死那肉中刺似的妈妈。她搞不清哪一种最强烈,但她知道最后一种是最危险的,因为没有什么可以抵消它。"你知道吗,毕翠丝?"每当詹宁称呼她妈妈的全名,就表示她非常接近弑母行为了,"你只是嫉妒。"嫉妒她的身材,她的相对年轻和她的性能力,这是不用说的。

詹宁站起来,把花生米端到吧台前仅有的两名顾客面前,那是两个失业的工人,看上去郁郁寡欢,慢慢地喝着廉价扎啤,耐心等待饮料减价的时刻。回来时她又抓了一小沓餐巾纸。

"是,"她妈妈承认道,"我也希望能盲目和自私地过一辈子。你想没想过我都六十岁了?也许我需要人帮我换这些该死的啤酒桶?"

詹宁·路易丝·科莫,詹宁·路易丝·罗比在第一张新餐巾纸的背面写道。在签名下面又写了两行,同样的字。"别告诉我这么多年之后你终于决定你不喜欢骡子的活了。"

"我喜欢。"毕姨说,这是实话。直到不久前她还扛那该死的啤酒桶。现在她用搁在后头的手推车轻轻地装卸,把满桶推进来,空桶推出去。"可诺兰·瑞恩①也还是喜欢投快球呀。"

开酒吧四十年,毕姨看了数千场她不感兴趣的球赛,到现在发现她已经积累了这么多的棒球知识,几乎有些喜欢它了。她进而相信生活就是这样:只要花上足够的时间,你几乎可以喜欢任何东西。"包括男人。"毕姨总要加一句。指的是迈尔斯,詹宁知道。她妈妈对她的婚姻这个话题没什么耐心。"如果我能学会爱你爸爸,"毕姨总是不厌其烦地提醒女儿,"你也能学会爱迈尔斯这么好心肠的男人。"詹宁知道这是谎话。毕姨从一开始就爱她爸爸,一直爱到他过世。这跟她爸爸人不怎么样这个事实不相干。

"你想诺兰·瑞恩喜欢投完快球后用布洛芬吗?"毕姨问。

詹宁·路易丝·科莫,詹宁在另一个小精灵上面写道。她的手表显示过去了一分半钟。"我不知道,妈,我都不知道诺兰·瑞恩是谁。"

"我说的是,我有时需要一个帮手。"毕姨告诉她,"如果你要找有氧运动,我可以提供。"

詹宁当然知道下面是什么。毕姨在暗示要她来酒店工作,这是不可能的。最近她妈妈在考虑重开厨房供应午餐。詹宁的父亲在世的时候,快乐汉做过三明治,午餐生意还不错。詹宁也做得来。在帝国烤肉店浪费的这么多年里,她对食物懂得不少——可就是整天跟食物打交道让她多长了五十磅。亏得沃特及时来说服她到俱乐部工作。再待上一两年的话,她就会长成她妈妈那样,像

---

① 诺兰·瑞恩(Nolan Ryan),美国棒球明星。

个大拇指,只是中部没那么灵活。詹宁搞不懂的是她妈妈为什么想要她来,她们会像猫一样从早斗到晚,什么都无法达成一致。

"算了吧,毕翠丝。"詹宁建议道。她的表上只剩二十二分钟了,"我现在工作的地方是本县最成功的少数企业之一。我减了五十磅,这辈子第一次自我感觉这么好。你不可能把我拖下去,所以试都别试,行吗?"

吧台那头两个喝闷酒的人已经停止假装不在偷听。毕姨打开电视给他们看一个脱口秀节目,音量响到她跟她女儿能够继续私下谈话。那两个男人显然很失望。"如果我们必须听一个胖女人说话,她不能至少是个白人吗?"一人抱怨道。

毕姨不情愿地按要求换了,尽管她认为这些男人看看奥普拉①会比看罗西有好处。"奥普拉比你能举得出的任何五个白种男人都聪明,奥蒂斯。"

"可她没有聪明到变成白人,是不?"他反驳道,引起同伴的一声冷笑。

毕姨只想跟她女儿辩论,而不是跟这两个二流子,可是她也不能让奥蒂斯说了算。她自认为是帝国瀑少数几个不偏不倚的人之一,因为她对几乎所有人都持悲观看法,不分种族和性别。"奥普拉对自己的皮肤挺满意。"她说,"不像有些人。"

"我对自己的皮肤也很满意啊。"奥蒂斯说,没听出她的话是对着她女儿说的。

"那是个悲剧。"毕姨答道,然后转身对着詹宁,"我没想把你拖下去,小姑娘。你总是那样指责别人,好像全世界的人脑子里只有一个念头,就是你。当孩子表现得比平常更傻时,当妈的有责任指出来,这就是我现在所做的。"

詹宁写科莫的最后一笔时用力过猛,把餐巾纸划破了。"咱

---

① 奥普拉(Oprah Winfrey),美国著名"脱口秀"女主持人。

们别谈这个了行不行,妈?"她团起纸说,"讨论你本来就管不着的事根本没有意义。如果你理解不了我为什么希望有比一辈子肥胖的不幸更好的生活,那太遗憾了。也许有一天我会放弃——像你一样,但不是现在,行不行?人是可以改变的,我在改变。"

"你不是在改变,詹宁,"她妈妈说,"你只是在掉体重。这是不一样的。如果你哪天早上醒过来能想到别人而不是光想你自己,那才是改变。如果你能有两秒钟想到你的愚蠢行为对女儿的影响,那也是个改变。"

"我说过了,妈,"詹宁抓起最后一张餐巾纸说,"你只是嫉妒,所以别谈这个了,免得有谁说出让自己后悔的话,行吗?"

"我哪里会说让自己后悔的话,"毕姨说,"憋在肚里我才会后悔呢。"

"你怎么知道?你从来都没试过。"

吧台那头的奥蒂斯扑哧了一声,证明电视的音量还不够高,毕姨马上纠正了。

"我想告诉你的是,"她接着说,"你这是瞎子点灯——白费蜡。一个人是什么样就是什么样。"

詹宁想告诉她妈妈她现在享受的那么多性高潮,沃特如何发现了那个迈尔斯想都没想到的地方,被渴望一次的感觉有多好。可是对一个要是不看奥普拉可能都不知道性高潮存在的女人说这些有什么用呢?"我是什么样的人用不着你来告诉我,毕翠丝。我平生第一次这么明白。"

"是吗?"她妈妈笑了,带着那种高人一等的姿态。

"没错。"詹宁一边在最后的餐巾纸上签名一边答道。没必要生气。争论达到了她的目的,让她忘掉了饥饿。按收银台上的挂钟,现在已是差十分四点,可以回俱乐部去了。

"我不相信,"她妈妈说,"而且,我可以证明你已经受够了。"

詹宁从凳上滑下来,背起她的手提袋,把杯子推给她妈妈,水已经喝完,只剩下杯底那片泡透的酸橙。"得了,我没兴趣听你的证明,毕翠丝。我要锻炼去了。"

"谁要去锻炼?"毕姨用粗糙的手盖住餐巾纸说,"名字写在这张纸上的女人?"

"对了,妈。"詹宁说着朝门口走去,她妈妈的笑声使她停住脚步。

"念念,哭吧,小姑娘。"毕姨拎起餐巾纸给她女儿看。

詹宁突然不想看,从她妈妈胜利的表情中意识到她出卖了自己,眼前便是证明,她自己亲笔涂写的三行。

詹宁·路易丝·罗比

詹宁·路易丝·罗比

詹宁·路易丝·罗比

第 十 二 章

"有时候,"马可神父坦白道,"我担心上帝会像我的外祖母。"薄暮时分,他和迈尔斯坐在圣宅的早餐角落里喝着咖啡。迈尔斯刚刚对上帝的智慧表示了强烈的怀疑。下午,在女儿的要求下,他新雇了一个小工。是需要一个,这倒没错,怀亭夫人的一个好处是在人事方面给他充分自由,这次他就很感激,因为他无法想象如何向雇主解释今天雇人的决定。事实上,他都不知道怎么跟大卫和夏琳解释,当他向他们介绍约翰·沃思的时候,两人都好像觉得他疯了那样地看着他。什么?你雇了个哑巴?——他们显然想问,因为那男孩似乎既不能说话又不能正视任何大人的眼睛。迈尔斯从弟弟的身体语言中看出,他认为这只是迈尔斯从葡萄岛回来后种种古怪行为的冰山一角。自从上次迈尔斯见怀亭夫人之后,大卫没提过酒牌的问题,但迈尔斯知道这事没有完。雇个人顶替巴斯特也是必须办的,那小子连影子都找不着了。虽然需要添一名小工,但雇个替换的厨师更急需,如果迈尔斯不想每天亲自掌厨的话(他已经这样做了快有一个月)。他要是一病就完了,大卫只在晚上干活,很少在中午以前起床。所以大卫看到约翰·沃思就摇头,好像迈尔斯派了个侧卫来代替受伤的前锋。

"我们是个大家庭。"马可神父说,"每到圣诞节外祖母发不同数目的现金当礼物,说是按孙辈们爱她的程度给予奖励。她发誓说能够看透我们内心。一个孩子可能得到一张崭新的五十元钞票,另一个却是皱巴巴的一元钱。没有两个礼物是一样的。"

迈尔斯点点头,"也许是有地狱。"

马可神父微笑了。"这么想倒不错。当然,这些都不关孙辈的事,她是按她那小心眼的评判在惩罚和奖赏她成年的子女。那些每周来看她,听她吩咐,奉承她的受到奖赏,没那么做的则在袜子里摸到煤炭。我姐姐珍妮一直是受宠的,后来她丈夫在伊利诺伊找了份工作。外祖母警告她不要搬走,她还是搬了,老太太就把珍妮从遗嘱里删掉了。"

迈尔斯点点头。世界怎么会由权欲熏心的老太太统治的?他想。

"大老远地开车回新泽西过圣诞节也没给珍妮挣到什么分。在外祖母心目中,你一搬出去,就像《圣经·旧约》里的摩西那样被埋葬了。不过,最受刺激的还是小孩子们。我还记得表妹菲利丝打开圣诞卡看到那皱巴巴的一块钱时的表情。我觉得她不是在乎钱,而是相信外祖母说的能看透她的内心。她哭得好伤心哪,可怜的孩子。"

迈尔斯自然感到好奇。"你那年得了什么?"

"我?"马可神父微笑了,"我得了那张崭新的五十块,还能闻到油墨味呢。"

"你跟运气不好的孩子们分享了吗?"

"没有,你可以想见,分享是严格禁止的。但我跟他们说了实话。"

"什么实话?"

"我非常憎恨我的外祖母,这证明她并不能看透我们的内心。我告诉小菲利丝说,如果那老太婆能看透我的内心,那她会看到一个盼着她快死的人。"迈尔斯一时没说话,马可神父羞怯起来,"讲了这个故事,我发现我从来没有原谅她。"

"我觉得要当布道讲恐怕得重新组织一下。"迈尔斯承认。其实是他先起的头,说他为什么要雇那个新的小工。如果笛子说的是实情,那男孩的父母先后弃他而去,现在他是学校餐厅里那些小坏蛋们耍弄的对象。这使迈尔斯怀疑起上帝的智慧,他是不是常让孩子承受过于沉重的负担。

随着与辛迪·怀亭的"约会"临近,迈尔斯经常思考生活中的不公平,想到母亲总是把它们放在心上,并勉力实践她的信仰——我们被放在世间是为了让它稍微公平一些。是笛子请求他雇用那个没指望的、邋遢的男孩,可当他的本能反对这么做时,无疑是母亲在他耳边低语。

"故事不错,结论不好。"马可神父承认道,"也许我可以改改。我的确从下午的聊天中得到了一些好布道的灵感。聊天之后我常常觉得内疚,好像我应该给你一些菜谱作为报答。其实我并不真的认为上帝像我的外祖母,但我总觉得这件事有启发意义,从小孩子的角度看。我是说,如果我们想象的人神关系是一回事,实际情况是另一回事呢?如果我们漏掉了什么关键的东西呢?也许我们像小孩一样以为自己非常重要,而实际不是。也许在尘世上困扰我们的不公平其实并不是主要问题。"

"让饥饿者有饭吃不重要?"

"不完全是。也许重要,但未必是以我们所想的方式。也许对上帝而言,这是我们表达人类理解范围之外的'其他东西'的方式。"

"胡扯,"迈尔斯笑了,"我很了解你的外祖母,你也了解。你在企图把自私说成神秘。"

马可神父笑起来。"也许吧。她是一个小气的、自我中心的老太婆。不过,我们总是被神秘所吸引。再彻底的解释都不能完全让人满足。就说那两位吧,"他指着窗外的马克斯和汤姆神父,四合的暮色中,两个老头坐在一棵大柳树底下。迈尔斯觉得他们像一对老流浪汉,拿不定主意是去赶南下的货车还是等明早再去扒火车。每一阵风吹来,薄薄的、枯黄的柳叶便旋转着飘下,有的落到他们头上。两人似乎都没注意到,"我有点好奇他们到底能聊些什么,可是我怀疑知道了也好不到哪儿去。"

在马克斯开始帮迈尔斯油漆教堂的这一星期里,他出人意料地跟老神父建立了友谊。迈尔斯起先以为痴呆越来越严重的汤姆神父没认出马克斯是他认识并向来十分鄙夷的人,问了才发现,老头清楚地记得他一向最看不起马克斯·罗比,认为他是亵渎神明的人,浪荡子,酗酒者,草包一个。他不大清楚的是为什么自己以前对这些特点那么反感。迈尔斯和马可神父虽不想剥夺这两个怪老头的友谊,但都认为需要加以监视。

在迈尔斯的建议下,还是不许马克斯进"直肠",老头的手出了名的不老实。如果马可神父不希望教堂的值钱东西落到帝国乐器/典当行里,最好把马克斯挡在门外。

"他会偷上帝的东西?"马可神父问道,带着他通常的讽刺。

"对于上帝他是相当无畏的。"迈尔斯答道,"我不知道他是真正的无神论者,还是只相信一个对细节失去了控制的上帝。"

"一个可以糊弄的上帝?"

"对了。"迈尔斯耸了耸肩说。糊弄上帝可以概括马克斯的策略。迈尔斯甚至能猜到父亲的开场白,他会向上帝指出如果**他**希望有好结果,就应该给马克斯更好的性格,而不是让他带着这样差的装备投入战斗。

可是,虽然迈尔斯不愿承认,但油漆是进行得快多了。也许一个原因是他们一来就干,而不像迈尔斯跟马可神父喝咖啡消磨掉一小时。而且马克斯虽已"古来稀",爬高的确还是像猴子。他从梯子上和平台上都能油漆,离地面二十英尺好像一点也不让他心慌。迈尔斯则总觉得脚下不稳,不敢把身子倾出去。马克斯的胆大一开始让他有点担心,但事实上老头只有喝醉了才会摔跤,所以迈尔斯只是在让他爬梯子前先查查他呼的气。现在圣凯瑟琳的西墙已快完工,也多亏九月下旬连日来艳阳高照。如果他和马克斯聪明的话,可以就此歇工,春天再接着干,假设圣凯瑟琳那时还没有变成美术馆或音乐厅。

迈尔斯已经决定的是他不会去漆尖塔,也不会让他父亲去漆,尽管老头很积极。迈尔斯曾经希望如果慢慢来,自己能够鼓起这个勇气。几天前,打发马克斯回家之后,他问马可神父借了钥匙,顺着窄窄的楼梯爬上了钟塔。爬的时候感到恐惧往上涌,但只要待在一个没有窗户的封闭空间里他就没事。等他推开活门,想在钟塔里站起来的时候,就发现油漆尖塔是休想了。他知道自己永远不可能站到这么高的梯子或平台上,除非双手紧紧握住能抓到的任何东西。实际上,他在钟塔里都只敢跪着,想到站起来有可能从齐腰高的栏杆上栽下去。但通过这个忏悔的姿势他也扫到了一眼下面的风景,一直延伸到河那边的怀亭家和更远处。他突然想到如果辛迪·怀亭看到他这样胆怯的姿势,两只手抓着栏杆动都不敢动,会不会消除她长期的迷恋。他花了半小时才鼓起勇气从洞口退下去,把活门拉上。

"主要是马克斯在讲。"迈尔斯说,针对朋友刚才问的两个老头到底能聊些什么。

"忏悔吗?"

迈尔斯从没想过这种可能,尽管一听就觉得挺像。马克斯是个吹牛大王,老神父又正为不让他听忏悔而恼火。一个正可成为让另一个垂涎欲滴的那种故事的宝库。马克斯的忏悔丰富多彩,极具戏剧性,又有教育意义,几乎什么也不缺,就缺悔悟。不过迈尔斯怀疑痴呆的神父还有没有权力宽恕罪行。马克斯在生活中总有本事混过去而不承受任何后果,现在钻空子找到一个不要求痛悔就肯宽恕他的无数罪行的神父,倒也很符合他的特点。

"你猜得可能不错。"迈尔斯更仔细地观察着两个老头。马克斯边说边打手势,神父热心地点头。

"我不担心。我想你父亲是天赐的,汤姆正需要这样的人。"

"马克斯·罗比?上帝的使者?"

"你想,汤姆一直是老派的神父,那帮人的重点一直是回避罪性。"

"那是老派的?"

马可神父耸耸肩,"因为从来不用正视自己的人性。一个无可指摘的人能给我们这些罪人什么启示?他能提供什么安慰呢?"

"我感觉你信的不是正宗的天主教。"

"取决于谁来划分,"对方承认道,"可你明白我的意思。汤姆在教徒中从来不是一个亲切体贴的人。像很多老字辈那样,他总是把自己看成一个执法者。辣手神探①抓了个犯人,跪下,小阿飞,念五十遍'天父'和'万福马利亚'——别让我再抓到你想那个,不然我就要动真格的了。"

"人们以前喜欢那样。"迈尔斯指出。他记得自己小时候也喜欢,想到有个人高高在上,知道什么是对的并且负责让你也知道。

"也许。"马可神父说,"我要说的是,汤姆可以受一点人性的熏陶。"

"那他可找对人了。"迈尔斯同意道。

"小气鬼。"马克斯数了数马可神父给他的钱,塞进他那条沾满油漆的裤子的前兜里。捷达车的副驾座位上和地上也已经油漆斑斑,因为马克斯干完活拒绝换衣服。他工作服和其他衣服不分,自从开始帮迈尔斯在圣凯瑟琳干活,老头的衬衫、裤子和鞋子上搞

---

① 《辣手神探》(Dirty Harry),二十世纪七十年代好莱坞警匪片的开山之作,影片中塑造了一个嫉恶如仇的都市刑警哈里·卡拉汉。

得都是油漆,别人向他指出来,他还是那句"怕啥?"迈尔斯想,很少有人在两个字的人生哲学中活得这么自在。

"你说谢谢了吗?"开出车道时迈尔斯问。

"为什么要说?我干活了,难道不是吗?"

"我跟你说是义务的,你答应了。"

"这并不表示他不可以自愿给我钱。是你傻,我可不傻。"

迈尔斯朝餐馆拐去。笛子今晚在里间帮忙,他要去帮帮她。顺便也想看看约翰·沃思干得怎么样,他提醒自己不管那男孩在新岗位上干得怎样一塌糊涂也不要解雇他。

"当然,我知道你为什么不好意思拿钱。"马克斯说,"你爬了两级梯子紧张成那样。"

"你要在什么地方下吗,爸爸?"

"他是个怪朋友,你知道,"马克斯说,"年轻的那个。"

"你怎么有这个念头的,爸爸?"

"那怪老头告诉我的,"马克斯忙说,"我不知道是不是。"

"汤姆神父老糊涂了,爸爸,你没发现吗。"

"哦,我一下就发现了。我觉得他这样更讨喜些。可是我知道你可能会赞成。"

迈尔斯瞟了他父亲一眼。"赞成老糊涂?"

"不,赞成怪朋友,"马克斯澄清道,"我们在说怪朋友。"

"不对,你在说你觉得马可神父是同性恋,我在说你是胡说八道,像平常一样。"

"我说的是怪朋友,不是同性恋。你生气只是因为我拿了钱,你没拿。"

"不,爸爸,我没有,其实我很高兴。也许你这个周末不会来问我借钱了。"

"每个人都有需要嘛。"马克斯凑上前去按手套箱上的按钮,"我古来稀了并不表示就不用吃饭了啊。"

"你月初灌啤酒的时候就应该记住月底的那些需要。"迈尔斯告诫道,"能告诉我你在干什么吗?"

"你的手套箱打不开。"

"知道为什么吗,爸爸?因为它锁上了。"

"锁上了?"马克斯显得目瞪口呆。昨天还没锁,他翻到了十美元,支撑到发钱的日子。他显然认为手套箱现在上了锁是个令人失望的发展。就像去一个地方吃饭,以为会受到欢迎,却发现你的餐具在碗橱里。

"是为了防止不自觉的人乱翻。"迈尔斯解释道。

如果这影射让马克斯不快,他也没有表现出来,而是凑上前在仪表板下面摸索。"那把小锁谁也挡不住。"作为证明,他用掌根在下面某个部位敲了一下,手套箱啪地开了,"礁岛的一个家伙教我的,"他说,显然对自己学得这么好感到得意,"如果你想学我可以教你。"

迈尔斯把车靠边,换到停车挡,欠过身去在弹开的手套箱里摸了一阵,翻到了他早上放进去以备急用的二十元钱。钞票安全地揣进了衣兜,他才开车上路。

马克斯盯着儿子的衬衫研究了一会儿,仿佛要记住那个衣兜的确切位置,供将来参考。"你从来不好好利用我的人生经验,"他说,"一个人活到古来稀不会学不到一两样东西,你知道。"迈尔斯没有回答,他又说,"也许你觉得你已经什么都知道了。"

"我知道你拿不着这二十块钱。"迈尔斯瞟着他说。马克斯耸耸肩,好像是说走着瞧吧。他有点让迈尔斯想到哈波·马可仕①,那人不会争论二十块钱的归属,因为他知道一个你不知道的情况——钞票上拴了根绳子。实际上,此刻他父亲和哈波是如此奇异地相似,迈尔斯不禁拍拍衣兜,确定钞票还在。"你这也要偷,

---

① 哈波·马可仕(Harpo Marx),美国音乐喜剧演员。

是不是？五分钟前刚拿了钱,钞票在兜里还热着呢,你就惦记着我的手套箱在你上次看过之后又有什么东西。"

马克斯没有理睬。他又拿出了那份房地产手册,像个买主那样翻看着葡萄岛那些百万美元的洋房。"不是你叫我记住将来的需要吗?"

迈尔斯在红灯前停下,抓过小册子,塞回手套箱,啪地关上箱盖。毫无疑问,马克斯连上帝都会糊弄。迈尔斯甚至怀疑上帝知不知道他要对付的是什么角色。到时候,他希望上帝大清早就办这件事,若是等到漫长的一天结束时,很可能轻易就让马克斯得了宠。

"我要是你,就去追怀亭家那个瘸腿姑娘。"马克斯出主意说。

"你还奇怪我为什么从来不请教你。"迈尔斯不愿泄露他跟辛迪·怀亭明天要去看返校节的球赛。也许马克斯会忘记去看比赛,也许没人会看到他俩在一起,再去告诉老头子,也许猪会飞。

马克斯没吭声,直到迈尔斯没躲过一个坑,手套箱的盖子又掉下来了。"如果我只要娶一个瘸子就可以拿到一千万美元,我就娶她。"

"我知道你会,爸爸,然后再离开她。"

"不,我不会,"马克斯拨弄着箱锁说,"但我高兴时可能会度度假。"他关上箱盖,可它立刻又弹开了。

迈尔斯只是看着他,直到红灯变绿。

"要是有把改锥,我可以帮你修修。"马克斯提议。

"你已经修得很好了,爸爸。"迈尔斯加速穿过路口,想起怀亭夫人也指出过如果娶了辛迪,他的生活会容易好多,"拜托你不要再修别的了,好吗?"

马克斯跷起二郎腿,眼睛望着窗外。弹开的手套箱盖子搭在他膝头。他欣赏了一会儿风景,又抽出那本房地产指南。"你娶了那个瘸子,就可以买你那么想要的房子了。"

"爸爸,"迈尔斯说,"你能不能不那么说话?"

"怎么?"

"瘸子,你能不能不那么说?"

"那我叫她什么?"

"不叫她行不行？实际上,我想不出你有什么理由要提到她。她跟你我都没有关系。"

马克斯停了停说:"亲戚,罗比和罗比多家。"

"少来。"迈尔斯警告他,"你想拿他们家的钱,比拿到我兜里这二十块的机会还小。"

马克斯没说话,迈尔斯又小心地按了按衣兜,确信还没有被老头拿去。钞票摩擦着布料令人安心。

"我在礁岛认识一个人老管他自己叫瘸子,他跟我说:'马克斯,永远别当瘸子。'"

"上帝啊。"迈尔斯说。

"得,别生我的气,又不是我撞她的。"

"不是你。你很幸运,只撞到了市长的小狗。"

"你是说倒霉吧。是他女儿的,不是他的。突然跑到我前面——就算我没喝醉也躲不开。就在那儿出的事。"马克斯指着一片树荫浓密的幽静街区,都是以前很考究的住宅,近来大部分都稍呈衰颓之象。其中一幢前面有"出售"的牌子,是沃特·科莫的。

"不,我是说幸运,"迈尔斯坚持道,"要真是个小孩,你也躲不开。你算是便宜的。"

"撞到好些小孩都不会那么麻烦。当时大家的那个样子,你会以为我真的撞了个小孩呢。"

"我不——"

"如果你妈还在,她也会跟我一样劝你娶那个瘸腿姑娘。要是她劝你……"

迈尔斯不禁微笑了,怀亭夫人也用了同样的策略。

"……你会听的。那我们就可以分一千万。"

"那是你的如意算盘。"迈尔斯说,"如果妈妈还在,她跟我得那一千万,你靠边去。"

马克斯考虑了一下这种可能。"你那么不喜欢我,我奇怪你为什么不肯出钱让我走。我会的,你知道。兜里有五百块钱,我马上动身去礁岛。我只要这么多。"

"那你到了那儿为什么还总是打电话问我要钱?"

"你是我儿子,时不时地帮我一下是应该的。"

迈尔斯又忍不住要笑。"爸爸,你想没想过你是搞反了?本来不应该是父母帮孩子吗?"

"双向的。"马克斯说。

"这个家里不是,"迈尔斯断言,"在这个家里从来只是单向,你我都知道是哪个方向。"

马克斯沉默了有数到十的时间。"我只要五百。"他最后说道,"到了那儿就好办了。游客都以为我是海螺。你知道什么是海螺吗?"

"知道,是当地人对不洗澡的叫化子的称呼,对吗?一个胡子上沾着食物渣子,把陌生人当海绵榨的老混混。"

这次马克斯安静了足有二十秒,引得迈尔斯扭头看他。经验告诉他不可能伤害他父亲的感情,但有时他担心有一天会做过头。

他父亲终于吃吃地笑了。"你说到海绵挺有意思。他们管潜水采海绵的人就叫这个,海螺。希腊人,大部分都是。也许四百我也能凑合。"

花四百块钱,在缅因的一冬天都能摆脱他父亲,迈尔斯必须承认这很诱人——且不说便宜。第一个问题是迈尔斯拿不出这么多钱,第二是他了解马克斯。你可以花钱让他走开,可是这不表示他就会待在外面。花钱让马克斯走开就像把钱交给勒索犯,他一摸到你有钱并愿意出钱,就会回来找你。最后你不得不杀死他或是破产。

"书店兼咖啡厅,外带双卧室小屋,田园凤尾,可骑车到小镇和海滩。"马克斯念着迈尔斯圈出的广告。

"田园风味。"迈尔斯一字一顿地纠正他父亲的发音。从怀亭家回来后,邀请了辛迪这件可怕的事还在脑子里发烫,他犯了两个错误,一个是由于害怕,一个是由于大意:他打电话给房地产经纪人打听那所房子的要价,然后把它写在了广告上头。实际上只写了前三位数。当然,他本来什么都不想写的,可是经纪人报的数字让他大吃一惊,写下了前三位数是为感觉真实一点。写完第三个数他已经明白了——就算怀亭夫人把餐馆遗赠给他,就算他能把它买了,并且詹宁把他们的房子卖了个好价钱,两笔收入加起来还不够葡萄岛上那所房子的首付款。就算能混过首付这关,他将背上永远无法靠卖书和咖啡还清的抵押贷款。经纪人说可以让他跟房主联系,讲讲价。但迈尔斯道了声"谢谢"就挂上了电话,被前三位数打懵了。

不幸的是,迈尔斯·罗比不像沃特·科莫那么容易想入非非。这几星期,沃特对于在葡萄岛上开健身俱乐部越来越感兴趣。他想得越多,就越看不出他为什么不能开。如果新俱乐部赚钱,也许他还能去别的岛上开,像楠塔基特什么的。迈尔斯不禁佩服那人能在完全没有现实可能性的情况下保持这种愉快的幻想。沃特似乎懂得不去问数字和研究可能性,它们只会像铁拳把人的心揪紧。

"田园风味,什么意思?"

"意思就是看不到一个海螺。"迈尔斯告诉他,"拜托你把它收起来。"

令他惊讶的是,马克斯没说废话就照办了,甚至还让手套箱的盖子合上了。要不是明知不可能,迈尔斯会断定他父亲感觉到了那广告和那几个数字的重要性,猜到它们对他儿子意味着什么。

但马克斯吹起了口哨。迈尔斯过了一会儿才听出那轻快的曲调,还是小时候听过的。到合唱部分时,马克斯没往下吹,嘴里咕哝着歌词,刚刚听得见。不了解马克斯·罗比的人准会以为他走神了:

回家吧,辛迪,辛迪
回家吧,辛迪,辛迪
回家吧,辛迪,辛迪
有一天我会娶你。

帝国烤肉店前面没有车位了,迈尔斯把车停到了后面,在垃圾箱背后,靠着夏琳的现代。开过来时看到一些人站在入口处等座,迈尔斯一眼看出店里坐得满满的。星期五晚上是墨西哥菜,特餐鲜虾脆玉米卷。

"里面可能需要人手。"迈尔斯对他父亲说,满以为马克斯会脚底抹油。老头兜里有了钱,八成正急着去快乐汉或老磨坊酒吧呢。"我们今晚用了个新小工,但这么多人他可能忙不过来。"

"我倒想挣两个外快花花。"马克斯顺水推舟地说,迈尔斯告诫自己今晚要看着他点。他父亲不喜欢干活,但喜欢人多,可能是因为混乱比秩序提供的机会更多。

"穿上件干净衣服再出去。"迈尔斯提醒他。

"我在这儿干过,你知道。"

"还有围裙,"迈尔斯说,"洗洗手。"

"洗了手去端脏盘子?"

里间热气腾腾,笛子正在摞盘子,她爸爸跟爷爷走了进来。

"怎么样,宝贝?"迈尔斯问。

"还行,"她报告说,"洗碗机犯病了。"

迈尔斯笑着亲了亲她的头顶,吸进她的气息。这丫头不再是小孩了,但闻起来还是像小孩。女儿的一切好像都几乎正好,包括她说的第一件事往往与第二件事相矛盾。情况还行,只是出了毛病。

"你凑合着用吧,我待会儿来看看。你的朋友约翰怎么样?"

"还行,"她说,"有点儿慢。你不该在周末晚上起用他。"

"爷爷会帮他的。"迈尔斯说。马克斯扣着扣子从储藏室出来,穿了件比他大两号的浆硬的白衬衫。他走到笛子身后,双臂抱住她纤细的腰部,把她拉到怀里。迈尔斯知道笛子喜欢她爷爷,但不喜欢他的拥抱,如果能找到一种不伤害他感情的方式,她就会告诉他。迈尔斯曾试图解释马克斯可能没有通常意义上的感情。但她不以为然,愿意相信他的感情藏在某个地方,谁知道呢?迈尔斯承认,如果马克斯对哪个人怀有真正的感情,那就是对他的孙女。

"我的小闺女好吗?"马克斯问。

"爷爷,你的胡子扎人,身上还有味儿。"

"你也有,"马克斯说,"不过你年轻,味道好闻。我像你这么大的时候,姑娘们都说我闻起来像熟透的苹果。"

"熟透我倒相信。"迈尔斯递给他父亲一个放盘子的塑料盆,"光收盘子。夏琳要发现你偷她的小费,她会把你当鱼剖了的。"

马克斯跟着他从摆动门里走出去。"在礁岛,女招待拿了小费都跟小工分。"

"你去跟她提呀。"迈尔斯笑道,知道马克斯没那么勇敢,也没那么鲁莽。

"好啦,"大卫听到他们的声音就说,"骑兵队到了。"

"需要干什么?"迈尔斯问。

"去帮夏琳吧,"大卫建议,"她又要在前台接待又要照看餐桌。"

四伙人在小门厅里等着,有三伙人可能是从斐尔港的大学来的。迈尔斯把一对夫妇领到一个刚空出来的座位上,然后列了一个排队名单。帝国烤肉店要排队?如果保持下去,他可能真得像沃特建议的那样把"店"改成"居"了。三张桌子同时吃完了,迈尔斯便去管收款机,然后为夏琳供应客人点的饮料。他发现大卫在看着,猜到他在想什么:要是有酒牌,这些可乐和冰茶会有多少变成四五块钱一杯的葡萄酒啊?

"老头子要是从我桌上顺走一毛钱,我就阉了他。"夏琳头一句话就说。

"我已经警告过他了。"迈尔斯说,很高兴夏琳的威胁与他想象的如此相似。她显得有些疲惫,但还是完全有能力把她的威胁付诸实施,而且在迈尔斯眼里,她还是跟他十五岁进帝国烤肉店帮忙时那个已经做了几年女招待的女孩子那么漂亮。

"你来得正是时候,"她说,"我们上次这么忙是什么时候?"

"都是大卫的点子。"迈尔斯说,"谁想到德克斯特县会流行脆玉米卷呢?"

夏琳扛起一个摞满盘子的银色大托盘。"我们需要角落上那个座位,迈尔斯,现在被笛子的朋友占着呢。"

迈尔斯刚才忙得没注意到七个高中生挤进了美发学院的姑娘们常坐的座位。发现其中一个是萨克·明狄,他的脸色阴沉下来。想起来了,前几天笛子好像想告诉他什么事情。

"您好,罗比先生。"迈尔斯走到桌边时,明狄家那小子用他那慢吞吞的语气说。迈尔斯认识其中几个孩子,对他们印象还好。还有一个有点胖的女孩,穿着独角兽T恤,刺猬式的发型,是自然界中找不到的颜色。迈尔斯想大概是美术课上那个田西西。"很高兴见到您,"萨克说,"您要这个座位吗?"

迈尔斯暗想,大人们为什么总坚持要孩子有礼貌呢?最礼貌的似乎总是根本不可靠的。其他几个在大人面前显得腼腆拘谨,不能有目光接触。明狄那小子总是直视大人的眼睛,逼得许多大人先移开目光。

"谢谢,"迈尔斯对他说,"我想柜台上可以免费续几杯饮料。"

"没问题,罗比先生。我爸说您的生意好起来了。"那男孩说着从座位上挪出来,他站直了几乎有迈尔斯那么高,而且他似乎知道这一点。迈尔斯想到两个问题,他是不是在用类固醇?他父亲很少到店里来,怎么会知道生意在好转?当然,也许并不是多大的秘密,他可能开车路过时看到最近外面停的车比往常多了。也可能是别人告诉他的,比如怀亭夫人。想起那天在规划开发办公室外面看到两人谈话,迈尔斯还是不禁疑心是在谈他。也许是个荒唐的念头,但他摆脱不掉。

"您明天去看比赛吗,罗比先生?"

迈尔斯点点头。"我们午餐后关门。"

"我们这次也许真能把斐尔港打个落花流水,"萨克说,其他孩子一齐附和这乐观的预言,"长长帝国瀑的志气。"

"萨克要当跑卫。"迈尔斯猜想是田西西的那个女孩说。

"中后卫。"萨克看都不看她,语气中透出一丝轻蔑,迈尔斯看得出它对那女孩的影响,"不过是我显显身手的好机会。"他承认道,眼睛又直盯着迈尔斯。

"祝你好运。"迈尔斯说,声音尽可能不带感情色彩。

"谢谢,罗比先生。我们知道全城的人都在支持我们。"然后,当迈尔斯拿抹布擦桌子时:"我看到您新添了人手。"他朝约翰·沃思那边点了点头,那男孩正好消失在摆动门里,迈尔斯记起明狄这小子春天也申请要来打工。"他是个好孩子,那个约翰。"

迈尔斯同意地点点头,尽管他不知道这是不是真的。

"您认为笛子能赶得上九点半的电影吗?"那女孩问道。

"我尽力而为。"迈尔斯说完,惊讶地发现这随口的允诺赢得了一个与之完全不相称的笑容。他立刻记起这正是辛迪·怀亭在她这个年纪对最小的善意报以的笑容,泄露出一种可怜的生存方式。

"很遗憾约翰来不了,是吧,田西西?"一个迈尔斯好像有点印象的瘦皮猴似的男孩说。

"闭嘴！"女孩大叫一声，响得餐馆里的人都朝这边看。

"嗨。"迈尔斯正要说餐厅里不许嚷嚷，却见那女孩眼里一下子充满了泪水。老天，他不禁想道，那个年纪是多么可怕，感情如此接近表面，小小的扰动都能使之沸腾溢出。这就是长大的作用吧，很简单——学会埋得更深一些，埋得看不到，并尽可能地想不到。

"行，罗比先生，"萨克说，"告诉笛子别着急，我们回来接她。谢谢免费给续饮料。"

他们走后，迈尔斯在桌上摆了五副餐具，让门厅里惟一的五人组坐下了，把其余三组客人加到单子上。过了一小时才缓下来一些，他瞅空进到里间。

"你的朋友说要回来接你。"他对女儿说。

笛子的目光闪烁了一下，转身打开洗碗机，取出一大盘冒着热气的玻璃杯。"哦。"

迈尔斯跟她一起站在沥水板前，随便拿了几个杯子对着光照照。没有他担心的那么糟，但好几个外壁上都有钙化的清洗皂。迈尔斯用指甲弹掉了。

他脱下衬衫，挂在门边的木钉上，抓起洗碗机顶上的碎冰锥，它是专门搁在那儿用于时不时地伺候一下这台老爷机器的。喷水口堵住时（一个最顽固的毛病），杯子就洗不干净，碎冰锥挺管用。

"我以为你春天就跟萨克·明狄吹了呢。"迈尔斯脑袋伸在洗碗机里，瓮声瓮气地说。

笛子没有回答，他转过身，看到她耸了耸肩。"什么意思？"

"什么？"

"耸耸肩膀。"其实他当然明白，意思是不关他的事。

"没什么。"她说，再一次的证实，如果有必要。

迈尔斯又把头伸进洗碗机里。几个喷口是堵了，花了五分钟马马虎虎清理了一下,够坚持到明天彻底清理。等他往里放脏碟子时,发现女儿泪水盈盈,脑袋低了下去,好像承受着无形的重压。

"哦,宝贝,"他把她拽到身边,近到她肯接受的程度,"没事的。"

"我知道你多讨厌他。"她在他胸前抽着鼻子说。

"不,"迈尔斯说,"他只是个孩子。我讨厌的是你有事不敢告诉我。"

"没什么事可告诉。"她抽出身子,还是不看他的眼睛,沉着脸,"我们只是聚一聚,一大帮人,不只是我和萨克。"

"外面那个是田西西吧?"

"她穿了独角兽T恤吗?"

迈尔斯说是,"我想她也迷上了萨克。"

"什么叫也?我没迷上他。"

"好吧,"迈尔斯仍然对这件事感到不舒服,但估计他已经问到了极限,"一切在你。你不是小孩子了。"尽管她是。也许比小孩多点什么。一个有成人的智力,或许还有一些成人经历的小孩,比大部分同龄的孩子更聪明、更可靠、更负责、更成熟,但还是个小孩,迈尔斯知道。他只需看看她就知道。而且不是一般的小孩——是他的小孩。他的,远远超过是詹宁的,无论法院怎么判。他的小孩,还需要宠爱和保护一阵子。

"哪怕收到一封信……"

迈尔斯糊涂了,然后悟到她说的是葡萄岛上的那个男孩。

"还没过多久嘛。"他说,尽管已经有一个月了,在笛子的年龄那就等于永世,"公平一点,你也没给人家写信,对不对?"

又是绝望的耸肩。"干吗要写?"

不,她既是小孩,又不是小孩。十六岁的女儿已经懂得走第一步的人很可能是输家。如果她写了信,那男孩没回,情况会更糟。他知道她所做的是接受现状,觉得这样自己还能承受,担心再坏一点就会受不了。他想起大卫上星期警告过要是他不当心,笛子会成为帝国烤肉店的下一任经理。

他正要再说些什么,忽然发觉屋里的气氛改变了。他转过身,看到约翰·沃思端着一盆脏碟子无声无息地站在门口,就像突然显现的一样,虽然更可能是在迈尔斯把头扎在洗碗机里的时候进来的。如果是那样,他在那儿站了多久?张开的嘴唇后露出长长的、尖尖的牙齿,像一条等着挨踢的狗。不,不像狗,迈尔斯想,那男孩实际上像科幻片里电池快没电了的机器人。他甚至没有朝他们这边看,而是偏向一侧。脑袋歪着,好像虽然没电不能动,但他还听得见。这种无助的样子里有什么勾起残忍?他努力压下叫那男孩滚出去的冲动。他是什么意思,站在那儿偷听一个男人跟女儿的谈话?这么大的男孩难道会完全没有社交礼貌,竟不知道清清嗓子,道一声歉,或起码是把盆放下退出去吗?

"搁在沥水板上好了。"迈尔斯对他说,那男孩又动起来,电池还没有完全耗尽。

门在他身后合上时,迈尔斯对笛子再说什么的时机似乎已经过去了,但他总觉得那男孩的闯入偷走了一些可能不会再有的机会——他也不知道是什么。迈尔斯当时感觉正要跟她说一些心里的话,叫她不要陷进去,还有更多。不管是什么,现在已经失去了。

他看看表,发现已将近九点,他惟一有自信向她传授的智慧是关于洗碗机的。"不用清洗皂把这些杯子再洗一遍。"他建议道,这样可以疏通下面的喷口,"然后你收拾收拾就走吧,啊?他们说去电影院的路上再过来。"

她的眼睛亮了一下。"真的?不是还很忙吗?"

"你爷爷跟我还忙得过来,"他安慰道,"去好好玩吧。"

但那个无声无息站在门口的男孩沃思肯定还没完全从他意识中被驱逐出去,因为他说了一句让自己吃惊的话。"要不要给约翰也放假,让他跟你们一起去?"

她几乎没等他把话说完就立刻回答,"不要。"表情紧张而恐惧。

"好吧。"他几乎是急促地说,惊讶自己能直觉地知道刚才出了一个真正的馊主意。

大卫靠在冰箱上喝着保健可乐,眼睛望着餐厅地面。迈尔斯在T恤上系了条围裙,到柜台后面陪他。八个灶的炉子还热着。大卫用断臂的袖子擦了擦额头。

"今晚真邪乎。"迈尔斯欣赏地说。每张桌子都还坐着人,只是没人等座位了,而且每个人都吃上了。

"可不。"他弟弟赞同道,可是没有迈尔斯想象的那么热情,这让他怀疑大卫是不是在刚要收到回报时就已开始厌倦这一切。当然,这完全符合他的性格。大卫小时候就是一掌握了什么东西马上就腻了,"亏你及时赶到,否则我不知道我们会怎么办。"

"我计划不周。"迈尔斯承认道,尽管高峰时他来帮忙本是他计划的一部分,"我这星期保证雇个人接替巴斯特。不过看来我们以后周末都需要固定的帮手,除非今晚是异常。"

"明天比赛之后还要热闹呢,"大卫说,"我听到你要早关门?"

迈尔斯点点头。"我想做完早餐,十一点左右关,六点再开门做晚餐。"

"听上去不错,"大卫点头道,"我还可以赶上上半场呢。"

"爸爸去哪儿了?"迈尔斯想起来,马克斯不见了踪影。

"在外面抽烟呢。我跟他说可以九点走,行吗?"

"很好。"迈尔斯说。没有什么比在下班前十分钟去吸烟更像老头子的作风了。不过,老头子还是帮了忙,这倒不像他的作风,"他表现还好吗?"

"我看还行。夏琳没剐他,所以我想应该还好。"

迈尔斯点点头。"我让笛子也早走。她跟她的朋友要去看电影。"

"明狄家那小子?"

"我知道,"迈尔斯说,"我也不大感冒。"

"我什么也没说。"

"你不用说。"

正在这时,笛子从里间出来了,一面往头上套羊毛衫,透着少女的活力。五分钟前,在蒸汽中熏了五个小时的她形容疲惫,为葡萄岛上那个男孩而眼泪汪汪,现在她不仅恢复过来,而且容光焕发,在迈尔斯看来美得令人心痛。"给我点钱行吗?"她怯生生地说。

显然并非只有迈尔斯一个人为这孩子心痛,大卫魔术般地举起了一张十美元的钞票。迈尔斯叫他收起来。"我衬衫口袋里有张二十的。"他对女儿说,"挂在后门口的钉子上。"可说话时他就有一种不祥的预感。

她一分钟就回来了,又怯生生地:"你兜里什么也没有,爸爸。"

这么说,没事人似的站在外头的马克斯又玩了他一把,尽管迈尔斯在车里就预见到了。告诉老头子他拿不到那二十块钱显然是个大错。当然,数目跟马克斯挣的差不太多,所以不是这个问题,只是又让老头子得逞了。他不仅在迈尔斯拒绝之后还是揽到了油漆教堂的活儿,现在实际上迈尔斯又走黑账付了他在餐馆打工的钱。

这次大卫又摸出那十块钱时,迈尔斯让笛子拿了。

"你觉得他有没有一点良心?"女儿走后他问。

"当然有,"大卫把喝完的汽水杯子倒扣在最近的托盘里,然后,沉吟了一下,"但不受它约束,是不是?"

第 十 三 章

"你究竟为什么要雇那个没知觉的男孩?"迈尔斯在她身边坐下时夏琳问道。迈尔斯提议三个人(他、大卫和夏琳)喝一杯庆祝一下。关收款机的时候他都惊呆了。

夏琳的苏格兰威士忌旁边搁着半杯加柠檬的气泡矿泉水,所以迈尔斯猜他弟弟就在附近。如果他没看错的话,稳坐在吧台最里头的是贺瑞斯。餐馆终于关门时都快十一点半了,灯夫屋是德克斯特县少数几家还在营业而且他们比较有把握不会碰到马克斯的地方之一。如果迈尔斯猜得不错的话,这也是贺瑞斯在这里的原因。

当然不是因为情调。灯夫屋的吧厅让迈尔斯想起中西部的假日酒店。屋里很昏暗,那边有个头发一大蓬的小个子女人在钢琴上敲着隐约能听出的东西。从他们的半月形座位上只能看到那女人的头发。她的弹奏让人觉得她决心要不出一个错地弹完每首曲子。迈尔斯想,她有没有可能是罗德礼夫人的亲戚?

他到得最晚,因为开车送约翰·沃思回家。那男孩收拾了堆得像山一样的锅和盘子,一晚上没跟任何人说过一句话。

他那阴郁的沉默让夏琳大为纳罕。对健谈的夏琳来说,没什么比这更不自然、更变态的了。她做女招待的秘诀就是能消除别人的戒心,让什么人都能聊起来:学生、美发学院的姑娘们、长途卡车司机、大学教授。可是在约翰·沃思身上她却毫无进展。"上一个跟我话这么少的人就数在停车场企图强奸我的那家伙,你还记得吗。"

迈尔斯记得,尽管那件往事已经有二十多年了。很多年里它点燃了鲜明得令人不安的少年幻想:当时做小工和洗盘子的迈尔斯从后门出来扔垃圾时,撞见了一起未遂强奸,英勇地把袭击夏琳的持刀歹徒赶入黑暗中。实际上那家伙并没有持任何武器,但迈尔斯为了戏剧效果给他加上了。在当时他就意识到他的幻想并不是完全纯洁的,甚至不完全正派,尽管有道德框架和英勇决心。他在停车场发现两人搏斗的那一幕总是高度精确。他从不在歹徒取得相当进展(即露出她乳白的胸脯)之前赶到。当然,如果迈尔斯真在帝国烤肉店后面撞到这种搏斗,在漆黑的停车场里他是什么也看不见的。但在他的想象中现场打上了适当的灯光。第一次有这种幻想时,他只瞥见一眼夏琳裸露的上身,但每次重演时他逗留得越来越长,直到最后他自己都觉得恶心,放弃了想象,意识到他虽然让自己扮演的是英雄角色,其实却接近于歹徒的心理,跟那人一样绝望地知道这样漂亮的女孩永远不会主动来亲近他。

夏琳又道,这新小工不光是一句话不说,更要命的是她说话的时候他都不看她。"我对天发誓,我可以脱光了站在那男孩面前,他也只会看着地板。"

这无疑是事实,不过迈尔斯又想起萨克·明狄过分圆滑的社交能力,得出与先前相同的结论——那小子很不可靠。也许约翰·沃思有很多东西要学,而那个萨克至少有同样多的东西要戒掉。迈尔斯觉得两个都是难剃的头。

"我也许是不应该雇他。"迈尔斯承认道,要不是因为笛子他也不会。据女儿说,那男孩跟他奶奶住。她从他那旧货店买的不合身的衣服推测他们很穷,他吃的午饭闻起来像猫食,这一星期她都叫迈尔斯多做一个三明治给她带到学校去。今晚,那男孩不肯要人送他回去，但天太晚，迈尔斯坚持要送。那男孩指给他的那幢摇摇欲坠的房子在城郊，离老垃圾场不远，最近的邻居家也约有半公里。他们开上土路时周围已经全黑了，过路者即使注意到这座离公路那么远的房子，也会断定它是所废屋，只有地下的爬虫和梁间的雀儿居住。没看到汽车，男孩说奶奶准是早就睡了，忘了留灯。

"不过他干活挺卖力。"迈尔斯指出。

夏琳承认这倒不假。"我只要哪天下午让他跟我抽一支，让他放松一下。"

大卫在夏琳的另一侧坐下。"不是万不得已，我可不会去腐蚀本地的青少年，夏琳。"他告诫道，啜了一口矿泉水，"明狄警官盯着你呢。"

夏琳嗤之以鼻。"盯着你吧，不是我。"

迈尔斯看看他弟弟，又看看他或多或少单恋了二十五年的这个女人。他们短促轻快的对话让他觉得自己缺少某种东西。在葡萄岛跟皮特和多恩在一起时他也常有这种感觉。他们像多数夫妻一样培养出了一种电报语言，一套无须进一步说明的快速指代方式。迈尔斯想这只是他的婚姻欠缺的又一个方面。他和詹宁总是难以沟通，即使他们都是整段整段地说话。詹宁认为如果没有那十来次做爱，他们都没必要办理离婚手续，而只需要宣布婚姻无效，由教会确认二十年中双方没有任何重要的交流，包括性交及口头交流。

迈尔斯目光停在他弟弟身上，问道："吉米·明狄为什么要盯着你们？"

"你不知道吗？"大卫嬉皮笑脸地说，"夏琳是我的推销员。"

"我不明白，"迈尔斯说，"吉米为什么会那么想？"如果是真的，那可不好笑。

"这才不到一半，"大卫接着说，"据吉米看来，我是个大种植主,垄断了缅因中部整个大麻市场。昨天我发现他在我屋后的林子里转悠,想找到我那块地。"

这也不好笑,尽管大卫似乎觉得很好笑。"你怎么办的?"

"我建议他穿橘红色,正是打驼鹿的季节。"

"迈尔斯说得对,大卫。你不应该跟他没正经,"夏琳说,好像虽是这么劝,但她完全理解这种冲动,"他是个警察,这些人没什么幽默感。"

大卫耸耸肩。"实际上我们聊得挺好。我请他进屋喝杯咖啡,跟我说说他所有的怀疑。原来他很喜欢我们罗比家,说我们两家是老街坊了等等,嘿,他的小子还喜欢迈尔斯的闺女。"

大卫把吉米那油滑的嗓音和奉承的样子模仿得那么像,迈尔斯怒火中烧,那警官显然没接受迈尔斯要他别管他家事情的警告。更可恶的是,从大卫说的来看,他把这警告当成了挑战。

"嘿,这世上他最不希望看到的就是麻烦,"大卫说,"这就是他在我林子里的原因。只想防止麻烦。你知道他怎么看?他觉得当个好邻居是第一位,当警察是第二位的。"

夏琳狂笑。"你怎么说的?"

大卫耸耸肩。"我也许跟他说我觉得他从头到尾都是个小人。我也许伤了他的感情。"

"那可不好笑。"迈尔斯确实这么想。

"我想你没看到他的车子今晚停在餐馆对面吧?"大卫迎着他哥哥的目光说。

迈尔斯没看到警车,不过,今晚那么忙,就算有他也未必会注意到。"警车?"

"不,他的车,"夏琳说,"红色卡麦罗。"

迈尔斯看着她。

"对不起,迈尔斯。我忍不住。你知道我总是注意到开好车的人。"

他把注意力转回弟弟身上。"你是在种大麻吗？"

"管你自己的事，迈尔斯。"

"这就是我的事，大卫。"他感到半生的怨愤危险地涌上来。每次他以为弟弟终于改过自新了时，那根深蒂固的不负责任又会冒出来，"吉米可能以为你是在餐馆做生意，也许那傻瓜以为我们是这么红火起来的。"

"我们是在餐馆做生意，迈尔斯。"大卫突然严肃起来，并且带着几分火气，好像他也想起了哥哥性格中某些没法改变的东西，"我们做的是脆玉米卷生意。你知道吗？我刚才在厨房跟奥黛丽聊天来着，她说这儿今晚生意清淡，九十二街的美食屋也是。德克斯特县今晚惟一一家称得上兴隆的就是帝国烤肉店。你该想想这个，而不是担心吉米·明狄在监视餐馆或我在种大麻。就是在一个清淡的晚上这地方也赚得比我们多，因为他们有酒牌。我们今晚干得不错，迈尔斯，可是我们没法干得更好，因为没法再添桌子，现有的桌子也没法再加座位。我们要真正开餐馆过日子，惟一的办法就是卖烈酒。别跟我提怀亭夫人，"他神奇地料到迈尔斯嘴边要说的名字，"因为我不想听。"

"帝国烤肉店是她的——"

但大卫已抓起椅背上的外套，站起身来。"她一年召见你两三次，以确保你待在原地。你说夫人我可以吗？她说不，你不可以，然后你就夹着尾巴退出来，完了。那么多年天主教学校的培养把你毁了，迈尔斯。他们教你服从，别人说你不能拥有什么，你就乖乖接受。"

"大卫——"夏琳想插话，但大卫不听。

"你想没想过每次从老太太家回来，你身上都有抓痕？"为了证明，他伸手抓住迈尔斯的手腕，把他哥哥的手举到光前。黑猫丁姆抓出的道道已经结疤，更丑陋了，像填了沙子的深沟，"你想没想过这意味着什么？"

"她有一只疯猫?"迈尔斯猜道。

"不对。这意味着她在耍你。你就像她用大头针穿胸钉住的一只蛾子。她隔三岔五地把你拿出来,看你扑棱一会儿,然后再放回去。

"也别告诉我不只你一个人有抓痕,"大卫接着说,迈尔斯正想指出这一点,"我知道半城的人都有。我知道她占有帝国瀑值得占有的大部分东西。我想说的是她能占有你,只是因为你由着她。如果你愿意,你可以挣脱那个钉子。"

"大卫,"夏琳又想插话,"我看着心酸。每年你有两个星期去那个岛上凭吊你的梦想。想想吧,迈尔斯。一个小岛,另一个世界,那么远,可以安全向往的距离,可以让你渴望,而不会要求你去争取。你知道吗?这还不是最可悲的地方。可悲的是你并不爱葡萄岛,是妈妈爱它。是她去了,爱上了,迈尔斯,不是你。你只是一个跟在后面的小男孩,坐了坐黄色小跑车。你现在还是那个小男孩。"

"大卫,求求你。"夏琳恳求道。

"别拦我,夏琳。"大卫厉声说,"早就该有人说说了。"

他又转向迈尔斯。"是,我们今晚干得不错,迈尔斯。实际上,我们干得好极了。问题是你看不到它的意义。那我来告诉你,它意味着你终于有机会掌握方向盘了。那就握住它,迈尔斯,握住那该死的方向盘。就算撞车了"——他举起伤残的胳膊——"又怎么样?不为你自己,也要为笛子想想。她每天都在吸收你的消极被动和失败主义。等她三十岁时,她会攒上一年的钱到葡萄岛上度两星期的假,因为她以为那是你心爱的地方。"

"大卫,"夏琳轻声说,"看看你哥哥。你停一下看看他。"

其实这时吧厅里的每个人都在看着他们。就连那头发一大蓬的钢琴师也停止了演奏。大卫的嗓门已经高到吸引了屋里每个人的注意,他现在才发现。"妈的,"他掏出一些钱扔到桌上,"我回家了。抱歉破坏了庆祝的气氛。"

"你不用走,大卫。"迈尔斯听到自己用陌生的声音说。

"该走了,"他说,"我该回去照料我的大麻帝国了。"

迈尔斯没说话,夏琳只是摇摇头,大卫把脸凑到离他哥哥的脸只有几英寸。"开玩笑的,迈尔斯。我在地下室的聚热灯下种了一棵,你可以来看看,随便什么时候。没有人会为一棵植物找你麻烦,哪怕是吉米·明狄。"

"你知道吗,"夏琳回到座位上时说,"如果你跟你弟弟经常聊聊,就不会有这些大吵。你们都积累了一年的牢骚,然后爆发出来。"

"我没爆发,"迈尔斯指出,"是他。"

"是。"夏琳承认,"可今晚他说的比几个月都多,现在他希望收回去至少一半。"

"你觉得?"

"对,迈尔斯,我觉得。"

也许她是对的。大卫去开车时她跟了出去,去了约有一刻钟。要不是透过座位后面的百叶窗看到两人站在停车场里,迈尔斯还以为她回家了呢。夏琳好像在那儿训他。她不在的时候,贺瑞斯送过来一杯伏特加马提尼(他准是听到了大卫说的大部分内容)。迈尔斯三口就喝完了,然后又要了两杯,回送了一杯给贺瑞斯。贺瑞斯举起酒杯,庄严地确认今晚适宜采取非常行动。夏琳回来时迈尔斯正要喝完第二杯马提尼,她注意到马提尼酒杯和他脸色的变化。

"你弟弟爱你,"她劝解道,"他没想伤害你的感情。他只是为你担心,就像你为他担心一样。你们都让对方生气,就是这样。"

"我想他是有理由的。我有时也生自己的气。"他说完马上就后悔那自怜的语气。

"这就是他要说的,迈尔斯。他认为你应该对别人生气。"

"怀亭夫人。"

"对,就是她,可他觉得你总的来说对人太好。他觉得你吃了太多的狗屎。"

"你觉得他说得对?"他问。

"哦,迈尔斯,我不知道。你确实是我见过的最谨慎的男人。你善良、耐心、宽容、大方,你好像不明白这些品质在男人身上可能是很可气的,不管女性杂志怎么说。"

"我读得不多,夏琳。"他告诉她。

"我知道,亲爱的。"她握住了他的手,"只是,你知道……就像大卫经常说你们家人的那些话。"

迈尔斯不知道大卫说过他们家人什么话。如果他对罗比一家得出过什么结论,他从来没有告诉过迈尔斯。

"大卫有个理论,他说你们一家四口综合一下,就是一个完整的人。你父亲从来只考虑他自己,你母亲是只考虑别人,大卫只考虑现在,你只考虑过去和将来。"

"我从来没听过,"迈尔斯老实地说,"他什么时候跟你说的?"

夏琳没回答这个问题,"他的意思是你们都可以从别人身上学到一些东西,会有好处。比如你完全没有继承你的父亲,也是个遗憾。"

迈尔斯试图认真考虑这一点。"夏琳,说实话这是第一次有人劝我学马克斯。"

"我想大卫不是要你多么像马克斯,只是学一点,为了——"

"我不要吃这么多的狗屎。"迈尔斯替她说完。

"哦,迈尔斯,别那样。别这么往心里去。大卫只是说你父亲总是知道他要什么,他一搞清要什么之后,马上就有计划去得到它。也许是个愚蠢的计划,但他就像小狗馋上了一块猪排,一直到你让他拿去,或者他趁你不注意时把它偷走。大卫只是觉得如果你多一点这种精神,就可以弄清你要什么,定一个计划……"

她的声音小下去时,迈尔斯听到两杯马提尼在用有点像他的声音说话。"实际上,"他小心地说,"事情比他想的还要糟。"

夏琳没有马上答话,他把她的沉默当成同意他说下去。

"我上星期去怀亭夫人家,本来打算去要酒牌,大卫说得对,我是夹着尾巴离开的。他不知道的是我并没有完全空手而归。"

又是沉默。迈尔斯不敢从马提尼上抬起眼睛。"我答应了——"他叹了口气,声音低得几乎连自己都听不到,"跟辛迪·怀亭约会,就是明天,我们要去看橄榄球比赛。"

这个坦白是如此痛苦,以至于他忘记了还握着夏琳的手,直到她捏了他一下。"很好啊,迈尔斯。那可怜的女人这辈子也该有一点快乐。我想你做了一件好事。"

"我弟弟会认为这进一步证明我天生喜欢吃狗屎。"

"他今晚说得太过了,迈尔斯。我相信他明天会道歉的。"

"有一点他错了,"他说,这次迎住了她的目光,"如果他认为我不知道自己要什么。"

虽然他没打算这样,可是这句话让两人都意识到他们在一个黑暗的座位里握着手,迈尔斯,一个尚未离婚的男人,夏琳,一个离婚好多次的女人。为了免去她的尴尬和回答的必要,他放开了她的手,尽管他愿意整夜都坐在那儿握着它。没想到她欠身在他额上吻了一下,充满友爱的一吻,消除了尴尬,同时让迈尔斯的心沉了下去,因为吻都是分程度的,这一吻揭示了友爱与爱情之间的鸿沟。

"哦,迈尔斯,天哪,"她说,"我不是不知道你一直喜欢我。你也知道我多喜欢你。你几乎是我认识的最可爱的男人,真的。"

他不禁微笑起来。"这是让男人没吸引力的品质之一,是吗?"

"不,"——她又握住了他的手,"其实很有吸引力。你知道吗？我可以带你回家，我们可以做爱，只是我受不了你会多么失望，而且你不会掩饰，你什么都写在脸上。"

她伸手拿外套，迈尔斯从座位上站起来，帮她穿上。"如果不是怕你失望，我会坚持的。"朝门口静候的黑夜走去时，他对她说。

"要是能搞到那该死的酒牌倒是不错，迈尔斯。"到了门外，夏琳在打开老现代的车门时说。"我要是有钱，就可以让这破车不再受罪了。"

"我还没放弃。"迈尔斯说，惊讶地发现他还没有。他想到聪明的人明天比赛后会带辛迪·怀亭去餐馆吃饭，取得她的支持。如果他到处触雷，没有法律规定不可以从中得点好处。

他正要也开车回家，听到灯夫屋的店门砰地关上，贺瑞斯朝他走来。

"谢谢你的酒。"迈尔斯跟他握手道，"路上因酒后驾车被抓，我会告诉警察是谁的错。"

说到这，迈尔斯想起在停车场找找吉米的卡麦罗，没有找着。但这不是说吉米·明狄不会蹲在停车场灯光照不到的地方。

"抱歉在里面那么吵。"迈尔斯知道以贺瑞斯的涵养，决不会问是怎么回事，甚至连提都不会提。奇怪，一个天性尊重别人隐私的人居然当了记者。很遗憾这种事不常有。

贺瑞斯在口袋里掏钥匙。"亲戚。"他说，仿佛这个词解释了一切的出格行为。

"你的呢？"迈尔斯想起问道。这个人几乎每天都到他店里来，可是迈尔斯对他了解甚少。

"我的亲戚？"贺瑞斯似乎有些惊讶，"天各一方，我们不大联系。听起来挺悲哀的，实际还好。"

"听起来是挺悲哀的。"迈尔斯承认道。

"我不大相信那些，血缘、亲属，又如何呢？"

"家是永远向游子敞开大门的地方。"迈尔斯引用弗洛斯特的诗说。

报社记者打开车门坐进去,想了一秒钟,抬起头来。"好篱笆造出好邻居。"

迈尔斯笑了,道声晚安,过去打开捷达的车门,正要上车时,听到贺瑞斯的副驾车窗摇了下来,他身子侧过来说:"说到敞开大门,你对新雇的那个男孩看紧点。"

"噢,"迈尔斯说,"你想告诉我为什么吗?"

贺瑞斯想了想,"现在不想。"然后又加了一句,"千万别当记者。"

第 十 四 章

迈尔斯·罗比高三那年的秋天,他爸爸用夏天漆房子挣的钱买了一辆二手的水星美洲豹,想的是迈尔斯也快到可以有驾照的年龄了。可是到感恩节时马克斯已经吃了三张超速的罚单,并且轧到了一只猫。最后一起事故迈尔斯在车上,看到那只猫跑到车轮下,他爸爸没看见。他回头时,见那只猫还在围着它的脑袋疯狂打转,脑袋已经被美洲豹的后轮轧扁了。

"什么玩意儿?"马克斯在感觉到振动的几秒钟后说。他身体前倾,一手把着方向盘,一手拿烟凑到点烟器上。

"猫。"迈尔斯叹了口气,遗憾自己没有及时看到那个生灵,提醒父亲留它一条命。坐父亲的车时,他总是对那些跑不过马克斯车速的活物深感同情,由于缅因没有猎豹,所以这几乎包括了所有东西。

他父亲坚决反对的一条是遇到障碍物要绕开。假设在公路上行驶,前面的半拖车爆了个轮子,在他们车道上扔下一大条翻新轮胎,马克斯就直接开过去,说绕开更危险。迈尔斯想这可能是真的,可他怀疑马克斯就是喜欢从东西上轧过去,看会有什么结果。去年,开着马克斯在美洲豹之前买的那辆车,他们在一条狭窄的乡间公路上看到一只纸箱子端坐在车道中央。因为对面没车,后面也没车,有足够的时间减速绕行——实际上,如果马克斯一反常态地具有了公民意识,甚至有时间把车停下,出来把纸箱子拖到路边。迈尔斯惊讶地看到父亲加速开了上去。他准备迎接爆炸,可是箱子幸好是空的,被吸到车底,挂到传动轴上,咔里咔啦响了一百米才扑扇着飞到沟里,已经轧扁扯破了。

"要是箱子里装满了石头呢?"迈尔斯问。

"一箱子石头待在路中间做什么?"马克斯反问,把点烟器推进仪表板,拍着衬衫口袋找他那包"好运牌"。

迈尔斯很想回答,"等一个白痴以六十英里的时速撞上去。"但说出的是:"要真是一箱子石头咱俩都没命了。"

马克斯想了想。"那你会怎么做?"

迈尔斯感到这简单的问题里有个陷阱,但十五岁的他继续走手里的牌,自信能盖得过。"我会先停下来看看箱子里是什么。"

马克斯点点头。"如果里面全是响尾蛇呢?一打开你就没命了。"

迈尔斯也没有白在他父亲断断续续的陪伴下长大。"一箱子响尾蛇待在路中间做什么?"

"等一个你这样的笨蛋停下来往里面看。"马克斯说,迈尔斯真后悔刚才嘴下留情。

他们无言地开了一会儿,马克斯说话了,好像他也熟悉后悔的滋味,至少是其较为抽象的形式。"你妈妈教育你害怕整个该死的世界,你知道,是不是?"

迈尔斯选择不加理睬。"箱子里要是炸药呢?"他说,暗示他认为如果以游戏形式并且不涉及他妈妈,谈话会更有成效。

马克斯一定是同意了,因为他们做了一路这个游戏,在箱子里填入各种想象的东西,从棉花糖到穿山甲,到家时都笑累了。

可是现在,三张超速的罚单和一只死猫,法官的脸紧绷着,马克斯试图向他解释那些罚单(猫根本没出现)。其实,惹火法官的不是原来那三张罚单,而是马克斯在等候出庭时又增加的两张,法官认为这是严重的屡教不改。马克斯只好当场交出驾照,然后法官叫他走回家。

马克斯没那么做,而是开车去了公路旁的五金店,尽管没带有效驾照。他在那儿买了一个"出售"的小纸牌,插在美洲豹的仪表盘上,又把车开回市中心,停在法院门前,然后再走回家。他发现儿子坐在厨房的桌前看书。马克斯·罗比一般把品德教育留给他妻子,可是鉴于下午的事件,他不愿错过这样一个有力的施教机会。他在儿子旁边坐下说:"把那个放一放。"

迈尔斯在看英语课要读的《哈克贝里·芬历险记》,正看到哈克被他爸爸绑架那节。从故事中浮上来,猛然看到自己的爸爸龇着牙冲他笑,迈尔斯感到一阵眩晕。当时马克斯的牙还健在,除了有两颗在迈尔斯跟他妈妈去葡萄岛的那个夏天被打掉了。

"碰到警察和律师要记住一点,"马克斯说,"他们能对你做的最坏的事也没那么坏。"他停下让儿子消化这来之不易的智慧,"他们以为掐住了你的脖子,其实没有。"

迈尔斯猜想这都是接着上次在车里避开的话题,马克斯认为格瑞丝教儿子害怕各种东西。

"你听到我的话吗?"马克斯问。

迈尔斯点点头,马克斯感到完成了义务,起身走了。他可能既没驾照也没车,可是他还有两条好腿,当时还有六七家酒馆在步行距离以内。在这样的一天之后,他觉得没有理由不把它们都光顾一遍。那一夜他没回家。

因此,迈尔斯到了可以有驾照的年龄时,却没有车子练习。所以驾驶课上他一开始就落后,由于驾驶技术差,他得到的练习时间比同学少得多,尽管他显然需要多练。其他同学显然知道怎么驾驶。他们拿临时驾照都好几个月了,天天都练。对他们来说,驾驶课的作用是纠正家长教出的坏习惯。有经验的男孩都喜欢把胳膊肘伸到窗外开车,并且用一只手打方向盘以显示自己对车子的控制能力。棒球教练兼驾驶课教师布朗先生似乎把这些毛病当成是遗传的,只能在他的课上暂时地矫正。对布朗先生来说重要得多的是他们已经在方向盘后面行驶了足够的时间,不会对布朗先生自己的生命构成直接的威胁,因为他要坐在他们旁边,脚搁在教练车的副刹上。

不幸的是,当迈尔斯第一次开这部车子,右边坐着布朗先生,后面载了三个同学,他刚开了一小段就开始感到恐惧像尸布一样罩了下来,不是害怕把大家都撞死,而是怕马上被发现是个很臭的新手。后座的确马上就发出了窃笑声。迈尔斯从未使过油门,不知道踩下去会怎么样。他担心轻轻一踩都会使车子失控猛冲出去,于是他在街上一点点往前开,速度表上都没有速度。当他试图给它加一点油时,车子跳了一下。

"罗比,"布朗先生半是恐惧半是不相信地瞪着他,"你不知道怎么开车吗?"

迈尔斯几乎是立刻发现自己在超速。实际上是后座的一位学员注意到的,迈尔斯眼睛盯着前方的路面,不敢瞥一下速度表,生怕车子失控。布朗先生强调让车子失控是头等大罪。布朗先生认为一个好司机永远是控制得住的,如果你控制得住,就不会发生事故。

"他开到四十了,限速是二十五。"后座一位学员指出。

布朗先生本来也会注意到的,如果他脸朝前面而不是在找他的安全带的话。作为一个尽责的教师,布朗先生总是坚持要学员在打火前先系好安全带,但他本人很少系安全带,理由是他喜欢在必要时转身指导后座的学生,尤其是像现在这样,后座正好是他球队的队员时。可是发现迈尔斯一点经验也没有,布朗先生开始重新评估他关于安全带的立场。那安全带滑进了坐垫之间,当一名棒球手报告迈尔斯超速时,布朗先生的前臂已经消失在夹缝中,手实际上从背面伸了出来，另一名棒球手注意到它在那儿胡乱摸索任何像安全带扣的东西。那男孩俯身向前抓住了布朗先生的手，与他亲切握手，"教练你好。"

布朗先生感到潜在的危险，说，"靠边，罗比。"他没费什么劲就挣脱了握手，可是手腕卡在夹缝中了，他只好扭过头去看司机的进展，"我说靠边！"

迈尔斯执行了指令。如果告诉他先减速再靠边，他也会执行的。不幸的是指令没那么说。因此，如果那条僻静的住宅区街道上有人刚好在那一刻走出来，便会看到一个奇异的现象：帝国中学的教练车以四十英里的时速贴着路沿行驶，教练脸冲着后面，好像惟恐有人追赶。后座的乘客紧靠在椅背上，司机耐心地等待下一个指令。而前方五十米处的路边停着一辆车。

当然，布朗先生那一侧有副刹，可是他身体扭着，右手腕还卡在夹缝中，好像找不到刹车的确切位置，尽管他用力踩着想象中的地板。如果刹车是安在手套箱的底部，他这一通乱踩或许能把车刹住。找不到刹车板使布朗先生陷入了恐慌，拿不准是抽出手腕还是找刹车更重要，他疯狂地来回折腾，两样都没做成，嘴里一直在喊："罗比！罗比！该死的！"

当迈尔斯冲向停着的汽车时，他感到让车子减速——最好是停下——或许是最明智的措施。但布朗先生的旋转动作把他搞晕了。他目光仍不敢离开路面，以为教练踩刹车没反应，意味着车里不知为何没有刹车，所以他踩刹车也没有用。于是他贴着路沿开到最后一刻，希望等到下一步指令。没有等到，他猛地朝右一打方向盘，车子冲上路沿，压过一个铝制的垃圾桶，开上了某家的草坪。飞驰而过时他注意到信箱上的地址——泉街116号，并进而注意到泉街116号车库的门敞着，里面是空的，像在虚席以待。

猛然冲上路沿把布朗先生的手腕疼痛地解放了出来，他被甩到车门上，子弹状的脑袋把玻璃撞出了蛛网纹。终于能找到那诡谣的刹车板了,可他还是无法使用,已经被撞晕了。所以那天是迈尔斯的朋友小奥托·梅尔(替补接球手)力挽危局,扑向前伏在瘫倒的教练身上,用手按下了刹车。汽车在离车库内壁仅一英尺处打着滑尖声刹住,看上去好像迈尔斯一开始就打算停到那儿似的。

"打到停车挡了吗?"梅尔问,他的声音从底下传来,听起来怪怪的。

迈尔斯把车挂到停车挡。"谢谢你,梅尔。"

"没关系,"梅尔说,"拉我起来好吗?"后座两个男孩把他拉了起来,迈尔斯发现梅尔左手小指呈九十度后折。梅尔自己在关引擎时也发现了,翘起的手指碰到了方向灯。"我靠!"他一点没有恶意地举给迈尔斯看,然后晕了过去。

小梅尔没怪他,布朗先生却记了仇,在太阳穴上那引人注目的疙瘩消掉之后很久都还怀恨在心。要按他的意思,迈尔斯应该被踢出驾驶课,至少在他学会开车之后。不只是因为他车开得那么烂,布朗先生对校长解释道,还因为那该死的孩子差点把他们都害死。布朗先生还有一支棒球队要考虑,指望能参加本年度的州赛,可现在都因为迈尔斯·罗比,队里一名游击手投球的那只手扭了手腕,一名接球手戴手套的那只手折了小指。他的球队有一半的人上驾驶课,他认为没理由把他们跟一个只知冲上路沿,飞过草坪,闯进陌生人车库的男孩放在同一辆车上,肯定还会有人受伤,搞不好还会死人。那次事故后,他到现在还经常脑袋疼,怎么能有效地指导训练?不行,他要求把迈尔斯·罗比赶出驾驶课,并要求制定适当的章程,确保将来上驾驶课的学生都大致知道在方向盘前该做什么。

当时的校长是波尼菲斯,没什么人缘,因为他不是来自帝国瀑或帝国瀑周围地区。他挤掉了几个本地的、本校的人选,包括布朗先生,这是因为波尼菲斯先生可以夸耀(尽管他没有)他具备高学历并曾在康州一所很大的中学担任助理校长,有相当的管理经验。管理帝国中学的两年来,他表现得认真负责而且能干。他善于倾听,不易动怒——对中学校长而言都是优良而必要的品质,可是这些品质没能为他赢得大多数,他们在他来上任之前就断定他是个卑鄙小人。总之,他冷静地听着棒球教练对"罗比问题"的解决方案,耐心地等到确定布朗先生已陈述完毕,然后爆发出一阵大笑,并很快转成不可挽救的歇斯底里。他狂笑不止,脸涨得通红,眼泪都流下来了,不一会儿就开始大口地喘气,秘书大惊失色,给他端来一杯水,可是他身子哆嗦得没法喝。

最后他们终于让校长朝下趴到地板上,他像甲板上的鲈鱼那样扑腾了一阵,然后蜷缩成胎儿的姿势不动了,只剩下一丝气力喃喃地说:"哦,上帝,哦,上帝,真对不起,布朗先生。我不是有意的……真对不起……我长大后从来没这么笑过……小时候我叔叔把我胳肢到尿裤子。"他终于背靠着墙壁坐了起来,"我一定是从来这儿的那天起就压抑着这场大笑。"

布朗先生不知道那人压抑或没有压抑什么,但他不喜欢被嘲笑,尤其是被康州来的人。校长拿他作为发泄让他恼羞成怒。他从椅子上站起来,瞪着波尼菲斯先生,后者还坐在那儿,背靠墙壁,像个面对着行刑队的人。"你认为这好笑吗?"布朗先生指着他自己变小的右眼说,"你认为看东西有重影好笑吗?"

他还有话要说,可是波尼菲斯先生捧着肚子央告他的棒球教练。"别说了……请你……布朗先生,我求求你……我受不了……你会要我的命……"

布朗先生别无选择,只好拂袖而去,下定决心今后要反对校长赞成的一切东西,无论代价多大。这决心在此后的一个月中得到加强,每当在走廊上碰到,波尼菲斯先生的肩膀都会因记起罗比事件而抖动起来。布朗先生可没有兴致分享他的好心情。会后第二天校长给他的条子简单明了:请您继续在驾驶课上指导迈尔斯·

罗比,该课程向来没有限制条件。还望您今后尽心尽力辅导该生及帝国瀑所有想学驾驶的学生。

一年之后,波尼菲斯先生死于大面积栓塞,布朗先生拒绝参加葬礼,并对朋友说:"现在是谁笑了?"他似乎没发觉自己说这话时并没有笑。

所以迈尔斯在一个糟糕的开头之后获准继续学习。但布朗先生表明他是在不情愿地合作,他似乎对春季学期没再出事感到失望。实际上,他很少让迈尔斯驾驶,除非是在最简单的情况下,而且不让他练平行停车。结课时,布朗先生通知迈尔斯他不及格,并说自己教驾驶这么多年,从没见过这么没天分的学生。他衷心希望迈尔斯一辈子步行。

波尼菲斯先生料到了这个结果,他知道在他手下那些报复心重、狭隘可恶的小城愚顽中,布朗先生是最要命的。所以在收到布朗先生的成绩单后,校长请迈尔斯开他的车送他回家。对双方来说都是一次紧张的旅行,但他们终于安全抵达了校长家。这时两人同时意识到迈尔斯必须步行回去,于是他们交换位置,由校长送学生回家。

"你说你一学期都没机会练习?"校长问。

迈尔斯说是,难为情地承认目前家里没车。

"布朗先生给你打了不及格。"校长说。

"嗯——"迈尔斯耸耸肩,"我是差点害死他。"

"不过,"校长好像在考虑一长串或许能使害死布朗先生情有可原的理由,"我会跟他谈谈。"

他立即履行了这个承诺,在家里给布朗先生打电话。"我二十五年来从没改过老师的打分,可这次我要改改你打的一个分数,如果你自己不肯改的话。"

布朗先生不问就知道在说哪个。"罗比不及格,他差点撞死我。"

"这个我反复考虑了,"校长幽幽地说,"相信我。"

布朗先生一般反应不快,但这次一下就听出了话外之音。"是吗?哼,你甩不开我。我们都知道你无权改任何老师的打分。"

"那你就甩不开迈尔斯·罗比。要是不及格,他就必须重修这门课。这一点你想过吗?"

布朗先生没想过。迄今为止从未有人需要重修这门课。

"老实说,你的许多球员文化课成绩很悬。比如吉米·明狄要是升不了高四就惨了。明年格拉迪丝很可能会做他的英语老师,实际上可能性很大。"格拉迪丝是校长的夫人,每当布朗先生愚蠢地提交任何书面的东西时,格拉迪丝就会修改过语法和拼写再退还给他。

"我同意改分数。"布朗先生说。

"你还欠迈尔斯·罗比一个道歉。"

"决不。"布朗先生说,为一打吉米·明狄也不行,一千个也不行。

"想想恨一个十六岁的男孩意味着什么,"校长建议道,"想想教师恨学生意味着什么。"

"那有什么?"布朗先生反唇相讥,"你还恨我呢,不是吗?"

波尼菲斯先生是个公平的人,他承认了这一点。

迈尔斯几乎放弃了短期内拿到驾照的念头,可一天晚上他母亲下班回家,告诉他怀亭夫人愿意当他的临时指导。更出人意料的是,她提议用她的林肯车来练习。迈尔斯太吃惊了,以至于想不出一个拒绝的理由。他本想拒绝,不是由于他很少见到的怀亭夫人,而是由于她的女儿辛迪。

在恋爱方面,帝国中学的接触规则详细而明确,是初中形成的程序的扩充,就是贴在学校大门上也不会更清楚。如果一个女孩心仪于某个男孩,就让她的女友去问那男孩的朋友。这种接触代表一系列复杂磋商的开始,头一轮磋商由朋友出面。男方朋友甲可以告诉女方朋友乙说那男孩认为她是个"迷人精",或如果很有感觉,就说是个大磁石"万人迷"。有经验者知道要谨慎行事,因为太热情会把事情耽误几个星期。该女孩可能同时在与别人磋商,没有一个男孩希望自己说某女孩是个"万人迷",而那女孩只说他挺酷。必须仔细交待朋友可以花出多少感情货币,因为滥用感情会导致通货膨胀,使每个人的感情贬值。一旦商定了双方舒适度范围内的感情程度,再由当事人见面交换信物——指环、外套、照片、钥匙链等,确定成交。一般认为代理人一开始就正式代表了恋人。

当然,身为跛子,辛迪·怀亭没有朋友,所以恋爱无法开始。如果小时候没有被汽车撞到,她可能会位于或是靠近社交金字塔的顶端。她父母很有钱,家谱无可挑剔。可惜,虽然没人想冷酷无情,但事实就是事实,辛迪是个跛子。并不是有谁愿意她是个跛子,只是不可能假装她不是。没有代理人,辛迪只好自己为自己说话。一天在餐厅里,当迈尔斯过来把她的午餐盘子端到窗前时,她就这么做了。"我爱你。"她开门见山地说。

除了辛迪·怀亭之外,迈尔斯自己也有程序的问题。他倒是有朋友——像小梅尔这样的男孩,家谱跟迈尔斯的一样有些可疑但还不是无法接受,他们可以成功地充当恋爱媒介,即使有些笨拙。问题是迈尔斯爱上了系统外的人,一个名叫夏琳的女孩,在市区一家低级小饭馆当女招待,比他大三岁。系统就没有预备为那些愚蠢到想在它那明确界限之外恋爱的人提供帮助。这意味着迈尔斯·罗比和辛迪·怀亭一样只能依靠自己。

他知道夏琳对他的感觉并不比他对辛迪·怀亭的多。但这并未阻止他去找她,哪怕只是坐在帝国烤肉店里孤独地望着她。因此他几乎每天都会说服小梅尔放学后去店里找他。他知道,如果接受了怀亭夫人放学后教车的提议,他就会被甩出夏琳的轨道,吸到辛迪·怀亭的轨道上。一旦进入她的引力范围,他知道他就会无助地滑行。母亲根本帮不上忙。中学恋爱的残酷造成了几乎所有成人的集体失忆。幸存下来后,他们把那些记忆锁在潜意识中的某个暗室中,许多不堪回想的事情在那里永久封存。你在中学对这一套越精通,你负疚的回忆就埋得越深。所以家长经常模糊地为上中学的孩子担忧,但却回避询问人际交往的细节。他们自我安慰地想,伤心是"成长的一部分"。

格瑞丝·罗比是个例外,她似乎一点也没有忘记中学里的恐怖。这时她已经服侍了怀亭夫人几年,看到那家的女儿每天从学校回来的样子只是增强了她天生的同情心。"我真受不了,迈尔斯,"一天晚上她吐露道,"看到那孩子那样被排斥,她的心每天都被撕碎。我们在这世上有义务,迈尔斯,你明白,是吧?我们有道德的义务!"

迈尔斯无法不同意母亲的结论,不过他希望对"我们"作最广泛的定义。他愿意尽自己的义务,但据他算来,辛迪·怀亭这个义务由帝国瀑所有居民平分,每人分到的任务应是适度的,偶尔有些亲切的话或手势即可。可他怀疑母亲想的完全是另一码事。虽然他们从未讨论过,但他相信母亲不会赞成他负担"一份"辛迪·怀亭,把剩下的留给别人。她会提醒他说,多数人从不尽自己的义务。格瑞丝认为上帝要求那些能看清责任的人为道德上的瞎子挑起重担。就辛迪·怀亭而言,当母亲说"我们"时,实际上指的是他。

在此期间,迈尔斯还有另外一个困扰,他自己也说不清楚。自从母亲丢了厂里的工作去服侍怀亭夫人之后,她好像变了,仿佛跨入了人生中一个新境界。这种转变外部迹象很少,他无法确切指出。它是渐渐发展的,但他一直都有感觉。格瑞丝从葡萄岛回来时黯然伤心,有一阵迈尔斯觉得她永远摆脱不掉查理·梅因的阴影了。可是去服侍怀亭夫人之后,母亲似乎走出悲伤,进入了新地带。她看上去与其说是快乐,不如说是满足,但又不完全是。说是"认命"也不恰当,虽然她似乎是不那么痛苦了。就好像她知道了一个毕生想要搞懂的秘密,这虽然没改变什么,却使情况好受了一些。在家里她不那么烦躁了,无论是对迈尔斯还是对他父亲——在马克斯肯露面的时候。

迈尔斯觉得母亲的慈爱并没有比以前减少,但他们之间也有了一些变化。她在怀亭家的时间很长,晚上终于回家时,她就像从另一个世界回来的一样,有时候在厨房桌子前一坐就是半小时,环顾他们的小屋,仿佛这里的生活是完全陌生、神秘、不可理解的。有时迈尔斯发现她在看他,仿佛他也神秘、陌生,像一个她以前认识的人做了整容手术,她不能确定是不是他。

他想,她古怪地看着他也是自然的。高三他蹿了几英寸,现在比父母都高,所以也许是他体格已像个大人让她感到困惑。小时候爬树的阶段让她担惊受怕,现在她似乎不大担心他了。但有时她的表情像是预见到某种不可更改的命运,某种她自己不会选择的命运。她对预见的情形那样平静地默认让他觉得有点可怕。

如果说她对自己家的未来更心平气和了(格瑞丝不再为钱烦恼,尽管马克斯一如既往的不可靠使他们只能一周一周地维持),对怀亭家的事她却极其操心。她对辛迪的关心尤其接近于着魔一般,每天都问迈尔斯那孩子在学校怎么样,虽然知道他们只有一节课在一起上。她一再要迈尔斯保证不让辛迪午饭时一个人坐,虽然他说辛迪有时根本不去餐厅,有时来得很晚,跟老师一道,或是在迈尔斯已经吃了一半时,有时她还跟校长坐在一起。

他没有告诉母亲的是,辛迪经常独自坐在一张能坐二十多个学生的餐桌的一头,另一头挤满了又笑又闹的学生,他们似乎故意无视她的存在。第一次走进餐厅的陌生人看到,会觉得辛迪·怀亭是用另一种重材料做的,那头要坐二十个人才能使跷跷板平衡。迈尔斯也没有告诉母亲他自己履行诺言的巧妙办法,跟他的朋友吃午饭,到打铃前几分钟才到辛迪那边去,有时他正好掐在打铃时过去,只需要帮她端一下盘子。糟糕的是,连十六岁的迈尔斯也觉得这小小的姿态既嫌太多又嫌太少,比别人愿意做的多,可是比良心要求的少。因为他是有良心的,每当辛迪向他露出充满希冀的笑容时,他便痛苦地感觉到,像一把匕首刺进他吝啬的心脏。

但母亲操心的不只是辛迪。格瑞丝渐渐挂虑起怀亭家发生的一切。她回家后还担心结草虫在绣球花里结囊,担心超市买的虾到星期六医院筹委会聚餐时就不新鲜了,担心那幢房子在河对岸太荒僻,会受到溜过铁桥的各种坏蛋的袭击。

虽然有时恍恍惚惚,心不在焉,但母亲倍加感激迈尔斯对她的帮助。他学会了给自己和弟弟做饭,她给他钱去买卫生纸、洗衣液和牛奶等必需品。"我不知道为什么注意力不集中了,"在店里忘掉东西或没付电话费时她会对他承认,"有一半时间我不知道我的脑子在哪里。"

迈尔斯知道它在哪里,虽然他太爱母亲而不愿指出明显的事实:母亲另外找到了一个家。

怀亭夫人似乎一开始就真心喜欢他,这让迈尔斯感到惊讶。那女人向来不讳言她认为青少年应该待在精神病看守所里,直到"酷"这个词从他们的语汇中清除为止。她也毫不讳言她的其他激烈观点。每天下午三点三十五分,她准时把她的林肯停在中学门口。学校三点二十放学,可是那么多校车排在外面,四个年级的学生从四扇门中蜂拥而出——一群野蛮人,一个站立不稳的女孩是不能跟他们挤的。长到这么大,辛迪已经习惯于等待人群散去,跟妈妈出去时她们总是跟害怕的老人、带小孩的父母和天性胆小者一起,等强壮敏捷的人都走掉。她们避开商店的甩卖、湖边买冰淇淋和爆米花的队伍,一切可能发生拥挤的地方。辛迪已经懂得如果她有耐心,会有足够的爆米花和冰淇淋剩下来,她可以跟腿脚灵便的人享受到同样的东西,只是不能跟他们一起。

所以,等到满载帝国瀑各路蛮夷的车队离开后,林肯才开进标着"校车专用"的场地中。虽然感激怀亭夫人教他开车,但迈尔斯立即发现了学车的代价。现在,除了午饭时的关照之外,他放学后还要跟辛迪多待十到十五分钟,等她的妈妈。两人虽然都是高三,但不在一个班,所以在第一批学生涌出去之后,迈尔斯帮辛迪把她的东西拿到大门口。天气暖和时他们会在外面等,直到发现在屋里可以少受一些奚落。

当然,奚落对辛迪·怀亭来说不是新鲜事。在小学,同学们残酷地学她走路,跌跌撞撞,像电影里的人形怪物,张着双臂保持平衡。他们称之为"怀亭步",还比赛谁表演得最好。休息时常能看到三四个男孩在练习,蹒跚地走到滑梯或秋千前,撞到近旁的任何东西上。"怀亭步"是如此过瘾,以至于持续到了初中。直到有一天高中女生夏琳来送小弟弟忘带的午饭钱,看到一帮男孩在走廊上跟着怀亭家的小姑娘学"怀亭步"。辛迪一转身,他们就装出笨拙的无辜样。夏琳看了非常生气,用极度鄙夷的语气问那些男孩什么时候才能长大。

对初中男孩来说,没有谁的批评比夏琳的影响更大,因为她拥有帝国瀑一对最上等的蜜瓜,无与伦比。走廊上的男孩之一吉米·明狄去年夏天曾在湖边看到她穿着比基尼,一学期都津津乐道看到她弯腰拿防晒霜的样子。被夏琳怀疑长不大绝对会让你蔫掉。从此以后,"怀亭步"就不流行了,所有以前的表演者们都相信他们已经按照要求长大了。

也许是由于这个缘故,那个春天的下午第一次看到辛迪·怀亭和迈尔斯·罗比在一起等她妈妈的营救才会那样令人兴奋。捉弄辛迪一个人当然还是不流行,可作为一对她又成了正当的攻击对象，即使迈尔斯是这种新恶作剧表面上的目标。当他跟辛迪·怀亭坐在四三届的学生送给母校的石凳上时，已经拿到驾照的男孩会呼啸着驶出停车场，按着喇叭，身体探出车窗大声怂恿他快上。

更过瘾的是对他们露屁股，不过这只发生过一次，因为恶作剧者不走运，没选好时机。他们本想对石凳上的两个倒霉鬼来一点有限的、巧妙的示威，可是刚把疙疙瘩瘩的屁股暴露在疾驶的汽车窗口，偏巧波尼菲斯先生从楼里出来，被汽车喇叭声吸引。眼前的一幕让他猛然止步，观看到汽车驰过拐角消失。当然，摇摆的屁股可以是任何人的，但校长认得那辆车，很快就抓到了那几个学生，勒令他们停学。更倒霉的是，校长以为他们针对的是他，令几人有嘴说不清，似乎没有办法解释他们不是想对他露屁股，而是想对一个瘸腿的女孩。

在楼里等也不能幸免，一天下午校棒球队全体队员从更衣室出来，一路唱着"上，罗比，上！上，罗比，上！"朝球场走去，后面跟着眉开眼笑的布朗先生。

事实上，这种嘲弄对迈尔斯比对辛迪的影响大。她似乎不懂它们的含义，或是装作不懂。"什么意思呀，'上，罗比，上'？"她天真地问，让在球队走过时已经面红耳赤的迈尔斯更加发烧。

为了防止辛迪再做爱情表白，迈尔斯设法把谈话引向中性的学习内容，经常给她辅导功课，尤其是他学得最好而她学得最差的英文。迈尔斯觉得她的不会不是因为笨而是因为顽固。她气呼呼地责怪每一篇课文的作者让她读不懂。当迈尔斯试图讲解一个麻烦的段落或概念时，她就一脸的愤恨和沮丧。诗歌尤其叫她来气。她觉得它们就像暗语，纯粹是为了让那些懂的人拿不懂的人开心。迈尔斯说诗歌并不是拿密码写的，远没有她想的那么难。可是就连简单明显的比喻也让她摸不着头脑，复杂的修辞手法更让她愤愤不平。

"很简单,"迈尔斯一天下午说,"这叫拟人。诗人把死亡比作马车夫。'因为我不能够停下等死,／他为我停下友善和气。'①"

"如果是这个意思,她为什么不说出来呢?"

"她说了呀。"迈尔斯指着诗句说。这女孩不能理解如此简单的东西令他困惑。他本以为要是有人对艾米莉·狄金森的诗有感觉的话,那就应该是辛迪,可是她连看都不想看。这诗让她感到自卑,所以她不肯再读。盯着诗句只会让她更加认定这首诗以及所有的诗都没有道理。"她为什么不说得让我明白呢?"她坚持道。

迈尔斯觉得最好不回答这个问题,于是他尽量按捺着烦躁说:"那我讲过之后你明白了吗?"

"没有。"她执拗地回答。仿佛为了不让他再做启蒙的努力,她用力合上课本,塞进她的帆布书包里,费力地站起来,拄起拐杖一瘸一拐地朝卫生间走去。

可是在气恼和匆忙中,她没有扣好书包,迈尔斯发现有一本薄薄的平装书斜插在课本中间,看上去一点不像教科书。他本不想翻她的东西,但是忍不住想知道一个如此强烈排斥精妙语言的人会喜欢什么样的读物。封面上是夏令营的背景,两个小女孩兴奋地笑着溜进树林,前面有两个小男孩在招手。看上去挺纯洁的,像是给七年级女生读的书,睡衣聚会②上念的那种。可迈尔斯惊讶地发现书里的内容有点色情,至少是折起的那一页。他看到的那段描绘两个女孩(大概就是封面上那两人)偷看十来个男孩在河里打闹。男孩都光着身子,有一个叫朱尔斯的特别令她们瞩目。"他双腿间那个东西那么奇异,那么刺激,帕梅的下面收缩起来。"迈尔斯读道,这种感受显然不需要注解。他在辛迪回到走廊上之前把书插回包里。

---

① 艾米莉·狄金森(Emily Dickinson)的诗句,金舟译。
② 十几岁的女孩们穿着睡衣一起过夜的聚会。

"而且,"她说,显然是接着刚才打断的话题,"我也不信你真懂那些诗。我想你只是装懂。"

"好吧。"迈尔斯已经没兴趣争论诗歌的价值。讨厌的是,他读的那一段,虽然没有文学性,却让他硬了起来。知道辛迪·怀亭读过并可能喜欢这种书使情况更糟。当她再挨着他坐到凳子上时,就好像她突然脱光了似的,他想起上周那帮坏小子把光屁股展示在车窗口时,她的表情并不完全如他所料。

"我想你们都只是装懂。"她固执地说,"你为什么那样看着我?"

但这时外面车喇叭响了,看得见黑色的林肯停在路边。迈尔斯站起来转了个身,躲到他的书后面重新调整自己,可是突然闪过一个奇怪的念头:那辆林肯让他想起的是艾米莉·狄金森诗中的死亡马车。

在怀亭夫人的指导下,迈尔斯的车技有了稳步提高,主要归功于第一节课。交换位置之后,迈尔斯刚刚小心地开离路边,怀亭夫人又叫他靠边停下。"宝贝,"她说,"你一直是这样吗?"

这个问题加上她看他的表情,让迈尔斯感到一种超出了驾驶范畴的不足,似乎暗示着某种更大的性格缺陷。"哪样?"他听见自己问道。

"这么害怕。"

"这是好车。"他指出。

"啊,是了。"她好像很满意自己发现了……谁知道是什么?她还在盯着他,迈尔斯不知道谈话会不会改善,还是一直这样让他莫名其妙。母亲警告过他怀亭夫人跟他认识的人都不一样,现在他明白她为什么不能具体说明了。

他知道怀亭夫人比母亲大几岁,那就是四十七八岁,可是她即使看得出年龄(在某些说不清的地方),也不像那么大。迈尔斯知道格瑞丝曾经是很美丽的女人,有时还能让他想起她以前的美丽,虽然次数越来越少。从葡萄岛回来后她进入了中年,像他朋友的母亲一样。奇怪的是,你只要看一看怀亭夫人,就知道她从来不曾美丽过,也许连好看都谈不上。她女儿要不是小时候残疾了,在嘲笑的伴奏下长大,倒是会好看得多。然而,从她问他是不是一直这么害怕的那一刻起,那女人让迈尔斯感到的是一种(至少在他十六岁的眼里看来)在这个岁数的女人身上从未见过的性活力。他吃惊地意识到,刚才被她盯着时他感到的是性功能的不足,他的脸窘得烧了起来。

"什么是了?"他立刻又后悔问了这个问题。

"你母亲。"她解释道,"直到你说这是好车,我才看出她的影子。你长得不像我们的格瑞丝,可是你跟她一样胆小。"

迈尔斯注意到"我们的格瑞丝",但决定不去管它。

"当然,你从头到脚长得都像你父亲。"她说,仿佛认为这是平常的评论,实际不是,"辛迪也是她爸爸的女儿,对不对,亲爱的?"

这话从当妈的嘴里说出来似乎挺伤人的,迈尔斯朝后视镜瞥了一眼,看辛迪有什么反应,她的脸上却毫无表情。她长得像不像她爸爸迈尔斯不好评论,他从没见过查·波·怀亭。据辛迪说,她爸爸现在基本上一直住在墨西哥,在那儿管理一家纺织厂,跟帝国瀑关掉的那家差不多。

帝国中学可能有许多不足,但停车场是足够的。后面有一百米的柏油停车场,傍晚时大部分都空了。怀亭夫人让迈尔斯停在一头,整片场地在他面前延伸,没有障碍,柏油路面的尽头只有一个平缓的草坡,底部是学校椭圆形的四百米跑道。"好,"她说,"踩到底。"

迈尔斯怀疑听对了没有,"您要我——"

"对。"

"我不……"

"我说,把油门踩到底。"

迈尔斯考虑着这个要求,他已确信不可能听错,可是……他又在镜中望见辛迪的面孔,她的表情就像她妈妈背了一句伊丽莎白时代的诗那样。

迈尔斯只开过驾驶课的教练车,它是故意设计成动力不足的。所以当林肯像一只出笼的猛兽般在他脚下冲出去时,他大吃一惊,本能地松了油门,她大吼道:"不对,踩到底!"声音高过了引擎的轰鸣。这次他不折不扣地执行了,长长的停车场向后掠去,速度把他们推到椅背上,直到怀亭夫人说:"现在可以停下了,宝贝。"

她是对的。已经差不多出了停车场,从怀亭夫人的提议到他的脚找着并踩下刹车,迈尔斯又驶出去一段。林肯立即减慢下来,轮胎可怕地尖叫着。看到车子减速当然令人宽慰,但迈尔斯觉得尖厉的摩擦声不是好事,肯定会让车主不满。于是他把刹车松到尖叫声消失,这就是说当柏油路面结束时他们仍在以将近三十英里的时速行驶,车子开始颠簸着开下草坡,一直到煤渣跑道的边缘才完全停下。迈尔斯扭头看看怀亭夫人,以为她准会像上一位教练一样认为他在方向盘后面是个祸害。但即使她对他有所不满,也没有显示出来。后座她的女儿也同样沉默。

"刚才停在上面可能会好些,"怀亭夫人平静地说,"不过不要紧,这也不错,现在说说你学到了什么。"

"我不知道。"迈尔斯老实地说。实际上,他不知道自己有没有尿裤子。

"我知道,"怀亭夫人说,"你学到了做出你怕做的事情会怎么样。你学到了车子能开多快,还有怎样才能再让它停下来,两样都让你吃惊,但以后不会了。"

迈尔斯点点头,感到其中奇怪的真实。

"没有体验过一个东西的极限,你就无法判断你控制它的能力。你懂了吗?"

他懂了。刚才吓得够呛,现在他坐在林肯的方向盘前感觉却好得出奇——跟教练车失控冲进车库后完全不同的感觉。

"力量与控制,"怀亭夫人强调,"有时需要猛踩油门,有时需要猛踩刹车。不是经常,但是有时候。现在你了解这辆车了,你知道在极限之间没有什么可怕的,对吗?"

车头还冲着坡下,一块非机动车使用的学校场地。"现在怎么办?"他问。

"现在你自己想办法摆脱你自己造成的局面,凭你最好的判断。"

迈尔斯点点头,深吸了一口气,松开刹车,滑行到煤砖跑道上。倒车上坡似乎是个太冒险的行动,所以他干脆让林肯沿着椭圆形的跑道开,庆幸田径队出去比赛了。兜了一圈,看到了几分钟前留在湿草地上的辙印,正要循着它们开回停车场,忽听车外有个声音在喊,"喂!喂!停下,该死的!"从后视镜中看到气急败坏的布朗先生追在林肯后面。不知道他是跟着车子跑了一圈,还是最后拐弯时才看到他们的。棒球教练追上来,气喘吁吁,脸红得像番茄,绕到车前,堵住了迈尔斯的逃路。

"罗比!"看到方向盘后是谁,他呼哧呼哧地说,"我早该知道。"迈尔斯摇下车窗,让布朗先生对他吼得更方便些。"该死的!你知道你在干什么吗?你不知道这跑道值多少钱?"

这时怀亭夫人探过身子,把布朗先生吓了一跳。"我知道,"她说,"我出的钱。现在让开。"

"老天,怀亭夫人,我没看到您,"教练喊道,"我不知道——"

"你听到我的话了吗?"

布朗先生忙不迭地闪开,迈尔斯循着辙印缓缓上坡,直到林肯颠簸着回到柏油路面上,前任教练在后视镜中消失。从坐进车里就好像陷入昏睡状态的辛迪当然还在那儿,感觉到他的目光,她露出了一个试探性的,几乎像受了惊吓的笑容。她的脸只有眼睛到嘴巴部分映在长方形的镜子中,在那一刻,迈尔斯觉得他看到了另外一个人,似曾相识,而又想不起来。

"力量与控制。"怀亭夫人重复道,嘴边浮现出一丝微笑。

第 三 部

第 十 五 章

迈尔斯本打算十一点关门。比赛一点半开始,他想正午刚过就去接辛迪·怀亭,希望为自己免去一些尴尬。更虚伪的人也许让自己相信这是为了不让辛迪尴尬,但迈尔斯不会。他想的是早点到帝国体育场,好在主队一侧看台低处找到两个座位。带着辛迪爬到看台高处不仅费时间,而且让帝国瀑的每个人都有机会看见迈尔斯·罗比陪着怀亭家那位可怜的瘸腿小姐(她曾经为他自杀)。他们会琢磨这件事,并猜测他是否准备一离婚就娶那笔家产。星期一早上他在餐馆就能听到笑话了。

他几乎彻夜未眠,一遍一遍紧张地爬那想象中的看台,中间只停下来回放弟弟走后夏琳在灯夫屋对他说的话,她愿意跟他做爱,只是担心他会失望。他应该回答(这是他在凌晨三点时想到的),如果她肯的话,他愿意碰碰运气。然而那就是她的意思。她没有说他可能失望,而是他会,尽管他自己相信不会。她给他的不是一个带警告的选择,而是一个温和亲切的解释。

会不会她说得对?为了解答这个问题,也为了不重新去跟辛迪爬看台,他试图想象夏琳开着她的破现代跟他回到帝国烤肉店,两人溜进后门,走上黑暗的后楼梯。这部分很容易,而且因为期待的亲密而感觉美妙。他也能想象在黑暗中的亲吻,或夏琳温暖的身体靠着他。两人近距离一起工作多年,他熟悉她的气味,甚至她身体的感觉。他聪明地没用对话来充塞幻想。虽然夏琳可能会说话,但想象沉默比想象她说出他想听的话要容易。可是再往下幻想就彻底失败了。帮她脱衣服的时候,他发现站在面前的女人根本不是夏琳,而是辛迪·怀亭,也不是现在的辛迪,而是一个少女,毫无保留地迎向他,尽管他已人到中年。"亲爱的迈尔斯,"她轻声说,仿佛安慰他岁数大和发福都不要紧,"亲爱的,亲爱的迈尔斯。"

于是又一遍一遍,漫长地爬了一小时看台。他的缺乏想象力比无休止的爬台阶更令他沮丧。至少在看台上他们都穿着衣服。四点左右他终于迷迷糊糊睡着了,闹钟五点一刻响起。他疲惫不堪,昏昏沉沉,在浴室里冲了好久,企图把漫长的一夜冲走,在餐馆开门之前就把自己遮在一天的日程后面。原以为比赛日早餐客人少,没想到客人多而不断,并且话很多,精力充沛,充满期待。十一点才送走最后一批客人,但他不想给大卫、夏琳和其他值晚班的留下个烂摊子,帝国烤肉店六点重新开门,已经够他们忙的。打扫完已经过了十二点。十二点半才冲掉身上的香肠味,一点才去接辛迪,一点一刻在帝国体育场旁边的小街上找到一个停车位。一点二十五,他们才开始爬客队一边那凉冰冰的金属看台,就剩那儿还有座位,差不多在最上面。一点半,帝国瀑队开球的时候,他们终于完成了迈尔斯十二小时前在床上就开始的攀登。辛迪没带助步架,而情愿一面挂着根结实的拐杖,另一面挂着结实的迈尔斯·罗比。迈尔斯虎视眈眈地盯着最上排的一个女人,她终于往里面挪了挪,让他和辛迪坐在边上,这时帝国瀑已经0比7落后,斐尔港队以触地得分回报了开球。迈尔斯坐在那儿,汗流浃背,精疲力竭。

"哦,迈尔斯,看啊!"辛迪说。从看台顶层可以眺望到河面。十月上旬,秋高气爽,树叶正接近辉煌的顶峰,诺克斯河波光粼粼,映着天空的蓝色。帝国瀑仿佛一夜之间变美了。辛迪挽住他的手臂,温暖的胸脯贴着他的胳膊肘。禁欲许多个月的他感到一种冲动,他努力不去注意。

"你知道我在想什么?"她问,这问题让他愣了一下。爆米花?糖果?老天,他们刚刚坐下,"我感觉自己像个学生。"

迈尔斯明白她的意思。他也愿意身边是个学生,尤其是如果这意味着他也能是学生。"可惜陪你的是个中年男子。"

可惜轻佻对辛迪从来没多少作用。她两只手抓住他的左膀子说,"亲爱的迈尔斯,"就像昨晚梦里一样,"我不想跟别人在一起。"她攀着他的胳膊,湿乎乎地亲吻他的面颊,直到拐杖从座位间滑了下去,丁零哐啷地掉到地上。"哦,见鬼,"她愉快地说,"你看到激情的后果了吗?"

"这才是激情的后果呢。"迈尔斯给她看一小时前被丁姆咬到的地方。牙印还看得见,两个小白点。伤口现在跟当时的感觉一样:像蛇咬的。几分钟内他整个手就肿得像手套,现在稍微消下去一点。

"可怜的迈尔斯,"同伴用手背轻轻抚摸着伤处说,"疼吗?"

"不疼,"他抽出手,在灯芯绒裤子上使劲蹭着,"痒得要命。"这让他想起了多年前葡萄岛上的毒葛,跟那次一样,刚一挠完又痒起来,而且更痒了。

"别挠了,傻瓜,那样会肿得更厉害。"

"我不在乎。"迈尔斯说,现在他是用指甲在抠了。其实他在乎,他急切希望红肿到傍晚会消下去,免得向弟弟承认他又带着伤从怀亭夫人家回来。难以相信又让那畜生偷袭成功,迈尔斯一直提防着,临走的时候才放松警惕。辛迪请他把壁橱里挂的一条围巾拿给她。壁橱的门半敞着,迈尔斯把手伸进去,看到围巾挂在一排架子的上方,同时瞥见一个迅疾的影子,待要缩手已经迟了。

"看到了吧?"他挠完后辛迪说,"越挠越糟。"

"感觉舒服点了。"迈尔斯撒谎道,心想用小刀会更舒服,"如果要打破伤风针,我找你妈妈要钱。"

这次访问庄园有一个好处,怀亭夫人不在家——她女儿说在波士顿。大卫不能怪他没提酒牌的事。

"你猜不到我上星期在哪儿找到那小坏蛋的。"辛迪指的是丁姆,"它前一天失踪了,后来我去墓地,发现它蹲在爸爸的墓碑上。"

迈尔斯皱起眉头,她指望他相信吗?

"当然我以前带它去过,所以它认识那块碑。你不相信,我看得出来。"

实际上,迈尔斯不知道哪个更难以置信,是那只猫主动访问查·波·怀亭的墓碑,还是辛迪本人这样做。以他对怀亭夫人的了解,他不相信她会去看一个她竭力要从记忆中抹去的死人。这意味着她女儿必须自己去。迈尔斯不禁钦佩这种努力,即使不一定赞成这种做法。他本人只到母亲的坟前去过一次,那次经历让他觉得不过像做戏。站在坟前干什么呢?跟墓碑对话?种点花?他觉得在坟前比站在帝国烤肉店的烤架前,或跪在教堂中他最喜欢的座位上离母亲还远。就是在怀亭庄园,她去世的地方,母亲也会不召自来,因此感觉真实得多。去她的坟前像是一种召唤,得不到回应并不令他奇怪。他当时发誓如果死后有生命,他肯定不会守在墓穴附近等待来访者。

"我在你母亲墓前也放了花,"辛迪又说,"我总是这样做的。你知道吗,迈尔斯?"

"不知道。"迈尔斯说,假装关心球场上的进展。

"这么说很不好,可是她对我比我自己的妈妈还亲。她生了病,你又不在的时候——"

迈尔斯站了起来。"我最好下去把拐杖捡起来,别让人拿走了。"

她眼睛湿润地仰望着他。"没人会偷拐杖的,迈尔斯。"然后看到他的尴尬,"对不起,在这么美好的一天,我没想让你难过。"

"没有,"他安慰道,"我马上回来。"

"那我在这儿等。"她说,带着小时候那种自卑的笑容。

下到看台底部时,一片欢呼声响起,迈尔斯看到斐尔港再次触地得分。掌声平息后,他听到有人喊他的名字,原来是小梅尔,靠在链子护栏上。梅尔是那种长大后还跟小时候像得出奇的人,迈尔斯每次看到他都会想起一个九岁的小男孩孤零零地站在投球土墩上。他父亲是本地一位爱出风头的人寿保险推销员,非要让跟他同名的儿子当投球手,尽管拉萨尔教练看到这男孩天生是接球手,替补接球手(后来他在中学当上了)。老梅尔态度强硬,于是他儿子当了投球手。但拉萨尔教练不让他参加未见分晓的比赛,有时候只让他在仅剩最后一次出局时上场,而且是本队已领先七八分的情况下。小梅尔充分利用这最后的机会,往往至少要面对半打的击球手才能使对方出局。更糟的是,他每次比赛都要坐在板凳上听他父亲在看台上嚷嚷,直到教练架不住,只好把小梅尔派上场。老爷子死于栓塞快十年了,梅尔似乎还被他的阴魂笼罩着。他自己的儿子亚当在橄榄球队,每次客场比赛他都去看,但从来不喊话鼓励或批评。他甚至不坐在看台上,而是从场地这头走到那头。迈尔斯问他为什么,只是想看看自己猜得对不对。梅尔解释说他待在一个地方会太紧张。迈尔斯心里明白,他每场比赛都去而又不在座位上是对他儿子的照顾,那孩子可以有条活路。

"你好,梅尔。"迈尔斯说,两人握了握手。

"我在那边看到笛子了。她跟你说她的图画了吗?"

迈尔斯快速回放了一下最近的谈话。"我想没有。"

"它是高二年级被选中参加市美术展的两幅作品之一。"

"多莉丝选中了笛子的画?"

梅尔哼了一声。"别傻了,我请一位大学教授来评的,笛子没提过?"

迈尔斯摇摇头，又是尴尬，难过，又是自豪。他现在知道度假时是短暂的开放，笛子吐露了一些秘密，像她小时候经常报告的那种。他希望这开放能保持下去，可现在，开学才一个月，她又变得疏远了。也许他自己有一部分责任。这星期他对那个萨克的态度过于强烈，笛子现在似乎更不愿意交流她的思想了。"最近她好像藏在我找不到的地方。我只能靠问答和交叉盘问来了解情况。她跟她妈妈说得更少。"

"她是高中生了，迈尔斯，他们都把自己埋藏起来。"

两人停下来看了一次被破坏的进攻，然后迈尔斯说，"我想她从离婚总结出我们两个都不值得信任。也许她是对的。"

"不，你错了。她是个乖巧的孩子，她知道你总会了解的。"

"你认为？"

"说实话，"梅尔坦白道，"我担心我两周前给她添了个不公平的负担。我一直在后悔。"

"沃思？"

他点点头，面有愧色。"她说什么了吗？"

"当然没有。"

"我听说你给了沃思一个工作。你真是好心肠，迈尔斯。这孩子有麻烦。"

"什么麻烦？"迈尔斯想起了贺瑞斯那神秘的忠告。

"孩子们都喜欢捉弄他。我希望我知道更多的情况。好像他被父母遗弃了，跟祖母住在老斐尔港公路的边上。"

"我昨晚送他回去的。"迈尔斯想起那儿怪怪的，没有灯光，没有活气。

"对了，另一个作品被选中参展的学生就是他。"

迈尔斯点点头，咽下像是恐惧的感觉。昨晚在餐馆他也有类似的忧虑，不愿女儿跟这个倒霉的男孩有联系。现在他又不愿意学生美术展上那男孩的画挂在笛子的旁边。荒唐。更糟的是慈善之心的根本动摇。迈尔斯能感到母亲突然来到身旁,不用去墓前。"他好像挺勤快的。我还没能让他连说两个词,但夏琳会做工作的。"

"我在夏琳跟前说话也不利索,"梅尔咧嘴一笑,"她让我结—结—结巴。"

迈尔斯微笑了,想起高四时他终于向梅尔坦白自己爱上了夏琳,结果梅尔羞怯地承认他也是,所以他才那么情愿放学后陪迈尔斯去帝国烤肉店这个显然不时髦的地方喝可乐。老朋友此刻的坦白有一点感人。据迈尔斯所知,梅尔有着美满的婚姻。可是他像迈尔斯一样,只离开过帝国瀑一小段时间,去上大学,后来又去读研究生。这意味着梅尔也背着小时候的身份——"火腿肠"。当上中学校长只是证实了同学们最坏的怀疑。

"对抗赛这么早就进行了,有些遗憾。"他说。

迈尔斯含糊地点点头。"我以为对抗是双方各有胜负。"

过去十场差不多都是斐尔港获胜。这二十年来两所中学入学率都有下降,但帝国瀑的下降幅度大得多,已经从三个 A 降到两个 A,眼看还要降到 B。斐尔港因为有一所大学和几家还没关闭的小厂,生源稳定一些。它把帝国瀑留在赛程上,但坚持要把这场比赛靠前安排,作为更重要的比赛前的演习。而对帝国瀑,按照被抛弃的情人的传统,它依然是"最重要的"比赛。

小梅尔点点头,看着帝国瀑队集合后散开,沉重地走向争球线。"我不明白,"他承认道,"我们的孩子这么壮,这么顽劣,不至于每年这样任人摆布啊。"

说话间又是一片欢呼,斐尔港从一次失误的传球中调整过来,又开始进攻了。

"见鬼。"梅尔摇头道,"哎,说到任人摆布,你能不能再当一回教董?我要是不找点支援,那些该死的福音派老古板会禁掉每一本值得读的图书的。你不能把阵地留给犹太人。这是缅因,我们人手不够。再说,你们的人里头有一些比耍蛇的还坏。"

的确,迈尔斯不情愿地承认,许多天主教徒是比福音派还要古板,尽管他倾向于认为圣心教堂这种人比圣凯瑟琳教堂多。

"我考虑考虑。"迈尔斯说,"上次之后我发誓不再当了,不过——"

"老天,"梅尔突然说,"听听我们在说什么,教育董事会,昨天我们还是球场上的孩子呢。"

"回头见,梅尔,我也想多聊聊,可是我的女伴把拐杖掉到看台下面了。"

这话引出了一个大大的笑容。"我想我看到你旁边是辛迪·怀亭。要听真话吗?我有点惊讶她出落得这么漂亮了。"

迈尔斯不禁微笑起来。梅尔是他认识的最厚道的人之一。他这是在暗示如果迈尔斯要迎娶那笔家产,他没有意见。像每次碰到梅尔时一样,迈尔斯纳闷他们为什么没有成为更好的朋友。相互的好感至今没有减弱,迈尔斯也经常感到梅尔需要朋友。他总结道,中年的怪事之一是,你发现自己没有做而做出的奇怪的决定,比如让朋友渐渐疏远。

迈尔斯花了几分钟才找对看台下那块地方,那股气味就像几十年来的老年球迷们都从上面偷偷倾倒过肛门袋似的。找到拐杖时他已经恶心得要吐了。拐杖不可思议地靠在一根金属撑子上,是有人把它立在那儿的吗?难道掉下来就是这样?他一只脚踏进撑子的交叉处,挺起身子,刚刚能敲到辛迪座位的底部。她俯身接过拐杖时,他看到了她的面庞,充满憧憬和喜悦,这使迈尔斯想留在原地,或最好逃走。比赛结束后肯定会有人看到她坐在客队观众席顶层,把她送回家的。

带了两瓶汽水回来,迈尔斯发现他希望辛迪被人发现的祈祷应验了,就像表述不周的祈求有时会得到的结果一样。她旁边是吉米·明狄,两人都向迈尔斯招手,他朝上边爬去,努力咽下大卫昨晚告诉他的事:吉米在监视帝国烤肉店。

"你们怎么跟坏人左在一起?"吉米问。他穿着便衣,好像很想握手,可迈尔斯两只手里都有汽水,"以自己的城市为耻吗?"

"我们来晚了。"迈尔斯解释着,从吉米和辛迪前面挤过去,又盯着那个先前不肯动窝的女人,直到她又往里挪了挪。他发现斐尔港又射入一个定位球,把比分改写为17比0,"结果就跟胜利者坐在一起了。"他补充道,稍稍强调"坐"的发音。

"我看比赛还没完。"吉米马上反驳。"我的儿子萨克表现很好,我从没见过哪个孩子像他今天上午这么兴奋。"

"他在队里吗?"迈尔斯说。

这次警官畏缩了,他几乎肯定迈尔斯是知道的,那就是在耍他。

"是哪个?"辛迪问,像同伴假装的一样天真,并且热心得多。

吉米把一只手搭在她肩膀上,挨近一些,让他们都能顺着他的手臂和食指望去,看到球场那头的56号,现在坐在板凳上。帝国瀑的进攻队员在合计拿了球怎么办。

"他在什么位置?"

"中后卫,怀亭小姐。"他说,手还搭在她的肩胛骨之间,"是防守的。所以他现在左在板凳上。他负责在争球线上巡逻,拦截跑动的队员,在四分卫传球的时候突袭他。你得非常机灵才能当中后卫。我想如果他保持这状态,人家会对他感兴趣的。我是指大学里。他个头不够进专业队。我不让他吃类固醇。我跟他说,要让我发现你在吃商场里买不到的东西,我把你当携带一公斤纯可卡因的小子那样扒一层皮。"

"我不知道纯可卡因是论公斤卖的。"迈尔斯说。

"管它怎么卖的,"吉米承认道,"我说的是决不容许。"

"你今天怎么没执勤?"

"你是说没穿警服?迈尔斯,我不干维持秩序的事了。你在门口和停车场看到的大部分是租来的警察。"他掏出一个小巧的对讲机晃了晃,"但我在执勤。没有比帝国瀑对斐尔港的比赛更容易引起打群架的了。"

打群架?迈尔斯微笑了,试图回想上次听到这个词是什么时候。如果你能克制住想杀死吉米·明狄的冲动,他还是蛮有趣的,除非你喜欢故意的幽默。

"这一片好像还挺规矩,"迈尔斯说,"但我保证一打起来就去找你。"

吉米刺耳地笑了两声,现在确信是在取笑他了。"或者你可以自己平息骚乱。"他用胳膊肘捅捅辛迪,把她也拉到玩笑中来,"我不介意见识一下,你呢,怀亭小姐?看迈尔斯平息骚乱?"

下面,帝国瀑的踢球手①又跑进场中。

"见鬼,"吉米说,"又是三次进攻失败。到上半场结束时我们的防守队员都要累垮了。"

帝国瀑队的特征是最擅长踢这种悬空球。负责踢球的那个男孩这会儿踢出了一个六十码远的球。不幸的是,它稳稳地落到斐尔港队反攻手的怀中,此时帝国瀑最前头的队员才往前场跑了二十码。没再跑出多远,就又得往回跑了,因为当他们在努力甩掉阻挡的时候,持球队员已经从旁边冲了过去。最后是踢球手本人在帝国瀑三十码线处将反攻手推出界外。疲惫的防守队员再次上场,萨克拍着队友的头盔大声喊话,给他们打气。斐尔港的进攻队员集合后散开,走向争球线。

吉米又把手搭到辛迪的背上,指着场中。"那是我的萨克,现在是我们防守,对方拿球。"

---

① 当进攻队进攻三次后,不愿冒第四次进攻失败的险,就让踢球手把球踢给对方。

无疑是嗅到了血气,斐尔港的四分卫接到中锋的传球,退入保护区,发现一名接球手在边线上快速跑动。他传出的球划出了一个优美的旋弧,几乎所有的人(包括裁判)都扭头观看。但迈尔斯看到了吉米·明狄看到的一幕。帝国瀑队的56号,在球从四分卫手中传出足有两秒钟后,连头盔带护肩撞到他的腰间,抱住他的大腿,把那男孩举起来重重地掼到草地上,脑袋在地上连磕了两下。

老明狄跳了起来。"乖乖!"他挥着拳头叫道,"哦,乖乖!你看到那一下了吗?"他兴奋地指点着。但正如迈尔斯有理由记得的,辛迪不是个好学生,她光盯着球了。现在,吉米·明狄那么坚持,她似乎还是不肯朝他指的方向看。

萨克站了起来,迅速朝前场跑去。但斐尔港的四分卫还一动不动地躺在草地上,不知是受了伤还是知道现在不需要他效力了,接球手已经抱球触地得分。也看到了那一幕的斐尔港队教练现在冲到场上,来回地指着四分卫和萨克·明狄,后者叉腰站在那儿,望着斐尔港队员在端区庆祝,摇着脑袋。

离比赛中心最远的一个裁判跑过来,点头指着56号。裁判们开了个小会,然后主裁掏出黄旗,丢到萨克的脚下。

"喂,让他们玩嘛,裁判!"吉米高叫道,在这片看台上是不受欢迎的意见,"这又不是羽毛球。"

"他受伤了吗?"辛迪问。斐尔港的四分卫还没动过。

"没有,只是撞晕头了。"吉米告诉她,"他只要左一会儿,认清方向。"

庆祝完毕,众人的注意力转到受伤的四分卫身上。过了一会儿他坐了起来,然后终于摇摇晃晃地站起,胳膊搭着教练和一个队友的肩膀。当三人一起朝边线走去时,56号快步赶过去,坚持要代替那个队友。斐尔港的教练似乎想反对,但最后还是让萨克·明狄把依然糊里糊涂的四分卫的胳膊搭到他的护肩上,帮着把那膝盖发软的男孩搀下场去。

看到这一幕,吉米的眼睛湿润了。"那孩子多有风度,"他朝下面那出戏点头道,"这就是我们为什么要孩子的原因,是吧,老伙计?"

迈尔斯也受到触动,不过他无法体会吉米的那一种感情。当那男孩被安顿到凳子上之后,周围响起稀稀落落礼貌的掌声,直到萨克重新跑上场,得到雷鸣般的喝彩。

"这是扭转橄榄球赛局的那种冲撞。"吉米对辛迪说,他把手圈在她耳边,让她能在喧嚣中听到他急于要她听懂的话。

在迈尔斯看来,这种冲撞不只是扭转了赛局。警官的存在突然变得无法忍受了。"吉米,你有什么事要对我说吗,还是平息骚乱把你累垮了,想找个地方左一会儿?"

辛迪·怀亭先做出反应。她扭头惊愕地望着他,好像搞不懂吉米·明狄的话怎么会从迈尔斯·罗比的嘴里说出来。吉米也听见了(迈尔斯相信),但他盯着球场望了几秒钟后才转过身来。迈尔斯看到因为儿子的"运动员风度"而涌出的感情已经从他眼中消失,那双眼睛现在严厉而空洞。"我为你的朋友道歉,怀亭小姐。"吉米转向辛迪说,"迈尔斯跟我是老朋友,可是不知为什么这让他尴尬。他总要损我一句两句才觉着舒服。我不在乎——一句两句嘛。上大学念了个文凭回来的人有那个权利,我想。咱们有肚量,一点无礼的话还承受得起,只要不太过分。"

迈尔斯张口要说话,又止住了。对方的话里虚伪的地方太多,没法针对哪一部分加以反驳。当然,迈尔斯知道对吉米·明狄这样的人来说,虚情假意跟真心的感情是不分的。于是他只纠正了一个事实。"我没拿到文凭,吉米。"

"对,你没有。"吉米马上说,这本来可以暗示迈尔斯中了圈套,如果吉米有聪明设圈套的话。可惜马克斯不在,迈尔斯想,老爷子来正合适,他会天真地问是不是警察局每个人都发真子弹,还是给傻瓜发空弹。奇怪,马克斯哪儿去了?迈尔斯纳闷。老爷子不大可能错过主场比赛，他通常在里面干一点扒钱包的活。从某种意义上说他就是个扒钱包的，向他碰到的每个人要钱。

"请代我向你母亲问好，怀亭小姐。"吉米说，然后转向迈尔斯，"你真想知道我来这儿干什么吗，迈尔斯？我来告诉你，我跟令弟把事情都澄清了，你不必担心。我来是想说没有不愉快。我知道你上礼拜生我的气，我不希望老朋友之间结仇。因为我们过去是朋友，迈尔斯。过去是，也许现在不是了，但那是因为你，不是我。你不想做朋友没关系。但我告诉你一件事，别跟吉米·明狄做敌人。"

场上又响起欢呼，迈尔斯抬起头，看到萨克从一堆人身上爬起来，两手举起球，先向着帝国瀑的观众，然后向斐尔港的球迷，这咄咄逼人的姿态让主队球迷更加狂热。那男孩似乎知道他父亲在哪儿，当吉米看到场上的情况时，他也把双臂举向空中，跟儿子的动作一模一样，就是少一个橄榄球。就连辛迪也仿佛领悟到发生了什么重要的事情，她放开迈尔斯去参加庆祝，疯狂地拍着巴掌。毕竟，迈尔斯想，只有她的一生在提示这种身体的放纵可能是个错误。但在这个宜人的星期六下午（因为空气中有一丝冬天的气息而更加宜人），辛迪·怀亭不正是想从她的一生中逃离短短的几小时吗？然后迈尔斯看到她失去平衡朝前栽去。他抓住了她的胳膊。但辛迪不是小女孩了，迈尔斯的手臂拉不住她，幸而吉米转身看了迈尔斯最后一眼，见她倒过来，及时把她抓住。安全地被警官抱住之后，她脸上还留着恐惧，胳膊还在乱舞，仿佛在她的想象中她没有被拉住，而是翻着筋斗往看台下坠落。

等到她坐下恢复了平静，两手紧攥着迈尔斯酸疼的左胳膊，吉米·明狄已经消失在下面的观众中，迈尔斯才想起辛迪栽倒时他听到的当啷声，她的拐杖又掉到下面去了。

第 十 六 章

六十,詹宁·罗比(就快是科莫了)只有这一个念头,六十,六十,六十,六十。

球场上,比赛暂时中断,因为斐尔港的一名球员受伤了——她听人说是四分卫。从她坐的地方看不到什么,她也不那么感兴趣。上半场大部分时间她都没怎么看。她对比赛的惟一兴趣是所有的人都来。上中学时她没看过一场跟斐尔港的比赛,因为她长得胖,妈妈又让她穿傻里傻气的衣服,没人邀她出来。几星期来她一直在憧憬这个绝妙的讽刺与报复的机会,想象每一个细节,祈祷天气保持暖和,让她能穿新的白色牛仔裤和小肚兜。她今天就穿来了,虽然天有一点凉。沃特假装是橄榄球迷,其实主要是喜欢在任何不用西服领带的社交场合溜达。他甚至想早点来,但詹宁马上否决了,她想象的是一次登场,这要求所有的人都已坐好。问题是如果所有的人都已坐好,就没有空座了。

不过,像大多数难题一样,这个也不是解决不了的,最后詹宁想到了她的妈妈。一段时间以来,她努力想使老太婆对银狐狸印象好一点。毕竟,她和沃特就要结婚了,她希望到婚礼的时候,她妈妈至少不再称他为"那个矮脚鸡"。如果球赛看得开心,毕姨也许会看到沃特并没有把它搞糟,那将是一个开始。跟毕姨度过一个下午或许对沃特也有好处。詹宁虽然没发现银狐狸对毕姨有什么意见，但他似乎总记不得她的存在。每次詹宁提到她妈妈时，沃特总是眯起眼睛狐疑地看着她，好像她以前隐瞒了这个人，好像他没有对她隐瞒了最大的秘密似的。

然而拉毕姨来看比赛的真正原因是，这一次她可以是问题的解决者而不是制造者。詹宁的计划是，打电话给她妈妈，说俱乐部关门晚，请她早点去帝国体育场占三个座，尽可能靠近五十码线，要在最高层，看得清楚，而且所有的人都能看到詹宁穿着新的白色牛仔裤和小肚兜，跟沃特一起登上看台，其中坐满了年轻时没邀她出去过的男人和他们当年邀了的女人。这些大包袱现在占了差不多两个座位，所以让他们也瞧瞧。詹宁从她在爬楼机上度过的那么多个小时中学到，一个装束得当的女人上台阶时风姿绰约，而比这更撩人的，就是当她转身下来的那个瞬间。

当然啦，各种因素凑在一起破坏了她的登场，这只是证明了詹宁已经了解的一点：无论你计划得多好，上帝总是更有办法。如果**他**那天吝啬起来，不想让你得到你一心想要的那点东西，你就是得不到。今天，不知为什么，上帝就不想让詹宁·罗比（就快是科莫了）得到双方都知道她理应得到的登场机会。毕姨来得挺早，可是她把三个垫子放在看台三分之一高的地方，因为她脚疼，天天站柜台站的，腰也疼，搬酒桶搬的。而且她看不出为什么要坐那高得会流鼻血的位子。詹宁要是想一下，本来是可以预见到的，但她光想着自己服装的效果了。

但其实还不是她妈妈不肯遵守简单的指示破坏了她的计划。事实是，詹宁还没从早上的震惊中恢复过来。在县书记办事处，沃特拿出了一张折着的出生证，不停地用手掌抹着，当窗口的女人叫他念一下纸上印的出生日期时，他默默地把那份文件推了进去。詹宁那时候就该想到有问题。实际上她之前就应该怀疑到，这么多星期以来她一直催他去申请结婚证，这样离婚批准后就不用在文件上再耽误时间了。他先是借口找不到那该死的出生证，上星期又有两次在俱乐部磨蹭到办事处关门。今天她才明白他是心里有鬼。还差点被他蒙混过去，那女人默默地在申请表上打了沃特的出生日期，然后把出生证从窗口推出来，要是她把它折一下，詹宁就不会看见上面那褪色的日期：一九四〇年四月十日。

一九四〇？

"这是怎么回事？"她用食指把那份文件按在柜台上，不让银狐狸把它折起来揣回兜里，他似乎急于要这么做。两人目光相交时，他的表情就像在打牌时自以为骗了贺瑞斯一把时那样。"是印错了吗？"她问。滑稽的是，如果他告诉她是印错了，她可能会相信，因为沃特·科莫看上去根本不像有六十岁。

詹宁找到他了，站在边线上。快到中场休息时间，他在跟搬着一根带链子的金属杆走来走去的贺瑞斯说话。在球场上当然完全符合沃特的性格，哪儿他不该进去，你就会在哪儿找到他。他总是要到帝国烤肉店快关门时才进去，好像喜欢听门在他身后锁上，知道别人想进却进不来。他会在凳子上转过身，看是谁在外面停下，失望地看到关门的牌子。他喜欢"内部"的概念，比如内部消息，他说这才是有价值的东西，并且扬言他独家拥有许多。詹宁现在想到，这或许就是他从来不肯吐露一二的原因。一告诉别人，就变成外部的了。

好在，沃特看上去连他今天上午之前一直自称的五十岁都不到。他看上去也就四十五六，比迈尔斯和詹宁本人都小。她本来觉得，他有五十岁是值得骄傲的事。詹宁甚至觉得这是个鼓舞。如果她未来的丈夫五十岁看上去还那么棒，那詹宁还足有十年可以穿紧身的牛仔裤和小肚兜，而不会显得可笑。可是六十！六十可不是鼓舞，而是无耻的欺骗。詹宁在用食指按住沃特的出生证时想到，她是拿一个藏不住秘密的男人换了一个不仅会藏而且藏了的男人。他不只是对别人藏，对她也藏。

他当然矢口否认，说他一直以为她知道。他甚至给她看他的驾照，上面也是这该死的数字。"我啥时跟你说过我五十岁？"他在法院台阶上问她。的确，她想不起一个具体的场合，一次赌咒发誓的撒谎。但这破事也不是她想象出来的。一年来他们有多少次拿这十岁的差别开玩笑，他只是站在那儿笑——那个银狐狸！从来没有纠正过她，一次也没有说过："我要告诉你，亲爱的，我们说的不是十岁，而是二十岁。"

"有什么区别？"回来的路上他说，假装不理解她为什么这么生气，"你知道我身体多棒。我有四十岁人的体格，你自己也说过。有什么问题呢？"

"问题是你对我撒谎了，沃特。"詹宁说，意识到这当然也是个谎话，并为此而讨厌自己。他撒谎了本应是她生气的原因，可实际不是，她生气是因为她本来指望有至少二十年生龙活虎的性生活。可是等她六十岁时，却要跟一个八十岁老头做，或试图做。银狐狸的真实年龄也解释了为什么最近有两次他用了相当多的手工辅助才出闸——这小矮子挂件倒不小，上帝爱他。如果再过几年，她那挂件不小的男人就光会挂着呢？詹宁瞟瞟她的妈妈，这事她一个字也没跟她说，因为她知道毕姨会笑成什么样。毕竟，她是又一个不幸的例子，证明上帝似乎偏爱跟女人作对。

"你冷的话，为什么不穿上运动衫？"毕姨问。

詹宁是带了一件运动衫，怕下午天气变凉，现在已经变了。"你瞧，毕翠丝，你已经回答了你自己的问题。我不冷。"

"是吗？你的乳头可不是这么说。"

詹宁狠狠地盯着她妈妈，拒绝低头看她那薄棉布的肚兜。"别操心我的乳头，行不行，妈？我正在享受太阳照在肩膀上呢，如果你没意见的话。也许一直到五月中旬都看不到这么暖和的天气了，所以别管我。"

詹宁不得不承认，她的计划一开始就有缺陷，她没怎么考虑登场之后的情况。登场所需时间不超过五分钟——即使能按计划进行,接下来却要跟她妈妈待上三小时。有个定律描述这种情形,叫什么——什么定律。算了,以后会想起来的,或者她会忘掉这个问题,那也不错。

可是六十,这可要花一阵子才能忘掉。詹宁从经验中知道,忘记一千件你想记住的事比忘记那一件你想忘掉的事容易得多。她又看到沃特在边线上。自从早上得知这银狐狸有六十岁之后,他就开始像六十岁了。她知道这是扯淡,一个昨天还不像有五十岁的人,怎么会因为一张折着的、泛黄的纸上印的一个日期就突然像六十了呢。这没道理。可是当沃特转过身,朝詹宁和她妈妈坐的地方张望并挥手时,詹宁只看到他脖子上那个东西,什么玩意儿——肉垂吗?她以前为什么没注意到?

"跟迈尔斯坐在一起的那个女人是谁?"她妈妈问,她没有注意到银狐狸在朝她们挥手,当然不会向他挥手。

"哪儿?"詹宁问。迈尔斯带着个女人?她对自己保证不会嫉妒,除非那女人是夏琳。

"就在我们对面,不过在最顶上。"

原来如此,詹宁想。上帝准是又把线搭错了。有个姓罗比的想要看台高处的位子,于是**他**把座位给了迈尔斯。

"好像是怀亭家那姑娘。"毕姨说,詹宁在人群中寻找看上去像她将来的前夫的人,"你是活该。你跟那个好男人离婚,他跟缅因中部最富的人家结亲,过上幸福的生活,你却落了个矮脚鸡。"

"收益递减。"詹宁带着不加掩饰的恶意看着她妈妈。

"什么?"

"收益递减定律①。我刚才没想起来,你提醒了我。"

她妈妈眯起眼看着她,好像女儿虽然坐得很近,毕姨却看不清

---

① 其他投入固定不变时,连续地增加某一种投入,所新增的产出最终会减少的定律。

她。"我发誓,詹宁,你丢掉的不只是体重。"

詹宁没理她,继续在看台上搜索,又过了一分钟才找到他。因为她一直在找一对,可他却好像是在一个三人组里。第三个人是迈尔斯特别讨厌的那个警察,上星期有天晚上她看到他把车停在餐馆对面,就坐在那儿。吉米·明狄。她看到他站起来说着什么,可是突然一阵喧哗,詹宁看到场上失球了。等她再找到迈尔斯和姓怀亭的女人(如果那是她的话),警官已经消失在人群中——詹宁不得不承认她该去看眼睛了,他妈的什么都看不清。失球之前他们在争吵吗,还是她的想象?

"我希望迈尔斯没有冒犯明狄家那小子。"她妈妈说,她的视力显然不错,"那小子像是他爹投胎转世。威廉·明狄极其卑鄙猥琐,他是我和你爸爸一辈子拒绝接待的惟一的人。"

詹宁又看着她妈妈,惊讶地感到自己有点为迈尔斯担心。幸好这种感情不难甩开。毕竟,迈尔斯·罗比不再是詹宁的麻烦,她强迫自己不再去看他和那个瘸腿女人。如果她没看错的话,那女人挽着他的胳膊。她把注意力转回到银狐狸身上,他正在对三个失业工人说话,又在那里胡吹呢。她看得出来。因为他两腿叉开,张着胳膊,正是他吹牛时的姿势,好像站在风浪中颠簸的甲板上。对,不是迈尔斯,是沃特即将成为她的麻烦——除非她赶紧改主意,可是她不会,她决定了,只为不让她妈妈得意地说"我告诉过你"。她会跟沃特结婚,就像她威胁的那样,即使他故意隐瞒了年龄,即使他有肉垂。

对面是怀亭家那姑娘,她妈妈说过之后,詹宁能确定。其实辛迪不是姑娘了,她好像胖了,这对她倒是好事。上次见到时,她好像监狱里绝食到最后几天的人。他们当然可能真是在约会,可是詹宁越琢磨,就越觉得这恐怕是迈尔斯陷入的困境,她不禁想知道是怎么搞的。她知道他怕那个女人。那女人迷恋他,甚至为他自杀过。詹宁一直觉得这很可笑,在她看来,嫁给迈尔斯才会让人想要自尽。任何理智的女人都应该觉得没嫁给他是庆祝的理由。当然,众所周知,辛迪·怀亭不是个理智的女人,所以她成年后一半时间都在精神病院度过。究竟是什么使迈尔斯放松了戒备?他固然是善于陷入麻烦,但詹宁还是好奇他这次是怎么陷进去的。她甚至很想在比赛之后打电话问问他。分开之后,她发现自己最怀念的是一些小事情,比如听迈尔斯试图解释他怎么又被人说动去做刚发誓永远不做的事情。他再也不竞选教董了,十分钟之后又松口,因为梅尔求过他,好像这就能解释一切,好像无法预见到"火腿肠"梅尔会来求他,好像梅尔是那种你不能不买他账的人,实际上人人都不买他的账,包括他手下的人。再说美国老兵会棒球赛,他当够了裁判,再也不去了,那是上午的话,下午那些教练们一起来求过他之后,他又同意再当一年,只当到他们找到别人为止。真是笨得可怜。决定跟他离婚时,詹宁把"看迈尔斯被骗去做他不想做并且发誓不做的事"列入了那一长串她不会怀念的事情中。一开始她是不怀念,只是最近……

沃特完全是另一种类型,从不会在沙上画一条线,两分钟后又擦掉。这一点开始是吸引她的。问题是,她必须承认,沃特很少明确表态做或不做什么事情。他总喜欢提醒她说,他成功的秘诀就是保持机动,有时候需要向左转,可是再考虑一下你又可能想向右转。他最喜欢说的是:"你知道,聪明人可以……"然后侃侃而谈聪明人会做什么。起先詹宁以为这些话真跟他的意图有联系。比方说卖掉他的房子,用这笔钱买下迈尔斯那份房产权。离婚双方都得不到多少,但迈尔斯最吃亏。结果沃特改了主意,让她羞愧难当。他竟偷偷把自己的房子租了出去,现在对这件事金钱上怎么安排一直含糊其词。结婚之后租金是存入两人的账户还是他自己的账户?她担心迈尔斯永远看不到第一个子儿。

现在想起来,沃特对他的财务状况说得很少,当然,按照法律,一结了婚就会改变的。詹宁相当好奇他到底有多少钱。她为他们亏待迈尔斯而辩护的方法之一是对自己保证以后补给他,等她能开支票从联合账户里划钱时。反正有健身俱乐部,现在又有出租的房子,她印象中沃特好像还有两三处别的财产,不知道是什么,甚至不知道在哪儿。最近他还说要在斐尔港建一个俱乐部,那个城市虽然有帝国瀑的两倍大,却只有两所破旧的小健身房。可他同时又在考虑扩建帝国瀑的设施,把健身室扩大一倍,因为医生们开始推荐享受工人抚恤金的病人们来做康复锻炼。沃特说,聪明人会添几个室内网球场,因为现有的一个经常有人预订。可是在一起这么久,还没见银狐狸把哪一个"可以"变成"决定"。

詹宁的思绪被女儿的出现打断,这丫头悄悄地从她们身后挤进去,坐到外祖母的身边。外祖母立刻给了她一个大大的拥抱,她已经不让詹宁这样抱她了。

"过得怎么样,笛笛?"毕姨问。

"还行。"

詹宁必须承认,在十月初的阳光下,女儿看上去容光焕发。这可怜的孩子还没有多少胸脯,也没有屁股,可是她将会出落成模特的身材,毫无疑问。其实她不配。今年詹宁建议她报个模特班,笛子讥笑说她做过白质切除术①后也许会去。詹宁还没查"白质切除术"的意思就火了。

"只是还行?"毕姨好像也注意到外孙女今天气色格外的好。

"哦,我画的蛇被选中参加美术展了。"

这对詹宁是个新闻,还有笛子画了一条蛇。不是新闻的是女儿在公共场合对她的态度。詹宁左边有个空位子,是沃特空出来的。但笛子当然不肯坐。首先,沃特碰过,对笛子来说它已经脏了。在家里她不再使用楼上的浴室,出于同样的原因。她宁可跑

---

① 前脑叶白质切除术,即脑部额叶切除一个或几个神经束,以前经常用于治疗精神混乱症。

到地下室去,在那间脏兮兮的、没装修的浴室里洗澡,地下室曾经是娱乐室,现在堆满了迈尔斯住处搁不下的东西,大约一千本家庭甩卖中买来的旧书。沃特一直跟她唠叨,说那间屋子要能腾出来多好。他们可以在那儿摆一部健身车,甚至爬楼机,这样他们(似乎是指她)看电视的时候也可以锻炼。

笛子不能容忍沃特已经够糟了,可最近她连沃特碰过的东西都不想沾,包括詹宁。詹宁靠得近些,她就会皱起鼻子说。"讨厌,我闻到你身上有他的刮胡子水味儿。"她肯定闻不到,大清早,詹宁刚洗了澡。她们无疑要有一场大冲突,也许就在婚礼前。笛子不肯当伴娘,詹宁好言好语地请她都不行。

詹宁渐渐发现,女儿是一个可怕的、聪明的对手。自然,她把她爸爸绕在小手指上——那是意料之中的。让詹宁搞不懂的是沃特。尽管笛子很少对他表示过轻蔑以外的感情,她却能让他在多数争执中站在她的一边。

"我以为那个老师不喜欢你的蛇。"毕姨说,对詹宁又是新闻。

"他们从斐尔港请了个教授来做评判,"笛子解释道,"罗德礼夫人跟那个男的在停车场吵了起来。第二天她说梅尔先生想'破坏她的威信',好像她有似的。"

"你画了一条蛇,惹出那么多麻烦?"

"艺术就是有争议的,姥姥。"

"喂,"詹宁探出身子,以便能跟女儿相互瞪视,"至少该打个招呼吧?偷偷从我身边溜过去,连声你好都不说,这算什么。"

"我没有偷偷溜过去,"笛子说,"是你没注意。"

"我现在注意了,你还是没说。"

"叫你妈妈穿上运动衫,"毕姨说,"跟她说她看上去很冷。"

"你看上去是很冷,妈。"

"说她都起鸡皮疙瘩了。"毕姨教道。

现在詹宁瞪着她的妈妈。"提醒我下次再请你看球。"

"你妈妈气不顺,"毕姨解释说,"她想要我爬到看台最高层,我脚疼没爬。"

"我是气不顺,毕翠丝。你也是成事不足,可你根本搞不清原因,别高估你自己。"

"我带了痔疮垫,她也觉得丢人。"毕姨又说。

这也不假。什么人会把那种毛病向全世界宣布呢?"妈,"詹宁说,"你就是向后排的人展示你的痔疮我也不在乎。"

"哼,光为看你脸上的表情也值了。"毕姨嘲笑道,一点没被蒙住。

女儿当然仍没向她问好。但詹宁突然被一种情绪压倒,不是愤怒,而是悲哀。泪水涌了上来,她只好别过头去,免得让人看到。早上,就在她跟沃特去市政厅之前,邮件来了,比平常星期六早得多,可能邮差为了能送完去看球赛。在垃圾广告单和账单中有一个小信封,用少年的工整笔迹写着笛子·罗比收,邮戳是印第安纳州什么地方的。因为沃特又拖拖拉拉不肯去市政厅,詹宁当时正不耐烦,把那封信丢在门厅的桌上就忘了。但回来之后又想了起来。现在只要看看女儿就知道信中内容是她容光焕发的原因。

泪水涌上来是因为想到女儿不会把这些告诉她。要不是迈尔斯提过,她甚至不会听说有这个男孩。迈尔斯显然以为她全知道。分居之后,笛子就收起了所有的信任,以及所有亲热的表现。这当然是伤人的,尽管詹宁安慰自己说女儿会厌倦这种夸张的态度。毕竟,小姑娘们是需要妈妈的。但到目前为止,笛子还没有显示出缓和的迹象。基本的礼貌都似乎很勉强,詹宁怀疑就连这也是对她爸爸保证的结果。

詹宁偷偷用膝上的运动衫的袖子拭了拭眼睛,想道,哼,去它的,她赢得了最后一个快乐的机会,一定要好好利用。有谁不赞成,那只能说太遗憾了。包括女儿,那个小坏蛋,她尽管保守她的秘密好了,看有谁在乎。为了证明她能够摆出这个态度,詹宁转身背对着女儿和妈妈。

　　下面,斐尔港和帝国瀑的球员们又跑上场,休息结束了。詹宁竭力装作兴致勃勃,心里却忍不住想,这些正在打后空翻的轻灵的啦啦队员们会嫁给这些男孩,或是隔了一两座城市的差不多的男孩。生活会多么快地降到这些男孩身上:先是担心会一辈子独身,然后为避免这个可怕的命运而匆匆结婚,接着是无情的房屋和汽车贷款、医药费等等。他们对这项粗野运动的兴趣会渐渐蜕变。他们会流连于她妈妈开的那种酒吧,为了逃离眼前这些姑娘,以及后来他们和太太都没那么聪明和独立去避免的小孩。有酒吧的宽屏幕电视上的体育频道,还有大量的啤酒。他们偶尔会谈到再去打球,可是真去打时就会受伤,不久伤痛就会变成"病症",从此作罢。工作、婚姻、孩子、生活——整个都是苦役。一年一度,想闹一闹了,他们会挤进某位太太的小面包车里,到南部去看一场爱国者队的比赛,如果这支球队尚未随所有像样的工作一起转移到南部的话。比赛之后,因为没有钱过夜。喝得半醉的他们又会往回赶,回到帝国瀑,如果这地方还在。

　　在他们短暂外出期间,少数爱冒险的或是绝望的太太会抓住这个机会,雇个看小孩的,自己去会一个大男孩似的酒棍,他们大部分在灯夫屋汽车旅馆,想蹚一蹚没走的路,结果发现跟原先走的那破旧的双车道柏油路差不多,只不过是另外一条,但终点相差无几。

　　自然,詹宁也坐在她的归宿旁边,那归宿本身坐在一个该死的痔疮垫上。"哎,别碰那孩子,沃特。"她听到她妈妈说,然后透过泪眼看到她未来的丈夫已经回来了,显然是像笛子那样从她后面溜过去的。他似乎亲了一下继女的头顶,照常得到了冷冷的谢绝。

　　"你凭啥认为一个漂亮的十五岁少女肯在大庭广众之下被你这么个老山羊亲呢?"

　　"因为我是个好看的老山羊。"沃特说,他良好的自我感觉是不容易动摇的。但过了一会儿,他感到不对劲,挤过来坐在凳子头上,挨着那个整个世界刚刚被动摇了但做作镇静的人。如果他没看错的话,她眼里含着泪水,她想用套上运动衫来掩饰。现在只有逗她开心,所以他开始哼一首应景的佩里·科莫的歌曲。

"每当我队触地得分/ 我们欢呼多热烈。"他用颤音唱着,还捅捅她,愚蠢地希望她也一起唱。

好啊,詹宁想,她终于知道未来的丈夫为什么那么迷恋佩里·科莫了,不是因为歌手长得帅,有魅力,或是像银狐。那家伙只不过是沃特同时代的人。

"你知道我希望什么?"她说,看都没有看他,"我希望你们都别理我。"

"光阴抹不去,"沃特继续唱道,没把她的警告当回事,这个浑蛋,"那些充满爱的/ 神奇时刻。"

这是最悲哀的地方,詹宁想,现在充满了自怜。在她可悲的一生中,她想不出一个充满爱的神奇时刻,而现在,下坡路上的她拼命想否认这一点。

斐尔港把球踢给帝国瀑时,她朝下面看了一眼,帝国瀑的反攻手干净地接到了球,奋力冲刺。当他成功地躲过第一批阻截手,前方场地敞开时,看台上的人都站起来看他能不能跑完全程,除了詹宁,她不看也知道他跑不到。她坐在那里,感到那么多激动的人在她头上跺脚叫嚷。詹宁能理解她妈妈脚疼,理解她为什么不愿意爬到顶层。可是妈的,她本来希望爬得高一些。

第 十 七 章

吉米·明狄把警车停在帝国烤肉店正对面,迈尔斯回来时不会看不到。他在那儿已经坐了有一会儿,琢磨着迈尔斯·罗比这个情况,可不知为什么总会想到多年没见的比利·巴尼斯身上去。为什么比利偏偏在今天跳到他的脑子里,他也不知道,因为他想打成肉泥的是罗比。据吉米所知,比利·巴尼斯可能死了。他没在打职业冰球,这是肯定的,吉米还经常关注美国冰球联赛,知道老伙计从来没能参加,尽管德克斯特县人人都打赌他会。当然,即使参加过,比利现在也该被淘汰了。那为什么吉米还有点希望某天晚上波士顿熊人队的比赛中会看到他出现在冰场上呢?

那个肯定有出息的孩子最后干什么去了?吉米不禁想道。如果你只擅长一件事,最后发现自己没有想象的那么出色,你怎么办呢?聪明的话,你可能会像比利·巴尼斯一样,杳然消失。为什么要待在一个人人都只记得你没有成功的地方?人人都想知道"怎么会的?",谁能怪他们呢?吉米本人也不介意问比利这个问题。当然,也有人不问,可是你能在他们脸上看到这个问题。等你说了再见后走开,你会看见他们对孩子俯首低语,你知道说的是什么:刚才那个人?那是比利·巴尼斯,本地穿过冰刀的人里最棒的,肯定有出息,可惜。

"野心,"吉米听到他父亲说,"每次都会要你的命。"

威廉·明狄已经去世多年,但他的教诲留了下来。他的独子望着帝国烤肉店的停车场和附近的街上渐渐停满了车,在脑海中几乎能逐字重复这些话。"他们全算计好了。"老头在他晚上坐镇那把破旧的扶手椅上宣布。父亲吃晚饭时严肃沉默,但一到客厅,电视上放着华特·克朗凯①,他就健谈起来。吉米从父亲那会心的点头中猜测,克朗凯是算计者之一。

"什么算计好了?"就那一次,他壮起胆子问道。

父亲好奇地看着儿子,仿佛搞不懂他的孩子怎么会这么愚钝。他又朝电视点点头,"一切。"他答道,然后长时间严厉地盯着克朗凯,"在学校他们跟你说这是自由社会吧,我打赌。"

吉米不能否认他不止一次听到过这种说法。

"就是,哼,你别信那一套。他们全算计好了,相信我,他们什么都想到了。你跟谁结婚,你们住在哪儿,租金多少,你挣多少钱,谁在他们的战争中送命,一切的一切。你以为你有决定权?好好想想吧。"

吉米想这么多算计一定很复杂,需要许多的组织,使一切都按计划发生也不容易,你得依靠许多人,而父亲常抱怨那些人连失业救济金都不能按时发,不是吗?他对父亲暗示了这一点。

"噢?别担心,"父亲告诉他,"你不相信我,只要二十年里每天晚上让这个万事通跟你讲,看你会不会觉得他们全都算计好了。"

从吉米坐的地方能看见旁边罗比家的房子。许多晚上迈尔斯的母亲会从客厅窗前走过,有时停下来拉上窗帘。九岁的吉米认为罗比太太是他见过的最好看的女人,包括女孩子。他常想跟她住在一起会是什么感觉。如果她是你妈妈也许会不一样吧,可是他无法想象对罗比太太不发烧,无论她是谁的妈妈。有几次他发

---

① 华特·克朗凯(Walter Cronkite),美国晚间新闻主播。

现父亲也在朝对面看。吉米还曾冒失地跟迈尔斯说他多么幸运,有她这样一个妈妈,大部分时间都属于他一个人。罗比先生有一半时间都不在家。吉米还问过迈尔斯有没有见过他妈妈裸体,希望听到描绘,迈尔斯一星期没跟他说话,直到他道歉为止。吉米道歉倒很痛快,怕迈尔斯告诉妈妈说他是个下流的男孩。

吉米思考着父亲所说的华特·克朗凯等人把一切都算计好了。他希望父亲是错的。他不喜欢由别人决定他跟谁结婚,这是他希望自己来做的选择,他打算跟长得和罗比太太越像越好的人结婚,或者罗比太太本人——以后,等他长大,如果她丈夫死了或彻底消失的话。"没人能把每件事都算计好。"吉米抱着希望斗胆地说。

"没人?"父亲仔细地看着克朗凯,不让那人骗过他,"唔,也许不是每件事,可是他们把主要的事都算到了,那是肯定的。你不要怀疑。"

简而言之,父亲对付这些人的哲学就是不要显出野心。不要招人注意,这是他的忠告。睁大眼睛寻找机会,但是不要贪。小偷小摸,就算被抓到,也没有多少赃物。记住他所谓的"麻烦原则"。"他们不会为小事找你麻烦。"父亲这样解释他自己的偷窃行为。你地下室的冰箱里多了两块鹿肉?谁会来管你?两三台大冰箱塞满了偷来的鹿肉?太多了。实际上,麻烦原则可以衡量几乎任何情况的风险。你碰巧发现了一把钥匙,能打开别人的库房?你真走运。你有时顺手牵走一瓶黑麦威士忌?谁会来找你麻烦,他们可能都不数便宜货的瓶子,就算数了,少掉一瓶,没准是他们数错了。名牌酒和成箱的酒,那些他们是数的。最好偷那便宜的,没了再偷另一种。你有钥匙,自己留着,谁也别告诉。如果你不贪,钥匙一直有用。你偷大了,他们把锁一换,你就没钥匙了。钥匙是威廉·明狄的嗜好之一。他在地下室的一台机器上打钥匙,机器是在奥雷五金店倒闭时没花几个钱买的。

吉米突然坐直了身子,一辆老沃尔沃在警车旁边停下,开始倒进后面的车位。他看到司机钻出来,走过去给副驾座位上的女人打开车门。她穿得很考究,但没啥可看。那男的穿着丝光斜纹裤和粗花呢运动上装,里面是有领尖扣的浅蓝色衬衫。他拿着一个牛皮纸袋。吉米一上来就讨厌他,可能在他还没从车里出来时就讨厌了。没多少人会到警车旁边去平行停车。无论这小子是谁——瞅着像个教授,倒是够狂的。他跟他那长相平庸的女人穿过帝国大道,看都没朝吉米看一眼。两人进了帝国烤肉店之后,吉米在座位上转过身,看了看挡风玻璃上贴的车检标记,没过期,可惜。

他的手表上是六点半,吉米原来想罗比这时该回到餐馆了。开车过铁桥把辛迪送回怀亭家再返回不需要那么久,除非迈尔斯能被请进去。虽然那个可能性不大令人愉快,吉米还是不禁微笑起来。他恰巧知道怀亭夫人在波士顿,所以也许迈尔斯跟她女儿正在沙发上搞呢,罗比把它塞给她,他应邀感受那种体验。

一辆小卡车响着喇叭从街角冲上帝国大道。四个中学生挤在驾驶室里(不可能有超过两人系了安全带),还有三人站在车斗里,最高的一个吹着那种塑料的长喇叭。开车的在最后一秒看到了警车,猛踩刹车,驾驶室后面那些男孩险些被甩出去。喇叭飞出车外,跟着他们咯噔咯噔滚了一段,停在吉米的车子底下。他想追上去,狠狠地训那个开车的白痴一通,甚至发一张罚单,可是决定算了。他们不过是些孩子,在大赛后充满了精力,看到他的时候已经吓得够呛,还丢了喇叭。现在他们大概会开慢点了,至少是一段时间内。再说,如果去追,他肯定会丢掉这个车位。

仿佛是为了证实他的担心,另一辆车在街对面停下,又一个穿着粗花呢外套的男人钻了出来。这些大学教授,他们为什么都要统一着装呢?这一位带的女人跟前一个一模一样,如果有长相平庸的女人比赛,她俩可以并列第七,倘若还有泳装比赛,她俩可以并列第九。当然,他父亲这一点是说对了,你不能跟你想要的人结婚。你只能在留给你的里头选。粗花呢配粗花呢,法兰绒配法兰绒。至于野心是不是每次都要你的命,吉米有些怀疑。

教授,也许这就是他想到比利·巴尼斯的原因。高中毕业,比利靠他的冰球专长进了缅因大学。他加入了一个兄弟会,有次周末邀吉米去奥罗诺参加聚会,让他亲眼看看他在错过什么。聚会是很开眼,吉米到那儿时已经开得很热闹了。实际上那天晚上他是提前去的,可是在附近兜圈子,鼓不起勇气去敲兄弟会的门。他喝完了六听啤酒才决定豁出去了。当他终于按响门铃,开门的是个大个子,左手端着个半升的大杯子,右肩上扛着一个不省人事的光屁股的女孩,她浓黑的长发直直地垂下来,几乎齐到大个子的膝盖,蓝牛仔裤和内裤褪到脚腕。吉米假装这不是多么罕见的景象,自我介绍是比利·巴尼斯的朋友,大个子说:"关我屁事,去搞点酒喝,你要闻一闻吗?"

"什么?"吉米又是生气又是困惑。

"闻一下一块钱。"他解释道,这时另一个人走过来,往这位兄弟的衬衫口袋里塞了一张皱巴巴的钞票,吉米发现口袋已塞得满满的。新来的男孩叫吉米让开,拎起女孩的脚腕,把她的膝盖搁到自己肩膀上,然后把头凑到前面,深深地吸气。"嗯,"闻完了让女孩的腿垂下后,他说,"好香的阴户。"

"喂,"大个子对还没走开的吉米说,"你要闻闻吗,还是只想站在那儿看?"

"我想找比利·巴尼斯。"吉米提醒他。

那男孩醉醺醺地点点头。"香喷喷的阴户,你却要找比利·巴尼斯。"他耸了耸肩,"各得其所吧。"

聚会闹得厉害,吉米从三个同样的酒桶中的一个里倒了杯啤酒,怀疑只允许他喝这么多,因为他不是兄弟会会员。很难想象你能靠比利·巴尼斯的名字蹭到一杯以上的免费饮料。可是看来他想错了。当他回到酒桶前时,一个兄弟会的男孩打开龙头,看都没看他,好像认的是空杯子而不是端杯子的人。啤酒缓缓流出,那男孩一直在跟一个女孩说话(这个穿得很齐整),根本不来看吉米的杯子。当他打断他们的谈话,询问有没有看到比利·巴尼斯时,那男孩皱起眉头说,"谁?"

第二天早上醒来,吉米头痛难当,有很长时间躺着不动,眼睛都不敢睁。他模模糊糊地记得夜里很不安生,被一个又一个噩梦追逐着。当他终于睁开眼睛时,发现自己躺在一间陌生的屋子里。盯着天花板几乎是他惟一能做的,因为最小的动作都会引起一阵阵的恶心和疼痛。但很安静,由此推断屋里就他一人。他放下心来,闭上眼睛,想必又睡着了,至少是打了个盹儿,因为当他再次睁开眼时,头疼似乎没那么厉害了,虽然还有些恶心。

他担心的是这间屋子的主人随时可能出现,质问吉米在这儿做什么。那人甚至不会知道吉米是谁,除非这碰巧是比利·巴尼斯的屋子,有多大可能呢?他不大记得昨晚发生的事,但还记得一遍遍地打听他的老朋友,明显地感到比利在兄弟会朋友中地位不高。这倒也没有让他非常惊讶,因为比利在中学朋友就不多,除了在冰球队,那也只是因为在冰场上他能绕着德克斯特县几乎任何人划圈。

不管怎样,如果这不是比利的床,吉米想还是尽快把它空出来的好。他最后闭上眼睛,数到三,坐了起来,把腿垂到床边,又闭上眼睛,等一阵阵剧烈的头痛过去。然后,他立刻在微弱的晨光中发现了两件事。一是他光着身子,这让他想起昨晚那个人人花钱去闻的光屁股女孩,随即闪过一个可怕的念头,他醉倒后会不会发生了同样的事情,被拖到这间屋子里,脱光了作为男性样品让好奇的女来宾参观?若不是发现了第二件事,他准会马上呕出胃里的东西。但冰冷的恐惧代替了恶心,他躺过的脏兮兮的白床单上有一块块潮湿的红斑,一直到枕头那儿。细看后发现这黏糊糊的液体正是他害怕的东西——血,他一下跳起来,连连后退,直到撞在墙上。这又引起一阵可怕的头痛,痛得他顺着墙壁滑到地上,他坐在那儿,膝盖靠在胸口,两手交叉搂着脚腕,额头抵在膝盖上。他又闭上了眼睛,想着黑暗的好处,它能够那样奇妙地删减整个世界。

警车侧面的车窗被敲响,他抬起头来,看到萨克出现在玻璃外。吉米摇下车窗笑了。老天,这孩子真能长个儿。

他伸出手,"比赛够精彩,儿子。"

两人不自然地握手。"可惜时间不够了。"小明狄说。下半场他们追了上去,在第四节最后以一个定位球跟斐尔港扳平,"要是能把球拿回来我们还能得分。"

"肯定的,"吉米应和道,"他们拿不到分了。"

"那是。"儿子骄傲地说。

"你要去哪儿?"

街对面吉米自己的卡麦罗沙哑地空转着,停在第二位教授的车子旁边,后面是先前尖声从街角冲出来的小卡车,车斗里没人,驾驶室也只有三个人。显然是做样子的,另外几个孩子可能在拐角等着上车呢。

"我们想去斐尔港区吃比萨饼。"

"比萨饼帝国瀑就有嘛。"

"我知道,"萨克说,"可是行吗?"

"行吧。你跟谁一起?"他朝儿子身后望去,想看看车里有什么人,可是车窗关着,卡麦罗是茶色玻璃。

"贾斯廷、笛子·罗比,还有一个叫甜兮兮·伯克的女孩。"

父亲点点头,等着,车里有四个人,他看得出来,尽管有茶色玻璃。"才三个。"他说。

儿子似乎不大情愿供出最后一位:"还有一个男孩,叫约翰。"

"姓啥?"

"沃思吧。"

吉米点点头,搜寻着他对这个名字的印象。那男孩七月份在超市偷东西被抓到,吉米警告之后把他给放了。不值得麻烦。他记得那是个古怪的男孩,想不到会跟自己的儿子混在一起。"你要是进商店偷东西,我踹你屁股。"

"不会的。"儿子保证道,态度暧昧。

"我还踹得了你。"

"也许。"儿子现在笑嘻嘻地。

"也许,臭小子。"吉米也笑了,"你也许能把我打倒,可我不会像你今天揍的那孩子。我会站起来。"

"我知道你会,老爸。"

"钱够吗?"

"够。"

吉米点点头,还是塞给他二十块钱。"拿着,没用再还给我好了。"这将是一个开头。但他不在乎。吉米不想他的孩子手头紧巴巴的,像他在这个年纪时那样。从父亲那里要到变了形的一角硬币也得磨上一天。

"别惹事。今天晚上你们去斐尔港可不安全,刚打完比赛。你要是打架被拘留了,我让你蹲在那儿。"

"记住了。"

"记好。"

"走了啊。"

"你跟罗比家的闺女处得怎么样?"

"哦,她又一副贱货的样子,假装不喜欢我。"

吉米想叫他说话注意点,又一想算了。他自己也用过这个词说孩子他妈,她是个贱货,该说。归根到底,她们大部分都是。"她如果不需要挫一挫傲气,就不是她爹的女儿了。我提醒你不要吃亏。"实际上,他自己差不多吃够了。

"我不会玩太晚的。"

"要是撞坏了卡麦罗,我可不管是谁的错。"吉米感到有必要最后警告一句。

"你不放心,咱俩可以换换。"儿子说,鬼机灵。

"去吧,别等我罚你们并排停车。"

萨克点点头,但过街前他绕到警车另一侧,从沟里捡起塑料喇叭,跑过去还给了开小卡车的男孩。

他坐在那儿,紧闭着双眼,心想对一床血迹最容易的解释是他还在做梦。毕竟他夜间曾被一个又一个可怕的噩梦折磨,它们的片断现在开始闪回。这一定只是最新的一段梦。再睁开眼时,他会还躺在床上,也许还是他自己的床上,有些余醉,但安全正常。可是当他检验这个理论时,却发现自己仍坐在墙脚,在某个陌生人的寝室里,惟一的变化是他开始呜咽。显然,夜里发生了可怕的事情,由于他还活着看到它的后果,可以推断那事不是对他做的,而是由他做的——虽然他现在注意到自己的皮肤上有多处血痂。很久以来,可能从十五六岁开始,他晚上睡觉前常有阴暗的暴力幻想,其中一个似乎变活了:他昨晚说服了一个女孩跟他来到这间屋里,后来她惹火了他,被他杀了。他模糊地记得试图说服几个女孩跟他发生性关系。在他的记忆中,没有一个有半点动心,但肯定是有一个答应了。他又觉得胃里翻腾起来。

这个情节虽然心理上能说得通,但吉米以看不到实物证据来安慰自己。如果他杀了某个可怜的姊妹会女生,她在哪儿呢?他跪着爬到床脚被单团起的地方,掀开一看,没有女孩。又轻轻走到床的另一边,还是没有。他又看了看壁橱,里面堆满了乱七八糟的东西,就差一具女尸。会不会他想杀她而她逃掉了呢?他把头伸到走廊上,几乎以为会看到一条血迹。墙上有一大块泛着泡沫的污渍,但那几乎肯定是啤酒。他把门重新关上。

那么,也许他没有杀人,可是有人的血像猪血一样洒了一床。许多血迹已经凝固,像他膝头、腹部和胸口的一样。有些地方依然黏糊糊的。吉米在床边坐下,想了一会儿,然后弯腰拉起一角干净的床单,擦去膝头的一处血痂,惊讶地感到刺痛,并看到有鲜红的血珠慢慢渗出,现在他看出了一个小伤口。

那些血是他自己的,他浑身布满了像刀片划出的小口子,这一发现多么令人欣慰!想到自己流了这么多血虽然让他有些虚弱,但至少他不是杀人犯了。他正计划报考缅因警校,要是在兄弟会的聚会上杀了个女孩,档案上可不好看,即使他解释说当时喝醉了不记得。花了大半年才想出报考警校这个主意,他可不想从头再来,即使有蹲监牢的漫长闲暇可以考虑其他职业选择。不,如果血是他自己的,就意味着他还能当警察——他想到,眼下的情形正需要一点侦探工作。为什么他一觉醒来浑身都是伤口,又不记得受伤?真是蹊跷。

他听过许多疯狂的兄弟会聚会的故事,有一种叫"受辱"的仪式,由老会员捉弄立誓入会的新人,大多是开车把新人带到荒郊野地,收走他们的衣服,让他们自己想办法回校。或者是灌酒,直到他们醉得不省人事。也许昨晚发生了类似的事。据他理解,要"受辱"先得立誓入会,可谁知道呢。也许他被误认为是新立誓的了。当然,没人把他灌醉,是他自己喝的。可是他醒来时全身赤裸,这就引起联想。这么多小口子会不会是喝醉的兄弟会成员搞的恶作剧呢?天哪,他的小弟弟上还有一个!

幸好他的衣服堆在被单中,吉米小心翼翼地穿进去。任何动作都会使多处伤口绽开,刺痛起来,可是没有办法。屋里依然静悄悄的,他想大概所有的人都还醉卧未醒,最好趁机悄悄溜出去,不要等有人醒来问他是谁,在这儿干什么。问题是要不要带上血污的床单?一方面,床单不是他的,他不想被当成小偷,另一方面,把它们拿走是为屋子的主人做了件好事,可省去那些血迹引起的惊吓和猜疑。况且整个该死的兄弟会可能会以为发生了凶杀,酒醒之后有人会想起他们放进来的那个比利·巴尼斯的古怪朋友。那可得费一番解释,吉米怀疑他能不能让人相信,因为他自己都不大明白。所以,最好把床单卷走。

扯床单时他发现有闪光,仿佛那带血的床单上撒了星光粉。仔细一看,竟是纸片那么薄的玻璃屑。吉米研究着在他想拾起时嵌进了拇指里的一片。他又坐到床上去想,过了一会儿,抬起头望着天花板。头顶上是一个空灯座,不,不是空的,有一块薄薄的玻璃碴从灯座中突出来,是炸掉的灯泡的残余。难怪他睡得不安生,卧在一床碎玻璃上啊。

谜团解开后,他决定把床单留在那儿,看有没有人能根据线索破了这个疑案。街上,他的车子还停在昨晚的地方。他小心翼翼地坐到方向盘后面,屁股上全是口子。面前又是一所兄弟会的房子,门上有两个希腊字母,这让他想了起来。昨晚进的那个兄弟会门上有三个字母。比利·巴尼斯留地址时说的是"Sigma Nu①",是两个还是三个字母呢?Sig,ma,Nu,三个。

回帝国瀑的路上很不舒服,但吉米·明狄一直在微笑,自信他会成为一名出色的警察。他也很高兴去过了缅因大学。许多孩子要在那儿待整整四年才发现自己适合的职业,可他只一晚上就自己想出来了。

迈尔斯从怀亭庄园回来,一眼就看到停在街对面的警车。不理它,他对自己说。餐馆看上去跟昨晚一样热闹,这意味着可能需要他帮忙。他把车开到后面,停在垃圾箱旁边的老地方,朝后门走去,然后转念一想,又绕到前面街上。迈尔斯还没走下路沿,吉米就已经打开门从警车里出来了。迈尔斯伸出手时,他显得很惊讶,

---

① 希腊字母 ΣN。

也许还有一点失望,因为自己没有及时反应过来。

"下午对不起,吉米。"握手之后迈尔斯说,"我不知道自己怎么回事,大概太疲劳了。"

"哦,你能道歉就好。我以为咱俩之间这事要恶化呢。"

"我不希望那样。"迈尔斯诚实地说,"你说得对,我不需要敌人,当然不想跟你为敌。"

吉米警惕地点点头,花了一分钟才确定迈尔斯的话里没有讽刺。"为什么不过来左右呢?坐坐,你说得对,我总是搞错,'左'跟'坐'。兰普里太太老给我纠正,你还记得她吗?"

迈尔斯点点头。"我坐不了多久,"他说着走到警车另一侧,"看上去餐馆满座了。"

"你担心没有你他们就不能应付?"吉米说,迈尔斯坐了进来,他自己也重新坐到方向盘后。

"不,"迈尔斯摇摇头,"我更担心他们能应付。"

吉米点点头,仿佛这想法太深刻,不能一下咽进去。停了停他说:"这还差不多,你跟我,就这样说说话,不要失态。"

迈尔斯也点点头,如果他判断不错的话,这是要他再次道歉,或是对双方的冲突给出更令人满意的解释。

"我们之间到底是怎么回事?"警官问道,证实了迈尔斯的猜测,"疲劳我理解,可是今天下午呢?那不像是疲劳,是有原因,但不像是疲劳。还有上次跟你老爹一起,也不像是疲劳。"

"那像什么?"迈尔斯问,既好奇又希望吉米的答案不会太接近事实。

"我停在这儿就是在想这个问题。"

"我不应该纠正你的错别字,吉米。那是傲慢和小心眼,难怪你生气。"

对方暂时没说话,然后突然举起双手,让迈尔斯一惊。"啊,去它的吧。你说了对不起,是不是?"

迈尔斯看出这是第三次机会。

"我刚才看到孩子们,"吉米仔细地盯着他说,"我儿子跟你女儿,还有一帮人,去斐尔港吃比萨饼了,他们是这么说的。"

"这恐怕不是个好主意。"

"我也是这么说。"吉米又点点头,"不过,过两年他们上了大学,干什么咱们都不知道,对不对?"

"我想是吧。"迈尔斯敷衍道。

"你希望再年轻一回吗?"

"不希望,"迈尔斯很高兴至少有一个问题他答的是真心话,"那很可怕。"

"哦,我不知道——"

"我们那时很愚蠢。"迈尔斯对自己信念之深感到惊讶,"至少我是。"

"你知道你来之前我在想什么吗?我想起了比利·巴尼斯请我去缅因大学那次。一定是他和我毕业后那年。"他跟迈尔斯讲了兄弟会的聚会,至少是那个男孩扛着光屁股女孩的那部分。"好家伙,真让我生气。"他总结道,"当时我都没意识到。"

"那是挺可怕的。"迈尔斯承认道,努力不去想象女儿的第一次大学狂欢。

吉米茫然地看着他,"哦,那个女孩?"他眨眨眼睛说,"是啊,我觉得那够恶心的,可是真正让我生气的是那些兄弟会的男孩,他们都了解情况,把你当成白痴,因为他们知道,你不知道。你去的那地方也是这样吗?"

迈尔斯不禁微笑起来。"我上的是一所小天主教学院,吉米。你刚进校园的五分钟比我三年半看到的东西还多。"

"不是这个意思。"吉米说,显然因不被理解而恼火,"我不是说光屁股,我是说那些人给你的感觉。好像他们是里头的,你不是,他们看都不用看你。天主教学院也是这样吗?"

迈尔斯端详着他,暮色降临,在昏暗的车子里也能看出他气愤得涨红了脸。他问题中的天真和急迫有点像喝高了的阶段,但警官又没有显出其他醉酒的症状。仿佛他多年前就产生了这个问题,一直没机会问。因此迈尔斯回答时格外慎重。

"我想,有时候我也觉得格格不入。"他承认道,"有时觉得自卑,尤其是一开始。有许多同学是从波士顿,甚至波特兰来的,大城市的孩子,知道许多我不知道的事情。可是到一定的时候你会发现你不那么自卑了。某天早晨你在寝室醒来,想道,我是睡在我的床上,这是我的桌子,我的书,我的世界。从那以后,家反而开始变得陌生。"

对方听得很仔细,迈尔斯发现尽管他很慎重,他的话还是证实了吉米不能或不肯丢开的某种阴暗怀疑。"你是说,我待得不够长。"

"嗯,一个晚上……一次聚会——"

"你是说如果待长一点,我就会成为兄弟会中的一员。"

实际上,迈尔斯毫不怀疑,到大二,吉米·明狄就会变成扛光屁股女孩的那个。但他没这么说,"不——"

"那我庆幸没多待。"

"吉米——"

"不,我操,迈尔斯。我想告诉你一件事,行不行?你介意我告诉你一件事吗,还是你已经知道了?"

迈尔斯又停了一会儿才回答。"没必要上火,吉米。你问了个问题,我回答了而已。"

"你闭会儿嘴,听着,我没有上火,行不行?我从下午起就火着了。你以为你可以在怀亭小姐和那么多人面前拿我开心,然后趁没人的时候过来说声对不起,这就可以扯平了?你知道吗?本来是可以的,可是当我提到你女儿和萨克时,我看到了你脸上那副表情。我看到了,别告诉我没有,因为那是再侮辱我一次。"

迈尔斯把手放到门把手上，"冒犯你了，对不起，吉米。"

"不，你左着，手从门上拿开，等我说完。"

迈尔斯照办了。

"我想告诉你那才是我们之间的问题，而不是太疲劳之类的鬼话。瞧，这座城市对我不陌生，从来都不，一秒钟也没有。奥罗诺那一夜之后，当我开车过桥进帝国瀑的那一刻，那差不多是我这辈子最愉快的时刻。你笑好了，可这是真的。"

"我没笑，吉米——"

"瞧，我关心今天谁赢那场比赛。也许你这样的人会因此看不起我，可是你知道吗，我他妈的不在乎。帝国瀑先生？那就是我。最后一个走的，关灯的，对不对？这座城市就是我，我就是它。我不是那些走了又回来的人。我一直在这儿。这儿就是我待的地方，明天太阳升起时我还会在这儿，所以如果你——"

"我没说——"

"事实是，迈尔斯，这个城里的人喜欢你，好多人。你有朋友，甚至有一些尊贵的朋友，这我承认。可是有个也许让你惊讶的情况，人们也喜欢我。还有呢？我也有朋友。你也许会惊讶，我们甚至还有一些相同的朋友。不是只有你一个讨人喜欢，知道吗？我还要告诉你，这里的人最喜欢我什么？喜欢的是他们更像我而不是像你。他们看到我，就看到自己从小长大的城市，第一个女朋友，第一场中学橄榄球比赛。你知道他们在你身上看到什么？看到他们不够好。他们看到你，就看到自己人生中的所有错误。他们听你说话，也许跟你想着同样的东西，只是不会像你那么说，他们自知永远得不到荣誉。他们看到你跟你的校长朋友脑袋凑在一起，决定各种事情，用你们的方式说话，开玩笑，他们自知在你们那儿永远没有地位，永远没有。可我呢？也许他们在我这儿能有点地位，所以他们喜欢我，所以我有可能成为下一任警察局长。我想你可以说，他们喜欢我的态度。你知道吗？你这样的态度，你这样的态度会引起问题。"

迈尔斯终于受够了。"你在威胁我吗,吉米?"他问,"你还不是警长,道斯知道谁将顶替他的职务吗?"

吉米的眼里现出一丝恐惧——他在想是不是说过了头,但它随后就消失了。"威胁你?"他不相信地说,"威胁你。我什么时候不是只想跟你做朋友?告诉我,什么时候?"

当然,迈尔斯知道就像许多真实都有扭曲和怪诞的形式,吉米·明狄说的是心里话,这确是他想要的,他真的不明白为什么就是得不到,这并不表示他傻——从车里出来穿过帝国大道时,迈尔斯不得不承认。毕竟,这个大千世界不就是让人们渴求内心不可企及的欲望,让这些欲望不顾逻辑、实际甚至时光的流逝而根深蒂固,像磨光的大理石一样经久长存?

第十八章

星期日早晨六点差五分,晕晕乎乎的迈尔斯·罗比下楼去准备早餐,发现柜台上趴了一个人,额头压在丽光板的台面上,像用强力胶水粘住了似的。迈尔斯好一会儿才认出是巴斯特,他的厨子,在一年一度的豪饮后回来了,看来今年的几乎要了他的命。他带了一份星期日的报纸,一壶新做的咖啡在咖啡机上冒气,说明巴斯特还没有完全忘光他的技术。

迈尔斯没有叫醒他,点燃了烤架,在闪亮的表面铺上一些腌肉条,三磅左右。当它们嗞嗞冒油时,他拿起了报纸,头版几乎全是星期六的橄榄球赛,有两张萨克·明狄的照片:大的一张是他高高举起抢到的球,小的一张是他把虚弱的斐尔港四分卫扶下场去。那男孩被击昏之后下半场都没有上。他呆呆地坐在凳子上,看着帝国瀑赶上来,这儿一个定位球,那儿一个触地得分,直到主队在还剩一分多钟时把比分追平。不出所料,《帝国报》对比赛的描述跟本地球迷的差不多,斐尔港在上半场以 24 比 0 领先的情况下丢人地战败。

生活版的第一页有个意外。近几年来,《帝国报》在星期日登出一些帝国瀑辉煌时期的老照片,题为"往事拾遗",今夏登过帝国烤肉店一九六〇年左右的一张照片,老罗杰·史佩里像站在龙虾船上而不是收款机旁,坐满工人的午餐柜台延伸到他身后,幽暗模糊的火车座里全是顾客。后墙的牌子上画着一块牛肉饼加烤洋葱、土豆泥、蔬菜和面包卷,一块两毛五。柜台前有一位年轻的现在还来,还总坐那张边上的凳子,只要它空着。令迈尔斯纳闷的是,这些照片对本地人似乎有种鼓舞作用。人们似乎喜欢记起四十年前的星期六下午帝国大道上车来人往,生意兴隆。当然,现在你就是用飞机低空扫射也不会伤到一个人。

照片上的有些人注明了身份,但其他人变成了问题。你认得出这个男人吗?这个女人呢?这些人是谁,对我们有什么意义?照片似乎在问。他们哪儿去了?我们为什么还在这儿?"往事拾遗"总让迈尔斯感到小城本身在等待着一场灾难来结果一切。

今天的照片是帝国衬衫厂的办公人员,摄于一九六六年,工厂关门的前一年。第二排惟一没看镜头的是年轻漂亮的格瑞丝·罗比。迈尔斯迅速查了查说明,欣慰地看到他母亲的名字,要是她也被标作"谁认识这个女人"会让他难过的。不过,如此意外地看到自己的母亲,迈尔斯感觉有点像站在铁轨上,感到(或是想象)远处有个庞然大物向你疾驶而来的那种颤动——不一定是危险,除非由于莫名的原因你必须站在原地不动。也许是因为格瑞丝没看镜头而是望着一边,让人感觉她或许也在倾听那遥远的隆隆声。如果她听到的是自己的死亡,迈尔斯想,那它比她想象的要近。

照片上还有几人是迈尔斯认识的,有的死了,有的活着,有的还住在帝国瀑,有的早走了。有一个他以为是个熟人,然后才意识到应该是那人的父亲。第一排最边上站着个白胡须的矮个子男人,穿着三件套西服——查·波·怀亭,帝国衬衫厂的厂主。如果有什么凶事要降临到怀亭夫人的丈夫头上,他此刻似乎还没意识到。迈尔斯追忆着,这张照片之后过了多少年,他从墨西哥漂泊归来,将左轮手枪冰冷的枪口抵在自己跳动的太阳穴上?多么奇怪,昨天他还站在这个男人的坟前。

比赛后,当人群散去,他们慢慢地、小心地走回迈尔斯的车子旁,辛迪问他能不能陪她走一走,他犯了个错误,没问她想去哪儿就答应了。

"我觉得这是全城最美的地方。"走在精心修葺的小径上,他的同伴说。辛迪现在更多地倚靠拐杖,但还是紧抓着他的胳膊肘,以防万一。在看台上失去平衡栽到吉米·明狄的怀里令她心有余悸。

在她的建议下,他们把车子停在墓园东门外,这里离怀亭家的墓地最近。日色渐晚,天空又阴云密布,一阵凉风吹来,路旁的黄叶沙沙作响。

"是很幽静。"迈尔斯赞同道,深深地吸气,是他的想象吗,风中好像有股猫尿味。进园后迈尔斯已经看到几只猫在墓碑间蹿来蹿去,不会是野猫吧?他不愿去想它们在墓地里吃什么。怀亭家的猫咬伤过的地方已经消肿,但手开始胀跳,让人又想去抓。这次迈尔斯决定忍住。一辆警车在铁栅栏外约一百米远处无声地驶过,看不清里面是不是吉米。辛迪也注视着它,直到警车拐上榆树街,朝城中驶去。

走到山顶,远远能看到那条河,一道明亮的阳光从云缝中射出,蓝色水面像通了电。站在她父亲的墓前,辛迪说:"他有时带我来。"

迈尔斯琢磨了一下,他知道同伴一向讨厌比喻,所以判断她不是说查·波·怀亭用超自然方式把她引到这里。

"谁?"他决定问一句。

"詹姆士。"

想不出来。"詹姆士?"

"吉米·明狄。"现在是她怀疑地看着迈尔斯,好像他反应迟钝或是没专心听。他试图回忆是否听过别人叫吉米"詹姆士",然后放弃了。

"我不是个好朋友,是吗?"他承认道,愧疚地想到他对这个可怜的女人始终像小时候一样吝啬。在她偶尔回帝国瀑小住时,带她去给她父亲上个坟,能花得了多少时间呢?

"哦,迈尔斯,你结婚了嘛。"她似乎看出了他的思想。

查·波·怀亭的坟上有个大花盆,里面曾经是金盏花。现已凋萎枯黄,盆中落满了脆叶。这里的尿臊味更明显了。"我几天前刚放的,"辛迪颤巍巍地俯身察看金盏花,"不应该败的啊。"停了一下她又说,"你知道,詹姆士为我妈妈服务。我想她按时间付他钱。"

"怎么个服务法?"迈尔斯问。

"各种方式,在她外出时照看房子,他帮她装了一个防盗系统,还有照看老厂。"

迈尔斯点点头,忍住微笑。如果在帝国瀑他不愿哪个人了解他的防盗系统(假设他装得起并有值得偷的东西的话),那个人就是吉米·明狄。但也许这么想不公平,也许吉米对那些待他不错的人能忠心报答。迈尔斯也意识到他两次激怒吉米是个错误,要纠正会很屈辱或已经不可能。

"实际上,"辛迪继续说,"她希望可怜的詹姆士随叫随到。"

"你母亲希望每个人都随叫随到。"

"我不会告诉她你这么讲。"她抓住他的手捏了一下。

"你愿意讲就讲。"他轻松地说。

"亲爱的迈尔斯,你是她惟一允许跟她顶嘴的人。你知道吗?"

"对我没什么好处。"

"她把你当儿子看,你知道。"

他不禁笑起来,"是,一个总是让她失望的儿子。"

"他那么不快乐。"辛迪说,好像这句话是自然地接着他的话一样。她放开他的手,走到墓碑前,用指尖描着碑上她父亲的名字。与其他怀亭家男子的墓碑相比,查·波的像个侏儒,尽管式样和基本形状与旁边霍纳斯和伊利亚的一样。给人感觉只有他的墓碑埋下后没有长过,仿佛先辈的尸体已经吸尽了泥土中的养分,枯死的金盏花只是加强了这一印象。"妈妈说他是个软弱的男人,从不想当怀亭家的后代,但仍然享受了财富和特权。你知道他在墨西哥另外有一个家吗?"

"不知道。"他感到很吃惊。

"在他……嗯,在他去世后,妈妈收到那女人的一封信,当然是要钱,为她自己和他们生的小男孩。她告诉我妈妈他们在一起很快乐,可我不信。是妈妈不让他回来。"

迈尔斯点点头,怀疑她是否因为极度需要才得出这个结论。他小时候经常奇怪马克斯为什么会一下子失踪几个月,丢下他和母亲(后来还有弟弟)不管。所以他想辛迪可能也问过这种问题,甚至还怪过她自己,像迈尔斯那样。如果她相信父亲想回家,可能是因为他在圣诞卡和生日卡上对她这么说过。同时迈尔斯又想,一个在缅因中部建南美庄园的男人在墨西哥可能觉得很自在。"她说原因了吗?"

"她说他是个坏孩子,这是她的原话。"她怨恨地回忆道,"我恳求去墨西哥看他,她也不让。'你爸爸是个坏孩子,他不要自己的家,现在就别想回家。'"

尿臊味开始让迈尔斯恶心。"这么凉待在外面好吗?"

"你说我?"

迈尔斯无奈地微微点了点头。

"亲爱的迈尔斯,你真体贴。"她又捏了捏他的手,"可是我已经渡过来了,医生都这么说。我想过我的人生,而不是结束它,尤其是现在情况好转的时候。"指的是他,迈尔斯担心。"不过,你要想回去,我们就回去好了。"

往回走的路上经过了他母亲坟前,迈尔斯知道会走这条路。她的墓碑前也同样摆了一盆金盏花,只是这一盆盛开着,金黄的花瓣鲜艳而健康。

"好像花也知道它们在点缀一个好人的坟墓。"辛迪悲哀地说,"你觉得这话很傻吗,迈尔斯?"

"嗯,"他承认道,"但我明白你的意思。"

巴斯特哼哼着醒来,看上去像《帝国报》照片里的人,缺失人员之一。迈尔斯从收款机抽屉底下摸出从九月一日存到现在的支票递给他。巴斯特盯着它瞧了一会儿,问道:"咱被解雇了?"

迈尔斯给他倒了一杯咖啡,自己也倒了一杯。"我正打算明天早上登广告,"他坦白地说,"你出走够久的。你的眼睛怎么了?"

这只是迈尔斯想问的许多问题中最明显的一个。巴斯特苍白消瘦、邋里邋遢,神情沮丧而尴尬,像条病狗。而且他的眼睛肿得睁不开,眼角流着脓。迈尔斯相信将会有一堆的故事来解释他这副倒霉相。他提醒自己不要让巴斯特和马克斯一起值班,等前者像样一点再说。看见他们俩中间的一个会让客人对食物产生疑虑,而看见他们两个一起则会让客人逃回停车场。

"蜘蛛咬的,"巴斯特小心地把脓擦到餐巾角上。迈尔斯只得转过头去,早上他的胃本来就不那么坚强,"外面站着个怪怪的男孩,"巴斯特说,"说他在这儿上班。"

迈尔斯转过柜台走到前门口,见约翰·沃思一动不动地站在台阶上,手插在兜里。昨天下午的温暖像是遥远的记忆,今早的空气像是冬天。听到门锁响,男孩抬起眼睛,马上又望着地下。

"他是在这儿上班,"迈尔斯回到柜台对巴斯特说,"他是我们的新小工。"

"看着像个该死的杀人恶魔。"

"你看着才像杀人恶魔呢。"迈尔斯指出,"他不大吭声,不过到目前为止似乎干活还不错。"

两人看着门口，发现约翰·沃思还没进来。迈尔斯猜可能是因为没叫他。果然，回到门口一看，约翰·沃思还站在原地，似乎等人来请。"进来吧。"迈尔斯对他说。

男孩点点头，一下蹿进屋里，速度快得惊人。迈尔斯跟他进到里间。"先把锅刷了吧。"他指着昨晚留下的一大堆锅碗说。昨晚又人手不够，迈尔斯说先泡着，他知道新小工来得早，再说星期日时间短，只做早餐，但客人很少，几乎不值得做。周五和周六晚上生意那么好，可以考虑关门让大家休息一天，这样他也能参加星期日早上的弥撒。很多星期他设法参加周六下午五点半的那场。可是对于一个老祭台助手来说，那是很不一样的。昨天下午因为陪辛迪·怀亭去墓地，没赶上弥撒，今早觉得有点不踏实。

想起周五晚上贺瑞斯奇怪的警告，还有梅尔对他肯雇那男孩的感激，迈尔斯注视着开始放水刷锅的约翰·沃思，试图想象这个古怪的男孩的生活。他起步如此不利，在迈尔斯看来，他似乎注定会成为未来征答的题目：谁认识照片中这个男孩？——假如他能够被摄入照片的话。上报纸的是萨克·明狄那种人。话又说回来，谁知道呢？这男孩没准会成为下一个比尔·盖茨。"对了，祝贺你，"迈尔斯说，男孩停住了手，但没有抬头，"我听说你的画被选中参展了。"

"笛子也是。"他说，仍然没有抬头，但迈尔斯看到他的眼睛在不安地转动，仿佛害怕一下子提供这么多信息会有可怕的后果。

回到外面，迈尔斯翻了翻腌肉条。他总是提前把它们烤到七分熟，然后再按客人要求烤脆。胃里好受了一些，但站在铁轨上等待火车驶近的感觉还在——也许是又大半宿没睡的结果。他跟大卫十点半关门，精疲力竭的迈尔斯上了楼和衣就睡着了，手里握着遥控器，还没来得及打开电视。他从噩梦中惊醒，他正在帝国体育场的看台下找辛迪·怀亭的拐杖，却发现笛子蜷着身子睡在热狗纸和泡沫塑料杯子中间。然而她不是睡着了。刚看出这点，他猛地抽搐了一下,遥控器滑到一个摞着纸巾盒子的托台下面。表上已是半夜,打电话太晚了,但没等说服自己不要恐慌,他已经拨了旧电话的号码,第一声詹宁就接了。

"笛子安全到家了吗?"他冲口问道。

"迈尔斯。"她说,好像她有一份长名单上列着这个时间可以给她打电话的人,而他不在上面。

"笛子回来了吗?"

"没呢。"

"都半夜了,詹宁。"

"我知道时间,迈尔斯,有什么事吗?"

"她到家了你给我打个电话行吗?"

"你没回答我的问题。"

"说来很傻,"他承认道。实际上,他将来前妻的声音,甚至她那无限的恼怒,都让他感到安慰,"我在睡觉,梦见……她受伤了……"

她的声音缓和了一些。"我相信她没事,迈尔斯。她答应最迟到十二点,马上就会回来了。"

"还是给我个电话好吗?"他请求道,"跟沃特说我很抱歉这么晚打电话。"

"你想让我叫醒他,还是早上跟他说?"

恼怒又回升了两度,但似乎不是对他。"早上吧。"

"很好,"她说,"他这么大岁数的人需要睡眠。"

这是怎么回事?迈尔斯再次提醒自己他不想知道。然而,"你还好吧,詹宁?"

"很好,迈尔斯,好极了。干吗问这个?"

"她到家给我打个电话,好吗?"

"你不想跟我说话,是不是?"

"你——"他停了一下,"喝酒了吗,詹宁?"

"也许喝了点儿,你介意吗?"

"不关我的事。"

"你说对了,"她说,然后停了停,"我又跟沃特提房子的事了。我跟他说我想一结婚就赎回你那份。"

"他有何反应?"

"你见过老牛反刍吗?"

"你不一定要嫁给他,你知道。"

"我想嫁,行不行?"

"当然,我不是说你不能嫁,只是说不一定要。"

"我知道,迈尔斯,对你来说,我随便干什么都可以——包括下地狱,是不是?"

迈尔斯意识到这种对话是不能控制冲动的代价。"詹宁。"

"球赛上跟你在一起的是那个辛迪·怀亭?"

"嗯。"

"如果你娶了她,就不在乎这个小破房子了,半座城都会归你。你可以供笛子上大学,远走高飞,永远不用再看到我。"

如果迈尔斯没弄错的话,她现在正捂着话筒暗自哭泣呢。

"詹宁……"

好一阵闷闷的沉默,然后,"他们进来了,行了吧?"

"詹宁。"

"你女儿平安。我正从窗户里看着她呢。回去睡觉吧。"

"詹宁——"

可她已经挂了。

"哎,我今天能歇一天吗?"巴斯特问,仿佛他昨晚过得比迈尔斯还要糟。

迈尔斯把预烤过的腌肉盛到不锈钢盆子里。"我坚决主张,实际上,我希望你那只眼睛不流脓了再来。"

"我打赌那玩意儿得开刀。"巴斯特阴郁地说,仿佛生活就只是一连串这种可怕的必须。"我不知道为什么老要去阿拉格许,人们说北边那儿没啥东西,可他们错了,有很多玩意儿,全都是坏的。"

迈尔斯用铲刀把烤出的一汪油刮到槽里,往烤架上放了些洋葱片。

"你知道那个县酗酒率有多高吗?"巴斯特迫切地问。

"一般情况下,还是你去的时候?"

"一般情况下。"

"很高?"

"还要高。"巴斯特说,好像料到他会低估,"当然,在那个边境地区,他们分享不到州里其他的繁荣。"

迈尔斯转身端详着他的厨子,想看出有没有一丝的讽刺。

"我想吃两条腌肉,"巴斯特说,"最好再来个鸡蛋。"

迈尔斯炒了两个蛋,装在盘子里,加上一些腌肉和面包片。巴斯特狼吞虎咽地吃起来,迈尔斯没想到一个眼睛流着黄脓的人能有这么好的胃口。"你不该等我的,"他推开吃空的盘子说,"你应该另外找个人。"

"我知道。"迈尔斯承认。

"你心太软了,"巴斯特说,"人家会占你便宜。"

"这我也知道。"迈尔斯希望结束这种分析。

他望见夏琳那辆铁锈斑斑的老现代从帝国大道上拐进来,二十多年来她的出现第一次没有让迈尔斯心跳加速,似乎巴斯特那副疲惫不堪、流着脓水的颓废样通过丽光板柜台传入了迈尔斯的血液中。巴斯特把咖啡杯子搁在报纸上了,它像带油墨的海绵,等迈尔斯把杯子移到台面上时,洇湿的一圈已经毁了他母亲的面容。

"因为你是个傻瓜。"巴斯特突然火了,瞪着迈尔斯,看他用餐巾吸去报上的咖啡。过了好一会儿,他哭了起来,"对不起,迈尔斯。"稍后他说,也许是听到后门开关的声音,知道夏琳马上就会过来,不能在她这么漂亮的女人面前哭。"我不知道是怎么了,真的。"

"回家吧,巴斯特。"迈尔斯没有从照片上抬起头来,虽然母亲已无法辨认,但他发现了一个以前没注意的细节。现在确定无疑了。是有东西逼近,他所站的铁轨在震动,可他一步都动不了。他感觉到而不是看到巴斯特起身走掉,他也不知道夏琳站在旁边喊了他多少声,他才看到她那惊慌的、询问的眼神。"你没事吧?你看上去好怪。"

如果她早来几秒钟,就会看到他用食指盖住了查·波·怀亭那胡子拉碴的下半张脸,可她就是看到也不会了解——现在盯着他的那张脸不是《帝国报》编辑注出的查·波·怀亭,而是查理·梅因。

第十九章

汽车终于驶进斐尔港站时,迈尔斯早上对母亲做的保证——不说出查理·梅因的事——开始压在他心上。他没想到在葡萄港渡船上安全做出的保证会在几小时中变得这么沉重。他们在伍兹厚港搭汽车到波士顿,然后转车北上到缅因,在波特兰又换了趟车,终点站是斐尔港,它真正是长途汽车线的终点。帝国瀑去年取消长途客运,变成了线外一点,现在又风闻要关掉斐尔港汽车站,它由烟店后面的一扇窗户和一个小停车场组成。格瑞丝是一星期前把道奇车停在那儿的,可是感觉要久得多。回来发现车子不在了,她跟迈尔斯都不觉得惊讶。对迈尔斯来说,他们出去了那么久,无人看管的汽车很可能像杯底的水一样挥发了。对格瑞丝来说,这意味着马克斯出狱了。

虽然距离很近,斐尔港与帝国瀑之间却是长途电话。格瑞丝打了几次才找到肯来接他们的人。他们到街对面的咖啡店去等,因为早过了晚饭时间,格瑞丝坚持要他吃点东西,尽管他说不饿。车上的汽油味加上就要见到父亲使他胃里不舒服。但热狗一上来,闻着挺香,他把一根都吃掉了。格瑞丝一边喝咖啡,一边忧伤地看着他。付账时她打开皮夹,迈尔斯看到里面的钱只够付他们点的东西。除非她还有钱藏在别的地方,等到家时(或差不多到家时)就只剩一些钢镚了。迈尔斯想要是查理没有出现并主动买单,母亲准备怎么办。

来接他们回帝国瀑的女人比格瑞丝年轻,长得很一般,迈尔斯觉得。她开的车比他们的道奇还要破。迈尔斯当然被打发到后座,跟行李一起。后备箱打不开,那女人说。迈尔斯不禁想一天之内变化多大。昨晚这时候,他和母亲坐着查理那漂亮的黄色跑车在岛上飞驰,刚刚享用过一顿五十多美元的晚餐(迈尔斯偷瞟了一眼账单)。今晚他的热狗三毛五,母亲的咖啡两毛五,就这样还差点付不起。

莫德——那个来接他们的女人一路上说了很多话,向格瑞丝介绍这些天发生的事情。又有传闻说厂子要卖,一个证据是查·波·怀亭星期四就走了,没告诉任何人他去哪儿,人们猜测他可能去亚特兰大或南部其他地方去最后成交。如果是真的,就意味着有些人在衬衫厂干不长了,尤其是格瑞丝和莫德这样在办公室做的。新管理层会带来他们自己的人,谁都知道南方人比缅因人要的工资还少。年轻的工会已经在讨论对策。马克斯——她补充说,压低了嗓门不让迈尔斯听见——又是自由人了,他这礼拜到厂里来找过格瑞丝。

莫德似乎没有注意到格瑞丝对这一切都报以沉默。快到帝国瀑了这年轻女子才想起问她们玩得怎么样。"在岛上是什么感觉?"她问,提醒迈尔斯一星期前他还相信岛屿是浮在水上的陆地,地图上看是如此。上葡萄岛之前他曾怀疑它踏上去有没有"真的"陆地那么坚实。如果岛上的人都挤在一边,它会不会翻掉?他也知道这不可能,但走下渡船时发现一切都那么坚实,他还是很欣慰。而现在他发现是回家使一切摇晃起来。

他们到家时父亲不在,道奇也不在,但冰箱上用磁贴压了张条子。他去凯斯汀漆房子了,周末回来。迈尔斯找出了被格瑞丝团起丢进垃圾箱的纸条,抹平后从头到尾读了一遍,很奇怪它的内容跟母亲说的一样，不多不少。迈尔斯原以为一个在老婆和儿子去葡萄岛度假时坐了一个星期牢的人出来后会有更多的要说。有这么多思考的时间，他可能会悲伤、愤怒、下决心，或痛改前非。他父亲似乎拒绝了所有这些选择，而打定主意一出狱就去卡斯汀给人漆房子。条子上没提到迈尔斯——这让他松了口气，他原以为父亲会把他看成母亲的同谋。几天前迈尔斯还没想到有查理·梅因这种人，有机会便可能偷别人的老婆。从条子上看，父亲也还没有发现这种可能性，或发现了却不怪迈尔斯没保护好母亲的贞操。

回到了帝国瀑，迈尔斯和母亲并不真正需要马克斯和道奇。迈尔斯可以骑车去棒球场或任何需要去的地方，母亲早上走路去上班。像办公室的多数女人一样，她自带午饭，既省钱又省时间。如果你在座位上吃顿简便的三明治，就可以在四点半而不是五点回家。厂主查·波·怀亭星期一还没回来。所以那一周每天傍晚电话响个不停，女同事们想知道在办公室被公认为第一位的格瑞丝有没有听到什么新消息。

星期五马克斯没有回来，迈尔斯看出格瑞丝正在陷入深深的抑郁。他确定这跟她有可能失业关系不大，跟丈夫迟迟不归更是无关。迈尔斯看得出她在想查理·梅因和他的保证。每次傍晚电话铃响起时，格瑞丝都冲过去接，脸上充满希冀，听到是莫德或办公室的其他姑娘来报告新的谣言，又瘫软下去。有一个说查·波·怀亭回来过，但马上又走了。迈尔斯两次看到母亲自己拨电话，又迅速挂上。

第二周的星期一，老霍纳斯·怀亭（查·波的父亲）意外地出现，召集全体员工开了个会，宣布近期内他将重新负责帝国制造厂。他知道有不少谣传说厂子要出售，但他告诉大家这不是真的。相反，正在墨西哥开办一家新的怀亭分厂，查·波将暂住那里指导新厂上马。查·波的太太法兰辛·怀亭新近发现有孕，等那边安排好之后，她将于下个月去墨西哥与丈夫会合，在那儿过冬，开春回来生小孩。人们都希望是个男孩,能领导怀亭国际企业跨入新世纪。三个厂的员工听老头讲着,听完便回去干活了,那些话没多少听上去像真的。

那天傍晚迈尔斯棒球训练回来很晚,发现母亲在她跟丈夫合住(至少当马克斯在家时)的卧室里啜泣。迈尔斯马上怀疑她接到了一直在等的查理·梅因的电话。第二天她请了病假,第三天也是。早晨她比在葡萄岛时吐得更厉害,晚上也只是勉强才从卧室出来一会儿做晚饭。到周末迈尔斯真的慌了,格瑞丝的目光如此疯狂绝望,他开始希望父亲回来。以前他一直怕他回来,怕那些必然会问的问题,因为不仅要保守那些秘密,更糟糕的是,父亲还可能问连迈尔斯自己都没有答案的问题。然而一天又一天,马克斯和道奇都没有出现。

第三周的星期六下午,父母卧室的门开了,格瑞丝一袭黑衣走出来,自今春那位在造纸厂小夜班中丧生的邻居的葬礼之后,迈尔斯还没见她穿过这身衣服。她没戴珠宝,也没有化妆,但梳了头,如果不是消瘦了这么多的话,是会很好看的,迈尔斯想。与她在岛上穿着白裙子引来所有男士注目时完全不同的好看,但还是很好看。她宣布说他俩都有一个多月没去忏悔了,目光中似有深意。

虽是八月下旬一个晴朗的下午,但这一周有几天夜里很凉,两人默默朝圣凯瑟琳走去时,迈尔斯注意到榆树顶上的几片叶子已经开始变黄。格瑞丝似乎什么也没注意到,她像一个走向刑场的女人。她算好了时间,他们是下午最后两位忏悔者。她坚持要迈尔斯先进去,忏悔后迅速念完悔罪经,到外面等她。他们照常希望是新来的年轻神父,但不凑巧,当迈尔斯跪到黑暗的忏悔室里的跪垫上,格子后天鹅绒的帘子拉开,露出了汤姆神父黑色的头影,老神父严厉的声音要他坦白罪过以求宽恕。

迈尔斯去年第一次领了圣餐,所以当然知道隐瞒一个大罪是又犯一个大罪。从葡萄岛回来后他已经确信自己(而不只是母亲)在那儿犯了罪,尽管他不知道是哪种罪,也不知道怎么对格子对面的那个人说。他知道许诺替母亲保密是背叛了父亲,就像不遵守诺言是背叛母亲一样。无论哪种情况,对了解一切的上帝隐瞒都是罪。上帝已经知道的事情为什么还需要坦白,这是格子后面那人讲解过的,但那微妙的逻辑当时就让迈尔斯困惑,现在更是想不起了。他带了一串没犯过的罪来忏悔,希望它们的程度跟他所隐瞒的相当,他还希望上帝能理解他的隐瞒不是为了自己的体面。汤姆神父听完了他列数的罪过,念了赦罪经,那神情仿佛不是相信他听到的事情,而是相信人类普遍的堕落是这些行为的根源。迈尔斯跪在祭坛栏杆前念完了"我们的天父"和"万福玛利亚",正要出去时,听到忏悔室的门开了,他母亲跟着汤姆神父走进圣器室。

　　他在外面台阶上坐了半小时,母亲终于出来了,面如纸灰。他像领着一个盲人一样把她带回家,她直接进了卧室,关上了门。第二天星期日,他们去做了弥撒,但布道时格瑞丝病了,吩咐迈尔斯坐着别动后,她摇摇晃晃地沿着边上的过道从侧门出去了,一手捂着嘴。她可能料到会这样,坐得比平时靠后,尽管如此,人们还是扭头看她踉跄地走出去。迈尔斯觉得更糟糕的是,汤姆神父停下了布道,直到教堂的门在她身后关上。附近有个加油站,迈尔斯怀疑母亲去那儿吐了。可是领圣餐时她还没有回来。迈尔斯等到最后才排到队伍末尾,痛苦地觉得他不应该去领圣饼。他昨天忏悔时说了谎,所以不应请神进入他不纯洁的身体。可既然他忏悔过,不去领圣餐又显得奇怪。于是他用愧疚发干的舌头接受了圣饼,它一直化不掉,像一片薄棉布那样留在舌上。他还在试图咽下那片圣饼时,感觉母亲回到了座位上,苍白而虚弱。她抓住他的手,用力地握着,似乎要传达他最害怕的事:她要死了,由于葡萄岛上发生的事。她在那儿得了什么病,带了回来。昨天去忏悔没使她好转,迈尔斯怀疑她是不是也对神父说谎了,会不会因为看见是认识她的汤姆神父而不是年轻神父,她决定守住秘密。汤姆神父一定也这么怀疑,所以把她带进圣器室,但她可能还是没有跟他讲查理·梅因。

迈尔斯知道这种猜测有问题,首先,查理·梅因出现之前母亲就病了;但他想也许她早就决定做那些事,而这就是罪的开始,始于邪念,正如教义上讲的。或许生病是上帝的警告,她没有理会。那么,这就是她短暂快乐的代价。

回家后,迈尔斯以为母亲又会躲进卧室,可是她却说要出去一下。他问去哪里,她只说必须去做一件事。

迈尔斯跟踪了她,虽然他知道这不对。星期日街上行人稀少,迈尔斯很小心,怕她突然回头看到他。但很快发现她什么都注意不到。当她走到衬衫厂时,迈尔斯以为这就是目的地,她会进去,可是她停了一会儿又往前走去。到了铁桥旁,他惊讶地看到她左拐上了桥上的人行道,再跟下去没法不被发现了。格瑞丝走到桥心,他一下悟到她要跳河。他如此肯定,以至于当她没有跳并且走过了适于跳河的地方时,他还无法排除这个念头。

因为还能有什么别的解释呢?河对岸又没什么东西,只有乡间俱乐部和两三所有钱人的房子。其中最近的一家倾斜的草坪上有个凉亭,一个女人坐在那儿朝瀑布这边望。太远了,迈尔斯不能肯定,但她似乎在看着他母亲过桥。也许是看到那女人坐在那儿格瑞丝才没有跳,也许她想回来时再跳。

迈尔斯等了几分钟,看母亲走到桥那头会不会返回,可是她没有。当他终于离开桥这边的哨位时,凉亭里的女人似乎在望着他。

劳工节①,马克斯突然回来了。迈尔斯出去享受暑假的最后一天,中午回家吃饭,发现道奇停在屋外,马克斯坐在厨房的桌前,

---

① 九月的第一个星期一。

没穿衬衫,因为干了一夏天漆死窗户的活而黝黑发亮,在那儿看《帝国报》,仿佛想读到他不在时母子二人都干了什么。迈尔斯进来后,他父亲读完一段抬起头来,看到儿子,咧嘴笑了。

迈尔斯发现他掉了两颗牙齿。"怎么啦?"他问,一下害怕起来。

"啥,这个?"马克斯用舌头舔着缺口说,"没事,跟一个人闹了点小矛盾。他还不知道呢,每颗牙他要付我五百块。"

迈尔斯点点头,父亲站在眼前比父亲的解释更令他感到安慰。他以前害怕马克斯回来,现在立刻感到有他在家多好。父亲只有两挡,因此是可以预料的,迈尔斯巴望生活重新可以预料,哪怕是可以预料的奇怪。马克斯可能不像其他人,但他永远像他自己。例如,其他人可能会为小车祸而烦恼,马克斯却把撞弯保险杠看作机会。如果有人在停车场倒车撞到他(这种事屡屡发生,让人怀疑他是自己找撞),马克斯会把车送到一个他认识的修理工那儿估一笔高价,然后建议对方用现金付他半价私了,不麻烦谁的保险公司——指对方的,因为马克斯从来不上保险。钱到手之后,他不愿把它浪费在修车上,哦,他会换掉一个撞坏的尾灯,因为这是州法律规定的。如果侧板有严重凹陷,他会自己敲一敲,尽管结果通常比原来的凹陷更怪异。道奇被"修理"了这么多次,看上去像用垃圾堆里的废料攒成的一样。

迈尔斯毫不怀疑父亲会赚到这笔牙齿钱,并且知道牙医看不到一个子儿。迈尔斯不知道的是,他正在目睹蓄意伤害父亲身体的第一阶段,到七十岁时,马克斯·罗比看上去就像一辆撞废过好几回的六五年道奇-标枪。

眼下他必须承认,父亲的身体看上去棒极了,他不禁把健壮的父亲跟海滩上查理·梅因那苍白干瘪的身躯相比,并想象如果马克斯及时出狱追到葡萄岛,发现他们在海滩上吃野餐篮子里的鱼子酱,会发生什么情形。他试图想象父亲和查理·梅因打起来,但想不出画面。查理·梅因年纪大,显然不是拳击手。马克斯强壮结实,可他的专长(迈尔斯开始了解)不是揍人而是让人揍他,而查理·梅因显然不会那么做。更有可能的是,马克斯会自动入席,说,"我喜欢鱼子酱。"在这场戏中如果有人挥拳头的话,那可能是格瑞丝。

"妈妈呢?"他想起来问道,因为感觉她不在屋里。

"去教堂了,她说。"马克斯告诉他,"她在冰箱里给你留了块三明治。"

"她现在每天早上都去。"迈尔斯说,的确,从河对岸回来之后,她每天都去做弥撒,还给迈尔斯报名开学后当祭童。

马克斯哼了一声。"她准是有什么亏心事。"他盯着儿子说。

为了避开他的目光,迈尔斯走到冰箱前假装找三明治,用一扇门挡在父亲和自己发烧的面颊之间。他又慢吞吞地给自己倒了一杯牛奶,终于把它和三明治一起端到桌上。

"听说你接了个好球。"父亲说,不知是听格瑞丝还是拉萨尔教练讲的。这件事隔了这么久被父亲提起来,感觉怪怪的。他用手套拦住那个平直球已经过去一个月了,感觉上还要久,几乎像是别的男孩的事。

"妈妈病了。"他听到自己宣布。

父亲已经又看起报纸,没有抬头。迈尔斯正要说第二遍时,他说,"这个阶段都这样。"

迈尔斯考虑要不要问,什么阶段?

感觉到沉默,马克斯放下报纸乐了,他缺牙的笑容还是那么令人不安,尽管迈尔斯比较有准备了。"她没告诉你吗?"

"告诉我什么?"

"你要有小弟弟了。"

父亲又举起报纸,迈尔斯默默地吃光了三明治,喝完了牛奶。需要这么长的时间让世界重组,让事实重新排列,传达出新的意义。他现在明白了,世界是一个物质的而不是精神的秩序,没人因为罪过而病死。他也曾疑心是这样,但现在看清了,并且意识到自己的某部分一直知道这一点。人们生病是因为病毒、细菌和小孩——诸如此类的事,而不是因为海岛或查理·梅因这样的人。迈尔斯从这一认识中得到的主要是解脱,开口说话时,他感到他的声音里有一种新东西,可以说是一种新的态度。"你不知道。"他对父亲说。

"哈,我不知道?"马克斯说,从体育版换到漫画版。

"也许是小妹妹呢。"

父亲笑起来,也许是看了《花生》①。"咱家男孩多。"

"那正好该有女孩了。"迈尔斯说。

"不是这样的,不像扔硬币。"

"那像什么?"迈尔斯觉得就像扔硬币,他认为没有理由只因为父亲是大人,就放过他这种可疑的逻辑。

马克斯望着他,又笑起来,迈尔斯希望他不要笑。"更像掷骰子,"他解释道,"只不过没写数字。骰子上有六个面,对不对?在咱家五个面都写着'男',只有一面是'女'。所以,如果你要拿自己的钱打赌,你会押哪个?"

迈尔斯算了算,然后说:"彼得伯伯有几个小孩?"他伯伯二十年前搬到西部去了——亚利桑那州凤凰城。

"四个,都是男的。"

迈尔斯点点头,"你有我。"

"你也是男的,我上次看的时候是这样。"

"那就连着五个了。"迈尔斯指出。

后门廊上响起脚步声:格瑞丝从教堂回来了。她走过的时候,迈尔斯和父亲都望着厨房的窗户。这星期她早晨的呕吐轻了一

---

① 著名漫画家查尔斯·舒尔茨(1922—2000)创作的连环漫画。

些,虽然没有在葡萄岛上那么鲜亮,但她也没有刚回来时那么恐惧和绝望了。

"第六面是女孩,对不对?"

马克斯想了想,格瑞丝把带出去备用的雨伞挂在外面走廊上。"你变成我的肉中刺了,你知道吗?"

两人都笑起来,迈尔斯想他现在的奇怪感觉可能是骄傲,虽然不知是为自己还是为父亲骄傲。他相信变成马克斯的肉中刺是一种肯定,甚至是喜爱的表示。

格瑞丝进来时,似乎感觉到父子俩在分享某种重要的东西,她在两人之间坐下,把两只手分别放在他们的手上。从葡萄岛回来后第一次,迈尔斯感到也许会没事的,也许他们能恢复正常,或至少是对他们来说的正常。如果他有所遗憾的话,那就是马克斯永远看不到格瑞丝穿那件白裙子,她前两天把它捐给"爱心"慈善组织了。

第 二 十 章

圣凯瑟琳的女管家艾琳·沃什太太正在清星期日晚餐的锅和盘子,这一顿真是连她做饭的功夫都不值。马可神父为自己吃得那么少而内疚,同时感到有点需要人的陪伴,即使是生硬的沃什太太,所以他主动要帮着打扫,可是她断然拒绝。他只会给她添麻烦,把东西乱放,明天她要找什么都找不着。她看得出这伤了他的感情,可她无所谓。

沃什太太不是个刻薄的女人,但她有一套基本是中世纪的世界观。她父亲是个爱好神学的军人,她从他那里了解到"众生序列",照她父亲的解释,它与军队的等级秩序不无相似。上帝最高,下面是天使,按天使的社会等级排列,然后是教皇、红衣主教、主教、神父等等。沃什太太引以自慰的是,当两位牧师的管家离最底层(由石头和其他无生命的东西组成)不比离顶层更远。让神的仆人吃好穿好就算不是高贵的工作,也是光荣的,如果别人被上帝选中做更高贵的工作,那一定有好的理由。不安守本分是一种罪过,她相信,最终那些奋争者和嫉妒者都会明白这个真理:众生序列中只有一个工作,那就是执行上帝的意旨。牧师的职责就是尽力当个好牧师,管家的职责就是当个好管家。

在沃什太太看来,跟总想往上爬的人一样讨厌,是那些假谦卑的傻瓜,像马可神父,经常踱到她的厨房里来,傻兮兮地想帮忙,抓起洗碗布来擦台子,劝她没干完活就回家。整个就是缺乏教养,她父亲也会这么说。沃什太太崇拜她的父亲,他却没怎么在意她。行伍出身的他把大部分时间用来教导儿子们,可他们的性情断然不像军人。他越强调纪律,他们反而越野。他临死时认为没人听进过他的一句话,其实并非如此,他女儿一直在听。沃什太太相信父亲说的,社会应该尊重差别,她遗憾现如今这么多人都好像一心要抹去这些差别。马可神父这种年轻人最糟糕,他们尽想显得平易近人,这也不错,可现在疯癫了的老汤姆神父还是比所有那些年轻人更像神职人员,在她服侍他的那么多年里,他从来没摸过她的一只锅。

"我想是罗比先生的车进来了。"沃什太太站在水池前说。

"他父亲呢?马克斯跟他在一起吗?"

"只有迈尔斯先生,光坐在那儿。"

马可神父在厨房门口微笑了,这是他今天第一次笑。他能猜到朋友在做什么,仰望着没油漆的尖塔,寻思基因中什么残酷的密码使他无法像正常人一样爬梯子。

"您在等他,"女管家说,"您要告诉他吗?"

啊,沃什太太,马可神父想,真要向你学习。她不是伟大的思想家,但她喜欢把事情解决掉,这一点你不得不钦佩。去查,去做,不要捧在手上翻来覆去,琢磨方方面面。思考的生活有个问题,因为思考没有尽头,没有一个必须要把思想转化成行动的时限。思考就像一个很少提出建议,提了也不被理睬的委员会,一个甚至无权解散的委员会。

沃什太太说得对,眼下的情况需要处理,而且需要由马可神父来处理。他已经浪费了太多的时间。在清晨的早弥撒上,他做了一篇热烈的布道,题为"当上帝隐退时"。一部分是昨晚从海滨回来时在车里想到的,一部分是在不眠之夜中构思而成,还有一部分是在讲坛上得到的灵感。没有他担心的那么糟。他打算在晚弥撒上再讲一次"当上帝隐退时",可是休息时回到圣宅,发现汤姆神父失踪了。

实际上,沃什太太一来就发现老神父不见了。她是八点半刚过到的,这时汤姆神父一般已经起来,急等着要吃。星期日沃什太太会给他做法式烤面包,然后,当老头的下巴开始闪着枫糖浆的光亮时,她就动手准备两人的午饭,通常是火腿或烤鸡,或像今天,新英格兰风味的炖牛肉。有一个黏糊糊的老神父在旁边碍手碍脚,干活儿可不轻松。她是觉得疯癫的老神父胜于正常的年轻神父,可汤姆神父确实需要经常看着点,尤其是马可神父不在的时候。她必须承认年轻神父有这点好处。礼拜天,知道那位在草坪对面做他那蹩脚的布道,汤姆神父会闹点恶作剧。一天早上他走进她的厨房,沃什太太从眼角瞟了他一眼,没发现什么毛病。给他上法式烤面包时,她是觉得他看她的眼神有点古怪,好像在品味一个她没发现的玩笑。然而沃什太太觉得这不可能,她本人是一位精神正常的五十三岁的已婚妇女,而老神父几乎完全是精神病。

不过,在这个世界上沃什太太最讨厌的就是可能拿她当笑柄的玩笑,所以她停止了准备烤鸡的活儿,仔细打量着坐在桌前的老神父。他穿了一件新洗的黑色短袖衬衫,标准的圣服式样,浆硬的白领。平常乱蓬蓬的白发也梳平了。她甚至注意到他的鞋子也擦亮了,黑色的亚麻袜子是一对。如果汤姆神父身上藏着什么玩笑,她是没看出来,于是她又回过头去往烤鸡里塞填料。直到老神父从桌边站起来,把盘子端到水池边时(对他来说是不寻常的积极),她才发现他没穿裤子。所以今天她走进圣宅没看到老神父,立刻就去找他,怀疑又有什么恶作剧。

他卧室的门关着,沃什太太敲门喊他,要他开门,说不然她就去找小神父了。她还以为会看到一个光屁股的、鸡巴皱缩的老神父开门冲她傻笑。沃什太太虽然不期待这景观,却也不怕它。五十三岁的她对愚蠢的男性生殖器已无动于衷。实际上,许多年以前,她确曾关心他们苍白的细腿之间垂着什么毛乎乎的东西。她现在把关心过看作一种暂时性精神病,庆幸她的发病期较短,病情不是很厉害,并且最终由结婚治好了,按照上帝的旨意。

她的威胁没有把门叫开,沃什太太没办法,只得闯进去。门没锁,她推开后看到的是一间空屋子。为确定它是空的,她趴在地上看了床底下,虽然她本不愿让自己发炎的关节做这种动作。她想一个能不穿裤子跑到她厨房里的老神父是很有可能玩捉迷藏的。可是床底下没人,简朴的房间里没别处能藏下一个小孩,更不用说一个头脑像小孩的大人。

老神父好像也不在圣宅其他地方。沃什太太找遍了每间屋子,每个壁橱,甚至拿着电筒下到地窖里,那是一个潮湿可怕的地方,还有煤箱和不少黑暗的角落可以让疯癫的老神父藏身。她几乎相信汤姆神父早起后违禁去散步了,或者说不定溜进了教堂,躲在忏悔室监视那小神父,偷听他在讲坛上散布的那些自由主义的胡话。忽然她想起了一件事,赶忙上楼回他的房间。

他还是不在,但更重要的是,床上好像没人睡过。当然也可能是他起来后整好的,他在神志失常前一直都这么做,可现在他多数时间都想不起来。昨天(星期六)是沃什太太给两位神父换床单的日子。她掀开床罩,发现床单摸上去和闻上去都像新漂白过,丝毫没有陈腐的、肠胃胀气的老神父味。

但还不是床铺提供了真正的线索,而是废纸篓。沃什太太差点没注意就走了过去。她昨天刚倒空的篓子里几乎又满了,里面都是教徒们用来掩饰他们每周微薄奉献的那种薄荷绿小信封。显然是从星期六晚上五点半的弥撒上收来的,每个信封都被撕开了。金属篓子里还有信封中的支票。沃什太太立刻注意到没有一张合法货币。

小神父做完早弥撒轻松地从草坪上走来时,沃什太太在等着他,双臂抱在她那庄严的胸前。别的女人这会儿可能会慌了神,沃什太太却镇定自若。她现在的表情就像是知道有人脑子里要天旋地转,而她的镇定来自于确信这人不会是她。

"早上好,沃太太。"马可神父在厨房门口说,他的好心情无疑是由于他的布道很成功,至少是在他看来,"我闻到的是你著名的英格兰风味炖牛肉吗?"

为了满足他的好奇心,他走到炉子跟前,掀开了她焖着牛肉的锅。她跟他说了多少次这种套近乎在她的厨房里不受欢迎?她把头伸进忏悔室评论过他念的赦罪经吗?

"您早上起来发现少了什么吗?"他盖上锅盖时,沃什太太问。

"没有。"马可神父警惕地说。

"现在呢?"

马可神父看了看整个厨房,似乎很正常。这女人是不是说昨天夜里失窃了,他回来时没把门锁好?无论她在玩什么游戏,他没有工夫。正如沃什太太猜到的那样,马可神父还在为布道的成功而兴奋,但他想在十点半的弥撒开始前记下几条小改进——这场的听众总是更挑剔些,因为他们真正醒了。他必须在汤姆神父进来捣乱之前作好笔记。"我恐怕没时间做猜谜游戏,沃太太。"他说,然后在她的抽屉里翻找,终于找到了一个便笺簿和一支铅笔,"如果少了什么东西,我建议你去问问汤姆神父。他自从听说主教要关掉我们的小教堂,就开始在他屋里藏东西。"

他旋身坐到小桌前,停了一会儿,笔尖悬在纸上,感到如果不马上记下他的第一个想法,它就会永远消失。这一点他想对了。"你说什么?"他抬起头来,不能确定是否听清了女管家的话。

"我说少了的就是汤姆神父。"

马可神父艰难地咽了口唾沫,"哦,他不会走远的,"他的肯定语气听起来像是祈祷,"你确定他不在附近?"

沃什太太很肯定,并且告诉了他。

"我们还是再确定一下。"马可神父提议道,从座位上站了

"让你确定吧。"她嘟囔道,但他俩又一起在屋里找了一遍,然后马可神父又到教堂去找,知道老头多喜欢躲在忏悔室。

搜索失败,马可神父和沃什太太站在后门廊上环顾四周,神父像丢了魂,女管家则扬扬得意。搜索只是证明了她的推理,即老神父不是在早上马可神父去做弥撒之后和沃什太太进来之前失踪的,而是在昨天夜里。这意味着是马可神父的责任。

在他晚间偶尔离开圣宅的时候,马可神父总会找个人陪汤姆看电视,确保他好好上床睡觉。多数时候他会找个祭童,因为自从汤姆神父光着屁股出现在沃什太太的厨房里,马可神父就不想让女性冒险了。昨晚值班的男孩留了张纸条,说老神父八点半就去睡了。男孩自己在圣宅待到十点,然后按照吩咐关好门回家了,知道马可神父很快就会回来——然而他将近半夜才回来,并且没有去看汤姆神父,他现在才想到应该看一下。汤姆睡觉特别轻,马可神父不想打扰他的睡眠。至少他当时是这么搪塞自己的,现在又用来搪塞沃什太太。实际上他不是怕老头睡着了,而是怕他还醒着并充满好奇。

这么说来,他可能已经失踪了十五个小时!尽管马可神父不愿意承认。最令人不安的是没人打电话来报告看到汤姆神父在逃。他以前也出走过,但他在帝国瀑是知名人士,所以经常在还没发现他失踪之前就被送回圣凯瑟琳。这一事实和愧疚折磨着马可神父的神经,站在后门廊上,他想起来问道:"汤姆会游泳吧?"老神父可能已掉到河里的念头让他浑身发冷。如果是在瀑布下游掉进去的,他可能一直漂到斐尔港,被水坝拦住。上个世纪,诺克斯河畔的自杀者有时能一直漂到海里。

沃什太太不知道汤姆神父会不会游泳,也不知道为什么指望她知道这个。"幸好车在你这儿,"她说,"你知道他多喜欢开那辆维多利亚皇冠。"

马可神父看着她。

沃什太太也看着他。"车是在你这儿吧?"

"该死。"他说,因为他昨晚没用车,是同伴开的车。

"得。"沃什太太说。

两人都望着关了门的车库,他们惟一没有找过的地方。马可神父听到有人喊他的名字,见一个祭童朝他挥挥手,走进圣器室去了。他看看表,十点十分,离弥撒还只有二十分钟,早到的已经陆续进场。马可神父暗自希望把进一步的揭示推迟到弥撒之后。然而不可能,有可敬的沃什太太在旁边,她的存在就要求采取行动。

"你待在这儿。"他吩咐道,然后穿过车道,停下来,终于朝车库的一个小方窗里望去。

后门廊上,沃什太太看着他往前一倾,把额头靠在车库的门上。她数到十他才直起身来。当个称职的管家比当个不称职的神父强,她想。

"当上帝隐退时",早弥撒时那么流畅生动,晚弥撒时却讲不出来了。登上讲坛时,马可神父做了个迅速而热切的祷告,祈求上帝助他想起两小时前讲得那么感人的布道,只发现上帝真的隐退了。马可神父只好绝望地盯着他手写的笔记,教徒们先是好奇,继而不安,继而惊慌。马可神父在笔记中找不到的是说这些内容的信心。两小时前他是真信,现在却不那么肯定了。

他昨晚跟执教于斐尔港大学的一位年轻画家在一起,就是选中笛子·罗比和约翰·沃思的画代表高二年级参加市美术展的那位教授,不过马可神父不知道。他们是几星期前在反对巴斯钢铁厂制造新核潜艇的集会上认识的。两人都以非法侵入罪被拘留,又很快获释。拘留期间,马可神父很快就怀疑画家是同性恋。

他不大清楚画家本人得出了什么结论,但几天后马可神父接到了一封短信,请他去大学参观画室。信是夹在星期二的邮件中的,马可神父把它拿在手里时心怦怦直跳,他发现时间变慢了,一面在想怎么能让它快起来。一般他会把邀请信钉在厨房的留言板上。但这个条子他拿到了自己卧室桌前,搁到中间抽屉里一些无用的纸张中,好像放在平凡的内容旁边会把它也变平凡似的。

　　结果没有。当天他打开抽屉看了十来回,读到他都能背出来了。除了要给他看一些未完成的作品外,画家说还有一个精神上的问题要请教他。到星期三他无法再欺骗自己了,他在掩藏这个纸条,这个行为说明了一切,也让他除了把纸条撕掉外没什么选择,他把碎纸片丢进桌边的废纸篓,然后穿过草坪走进教堂,点了一根蜡烛,跪在祭坛前作感恩祈祷。

　　正要开始祷告时,他听到身后有声音,一回头,正好看到汤姆神父溜进忏悔室。这老头显然跟踪了他。马可神父还没来得及把同事的行为归结于疯癫,就义愤填膺,火冒三丈。他冲到忏悔室,把老头揪出来押回圣宅,一路厉声训斥。等走到沃什太太的厨房,老头羞愧地垂着头,一副可怜巴巴的样子,马可神父心软了,对他说当然原谅他。但他没再回教堂去祷告。他安慰自己说,祷告就是祷告,无论在哪里做。马可神父决定这次在自己的房间里做。可是进了房间,他忽然觉得自己是小题大做。没有理由认为邀请信不是纯洁的,也没有理由不坦然地接受。不是画家而是马可神父自己胡思乱想才把它变成了罪过。幸好信只撕成四片,他抽屉里就有一卷透明胶。

　　星期三参观画室时,马可神父得知画家在尼加拉瓜长大,父亲是一位低级别美国外交官,在那里死于车祸,母亲来自马那瓜①。他年少时来美国学习,桑定政权倒台后就留了下来。他的画作主题和意象都明显带有宗教色彩,完全没有讽刺——马可神父认为它们很不寻常。美国画家已经画不出不带讽刺的画了,那年轻人

---

① 在尼加拉瓜西部。

同意地说，对马可神父的评论感到高兴。那天在斐尔港市中心那座红砖房顶层的画室中虽没看到明显迹象，但马可神父离开时更加确定画家是同性恋。开车回家的路上他才想起对方提到的精神问题还没有讲。

两天后在电话里讲了。马可神父在书房里接的，故意没关门。年轻画家先道歉说大老远把马可神父拉到斐尔港，却没有勇气说出困扰他的问题。哪里，马可神父说，光是那些画就值得跑一趟。年轻人说，只因为他太喜欢马可神父了，不敢说出很可能使新朋友对他反感的事情——至少他希望他们是朋友。但星期三之后他产生了一种更复杂的羞耻感，所以他决定最好的也是惟一的办法就是坦率直言，承认自己的性倾向。

对，马可神父说，抬头发现汤姆神父站在门口，挥手叫他走开，可他还站在那儿。看不出老神父对两天前的事有任何记忆。对汤姆神父而言，听人打电话仅次于听忏悔。

这意味深长的沉默正是他害怕的，年轻画家突然说，语气很痛苦。马可神父忙解释是有人打岔，他的沉默不表示震惊、羞耻，或是厌恶。他向年轻人保证现在专心地听着。于是画家又讲了半小时，汤姆神父在门口过了四趟。

画家的信仰危机是由于一个朋友的背叛，那朋友碰巧是个神父——如果你相信的话，他说。他有近十年没见那人了，还是在得克萨斯认识的，当时他在念研究生，两人都积极参与"避难所运动"，帮助非法越境者进入美国，为他们提供安全的临时住所，以至伪造文件让他们能够工作。许多难民把一辈子的积蓄交给了"蛇头"，却被丢在得克萨斯的烈日下蒸耗，大部分人被抓到驱逐出境。少数漏网的幸运者甘愿接受大部分美国工人不肯干的脏苦活，把微薄工钱的一半寄回危地马拉、萨尔瓦多、尼加拉瓜或是墨西哥。

两位积极分子曾多次被捕，在监牢里年轻画家向神父坦白，作为同性恋者,他在越来越不友好的教会中感到委屈和彷徨,就像那些偷渡者在黑夜里被从卡车上放下来,要他们自己走出得克萨斯大沙漠,或是走不出。如果天主教会里没有他待的地方,他又能去哪儿呢?

神父给了他别人没给过的开导,让他相信教会和世界一样宽广多样,所有神的儿女都受到欢迎。的确,是有许多人谴责自己不理解的东西,把教会搞得像牢房一样狭小阴冷。最好想一想耶稣自己在地上短暂的一生中选了哪些人做朋友。在地上被排斥远胜于在天上被排斥。但神父也严肃地提醒年轻人说上帝要求他的忠诚与其他儿女的一样。在上帝眼中,乱交与不负责任是真正的罪过,无论性倾向如何。

读完学位后,年轻教授很不情愿地换了一个又一个不起眼的教职。马可神父看出他爱上了那个神父,并在那些年中一直把对他的回忆奉为神圣。所以当一个月前他接到电话,听到了老朋友的声音,他的心狂跳起来,第一个念头是能找他找到缅因州的斐尔港是多么不容易。但他的快乐是短暂的,一开始他没听懂神父打电话是为了说多年前提供了误导,说后来的反思和祈祷迫使他承认,虽然教会和世界一样宽广,但其教义不能无限地灵活——一人一个样。在信仰与道德方面不能有怀疑和异议,当教义明确而毫不含糊的时候,真正的信徒只能把它们当作上帝的意旨接受。而且,生病者有义务求医。

"你想知道悲哀的部分吗?"年轻人最后说,声音激动而虚弱,音都几乎变了。

听着电话里的声音和走廊上汤姆神父拖拖沓沓的脚步声,马可神父已经知道了悲哀的部分。"你怀疑他自己就是同性恋,是不是?"

虽然马可神父是在一个漫漫长夜中躺在床上构思了"当上帝

隐退时"的大部分内容(他现在知道,这时汤姆神父正在出逃),但这个布道题目他从九月跟迈尔斯的一次下午长谈之后就开始考虑了。迈尔斯讲了他跟母亲在葡萄岛上度过的一个星期,当时他九岁,他母亲陷在最不幸的婚姻中。迈尔斯相信母亲与岛上遇到的一个男人发生了一段短暂的恋情。当然,马可神父没见过格瑞丝,他来帝国瀑时她已去世多年。但据迈尔斯说,外遇之后她又回到了她的婚姻和教会中。

马可神父相信,她的故事并不罕见。多数人都努力保持忠实,但很少人记录上毫无瑕疵。格瑞丝·罗比给他印象最深的是(至少是根据他儿子的叙述),恋爱使她像完全变了个人。不是说她的行为变了,而是她变得惊人地美丽——美得连九岁的儿子都感受到了,他以前对她习以为常,从未真正把她看成一个女人,而只把她当成妈妈。在洒满阳光的短短几天中,她感到了真正的快乐,也许是她生平第一次。这快乐散发出一种光辉,使所有男士都回头行注目礼。

虽然普通,但它仍是一个动人的故事,马可神父也不禁有一点爱上格瑞丝了。更麻烦的是,他为从未见过的这个女人高兴,因为她至少享受到了这短暂的快乐。她背叛了婚姻和信仰这一点几乎微不足道,也许是因为马可神父认识马克斯·罗比,知道她的婚姻一定是场磨难。她最终回归丈夫和信仰似乎耐人寻味得多。他对迈尔斯这么说,而迈尔斯承认他一直担心母亲短暂的快乐是十年后不治之症的根源,说母亲回到帝国瀑后就一直没有真正复原,很快就开始掉体重,苍白得像住在洞穴里的人,每年冬天都要病几次,生弟弟大卫时差点死掉。"你是说快乐会致癌?"马可神父问。奇怪,迈尔斯小小年纪就断定是快乐而不是失去快乐让母亲得了病,更奇怪的是他成年后也未能修改这个论断。这就是天主教徒吗?

但昨夜躺在床上时,他才看到格瑞丝·罗比的故事的意义,或它的意义之一。这时马可神父自己的危机已经过去,他虚弱而释然,好像高烧刚退一样。

他们去卡姆登一条小街上的小画廊参加开展仪式,然后两人在附近一家临着港口的餐馆吃晚饭。虽是十月上旬,海滨的天气却异常温暖,晚上还能挂个聚热灯在外面吃饭。邻桌一男一女在合吃一碗清蒸蛤蜊,让马可神父想起迈尔斯的故事。那对男女也许是夫妻,也许是别人的夫和妻,但他们显然相爱。画家注意到他的微笑,问他什么事这么有趣,马可神父就对他讲了格瑞丝的故事,跟迈尔斯讲的差不多,讲的时候他发现了一个先前没完全领会的东西。多么奇妙!他想,当你被选中时的那种心跳,尤其是在韶华老去,你以为选择和被选择的时期已过时。被视为可爱、被渴望——感觉自己可爱、被渴望,这无疑正是格瑞丝·罗比需要的。这是天赐的时刻,上帝慈悲地移开目光,悄然离开。于是有了布道的题目。

画家在卡姆登展出的作品有些是马可神父在画室见过的,但也有一些是新的或以前没给他看的,大部分都是同性恋主题。看这些画的时候,马可神父能感到年轻画家在盯着他。后来在吃晚饭时,马可神父说他本人对同性恋者的忠告一向跟那位激进神父的相似——即在他令人遗憾地皈依严格的正统教义之前。马可神父还说这种中年反省并不令他十分惊奇。毕竟,乔叟还否定了他的《坎特伯雷故事集》。作为艺术家,年轻人一定也听说过画家和雕刻家在后期批判自己的早期作品虚浮或不高尚。马可神父说这些是为了提供安慰,假如那年轻人真正需要的话。但实际上马可神父不再确信有过激进神父和背叛。他说不出为什么,就是有些怀疑。在画廊里他还想到也许没有那一位神父,但可能有过许多神父。

不可否认的是,马可神父明白他被选中了,他的心怦怦地跳起来,就像想象中格瑞丝·罗比的心跳一样。世上还有什么比这直觉的心跳更真实的吗？如此真实的东西会是罪吗？尽管他现在知道(以前不知道)自己不会陷入这个诱惑，但被渴望是多么美妙！这自然是上帝给堕落的人类的礼物，是失去乐园的原因和甜蜜补偿。像对格瑞丝，像对马可神父自己，上帝多么巧妙地隐退，让他们自行穿越。马可神父知道他不应感到高尚，只是幸运，也许是蒙福。

他尴尬地站在讲坛上对着笔记想不起来的布道要点是：虽然上帝从来没有放弃我们，但**他**也不是每次都在，也许因为**他**的随时存在是我们最渴望的——引导我们离开诱惑，离开我们自己。我们希望**他**在，随时应答我们的呼求：不叫我们遇见……而上帝出于**他**的考虑，有时会让机器回答：至高无上的神此刻不能接听，但请了解您的电话对**他**很重要。现在，傲慢罪请按1，贪婪罪请按2……

对睡意蒙眬的早场听众讲的时候，"当上帝隐退时"似乎是他最精彩的布道之一。疲惫而兴奋的他对这篇心得挑不出什么毛病。上帝信任他迷途知返似乎是个智慧而仁慈的姿态，然而现在看来上帝实际上是让他丢掉了汤姆神父。

感到受了惩戒的马可神父离开了显然没受惩戒的沃什太太，由她在厨房里擦锅。他穿过草坪，走到迈尔斯·罗比的捷达跟前。他希望沃什太太看错了，车里不是只有迈尔斯一个人。然而她是对的，马克斯不在，这意味着马可神父可以放弃那最后一线希望。他和沃什太太对老头去向得出的不情愿的结论成立，尽管他很希望它是错的。毕竟，搞错是他一般能对付得了的。可是翻汤姆神父的废纸篓时他就知道了真相，在薄荷绿的信封和丢掉的支票中间，有一本揉皱的小册子：佛罗里达礁岛，新生活在等你！

他穿过草坪时，迈尔斯毫无反应，连马可神父挥手都好像没看见。他在仰望着圣凯瑟琳教堂,就像马可神父在沃什太太的厨房里猜到的那样。但他的表情完全出乎神父所料,仿佛是第一次看到教堂和尖塔,以前从没见过,想象不出这种建筑是做什么用的。

第二十一章

美国橄榄球联赛期间的星期日下午几乎能让人对酒吧生意恢复信心。当然,如果毕姨相信她的顾客,她的酒吧需要的只是灯夫屋那种宽屏电视。毕姨对这话的怀疑深刻而有哲理。首先,人们很少知道自己需要什么。尽管他们相信自己知道,但她没见过多少有力的证明。由于提供顾客自称需要的东西要花掉她一千五百美元,她总是对他们说还在考虑。的确,星期日下午的顾客经常抱怨她在赛季搬出来的这台小黑白电视,它搁在平时留给昂贵的苏格兰威士忌和波旁威士忌的架子上,这些酒从来就不好卖,即使是人们有工作的时候。

在毕姨看来,顾客们发牢骚的需要比对宽屏电视的需要更深刻、更真实。他们说,黑白电视的问题是造成了不平衡。如果你幸运地坐在好的一头,就能在平时的彩电上看球赛,在另一头就只能看黑白的,扎啤并没有因此而便宜些。再说,星期六和星期日会拥挤,每个人都想离吧台近一些,当你跳下凳子去上厕所的时候,可能会碰洒后面人手里的啤酒。等你回来,他已经出于报复占了你的凳子,他会当面说他以为你走了。如果毕姨能痛快地买个宽屏电视,他们就不用挤那么近了。

顾客们似乎不懂的是,在内心深处他们喜欢聚在一堆,喜欢挨挨挤挤、碰洒的啤酒和被抢走的凳子,喜欢把尿憋到憋不住,然后请坐在旁边的人给看住凳子,其实明知道他看不住,哪怕他满口答应。这帮人不知道,他们甚至喜欢那台小黑白电视。虽然它图像确实很差。但不均衡没什么不对,生活不就是酒吧的好凳子和差凳子,好运气和坏运气,变来变去,从星期天到星期天,从今年到明年,就像新英格兰爱国者队的运气一样。没有永远的好运气——或坏运气,除了红袜队,他们好像受到永恒的诅咒。

再说,宽屏电视也消灭不了不均衡,还是有一台好电视和一台烂电视。只不过人们现在心目中的大彩电变成了小而烂。更糟糕的是,毕姨知道,激发新欲望的最快途径就是满足现有的欲望。每个新欲望都会比上个欲望更昂贵。如果她傻乎乎地满足了顾客现在的要求,谁知道他们又会出什么花样?

不买宽屏电视的另一个原因是沃特·科莫,他比其他顾客加起来都烦人。今天他进来看了一会儿爱国者队的比赛,又是不肯消停。他的健身俱乐部里有一台超大的电视,说毕姨不买一台那样的就是傻瓜。"你那么喜欢,去那儿看好了。"毕姨建议道。在她看来,作为一个喝气泡矿泉水并从不留小费的人,沃特的建议太多了。她只希望她的白痴女儿不是为钱而要嫁给他的,因为毕姨见了不少沃特·科莫这类人,知道他们能有多抠门。按她对这一个的判断,詹宁要一毛钱都难。

当然,女儿坚持说她感兴趣的是性生活,那自以为是的口气暗示老妈别指望能弄懂对她来说那么陌生的东西。毕姨并不像詹宁想象的那样无知,但她认为性生活要好上天才能抵消银狐狸其他方面的缺点,而她有点怀疑跟沃特那样一个腿瘦得像麻秆的男人做爱能好到哪儿去。昨天看球时,毕姨疑心这对相思鸟闹了什么别扭,她有点希望如此,也许女儿能及时看清。但她现在发现那只是幻想。就算詹宁看清了,她也不会承认。顽固和怨怒从小就是她性格的要素,毕姨早就放弃想改变她了。詹宁这种人,你对她说"我告诉过你"已经毫无乐趣,因为机会太多了。

下午第二场比赛到了最后两分钟提示,电视网威胁要播出新一期"60分钟",快乐汉又归毕姨一个人了。大约再过一个小时,回家吃过晚饭之后,会有零零星星的人回来看晚间的比赛,但那通常都是烂队交手,只有死硬分子才要看。好在死硬分子是帝国瀑的特产,毕姨认为自己也算一个。明智的女人早就会把酒吧卖了,用那个钱住到疗养中心去,斐尔港开了一处,四分之三都空着,因为太贵没人住得起。毕姨是需要一点疗养,把浮肿的双脚跷起来的念头一天比一天诱人,要有人时常给按摩一下更好。她春天去森林小区参观过,地方倒是不错,可印象最深的是几乎每个人需要的协助都比她多多了,走路,洗澡,撒尿,切肉,甚至嚼肉都要协助。毕姨生怕去了那儿变得跟他们一样。不过,她还是有点想再去瞧瞧,说不定搬进去了一个在空走廊上走路不需要用铝合金助步架的。

七点半,进来了一个她最想不到的人,迈尔斯·罗比,拿着一大包在乳品王买的汉堡和薯条。直到去年跟詹宁分居以前,迈尔斯是星期日晚上的常客,带着够他自己、詹宁、笛子和毕姨吃的汉堡和薯条。对白食嗅觉特别灵的马克斯也经常出现。今晚迈尔斯好像带了至少够这几人吃的,尽管只有他们两个,而且毕姨想不出他为什么会指望有别人。"你怎么知道我有多饿?"她在女婿面前放了高高一杯啤酒,给自己也汲了一杯。她真是饿了,虽然在他把吃的往外拿之前她还没意识到。有六只汉堡、六袋薯条,甚至还有融化的冰淇淋,用塑料碟子装着。"你还等谁?"

"我不知道。"迈尔斯叹道。

"你女儿不吃牛肉了,你老婆什么也不吃,前妻,管她叫什么,反正是害人精。我不知道她怎么能指望她女儿长大做个成熟的女人,她自己都做不好。"

"我想她是有点害怕再结婚,"迈尔斯说,"日子近了。"他跟毕姨的关系一直有点怪,从一开始他在她面前总是帮詹宁说话,就像毕姨在自己女儿面前总是帮他说话一样。迈尔斯不能肯定这种缺乏忠诚是否完全健康，但他庆幸岳母没有把婚姻失败归咎于他。詹宁肯定对她妈妈数落了他的每个缺点，可是毕姨似乎没有对他产生偏见，对此他也很感激。

"想想她要嫁的人，"毕姨说，"我得说她应该担心。"

"嗯，"迈尔斯嘴里嚼着汉堡说，"也许结果不错呢。"

"你还好吧，迈尔斯？"她端详着他问，他神情恍惚，头发上沾着油漆，右手上有几个醒目的大泡。"你看上去像被骑得很狠之后湿淋淋地扔那儿了，这是我那死去的老头子的话。"

"哦，我没事。"他说，其实他有点头晕，也许是因为一天没吃东西，食物会有用。他下午一边漆教堂一边思考，这也有一点用。早上他觉得像被上次看到母亲照片时想象的火车撞到了。现在他感觉也许没有撞到，它擦着他的身旁呼啸而过，隆隆的巨力让他几乎失去了知觉。他现在感到的是它的尾波。

"你不会让离婚打倒吧？"毕姨说，团起第一只汉堡的包装纸，打开第二只。她今天跟女儿谈过，詹宁似乎听律师说离婚判决下星期初就会发下来。她大概也跟迈尔斯说了——也许这就是他失魂落魄的原因。"你应该享受一段自由。"她建议道，想起昨天球赛上见他跟怀亭家小姐在一起，"别做傻事，等想清楚了再说。"

"然后就可以做傻事了？"

"你明白我的意思。"毕姨若有所思地嚼着汉堡说，"不得了，如果每天晚上都有人陪我吃饭，我会长到五百磅的。大多数时候我不是忘了，就是吃一个那种倒霉蛋。"她把汉堡朝吧台后部那坛子腌蛋扬了扬。"差不多只有你爸爸跟我会吃它。"

"说到马克斯，"他说，"我想他今天没来过。"

毕姨摇摇头，迈尔斯看得出来她在考虑吃第三只汉堡。"刚才门一开，我还以为是他呢。他星期天晚上一般都会来的。"

"今晚不会，我想。"迈尔斯告诉她。去乳品王之前他去敲了敲马克斯的房门，没有人。走廊上一个女人说昨晚看到他带着一个野营包出去了。这跟马克神父在老神父废纸篓里发现的小册子加起来，消除了对两个老头下落的所有疑问。"他显然搭车去礁岛了。"

"跟谁？"

迈尔斯微微一笑，"你能保守秘密吗？"

毕姨哼了一声。"你娶我女儿之前我告诉过你会怎么倒霉吗？"

"没有。"迈尔斯承认。

"这就是了。"她说，好像这说明了一切。

在卫生间迈尔斯审视着右手上五个肿痛的水泡，今天下午的成果。他在西面墙上留下了一小时的油漆，但没干完就转到南面去刮墙了，这个活儿更符合他的心情，剥去一些东西，在恢复美丽前先造成丑陋。他一直刮到天黑，直到几乎看不见举着的刮刀，直到磨出水泡，做梦似的刮啊刮，有些地方刮掉了底漆，还往下刮，挖出腐朽的木头，几乎期待教堂皮肤被他刮破的地方会有血珠冒出。

黑暗降临，把在地上够得到的全部刮掉之后，他架起梯子，爬到了白天不敢爬的高度。在梯子上他感觉出奇地平静，越升越高，够着起泡和裂缝的油漆。虽然是向上和向外，他却有相反的感觉，好像他在向下和向里去，穿过保护性的油漆钻进松软的木头里。一个强烈而危险的幻觉，他知道，可是甩不开那种感觉，仿佛要是从梯子上跨出去，他不会摔到地上，而会走进教堂的墙壁里，仿佛它的引力取代了重力。现在，站在快乐汉卫生间的水池前，想到这里他的手都发抖。

他现在明白了，他用刮刀剥去的不是油漆而是岁月，印满了幼年的误解，多数是他从未质疑过的。查理·怀亭，尽管有照片为证，但还是把照片上那人想成查理·梅因容易些。他曾多少次在

《帝国报》上见过查理·怀亭的照片,却从未认出他跟母亲在葡萄岛遇到的那个男人?当然,他们遇到的那个人是胡子刮得光光的。要不是格瑞丝也在照片中,迈尔斯怀疑他今天早上也认不出。顺着她的目光,他终于发现了真相,或部分的真相。在去葡萄岛之前他们已经相爱多久了?想必只是因为迈尔斯,他们才假装在夏庐的餐厅第一次遇到。格瑞丝买那件白裙子也肯定是因为知道查理·怀亭要来——多么神奇的巧合,正好在格瑞丝钱快用完的时候。迈尔斯想起当时他就感到母亲在等什么人,是父亲,他以为,因为还能有谁呢?

回到帝国瀑之后,她等待着查理履行他的诺言,却从工友那儿听说查·波·怀亭被派往墨西哥了,他怀孕的太太不久要去与他会合。格瑞丝是否感到吃惊,在葡萄岛上那样神通广大的人在家里却毫无权力——迈尔斯肯定会吃惊的。或者她判断他根本没有勇气跟太太讲明?她有没有想过怀亭夫人可能搬出了她的公公——老霍纳斯,用剥夺继承权来威胁她的丈夫?也许怀孕不过是编出来的,为了不让查理·怀亭抛弃他的家庭?——辛迪之后没有小孩出生。是太太还是父亲让他看到私下里对河对岸一个痴情女子发的誓不如当众对家庭发的誓重要?这些绝望的问题,等到的只是可怕的沉默和第二个孩子,因为格瑞丝肚子里的孩子太真实了,让她不得不去面对她的生活,面对她自己的角色——一个妻子,母亲,养家糊口的人,一个好天主教徒。

迈尔斯现在想到,是圣凯瑟琳起了关键的作用,把母亲拉回到她试图跟查理·梅因逃离的生活中。以汤姆神父为代表的教会诱使她守住本想抛弃的东西,以永恒的盼望作为对她的绝望的补偿。老神父也许那时就疯了,迈尔斯边刮墙边想,不顾磨出了水泡。就在里面,在那圣器室——沉闷的空气中一股陈香味道,敞开的壁橱里挂满圣袍,星期日的圣餐杯安全地供在角落里,旁边是宗教权威的所有道具——汤姆神父定是向格瑞丝说明了赦罪的代价。别的神职人员可能只要求在上帝面前作一次彻底而诚实的忏悔,而汤姆神父要的更多。格瑞丝不可能自己决定过河去到她损害过(企图偷走她丈夫)的那个女人面前受辱。不,那一定是汤姆神父的主意。那天下午母亲去看的当然正是怀亭夫人,迈尔斯从桥头看到的凉亭里的怀亭夫人。他为什么以前从未想到这明显的联系呢?望着情敌过桥的怀亭夫人是否也怀疑这段路太艰难,怀疑格瑞丝只会走到一半,随即被桥下打着漩涡的河水吞没?她有没有看见是哪个男孩站在河对面?他们真的像他记忆中那样对视过吗?

　　他现在知道,她冷酷的眼睛一开始就盯上了他,观察着这个他母亲宁可失去自己获得幸福的惟一机会也不肯抛弃的孩子。如果机会允许,查理·怀亭会让他取代自己那残疾的女儿。暮色中在梯子上,迈尔斯承认他长大后一直能感到那女人的审视,甚至包括上大学的时候。他总感到她那暧昧的亲切背后有什么东西,却没有想到那可能是报复的欲望。就是现在他也不能肯定。毕竟,什么样的女人会看到情敌死了还不满足呢?仇恨在人心里能埋得这么深吗?看到报上一张照片后的短短几小时里,迈尔斯把整个世界重新想了个黑白分明。但这会不会也是错的,用一个简单化代替另一个简单化?也许。但现在,此时此刻,在他还没再改变想法之前,他感到迫切需要听从弟弟的劝告,做点什么,哪怕是错的。

　　在卫生间洗完手之后,迈尔斯咬破了每个水泡,放出白色的积液。从模糊的镜子中端详着自己,他感到也许还是没有躲过那火车。变形的玻璃镜中那张脸似乎不像是一个在最后一秒敏捷地闪开的人,而像是站在铁轨间被撞了个正着。

　　也许只是因为环境。卫生间墙上油漆一条条剥落。一月份水管冻裂,毕姨雇的人在墙上挖了六七个方形的大洞,好像想碰运气找到裂口。修完之后,他们用石膏板补上了几个地方,其他的还张着大口。迈尔斯觉得这个厕所就是他故乡的缩影。帝国瀑的居民对坏运气已经习以为常,虱多不痒了。下次水管冻裂还要挖开,又何必去修墙粉刷呢?留着窟窿意味着至少下次水管工不用找管子了。迈尔斯快速地算了算修一下要多少钱,然后乘以二,猜想女卫生间也是这副情形。然后再乘以二,为保险起见。回吧台时他探头看了看多年不用的厨房,又心算了一下,总结出用十元的钞票贴满一屋都比把它修复到能用要便宜。

他知道,他考虑的是一桩极其愚蠢的行为。无论如何必须做这件事的想法是他一小时前在铁桥上产生的。离开圣凯瑟琳后他开车去了市中心,本想过桥寻找在梯子上没能找到的答案。然而他把车停在衬衫厂门前,走到小时候站的那个地方,越过暗黑的河面凝视着怀亭庄园朦胧的灯光。母亲是一个人走过那段漫长路程的,她没有白去,他突然下了决心。

吧台上,毕姨终于止住了笑,汉堡也没了。"老天,对不起,迈尔斯,"她用袖子擦着眼睛说,"马克斯跟疯癫的老神父偷了汽车去佛罗里达,这要算我听过的最滑稽的事了。"

"我想也是,"他郁闷地说,"如果他们不撞死,或把别人撞死的话。"

"现在怎么办?"

这正是迈尔斯想知道的。汤姆神父是开着教会的旅行车出城了,但那辆用了六年的维多利亚皇冠却是用他的名字注册的,在他滑入老年痴呆之前,至少是显出症状之前。这几年已经不让他开车,就像不让他听忏悔一样。问题是汤姆神父酷爱做这两件事情。只要能找到被沃什太太和马可神父藏起来的钥匙,他就会把皇冠开出去转转,这个词用在他身上很形象,因为每当他厌倦了游戏想回家时,就会像生日会上蒙着眼睛的五岁小孩一样完全失去方向,要人去把他接回来,无论在什么地方。有时接他还要费些工夫,因为他开着车。

不仅车子注册在汤姆神父名下,而且他(至少名义上)还是圣凯瑟琳的本堂神父。马可神父虽已接管教区事务,但名义上还是助理神父。这意味着即使他想追究丢钱的事(他们估计金额不超过五百元),那也算不上偷窃。毕竟,钱是捐给教会的,神父是教会正式指定的代表。几乎牵涉不到法律条款。

马可神父想不通的是,一个要人提醒他把内裤有开口的一面朝前的老头怎么能打开教堂的保险箱。他能想出的惟一的解释是,老头的手指还记得密码。脑子已经记不得了,因为一年来他一直问马可神父密码是什么,并为马可神父不告诉他而生气。马可神父只能假设他某天溜进书房,坐在保险箱前为想不起三个简单的数字而沮丧,由手指本能地摸索。

总之,如果汤姆神父和他的新搭档正开着维多利亚皇冠南下,现在谁也没有什么办法。

"我最担心的是车祸。"迈尔斯对毕姨说。他父亲清醒的时候驾驶技术不是太糟,当然,在钱花光之前他是不会清醒的。汤姆神父没疯的时候驾驶技术也不是太糟,可现在他经常犯糊涂,而且迈尔斯怀疑他有多少开高速的经验——或有没有开出过乡村状态的缅因中部。很难想象两个老头能开到佛罗里达,但也说不定。在礁岛,钱花光之后,马克斯厌倦了老神父,也许会打电话到圣凯瑟琳,告诉马可神父去哪儿接他。迈尔斯只希望汤姆神父屁股上不要刺满淫秽的文身。

"对了,"毕姨从吧台下拿出一份折着的报纸递给迈尔斯,"我给你留了下来,你妈妈这张照片真不错。"

"多谢你,毕姨。"他说,可是低头看时,照片上的人比早上多了一倍,有两个他母亲,两个查理·梅因。他抬起头,毕姨也是两个。"怎么有点冷?"他忍住寒战说。

两个毕姨注视了他一会儿,然后凑过来,把一只冰凉干燥的手搁到他额头上。"天哪,迈尔斯,你在发烧。"

"没关系,"他突然又感到在梯子上感到的那种强烈的决心,"我想跟你谈个事。"

第二十二章

迈尔斯高二时,帝国纺织厂和衬衫厂关了门,母亲失业了。怀亭家三年前把厂子卖给了一家德国跨国公司的子公司。新厂主的经营观念大不一样,很快便传闻霍茨曼国际公司除了看中了税务好处之外对帝国纺织厂并无兴趣。在怀亭家手里时,工厂按新英格兰的节俭作风经营,几乎没有负债,而新厂主说要引进现代化技术跟外国企业竞争,抵押每台原有设备大举借债用于扩建。本地工人一开始就怀疑这一方针是否明智。根据新的负债结构,包括格瑞丝在内的知情人认为厂子许多年内都不可能盈利。如果新厂主表现出一些耐心的话,这也许还可以接受,但他们似乎特别缺乏这一企业美德。

关厂的威胁像冲击波传遍了帝国瀑。新谈判的劳工协议主要包括延长工时,对加班作了新的定义,取消了许多工种,削减工资和福利。员工们当然有怨言,但他们也知道明年将决定厂子的存亡。当总生产率提高了将近百分之二十八(对于这个衰败的老厂是很不简单的),员工们引以自慰,即使厂子没有因他们的让步而扭亏为盈,他们至少保证了收入已经减少的饭碗还能再端一两年。

所以,当霍茨曼宣布还是要关掉纺织厂和造纸厂时,员工们目瞪口呆。不到一个月,抵押的机器就搬光了,被拆开装车运往佐治亚和多米尼加共和国。实际上,厂子搬空比员工们琢磨过味来用的时间还短。原来收购帝国纺织厂就是为了这个目的,他们挽救厂子的壮举只是充实了霍茨曼国际公司的金库。在怀亭家的管理下就不会发生这种事,人们说,派了一个代表团去商讨能否由老霍纳斯·怀亭和忠诚的员工们买下帝国纺织厂。但那时老爷子已经病重,儿子查·波还在墨西哥。只有少数人了解新的家庭政局,法兰辛·怀亭掌握了实权。是她,而不是她丈夫或公公,安排了卖厂的交易,有人私下里说,她很可能完全了解霍茨曼的最终目的。

有些员工被录用去佐治亚工作,但没有几个肯搬的。他们有房子和抵押贷款,由于去年关了两个小厂,房地产市场已经很严峻。虽然现在不知如何偿还这些贷款,但他们有上学的孩子,周围还有亲戚或许能帮一点忙,许多人还死抱着厂子可能重新开门的幻想。许多人没有走,是因为留下比离开容易,少一些恐惧。而且至少一段时间内还能领失业救济金。还有的人是因为骄傲。当发现自己成了贪婪的公司和全球经济力量的牺牲品时,他们说,好,行啊,我们是做了傻瓜,但苍天在上,我们不会被赶出父亲和爷爷从小居住的城市。年纪大的幸运一些,不大贵的房款几乎已经付清,快退休了,他们可以蹒跚地走到终点,再尽量去帮助没那么幸运的儿女们。

格瑞丝·罗比是少数可能被吸引到南部的人之一,可她没有接到通知。迈尔斯的弟弟出生,她请了一年的假,等他能送幼儿园了她才回去非全职地工作。虽然她在衬衫厂干的时间比多数接到调动通知的人都长,却因为有间断而不符合连续工龄的要求。找了一年多的工作,失业救济也快用尽,格瑞丝几乎已决定只能离开帝国瀑了(也许去波特兰一带),却意外地接到了一个叫万德马的人打来的电话。

万德马先生在波士顿一家律师行工作,他说有位女士冬天摔了一跤,髋骨骨折,想找一位私人助手,请问格瑞丝有没有兴趣。那位女士需要坐一段时间轮椅,不便于管理一所大宅子及花园。

助手可能要用一年,这个人必须可靠,能代办各种事情,收拾房子,春天培育花园和菜园。记账、写信及其他秘书技能也用得上。还有一个孩子要照看。服务时间可能一周长一周短,如果格瑞丝不想住在雇主家里,她必须二十四小时"随叫随到"。最后——万德马先生谨慎地选择着字眼说,这个工作无疑需要一定的毅力,因为有人说那位女士比较"难对付"。

当时三十七八岁的格瑞丝相信自己的毅力。她多年来在帝国衬衫厂担任重要职务。当然啦,她还跟马克斯·罗比生活了二十年,这真正是毅力的考验。这个用人要求好像是为她写的。不过,万德马先生说到那位女士的性格时似乎有点古怪,已经决定接受这份工作的格瑞丝承认自己没有当护士的经验,问那位女士为什么不找个专业的。万德马先生好像料到了这个问题,他提醒格瑞丝说专业护士可能在某些方面有优势,但她们通常不愿意做家务,信写得不好,不会记账,而且他从没见过能侍弄花园的。他没有完全掩饰在他看来没人能同时担当这么多的工作。他又说,专业护士可能要从波特兰或路易斯顿找,而他的委托人不希望家里有陌生人。

"我就不是陌生人了?"格瑞丝问。

"不是。"万德马先生说,"我想那位女士认识您,您也认识她。"

他停顿的时候,格瑞丝一下猜到了那所宅子,那位女士,有关情形和全部真相。

在格瑞丝伺候怀亭夫人的那些年里,迈尔斯目睹母亲失去了最后的风韵。还不到四十,她已经不再购买在葡萄岛为查理·梅因穿的那种衣裳了。街上的男人们渐渐不再回头。在去伺候怀亭夫人前她每天去做弥撒,在圣凯瑟琳的彩绘玻璃滤下的晨光中,还能看出一丝从前的美丽。但教堂外灰色的白昼照出她形容憔悴,抽空了活力和欲望,尽管她相信弥撒给了她力量和对未来的希望。在迈尔斯眼里,母亲开始变得像那几个每天做礼拜的六七十岁的女人,差不多都是寡妇。

轮到他当祭童的时候(每两月去服侍一周),迈尔斯陪她一起去圣凯瑟琳。他不喜欢早起,到了那儿,穿上袍子和白法衣时还迷迷糊糊的,但他发现做弥撒的感觉不错。他说不清为什么,由于在教堂开始每一天,世界和自己都好像更美好。不久,不用他服侍时他也开始去做弥撒了。其他祭童很快发现他们病了有迈尔斯可以顶替。后来他们连问都不问一下了。当迈尔斯自己生病时,汤姆神父反而怪他而不怪轮到的那个男孩。

在圣凯瑟琳,迈尔斯发现责任也可以是愉快的。他不能确定外面天色渐亮时他在温暖的教堂里感到的是不是真正的宗教体验,但他喜欢拉丁文弥撒的音调,经常陷入白日梦中,到要给献祭仪式摇铃时才惊醒。他最近发现了一个特别好看的女孩,在帝国烤肉店当女招待,他的思绪经常从基督血肉的神秘飘到夏琳的神秘,虽然他努力不在弥撒上有不纯洁的念头。

有时候在奉献仪式时,把盛着水和酒的器皿递给汤姆神父后(他总是坚持递的时候把手要对着他),迈尔斯会瞥见他的母亲,还有小弟弟在她身边的凳子上,睡着了或是在扭动。他想知道她在祷告什么。父亲是那种需要经常为他祷告的人,还要连踢带踹,人们常说。但迈尔斯想象不出为马克斯祷告的内容。如果他出去了,可以想象母亲会祷告让他回家帮忙。毕竟,马克斯在家时,格瑞丝做弥撒至少可以把小儿子留在家里。可是这祷告刚一应验,丈夫归了家,格瑞丝一定又会开始祷告让他快走,他的用处抵不上他带来的麻烦。当她跟迈尔斯早上做弥撒回来,会发现大卫站在婴儿床上,小胖拳头攥着床栏,脸红得像柿子,又是愤怒又是伤心,两条小腿中间兜着沉甸甸的一包。马克斯还在隔壁房间呼呼大睡。

但迈尔斯怀疑母亲的祷告跟他父亲没多大关系。如果她有点像迈尔斯自己,她的祷告就会追逐自己想要的东西,像学步的小孩追逐五彩缤纷的肥皂泡一样。不知母亲的思绪会不会飘向很久前失去的查理·梅因,就像他的思绪飘向夏琳一样。从葡萄岛回来后,格瑞丝从没提过那个人。迈尔斯把母亲的秘密保守得那么好,有时候都需要提醒自己还有这个秘密。他开始怀疑这一切是不是自己的幻想,一天早上做完弥撒回家的路上(大约是两三年之后),迈尔斯说:"妈妈?你还记得在葡萄岛碰到的那个人吗?查理·梅因?"

他以为她会惊讶或假装惊讶,听到这个突如其来的问题,他也会惊讶的。可是格瑞丝好像一直在思索这件事,或在想他什么时候才会问。"不,迈尔斯,我不记得,"她平静地答道,"你也不记得。"

格瑞丝开始去给怀亭夫人干活是在晚春,在那女人出院一个月后。她的出院让医生护士都如释重负,他们已经受够她了。怀亭夫人最近为医院新建侧楼提供了种子基金,人人都知道她这位病人多么重要,但是如果实行民主,他们会全体表决把她推到瀑布顶上,松开轮椅的刹车。

他们没有把她交给上涨的河水,而是交给了格瑞丝·罗比。不论晴天雨天,她每天早晨六点刚过就踏上铁桥,从湍急的春水上面走过去伺候两个残疾人(一个是暂时的,一个是终身的)。实际上,怀亭夫人髋骨骨折是她女儿造成的。女儿失去平衡,抓住妈妈,两人一起摔倒。辛迪有摔跤的经验,而怀亭夫人身体上和情绪上的平衡都不容易打破,长大后从没跌倒过一次,一下摔了个髋骨粉碎性骨折,只好临时取消她的西班牙之行,她连这个月的别墅都订好了。

当时十五岁的辛迪·怀亭那次之所以会摔倒,是由于一次修复骨盆的手术（她的第四次手术）没有成功。医生们说如果她做这个手术并努力配合理疗，她的平衡能力将显著提高，不用那么依赖助步架。虽不能打包票，但到春天高三的舞会上，她或许可以甩开拐杖走入舞池，只要扶着某个英俊男孩强壮的臂膀，这是医生在她前面挂的诱饵，于是辛迪勇敢地跟着这个诱饵再次走进手术室。

主任外科医师后来总结，手术既不成功又不失败。如果想到那条最重要的医疗原则：第一条，不伤害——辛迪的病情显然没有恶化，实际上，长期来看定会有轻微的改善。外科医师承认，没能更加成功的原因主要在于病人而不是在手术本身。他没有料到病人这么容易气馁，而且这么顽固地反对理疗。护士一开始就报告说哄骗、刺激或纠缠都不管用，没有什么能动摇她的结论，她认定手术彻底失败了，所以自己的努力也不会有用。辛迪宁愿躺在床上看电视，吃止疼片，而不愿去理疗室受折磨。当无计可施的医师又向她描绘能参加舞会将是多么令人兴奋时，她回答说没人邀请瘸子跳舞。

辛迪坚决不肯配合理疗让医师大伤脑筋，只好把她母亲请来商量。医师记得，手术前这女孩最盼望的事之一就是父亲能从墨西哥回来陪她，他想知道这为何没有实现。他暗示父亲有时候对女儿起到母亲和医生想象不到的鼓舞作用。他补充说，辛迪似乎特别依恋她的父亲，这也许能有帮助。

怀亭夫人的回答完全出乎他的意料。她先承认自己有一定的责任，没有让医师对手术的必然失败有心理准备，然后断言她丈夫回来只会使情况更糟。她解释说，她的女儿不幸继承了父亲性格中的根本弱点：他本人就是太容易受鼓舞，禁不起希望的诱惑，极易被失望打垮。他养尊处优，总以为一切都会顺顺当当，情况一变糟就完全不能应付。怀亭夫人竭尽全力抑制女儿身上的这些倾向，但先天似乎压倒了后天。像她父亲一样，辛迪会有鲜明生动的梦想，但总是不加抗争就放弃。怀亭夫人安慰医师说无法再做什么,他不用自责。

医师不是需要这种提醒的人。他一般是不会想到自责的。以他的临床训练,他也不习惯把身体疾病看作道德问题,但是听着怀亭夫人对她丈夫和女儿的不带感情的描述,他发现很难不得出一个道德上的判断,尽管他不愿意告诉她,至少在他的服务费付清之前。

格瑞丝·罗比必须承认,怀亭夫人对女儿性格的分析虽然冷漠无情,却并非完全错误。如果辛迪·怀亭有一小部分她母亲的意志力,她本来有可能从那次手术中获益,至少是在身体方面。像子女和父母间常有的那样:这孩子具备一个在母亲身上很容易看出的特征,只是在孩子身上它被扭曲了,呈现出全新的面貌。格瑞丝很快发现母女俩都一样地顽固,但表现方式截然不同。在怀亭夫人身上,任性变成了动力,无情地要求排除一切大大小小的障碍。而在女儿身上则变成了悲观的死僵强,她对每个障碍都是这种态度。格瑞丝一向同情怀亭小姐的痛苦处境,目睹人性在怀亭家的演绎并看到母女间斗争的必然结局,她觉得很可怕。

格瑞丝以前从未碰到过像新雇主这样的女人。她很快发现完全不钦佩是不可能的。经过几个月的仔细观察,格瑞丝终于发现了她的一大秘诀。怀亭夫人从来不会气馁,只因为她从来不让自己去想事情多么艰巨。她有一种绝妙的本领,能把任务分割成小件的、好办的工作。任务化小之后,她的意志就变得像潮水一样不可阻挡。每天怀亭夫人都有一份"要做之事"的清单,而其高明之处在于她从来不会列入做不到的事情。偶尔发现一项工作比她想象的复杂或困难,她就再把它划分一下。就这样,这个女人碰到的永远都是成功,每天都不可避免地使她离她的目标更近一些。她可能会被拖延,但从不会被挡住。

而她女儿却总是被吓倒。生性掌握不了母亲那简单的技巧,辛迪·怀亭总是马上想到面前的全部情形，一下子就被打败。格瑞丝认识到，辛迪与其说是个梦想者，不如说是个信徒，她信仰的或希望信仰的是彻底转变。她在幼年某个时期开始相信整个世界、她的全部环境都必须改变，这样变化才能对她有好处。所以她希求的不亚于一个奇迹，她对新手术也是以此来判断。星期一她进医院时像一只毛虫，星期二出来时将是一只蝴蝶。麻醉药性过去后不久，这姑娘发现不仅没有变化，而且也没有正在变化的迹象。

这种失望是否像她母亲暗示的那样，表明她很傻，甚至很蠢呢？格瑞丝不这样认为。毕竟，辛迪的整个世界经历过一次彻底转变——小姑娘被汽车撞倒的那个可怕时刻。她懂得了一切可以在顷刻间改变，而完成这变化的动作是如此迅速、强大，超出了人类的理解。她只是在等待它再来一次。

到五月底，为怀亭夫人干了近六个星期的格瑞丝每天都等着被辞退。花园已经种好，女主人恢复得比医生预计得快。格瑞丝猜想不久怀亭夫人就会觉得用不着她了。倒不是她的工钱对一位阔太太有什么关系，不过，女主人在钱的方面也够精的，她似乎对别人维持生计的费用算到了几毛几分。她开给的工钱如此接近最底线的需要，以至于格瑞丝怀疑那女人是不是溜进她家偷看过她在桌前算账。

一天下午在花园里，怀亭夫人拄着拐杖在指导格瑞丝，后者蹲在地上抬起头说："怀亭夫人，当您不再需要我的时候，希望您能提前两星期通知我，我好去找工作。我不能长期没有工作。"一天都不能，她心里想。

怀亭夫人戴了顶草帽，她从宽宽的帽檐下打量着格瑞丝。她的唇上是有一丝微笑吗？"你在帝国瀑上哪儿找工作？好像机会不多。"

"可是,"格瑞丝太了解这个挑战了,"我还是得找。"

"好了,今天就这样吧。"怀亭夫人宣布道,她已站了大半个下午,虽然大部分活都是格瑞丝干的,怀亭夫人显然累了,她最近才从轮椅中解放出来。格瑞丝站起来把女主人搀回轮椅上。"你现在还不用费心找别的工作,这些星期你对我帮助很大。"

格瑞丝考虑着这个模糊的保证。"可是您完全康复之后还会用我吗?"

"我们到凉亭坐一会儿。"怀亭夫人提议道,使格瑞丝后悔今天提了这事。早上大卫得了重感冒,她希望早点回去。她甚至对怀亭夫人提过这个希望,那女人似乎轻松地忘记了。

凉亭里很阴凉,有临时坡道使轮椅可以推进去。怀亭夫人背对着宅子,望着河面。格瑞丝斜对着她,面向下游的铁桥。听到院子的门拉开,她看见辛迪费力地走到院子里。走草坪下到凉亭有六七十米——小姑娘不想冒险,刚做过手术,但她朝格瑞丝和她母亲这边看着,很渴望的样子。

"你说怎么办?"怀亭夫人终于说道。她也许在考虑帝国制造厂,因为她注视着现已废弃的工厂,两根大烟囱矗立在下午的天空中。格瑞丝又听到拉门声,辛迪挪进屋去了。

她母亲摘下草帽搁在两人之间的小圆桌上。"你喜欢上我女儿了。"她说。

"是的。"格瑞丝坦率地承认。

"如果我说我不太喜欢,你会不会觉得我很不正常?"她又微笑了,"你不必回答,亲爱的。"

格瑞丝庆幸不用说出她的想法,这是她见过的比较可悲的人际关系之一。仿佛母女俩都让对方如此失望,以至于两人都不再关心对方。她们就像幽灵,生活在不同维度的空间,区别如此之大,格瑞丝几乎觉得两人能穿过对方的身体。意外地碰到她母亲时,辛迪仿佛想起了一个一直想问的问题,却又意识到已经问过许多次,得到的都是同一个令人沮丧的答案。怀亭夫人如果能注意到她女儿的话,也似乎只感到恼火。有时两人沉默地对视那么久,格瑞丝都忍不住要尖叫了。

"她是这么可爱的孩子,"格瑞丝说,"她的痛苦——"

"老天,对,她的痛苦,"怀亭夫人仿佛是怜悯格瑞丝,而不是她女儿,"真是无止境的,是不是?"

"不是她的过错,对吧?"

"不是过错的问题,亲爱的,"怀亭夫人解释道,"是需要的问题。你会了解我女儿需要的不是她以为自己需要的。你想象她需要同情,而她需要的是力量。明智的做法是不要让她依赖你,除非你喜欢这感觉,有人是这样的。"

格瑞丝过了一会儿才明白自己受到了委婉的责备。"有比被依赖更糟的事情,对不对?"

"也许。"那位太太答道,好像她一时想不出,"告诉我,你经常不在家,家里面怎么想?"

"大卫很想我,我想。"格瑞丝说,"他才这么小,他不——"

"另一个呢?"

"迈尔斯?迈尔斯是我的支柱。"

"你丈夫呢?"

"马克斯就是马克斯。"

"不错,"怀亭夫人同意地说,"男人就是本性难移。"

格瑞丝望着铁桥,过了一会儿,她说:"我们能谈他吗?"

"不,我想不能。"怀亭夫人答得很轻松,就像拒绝一份冰淇淋一样。

格瑞丝并不诧异。她第一次过河忏悔的那个下午,她们就没怎么提他。格瑞丝只是请怀亭夫人宽恕,并保证她跟查理之间结束了,她为自己做的事抱歉,为自己企图做的事抱歉。

"他会回来吗?"

"回帝国瀑?"怀亭夫人似乎觉得这个问题很怪,"我想不会。他年轻时总想住在墨西哥。你知道吗?"

"知道。"

她感到那女人的目光在盯着她。是啊,丈夫对别的女人吐露他内心的梦想,怀亭夫人当然会有想法。"他在那儿似乎很快活。"她说,仿佛暗示在这快活中她俩都遭了背叛。

"他有没有——"

"说起过你? 我想没有,但他当然是不会的,不会对我说。"

"他知道吗?"

"知道我们现在的安排? 知道。我告诉他之后,他好像挺欣赏里面的讽刺。"

格瑞丝没有吭声。

"在我们把这个话题永远埋葬之前,你还有什么要问的吗?"

格瑞丝摇摇头。

"很好,如果我丈夫试图跟你联系,我希望你告诉我。你会吗?"

格瑞丝只犹豫了一小会儿,"行。"

"如果你没有遵守诺言,我会发现的,"怀亭夫人说,"只要看一看你就全知道了。"

"我会遵守诺言。"

"我相信你。"怀亭夫人说。她似乎感到满意,好像早已料到这场谈话及其结果,"我想你还会在这里做相当长的时间,"格瑞丝站起身,她又说,"你该知道,我已经很喜欢你了,亲爱的。也许这里也有讽刺?"

格瑞丝想不出合适的回答。怀亭夫人说的会不会是真的呢? 如果是的话,是否意味着她原谅她了? 或者,难道有可能真心喜欢一个你没有原谅的人? 虽然这后一种可能似乎不合逻辑,但这正是格瑞丝的感觉。

第 四 部

第二十三章

"先别看,"大卫从报纸上抬起头来说,"快乐的新郎官来了,蜜月归来。"

果然,银狐狸正轻快地登上烤肉店门前的台阶。虽然迈尔斯并不高兴见到他,但想到自己没听见沃特的面包车开进来的声音,他不禁露出了笑容,这是他病后生活变好的又一个方面,那声音折磨了他将近一年。

沃特和詹宁的婚礼之后,当然老有人问迈尔斯当自由人有什么感觉。令他惊讶的是,感觉挺好,好像离婚诉讼中的许多拖延把他的自责能力都耗尽了。他以为前妻的婚礼对他会有很大打击,加深他的失败感。毕竟,他和詹宁曾在上帝和家人面前发誓至死不渝,而现在她又对另一个人说同样的誓言。当公证人问有没有人反对这桩婚姻时,迈尔斯有点难为情地发现他不反对,至少是不再反对。他一向反对詹宁天真地认为生活可以重新开始,好像过去不存在一样,可她似乎做到了。这意味着迈尔斯也可以,尤其是现在他已做出决定。

当然,对詹宁的新生活还不能下结论。迈尔斯为她的大喜日子办得这么粗糙而遗憾。世俗的婚礼总让他觉得太短,仪式几乎还没开始就结束了。买房子的签约手续还长些,迈尔斯不禁想到如今买房地产被看得比结婚重要,影响更长远。不过也许一直就是这样。毕竟，婚姻决定了继承权，不动产从一代传到下一代的秩序。也许婚姻曾有的庄严只是一种更重要的（纵然不是神圣的）仪式的副产品。

接下来的婚宴几乎同样郁闷。詹宁扬言她要开一个热闹的宴会，有强劲的乐队和大舞池，让人能真正释放，让她释放。整个宴会似乎是为了说明迈尔斯做丈夫的诸多失败。她似乎在说，结婚那么多年她一直缺少音乐、兴奋和跳舞，现在跟迈尔斯·罗比断了，她当然要尽情享受。

当地适合这一用途的最大的房间在沃特的健身俱乐部中，只需推开有氧运动室和器械室之间的隔板。于是他们把各种刑具——爬楼机、健身车和跑步机等搬开，把瑜伽垫竖在墙边，让人觉得有狂欢者会开碰碰车。从场地的面积看，迈尔斯明显感觉请的人比来的人多得多。

据迈尔斯看，乐队本来是不错的，可他们那音量好像故意要刺激脑肿瘤生成。迈尔斯跟毕姨和贺瑞斯走到边上。毕姨的痔疮发作了。贺瑞斯不情愿地当了沃特的伴郎，塞在一身亮闪闪的黑礼服里。迈尔斯不想看，可是他确定贺瑞斯脑门上鼓起的血管网在合着低音吉他的节拍跳动。一个本来不想离婚的男人在前妻的婚宴上待了两小时似乎够意思了。所以当乐队第二次休息时，迈尔斯找到了詹宁，跟她打招呼说要走，祝她幸福，并说她今天很漂亮。她是很漂亮，尽管不大像新娘。

"你不能不跳最后一个舞就溜走。"她说，脸红通通的，把迈尔斯拖到屋子中央。乐队决心在他们不在时也要让屋里充满震耳欲聋的音乐，用吉他扩音器放着录音。令迈尔斯更加不自在的是，几乎所有的人都停下来看他们跳舞，似乎觉得在见证一个感人的时刻。

"我跟你说过你会讨厌这些的。"詹宁说。

"没有，真的。"他违心地说，"只不过音乐有点响。"

她好像并不相信。"你该带个人来,夏琳会愿意的,如果你问她的话。"

虽然迈尔斯不喜欢那怜悯的口吻,但他还是为前妻似乎想象到他可能会孤单而感动。"她在值班。"

"放她一晚上假,你是老板,迈尔斯。如果你愿意还可以关掉餐馆。"结婚二十年都不止了,他依然惊讶于这女人的感情能如此迅速地从关切切换为恼怒。

"詹宁,"他叹道,"如果你想让我对你另嫁感到好受些,那你很成功。"

她的泪水马上涌了出来,他赶紧道歉,她轻轻地在他肩头啜泣,让旁观者相信眼前的一幕远不只是感人,简直是令人心灵升华,连银狐狸的眼睛都湿润了。

舞池中这些突然的泪水并不令迈尔斯吃惊,婚礼前的一星期它们经常涌出来,导致一系列恼人的谈判,有几次是在迈尔斯住院的时候。开始詹宁想让他把她交给新郎,如此异想天开的念头令迈尔斯哈哈大笑,然后才发现她是认真的。她立刻气红了脸,仿佛受了伤害。"我只是希望整个过程很友好,"她怒道,"有什么错吗?"

友好,他重复着这个词,想起了高中的拉丁文。Amicus,意思是朋友,是他们学习词尾变化的第二个名词,第一个是 Agricola,农民。迈尔斯觉得奇怪,好像在日常生活中"农民"一词比"朋友"更有用似的。

"如果我只是带着笑容去参加呢?"他问,"那还不够友好吗?"

前妻一下子眼泪汪汪。"好,"她说,"我自己把自己交出去。"迈尔斯觉得这恰是所发生之事的写照。

迈尔斯后来知道,如果说詹宁在他的问题上轻易地让了步,那是由于她有场更重要的仗要打,她若想要有一点打赢的希望,就必须取得他的帮助。因为她女儿也不比迈尔斯更情愿在她的婚礼上扮演惹人注目的角色。但这一回詹宁很坚决。"我对天发誓，迈尔斯，你最好劝她做我的伴娘。我知道你能办到，所以我现在告诉你，你最好赶紧去办。"

迈尔斯试图与她理论。"你不能逼她做她不想做的事情，詹宁。"

她答道，"我没有逼她，迈尔斯，实际上我给了她选择的机会。她可以做或者后悔没做。"然后她在病房里放声大哭，直到迈尔斯屈服答应去试试。

詹宁哭得那么可怜，迈尔斯都怀疑她有点精神崩溃了。"你知道我在这世上没有一个女性朋友，迈尔斯。"她抽着鼻子说，已经哭累了，"如果她不做我的伴娘，我就只好去找我妈妈。别让我那么做，迈尔斯。我知道发生了这些事之后你怎么看我，可是如果你曾经关心过我，就别让我在婚礼上站在毕姨和沃特之间。法官搞不好会为他们两个证婚的。"

迈尔斯出面跟女儿达成的协议很复杂，但主要内容是，她将做母亲的伴娘并假装开心，但仪式后的宴会上不要让她跟银狐狸跳舞。迈尔斯还答应带她去波士顿艺术博物馆看凡·高画展，这是他本来也会做的。他后来发现这丫头还跟她妈妈谈定了一个额外的条件，把家里的电脑连上了 E-mail 服务器。

"你不会有事吧？"詹宁问，他一时没明白过来。她是说在她度蜜月的时候吗？"他们查出你是什么毛病了吗？"

没有。星期天晚上他撑着回到家里，但当他弟弟过来时（毕姨打电话叫他来看看），迈尔斯已经神志昏迷。在急诊室，他的高烧和昏迷，加之是吃了快餐店汉堡之后，被怀疑为大肠杆菌或病毒性脑膜炎。他被留在医院密切观察了几天，其实第二天早上就退烧了，到星期一下午他显然已在好转。到最后，为他作检查和验血的几个医生还没有诊断出来。医务人员没有从精神方面去寻找解释。迈尔斯倒想问问这些症状会不会是幽灵附身的结果。

跟单身时一样,沃特·科莫一进店门就唱了起来。"多少夜晚,"他抒情地唱道,张开双臂拥抱世界,"多少白天／多少夜晚无人相伴。"

"会吗?"大卫问道,他没去参加婚礼,也没写信致歉。

沃特停了一下,好像听到点了一首他的曲库里没有的歌。然后他又唱起来,尽管声音小了一些,一面轻飘飘地从柜台前走过。"在分离的时间／请守住你的心儿／莫在月光下流连。"

柜台前传来两声不热心的"怕—怕—怕—怕呀。"

"我的天,老伙计!"沃特照常在贺瑞斯旁边坐下,贺瑞斯来得早,安生地吃了带血的汉堡,"你怎么能让那样一个女人跑掉的?"

沃特和詹宁住进了海滨一家淡季优惠的小旅馆,迈尔斯碰巧知道詹宁想去阿鲁巴岛①。

"别让星星迷你眼,老狐狸。"贺瑞斯告诫道,一面用油污的餐巾擦拭两人之间的台面,准备玩牌。

"也别让月亮伤你心。"巴斯特头也不回地补充。他回城后值的第一个班快结束了,他正在往红热的烤架上倒醋,铁板上嘶嘶冒泡,几秒钟内空气中全是醋味,柜台前的每个人都熏出了眼泪,但很快就没了,暗示如此可怕的东西注定去得也快。

"你上礼拜六哪儿去了?"沃特从柜台那头对大卫喊道,"你错过了一个超级舞会。"

迈尔斯听说他走后前妻又把几个强壮的男人都跳得精疲力竭,并且喝得酩酊大醉,当乐队终于停止演奏,开始收拾乐器时,她还臭骂他们。

大卫折起报纸站了起来,抓过一条干净的围裙。"我对那种场合不感冒。"

---

① 委内瑞拉海岸北面背风群岛中的一个岛,是加勒比海的观光胜地。

"成牌了。"贺瑞斯放下牌,拿起记分的纸板,"他很诚实,是不是?"他说,更多是对迈尔斯而不是对沃特。

"他是嫉妒,"沃特愉快地说,成牌还没引起他的注意,"他和老伙计都嫉妒。他们想对我装样,可我明白着呢。"

"那是,"贺瑞斯附和道,"你讲不讲你输了多少分,还是要我来估?"

沃特现在瞪着贺瑞斯放下的牌。"你不可能又成了。"

"你说说哪儿没成。"

银狐狸放下自己的牌,开始数分数。

"省你点事儿。五十二加成牌分是七十二。"贺瑞斯边说边写下来,"希望你不介意我今天比平时赢得快。我要开车去奥古斯塔采访教育预算表决,没工夫跟你玩。"

"七十二。"沃特算完了。

"帮我打开好吗?"巴斯特递给迈尔斯一大瓶腌黄瓜,揉着手腕。他的眼睛不流脓了,但看上去还是很可怕,又红又肿,几乎睁不开。暑假以来他好像掉了三十磅。医生说是莱姆病①。"我好像一点力气都没有了。"

贺瑞斯摇头道:"用那只手打了三十五年的炮,你以为他打得开一瓶腌黄瓜。"

"回家吧,巴斯特。"迈尔斯说,"我来顶着。"

厨子没反对,摘下围裙递给他。"我明天会好些的,我保证。"

"拿过来。"沃特说,指那个瓶子。他已经脱得只剩举重运动员的紧身背心,好像跟贺瑞斯玩牌需要一系列大幅度的动作。虽然沃特自称喜欢一切关于性的东西,但迈尔斯怀疑他最喜欢的是打开别人打不开的瓶子,所以他没有理他,找了一块橡皮垫把盖子

---

① 一种由螺旋体引发的炎症,由扁虱传播,可导致慢性关节炎和神经及心脏机能障碍。

拧开了。"

"那是作弊,"沃特抗议道,"用那个谁都能打开。"

"成牌。"贺瑞斯又放下牌说。

"连小孩都能打得开。"沃特对贺瑞斯说,贺瑞斯不知何故在冲他笑,"你说什么,成牌了?"

"六十九加上成牌分。"贺瑞斯说着,在两人之间的纸板上记下"89"。

"八十七。"沃特做完他的算术后说,厌恶地把牌推向贺瑞斯。

"再数一遍。"贺瑞斯把牌推回给他。

沃特数了,一分钟后修改了数字。"八十九。"

贺瑞斯给他看看已经记上数的纸板。

"也可能是你错,"沃特指出,"你想过吗?"

贺瑞斯洗了牌,让沃特倒牌。"当然想过,但我总是先排除可能性最大的情况。"

沃特忙着一张一张地拾牌和整理,没顾上搭理这个侮辱。"我听说你要有竞争了,老伙计。"手里的牌理出了头绪,能够扔牌时他说。

大卫在冰箱前,迈尔斯瞟了他一眼,见弟弟不动声色。他希望自己脸上也不露痕迹,但发现贺瑞斯在好奇地看着他。

"什么意思,沃特?"他问,尽量使语气保持正常。

"詹宁跟我说她妈妈又要在快乐汉供应午餐了,"新郎报告道,一面拾起贺瑞斯扔出的牌,"下个月。"

"我祝她好运。"迈尔斯说,真心话。实际上他大半个上午都在毕姨的酒吧跟电工看房子。情况不好。厨房里——整幢房子里都没有一寸电线是符合规范的。维持原样倒不要紧,但州法律规定要装修就必须符合规范,这意味着所有本来被认可的旧电线都必须重装。毕姨和迈尔斯都凑不出那么多钱,除非去找银行,而他们不愿意,因为那会使计划公开。迈尔斯尤其坚决希望保密,至少等到十月下旬,怀亭夫人外出过冬的时候。

"她男人在世的时候,他们卖过一种超级的熏牛肉三明治。足有两英寸厚,吃了就饱。"

大卫从冰箱里提出一块已经擦了香料的牛排,还剩最后几英寸时,他那只断手抓不住了,牛排啪嗒掉进浅烤盘里。他回头迎接迈尔斯的目光。是,他应该让人帮忙,也许下次。"你真的请人吃了三明治?"大卫问,也说出了他哥哥的想法。

"跟你说,"沃特猜疑地盯着对手说,"我决定摊牌,我负三分。"

贺瑞斯似乎对这一招不以为意,"八分减你的三分。"他给沃特看了牌,在自己那干净的一栏里记上了可怜的负五分。

"你又抓了我等的牌,"沃特抱怨道,"你为什么从来不给我?"

"因为,"贺瑞斯解释道,"那样你就赢了,我就输了。"

迈尔斯看到外面开过一辆警车,但不知道是不是吉米。他看着它慢慢开过去,怀疑它会停下,来个三点掉头,停到餐馆对面的路边。上星期他三次看到吉米停在那儿,最后一次他忍无可忍地给警长打了电话。

"吉米·明狄为什么监视我的餐馆?"

"他没有,我们只不过设了一个雷达测速点。"道斯解释说,"那些小猴崽子都以为现在没人住了,他们就可以在市中心开到五十英里的时速。我问一下不介意吧,你跟他之间到底是怎么啦?"

"说不清。"迈尔斯承认道。

"试试。"

"他似乎记得我们曾经是朋友。也许是吧。"

"现在不是了。"

"我知道。"

"听着,我本想给你打电话。如果没人想点办法的话,我担心等我下了，你的前朋友会当临时警长。"

"你要去哪儿吗，道斯？"

"看来是。我得了癌症，虽然还没公开。"

"老天，道斯。"

"咳，我痛快走了一回。"

"你在治疗吗？"

"当然，治了一阵了，就是这破疗程在要我的命。不过，吉米·明狄有贵人朋友，包括你的一位朋友。也许你可以跟她说说。人家说你的话她听。"

"她是听，"迈尔斯承认道，"可她从来不会做我要她做的事。"

"不过，你要能去试试，也是为本城做了件好事。没有比坏警察更坏的事情。"

"当然有，"迈尔斯说，"我听了很难过，道斯。我能做什么吗？"

"别告诉任何人。"

这是自谈话之后他看到的第一辆警车，它在帝国大道尽头左拐消失了，这时笛子拐过街角，上坡朝餐馆走来。也许是迈尔斯的想象，但近来女儿在沉重的背包下走路似乎挺拔了一些。詹宁和沃特在海滨度蜜月的这几天最大的好处是，他晚上能在家里跟笛子做伴。他睡在沙发上，然后不洗澡就回自己的住处。但即使这样，回到曾经住了那么多年的房子里，还是觉得怪怪的。他竭力不去为失去它而痛苦，而只是享受与女儿在一起的快乐，多数时候他做到了。可惜，笛子的精力在父亲和电脑键盘之间分配不均。她在兴奋地打字，葡萄岛上遇到的那个男孩在印第安纳打字回答她。两星期前他的来信中附了 E-mail 地址，他们显然可以直接同时用键盘对话。这么亲密。在隔壁看书的迈尔斯常听到女儿为那男孩输入的什么而笑出声来。当他抬起头来，电脑屏幕前她的面颊泛着红光，显然沉浸在网恋的浪漫中。这种东西能说是真的吗？迈尔斯认为能，至少只要它能让她的背包轻一点。

今天下午走在她身边的是约翰·沃思那瘦高、僵硬的身影，他今晚要给大卫承办的私人宴会帮忙。古怪的一对——他女儿和约翰，但他们好像在交谈，这本来应该很正常，却显得那么奇怪。好像她对身边这个怪男孩说话比每天晚上用键盘跟一个千里之外的男孩聊天还要不可思议。当他们走进餐馆时，约翰·沃思像往常一样沉默而紧张，径直进里间扎到他那堆脏锅中去了。他已经为帝国烤肉店干了三个星期，像迈尔斯预言的那样成了一个可靠的好小工。周末有的时候迈尔斯希望这孩子能再多一个档，但他干活稳当，有效率，虽说不是特别快。他很听指挥，迈尔斯甚至教会了他清除洗碗机蛛形结构中的肥皂屑。跟他说话他会答应，然而还是没法让他与人正常交谈。迈尔斯第一次给他支票时，这男孩愣愣地望着它，似乎搞不懂它有什么用，后来迈尔斯才想到他是不知道怎么把支票换成现钱，于是带他到帝国银行开了一个储蓄账户，教他怎么记录存款。男孩倒是表示出一点感激，尽管很不自然，可是第二天来上班时，他对迈尔斯既没有笑容也没有道谢，仿佛昨天的事没发生过一样。在他们相处的三个星期里，约翰·沃思一次也没有正视过迈尔斯的眼睛，连夏琳也没什么进展。

笛子亲了叔叔一下，把背包重重地卸到地上，震得酒杯和咖啡杯叮当作响，然后给了父亲一个她那种短促的侧面拥抱。

"嗨，小鬼！"沃特从凳子上转过来，张开手臂嚷嚷道，"给我也来一个吧？"

笛子对这个人和他发出的噪音都不予理睬。显然，给她的电脑安装 E-mail 没给沃特挣到任何感情分。"新帝国时刻，"她对爸爸宣布，"你看到灯夫屋的招牌了吗？"

迈尔斯回想着这两天有没有开车路过，然后摇了摇头。

"他们的新特餐是'沙茶酱焖小鸡'。"

迈尔斯笑了，怀疑自己能不能看出这一个。"把它们的脑袋砍掉还仁慈些,是吧?"然后一转念,灯夫屋都到斐尔港公路旁边了,"你什么时候去的?"

"我的许多朋友都有驾照啦。"她给自己倒了高高的一杯可乐,又倒了一杯,他想是给约翰的,"别担心,我没住汽车旅馆。"

"我从来没那么想。"听到"许多朋友"他不禁微笑了。不久前她还跟他说一个朋友也没有。现在她有各种类型的,有的有驾照,有的远在印第安纳。

"我们下星期天有没有可能去波士顿?凡·高画展还有两周就结束了。"

"我得看看你叔叔愿不愿意下星期天早上起来翻鸡蛋。"他停了停,"哎,印第安纳·琼斯近期有没有可能去波士顿?"

"下星期天。"她坦白道,竭力抑制着笑容,显然对他能猜到这一点很高兴,就像他高兴她能看出焖小鸡一样。

"他也是凡·高迷吗,那个孩子?"

"东尼。"她说,扭头跑进里间去了。迈尔斯瞥见约翰·沃思跪在洗碗机前,洗碗机的门大开着,冒出一团团浓浓的蒸汽。那男孩在朝机器里看,手里拿着碎冰锥。

"价值一百美元呢,老伙计。"沃特在柜台那头嚷道。银狐狸不出所料地从又一次输牌转到了劝迈尔斯跟他扳手劲。作为引诱,他提出让迈尔斯在健身俱乐部当三个月免费会员,鼓吹这能改变迈尔斯的生活,因为健身可以提高自尊。跟詹宁结婚后,沃特似乎更加决心补偿她前夫的损失。"没有一个头脑正常的人会拒绝这种条件。"

"我能说动你星期天早上当班吗?"迈尔斯问他弟弟。

大卫叹了口气——很有理由,因为迈尔斯住院时他值了双份班。现在又这样。"巴斯特怎么啦?他刚抱怨过用他的时间太少。"

"我可以问他,"迈尔斯说,实际上,既然大卫说了,他也只能这么做,"只不过我不知道他星期六夜晚之后能不能招呼客人。"医生叫巴斯特在体力恢复前暂时戒酒,但星期六晚上不喝酒跟这个人的所有天性相违。

"你知道我讨厌早餐,迈尔斯。"

"我答应带笛子去艺术博物馆。"迈尔斯压低了嗓门解释,怕沃特听到会自告奋勇,"她想看的展览快结束了。"

"好吧。"

"除非你肯带她去,她会很高兴的。"

"不,你去吧。"大卫打开烤箱看看里面慢慢烘烤的牛排。他还准备了一盘拌过香料的红土豆,迈尔斯端起来搁到牛排上面的架子上。如果他不在,大卫会用坏胳膊兜住锅的一边,用好手抓着控制方向。迈尔斯知道,手不方便是弟弟不愿开长途的一个原因。其实高速比城里的路还好开些,但大卫怕有紧急情况自己不能应付,尤其是笛子在车上。

"既然在说悄悄话,"大卫说,"你打算把快乐汉的秘密瞒多久?"按计划,他们将在感恩节前撤出帝国烤肉店,或最迟到圣诞节。问题是计划已经在散架,上午电工的报告只是最新的例子。

"越久越好,"迈尔斯说,"瞒到瞒不住的时候吧。"但他明白弟弟的意思。他们在毕姨那里待的时间越来越难掩饰。还有那些电话,迈尔斯尽量压低声音,因为旁边总有顾客,但是当然啦,没有比秘密的语气更能引起他们兴趣的了。

"我不理解。"大卫说。他为迈尔斯突然转变而高兴,可又为他不肯讲出转变的原因而不满。而且他觉得迈尔斯坚持保密也没有道理,"她也做不了什么,就算她想阻挠的话。你也知道,她会很乐意关掉这地方的。你还是和盘托出的好,何况你又欠她的情。"

"你不是总对我说我不欠她吗?"迈尔斯提醒他,"而且,我不敢说她做不了什么,如果她动心思的话。"

"如果是那样,早知道不是比晚知道好吗?"

"我希望她出去一两个月,不知怎么她还没走。我老想是不是因为咱们。"

"更有可能是开发办的事。"大卫比较理智地说,"听说她这星期接待了一批客人。"

"又是挂着麻省车牌的黑色豪华车?"

"好吧,"弟弟让步道,"但如果你说得对,如果她起了疑心想找麻烦,我建议在你贷款和投进去之前搞清楚。没准她看到这种形势,在酒牌上会松口,你就不用搬了。"

"我不能对毕姨那么做。"

"我想也不能。我要说的是,这件事反正很快就会公开的,你藏不住秘密。"

迈尔斯没有计较。在报上认出"查理·梅因"的照片后,他没对任何人提过,包括他弟弟,尽管这发现改变了一切。那个星期天早上,他感到这秘密在他肚里生了根,想象它的触手伸向全身各处。是不是因为他跟弟弟从来不能好好交谈,所以他才没有告诉他?在这些年兄弟俩缄口不谈的所有话题中,母亲一直居于第一位,所以可能是这个原因。也可能大卫已经知道了——迈尔斯一讲,弟弟会说,老天爷,迈尔斯,你才发现呀?

跟马可神父谈会容易些,但迈尔斯对他也没说。自从那个下午刮着南墙想象汤姆神父让母亲过铁桥去赎罪之后,他还没有回过圣凯瑟琳。他现在也不知道会不会再去,哪怕是去"直肠"。仿佛那触手也缠住了他与马可神父轻松的友谊,挤出了所有的乐趣。神父去医院看过他,但没待多久,并显得心神不宁。他们的对话不大自然,就像汤姆神父失踪的那天下午,两人都觉得辜负了对方,没估计到两个老头能做出什么。如果只是尴尬,过一段自然会消除,但迈尔斯担心有更复杂的内容。目前他断定教会——至少是其代表汤姆神父,在他母亲迫切需要帮助时对她起了比没有帮助更坏的作用。现在他决定走自己的路,就像格瑞丝那样。

"我不该多嘴,"大卫说,"可是我还要说一句,你应该给那女人打电话。"

迈尔斯叹了口气,知道弟弟说的已经不是怀亭夫人而是她的女儿,上周她打过电话到他病房,后来又打到餐馆两次。他含糊地许诺病好了就请她在帝国烤肉店吃饭,一直没有兑现。

这里也有触手,辛迪会不会已经知道真相?是不是因此她才带他去墓地,站在两个恋人的坟前?如果没有辛迪的预示,他第二天早上看报时能联想起来吗?也许辛迪从开始就比他了解得多,迈尔斯开始按这个残酷的可能性重新看待所有往事。他尤其想到高中放学后一起等怀亭夫人的黑色林肯,小辛迪多么任性地贬低艾米莉·狄金森。是否阴暗的现实让她学会不理解她不希望是真相的东西?迈尔斯几乎能想象怀亭夫人低声说:对你这么好的这个女人,她是你爸爸的情妇,你爸爸想跟她私奔。你这么喜欢的这个男孩,你爸爸宁愿要他而不要你。迈尔斯又想起辛迪的那本书:"她的下面收缩起来!"这廉价读物是否帮助了可怜的女孩理解她父亲与格瑞丝这样的男人与女人间的事?辛迪爱上迈尔斯会不会也是因为听说她爸爸喜欢他?

他试图推想出合乎逻辑的答案,但推理似乎只是导出了更多的问题。他又想,从辛迪对父亲的感情看,她很可能不知道真相。她似乎把他的离家归咎于她的母亲,而不是格瑞丝。她回忆格瑞丝时带着由衷的爱戴。如果两人在她脑子里有联系,那也是因为他们对她的爱,而不是两人相爱。另一方面,无论对小孩还是大人,还有什么比爱更神秘呢?是的,他应该给她打电话,弟弟说得对,但他不想打,目前不想。

"得啦,"见迈尔斯对他的建议报以沉默,大卫说,"当我没说,不关我的事,我知道。"

"不,"迈尔斯说,"是个好建议。其实你总是给我好的建议,我应该听的。"

"咳,我也没听你的忠告。我只希望你别像我那样以五十英里的时速撞到树上。"

"也许我正需要撞一下,"迈尔斯说,觉得好像已经撞过了。"近来有见识的是你,不是我。"

大卫摇头。"不是树的事儿,我鬼混了那么久,等我终于改邪归正的时候,没多少人还对我抱有希望了。我不是有见识,是没指望。我不建议你去撞树。有太多的人永远不会真正原谅你。"

迈尔斯想否认,至少为他自己,可否认不了。他是想原谅弟弟,也许还想象已原谅了。他也想信任他,可总是习惯地觉得他会再去鬼混,尽管他已经很久没有那样了。

"你为什么不去睡一觉呢?"弟弟建议。"你看上去萎靡不振。"

"也许是要去。"迈尔斯说,"今晚需要我吗?"

"嘿,我要拒绝这照顾就是傻子。"大卫咧嘴一笑,迈尔斯明白这也是照顾。

他吃力地上楼时,听到他房间里电话铃响。因为刚刚说起过,迈尔斯猜可能是辛迪·怀亭,然而不是。

"教堂漆完了吗?"那头的声音说。

"爸爸,"迈尔斯说,"你在哪儿?"

"可能干不了那么快,我不在,你又不敢爬梯子。"

"我这一阵没干。"

"为啥?"

"我病了,住了几天医院。"

"我说你哪儿去了呢,我打过电话。"

"然后詹宁和沃特·科莫结婚了。"

"蛮好。"

"谢谢,爸爸。"迈尔斯说,"喂,你说了你在哪儿吗?我没听见?"

"佛罗里达。"马克斯说,好像人人都知道似的,"你也该来,单身汉的乐园。"

"汤姆神父呢?"

"在吧台那头呢,他在冒充海明威比赛中得了第二名,他现在留胡子了,白的。"

"爸爸,你怎么能这么做?"

"让他留胡子?为什么不能?"

"你知道我在说什么。你怎么能从一个老糊涂的神父手里骗钱,跑到佛罗里达去全部喝光?"

"我一毛钱也没拿。"

"是没拿,你只是让他付账,对不对?"

马克斯没有否认。

迈尔斯揉着太阳穴。这两个怪老头能跑那么远真是令人咋舌。他们怎么躲过了沿途那么多警察?从这里到西礁岛的各州都被通知寻找一辆紫色的维多利亚皇冠,驾驶者是两个像从精神病院逃出来的老头。"车子还是整的吗?"

"应该是,我们把它留在公共码头了。"

"什么公共码头?"

"在卡姆登。"

"祝贺你,你把我搞蒙了。"

"我们坐'紫日号'来的,我和汤姆当船员。"

"等等,你想让我相信你跟汤姆神父搞了一艘纵帆船从缅因州的卡姆登一直开到佛罗里达西礁岛?"

"不止我们两个,你这呆子。还有杰克船长和另外四个人。我是个老把式,你知道。"

你是个老什么,迈尔斯想。

"汤姆掉下去一次,但我们回去把他捞了上来,后来他就老实多了。"

迈尔斯想象着绑在救生衣里的老神父在汹涌的波涛中上下浮动,冻得够呛,不知所措。他甚至能感到其中的正义性,那老头曾经冷酷地让格瑞丝过那座铁桥。那么他为何不能从中得到很多快感呢?"爸爸,"他说,"你知不知道要是汤姆神父受了伤你会怎么样?"

"知道,"他父亲说,自信比提问者更了解这个问题的答案,"不会怎么样。"

好吧,他或许是对的。

"他为什么不能快活一下?"马克斯问,既然他们在提问题,"老头子也喜欢快活,你知道。在这儿,人们喜欢老头子。"

"为什么?"

"他们不说,"马克斯承认,"汤姆每天下午在吧台前面听忏悔。你该来看看。"

"那很可怕,爸爸。"

"为什么?想想。"

"那是亵渎神明。"

"你妈妈真是把你毁了,你知道吗?"

就这一句,就因为提了一下格瑞丝,迈尔斯还没来得及考虑是否明智,问题已脱口而出。"爸爸,你怎么从没告诉我妈妈跟查理·怀亭的事?"

马克斯好像等了这个问题好多年:"你怎么从没告诉我,儿子?"

第二十四章

"我们在这儿干吗?"贾斯廷抱怨道,萨克·明狄半小时内第十次后悔带他来,拉他时还威胁说不来就踢他的屁股。萨克需要同伴是有理由的,可他要记得起来才见鬼呢。而现在这瘦猴恰恰想知道萨克没法解释的事情。

"等天黑。"萨克告诉他,这是实话。他在黄昏时把卡麦罗停在老垃圾场路的边上。透过树丛刚能看到沃思那小子跟他奶奶住的房子。从房子里看不到汽车,除非成心找它。

"你生气只不过因为他超过了你。"贾斯廷摇下车窗,丢出去一只空的奶酪饼干袋。

"罚款二百块。"萨克指出。当警察的儿子的好处之一是你会知道所有的后果。这并不意味着你不会去冒险,但你至少知道假使被抓到他们会用多大的棒子打你屁股。在萨克看来,有些罪是值得冒险的,可是难以想象有人会傻到为一袋六毛钱的饼干冒罚二百块的险。

"谁会知道是我干的呢?"贾斯廷舔着橘黄色的手指说。

"你那脏手要摸到我爸的坐垫上,他会吃了你。"

瘦猴继续舔着,舔干净的手指亮晶晶的,其他的依然是橘黄色。"不会,你爸爸喜欢我。"

"比不上喜欢这部车子,"萨克提醒他,"差远了。"

现在只有一根橘黄色的手指还伸着，是中指。贾斯廷挑衅地吮着。

"约翰·沃思哪个时候超过我了，笨蛋？"

"玩游戏的时候。"

萨克当然知道他会这么说。他故意推迟做出反应，显得满不在乎。"你从哪儿看出的？还是我教他的呢。"

"是，可他玩得更好。你哆嗦了。"

"呸，我哆嗦。"

"你哆嗦了，每次都哆嗦。"

"哼，好像你知道，你玩都不敢玩。"

贾斯廷耸耸肩，在裤子上擦手。

萨克希望撇开这个话题，可是做不到。"他不哆嗦是因为他没脑子。他笨得不知道害怕。"

"是你老说没什么可怕的。"贾斯廷提醒他，一面有点后悔地看着肥裤腿上橘黄色的道道，"所以我们才玩这个游戏，是不是？"

"是刺激，知道吗？我说的是，他笨得都感觉不到刺激。"贾斯廷似乎没被说服，"去你妈的，你不玩就没资格评论。"

"我玩过一次，是个傻游戏。"

"哼，傻游戏让你尿裤子。"萨克鄙夷地说。

有一件事是肯定的。萨克必须坐下来重新审视他的朋友圈，真是江河日下，不久前他还有过很酷的朋友，而现在他周围都是窝囊废。你一不留神就会发生这种情况。

当然，有些是没办法的事，老Z和托马斯搬走了，那一堆里最好的两个。还有几个朋友决定不跟他来往了，虽然没说为什么。好像他猜不出来似的，他们开始泡乡间俱乐部游泳池，玩起网球和高尔夫这种无聊的东西。剩下的就都很次了，像瘦猴贾斯廷，初中时还挺酷的，可现在好像什么都不感兴趣，他以前篮球打得不错，可是连篮球队都不肯考，真蠢，说不定能考上呢。他就光愿意吃垃垃圾食品，玩电子游戏，对着他经常从网上下载的黄货手淫。

明年会好点。作为校队的少数几个高二学生之一，萨克受到高年级男孩，尤其是高四男孩的羡慕，即便不是完全接受或欢迎。有时他们好像还没见到他就听到了他的事，让他们猜疑的事。他以为跟斐尔港比赛之后会不一样，可是教练要了他，等比利脚伤一好就把首发中后卫还给了人家，好像这么快就忘了是谁的冲撞扭转了那场该死的比赛。教练没有明说，但萨克看得出他把那些负面宣传都怪到他萨克头上。斐尔港的四分卫还没上过场，上星期报上说他父母要带他到波士顿去检查为什么头疼老是不好。萨克可以告诉他们为什么，头疼不好是因为要是好了那软骨头就得上场，一次漂亮的冲撞就把那小子打橄榄球的欲望给冲掉了。

看完比赛录像后，他们说那是球传出后的冲撞，其实录像没完全拍到，因为镜头跟着球呢。教练接受采访时说录像不是最后结论，但上次比赛前他在更衣室训话说要干净的冲撞，不少队员偷偷地瞟萨克，然后望着地板。他气不过，一开球就跟人推撞起来，结果双方同时受罚。他这场比赛一直坐冷板凳。教练看都不朝他这边看，除了摇头。所以也许明年会好点，也许不会。

萨克观察着那幢房子，透过树丛可以看见黑色的轮廓。想起来够怪的，沃思那小子昨晚先是不肯让他们送他，然后不让他们拐到土路上，说他奶奶病了不能打扰。但房子黑着灯，像现在这样。老太婆病得起不了床开灯吗，还是已经糊涂得不知道天黑了？

"笛子怎么样？"他问，没有看他的乘客，"她跟这约翰·沃思有什么事儿吗？"他现在想起来了，把贾斯廷拽来不只是为了放哨，他打算把整个情况再想一遍。瘦猴在美术课上跟笛子和约翰·沃思——还有肥猪田西西坐在一桌，他也许能给萨克一点帮助。

贾斯廷耸耸肩，"她只是同情他。"

萨克想了想这种可能。不错，笛子是那样的，对失败者很大方。她幻想当个艺术家，但除非萨克猜错了，她最后很可能会给三条腿的狗开个收容院。他最近看到电视上讲加利福尼亚一个脑子有病的女人收养各种受伤的动物，连那种一天吃五十磅狗食的大畜生都收，让它们在她的牧场上一瘸一拐地跑，像一大群抽筋的伤兵。她不应该募捐去喂它们，而应该要一批子弹结束它们的痛苦。

"她怎么在她老爸的餐馆给他找了份工作？"

贾斯廷耸耸肩，显然认为他刚刚回答了这个问题。如果你同情这个男孩，就会给他找份工作。"我听说她爱上了度假时碰到的一个男孩，"贾斯廷答道，"住在印第安纳或某个地方。"

"或某个地方？并列选择？不是印第安纳就是某个地方？你有没有搞错？你确定不是别的地方？"

"我只是复述听来的话。"

"从谁那儿听来的？"

"田西西。"

"吹箫女王。"

"嘿，她想给我来一个，我答应了。"

"那是因为你没品位。"萨克说。

"你说你不想摸摸那波波？"

"我跟你说她是头肥母牛。"

"大波波跟肥不一样。"贾斯廷似乎对这一个问题有强烈的、自信的见解，"肥是肚子、腰围和大腿，大波波完全是另一码事。"

萨克对这种抽象的生理辩论或瘦猴的其他观点都不是特别感兴趣。笛子在跟印第安纳或某个地方的木头谈恋爱又怎么样？好像他在乎似的。萨克正在很快理解他父亲对女孩子的看法：她们生在世上似乎就为了让你头大。"她们不把你惹火了是不会开心的。"这是父亲的话，当时是为了向萨克解释他妈妈和所有的麻烦，以及她为什么会走，"她们从来不像男人那样直接跟你斗，"父亲接着说，"而是一点点地抠，这儿抠一点，那儿抠一点。一开始你甚至觉不出在流血,然后发现你已经失血一升,也许两升。"可是她们也让你没辙,他父亲总要加一句,你能怎么办呢,变成同性恋吗?

"你赌不赌我们会在他床底下发现一堆同性恋杂志?"萨克说,这念头是昨晚想到的,在他脑子里转了一天了。在玩游戏之前,他一直把那男孩看作孬种一个。现在他不知该怎么想了,因为贾斯廷说得对——那男孩没有哆嗦。他把枪口对准自己的太阳穴,扣动扳机,好像没事人一样。当然,如果他是同性恋就好解释了,他可能觉得生不如死,所以不在乎。

"什么我们?我一直跟你说我不去撬门。"

"有钥匙就不是撬门。万一被抓到就说门没锁,我们是来找约翰出去玩的。没什么大不了。"

"他发现了会发神经的。"

"为啥?他怕什么?这个不哆嗦的臭小子?"

"他可能难为情。"

"难为情什么?什么意思?跟印第安纳或某个地方似的?"

"也许他奶奶,那个傻老太婆小便小在袜子上,或是说胡话什么的。我也不喜欢别人见我父母。我老爸放屁时鼓起一边腮帮子,他的灯芯绒椅子上那个味儿你都不能相信。我妈睡到中午,整天穿着睡袍走来走去。"

"我想他们一定也很为你自豪。"萨克说。

两人猫着腰,在接近满月的苍白月光下沿树丛朝那幢破房子摸去。在车里萨克怀疑过他的意图和决心,但下来一走就觉得坚定有力了。贾斯廷这熊包想在车里等,但萨克坚持要他走这么远。如果过路人停下来问贾斯廷坐在黑暗中干什么,他会尿裤子,一股脑儿招出来。

"要是她有猎枪什么的呢?"走到离后门廊约二十米的松树丛

时,贾斯廷小声说。

"小便在袜子上的傻老太婆会有猎枪?"

"要是我住得这么远又没有邻居,我就会搞一杆。"

"你为什么这么尿包?"

他耸耸肩。"你去的时候我干什么?"

"我怎么知道?想着田西西的波波打炮。"

"好吧。"贾斯廷说,并假装依言而行。

这是危险的地方,萨克在穿过杂草丛生的草坪走向屋后时想道。有二十米是空旷地带,月光下从公路上和房子里都能看到他。也许女孩子是个谜,像他父亲说的那样,但对萨克来说恐惧是更大的谜,它来去突然,无法解释。这就是那个游戏的意义,是他发明它的缘由。如果你知道枪是空的,是你自己卸的子弹,并且核实没有漏掉一颗,那这破玩意儿就打不死你。如果扣扳机时你只知道一件事,你就知道这一点。可是为什么还这么难呢?为什么你会哆嗦呢——如果你不是那个该死的沃思。

他现在希望没有让那孩子做这个游戏,几乎希望自己没发明它。开始还蛮有趣,看到别人在你那么做时大惊失色。笛子是最糟糕的。他当时就不该跟她玩这个游戏,可他还是做了,他没有料到她会歇斯底里。后来他再次给她看枪是空的,一点危险都没有,可这似乎只让她更加生气,她拒绝跟他说话,直到他保证再也不玩这个。

现在他希望自己遵守了诺言。他破戒本是希望消息传到她那里,让她意识到这都是因为她对他的态度。没想到弄巧成拙。他也知道这没道理,可是看到沃思没有哆嗦让他慌了神。他连着两夜躺在床上想这个事,知道那小子已经把赌注抬高,下一步就要装真子弹,看看他们到底是什么料。他能感到这可怕的必要性在他内心增长,他内心的一部分有些高兴,而另一部分,深更半夜睡不着觉的那部分很害怕,也许比那个一直装头疼的斐尔港软骨头还要害怕。不过,萨克急急穿过草坪奔向门廊时想道,也许还有一个办法,因为这所房子里有比枪更让约翰·沃思害怕的东西。

快到台阶前,地面突然下倾,他往前一冲,然后好像踢到了插在地上的一截铁桩,重重地摔下去,差点被铁桩刺穿。小腿火辣辣地,撕破的牛仔裤上能摸到热乎乎的鲜血。

他先以为摔到了一个套柱游戏坑里,然后发现铁桩顶上有一根粗链子,在那种链子的另一头你通常会发现一条大狗。或是在房子里。萨克这时才想到可能有恶狗。他刚要断定这次行动太愚蠢时,脚碰到了一个木头东西,他发现地上不可思议地躺着万一有狗他需要的东西:一根棒球棍。

他蹑手蹑脚地走上门廊,当顶层台阶被他压得嘎吱作响时,他缩了一下,以为会触发一阵狂吠,然而没有。他在后门口停了一会儿,屋里静悄悄的,稍后他把球棍靠在门边,从兜里掏出那串他老爸总吹能打开德克斯特县任何一扇门的钥匙。第三把试开了,门里面漆黑一片。

几分钟后,贾斯廷想到朋友开玩笑的建议并不是个坏主意。于是他拉开拉链干了起来。干了一会儿,中间停了一次,有辆汽车看到路边的卡麦罗后放慢了速度,但随后加速朝斐尔港驶去。贾斯廷刚刚干完便听到响动,看见一个黑影从草坪上跑回来。萨克回到树丛边时他刚把拉链拉好。贾斯廷担心朋友会猜到他刚才在干什么,可朋友的心思显然在别的地方。在暗淡的月光下贾斯廷也能看到他眼里闪着兴奋的光芒。

但他只是说:"真他妈太棒了!"

第二十五章

笛子了解到罗德礼夫人的几件有趣的事情。例如,她最推崇的画家是比尔·泰勒,此人在本地的公众频道上有一个"轻松作画"节目。泰勒擅长画旧船和缅因的岩石海岸,他的大部分作品中二者都有。令人惊奇的是,他能够在一小时内完成整幅作品,如果他是写生而不是对着照片或明信片作画,这一小时还包括支画架的时间。他喜欢用水彩,并坦率地承认油画会减慢他的速度。他手边总有一个带电池的吹风机,用来吹干颜料,节省宝贵的每一秒。

其实,笛子倒是喜欢看他在电视上作画,她不得不佩服他袭击画布的方式——泰勒自己说是袭击,她知道这是她需要学习的东西。她自己的画笔是试探性的,经常是战战兢兢的,而比尔·泰勒似乎从来不会做让他后悔或是怀疑的事情。笛子觉得他的手臂、手腕、手指和画笔都是他的眼睛——或他的意志的延伸。即使犯了一个错误,他会笑笑说:"没关系,待会儿会修好的。"果然。

笛子知道还有许多秘密她没发现,她盼望着有一天她也能有一套好戏法来把错误神奇地变对。可是她最想学的是整个态度。她的所有经验告诉她,错误用全部的时间都未必能纠正,一小时当然不能。在她看来,倒是很有理由为它们而惊慌——她画布上最难抹去的东西。

例如,她跟萨克重新做朋友就是一个错误,这个判断错误一部分是由于他坚持说他变了,他是变了——更坏了。萨克一直像团可怕的闷火,仿佛随时可能燃起烈焰,而最近他似乎已经燃起来了,得躲开他,但好像只有笛子才注意到这个变化。约翰·沃思是又一个错误,虽然跟他交朋友是校长的主意,不是她的。在某些方面约翰与萨克正好相反,他的小火苗因为缺氧而闪烁不定。一开始他到帝国烤肉店打工和他们的午饭安排似乎起了点作用,但这几天他甚至比以前更加多疑和阴郁了。他那么没有活气,笛子感到隔着蓝桌一看会发现他已停止呼吸。

这两个人再加上一个像以前一样要让她发疯的田西西,笛子不能想象如果东尼没有终于来信留了 E-mail 地址,如果她没有说服沃特(那个她最终必须给好脸色看的人)连上服务器,她的生活会是什么样子。还有不到一星期,她就能见到东尼了,想到这里,她感到有东西涌到嗓子眼,快乐如此强烈地占据了她,她竭尽全力才在朋友面前掩饰住。这快乐像是爱的感觉。

她怀疑但希望确定的是罗德礼夫人是不是爱上了比尔·泰勒。笛子见过罗德礼夫人的丈夫,一个长得像保龄球的男人。罗德礼夫人对每个愿意听的人说,她的婚姻之所以如此成功,是因为两人都一心爱主。但笛子想象罗德礼夫人私下里爱比尔·泰勒。他又高又瘦,一头张扬的乱发,颇有些风度。笛子觉得那人就像他自己的一支画笔,她不禁遐想罗德礼夫人是否遗憾嫁了一个保龄球,而不太远的缅因海岸放着一支画笔。如果是这样,她便犯了一个用全部时间都没纠正过来的错误。

对笛子来说,罗德礼夫人的爱情故事想象起来并不那么舒服,但设想某些不幸的人没有爱情可言也不舒服。她愿意相信每个人都可能拥有爱情,即使是很微小的可能。罗德礼夫人说起比尔·泰勒时就像爱上了他一样。她说她每年都想她的徒弟中会不会出一个比尔·泰勒,有时她是看到一些苗子,但所有的学生都有这样或那样的不足。她憧憬地说,他的风格最终可能是独一无二的。

上星期罗德礼夫人布置学生看比尔·泰勒的"轻松作画"节目,星期一在课堂上讨论这位大师的技巧。令女教师大为失望的是,只有笛子看了,其实她忘了这是作业,只不过她平常都看。比尔·泰勒的节目虽然名为轻松,却比电视上任何节目的悬念都多。有时候——比如还剩十分钟了,他似乎不可能完成当天的画作,可是你如果不相信一个把画笔舞得如此虎虎生风的人,你是肯定会赌输的。有时候他在还剩几秒时画完,甚至没时间对电视观众好好说声再见。可是他总有办法画完。笛子不知道该怎么想。他总能画完这一事实增加了每星期的悬念,但有时候笛子心里希望有什么事阻止他,比如来一阵风吹倒他的画架,吹散他的画笔。她又为希望这个可怜的人失败而内疚,就像去看赛车时希望看到撞车。笛子本来有兴趣知道约翰·沃思对比尔·泰勒的看法,可她怀疑他奶奶家没有电视。

"那么,笛子,"罗德礼夫人说,显然为只能与她最不待见的学生讨论这个重要话题而失望,"你会怎么描述泰勒先生的风格?"

笛子当然知道正确答案。罗德礼夫人想到的词是可以印在比尔·泰勒画的明信片上的那种。比如"无与伦比"。为什么不顺着她说呢?

而她说的是:"快。"

最麻烦的是,笛子了解到罗德礼夫人跟明狄家是亲戚,也许正是因为这层关系萨克才总有她签字的通行证。所以他能每星期一两次离开自习室到餐厅来找她和约翰·沃思。自从笛子声明不想再做她的女朋友后,萨克就加强了对那个男孩的奚落,以至于笛子都想去报告梅尔先生了。就算有通行证萨克也无权待在餐厅里或有钥匙开门进来,她知道要是给校长知道了,萨克会有麻烦的,也许会不让他参加橄榄球队。她还考虑过要不要告诉爸爸,可是害怕他会做出什么,因为他那么鄙视萨克的爸爸。

她知道她应该为约翰·沃思做点什么,但有时他几乎像在把受虐当饭吃,如果他自己都不维护自己,她犯得上吗?所以现在她采取的是绥靖政策,感到她对萨克的影响力虽已大大减小,但还有一些,她也害怕如果跟他说连朋友都不想做,他会干出更可怕的事。

笛子很清楚这一政策所包含的危险,他们正在学习第二次世界大战时的欧洲历史,似乎公认应该早点抵抗希特勒。笛子并不反对,但她不明白为什么同学们好像都看不到公开对抗的代价。上星期看了一部开头是诺曼底登陆的电影,当水陆两用汽车的巨大车门被放入海浪中,第一个美国士兵(一个比笛子大不了多少的男孩)头部中弹时,笛子感到左胳膊发麻,必须把额头靠在冰凉的桌面上才好受些。电影刚放了十分钟,梅尔先生就进来把她搀了出去。

所以,目前还是绥靖。如果她错了呢?她的书包底躺着那把美工刀,还没放回用品柜里,虽然有过无数次机会。有时,当萨克在餐厅折磨约翰·沃思,或像今天这样找些不成立的借口到美术课上来,好让他的朋友贾斯廷也参加这一娱乐时,笛子就会想象抽出刀子朝他那愚蠢的宽额头砍去。

"哎,约翰,"她的前男友说,"你奶奶怎么样?身体还好吗?"

那男孩没有理睬这个问题,甚至没抬头。这节课上的是水彩,比尔·泰勒最喜欢的形式。罗德礼夫人显然厌倦了学生们画的题材,今天她带来了一瓶花,摆在教室中央,暂时把按颜色编号的桌子拼成了一个大 U 字形,让每个人都能看清插花。在这种新对称中,由于桌子都是一样的,要到有人坐下来才能分出当天哪是蓝桌哪是红桌。这星期笛子和沃思每天都早到,把一张不同的桌子定为蓝桌,今天选了最靠近罗德礼夫人讲台的那张。这是笛子的主意,她好奇地想看看那女人到底会回避蓝桌到什么程度。到现在——还有十分钟就下课了,罗德礼夫人都没有朝这边看过,除了几分钟前萨克进来坐到田西西旁边时。

萨克显然不是这个课上的,笛子却也一样乐得被老师忽略。有人站在后面看,她觉得画不好,当然,她也觉得有义务不听罗德礼夫人的任何艺术建议。自从她说比尔·泰勒的风格就是快之后,她感到那女人对她的评价陡然下降,虽然本来就不高。"这是自作聪明的回答吗?"她问。笛子保证说不是,但老师还是感到她的偶像受了侮辱的样子。

笛子这会儿想的是老师会不会说她在画一幅自作聪明的画。花束中央是一朵巨大的牡丹,大概是在超市降价时买的。到星期二它那卷曲的花瓣已经开始落在花瓶旁边,给教室里注入一股微弱但毋庸置疑的甜味,腐败和将死的气息。笛子知道罗德礼夫人想要她的学生把这朵牡丹画成星期一它依然美丽时的样子——至少是在她看来的美丽。在笛子看来这朵牡丹开始就有一种奢靡之相,好像上帝想用这朵花表明好东西太多也会腻人。掉落的花瓣迅速发臭更明确地证实了这一点。一般来说,笛子倾向于相信无神,但像这种时候她不是很确定,意义如此清晰地显现,仿佛神在说话。她也想到这很可能只是笛子在跟笛子说话,但主要出于对父亲的尊重,她愿意保持开明。

她对水彩画的担心是由于她决定不画牡丹的美艳而画它的腐败。另一个自作聪明的地方是,她把坐在对面的同学画入了背景。虽然这不是严格禁止的,但笛子相信罗德礼夫人没想要任何人看到花束以外的东西。她也不会高兴看到笛子把一张桌子涂成了绿色,旁边一张鲜红,还有耸立在后面的方形的老师。

"你小子真幸运,约翰,"萨克说,"有奶奶照顾你。"

笛子忍不住回头看他,虽然这冲动只持续了一秒钟。有约翰·沃思坐在那儿，无法说出那明显的事实——如果他不是极其不幸的话，就会由父母照顾了。笛子不知道为什么，这几天萨克抓住一切机会把那孩子的奶奶引入谈话，说她是多么好的人，他希望能见见她，问大家觉不觉得她能上本地电视台每月的"平凡英雄"节目。那天他在餐厅第一次提出这个问题时，约翰·沃思从笛子带给他的三明治上抬起头来，他那浅色的、水汪汪的眼睛中那种表情让她困惑甚至恐惧，虽然她说不出为什么。现在他似乎后撤了，躲到了更远的地方。

"嗨，"萨克捅捅田西西，掉转了矛头，"我给笛子的新男朋友想了个好名字。"

除了她喜欢一个印第安纳的男孩这一点之外，笛子没有透露过关于东尼的任何信息，包括他的名字。为了报复她的保密，萨克想出了这个起名游戏。

"巴佬，"他笑得那么响，红桌的人都听到了，"明白吗？那小子不是印第安纳的吗？"

这几天他公开跟田西西调情，想让笛子嫉妒。说来也怪，当萨克去年跟别的女孩这样时，笛子就是控制不住那种受伤、委屈，甚至愤怒的感觉。她发现不在乎就像汽车的除霜功能，能奇迹般地消除挡风玻璃上的雾气。让你看到前方是什么。现在是田西西这可怜的女孩挡风玻璃上结了雾。她跟那个也许蹲过也许没蹲过监牢的男孩鲍比分手了，甚至还把萨克作为分手的理由。据田西西说，鲍比"出来了"，听说他要到帝国瀑来找这个抢他女友的浑蛋萨克算账。她显然都不大相信自己的好运气，萨克·明狄竟然会对她感兴趣——这说明她还不是蠢到了家，笛子想，因为萨克对她并不感兴趣。他会继续跟田西西调情，直到确认笛子真的不在乎，然后他会宣布这只是个玩笑。笛子开始认识到，萨克可以说也从未对她感兴趣过，虽然她猜想跟对田西西的情况有所不同。她一方面想搞明白一些，一方面又觉得不明白好。

"啊呀啊呀……我想到了!"田西西尖叫道。想到的东西太妙了,她简直承受不起。"我可以说吗?"她问笛子,希望她的不忠预先得到原谅。她一整天都问笛子她可不可以跟萨克交朋友,现在又来问可不可以参加这个"捉弄笛子的新男朋友"的新游戏。

"尽管说。"笛子说,不想剥夺田西西的快乐。如果她的挡风玻璃没有结满雾气,她就会看到伤心在高速朝她驶来,打着雪亮的高灯。

还有几分钟就要打铃了,笛子想知道她的画画完了没有。这是比尔·泰勒永远那么有把握的事情之一。她还想知道罗德礼夫人会不会看出她自己模糊的身影耸立在红桌后面。

"花生,"田西西咯咯地笑着说,"花生·巴佬。"

萨克转身看着她,板着面孔。"真有趣。好笑,我都要自杀了。"他说,女孩的笑声熄灭在嗓子眼。

"这个跟你说的那个一样有趣。"贾斯廷插嘴道,笛子不禁朝他望去,一刹那看到了他的眼睛,他移开了目光。她早就怀疑他喜欢田西西,捉弄是一种追她的仪式。自从萨克这星期开始挑逗田西西,贾斯廷就带着一副受到背叛的表情,只是在此之前还没有公开倒戈。笛子不知道他这么做的代价是什么。

萨克也许在考虑同样的问题,因为他对朋友的挑战没有反应,只是在转向沉默的约翰·沃思发话时把他包括了进去。"喂,约翰,说笛子的新男朋友呢。哪个名字更有趣?巴佬还是花生?"

约翰·沃思抬起眼睛看着笛子,她想到这也许是他第一次听说东尼。他迅速垂下了眼睛,但笛子已经向他递了一个眼神,她希望这眼神表示了他想回答也没关系。

"好吧,这么说行不行?"见那男孩没回答,萨克说,"你认为你奶奶会觉得哪个更有趣?"

铃声响了,萨克推开椅子站起来,居高临下地逼视了约翰·沃思一会儿,那孩子似乎都没听到打铃。田西西也马上站起来——

牵了线的女孩。然后两人一起朝门口走去,贾斯廷眯起眼睛盯着他们。

"替我们问问她行吗,约翰?"萨克回头叫道。

笛子决定她的画画完了,和比尔·泰勒的所有作品画完的原因一样,因为时间到了。

第二十六章

　　他立刻听出了她的声音,虽然上次听到还是在他高中毕业的时候,将近四年了。"你好,宝贝,"她说,这一声"你好"就够了,"宝贝"只是证实并强化了他内心的反应。证人保护计划中的犯人在街上被以前的同伙认出来时是不是就这种感觉?"我找你好几天了。你恐怕得回来一趟。"

　　就那么一小会儿,他生活中的一切都改变了。做这安排需要多久?十五分钟?他说话了吗,还是光听着?日后他回忆不出那次谈话的许多内容,只知道一点,他没有反抗。毕竟,他不在证人保护计划之内,他是迈尔斯·罗比,他母亲快死了。

　　怀亭夫人找不到他是因为,迈尔斯的室友皮特及其女友多恩拉他在哥伦布日①的长周末跟他们一起去葡萄岛。缅因南部正值小阳春,麻省会更暖和。再说,不是迈尔斯总跟他们说那个岛有多么美吗?(他提起葡萄岛,是为了让他们知道他去过帝国瀑以外的地方。)除了费用承担不起之外,没有理由不去。他已经找了借口周末不回家,对母亲说功课和文学校刊的编辑工作让他忙得不可开交。他现在想起上星期通电话时,母亲好像松了口气。

　　他变得善于找借口逃避帝国瀑,从大二以来就很少回去。皮

---

① 十月份的第二个星期一。

特的父母在罗得岛海边开了一家海鲜馆，迈尔斯已经给他们干了两个暑假——第一年在厨房，第二年当服务生。餐馆并不高档，主要向游客供应篓子盛的蛤蜊和虾，但收入还不错，迈尔斯花销又少。他可以免费住皮特哥哥以前的卧室，所以挣的钱几乎能全部攒作学费。皮特的父母好像挺喜欢他，他也喜欢他们，尤其是他们感情那么融洽，一起开餐馆，总是减轻对方的负担，他们的眼睛经常有意无意地寻找对方。

在帝国烤肉店的经验发挥了作用，他在店里成了少不了的人，不像皮特，那家伙似乎决心让父母相信少了他完全可以。他总是请假去海滩或去找他泡着的三个女孩，其中一个是多恩。要不是皮特的父母有时强迫迈尔斯休息一天（通常是生意清淡的星期一或星期二晚上），他会连着干上一暑假。他们接受了他不回家探亲的借口，但并不真正相信。迈尔斯怀疑皮特介绍过他家里比较穷，打工挣钱是天赐的运气。

事实是，迈尔斯连那少数几次不可避免的回乡都开始害怕了。进大学才几星期，他就断定自己属于这里，在热爱书籍、艺术和音乐的人中间，这些热情他很难对泡在帝国烤肉店柜台前闲聊熊人队和红袜队的人解释。更难接受——他都不知搞懂没有的，是他对家的日益疏远。认识了室友父母，目睹他们那么相爱之后，他第一次看清了自己父母的婚姻远非神圣的结合，而是一种可悲的凑合，这一认识让他特别生母亲的气。他本来也生父亲的气，可是那没什么意义，因为马克斯第一不会注意到，第二也不在乎。

而格瑞丝的感情是会受伤的，所以迈尔斯便加以伤害，用各种微妙的方式暗示她不离开马克斯这样的男人是多么愚蠢，言下之意是，如此愚蠢的人可能就该得到她的下场。离开会比留下造成更多的不幸吗？他甚至想告诉母亲她还不如跟当年那个查理·梅因跑掉，至少他们两个可能会幸福，而不是大家都不幸。当然除了马克斯，他无论在哪种情况下都是马克斯。

问题是格瑞丝没说他希望她说的话,一次也没说是为了他和弟弟而牺牲了她自己的幸福——他想换了他肯定会那么说。更奇怪的是,听到说她"不离开"马克斯,格瑞丝只是微笑。"你说什么呀,迈尔斯,"她问,他当然立即明白了她的意思,你怎样离开一个本来就很少在家的男人?**有什么必要?**"你是说我没跟他离婚吗?"对,他就是这个意思,尽管他耸了耸肩表示远远不止这个。她耐心地注视着他,直到他恍然大悟,然后为他作了总结:"你见过哪对夫妻比我跟你爸爸'离'得更彻底的吗?"

她似乎还想让他懂得,她做的正是他怪她没做的事情。她不仅走出了他认为她无法摆脱的生活,而且获得了一个新家,他没注意到吗?他意识到正是这第二个家(而不是第一个)是他困惑的真正根源。每次从圣路加回来过他惧怕的假期,他都看到母亲越来越远离这个家,即使她人在家里。就像他们都上了大学,而不只是他一个。就像他现在真正的生活在圣路加一样,母亲真正的生活在河对岸怀亭夫人和她女儿家里。迈尔斯在中学就预感到了,但他没有深究,因为表面上并没有很大变化。从迈尔斯记事起,父亲就总是不在,或正往酒吧走呢。

变化是格瑞丝不在乎了。而且她似乎不了解她离家所造成的麻烦,就在她眼前,大卫从一个体弱多病的乖小孩变成了一个健康、暴躁的问题少年,这变化似乎令格瑞丝困惑和悲哀,而未能促使她采取行动。每次回帝国瀑迈尔斯都更清楚地看到,弟弟实际上是个被遗弃的孩子,正在形成自己的生存术,例如模仿父亲的吊儿郎当和自顾自。迈尔斯一看大卫就知道他是每年秋季教师谈判的内容之一。摊到大卫·罗比的教师要求得到两三个他挑中的好学生作为补偿。"他只是想引起注意。"当大卫惹了麻烦并愈演愈烈时,格瑞丝对中学校长说。她在电话里对迈尔斯解释弟弟又干了什么时也是这么说的。她似乎真正为这孩子感到困惑和痛心,但就像你会为你一直喜欢的外甥担忧,可他毕竟是你姐姐的孩子,不是你的责任。

然而格瑞丝似乎对她自己的变化也不知不觉。她越来越憔悴，越来越像幽灵了。当迈尔斯问她是不是不舒服，她说只是更年期，有些女人来得早。格瑞丝并不为此而烦恼，她几乎是感激的。十几年前还光彩照人，一袭白裙在葡萄岛上引得所有男士回首的难道就是这个女人吗？格瑞丝好像已不记得那女人，这足以让迈尔斯心碎，让他找借口不回家，让他想加入证人保护计划（如果有机会），他当时还没想到这正是大学的作用。

"她会勃然大怒的。"一切定下来后，他在电话里警告怀亭夫人。计划是他一早去找系主任请假，怀亭夫人派车来接他，下午他就能到母亲床边了。格瑞丝将暂时住在家里继续接受化疗和放疗——会不会六星期前就开始了，而格瑞丝没告诉他？但日后她将搬到怀亭夫人家的平房里，便于照料。自从格瑞丝丢掉衬衫厂的工作后，她和全家人都没有医疗保险，但怀亭夫人叫他别担心医药费。老罗杰·史佩里也病了，帝国烤肉店需要帮手，如果迈尔斯愿意逐渐接管，经营一两年，到他们找到并培训好新的经理为止，怀亭夫人就可以保证格瑞丝得到治疗。当然，他最终还会回去读完学位。"她会恨我们两个的，怀亭夫人，您想到了吗？"

"你总是担心最奇怪的事情，宝贝。"老女人怀旧地说。迈尔斯不知道她这话是什么意思，也不敢问，"你母亲开始当然会很生气，但她心里永远不会恨你。她恨不恨我没有关系，你不觉得吗？"

"那——？"

"我女儿？"怀亭夫人马上猜到，迈尔斯觉得很奇异，"她当然想住这儿，你知道她对你母亲的感情。远远超过了对她生母的感情，我敢说。当她发现你回来了……不过，我想大部分时间可以让她待在奥古斯塔，如果你希望那样。"

"怀亭夫人,"迈尔斯说,"我为什么要希望那样?"

回答是沉默,表示他不该问不想听到回答的问题。

"我听说她好些了?"迈尔斯小心翼翼地问。去年暑假他在罗得岛的餐馆收到一个信封,上面是母亲那娟秀的字迹。内有一张格瑞丝的浅绿色便笺——辛迪情况不好,你的卡片会给她莫大的鼓舞。折得仔仔细细的便笺里夹着一张剪报,是《帝国报》上查·波·怀亭的讣告,怀亭先生在家擦枪时不慎走火中弹身亡。

迈尔斯大约两个月都不知道真相。他劳工节回家点了个卯(圣路加星期二开学报到),跟父亲提起查·波·怀亭的事故。"什么事故?"马克斯哼了一声,然后笑起来,"你把上了膛的枪对准自己的脑袋,扣动扳机,那子弹打出的窟窿可不是事故。"

这引起了迈尔斯的回想。他当时脑子里是隐约觉着讣告和母亲的信有点奇怪。这么一个悲剧,尤其又对她的第二个家有如此直接的影响,信中却只寥寥几字,不像她的性格。若是细想的话,他还会发现一件怪事。讣告很长,共有两栏,与死者的重要身份相称。第二栏的顶上有黑体的"查·波·怀亭"字样,像照片说明。在打开母亲的信时,或后来当父亲揭穿"事故"实际上是自杀时,迈尔斯都没想过为什么母亲要剪掉照片。毕竟,迈尔斯从未见过那个人,借用马克斯爱说的话,从一麻包浑蛋里也认不出他来。

"你怎么知道她好些了?"怀亭夫人劈头问道。

"我母亲写——"

"啊,当然。可是你母亲对我女儿的感情就像辛迪对她的一样。如果心愿能管用,全世界的人就会来拜我们的格瑞丝,不用去卢尔德①了。"

迈尔斯不禁苦笑,这女人仍然能让他无言以对。在圣路加的三年半里,他还没见过与她略微相似的人。

---

① 法国西南部比利牛斯山脚下的一个城镇,为罗马天主教的圣地。

"怀亭夫人,"他说,"我要向您道歉。"
"为什么,宝贝?"
"这两年我回家次数不多,但回家时应该去看您的。"
"哦,没关系。"她说,但没有否认他说的事实,"你现在要回家了,是不是,宝贝?"

迈尔斯在中学没认识到母亲正在经历的变化,一方面是由于他把她对家里的日益淡漠归结于多年的失望、劳累和太多的责任。他注意到她不再在意她丈夫(马克斯没注意到,或表面上没有),她对弟弟如此疏忽也令他不安。但她很少对迈尔斯淡漠或疏远。她对他未来的关切远远不是抽象的,而经常是近乎狂热。实际上,在迈尔斯高三和高四的时候,格瑞丝有两个同样强烈的妄想,她决心要让迈尔斯上大学,让辛迪·怀亭参加毕业班舞会。两个目标在迈尔斯看来都是遥不可及,它们合起来可以看成格瑞丝有意在给自己酝酿一场精神崩溃。

她为迈尔斯设想的不只是大学,还要他出这个州,这就把难事变成了不可能。被缅因大学录取没有太大的问题,学费、住宿费和书本费也是相对便宜的。问题是"相对"一词,迈尔斯连这笔钱从哪儿来都不知道,再加上外州学费,简直就是天方夜谭。他问母亲为什么这么看重距离,没想到她说:"这样你就不能想回家就回家了。"缅因大学法明顿分校离这儿不到四十五分钟,奥罗诺的主校区约一小时。她说那儿的学生周末经常涌回家来,他决不能这样。"我这么多年每天过那条河,不是为了让我儿子跑回帝国瀑来的。"

"过那条河"这话他在上中学时听了那么多遍,都没反应了。"你想我为什么每天过那条河?"争执时她经常问他,"我为什么那么做,迈尔斯?是为了你不用那么做。"或"你认为我喜欢每天过那条河,是吗?"提这些问题时,她目光疯狂,声音尖利,不是没有一点夸张的戏剧性(至少对一个中学生来说)。迈尔斯觉得听她那么说好像没有桥,好像她每天蹚过诺克斯河的急流,冒着被冲下瀑布摔到石上的危险。但奇怪的是,不过河似乎是不可想象的。当迈尔斯建议她另找一个工作,她好像觉得他在建议一件不仅天真(找工作？在帝国瀑？),而且是没有原则的事情。仿佛她把每天早上过河看作一种深刻的象征,而他看不到它的必要性证明他多么不了解她,不了解那条河和生活本身。

但她对迈尔斯上大学之事没有对辛迪·怀亭参加毕业班舞会之事更念念不忘。这两件事在他脑子里是连在一起的。当母亲一年前就开始念叨要给辛迪找个舞伴时,迈尔斯没有反对,因为他还不知道这对她多么重要,不知道她会采取什么行动来保证它实现。他以为格瑞丝是想从怀亭夫人的亲朋中给那可怜的女孩物色一个舞伴。总会有一个远方亲戚可以被告知情况,晓以利害,拉来服役。当母亲叫他留意有没有哪个羞涩的同学对那女孩流露过一点好感时,迈尔斯才看清她的幻想:有可能在帝国中学为辛迪·怀亭找一个舞伴,他觉得这个念头比相信只要努力找就能"找到"外州学费还要荒唐些。他逐渐才明白母亲信心的依据,于是他开始寻找别的他可以爱上和邀请的女孩。若能找到,母亲就只能另想办法,她如果失败,至少不能怪他。他发现恋爱被人们当作自然的事,不会受到怪罪。

问题是,他已经爱上了一个人。

这无济于事,因为夏琳高中毕业都三年了,她跟他去参加毕业班舞会与母亲关于外州学费和辛迪·怀亭的幻想一样不现实。但迈尔斯还是期望出现奇迹。为接近夏琳,他高三时给帝国烤肉店当过小工,高四甚至放学后去干两三个小时,一周干三四天。不打工的下午,他说服好友梅尔陪他去餐馆喝可乐,后来改喝咖啡,希望显得成熟些。如果他设法让别的女孩喜欢他,或许会更有收获,但迷惑了迈尔斯而使他抱有希望的是,夏琳似乎真心喜欢他,尽管她总有至少一个跟他同龄或更大的男友。作为中学生,迈尔斯还不知道世界上有的女孩会对不幸爱上她们的男孩很温柔,虽然她们不能相报。夏琳就是这种女孩。她没有对迈尔斯的迷恋加以奚落(这是打消迷恋的最有效的方法),而似乎表示迈尔斯和他的痴迷都很可爱。她没有鼓励他坚持他的傻念头,但也不忍将他的痴情贬得一钱不值。嘲笑和轻蔑迈尔斯会懂,并当作自己的应得,但喜爱和感谢让他深深迷惑。她的温柔混淆了他的判断力,她允许的亲近又太令他陶醉而无法放弃,于是他告诉自己她的喜爱只是一个开始,时机恰当就会自然演化成爱情。他没有把夏琳对他的善意和他自己对辛迪·怀亭的善意联系起来,这种类比倒是会有启发性的。

虽然他的困境一天天加深——找不到可以邀请的女孩,眼看就要被"指定"一个,迈尔斯聊以自慰的是梅尔也没多少进展。他家里也有问题,父亲是个暴躁好斗的人,最近中风了,出院后脾气比以前更暴,只是不再能表达他的愤怒。瘫痪的一侧面颊静止不动,没瘫痪的一侧扭曲通红,他能做的几乎就只是狂怒地摇着他那巨大的头,口喷白沫,像一头圣伯纳德犬。虽然梅尔也为美丽的夏琳倾倒,但他没有迈尔斯那样不切实际的幻想,也没有对同龄女孩的魅力视而不见,所以二月初一个灰色的下午,两人面对面坐在帝国烤肉店时,梅尔告诉迈尔斯他邀请了本班一位女生,她接受了。迈尔斯努力不显得垂头丧气。梅尔邀请的女生(她后来成了他太太和他儿子的母亲)正是迈尔斯本人应该找的那种。她漂亮、聪明、害羞,活泼顽皮,但还不大知道如何表达她性格中这潜在的一面。她既不受簇拥也不受冷落,在妈妈的坚持下穿不时髦的衣服,能像某些不寻常的女孩一样知道有比不受簇拥更糟的事,知道人生很长,知道有一天她会拥有足够丰满的乳房,知道她实际上没什么问题,不管别人怎么想。在梅尔大胆邀请之后的几天里,有十来个男孩对他说他有多么幸运,说他们本来也想邀请她的。

　　吃惊过后,迈尔斯并不难为朋友感到高兴——但紧接着梅尔这意外的消息,又来了一个。夏琳来给他们续咖啡时,怪他们都观察不仔细,然后炫耀地对他们晃了晃左手,可爱迷人的手指,其中一根上戴了一枚小小的戒指,迈尔斯还没悟过来,一辆摩托车突突地停在门外,夏琳冲向门口。摩托上的青年男子(飘逸的长发,皮夹克,需要常刮的下巴)还没下车,夏琳已经扑到他怀里,他把她抱起来旋转,隔着厚玻璃窗能听到她的大叫。那男子把她转了一圈又一圈,这个在她结婚后,甚至在他自己结婚后迈尔斯还继续渴慕的女孩(她先嫁给了这个骑摩托的,后来又嫁过两个男人)。当停车场的旋转终于停止时,感到眩晕的是迈尔斯。

　　夏琳回来问能不能早走一小时,罗杰·史佩里从柜台后冲她点点头。餐馆的门还没撞上,她已经坐上了突突响起在等她的摩托,夏琳和她的新未婚夫就这么一阵风地消失了。"你猜不到我妈想让我邀请谁。"迈尔斯对梅尔说。他们没看对方,而是望着餐馆窗外的空地。

　　"辛迪·怀亭?"梅尔说,迈尔斯看他时,他只是耸了耸肩,"你妈上星期给我妈打过电话。我想你大概推荐我了。"

　　迈尔斯闭上眼睛,让母亲的行为带来的羞辱涌向他的全身。

　　"没关系,"梅尔安慰他,"没那么糟糕,辛迪其实蛮好看的,你不觉得吗?"

　　迈尔斯觉得这完全不沾边。他只想到他从去年春天学驾驶起就一直忍受的叫嚷:上,罗比,上!上,罗比,上!

　　"而且她是个好女孩,"梅尔说,这是事实,见迈尔斯没有否认,他又说,"而且她喜欢你,超过任何人。"

　　"这是最糟糕的地方。"他迎着朋友的目光承认道。

　　"不,你爱的女孩坐着摩托跑了,"梅尔说,"这才是最糟糕的地方。"

"去你的,梅尔。"

"而且我们可以四个人玩,"朋友接着说,"安妮不会介意的,我相信她愿意多了解辛迪,没事的。"

想象这一切,迈尔斯不由得垂下了眼睛。"要是她以为我喜欢她呢?"

"你是喜欢她。"

"你明白我的意思。"

现在轮到梅尔垂下眼睛了。迈尔斯回忆着同龄人中还有谁曾因为某件事是正确的而建议去做。他想,别的情况下,他可能会感激梅尔冒险说教。也许就是在当前情况下他也有些感激。他想对朋友解释的是,这个女孩多么饥渴,她生活在梦幻里,最小的关心也会激起和维持她的幻想。可是在试图描述时,他发现这与他对夏琳的渴望如此相似,那女孩确实是坐着摩托驶向她的未来了,没跟他说再见,也没拿走他照常留下的两毛五分钱小费。

那天晚饭后弟弟睡觉去了,迈尔斯拿出家庭作业,摊在餐厅桌子上,格瑞丝走了进来。"我想让你上圣路加。"她说。

一个离波特兰不远的小天主教学院,是他申请的最贵的学校。他还申请了新罕布什尔大学、佛蒙特大学,以及没让母亲知道的缅因大学。他依然相信到时候她会不得不接受现实。"妈……"他开口说。

"我今天下午去圣凯瑟琳了。"她说。

迈尔斯长叹一声。老天,她在为外州学费祷告。

"汤姆神父认识大学的人。"她说,让他感到一点安慰,"他觉得你的成绩很有可能拿奖学金。他说教区甚至可能帮你解决书本费。这是你*渴望*去的地方。"

他想问——不,想喊的是,*渴望*有什么用?然而他只是点了点头。他是渴望。

"钱会搞到的,"母亲抓住他的手说,"你相信我吗?"

对这样一个问题能说不吗？"嗯，妈妈。"他回答，几乎为她的信心而难过得说不出话。

"好，现在我想求你件事。"

他想到极度渴望什么也许并不总是这世上最愚蠢的事情。因为今天下午从烤肉店回来后，当母亲正在过铁桥回帝国瀑时，他给辛迪·怀亭打了电话。"哦，迈尔斯，"她的声音立刻带了哭腔，"亲爱的，亲爱的迈尔斯。"

第二十七章

梅尔听着录音里说他拨的号码已经取消。他挂上电话,去拿放在他书桌右下角抽屉里的那一大瓶抗酸剂。他认识的每位校长都在书桌右下角的抽屉里藏着一样东西,帮他度过这一天。梅尔自我安慰地想还有更糟的东西可以藏。他打开盖子,往左手掌心中倒了四五粒药,忧郁地嚼起来。把瓶子放回去之前,他从大而圆的瓶口数了数还剩多少。好像是十九粒,不够过完这星期的,照这两天的架势来看。这意味着要去趟斐尔港的沃尔玛商场,再买一瓶家庭装的一般抗酸剂,五百粒跟不要钱似的。药剂师一口咬定它们跟品牌药的效果一样,但梅尔有所怀疑。需要越来越多的这玩意儿来让他胃里安宁。

他不再管建议剂量,连月来他一感到有发作的迹象就对他那可恶的胃进行"核打击"。这些天他嚼的抗酸剂数量是根据问题的大小决定的,那些问题使酸液在胃里翻腾,升到喉咙口,舌根上能感觉到。上星期,听说他最好的教师之一把太太打伤住院时,他建议自己服用十二粒,并且严格遵守了。第二天他去医院看那老师的太太,看到她眼睛肿成了两道缝,他下楼到礼品店买了一筒品牌药,建议自己就在收款机前吃掉一半。第二天他登门拜访那位老师,发现他坐在厨房里盯着小餐桌上的一把手枪——这情景又建议他服药的正确剂量是另一半药。现在又出了约翰·沃思的事。

第三张字条今天早上出现在他的邮箱里,不知道是今天还是昨天傍晚教师下班后放进去的。跟前两张一样,字条上只有一句话,他相信是用媒体中心的机器打印的,"约翰·沃思的奶奶在哪儿?"没有抬头,没有签名。

第一张是星期五发现的,梅尔没在意,以为是出自哪个怪人之手,这种人他手下就有几个。第二张星期一早上躺在他桌子中央,他开始还以为是同一张,后来想起那张已被他团起丢掉了。他问秘书是谁放在桌上的,她摇头说,"什么纸条?"看到这第二张字条梅尔吃了一粒抗酸剂,让人去拿约翰·沃思的档案,现在——第三张字条和档案摊在他面前,他叫秘书去查查那男孩第六节课在哪儿。

答案是在餐厅跟笛子·罗比一起吃午饭——梅尔要是想一下是会记起来的,还是他自己做的安排呢。赞美真主,这安排看上去还对头。实际上他也不知道对头不对头,只是不对头的时候他通常都会听到,尤其当不对头的事是他发起的时,他会听到很多遍。他能想起的最新发展就是那男孩在帝国烤肉店洗盘子,当然是个好迹象。虽说那男孩对老师和其他外部刺激依然基本没有反应,但梅尔注意到这几周他的外表有点改善,干净了一些,头发不那么乱了,旧货店买的衣服也不那么怪异地不搭配了。他会不会爱上了笛子·罗比?梅尔想有可能。毕竟,恋爱与个人卫生之间的联系是早已证明了的。他想起自己高二爱上美丽的夏琳后开始洗澡。所以也许他俩在合作,两人一起参加市美术展,单独在一起吃午饭,也许这一切在那男孩混沌的头脑中形成了一个浪漫的星座?

可怜的笛子,他想,一面咽下最后一粒粉笔似的抗酸剂。然后他直接去了餐厅,在那儿不仅发现了这两个学生,还有第三位,萨克·明狄。

梅尔放在学校抽屉里的那一大瓶抗酸剂还不是他的全部储藏。他那辆别克的手套箱里还有三四筒。当然，家里床头柜上也有一瓶。把车停在老垃圾场路旁那所摇摇欲倒的房子前，嚼着两粒药准备跟那男孩的奶奶面谈，他发现天已经冷得像要下雪了。

再过一个月那些早晨四点钟起床的日子又要开始了。在预报有雪的日子，梅尔和其他中小学校长都要早起，晕头晕脑地看气象频道，听广播中的本州天气报告，五点半他们就必须决定校车上路是不是太危险。家长大都希望孩子上学，要不他们还得烦神安排。在做必要的安排之前，许多家长喜欢给梅尔打电话，表示他们觉得他是白痴，不中用的懒鬼，逮个借口就想歇一天，好像一暑假还没歇够似的。下雪天火气最大、说话最难听的家长通常不是需要担心为照顾孩子而耽误一天工作的，而是为孩子申请免费午餐，把缺少棉衣的孩子送进学校的，但他们用得起电话答录机，所以从来不用浪费时间跟校长和要账的说话。

这些还不是最糟糕的，梅尔打量着那幢破房子时想道，最糟糕的是那些见都见不着的，他们似乎只存在于州社会工作者编写的档案中，随孩子从一个学校转到另一个学校，让老师和行政人员对他们要应付的情况有所准备，尽管很无力。他来之前看的档案说，约翰·沃思的父母约五年前在官方雷达上消失，他们是波特兰的小毒贩，经常吸毒，有了孩子之后，发现在做重要生意时小孩子是多么碍手碍脚。约翰小时候常被塞进洗衣袋，收紧绳子挂在壁橱门后，由他去乱蹬乱喊。过一会儿他总会平静下来，他们就安生了。问题是他们有时会把他忘掉，上床睡了，让他挂一夜。

梅尔一般不认为自己在哲学上或政治上有困惑，可是重读了这份档案之后，他发现自己对应不应该把约翰·沃思的父母当场处决感到矛盾——假设找得着他们的话。一方面他从来不赞成死刑，认为它不能真正解决问题，可这一次它可以解决（而且他认为会解决得很漂亮）的问题是，与这两人同时活在世界上让他感到恶心。

他并不认为自己是理想的家长，远非如此，他和安妮对儿子亚当放任过度。这孩子现在表现出一种明显不现实的世界观，例如他似乎相信世界理所当然地眷顾他。梅尔长期管教不成功，但他怀疑现在改变做法已经太迟了。今年他曾发现儿子在参加一个明显有酗酒和吸毒迹象的聚会，他当时说要禁止儿子外出，以观后效，亚当差点笑破了肚皮，径自出去了。亚当对父亲的教子之道所下的评语是"无能"。梅尔已经认了。他不愿去想失败是从哪儿开始的，因为每次想时，他舌根都能感觉到那失败和薄荷抗酸剂的混合味道。最简单的结论是，他开始做家长的时候把目标定得太低了，只对自己保证不像他父亲那样成为对儿子的折磨。在这一点上他显然是成功的。亚当似乎真心喜欢他的父母，而一点不觉得有听他们话的义务。梅尔现在懂得，儿子习惯性的"是，爸爸"不表示同意，甚至不表示理解。

安妮认为这一切都很自然，丈夫睡不着时在黑暗中总对她说他们没让儿子对现实世界做好准备，她觉得这是傻话，亚当的问题只不过是青春期，这种症状总会过去的，就像一场特别厉害的水痘：很难看，然而是暂时的，肯定没有生命危险。她提醒他说，这孩子知道父母爱他，梅尔觉得这是真正无能的家长最后一丝微弱的希望。他们已经犯了书上写的每个错误。

不，登上摇摇晃晃的台阶去按门铃时梅尔想道，他跟安妮还没有把儿子塞进洗衣袋里，或是让他在这样一所鬼屋似的房子里长大。

那男孩警告过他可能要按好多次门铃，他奶奶耳背，她的卧室在最里头，她很少离开卧室了。当然，校长撒了个谎，说有些文件需要她签字。那男孩说他可以带回去，但校长说不用，他想跟她当面谈谈，看学校能帮什么忙——一个可怕的谎言，他现在想。那男孩的眼睛紧张地瞟来瞟去，从不接触他的目光，但似乎更像是局促不安而不是恐慌。对,他承认道,奶奶春天把电话掐了,为了节省开支,反正他们接到的都是骚扰电话。梅尔问,她有没有想过离城那么远又没有应急的电话是多么不安全。男孩回答说,"所以要我啊,应急。"

两场谈话中,与萨克·明狄的那场更令人不安。

"你怎么进餐厅的?"回到他的办公室,校长问道。

"门开着。"

"不对,第五节课之后就关了。"

"准是他们忘了。"

"要我给威尔逊夫人打电话吗?"

"打呗,反正门是开的。"

"你让朋友放你进去的吗?"

"门是开的。"

"不是。"

敌意的沉默。就那样坐在那儿,这男孩显然一辈子也不需要用抗酸剂。得意,自满,彻头彻尾的一个明狄。他爷爷威廉冰箱里总是塞满偷来的鹿肉和驼鹿肉,还经常打老婆,那会儿这种罪行还被看作私事。一个狡诈、残忍的惯犯,出入监狱多少回,他那些小罪行反映的是缺乏想象力而不是不愿犯更严重的罪行。据说当厂子有支持工会的危险,怀亭家需要镇压几个领头的时,就会把他找去。而萨克的父亲,那个人品可疑的吉米·明狄,现在据说要当本市下一任警长了,他拿两份薪水,一份是官方的,另一份是法兰辛·怀亭私下开给的。现在这位新秀萨克,又一个离树不远的苹果。据梅尔看,他可能成为爷爷那样的违法者或父亲那样腐败的执法者,反正都是麻烦。他将完全不受制裁,除非不幸嫁给他的女孩开枪把他打死——像吉米的妻子逃走之前几次威胁过的那样。

校长拿起男孩亮出的通行证。"罗德礼夫人教你什么课?"

"她没教我。"

"那她为什么给你通行证?"

"我想她喜欢我。"

"她为什么?"

"为什么喜欢我?"

实际上,这正是梅尔想知道的,但他决定换个问题。"不,她为什么给你通行证?"

耸耸肩膀。"我们一起去教堂。而且她是我亲戚,我姨是她嫂子,谁知道叫什么。"

"不管叫什么,都不是给你通行证的理由。你伪造了她的签名吗?"

"我才不会呢。"

"为什么?"

"因为你会发现的。"

"不是因为这么做不对?"

"也因为。"

"我不想再看到你第六节课在餐厅里,能做到吗?"

又耸耸肩膀。

"你听懂了吗?我会检查的。"他突然灵光一现,"这是不是你写的?"

萨克欠身拿起纸条看了看,还给他时似乎带着一丝若有若无的微笑。"不是。"

当然是他。梅尔突然确信了。约翰·沃思的奶奶有名字,叫夏洛特·欧文,写字条的人不知道这一点,也不知道去查,要么是太懒。那就是孩子,这个孩子。"你不会做这种事?"

对这个问题表现出极大的困惑之后,他摇了摇头。"不会。"

"因为不对,还是因为你会被抓到?"

"我怎么会被抓到?"

"你和你的朋友为什么要折磨约翰·沃思?"

"我们没有。"

"你们从中能得到什么？"

"我说了我们没有。"

梅尔往楼外走时，铃声响了，他看见罗德礼夫人站在教室门口。"不要再让我抓到那个萨克拿着你签字的通行证。"他对她说，不大在乎有没有学生听见。她开始说什么时，他把那张通行证递给了她，"永远不要，明白了吗？"

出来之后，他在别克里坐着，等自己平静下来。他对罗德礼夫人并不在乎，但那个萨克最后的话还在他耳边回响。听到让他回去时，那小子慢慢地站起来，像是为谈话结束而遗憾。梅尔注意到他走路一瘸一拐——显然是提醒校长他是橄榄球队的，为了给帝国中学争光受过伤。在门口他停下来，眼睛望着一边，"约翰·沃思的奶奶在哪儿？哈！"他说，仿佛刚刚感到这个问题的古怪。

后门跟前门一样锁着。梅尔本来不该去试的。要是门没锁他会怎么做？自己进去？响亮地敲了几次之后，他走下台阶，站在看得见的地方，对着他希望是老太太卧室的窗口呼喊，自报姓名，努力显得没有威胁，以防她在窗帘后窥视。他想到也许她听到了他在前面按门铃，甚至从前窗的厚帘子后面朝外看过，见是个陌生人，十分害怕。他甚至想象她倒在门边，中风了，是他造成的。他如何解释呢？没有文件要老太太签字，只有他那冷静的、理性的好奇，为了回答一个残忍的恶作剧者的问题：约翰·沃思的奶奶在哪儿？好像那是梅尔先生该管的事似的。

站在夏洛特·欧文家荒芜的草坪上，望着挂了窗帘的黑窗子，梅尔感到黏湿的冷汗从右腋窝往下淌。他失去了勇气，正要离开时，他发现了一截生锈的铁桩。因为地形的关系，从门廊下只能看到顶端，但走近后他看到上面有根结实的链子，链子一头有个金属扣。梅尔环顾四周，寻找这些细节所提示的大狗，但附近没有狗屋,门廊上也没有水碗。当然,他按门铃时也没听到狗叫。他踢开一块可能是古老狗屎化石的东西,或者只是一块土坷垃。除此之外,地面上空空如也。

脑子真是奇怪,梅尔想道,这次当他回到屋前望着挂了窗帘的二楼窗户时,他相信自己按门铃和不停地敲打后门没有把夏洛特·欧文吓出中风。夏洛特·欧文不在家,而且有一段日子了,那男孩一个人住在这里。地上一根带链子的铁桩并不能证明这些,梅尔必须承认,它甚至没有提示这些,但他心中还是确信了。

在门廊下他找到了一块大小差不多的石头,照理该叫警察,但这意味着吉米·明狄,梅尔这一天已经见够明狄家的人了。如果发现他错了,惹出麻烦,他可以说听到老太太在里面呼救。正好起风了,风在四周树林间的低鸣是有些像老太太的哀叹。有些牵强,但如果错了的话他只能这么说。只不过他没错,而且说来奇怪,确信之后胃里也舒服了。

他又爬上后台阶,在门口他毫不犹豫地砸碎了最靠近门把手的一块玻璃,把手从尖锐的豁口伸进去给自己开门。

帝国烤肉店门口挂着关门的牌子,但看到是梅尔,迈尔斯过去开了门。"行,行,"他说,"我可以竞选校董,但我现在就告诉你,我没时间去拉选票。"

"谢谢。"梅尔说,迈尔斯关上门,重新锁好,"我保证你不用拉选票。人们一看到选票上有你,就会在你名字旁边打钩。"

柜台前有几位迈尔斯允许在午餐顾客走光后留下喝咖啡的常客,梅尔认出了两位,通常报道教育预算的记者贺瑞斯,还有沃特·科莫,购物街旁边那家健身俱乐部的老板,他刚娶了迈尔斯的前妻。餐馆里有点冷,但沃特脱得只剩白棉布T恤,也许烤架旁边暖和些。

"老伙计!"沃特嚷嚷道,"过来呀,我们现在了断,不要再溜了。"

迈尔斯没理他。"喝杯咖啡吗,梅尔?"

梅尔一只手按在肚子上。"有点同情心好吗?"

"热牛奶?"

他正要拒绝,转念一想,"嘿嘿,我希望你不是开玩笑,因为听起来挺诱人的。"

"找个座儿。"

"我们坐那儿行吗?"他指了指最远的一张桌子,一群发型精致夸张的姑娘刚空出来的。

迈尔斯点点头。梅尔跟姑娘们打了招呼,有一两个他还认得,她们上中学时比现在瘦。他坐了下来,迈尔斯结账送她们出去时,他把盘子和咖啡杯摞到一起,用印了口红的餐巾擦了擦桌子。

"真快。"他从迈尔斯手中接过热乎乎的牛奶。

"微波炉的妙处。"迈尔斯承认道,坐了下来。

"老伙计!"沃特又吼起来。

迈尔斯叹了口气。"等会儿。"

"什么事呀?"梅尔忍不住问,沃特·科莫在迈尔斯·罗比的餐馆里本身就很奇怪。

"他总想让我跟他扳手劲。"

"为什么?"

"你得问他。似乎他相信我们中有一个不是真正的男人。哎?你气色不太好啊。"

梅尔耸耸肩。"你的新小工今天没来?"

"约翰?他要来两小时洗午餐的盘子,可是到现在还没来。到今天之前他还是蛮可靠的。"

"如果他来了,希望你能给我一个电话。"

"行,"迈尔斯说,"他有什么麻烦吗,梅尔?不关我的事——除了笛子。"

"笛子在吗?"

"在家呢。我刚跟她打了电话。"

"好的。"梅尔说,"我真难过,迈尔斯。是我请她对那孩子好一点的。"

迈尔斯坐直了身子。"你最好告诉我,梅尔。"

梅尔叹了口气。"我不知道。也许没事。但我必须查个明白。"

"老伙计!说说这是什么歌。"沃特从凳子上跳下来,踩着他那歌手的舞步走过来,唱道:

> 想不到有人会这样一吻
>
> 给我无比欢欣
>
> 深深一吻
>
> 令人销魂
>
> 为何现在才走进我的生命

"上别处去,沃特,"迈尔斯说,"我在跟人说话呢。"

"好吧,我给你一个提示,"沃特说,"我总唱谁的歌?"

迈尔斯只是瞪着他,梅尔想要是迈尔斯带着那样的表情跟他说话,他一定会照他说的做。

沃特却坐到梅尔的旁边。"你知道吗,我要承认,我可能老挤兑他,可我喜欢这个人,真的。你能相信他真去参加了我的婚礼吗?那真叫风度。可我还是会把他的胳膊摁到桌上。"他把手伸过来友好地拍了拍迈尔斯的脑袋。然后,发现贺瑞斯朝门口走去,沃特叫道:"你溜到哪儿去?"

贺瑞斯没睬他,朝迈尔斯点了点头,"天下没有一个法院会给你判罪。"

五分钟后餐馆里只剩了他们两个,由于除了告以实情之外别无他法,梅尔说那男孩的法定监护人不住在老垃圾场路旁边的那幢房子里。老太太的衣服挂在卧室壁橱里,屋里家具齐全,厨房里锅碗瓢盆都在。没有迹象表明夏洛特·欧文像那孩子的父母那样遗弃了他。可是她不在。"我想那男孩是一个人住在那儿,"他总结说,"住了有一阵了。"

"她会不会在医院里?"

"我想到了,"梅尔说,来帝国烤肉店之前他回办公室打了几个电话,"夏洛特·欧文今年四月因肺炎住进斐尔港医院,两星期后出院,没有再次入院。"

"可是——"

"这还不算,屋里从三月底就断了电和电话,我打开厨房的水龙头,没水。"

"老天,梅尔,她不可能死的。这是故事,报上登的那种。"

"我知道,我知道。"梅尔承认,一面喝完他的热牛奶。他的另一个电话就是打到县法院,没有夏洛特·欧文的死亡证明,没有老太太的尸体在停尸房等候认领,"继续说,你让我感觉好些了。"

"肯定有个解释。"

梅尔把空杯子推到姑娘们的盘子和杯子旁边。"我也知道。问题是,我老想到的解释是夏洛特·欧文春天回到没有暖气的屋子里之后就死了,那孩子谁也没告诉。"

"那她在哪儿,梅尔?"

有一刻梅尔想对老朋友说他收到过三张字条也是问这个问题,但他决定不提。奇怪,问题的意义完全改变了,取决于说的是一个活人还是死人。

但有件事迈尔斯有权了解,就是洗衣袋。"别说是从我这儿听到的。"他先声明,因为知道这是泄露学生档案。等他说完时,迈尔斯的脸色已经跟围裙一样白。

梅尔回到家已是午夜过后。他做的第一件事是走进儿子的房间,亚当睡着了,像往常一样没关电脑。他前些日子选中的屏幕保护图案是一个骷髅头,对着世界狞笑,然后破碎,解散,又拼起来重新狞笑。梅尔精疲力尽,突然要哭出来,他关掉屏幕,在黑暗中坐了几分钟,借着走廊里透进的灯光看儿子的呼吸。

后来,他走进跟妻子共住了二十二年的卧室,安妮睡着了,电视还开着,班戈市的一个电视台,现在已停止播放,但十一点的新闻里播过那则消息。明天?他甚至不想去想。再过短短的几小时,外面草坪上就会拥满记者。他迅速脱掉衣服,躺到妻子身边,她醒过来抓住他的手,"对不起,我本来想等你的。"

"明天,"他说,"如果你想得起来,能不能给埃文打个电话帮我预约一下?"

"你的胃?"

不需要回答。

"那个男孩还没找到?"

"明天会找到的。"

"他会怎么样?"

"我不知道。"

"我们会怎么样?"

"我们会活下去。"梅尔告诉她。当然她是对的,出了这种事中学校长是会被撤职的——也许应该被撤职,虽然他不会对安妮这么说。"明天一早就开始,"他捏了一下她的手,伸手关灯,"我们能睡就睡吧。"

他是说她。睡觉对他来说不可能了,无论是否精疲力竭。在漆黑的卧室里,下午和晚上的事情越发清晰。

下午他打电话给道斯警长讲了他的怀疑,甚至坦白他闯进了老太太家里。他讲完后,警长只说:"在那儿等我。"

他在车里等着,道斯跟吉米·明狄和另一个警察搜查了整幢房子。当然,梅尔没进过阁楼和地下室,即使考虑到屋里没灯,正式确认大家似乎一开始就知道的事花的时间还是够长的。道斯早上刚做了放疗,当他跟吉米从屋里出来时,两人都一言不发,他脸色不好。吉米走到警车跟前用对讲机讲话。

"嗯,"道斯说,"我想好消息是我们不知道她是不是去看亲戚了。"

梅尔感激地听到这个可能性被说出来,这是他的最后一根稻草。

"但我有不祥的预感。"警长加了一句。

"我也是,道斯,我也是。"

"总之,他们两个都不在这儿,所以你为啥不回家呢?"

他点点头,知道警长要他在那儿只是预备男孩出现。"我想回学校。"

"随便。"

"你看到后面那根铁桩了吗?"

"看到了。"

"你怎么想?"

"我努力不去想它。"道斯承认道,"听我说,我觉得这事可能不好。如果真的不好,我们没办法保密。"

"我不会要你那么做。"

暮色完全降临了,两人听到车声,然后看到车灯穿破黑暗开进车道。第一辆是警局的 SUV,后面急急地跟着一条德国狼犬。另一辆是吉米·明狄的卡麦罗,萨克出来时,梅尔注意到他有点一瘸一拐。他父亲走过去,两人说了几句话,男孩朝校长这边看了一眼,摇摇头,然后钻进卡麦罗朝城里开去。

"怎么回事?"吉米过来时,道斯问。

"我问他写没写那些字条,"吉米看着梅尔说,"他没写。"

道斯点点头,什么也没说。

"为什么你们这些人什么事都要怪到我儿子头上?"

"哪些人?"梅尔问。

"在学校,你,托尼教练。"

梅尔转身正视着道斯。"他写了那些字条。"

"是吗?"吉米说,"拿出证据。"

"好啦。"道斯的口气表明他已经受够了。"看你能不能找到缅因中部电力公司的人,"他对吉米说,有效地把他打发走,"屋里需要临时来点电。"

开 SUV 的警察现在牵着德国狼犬。"你想从哪儿开始?"他喊道。"屋子里吧,"道斯说,语气有些沮丧,"但我们会在马路对面找到她。"

这么说警长也想到了,梅尔有一丝欣慰,并不是只有他一个人产生了这么可怕的念头。

第二十八章

詹宁跳完了中午的踏板操,然后该到服务台值班,给会员登记,做狐穴供应的那些该死的蛋白奶昔。领工人抚恤金的那帮人理疗后喜欢待在那间有六张桌子的小休息室——都是些混蛋和骗子。詹宁在好日子都讨厌看到他们,今天当然不是个好日子,去过银行之后就不是了。她的腿还有点软,说实在的——并不是因为空腹上了高级踏板课。一想到食物(平时是禁果般的美妙幻想)都让她的胃里翻腾——翻腾的是什么,她想象不出。

"还没找着那个叫沃思的男孩?"纽曼太太,一个矮个子女人,歪头绕过收款机去看挂在狐穴天花板上的电视,一面等詹宁输入她的会员号。午间新闻正好播完,请观众等着看下面的肥皂剧。

五天前在垃圾场发现了老太太的尸体,实际已经不能说是尸体了,报上说像骷髅,暴露了六个月,要等看了牙齿记录才能确定身份。夏洛特·欧文活得不仅比她的朋友长,而且比帝国瀑的三位牙医都长。第四位,显然是有她档案的那个,退休去了佛罗里达。男孩沃思则完全消失了。

"这说明,"纽曼太太唱歌似的说,"生活是个大秘密,你甚至不知道隔壁住的是谁。"这不太恰切,詹宁差点对她说,因为老太太和沃思不是邻居。

咳,别说不知道隔壁住的是谁了。很多时候你甚至不知道你嫁的是谁,直到你去领结婚证时碰巧看到那混蛋的实际年龄。然后——说到秘密——你以为已经厘清了整个年龄问题,不顾自己正常的判断以及周围每个人的忠告,还是跟那老混蛋结婚了,然后你去银行想从你的联合账户里开一张支票——妈呀!你又纳闷起来,这个畜生到底是谁?

詹宁是不会对纽曼太太说这些的。她也不会叫这个大药丸别再在俱乐部浪费钱和时间。纽曼太太每周五天一点钟到,在健身房最忙的时间,占了三台能用的跑步机中的一台,悠闲地踱着步看免费杂志,把真想锻炼的会员气得干瞪眼。按纽曼太太走那倒霉跑步机的速度,她还不如坐在椅子上翻电视报。

"想想看,"纽曼太太说,"你活到八十多岁,有一天仁慈的上帝决定你时候到了,自己的孙子把你扛到垃圾场,扔在那儿。老天,我真是搞不懂了。"

"我也是,纽曼太太。"詹宁拿起电话找安珀,她总想加班。

"大概就把可怜的老太太甩到肩膀上。"那女人把健身包甩到她自己浑圆的肩膀上,向女更衣室门口走去,半路上包又滑了下来,"如果我的那孙子发现我死了,可能也会这样。"

"除非他租一部叉车,"门在她身后关上时詹宁嘀咕道,"你快来,"她对电话尖声说,安珀同意过来顶她的班,"别等我做出我会后悔的事。"

刚挂上电话这机会就来了,工人抚恤金那桌要再来一轮淡啤酒,他们相信这酒可以喝一下午而不会喝醉或长胖,尽管他们每天下午走时都醉醺醺的,一肚子酒晃荡晃荡。最坏的一个是兰迪·丹尼拉,在中学他比詹宁高一级,虽然他不记得她,虽然她满心向往地看了他两年。她怀疑这些懒汉没有一个真正受伤,但大多数至少还知道装一下。丹尼拉只是喜欢每周上两三天班,不喜欢上五天,所以他从帝国瀑的一家建筑公司领抚恤金,私下给斐尔港的一家干活。医疗证明说他站都站不直,但这并未妨碍他打壁球,只要能找到肯跟他打并且不介意每次得分后被臭骂的人。

"哎哟,谢谢你,亲爱的。"她送啤酒时兰迪说道,还盯着她看(这个她一般倒不介意),然后对她露出一个他那种坏坏的笑,"结婚生活好像挺适合你的,有规律地做爱妙极了,是不是?"

听他这么说,詹宁终于看到了她前夫总想让她欣赏的讽刺效果,而她则总想让他喜欢性交。他俩之间一开始就有很多不对路的事情,对讽刺的理解就是其中之一,詹宁是那种经常对她解释讽刺的概念也没有用的人——她坦率地承认这一点。可是眼前,她在中学,在十六岁和十七岁整整迷恋了两年时间的人变成了全城最无耻的骗子,这里的讽刺是无法逃避的。不,这还不是讽刺。真正的讽刺是他终于注意到她并且想勾搭她。

"你知道吗,兰迪,"她说,"你可以吃了我,行不行?"她出了门他才想起接受她的邀请。

悲哀的事实是,詹宁开车去帝国烤肉店时想道,她甩掉了一个她能对他说话的男人,嫁给了一个她不能的。她此刻需要跟人说话或许也是一个讽刺,还有她发现自己怀念起迈尔斯的安静平和。分开后她渐渐变得怀旧,跟沃特结婚之后,她开始带着亲切的怅惘回忆跟迈尔斯在一起的生活。她必须提醒自己这是精神病。迈尔斯是个好的聆听者,而这正是她此刻所需要的。但人们从来不告诉你好的聆听者也可能让人发疯。他要衡量你对他说的每一件事,好像只要理解了每个细微差别,他就能提出完美的解决办法。要不就是他以为她只是为了听自己说话,这也要把她气疯。她曾试图去对她妈倾诉——一个错误。作为酒吧招待,毕姨并不是好的聆听者,她下判断之快与迈尔斯的慢适成对比。"你没意识到,"她说,"是你把你自己气疯的。你永远不会满足,一分钟也不能。迈尔斯不说话是因为没话可说。"

所以她现在开车去帝国烤肉店而不是去快乐汉,一个不会回答的男人比一个尽会瞎答的女人还好些。迈尔斯也不大会说"我告诉过你",她妈妈最爱这么说。如果她讲了今天上午发现银狐狸(那个永远挠着下巴考虑下一步,似乎他惟一关心的就是时机问题的家伙)甚至没钱去有英俊的拉丁按摩师替你用香油擦身的亚利桑那州度假一周,"老天爷,詹宁,"她能听到她妈妈说,"你怎么会以为那个沃特·科莫能有两个铜板碰个响呢?"一副料事如神的样子。

至少迈尔斯能同情人,能表示惊讶——连健身俱乐部的房子都不是沃特自己的,而是从拥有帝国烤肉店和半座城市的那个该死的怀亭夫人手里租的。她丈夫还租了健身房里大部分器械,妈的,他经营的没有一样不是举债到极限,就连他跟她合住后租出去的那所小屁房子也有两笔抵押贷款。还有小塘路上的那块地皮,他常嚷嚷说哪天时机合适可以建一个康乐宫,可如果说地皮是他的,帝国信托公司的哈罗德·杜佛却压根都不知道——他应该知道,因为银狐狸"拥有"的其他东西都被哈罗德持为健康俱乐部的抵押物。沃特连买戒指和周末到海边度那个破蜜月都借了钱,她要有脑子的话,那时候就应该想到为什么沃特那么喜欢做爱,免费啊。

她不明白自己怎么落到这步田地:她最想对之倾诉的人,就是她当时迫不及待要离开去搞出这烂摊子的人。这些无疑都是讽刺,她已经恨透了。拐上帝国大道又看到银狐狸的面包车停在餐馆门前。这下没法跟迈尔斯说了,丈夫坐在柜台前呢。生活就是秘密,正如那可恶的纽曼太太说的,不论好坏,她都嫁给了银狐狸和她不得不保守的秘密——这愚蠢的话她说了不是一次而是两次。当然,他一直都知道詹宁发现之后只能往肚子里咽。更糟的是,她知道应该从现在开始,把车停在丈夫的面包车旁,进去假装她喜欢"有规律"。站在沃特旁边看他把他俩的钱输给贺瑞斯,然后把手伸进他的裤兜,验证一下这笨畜生惟一能提供的那样东西。

也许明天她能这样,实际上,她也必须这样。但她断定此刻不行。她知道切牛排的刀子在哪儿,如果现在进去,她会冲进柜台抽出一把干出蠢事的。詹宁从餐馆前面开了过去。

城里惟一一辆无标志的警车没停在火石轮胎店旁边它常蹲的小巷里,詹宁尖声掉转车头往回开去。驶过约四个街区,她发现了女儿细高的身影,一个人走在街上,像往常一样身体前倾地背着大书包。詹宁按了喇叭停到路边时,女儿怀疑地看着吉普,好像银狐狸可能躲在后座似的。她不情愿地走到车跟前。

"你去哪儿?"詹宁摇下车窗说,女儿试探地伸头朝里看了看。

"姥姥那儿。"

"进来。"詹宁倾身开门,没去管女儿的表情——好像听见叫她推车似的。笛子打开后车门,转身退进去,把背包底搁在座位上,然后脱下包走出来,这动作如此优美熟练,詹宁眼里含了泪。她这么大的时候不仅胖而且笨拙,总是绊到和撞到东西。笛子有那种天生的优雅,靠饿肚子或爬楼机是达不到的,那种优雅你可能都意识不到,除非你自己没有。"快乐汉有什么?"詹宁问。

当然,这丫头还有能耐用能激起暴力的眼神看着她妈妈。女儿的表情似乎说,快乐汉有姥姥。"那儿安静,行了吧?我可以做作业。"笛子终于说,看出要是不痛快回答詹宁就不会开车,"没人打搅。"

就是说没有沃特,也许还没有詹宁自己,一想到这儿,她脑子里跳出一个恐怖的画面,女儿深夜走在路上,像平常一样负着重物,但不是背包,而是詹宁自己,女儿在往垃圾场走。这星期她每天都想跟笛子谈谈那个沃思,新闻里全是他,所有的人似乎都只会谈他,但詹宁还是没有提。她知道笛子跟那男孩一起在烤肉店干活,而且一起上美术课,一起被选中参加什么画展。她一直想去参观一下,看看她老是听说而女儿从未提起的那一幅蛇。前一阵詹宁是光顾着婚礼了,但那不是什么借口,反过来说,那也不是想象笛子把她背往垃圾场的理由。不过她俩之间这种关系是该纠正一下了。

但当詹宁开始组织一个关于沃思的问题时,却听到自己问了一个容易些的。"为什么你从来不跟我讲你在各类招牌上看到的东西,像你跟你爸爸讲的那些?"

显然回答也容易,"你从来不觉得有趣。"

"试试我。"

"不——"女儿唱歌似的说。

詹宁一下子又火了。"我不够聪明,看不出有趣的地方,是不是?"

这小臭丫头还认真考虑了一下才回答。"你总能看出来,可是你从来不觉得它们有趣。"

"也许没有趣。"

"那你为什么想要我跟你讲?"

"也许我不想,也许我只是希望我们能做朋友,行不行?也许我愿意哪天带你去波士顿看画展,如果你问我,而不是问你爸爸的话。也许知道我女儿喜欢我能让我高兴。"

"沃特不让你高兴?"

詹宁停到路边,离她母亲的酒吧还有三个街区。"出去。"

"什么?"

好,至少这引起了那丫头的注意。她望着詹宁,害怕了,知道自己做得过头了。"出去,"詹宁又说了一遍,她不想坚持,但又觉得必须,"你想糟践我,下去自己走。"

她希望女儿不会照吩咐的去做——这希望并不过分,因为她几乎从来不会。但当然她这次做了。笛子打开门下车,让詹宁没了选择,又陷入了困境。她没看女儿,眼睛望着别处;好像满不在乎。听到门撞上时,她迅速朝左后方瞥了一眼,确定没有车子沿帝国大道驶来,然后猛拨方向盘,踩下油门,与此同时听到女儿的尖叫:"停下!"

她一开始以为她的佯装奏效了,笛子想道歉,可是那声尖叫要急迫得多。她扭头朝右后方一看,马上就明白了。笛子在关上前车门的同时打开了后车门拿她的背包,胳膊肘挽住了一根背包带,这时詹宁把车开出——背包不知怎么卡在座位和地板之间,把笛子拽离了地面,从敞开的车门只能看到女儿的后脑勺,但当詹宁绕到吉普另一面时,她看到笛子没受重伤。幸亏车高,女儿的屁股离路面还有一两英寸呢。詹宁觉得她像一个降落伞没打开的卡通人物。但女儿的表情一点也不好笑,她的五官都散了,然后合拢来显出一脸的疼痛、恐惧和挣扎的愤怒。"走开!"詹宁弯腰帮着解下背包时她尖叫道,"别碰我!"

"别这样,笛子!"詹宁厉声说,把自己都吓着了,"你没事,我只是想帮你。"

然后女儿挣脱了,站起来就走,一边揉着肩膀,抽泣着。

"笛子,"詹宁叫道,努力保持严厉,但声音都破了,"回来,求求你,亲爱的。"

没用,她继续往前走。街上只有七八个人,但詹宁相信他们都看到了刚才的情形,现在正在看这场戏演完。

"笛子!"

女儿转过身来。"别……管……我!"她尖叫道,声音高得整条帝国大道都能听见。

当然,吉普还在空转,女儿的背包还卡在座位之间,詹宁想关门,却关不上,她踹了一脚背包,还是关不上,然后詹宁自己痛哭起来,发泄着满心的懊恼,拼命踢着大切诺基的车门,她仅剩的乐趣就是看着凹坑越来越大。

詹宁·罗比——不,詹宁·科莫哭泣、生气、踢车门到底有多久?——一直到车门关上。当然没有完全关上,因为女儿的包卡得那么死。但至少关紧到不会弹开了。

詹宁坐回到方向盘前时还在发抖。她需要做的是追上女儿，纠正这件事，必要时用强制手段，设法纠正这一切。她还不知道怎么做，但等她重新开上帝国大道，女儿已经消失了，她最后抽泣了一下，意识到太迟了，他妈的太迟了。

第 二 十 九 章

"你猜那是什么事?"路过衬衫厂时大卫问。他们开着他的小货车从毕姨那儿回来,开到帝国大道拐角时他放慢了速度。自从厂子关门后,至少在迈尔斯的记忆中,那扇大铁门还是第一次敞开着。门里停着辆白色的大型豪华轿车,挂着麻省车牌——在它后面迈尔斯看到一点红色金属的闪光。老砖房的台阶上有一群穿深色西装的人在听一个女人讲话,迈尔斯立即认出是怀亭夫人。

"你不认为传说可能是真的?"迈尔斯问。几星期来烤肉店里盛传纺织厂找到了买主,迈尔斯照样把它当作出于需要的想象。现在,怀亭夫人跟这些穿西服的人在一起,足以让愚蠢的乐观燃过一个漫长的缅因的冬天。

"真的才好呢。"大卫答道,拐上了帝国大道,"这也可以说明她为什么不管我们,她有更大的鱼要炸呀。"

迈尔斯没有正式把他们的意向通知怀亭夫人,这仍然是兄弟俩争论的焦点。迈尔斯一开始就承认弟弟可能是对的,但自从上个月那天早晨在报上认出查理·梅因后,他甚至更加不愿意去面对怀亭夫人了。就好像当年在葡萄岛上是他背叛了她。虽然荒唐,但他总摆脱不掉一种感觉,好像怀亭夫人一看他就会知道他终于发现了真相。以前每次见面时,迈尔斯总觉得她在他脸上搜寻某种表明特殊理解的迹象,没有找到,她就让一切照旧。理智上他知道弟弟说得对，最好把一切摆在明处，但他的直觉建议秘密行事。

其实也不是什么秘密了。他和大卫现在所有空闲时间都待在快乐汉，迈尔斯干到很晚，尽可能都自己动手，不想在起步时欠下多于绝对必要的债——尤其是毕姨在装修上被套住了，费用随时有失控的危险。今天迈尔斯让巴斯特招呼早餐和午餐，自己努力修理快乐汉那二十年没着过火的老煤气炉。晚上要在烤肉店供应墨西哥晚餐的大卫花了大半个下午跟销售商建立账户，还做一只手能做的其他事情。两人都没隐瞒在参与重开快乐汉厨房，但对外只说是给老朋友帮忙。

有一点是肯定的，无所不知的怀亭夫人不可能不知道这件事。也许大卫说中了，她忙于开发办的事务，顾不上这种小事。

但迈尔斯不信。

他们把车停在垃圾箱后，照常从后门走进店里。这周每一天来和走的时候，迈尔斯都觉得会看到沃思在停车场踱步，低头看着脚，带着期待、警惕、饥饿和彷徨的表情。当祖母的消息传出和男孩失踪后，贺瑞斯终于对迈尔斯说了他上个月在老房子前看到的一幕，他为自己一直没讲而内疚，同时觉得讲出来不会有害处了。那条嗥叫的狗被拴在铁桩上，男孩自己也发出一种可怕的、嘶哑的声音，一面用棍子抽它。那畜生绝望地想逃，绕着桩子一圈圈地跑，使铁链缠到桩子上，最后缠成一个球，狗脑袋紧贴着地面，就是这时那可怜的畜生还想逃，差点勒死。直到它终于明白了逃跑无望，男孩才丢掉棍子，开始抚慰那吓坏了的畜生，一面躲开它那恐惧地张合的嘴巴，直到它开始平静下来，可怜地呜咽着。然后男孩自己趴到地上，慢慢靠近它，对那畜生低声讲话，轻轻抚摸它受伤的身体，直到狗终于原谅了打它的人，舔起他的脸来。贺瑞斯发现男孩在哭着乞求那畜生原谅，但仍然小心着，因为它迷惑而矛盾，有时会突然变舔为咬,然后重新呜咽起来。男孩一直轻柔地说,"我知道,我知道。"仿佛完全理解。

贺瑞斯说那是他见过的最恐怖、最悲惨的事情。他的第一冲动是把它报道出来,现在他希望那样做了。可是他在城里见过那个男孩,对他的家庭和他在中学的处境也有所了解,贺瑞斯本人也知道被当作怪人是什么滋味。如果他报道了,那男孩可能会被从他奶奶家带走,送进桑德兰的少年管教所,一个真正可怕的地方。

贺瑞斯还对迈尔斯讲了一件新闻里没提的事:在垃圾场找到夏洛特·欧文尸体的地方还发现了几条死狗,都有被折磨或殴打致死的痕迹。

当然,这些迈尔斯都没有告诉女儿,他知道男孩的失踪已经让她多么不安。但他跟她讲了洗衣袋的事,为了她的安全而让她承认他所相信的事实——约翰·沃思小时候惨遭虐待,他心里的某种东西被毁坏了,光靠关心也许不能够修好。笛子点点头,看上去不是完全同意,最终他不知道她听进去多少。整个谈话让他想起年初谈他跟詹宁分居的那次,似乎女儿最大的需要就是他别说话。

迈尔斯和大卫进去时,贺瑞斯和沃特在玩牌。沃特脱得只剩下白背心。这家伙到底有多少件?迈尔斯想。

"嗨,沃特,"他疲倦地说,"嗨,贺瑞斯,巴斯特。"

"别再让我连值两个班。"巴斯特说,眼睛虽然差不多好了,可是他看上去还像一个耗尽了每一丝精力的人。

"你想回家吗?"

"永远不想回来了。"巴斯特说着,把围裙从头上扯下来。

"让我赶快冲个澡,"迈尔斯说,"然后你就可以开溜了。"

"老伙计,你看到白轿车了吗?"沃特问,"挂着麻省车牌的?"

迈尔斯点点头。

"在帝国大道当中一直开到厂门口,别告诉我没啥事,你出去闻一闻,空气中还有钞票味呢。"

透过前窗，迈尔斯看到夏琳的现代，方向灯一闪一闪，她在等着拐进停车场。今晚有六人当班，迈尔斯做接待和补空的，大卫跟一名助手在炉前准备色拉和甜点，夏琳和另一名女孩在厅里招呼，加上雇来顶替约翰·沃思的新小工，对帝国烤肉店来说人手足够了。毕姨那儿桌子是这儿的三倍，人员需要增加一到两倍。大卫必须训练至少一个人煮回锅面条，夏琳已经报名了。迈尔斯倒没意见，尽管他不想让她离开厅里，她的作用无人能及。有趣的是，夏琳自己以前老盼着劝酒，可以多拿小费。不过，四十五岁了，在帝国烤肉店的厅里来回走了二十多年，不知道多少英里，他理解她希望并且可能也需要换一换。

这个他从高中就爱上的女人让他了解到的还不止这一件。他还知道她跟他弟弟在恋爱，可能有一阵了，为了不伤害他的感情而保密。可能大卫要求坦白公开，但夏琳说不行，还不到时候。他是逐步发现的，先看到夏琳独自坐在半月形座位里，她的扎啤旁边搁着大卫的滋补酒，两个杯子组成一幅亲密的画面。后来，当她跟着他弟弟走出去，迈尔斯从窗户里往外看，两人站在停车场里的样子给了他某种印象，尽管他当时没意识到。他朝柜台那头的大卫望了望，他也在看着夏琳拐进来，面带微笑，然后发现了哥哥的目光。是吗？迈尔斯扬起眉毛询问，是，弟弟点点头。

他们本来可能就此事多谈几句，但电话铃响了。"迈尔斯·罗比？"一个迈尔斯不认识的声音说。

"是。"

"你知不知道你太太在帝国大道北段尖叫骂脏话，踢你的吉普车？"

"给，"迈尔斯把电话递给银狐狸，"找你的。"

洗完澡出来，电话铃又响了，这次是他的私线。詹宁，他想。他没有想跟妻子离婚，当判决临近时，他想过自己可能会怀念听她发火、抱怨、胡言乱语,痛哭流涕。他认识她这么久以来,詹宁一直就有一脑袋蒸汽,老实说他盼着沃特·科莫去当这个出气阀门。不知道是什么使詹宁停在帝国大道上对她自己的车子施暴,但他相信应该先由她的新丈夫听。可惜,沃特只是变得脸色苍白,挂上了电话。

但这次他猜错了,他几乎宁愿电话那头是詹宁。

"教堂漆完了吗?"迈尔斯同意付电话费之后他父亲问道。马克斯是彻底疯了,还是只不过忘记了他上次电话就是以这个问题开头的?

"没有,爸爸。"

"很好,你不想给那些人干活。"

他知道最好别问,但忍不住。"哪些人,爸爸?你在说什么呀?"

"那帮梵蒂冈的蠢货闯进托尼船长酒吧,把汤姆从凳子上架走了。"

"梵蒂冈的蠢货?"

"对。"马克斯说,显然很高兴电话线不坏,"昨天的事儿。我后来就没见过他。那个娘娘腔找到他的旅行车了?"

迈尔斯告诉他找到了,这一次拒绝上当。马可神父央人开车捎他去取教会的车。

"就在我跟你说的地方,我打赌。"

"我没听错吗,爸爸?"迈尔斯说,"你想要人表扬你对我讲你把偷来的车放哪儿了。"

"我没偷东西。"

"没偷?你从我衬衫口袋里拿走的二十块钱呢?"

马克斯没接这个茬。"那,你认为他们把他弄哪儿去了?"

"安全的地方,可以有人照料。"

"他本来待的地方挺安全,我们在照料他。我还以为这是自由的国家呢。你们天主教徒相信自由吗?"

"你想要什么,爸爸?"

"你如果愿意,可以给我寄点钱来。你不会相信这儿啤酒的价钱。还不到旺季呢。"

翻译:汤姆神父走了,马克斯失去了餐券。紧接着是另一个念头。"他们怎么知道他在哪儿?"

"谁?"

"你的梵蒂冈蠢货。"

"准是那娘娘腔告诉他们的。"

"我想不是。要知道我的想法吗?我猜钱一用完,你给主教教区打了电话。"

"你就是不想给我寄钱。"马克斯说。

"为什么老问我要?为什么你从来不问大卫?"

"跟你要容易,有人比较软和,有人皮硬些。你就像你妈妈,大卫比较像我。"

"一个不能待在家里的男人,你还挺相信遗传。"

"我从来没怀疑过你弟弟是我的——如果你要说的是这个,就像我没疑过你是我的一样。"

他意识到他要说的是这个。

"男人知道哪个是自己的。"马克斯说,"笛子是你的吗?"

"是。"

"你怎么知道的?血型鉴定?"

迈尔斯听到外面楼梯上有脚步声,夏琳的,如果他没猜错的话。但不难想象成他母亲,被谈话召来解决他们的争端。

"你要多少,爸爸?"

"我现在还行,"他说,好像也厌倦了这场谈话,"我会告诉你的。月初去我那儿收一下支票,给我寄来,好吗?"

"行。"

迈尔斯门没关严,夏琳警告地敲了敲之后把头伸了进来,平时看到他只在腰间裹了一条浴巾,她会有一些俏皮话说,可这次没有。"你最好下楼来。"她说完就带上了门。

"老伙计!"沃特着急地叫道,当柜台一头有什么事发生而他在另一头时,他总是很恼火。或许他觉得迈尔斯、大卫和夏琳都聚在他听不到的地方不完全是巧合。

"如果我一小时后不回来,给布伦达打电话,她要是来不了,找詹宁。"紧急时他前妻可帮着招呼一下,假设她已经破坏完吉普的话。

"应该有人去看看毕姨,"大卫说,"她好像很心烦。"迈尔斯跟弟弟离开快乐汉不到五分钟,来了两名州检查员,半小时内就把店给封了。一长串的违规之处包括迈尔斯已经知道的电线问题,还有卫生间肮脏简陋(这无可争辩)、厨房里明显能看到老鼠屎——那只是因为迈尔斯把冰箱和炉子从墙边拖开去修理,十来年没人挪过了。违反卫生和安全法规的事项还列了很多,有的是小事,不难纠正,另一些问题比较大,要花很多钱。在"建议(但不要求)"一栏下,检查员建议换屋顶,特别提到内墙顶要有防雨板,并估计"要求"的维修费用可能高达十万美元——比毕姨跟她丈夫三十年前开张时的投资还多两万元。

"你能抽出半小时吗?"迈尔斯问夏琳。这会儿大卫是不能离开餐馆的人。

她点点头。

"不能再长了,"大卫警告她,"星期四客人来得早。"然后转向迈尔斯,"应该去看毕姨的是你,而不是夏琳。"

"我跟怀亭夫人谈完话就去。"

"我一直求你去见她——"

"我发现你是对的。"迈尔斯说。

"我现在也是对的,"弟弟告诉他,"让她见鬼去吧。我见过你这个样子,迈尔斯。你应该等自己平静下来。我要是有两只好胳膊,我会让你平静的。"

"幸亏你没有,"迈尔斯听到自己说,然后闭起眼睛摇了摇头,"对不起——"

"在你对自己做出这样的事之前"——大卫举起残废的胳膊——"你不知道什么叫对不起。"

"大卫——"

但弟弟已经转过身去。"我有一百五十份海鲜玉米卷要做,随你干什么吧。"

夏琳抓住他的胳膊。"迈尔斯,你都不能确定是不是她。也许是巧合。"

迈尔斯摇摇头。"同一星期又是突击卫生检查又是酒管局?"

那是星期二,州酒管局的人下午来访,说有人举报毕姨给未成年人喝酒。再犯可能会丢掉酒牌,那人坐在酒吧里往笔记板上写记录时警告她说。她问哪儿有初犯,他朝正在做作业的笛子座位上一指。她是几分钟前进来的,坐进了她最喜欢的一个座位,推开两杯毕姨没来得及清走的剩啤酒。"您不会告诉我那个女孩有二十一岁吧?"

"我要告诉您她是我外孙女,她没在喝酒,您也看到了。"

"她坐的桌子上有啤酒。您知道法律,夫人。"他说,一面在报告上签字,"您可以上诉,否则请在六十天内付清罚款。"

"柯蒂斯哪儿去了?"毕姨问起往常的那个检查员。

"我想那人退休了。"他说着朝门口走去,到那儿又站住了,"哦,夫人,祝您餐厅开业大吉。"

"不,"迈尔斯对夏琳说,"不是巧合。下星期有陌生人提出买她的店也不会是巧合。"

"我知道,"夏琳承认,"我知道。只是……我不知道我没了工作怎么办。"

"别担心那个,"迈尔斯捏了一下她的手说,这一点还能肯定,"怀亭夫人不会关掉帝国烤肉店。她希望它开下去。她希望我们待在那儿,至少是我。"

夏琳摇摇头,"我不明白。"

"我明白。"他看着她的眼睛说,"我花了些时间,但现在明白了。"

"老伙计!"沃特又叫起来,"过来呀!今天是正日子,伙计!不许再溜了!"他胳膊肘牢牢地支在柜台上,手掌张开,活动着手指。

迈尔斯觉得自己看透了一切,甚至包括沃特·科莫。跟詹宁结婚时,沃特无疑是希望提高他那"男人中的男人"和情场高手的名声。现在,结婚一个星期,他开始发现詹宁很可能使他失去男子气概。在那些虚张声势的背后,迈尔斯能看出——几乎能闻到那人的恐慌,这恐慌在看到迈尔斯搬了个凳子向他走来时明显增强。迈尔斯把凳子放在沃特的正对面。

"我的天。"贺瑞斯叫道,好像抓到了一手从没见过的牌。

"说开始,贺瑞斯。"迈尔斯命令道,没有看他。

"开始。"贺瑞斯说,迈尔斯把沃特的手背重重地掼到台面上,三只水杯都被震落到地上,摔碎了。银狐狸的腿甩了出去,一瞬间他的身体跟柜台平行,腾空飞起,那只被钉牢的手是他与大地母亲的惟一联系。这时迈尔斯放开了他,他屁股先落到硬邦邦的油毡地板上,接着是后脑勺,然后是两只脚,只弹起了一下。银狐狸一动不动地躺着,眼珠翻了上去。

迈尔斯已经出门了。

厂门还开着,但迈尔斯把车停在街上,从石门柱间走了进去。母亲在衬衫厂上班的那么多年,他从未走到拱门以内,现在想来很惊讶。当然,格瑞丝死后也就没有理由来了,但此刻走进院中,他不禁感到自己终于履行了某种久被忽略的义务。

白轿车还停在那儿,砖墙的另一侧歇着怀亭夫人的林肯,从街上看不到。后座背后的架子上有个静止的东西,迈尔斯第一眼以为是那种车开起来会有节奏地点头的机械动物,然后才发现是黑猫丁姆。那畜生好奇地看着他,眼睛追随着他的脚步,并且似乎在微笑——如果柴郡种以外的猫会微笑的话。听到开车门的声音,迈尔斯发现先前看到的红光是吉米·明狄的卡麦罗,被轿车挡住了。

怀亭夫人和轿车人士从衬衫厂走到了近旁临着瀑布的纺织厂。那群人聚在正门外,顺着怀亭夫人举起的手臂,先仰望那幢老楼,然后朝河那边眺望。她在指什么?上游四分之一英里处她自己的房子?那也要卖吗?

院子尽头一条砖路绕过衬衫厂通到坡下的纺织厂。吉米·明狄蹲在这儿。"你走到私人地盘上了,迈尔斯。"

"我以为这都是市里的财产。"

"我们不争论,"吉米耸耸肩,"反正有牌子。"

他没有穿执勤时常穿的那件格子呢夹克,但迈尔斯觉得还是要核实一下。"我在跟谁说话,吉米?"

"再说一遍?"

两人面对面了。"你在执勤吗?"

"可以这么说吧,我做一点私人咨询。"

"像你爸爸那样。"

他点点头。"老霍纳斯·怀亭有时雇我父亲。有天晚上我看到他狠揍一个人,离你我现在站的地方不远,我是惟一的目击者。顽固的小傻瓜,这顿打本来可以避免的。"

"那你妈妈呢?她挨的打也是可以避免的吗?"

吉米停了一会儿才回答。"不,"他悲哀地说,"我想不是。你们家大概都听到了许多,啊?"

"我们应该叫警察的。"

这似乎唤起了一个回忆。"我跟你说过你妈妈过来的那次吗?你一定是不在家。暑假里的一天下午,天气很热,窗户全打开了。我爸在揍我妈妈,像往常她把他惹火了那样。突然我爸爸转过身,你妈站在我家客厅正中间,好像她付了房租似的,叫我爸'立刻'住手,不许再打人。'立刻'——她说的就是这个词。她手里拿了一把锤子,尖头朝前。"

迈尔斯不难想象那一幕。"立刻"是她爱用的词语之一。他只有一两次见过格瑞丝发怒,但他能想象出她举着锤子站在那儿,也想象得出威廉·明狄看到她时倒退了一步。

"要不是我妈说话了,很难讲会发生什么。"吉米笑道,"她左在地上,嘴唇都破了,看了看你妈和那把锤子,叫她滚开,管自己的事儿去。你看,你那漂亮的母亲是我妈最害怕的,比我爸还让她害怕。"他停了一下,"她没跟你提过那一天?"

"一个字也没提。"

他耸耸肩,"啊,让往事见鬼去,对吧?"迈尔斯没有就这么做是否可能或可取发表意见,吉米眯起了眼睛。"你知道吗,我儿子萨克想退出橄榄球队。我一直想劝他别那么做,但我不知道。教练不让他上场了,所以也许他是对的。有什么意义?报上那些狗屁文章说他打球不干净。我猜现在人人都把他想成坏孩子了。你的校长朋友想把从垃圾场挖出那个老太太的事怪到他头上。"

迈尔斯不想听这些。"我是来见怀亭夫人的,吉米,不用多长时间。"

对方几乎对转换话题有些感激。"她叫我告诉你明天再说。"

"她知道我要来?"

"没几件事是那位夫人不知道的,迈尔斯。比你我这样的人快几步。我感觉她好像对你有点失望。"

"我相信她会跟我讲的。"迈尔斯想绕过他,那警察抓住了他的左胳膊肘。

"今天不行。"

迈尔斯使出浑身力气对他猛击一拳,吉米抓着他的胳膊肘保持平衡,但终于松开手坐到路沿上。他的鼻子破了,这一点迈尔斯看得出。血过了一会儿才流出来,然后就汩汩地往外冒,他白衬衫的前襟都打湿了。迈尔斯能看到丁姆在林肯车里发狂地转圈,从一个车窗跑到另一个车窗,好像它对这场对抗压了一大笔赌注。

纺织厂那边,怀亭夫人和轿车人士已经进去了。迈尔斯站在吉米跟前,不知道下面要发生什么。警察两手撑地仰面望着天空,大概希望血不会往上流。他吸了四五下鼻子,打出一个大喷嚏,溅到迈尔斯和他自己身上。

"嗬,这怎么样?迈尔斯·罗比暴力袭警,人们会吃惊的。"

迈尔斯俯视着他,想起父亲关于警察的教导:他们能对你做的最坏的事也没那么坏。在一件重要的事情上听从了父亲的教导,迈尔斯感到不止一点点不安,但目前离后悔还很远,他预感到以后有的是时间。

稍后,鼻血流得没那么严重了,吉米站了起来。他有些摇晃,但迈尔斯看得出他下了决心。"到车子那儿去,让我把你铐上。"

"等我见过怀亭夫人。"

"我奉了命令。"

"哼。"

吉米一拳揍在迈尔斯肚子上,打得他弯下腰去,他看都没看见的又一下使他单腿跪倒。他正在努力喘过气来时,左耳后面又挨了一拳,脑袋嗡地炸了。他瘫倒在砖路上,等没有拳头再落下时,他翻过身,看到吉米已经回到卡麦罗跟前,在手套箱里摸索。迈尔斯想自己一定是昏厥了一会儿,至少有几秒钟。当警察找到手铐,迈尔斯已经站了起来。

"你还是左下来的好,迈尔斯。"吉米建议道。他鼻子肿了,变成青灰色,"你制造了骚乱,被我平息了。"

迈尔斯想,虽然鼻子被打破了,但这对吉米·明狄来说是一次非常过瘾的经历。他轻松地躲过迈尔斯的下一拳,紧接着迈尔斯又跪倒在地,捂着肚子,朝砖路上呕吐。

"起来,把手伸出来。"吉米说,但迈尔斯两次挣扎着站起来,两次又倒在地上。

怀亭夫人和轿车人士从砖路上来时,迈尔斯的一只眼睛已完全睁不开了,另一只剩了一条缝。两人面对面坐在路的两侧,好像同属于打输的一方,而胜利者不知怎么跑掉了。手铐还拎在警察的手上,迈尔斯看得出这让他难堪。"您走吧,怀亭夫人,"吉米说,呼吸像被卡着脖子似的,"我喘过气来就把这事办完。"

那些生意人显然有些害怕,离这两个本地人远远的,从草地上绕着走。

"你让我吃惊,宝贝。"怀亭夫人说,"有什么大事不能等到明天?"

迈尔斯听到院子那头轿车车门的开关声,金钱把自己封起来的稳妥高级的声音。她可能等着他说快乐汉的事,他决定让她失望。"我只是来通知一声,帝国烤肉店你可能要另请高明了。"

吉米·明狄停止了抚摸他那打破的鼻子,听着这对话。

"你似乎得到了某种启示,宝贝。"怀亭夫人说,"不过我有个建议。何不三思而行呢?冲动的决定很少是明智的。"

"你几时有过冲动?"

"啊,我是很少像性情较为浪漫之人那样心血来潮。"她承认道,"但我们生来如此,无法纠正的就必须忍耐。"

"无法纠正的就必须报复,"迈尔斯说,"你是不是这个意思?"

她欣赏地微笑了,"回报是我们忍耐的方式,宝贝。现在,你要再说一句气话,我就必须惩罚你了。你应该先停下来想一想,不光是你自己的未来,还有你女儿的,她再过两年就需要上大学的资助,像你当年那样。"她停了一下,让他体会这话,"当然还有你弟弟和其他要靠帝国烤肉店维持他们那应当说是微薄的收入的人。不过,最终还是取决于你,像以前一样。"

"力量与控制,对吗,法兰辛?"

这是他第一次直呼她的名字。这么多年他差不多把它忘掉了,奇怪会在这个时候想起来。

如果这么亲密的称呼冒犯了怀亭夫人,她努力掩饰。"啊!"她假装愉快地说,"你听了我的小小教导,是不是,宝贝!我总不能肯定。"说完她转身灵巧地绕过他们朝林肯走去。

"他更喜欢我母亲,是不是,怀亭夫人?"迈尔斯在后面叫道,"这就是一切的原因,是不是?"

她站住了——静止了片刻,然后回到他坐的地方。"我不是基督教忍耐的典范吗,宝贝?我没有宽恕你母亲的冒犯?我没有欢迎她走进被她毁掉的家?我没有给她一切机会履行你们天主教徒一天到晚讲的补偿和赎罪?"

"赎罪?难道不是报复吗?"

"啊,就像我对我丈夫解释过的一样,在这个关系中我们每人都能有一点收获。"她走开去,又停下转过身。"说了这些,我不希望留给你一个错误的印象,宝贝。我非常喜欢你母亲,就像我非常喜欢你一样。最终我想她也高兴事情未如她所希望的那样发展。我愿意认为她认识到了生活的大荒唐。"

然后她低头看着警官。"你能锁上门吗,吉米?那把锁有点僵,需要哄上半天。"

"交给我好了,怀亭夫人。"

迈尔斯不禁笑起来,他对这个女人作了二十五年类似这样的保证——他母亲最担心的一种命运。林肯从石门柱间轻快地驶出去,白轿车跟在后面,迈尔斯感到有什么东西在蹭他的胳膊肘,低头一看,是丁姆,准是在怀亭夫人开门时溜出来的。这畜生似乎对迈尔斯已经受到的伤害感到满意,没再使坏。

吉米站起来,伸手拉迈尔斯,他接受了,然后举起手让戴手铐。吉米把他带到卡麦罗那儿,猫跟上来,吉米把它踢开了,踢得很重。

迈尔斯试图回忆上次坐跑车的感觉,可是记不得了。引擎在他脚下像困兽一样嚎叫。夏琳曾坦白说她觉得这是性感的声音。人类的愚蠢。出了大门,吉米把卡麦罗挂到停车挡,走回去锁门。正如怀亭夫人预言的,这个活儿不容易,迈尔斯听到他诅咒那把锁。

"你不应该回来的,老伙计。"吉米坐回车里时说,"你妈妈说得对。我永远忘不了她那样对你尖叫,我猜这就是在这一切开始之前我想说的。"他的"这一切"似乎是从九月里他发现迈尔斯把车停在小时候住的房子外面算起。"听到她那样对你喊我真是挺难受,她快死的时候说的那些话,而你只是想帮忙。"

迈尔斯闭上眼睛,听到她的声音,记忆依旧鲜活、可怕。走,迈尔斯,你在杀我,你不懂吗?你在这儿是在杀我,杀我。

"我难不难受你反正不在乎。"

"能帮我个忙吗,吉米?"卡麦罗缓缓驶上帝国大道时迈尔斯说。

"当然。"他似乎急于证明尽管经常被残酷虐待,他却不是那种不肯帮忙的人,如果对方好言相求。

"叫我弟弟星期天一定带笛子去波士顿。"

他把对女儿的保证给忘记了,如果没忘,也许能阻止他走上这条错路。他记得几分钟前想过以后有的是时间后悔,"以后"来得多快啊。

第 三 十 章

　　蓝桌笼罩着蓝色的忧郁。笛子不知这有没有一点点可能是因为约翰·沃思一直没来,其实他以前坐在那儿的时候也跟没来似的。就连平时能从上课铃聊到下课铃的田西西今天也安静了。笛子想搞清楚的不是那女孩的沉默(这她理解),而是事情如何发生:更具体地说是发生得快还是慢。她从最近的经历知道整个世界会在瞬间改变,但她怀疑这快只是幻觉。

　　就说田西西吧,她们是昨天成为朋友的,还是这友谊从九月份就在发展?两人显然都感到突然。田西西昨天下午那感激和不敢相信的表情,生动证明了她看到肿着眼睛的笛子站在她家门口时是多么吃惊。上个月她老建议笛子哪天放学后去她家,一起上河边走走,但她那随便的口气好像并不真正指望这事发生。

　　笛子没费什么劲就找到了田西西跟她妈妈和她妈妈目前的男友住的地方——河滨街的一幢三层楼。河滨街与河平行,在瀑布下游,是帝国瀑最差的区,是工业镇时代最穷的法裔加拿大移民住的。只有街的北边建了房子,这是有原因的:在帝国纺织厂的辉煌时期,溶剂和染料直接倒进河里,把瀑布下游河岸染成赤橙黄绿,颜色依日子和批量大小而定。倾斜的河岸上一圈一圈,像树干上的年轮,不过是彩色的,它们记录的不是年数而是河水的涨落。现在,五十年过去了,依然只有最顽强的野草和灌木在河滨街以南生长,定期清除灌木时,还能惊讶地发现没完全褪掉的黄绿色和红紫色。

她家在二楼,门在摇摇晃晃的外楼梯顶端。开门的女人高高大大,没穿胸衣,头发脏兮兮的,看年纪不像有一个十六岁女儿的人。她打开门时,笛子感到一股不卫生的热浪,看见一个岁数像她爸爸的男人穿着网眼紧身背心坐在小餐桌前,绷着脸聚精会神地看斐尔港沃尔玛的广告。"嗨,糨糊!"那女人回头叫道,没跟笛子打招呼。"甜甜!有人找你!"然后她就走开了,由笛子去决定进或不进。她觉得还是待在外面合适。看到这个可怕的女人,使笛子对最近与她妈妈的争吵有了新的看法。

从厨房门口看到她时,田西西脸上一亮,然后又暗下来,对笛子·罗比这样的女孩出现在她们这个破地方感到困惑而窘迫。上次她这样惊讶是在九月份,这个女孩跟她和其他榆木一起上美术课的时候。

"你好?"她抱歉地说。

"去走走吗?"笛子说。

"好啊。"田西西的脸马上又亮了,好像见到了百年不遇的机会。

"总之,"走到河岸下田西西说,"我现在跟贾斯廷好了。"

一个干燥的十月的月底,水位很低,她们从一块石头跳到另一块石头能走出去很远。在岸上看好像能一直跳到对岸似的,但笛子现在看到越往河心石头间距越大。风也比岸边冷,所以她们改变方向,朝下游河湾走,那儿的河岸可以挡风。

"贾斯廷。"她们找了两块大石头坐下后笛子说,想到田西西和贾斯廷,她不由得微笑起来,他这学期一直在折磨田西西,描绘约翰·沃思对她的畸恋。笛子又想田西西大概没意识到她如此迅速地从一个男孩换到另一个男孩(在感情上,如果不是肉体上)是在模仿她的妈妈。

"他真的爱我。"她解释道,似乎那男孩对她的感情才是决定性因素,而不是她对他的。

"那萨克呢?"

"他出院后可能要打一架。"田西西认命地承认。

奇怪,为田西西打的架好像积压起来了。这星期她斐尔港的那位前任男友,据田西西讲坐过牢的鲍比找到她们学校,站在校门外要找他没见过的萨克·明狄,却不知他来揍的那个男孩当天早上因小腿伤口感染住进了医院。不知为什么萨克拖了那么久才去看,说他不记得怎么受的伤,但猜想是橄榄球训练的时候。急诊室的医生觉得不像是打球时受的伤,马上给他用了抗生素。萨克的烧一直不退,昨天医生还留他继续观察,但他们对他和他父亲保证,只要不再出现高烧,星期五就放他出院,不妨碍他星期六打球,本赛季最后一次主场比赛。

"你觉得贾斯廷能赢吗?"田西西懒洋洋地问,仿佛这是一个谜,像超人和绿巨人的较量。

"跟萨克还是鲍比?"笛子问,其实没有区别,贾斯廷哪个都打不过。

"萨克,"田西西澄清道,"我想鲍比不会找贾斯廷,他只想跟萨克干一仗,因为他听说萨克很凶。"

虽然避过了最厉害的风,还是挺冷的——而且天暗下来,虽然还不到四点。不过,来这里还是个好主意。笛子感到心情渐渐好起来,被背包拽过的肩膀还疼着,但那天她主要是吓着了,并没怎么受伤。而且像经常做的那样,跟田西西聊天让她轻松,虽然她怀疑对方比你处境更糟能否作为友谊的基础。两个女孩沉默了一会儿,听着河水从身边流过。

"你跟萨克在一起的时候玩过手枪游戏吗?"田西西问。

笛子观察着田西西的表情,发现她眼睛里有恐惧。"玩过一次。"她承认道。

"他说你们老玩,他还想让我玩。"

萨克称之为"波兰轮盘赌",是一个玩笑。他打开了他爸爸的一支左轮手枪,让笛子看枪膛里没有子弹。你要把枪口对准自己的脑袋扣动扳机。他说这是测验你有多理智。如果你的感官证明枪是空的,那你就没理由害怕。只不过它还是一支枪,你的大脑不能忘记。"不过是挺刺激的,"他承认道,对她咧嘴一笑,"因为如果你搞错了,里头有一颗子弹,你没看见呢?"

"发现别人对你说谎你不生气吗?"田西西说,显然是指萨克说他跟笛子老玩这个游戏。

"田西西,"笛子说,"对我保证你永远不玩?"

"行。"她耸耸肩,对朋友一说,她的恐惧似乎就烟消云散了。

"不,我是认真的,"笛子说,"现在就对我保证,不然我们就不是朋友了。"

"行,行。"田西西说,认真了一些。然后,"我们是朋友?我能跟人说我们是朋友?"

"当然,为什么不能?"看到田西西如此需要,笛子想如果她对约翰·沃思说了这话会有什么效果。如果每个人在这世上需要的只是确信有一个朋友?如果你就是那个朋友,而你不肯说这么简单的话?

天几乎黑了,往回走时岸上的一点动静吸引了她们的注意。上游约五十米处,就在河道开始折向帝国瀑的地方,站着一群穿西装的人,抖抖索索但很专注的样子,他们好像在听一个女人讲话,笛子认出是怀亭夫人,帝国烤肉店就是她的,据爸爸说城里大部分财产也归她所有。透过秋天光秃的枝桠刚刚能看见一辆白轿车歇在路上,它吸引了田西西的目光。"哇,"她赞叹道,"你想不想哪天坐坐那个?"

但笛子注意到的是那个女人也看见了她们。虽然她和田西西紧挨着站在一块大石头上,笛子却相信怀亭夫人不是在朝田西西而是在朝她微笑。

慢,笛子断定了,事情是慢慢发生的。她不大清楚对世界运动的这一认识为何重要,但她觉得它是重要的。它甚至可以说明比尔·泰勒不是非常好的画家。他的艺术是快的,他总是说光线变化多快,要"袭击"你的画布,记录下你看到的东西,因为你永远不会看到同样的景象了。笛子理解他的意思,但还是觉得反过来也正确。

拿她的父母来说,当时他们的分居像晴天霹雳,可她现在认识到它是一个缓慢的过程,根源在不满和需要——实际上在两人的性格。也许这件事对笛子来讲是突然的,但母亲那目光接触—调情—不贞—离婚—再婚的缓慢进程就像爬楼机,顶点可能就是下一次同样缓慢而不可避免的攀登的开始。

就是这样,她得出结论。事情发生得慢并不表示你就有准备。如果发生得快,你会提防各种突然性,知道速度的厉害。"慢"则遵循完全不同的原则,让你错误地以为有许多时间准备,掩盖了关键的一点:无论事情发展多慢,你总是跟不上。

美术教室有一长排窗户,对着学校那片巨大的停车场,只有男生篮球赛时才停满过。今天下午只有前三四排有车,坐在蓝桌旁的笛子能望到第三、四排之间通道的尽头,这意味着有八九位停车者遵守了沥青路面上画的黄线。停车场过去是一个缓坡和椭圆形煤渣跑道,爸爸跟她讲过一件在那里发生的趣事。再过去,开阔的旷野尽头有一排树,标志着湿地的开始。笛子从两排汽车间远远看到那边有一点不易察觉的移动,仿佛一个小球在平静的湖面上随着微风上下漂浮,只是那儿没有水。

笛子漫不经心地看了一会儿那东西上下浮动和斜移,然后把视线转回她画的静物上,两天前就画完了,但不知为什么总感觉没有完成。也许是她看不出画得这么差的东西怎么能算完成了。她还担心这幅画的问题可能是早期错误决定的结果。更糟糕的是，她不能确定这错误决定是在于罗德礼夫人选择了丑陋的牡丹还是在于她自己。她决定画出牡丹的丑陋是可以辩护的，她认为，但现在她发现自己把旁边的花也画得像传染了腐败一样。如果使东西看上去比实际漂亮是作假，使它们比实际丑陋应该也是。她可以对这幅画修修补补，在小的方面作出改善，但改变不了它本质的虚假，只有从头开始才行，可是太晚了，下星期就上新的单元。

她偷看了一眼田西西的画，惊讶地发现画得不赖。到目前为止她只是重交了去年的作业，笛子不会建议她那么做，因为去年田西西就是因为这些作业而同一门课不及格。但罗德礼夫人似乎一幅都不记得，这学期田西西还没有一幅作业跟去年得的分数相同——笛子认为校长梅尔先生可能会有兴趣了解。罗德礼夫人打分令人寒心地跟学生家长的收入相对应这一点已经报告到梅尔先生那里，这也许是田西西今年成绩好了一些的原因。

朋友的画给笛子最突出的印象是，她恰恰做到了罗德礼夫人的要求——记住牡丹的美丽并画出这一记忆。可以说这艳丽的粉红色爱情之花对田西西是最合适的题材。看到她画得这么好，笛子既高兴又为她难过。昨天从河边回来的时候，她和田西西通过交换秘密加强了友谊。当然，田西西一学期都把笛子当作寄存秘密的仓库，但笛子是第一次回报。

田西西吐露的秘密是她跟贾斯廷做爱了，也许因此他今天上课才这么安静，每次他抬起头来时，两人交换着羞涩的、受了惊吓的微笑，充满感激、惊奇和后悔。笛子告诉田西西的秘密是九月中是她拾起了那把美工刀，刀子一直没有找到是因为它妥帖地塞在她书包的侧兜里。她还对田西西承认她没把刀子放回用品柜是因为她愿意拥有一样武器，当然这对一个和平主义者来说有点荒唐，笛子认为自己是和平主义者。实际上，她每次拿出刀子，摸着那凉冰冰的表面，她的左胳膊就开始发麻，必须赶快把它收起来。她知道应该今天下课就把它放回用品柜,但笛子知道她不会,并知道这是因为萨克今天上午出院了,她课间在走廊里碰到他,看到他盯着她和田西西的目光。刚才十分钟里她一直等着教室门会被推开,萨克走过来坐到蓝桌旁。笛子不禁有不祥的预感,尤其是昨天她爸爸跟萨克的爸爸那样闹过之后。

到现在还难以置信,爸爸要坐牢了,据大卫叔叔说,他出了医院就要进监牢。萨克的爸爸昨天一到警局就想把他关进去,但警长把他们直接送到了帝国总医院,笛子还没获许去看他。在家等她的叔叔和夏琳说,他们请的律师认为他不会关多久,但他无疑会被拘留,必须提出保释。大卫叔叔说更主要的是他很难为情,不想让笛子看到他现在的样子。他希望她了解他多么抱歉破坏了星期天去波士顿的计划,但大卫和夏琳会带她去的。不等她发觉,一切又会恢复正常的。

夏琳和叔叔起身离开时,笛子想起问问妈妈在哪儿。她迟迟没回家就是害怕那不可避免的局面。在帝国大道上大吵之后,妈妈会像一个篮筐,在愤怒和焦虑之间荡来荡去。沃特在后面晃着,把一切弄得更糟。

两个大人交换了一个尴尬的眼神,表明这正是他们希望她不要问的问题。"她很快就会回家的,"夏琳告诉她,"她在医院呢。"

"她能去看爸爸,我不能去?"

然后他们告诉她詹宁看的不是她爸爸而是沃特,他因脑震荡和手臂骨折而住院。他们不情愿地解释了是怎么回事。

她又想到一个问题,"谁来开餐馆呢?"

"今晚关了,"大卫承认道,"没办法。你想过来跟我们一起吃玉米卷吗?烤炉里有一百五十份呢。"

这就是他们做的事情,三个人坐在角落的一张座位上,关上餐馆所有的灯,默默地吃着玉米卷,看着汽车开进停车场,看到门上的牌子后开走。

同时笛子在心里总结了一下,在同一天中,她妈妈差点用背包挂着她沿帝国大道拖一路;她成了田西西·伯克的好朋友;她爸爸扳折了沃特·科莫的胳膊,然后跟警察打架被送进了医院,一出院就要进监牢;帝国烤肉店挂出了"暂停营业,开门时间另行通知"的牌子。还没算上前几天发生的可怕情况。

可是一切很快就会恢复正常吗?

笛子发现远处那个上下浮动的东西还在浮动,但近了一些。它看上去像个人头,当然这是荒诞的。她好奇地望着,看它会不会变得合理,还是继续荒诞。她几乎要断定是后者——也许要承认这是个非理性的世界,她认识的人(比如爸爸)会变成她不认识的人,整个世界倾斜过来,固体变成液态,像达利①画上的物体那样,离开了身体的人头会在起伏的草浪上漂浮——可是这一个上下浮动的人头在她眼前变化了,把世界又扳了回来,虽不能说完全扳回。她发现那人头是约翰·沃思的,它不是在水上或草浪上浮动,而是在他的肩膀上。她所看到的是那男孩平常晃晃悠悠的大步,从远处的旷野走来,穿过煤渣跑道,他的身体被地形挡住了,走到她爸爸曾经对怀亭夫人新林肯车失控的那个缓坡时,男孩的脖子、肩膀和身子才露出来,看得出是个人形。然后他同样突然地改变了路线,消失在一排排汽车后面,消失得那么彻底,以至于笛子怀疑刚才是不是她的想象。

最能证明她所见为实的是,她的左胳膊麻了。

当他进来时——一个十六岁的男孩胳膊下夹着个折叠的购物袋,笛子意识到的是他的消失令她多么轻松。虽然对这感觉非常

---

① 达利(Salvador Dali,1904—1989),二十世纪最伟大的超现实主义画家,生于西班牙。

惭愧,但她无法否认。此刻一看到他——低着头,佝偻着肩膀,带着坚决的缄默,似乎以为他能走进美术课堂接上他以前的功课,笛子想起了上周她努力忽略,连对爸爸都羞于承认的念头:没有这个男孩,每个人都舒服一些。

并不是说这些麻烦是他造成的,她知道不是。甚至他奶奶的事也不能真正怪他。在某种程度上,约翰·沃思就像耶稣——也许无辜,但却是所有麻烦的中心。如果耶稣离开,加利利的一切会恢复正常,就像爸爸保证在帝国瀑很快会看到的那样。所以,当笛子再次看到约翰时(她是第一个看到的,因为她一直留意着门口,等着门被推开),一个来不及收回的愿望冒了出来,但愿他再次消失,这次永远消失。死?她是这个意思吗?她希望不是。没人会希望这个男孩——这个被装入洗衣袋吊在黑暗壁橱里的孩子不存在。只是希望他不要在这儿,因为这儿已经证明不适合他。她似乎体会到耶稣门徒们的感觉。他们当然从来不希望他被钉死,但当大石头堵上墓穴入口时一定是极大的解脱,封上了一切,他们可以回去干捕鱼的老本行,而不是做他们不在行的打捞人的工作。难怪他们后来在去大马士革的路上认不出他,他们不想认,就像笛子不愿欢迎这个可怜的男孩回来一样。

除了无辜之外,约翰·沃思当然根本不像耶稣。他一向不就是一个沉默、阴郁、愤怒的包袱?没人愿意负担,包括笛子。除了她爸爸给了他一份工作和笛子给了他最低限度的关心之外,惟一对他好一点的人就是他的奶奶,而他的回报是把她的尸身像块破布一样丢到垃圾场。应该说他的失踪是件好事,让整个可怕的故事从人们意识中消失。五天来德克斯特县的人是都在找他,但事实上没人希望找到他。有没有这么一个词呢?笛子想,人人都在寻找而又希望找不到的东西?你暗自庆幸它彻底消失,惟恐找到了会怪你。

约翰·沃思不慌不忙地穿过教室走到蓝桌前,在离笛子只有几英尺的地方停住了,显然发现没有他坐的地方。实际上,从他失踪后那一天起,蓝桌就少了一把椅子,笛子理解这表达了每个人隐秘的愿望。她看到罗德礼夫人从讲台后站起来,居然似乎在考虑过来巡视。其他人都目瞪口呆地看着。

约翰没有看任何人一眼,把袋子搁到桌上,闷闷的一声。距离这么近,笛子能闻到他的气味,是九月份他到餐馆打工之前的那种腐臭味。他的衣服是湿的,沾着泥土,乱发里夹着枯叶和树枝。教室里鸦雀无声,笛子左半边身体失去了知觉,她把手伸到书包里,在侧兜中美工刀的旁边有一块三明治,她每天都多带一块,预备那男孩出现。

贾斯廷第一个开口。"嗨,约翰,"他说,好像这是平常的一天,平常的一节课,"袋子里是什么?"

一开始他好像没听见,当他终于伸手到袋里掏出那把左轮手枪时,笛子觉得他也许不是在对贾斯廷而是在对他自己脑子里的声音作出反应。手枪看上去像古董或是道具,木柄长枪管。他毫不犹豫地瞄准,扣动扳机,贾斯廷在惊叫声中消失,他只是不再坐在那儿了。罗德礼夫人走到一半,停在静物写生的瓶花旁边,不能前进也不能后退,叫都叫不出来。第一声枪响的回音还没消,又响了两声,罗德礼夫人跪倒下去,胸口开出一朵大牡丹,花瓶掉到地上,摔碎了。

"啊呀啊呀。"田西西带着哭腔说,笛子在第四声震耳的枪响之前朝那男孩挥出手去,她不知道有没有碰到他,但看来是碰到了,因为约翰·沃思缓缓转身看着她。两人都站在那里,她不记得自己什么时候站起来的。她听到或想象听到身后的门开了,同学们逃了出去,她希望自己的腿也能那么做。她能感觉到视野在变窄,像快要昏倒前那样。她朝田西西坐的地方望去,可那女孩已经不见了,希望这意味着她逃走了或是躲在桌子底下。她希望田西西不要受伤,因为她们是朋友了。

笛子想到萨克那愚蠢的游戏让她为这一刻作了准备。她尽可能勇敢地面对着约翰·沃思,知道一切很快就会结束。现在她的视野已经窄到几乎看不清他了,他满脸是血,眼睛几乎是悲哀的。他的声音从很远的地方传来。"这就是我的梦。"他告诉她,回答了她很久以前的问题。然后他扣动扳机,笛子听到了她相信是她听到的最后的声音,感觉自己朝后倒入黑暗中。

第三十一章

城那头,迈尔斯·罗比坐在病床边上,脑子里清点着他需要向哪些人道歉,其中一位——他的前岳母走了进来,坐到门边的一把椅子上哈哈大笑。迈尔斯用那只好眼睛看着毕姨,另一只眼仍然被脓血和瘀肿封着。她终于止住笑,一面喘气一面说:"对不起,迈尔斯,我不是笑你。"

像谎话通常那样,这一个对穿着磨得几乎透明的病号服的人显得特别无力。他一个人住了间双人病房,所以他的前岳母好像不可能在笑别人。另一张病床上原先住的恰恰是吉米·明狄,让迈尔斯怀疑医院是不是有让斗殴者合住一间病房的古怪规定。实际上吉米·明狄把迈尔斯打得更重,所以警察出院后,肾脏撞伤、肋骨破裂、掉了两颗牙、尿中带血,服药后仍头晕无力的迈尔斯还留在那里让来访者嘲笑。昨晚到今天早上来了六位,尽管因昨晚服了止痛片而有些记不清。大卫和夏琳当然来过,马可神父带来消息说圣心和圣凯瑟琳终于要正式合并了,他本人在等着调任,不知会去哪里,他猜是更冷更北的地方。连詹宁都来了一小会儿,她说这倒很像他,离婚后终于做出一些有趣的事情。她还问他有没有发现,掉了两颗门牙的他开始有点像马克斯了。至少她没带笛子来,他很感激。

一小时前他问护士要昨晚那种美妙的止痛片,但她微笑着摇头说,"哦,我想不行。"好像完全了解他是个会上瘾的坏孩子。作为补偿,她给了他两片差劲得多的泰诺三号,可他的脑袋还像一个顽童提着的溜溜球。几分钟前毕姨大笑着走进来,他病房楼下车库(无疑是设计缺陷)中的三辆救护车尖叫着冲出医院,天知道赶往哪里——警笛响得他脑袋要炸开。他知道这一切都是他自找的。

"我刚才在走廊上探头看了一眼,"毕姨终于解释道,"你没看见那个矮脚鸡。"

沃特·科莫当然排在迈尔斯需要去道歉的对象前列。他之所以坐在床边而没有躺着,就是因为在考虑如果慢慢地,拄着去卫生间时用过的助步架,能不能走到大卫和夏琳告诉他的那个房间。他想银狐狸可能会高兴看到害他手臂骨折和脑震荡的人现在这副惨象。

另一方面,眼前放着一个道歉的对象,为何要费劲走那么远呢?"毕姨,"迈尔斯垂下头说,"我都不知道怎么说我有多抱歉。"

"不用,他活该。"

"不是那个,"迈尔斯的声音在脑子里有奇异的回响,像越洋电话被卫星反射,"是酒吧。我应该料到的,料到那个女人会做什么。"

毕姨拉起他的手,看着他还没消肿的手指。"说到酒吧,今天早上有人出价要买它。"她抬头看着他,"你好像不大吃惊。"

"怀亭夫人?"

她耸耸肩,"是波士顿一家律师行,通过本地一家经纪人,不过,我猜也是那个女人。"

"价钱不错?"

"可能比实际价值高三四万。"

"你应该接受。"

"我知道,也许会的。"她久久地、深深地看着他的眼睛。

"接受吧。"

她点点头,"可我还是想,去她的。"

走廊上有动静,先是喊声,然后一个医生和两个护士急匆匆地跑了过去。

"我想李·贝利①都不一定斗得过那个女人,"迈尔斯说,想到那女人,他身心感到可怕的疲惫,"至少在德克斯特县。"

"你怎么知道?"毕姨说,"二十年没人试过了。"

"有原因的。"

毕姨站了起来,显然感到失望。"好吧,我该走了,别把你累着。不过告诉我一件事,你就不想辉煌一下?"

他不禁笑了,"看看我,毕姨,"其实她已经在看,"我这不刚辉煌过嘛。"

她走后,迈尔斯走到窗口,隔着停车场和一行枯树眺望灰色的河水。

还有一个探视者,昨天夜里,他记不得是几点,也许是今天凌晨。他在药物作用下昏昏睡去,忽然惊醒,发现辛迪·怀亭坐在他床边。她的外貌几乎跟她的出现一样令他吃惊。迈尔斯觉得她看上去与她母亲惊人地相像,或者说像迈尔斯想象怀亭夫人久病之后的样子,假设有病毒胆敢把她当作寄主的话。很难说辛迪自上次球赛后掉了多少体重——是三星期之前吗?她面容苍白憔悴,手臂上的肉松松垮垮。

"你醒了。"她说。

"你来多久了?"

"一会儿,"她承认道,"你知道我刚才在想什么?多奇怪,你跟我正好是同一天在这个医院出生的。"

---

① 李·贝利(F. Lee Bailey),著名律师。

"几乎是同一个时辰。"

"我一直觉得像个征兆,我们天生该在一起,差一点实现了,是不是,迈尔斯?"他没有应声,她接着说,"你记得我们接吻的那次吗?"

他记得,那是一次迷乱中的冲动,但无法收回或从记忆中抹去,上帝知道这些年他试过。那是在病入膏肓的格瑞斯从怀亭家搬进医院的前一夜,她在医院又活了四十八小时,大部分时间昏迷不醒。那年的六月非常热,两星期前,在格瑞斯的坚持下,刚从礁岛回来的马克斯带着大卫去海滨了,名义上是去帮着漆房子,其实是不让他看到妈妈死。罗杰·史佩里已经病逝,去年十月回来的迈尔斯每天长时间在帝国烤肉店照料。他庆幸有这个分分心,尽量延长工作时间,虽然心里惭愧:放弃学业回来陪垂危的母亲,却成天躲在餐馆里,二十一岁的人跟十二岁的大卫一样不能面对母亲的死。格瑞丝把仅存的一点气力用来表达她对他决定辍学的愤怒——应当说是狂怒。虽然学年已经结束——上个月他去参加了皮特和多恩的毕业典礼,她再发脾气已经没有什么意义,但格瑞丝在昏乱和痛苦中抱住了她的愤怒不放,好像只有它能让她活下去。她不断地问,难道他看不出他在跟前只是增加了她的痛苦吗?随着她病情的恶化,他尽量推迟看望时间,根据病的规律,经常在她可能睡着了或是在强吗啡起镇静作用时到怀亭家。

是辛迪·怀亭(她自己刚从奥古斯塔回到帝国瀑)当了他母亲忠实的护士和陪伴。迈尔斯在餐馆打烊后过去时,经常看到她在格瑞丝的床边轻轻哭泣。在辛迪现在提起的那个夜晚,他去的时候母亲醒着,一看到他在门口就把头扭了过去。这个动作如此无力而又如此强烈,迫使他退到了走廊上。辛迪站起来跟着他,用力拄着拐杖把门轻轻带上。她的眼睛因为她自己的痛苦而红肿着,搂住她似乎没有什么不对。当她抬头迎向他时,他们亲吻了,如此充满需要的吻会有什么害处呢?当然,他应该打断它,然而他没有。这一刻鲁莽地持续到他的手从她的毛衣下摸上去,伸到胸罩下面,轻轻握住她的乳房,感到她的身体微微颤抖。他们那样依偎了一会儿,直到屋里传来一声痛苦的呻吟,辛迪小声说,"我马上回来。"就回他母亲病床前去了。

可怜的跛腿的女孩,她什么也做不快,等她回来时,他已经走了。

"我记得。"他说,为记忆而发窘。

然后她说了句令他吃惊的话。"你知道有人追过我吧,迈尔斯?"

"我很高兴,辛迪。"他说,感到自己脸红了,因为他没有想到。

"我希望你知道,因为我明天就走了。我在家情况不太好,从来都是。奥古斯塔有个男人喜欢我,我也还喜欢他。不是特别美好的生活,但我在那儿能看得清楚,把事情看清楚对我很重要。我希望你知道有这个人,因为你总以为我不快乐,这伤了我的感情。好像你很久以前就断定我这样的人是不会快乐的。想到我的生活是场不幸让你难过,所以你干脆就不想到我。你不打电话问问我怎么样,因为你以为你知道。你想不到我也可能快乐……我可能想跟你分享。"

"对不起,辛迪。"

当看到他吐不出更多的话时,她说:"对你来说,知道我永远爱你有那么可怕吗?"

"不,当然不。只是我是一个多么不称职的朋友,辛迪,从一开始就是。"

"你伤我的感情总能比别人伤得更重,但那只是因为我对你有感情。你从来没想伤害我,从来没有,我知道。"

她站了起来。

"记得你想让我读懂诗歌吗?"

他点点头。

"其实我懂的比你想象得多。只不过看你着急那么有趣。"

"多谢。"

"你不知道,我其实很像我妈。"

"没人像你妈。"

在门口她站住了,转过身看着他。"她跟你还没有完,迈尔斯。"

他点点头。"我知道。"

花了一会儿工夫,但他终于穿上了衣服,不想穿病号服走过异常空荡荡的走廊。近处的走廊门刚刚关上,人们的奔跑和叫嚷声还在楼梯上回响。护士室空无一人,附近有一个对讲机在大响,但静电噪声太大,听不清楚。他走到一半,走廊尽头的双扇门突然打开,面色苍白的道斯警长走了进来。"迈尔斯,我在做放疗时接到电话。"他说。

这解释了为何一个平时如此注重仪表的人现在衬衫只塞进去一半。

"你最好跟我来。"警长接着说。

迈尔斯后来才回忆起许多细节。在漫长的时日中,它们像闪电照亮夜景一样重现,最终凑成了一个故事:那男孩,约翰·沃思,雕塑一般,满脸是血,锁在警车的后座,无人看守;在美术和工艺课教室所在的组合建筑中,从门口就能看到大部分的恐怖;画室内,中央是一张空木头桌子,罗德礼夫人趴在桌脚,脸朝下,双腿张开,前额浸在一摊水和碎玻璃中;旁边一张桌子底下是一个迈尔斯在烤肉店见过的男孩,萨克·明狄那一帮里的,头上一个大洞;最后是小奥托·梅尔,瘫靠在门边的墙上,一手按着胃部,仿佛得了严重的消化不良。

迈尔斯当时没看懂,没有真正看懂这一切,还有那拥在外面的学生,有的呆若木鸡,有的在哭泣,中间夹着惊惶的教师。道斯警长已经被让进校门口仓促设立的路障,但第一批狂乱的家长已经来了,把汽车扔在车道上,草坪上,路中央,任何地方,然后从各个方向穿后院冲进校区。许多臃肿的中年妇女,有的滑倒在潮湿的草地上,咕哝着爬起来继续跑,视线几乎完全被眼泪和她们从未有过,甚至从未想象到的恐惧挡住了。迈尔斯看到了而又没看到这一切,跟道斯警长走进贾斯廷、罗德礼夫人和小奥托·梅尔倒毙的教室时,他也没有真正看见任何活人。几位警察和县里的官员在轻轻地谈话,似乎不想被对方或死者听到。吉米·明狄也在其中,两个眼眶青着,鼻梁上架着金属保护板,试图跟他儿子说话,那男孩老是转过身去,最后两手使劲把他爸爸一推,一只手上缠了带血的绷带。

迈尔斯只是模糊地感觉到一位警察抓住他的胳膊肘,使他没有踏进血泊、玻璃和积水中,还有肩膀上道斯的手在引导着他——他后来惊诧一个病重之人竟然有那么大的力气。是道斯最后问了一句,这个到圣诞节也将作古的人,他的声音充满了整间屋子:"这人的女儿在哪儿?"

在事后那段痛苦的时期,迈尔斯最无法原谅自己的就是在走进教室时,他从她身边走了过去。她蜷缩在门后的角落里,他不断提醒自己,试图用理性解释,但他的内疚无法承认理性。他从她身旁走了过去。他问自己,父亲不应该有某种特殊感应,能告诉他女儿在哪里吗?她不是他的独生女儿吗?更好的父亲应该蒙着眼睛在黑暗中也能找到她,她的痛苦像无形的灯塔。他在那间屋子里站了多久,背对着她,像对这个亲爱的女孩说别人比她重要?一连几个月,这想法都会在午夜把他惊醒,在他对其他恐怖已经适应了很久之后。

是守在门边的那个年轻警察,就是九月份在老房子前找迈尔斯麻烦的那位,拍了拍警长的肩膀说,"在这儿,警长。"他似乎在迈尔斯朝女儿走了一步之后才认出他来,提醒他,"小心。"

屋角的女孩看上去不大像笛子,但他当然知道是她。她的表情是他从未见过,也从未想到她能有的。他起先没看出她握在胸前的东西:一把美工刀,两只手紧紧地攥着,好像刀刃有三尺长似的。当一只眼肿得睁不开、掉了两颗牙齿、可能一下子认不出来的迈尔斯朝她走出那第一步时,女儿挥了挥刀子,警告他别过去,喉咙里发出漱口似的声音。

他跪到她的身边,说,"笛子。"声音几乎和她的一样奇怪,他很少使用这种严厉的声音,只有在他真正要她注意的时候才用。他不知道这是不是合适的声调,也不知道跪在那儿一遍遍叫她的名字是否正确,因为他不知道她缩回去了多远。他后来记不得叫了多少声她的眼睛才有了闪动,又叫了多少声她的目光才有些聚焦,看到了他是谁。在那一刻她突然回来了,她的表情先是放松,然后崩溃,她哭了出来,连声叫着"爸爸,爸爸,爸爸",好像她不知道他可能有多远,或是无论她刚才在哪儿,她一直数着他叫她的次数,现在数还给他。

大卫后来惊讶像他哥哥那种状况的人是怎么能做到的,把女儿搂进怀里,用他那不太温柔的狗熊姿势把她抱出门去。后来迈尔斯本人会记起他们出门时吉米·明狄的话:"我们就这样让他走了?"

还有道斯的回答:"你管好你自己的孩子,吉米,我们都只管好自己的孩子,行不?"

第三十二章

　　四月初天气转暖，迈尔斯从报上的气象图看到反常的气温往北一直延伸到缅因，那里刚经历了异常严酷的寒冬，一场接一场的东北风，每星期都抛下一英尺新雪。最近一场雪后他跟弟弟通过话，大卫报告说四月一号愚人节帝国瀑半数的居民还在汽车天线上缚着小红旗，以便在高高的雪堆之间倒车时能让人看见。全市除雪的预算一月底就用完了。

　　"生意很快就会好起来。"大卫补充说，冬天大部分时间不景气，一方面因为天气，一方面因为帝国烤肉店关门后，许多顾客（尤其是斐尔港大学的那些）没有很快跟到毕姨的酒吧，尽管他们终于在校报上登出了广告。"我们会用得上你，迟早。"

　　"对不起，"迈尔斯对他说，"我想不行。"

　　"笛子怎么样？"弟弟问，两人都知道这没有真正改变话题。

　　"不错，"迈尔斯告诉他，"每天都在好转。"

　　"她不想回家？"

　　事实是她想，上星期还问能不能在葡萄岛高中春假期间回去看看，如果她说想妈妈，迈尔斯也许会松口，可她是想去看还在住院的田西西，还有约翰·沃思，他上个月刚被宣布不宜受审，被押回了奥古斯塔州立精神病院。迈尔斯还不能确定这种探望是否合适。

在枪击后的几个月中,笛子逐渐理解了那个下午发生的事情的大概。约翰·沃思打死了贾斯廷和罗德礼夫人,他还打中了田西西的脖子,子弹差点打断她的颈椎。然后他转向笛子,要不是梅尔先生挡了一下,也会打中她的。她甚至知道那男孩然后把枪对准了自己,扣了几次扳机,可是枪里只剩一颗子弹,一颗跟枪一样老的子弹(那是他去世多年的爷爷当兵时用的左轮手枪),子弹没有打响。

笛子知道的就是这么多,但迈尔斯不知道其中有多少是由记忆加强的。她连做了近两个月可怕的噩梦,可是不肯说,所以他不知道她经历的是记忆中的恐怖还是梦幻。他逐渐对她讲了一些他认为她应该知道的事情。一从弟弟那儿听到田西西还活着,他马上就告诉了笛子。隔了很久他又讲了梅尔,他曾经从后座扑上去从没有驾驶经验的迈尔斯手下挽救了棒球队,现在又用自己的命挽救了笛子的生命。另一些事情他始终没说。直到现在,四月份了,女儿似乎一点都没有想起当约翰·沃思把手枪对准田西西时,笛子伸手用美工刀在他脸上割了道从眉毛到耳朵的口子,还有,当她苏醒时看到萨克·明狄向她俯下身,她用同一武器切开了他的手掌。

如果她能抑制对这些细节的记忆,那就抑制着吧。从深渊爬上来是个漫长而艰难的过程,他不愿冒险回家太早,怕她又滑回去。一月中旬他甚至不想让她进葡萄岛中学上课——到现在仍不能确定是否做对了。新老师跟所有的人一样知道帝国瀑的事件,但似乎没将此事与她联系到一起。他们好像挺喜欢笛子,而且猜到她很聪明,就是不知如何解释她的恍惚和注意力不集中,迈尔斯决定不去点破。

这五个月他一直努力让她恢复,最近他才开始相信她能够完全回来。他们在岛上住的那一带冬天没什么人住,周末迈尔斯没有带她走荒凉的海滩或冷风飕飕的自行车道,而喜欢开车到埃德加镇,在狭窄、安静的街道上长时间散步,逛逛商店、画廊和图书馆,逛逛任何有人和能分神的地方。他知道枪击事件使女儿的世界变得危险,他想只有反复看到没有坏事发生才能使她复原。一开始进展如此缓慢,他都开始怀疑这计划是否明智。有时在餐馆听到的愤怒谈话就能让她抽泣和哆嗦起来。但她渐渐开始稳定下来,二月末的一天,他们去逛鱼市,龙虾池上贴了个手写的牌子:别碰公龙虾和母龙虾。她问柜台后的男人:"那我们能碰什么龙虾?"迈尔斯用了全部的毅力才没有把她抱起来跳着舞旋出门,跑到大街中央。

所以,当她上星期问他为什么坚决不肯在春假中回帝国瀑时,他撒了个谎,说他很可能被逮捕。与他分开的可能性仍然足以吓得她立刻放弃这个念头。他为利用她的恐惧而内疚,可是有什么办法?可想而知,他弟弟要难说通些。上次电话里,大卫直截了当地问待在岛上是为笛子还是为了他自己。"你想过詹宁吗?你知道,这件事让她也不那么好过。"

迈尔斯无法反驳这一事实。把女儿放到捷达里疾速驶离枪击现场,好像他有法定监护权,好像孩子的母亲没有发言权似的。当然,那时候他想到的只是逃跑。在葡萄岛漫长的寒冬中,他有机会思考这一切,思考的结果一切都没有改变。不是他不为前妻感到难过,她不该承受这些,他也感激她没有带着警察和律师来抓他。逃出帝国瀑都六个月了,他还没有跟詹宁说过话,笛子也没有。实际上,他只告诉了大卫他们在哪儿,但他想詹宁知道。一旦平静下来她就会想到的,如果她打电话给皮特和多恩,他们会告诉她。

这是他们惟一的约定。他们说他当然可以用那所房子,需要住多久就住多久。他们看了新闻,跟迈尔斯一致认为,也许对笛子最好的办法是离开那儿,离开学校、记者和其他一切。但他们拒绝对詹宁说谎。幸好她没打电话,别人也没有,比如贺瑞斯和马可神父,两人都可能猜到他们去了哪里。也许不是具体地点,但这个岛很小,尤其是在没有游客时。

想到大卫居然指出他对詹宁的漠视,他不禁微笑起来——自从詹宁跟沃特勾搭上之后,大卫很少跟她说话。据大卫说,詹宁也发生了变化,辞掉了在健身俱乐部的工作,到她母亲的餐馆来做女招待,去年在爬楼机上减掉的体重大部分又长回来了。她没怎么提她的婚姻,大卫怀疑已经矛盾重重。银狐狸倒是挺顺利地完成了从帝国烤肉店到新快乐汉的转变,但他不再脱得只剩下背心,也不再跟贺瑞斯玩牌了。也许想指出妻子胖了,但他克制住了这种冲动,明智之举。

"我不习惯你站在詹宁一边。"迈尔斯对弟弟说。

"别傻了,我是站在笛子一边。我想你喜欢一个人拥有她。你喜欢她需要你,这样下去,她永远离不开你。"

"她永远别想碰我女儿。"迈尔斯说。

电话那头沉默了片刻,"是说怀亭夫人吗?"

"是。"迈尔斯有些窘,不是因为自己表述模糊,而是因为弟弟能够那么容易地解读。

"迈尔斯,我必须告诉你,我觉得你在这件事上有点疯狂。你走后一个星期她就出城了,一冬天没回来,她的房子正在卖呢。"

"卖掉了告诉我。"

"她已经处理掉了她的大部分房地产,包括帝国烤肉店。她在诺克斯河项目上赚了一大笔,毕姨拒绝了她出的价钱并且请了律师之后,她就没再来找碴,她在撤出,迈尔斯。"

"你也许是对的。"迈尔斯说,尽管他一刻也不相信。

"如果你担心的是吉米·明狄,那大可不必。他得清醒过来才能找麻烦,而他每天晚上都在灯夫屋喝得烂醉如泥。"

其实迈尔斯知道这个情况。弟弟冬天寄来的许多剪报中,大部分都跟新的诺克斯河重建项目有关,有几张描述了明狄警官的事,还有夏琳那工整的小字体写的注解。枪击事件后不久(此事成了全国新闻,直到西部发生了更严重的事件),吉米的太太带着她的新未婚夫和州南的一位律师回到帝国瀑,向她丈夫发了离婚诉状,指控精神虐待和一次肉体虐待,并威胁说如果他对离婚和文件中的监护权安排提出异议,她就把肉体虐待的详情公开。一星期后,她带着儿子萨克回了西雅图,她现在居住的地方。

要不是同时出了另一个问题,吉米本来会争一下的。一个明亮的大清早,他还没刮完胡子,县治安官带着搜查证和一组穿制服的警官找上门来。他们显然知道要找什么,在破纪录的时间里找到了几件物品——昂贵的立体声喇叭、新微波炉、录像机,吉米拿不出所有权证据,而且物品上的序列号被巧妙地去掉了。他说是在波特兰买的,没留收据,听到提起它们与本地几家商店夜间失窃的物品相同时,他好像受了莫大的侮辱。他本来可以骗过去,可是他漏掉了一台激光打印机里面的序列号,正是两个月前诺克斯电脑店被盗的那台。调查人员还没收了在他家地下室发现的一台配钥匙的机器,还有一个挂满了所谓万能钥匙的钥匙环。虽然未被起诉,但消息见了报,他从警局辞职了。听大卫说他在卖房子,希望能付清诉讼费,目前在怀亭庄园当看家的。

"他两星期前到酒吧来了,"大卫补充道,"说萨克写信来问笛子怎么样。他还想跟你说没有记恨。"

迈尔斯又不禁微笑,"真高尚,他把我揍惨了。"

"是啊,"大卫承认,"不过他的鼻子还没恢复。他好像把自己的鼻子给丢了,现在这个是从死人身上借来的,灰不溜秋。我倒觉得如果你撒个谎,跟他说你很抱歉,也未尝不可。"

"我是很抱歉。"迈尔斯说,虽然他对吉米·明狄的宽恕能力存有怀疑,"我一直对你说不是吉米,我知道是那女人,大卫,也许花了一生的时间,但我知道了。"

"好吧,"大卫说,"跟我说说。"

迈尔斯不想这么做,知道听起来会像偏执狂。在弟弟寄来的其他剪报中有一则说圣凯瑟琳被麻省一家投资集团收购了,拟将它改建成四套三层楼的高级公寓。最豪华的一套在迈尔斯始终没有勇气油漆的尖塔里装了一个水力按摩浴池。设计图勾勒出迈尔斯和母亲做弥撒的那座建筑将来的用途,还有马可神父和(痴呆前的)汤姆神父的小照片,两人都住在圣心。也许迈尔斯的念头没有道理,他相信教堂真正的买主是怀亭夫人,她会住进其中一套公寓,以便每年至少能有一部分时间住在他爱过而被她夺走和败坏的地方的中心。力量与控制。无论根据多么少,他真的相信这种猜测。

"瞧,"大卫说,"我很高兴笛子情况越来越好,可你有没有想过你的情况越来越糟?"迈尔斯没回答,他接着说,"如果你救了她,毁了你自己,那并不算是多大的胜利。"

"这交换我可以接受。"迈尔斯说,心里知道这正是母亲所做的交换,或试图做的。

"如果是迫不得已,我能理解,可如果这种牺牲不是必要的呢?那样是谁赢了——你还是她?"

"我没想做牺牲者,大卫。"

"是吗?你想骗大骗子?"

"大卫——"

"因为我开过那条路,哥,然后冲出去撞到树上,我能展示的只是一条废胳膊。"

"实际上你结局挺好。"迈尔斯说,指的是夏琳,他知道弟弟能领会。电话那头的沉默表明他猜对了,迈尔斯立刻对这攻击感到内疚。"我说,咱们不谈这个行吗?"

"好。"停了一会儿,"毕姨向你问好,还提醒你,你仍是新快乐汉的正式合伙人。"

"替我谢谢她。"

"你在错过机会,迈尔斯,我只能这么说。你不会相信河边在发生什么,新的啤酒屋七月四日就要开张,信用卡公司投了几百万元改造老纺织厂,衬衫厂要变成室内小商城,有几所住房都开始卖得动了。"

"你口气真像个捧场的。"

"没有法律说不能偶尔有好事发生。"

如果大卫描述的是纯粹的好事,迈尔斯也许会高兴,为弟弟,为毕姨,为夏琳,为他们大家。他不指望任何人像他一样厌恶它的发生方式,财富又一次不会落到帝国瀑居民的手里。他们去年卖不出去的房子明年会变成买不起的房子。当然是法兰辛·怀亭一手制造的,实质上是把同一个东西卖了两次,先是厂子,然后是她精明地留下的沿河土地。此外,他还不能完全消除一种非理性的想法,觉得这些新的希望和信心都是以某种所有的人都急于忘却的损失为基础的。他的朋友梅尔是损失的重要部分,还有死去的男孩贾斯廷,当然还有罗德礼夫人。如果田西西活下来,也许过几年她会感激能为信用卡公司做电话推销,这工作可以在轮椅上完成。还有约翰·沃思,现在可以说又回到了他小时候被遗忘在里面的黑壁橱里——一个没人愿意想起的损失。

但弟弟当然是对的,怀亭夫人没有开枪打人,不能把世上的罪恶都堆到她门前。

"你钱够吗?"大卫问。

"现在还行。"

"以后呢?"

"以后就走一步看一步吧,大卫。"

钱是他起先对自己保证不去想的问题。他的负债自然在增长,从出逃的那个下午开始。他们没去詹宁家或他自己的住处,本来应该带个旅行箱,但迈尔斯担心短暂的逗留也会被逮住,于是他们只带了身上这套衣服,逃往迈尔斯只知道是"别处"的地方。因为笛子没问他们要去哪里,所以不需要解释。

开上斐尔港南下的州际公路时,她抽搐的哭泣已经停止,她又缩了回去,那呆滞的沉默很恐怖。等到他在肯尼邦加油的时候,她已经不再回答他的问题,他只好绕到她那边,打开车门,把她的头扳过来,告诉她一切都会好的,他正在带她离开那地方,她要相信他。说完之后,她点了点头,但她似乎在集中全部精力记住他是谁,点头也好像是猜的。

回到路上,迈尔斯发现他们是在开往葡萄岛,去皮特和多恩的避暑别墅。能够把"别处"换成"葡萄岛"莫名地让他振奋,还有他俩将躲在一个岛上,好像追赶者必须游过去似的。他想葡萄岛这个主意也可能让笛子心情好一些,便告诉了她,可他怀疑她没有真正听懂。到新罕布什尔的收费站他扭头一看,她又在哭泣,随后发现了原因,她尿裤子了。

刚进麻省,他在黑弗里尔的一个出口下了州际公路,兜了一会儿,终于找到一个有凯马特商场的带状商业区。听到他要进去一小会儿,笛子恐惧地哆嗦起来,他这才醒悟过来。她从肯尼邦就想上厕所了,可是不敢一个人进去,害怕看不到迈尔斯。"没关系,"他安慰道,"你可以跟我进去。"

于是他俩一起走进去,笛子紧拉着他的手。店里没什么人,还有一小时就打烊了。但他们还是吸引了相当多的注意,笛子带着尿臊味,迈尔斯鼻青脸肿,一只眼睛还睁不开。除了一包内衣和一条便宜的牛仔裤外(他看了笛子裤子后面标签上的尺寸),他还拿了一卷纸巾,一包海绵,坐垫清洗剂和一大瓶布洛芬。离开缅因后,他的脑袋和身体又剧烈地痛起来,他知道不用点镇痛剂支持不到伍兹厚港。他选择进男卫生间,发现里面没人,他把门反锁了,打开那包内衣,咬下牛仔裤上的牌子,打湿一把纸巾,叫笛子到一个小隔间里去尽量把自己擦干净。他保证站在门前,让她能看到他的脚,并且一直跟她说话,只停下来嚼一把令人作呕的布洛芬。

在收款台他又拿了一个塑料袋装笛子的湿裤子,然后如数付钱,他保留了包装,可以扫出价格。这个先见之明似乎并未给收银员留下好印象,她对迈尔斯显出不加掩饰的厌恶,对笛子显出衷心的同情,仿佛她知道这是怎么回事。

回到停车场,迈尔斯担心警察会在他用海绵擦完坐垫之前追来。正要开走时,他发现了一家有自动取款机的银行,他取了三百块钱,是一天内能取的最高金额。账户里还剩三百块,以后呢,谁知道?

跟弟弟通过电话两天之后,迈尔斯在葡萄港一家浓汤馆靠窗的座位上品着咖啡。因为教师培训,笛子只要上半天学。他从剩咖啡上抬起头来,看到了一个惊人的幻象,马克斯·罗比在街上朝他大步走来,完全像知道自己在往哪儿走,可这是不可能的,迈尔斯知道他从未到过这个岛。老头本来在街对面,可是走到近处突然穿过马路,好像不仅知道他儿子在这个岛上(不可能),而且知道他在这所房子里(极不可能)。因为他无从知道,所以他不知道。但当马克斯从浓汤馆门口走过去时,迈尔斯还是感到惊讶。实际上,迈尔斯敲了敲窗户,他父亲才停下来。

片刻之后,来自佛罗里达礁岛的马克斯·罗比坐到了来自缅因州帝国瀑的他儿子对面。

"你一定是在捉弄我。"迈尔斯瞪着他说。

"我猜到会撞见你。"马克斯似乎挺得意。

"是吗?"

"也许没这么快。"马克斯承认道,但他似乎并未像迈尔斯那样充分意识到这次邂逅有多凑巧。

"我们住在岛的那面,爸爸。"迈尔斯解释道,交谈还不到一分钟,他的语气中已经带上了恼怒。"大部分时间我都不到镇上来,除了买日用品。这是我第一次进这家餐馆,碰巧坐在这惟一一个窗口的座位。"

"我最近走运。"马克斯说,似乎暗示按他此前生活的趋向,他没有理由不走运,"我跟你说过我在佛罗里达中了彩票吗?"

马克斯就喜欢问这种问题,答案双方都清楚,最好是不予理睬——迈尔斯从没掌握的窍门。"没有,爸爸,我们六个月没通话了,你都不知道我在哪儿,你怎么会跟我说呢?"

"哦,我知道你在哪儿,"马克斯对他说,"我虽然古来稀,可还没老糊涂。老人也有脑子。"

迈尔斯用指关节擦擦眼睛。"你说你真的中了彩票?"

"不是大的,"马克斯承认,"没有六个数都中,中了五个。但也不错了,三万多。"

"美元?"

"不,餐巾纸。"马克斯举起一张说,"当然是美元,呆瓜。"

"你赢了三万美元?"

"不止,差不多三万二。"

"你赢了三万二千美元?"

马克斯点点头。

"你本人赢了三万二千美元?"

马克斯点点头,迈尔斯考虑着还有没有别的问法。一般来说,跟马克斯打交道措辞是关键。

"我跟托尼船长酒吧的另外九个人。"马克斯停了好一会儿后说明。

"每人赢了三万二千美元。"

"不,每人赢了三千。十个人合买一张彩票,赢的钱得平分。"

现在是迈尔斯点头了。从父亲嘴里套出真相是他俩关系中的少数乐趣之一,而马克斯是从就是不说中得到同等的乐趣。"你还剩多少?"

马克斯掏出钱包往里看看,好像他自己也真的很好奇。"足够买午饭的,我不像有些人那么小气,我有钱的时候不怕花钱。"

这就是他很少有钱的原因,迈尔斯本来想指出,然而他说:"爸爸,你在这儿干什么?"

"我跟着紫日号北上到希尔顿·海德岛,可是他们要歇一两个月,我就搭了长途车到波士顿,又搭车到伍兹厚,然后坐渡船到了这儿。"他跷起拇指朝背后一指,"我的野营包在码头上的存衣柜里。"

"那只说明了你是怎么来的,爸爸。"迈尔斯说,"你好像省略了为什么。"

马克斯耸耸肩。"有法律禁止人看儿子和孙女吗?"

在很多时候可能拥护这一立法的迈尔斯不得不承认目前还没有。

"我想我也许能让她开心。"他说。迈尔斯一定露出了怀疑,因为他又说,"你知道,我有时是能让人开心。有一阵我甚至能让你妈开心,信不信由你。"

"什么时候?"

"有你之前。"马克斯承认道,"一开始她跟我有很多共同点。"

"被我破坏了?"

"嗯,"马克斯若有所思地说,"你没帮什么忙,不过不是你,实际不是。"

"那是什么?"

父亲又耸耸肩。"谁知道?可我要告诉你一点,让一个好女人失望是可怕的事。"

"我也有一些体会。"迈尔斯承认,因为他们似乎破天荒地进入了忏悔状态。

马克斯嘴里噗了一声,"什么——詹宁?她天生就不开心。她跟你妈不能比。给格瑞丝一点开心的东西,她真的会开心。如果她先碰到的是那女人的丈夫而不是我,一切都会不一样。"

迈尔斯不禁微笑起来。这一直是他自己的估计,可他还是对父亲得出同样的结论感到惊讶。

"当然,那样就没你了。"

"不是悲剧。"

"也没有笛子。"

对,也没有笛子。

"嘿,我会想你们两个的。"马克斯冲他笑道,"特别是她。"

"如果到街上去,"迈尔斯看了看手表说,"我们可以等到她的校车。然后你可以请我们吃午饭。"

"你看上去是该好好吃一顿。"马克斯说,两人从座位上站起来,"我上次见你之后你掉了多少磅?"

"不知道,不少吧。"

"你没得癌症吧?"

"没有,我只是有个孩子,有些人为儿女操心。"

"你以为你能伤害我的感情,可你不能。"马克斯不是第一次说这话。

跟父亲走在街上时,迈尔斯想到他三十年前担心的那件不可能的事终于发生了:父亲到葡萄岛来找他。

像他保证的那样,马克斯果然让他们开心。笛子一向喜欢她爷爷,他也喜欢她。看到他们在一起总是让迈尔斯惊奇不已,现在他才开始理解祖孙俩轻松的关系。像迈尔斯一样,他女儿也会指出马克斯的不卫生,但她的语气不同。迈尔斯第一次发现同样的话从他嘴里说出来更像说教,总是含有命令的意味——马克斯应当做点什么,这当然会让马克斯这样的人不买账。当笛子说"爷爷,你胡子上有东西"时,她显然只是在提个醒,如果他愿意胡子上有东西,那是他自己的事。他说"怕啥?"时,她只是耸耸肩。如果他胡子上的东西特别不像话,比如那天早上的蛋黄渣,笛子就会抓起一块餐巾,叫爷爷别动,优雅地给他擦去。这动作总是让马克斯幸福地微笑。迈尔斯早就觉得他父亲基本上是个低等的灵长类动物，喜欢人家给他梳毛。

马克斯来了几天之后，迈尔斯沿土路把笛子送到乘校车的地方，然后回到房中给睡梦中的老爷子留了个字条，说他上午要去葡萄港图书馆看书，笛子上学之后他经常去那儿。一座典雅的小楼，他在特种藏书部找了一个安静的角落，读到肚子饿，到附近的餐馆买个三明治，回来继续坐到放学。他不久便知道了仅有的三位图书管理员的名字，其中一位承认她把他当成了来作研究的教授或作家。他笑了，告诉她说不是，他是开快餐店的。但她的话让他感触很深，因为她猜想的职业正是他曾经憧憬的，格瑞丝患病时他正在为之做准备。他、皮特和多恩是文学校刊最有才气的撰稿人，那两位想不到他们会去写电视情景喜剧，就像迈尔斯不会相信他毕业后会去帝国烤肉店翻肉饼一样，可他的朋友们现在至少还是在梦想的那个象限中。四十三岁时听人说他看上去像他原想成为的人只是增加了迈尔斯的人生失败感。

在这个岛上，尤其是当马克斯出现后，很难不想到他母亲。他忆起的格瑞丝仍在为他放弃了天分而生气。许多天来，只有看到女儿下车，神情举止一天天更像以前的她，才使他没有陷入更深的忧郁。谢天谢地，看到笛子好好地活着足以证实他这辈子最好的归宿就是做这个孩子的父亲。

但迈尔斯感到母亲在墓里不得安宁，所以他在今早给父亲留的字条上撒了谎，他没有开车去葡萄港，而是将捷达指向岛那边的夏庐，他和母亲当年住过的地方。虽然那儿离皮特和多恩的房子只有十分钟，他却从没重访过，无论是在这个长冬，还是在他、詹宁和笛子么么多次度假的时候。两人第一次来见皮特和多恩的时候，他告诉詹宁夏庐已经不在了，免得她想去看。

可是它还在，他驶过在淡季几乎荒废的村子时，许多细节朝他涌来。他曾经贪婪剥吃蛤蜊的大海鲸还是一个餐馆，但换了名字，要到五月底才开门。村子既变大了又变小了,建筑物多了,显得更密集,当年饱餐了黄油蛤蜊后困意蒙眬的他眼中的漫漫长路只不过是蜿蜒的一百来米。

那条在海滩灌木间曲折延伸到崖上的土路有铁门拦着,迈尔斯只好停车走上去。有游廊环抱的主旅馆跟他记忆中的一样,下面的小房子也是。今年天暖,蔷薇花架已经吐绿。他很快找到了当年住过的那间,门上题着"旅居",这奇怪的词随着潮水般的回忆涌入他的脑海。从积着灰尘的窗户朝他的小卧室望去,他几乎期望看到他的手套还搁在床头柜上。沉湎于这种怀旧的感情让他觉得有些傻,而且或许不能作为他没有遵守门口"请勿入内"牌子的理由。不过,既然到了这儿,他决定走完全程,也就是说沿小径下到海滩。海滩上的草也开始绿了,这里已经春意盈盈,比缅因中部早将近一个月。海滩还是没人,他在记忆中母亲铺垫子的地方坐了一会儿,凝视着海上两百米外的雾堤。他在这儿想碰到谁的幽灵呢——母亲,还是童年的自己?

他没有意识到雾在漫过来,转过身才发现雾已几乎吞没了山崖,只剩下一个模糊不清的轮廓。等他重新找到那条路,雾已经很浓,只能看到脚边的地面,到了崖上,他完全是靠运气才找到了"旅居"。在前门廊上看不到主旅馆和近旁那间查理·梅因住过的小屋。坐在台阶上——现在是成年人了,无论自己感觉像不像,他意识到他是来跟查理·梅因的幽灵谈心的。迈尔斯和母亲三十年前那天早晨离开了这个岛,回到帝国瀑的生活中,她如今埋在那儿的墓园里,当年在渡船开走时被留在码头上的是查理·梅因,所以他应该还在那儿,在查·波·怀亭的照片上认出他的面孔也改变不了。查理·怀亭埋在母亲旁边的坡上,而查理·梅因完全是另一个人,迈尔斯想要当面询问的是他。

所以,当那人从雾中出现,跟他一起坐到门廊台阶上时,迈尔斯仔细打量着他,看到确实是下巴光光的查理·梅因,而不是留胡须的查·波·怀亭。依然优雅,银发飘飘,查理一点也没老,右太阳穴上也没有那另一个人用在斐尔港买的手枪打出的弹孔。

看到那熟悉的忧郁的面孔,迈尔斯说:"我妈妈死了,查理。"他不想那人以为她还在"旅居"中穿她的白裙子,准备出去共进晚餐。

查理·梅因点点头,好像表示这是必然的事。

"她一直等你。"见他没说话,迈尔斯说。

"我想来的。"

"那怎么没来?"迈尔斯问,他困惑了三十多年。

"你大了就会明白。有些事大人们想做可是做不了。"

这个解释让迈尔斯感觉又变成了孩子,他说话也变成了十岁男孩的呜咽。"可你能在菜单上没有清蒸蛤蜊的店里要到清蒸蛤蜊。"

"啊,清蒸蛤蜊是另一回事。"

这让迈尔斯更加气恼。"你害死了她,你害死了我妈妈。"

"不,"查理·梅因说,"我想你母亲是死于癌症。"

"你怎么知道?你都不在。你一直不来。你给过她快乐,然后又违背诺言,她就死了。"

"我应该怎么做?"

"照你说的那样。"

"我努力过。"

"不,你没有。"他哭了起来,只有小时候才那样哭过,那种能有些益处的哭泣,"她从来没有停止等你。"

"你错了,她停止了,你不记得吗?是你一直念念不忘。"查理·梅因伸手抚了抚迈尔斯的头发。

迈尔斯低下头,发现自己是个小男孩,从来没有长大,做丈夫和父亲的生活只是一个梦。"我恨你。"他抽泣着说。

"我也恨你。"查理·梅因温和地答道。

"为什么？我只是个小孩。"

"因为如果没有你，你妈妈和我可以一起逃走，都是由于你。"

"不是。"他叫道，心里知道是的。

"现在你看到实际情况了吗？"查理·梅因推了推他，"是你害死了你妈妈，不是我。"

他醒过来，又是成人了，不知道自己在那弯曲的门廊上睡了多久。雾依然很浓，里面有一些声响，虽然他听不清是从哪儿来。起先说话者似乎在旁边的小屋里，但声音转到了主旅馆的方向。

"也许只是出海去钓鱼的。"

"大雾里？"

"这小破车挂着缅因的车牌，这儿有谁挂缅因的车牌？"

声音渐渐远去，迈尔斯难为情地快步走回捷达跟前。门口多了一辆车，但停车者没有把他堵在里面。迈尔斯在窄路上掉头，往回驶去，不只是回岛的那面，因为他突然明白弟弟说得对，是应该回帝国瀑，回到他的生活中。"旅居"的梦告诉他，在那儿做一个成人比在这儿做一个小孩好。

马克斯穿着短裤站在皮特和多恩的厨房里，若有所思地挠着痒痒。"是大卫。"他说。

"什么是大卫？"

"电话。"

"电话响的时候我不在，爸爸。"

"我知道，"马克斯说，"所以我跟你讲。大卫叫我告诉你怀亭家的女人昨天死了，老的，不是瘸子。"

"法兰辛·怀亭？"

"对，淹死了。"

迈尔斯不由坐了下来。"这不可能。"

"你不相信我，打电话问你弟弟。我只是转告他的话。"

"淹死了?"

"他说在河里。不信给他打电话。"

迈尔斯摇摇头,试图想象没有怀亭夫人的世界,谁来让它运转呢?

"反正我要回去参加葬礼。"他父亲宣布,"你听见了吗?"

"为什么?"

"因为你像是没听见。"

"不,为什么你要去参加葬礼?"

马克斯笑容满面。"你从来不听我的话。我古来稀了并不表示你就可以不睬我。"

"你为什么要去参加那女人的葬礼,爸爸?"

"因为我们是亲戚。罗比家和罗比多家,我告诉过你。我打赌她给我留了点东西。"

他们当晚收拾行李,第二天早上关门上路。已经打电话告诉了皮特和多恩。迈尔斯还打了电话到快乐汉,想找弟弟,但是詹宁接的。"我们要回来了,如果你不介意的话。"

"屋里有的是地方,"她的声音有些疲倦,"沃特搬回他那儿了。"

"对不起,詹宁。"

"不用。我能看透他到底值多少,如果他还有点价值的话。笛子原谅我了吗?"

"原谅什么?"

没有回答。"你原谅我了吗?"

"原谅什么?"

"见了我别吃惊,我体重长了好多。"

"我掉了好多。"

"是气我还是怎么着?"

"回头见,詹宁。"

他们刚拐出车道——笛子戴着耳机坐在后座,马克斯坐在副驾的位置——手套箱突然弹开了。

"你一直没修好呀?"马克斯说,开始在里面翻找。

"我想修不好了。"迈尔斯微笑起来,马克斯弄坏它好像已经是那么久以前的事。

"别傻了。"他父亲确信任何东西都能修好,只稍稍有一点失望手套箱里没搜出钱。

尾　声

当查·波·怀亭在墨西哥大致快乐地生活了近十年之后被召回帝国瀑时,他决心要履行怀亭家男人的使命,准确地说,是成为怀亭家男性中第一个完成那个使命的人。他爷爷伊利亚本来可以欣慰地死去,如果他能用铁锹把老婆打死的话,可惜他等得太久,当他意识到这是他的真正使命时,已经心有余而力不足了,而他老婆还很敏捷。虽然他奋力追了一通,却总是追不着,猛抡了几把铁锹之后,他精疲力竭地坐下了,被她缴下武器,就此罢休。

他孙子很了解他的意图,因为他从不掩饰。"小查理,如果你知道那间马车房里发生的事,"当男孩还成天在怀亭家院子里爬树的时候,老头就对他说,"如果你知道一个坏女人有多可怕,你就会当个神父,不会去冒这个险了。"①查·波指出他们不是天主教徒,伊利亚承认这话不假,但指出天主教徒总是欢迎皈依的人。

据查·波·怀亭所知,霍纳斯·怀亭从未尝试过杀妻,但在儿子婚礼那天他承认自己平均每天要克制一次杀人的冲动,就在当天,还不到中午,他已经有过三次特别强烈的冲动。查·波问道妈妈经常旅游是不是好些,父亲摇头。知道她活在世上就足以败坏

---

① 天主教的男性圣职者称为神父,不可结婚;基督教的男性圣职者称为牧师,可以结婚。

一切。晚年太太住到后湾区，老爷子得到了一些解脱，可是一天她冷不丁宣布要离开波士顿搬回怀宅，这让她的丈夫大为忧郁并且更加恐惧。"我总觉得不是她就是我。"一天他喝了几杯白兰地之后坦白道——结果竟一语成谶。

　　实际上，霍纳斯生性爱作预言，多年来他一直说老婆会害死他，不过人们理解他指的是财务上的死亡。他喜欢说，对于大多数女人，买一件昂贵的奢侈品是有好几步的过程，并且可以想象不总是一个结果。而他太太从"哦，那个真漂亮"到"搁在壁炉架上一定很好看"到"小心装运"一气完成，流畅得惊人，为了效率而完全省略了考虑价钱。

　　一天下午，年近八十、刚患过轻微中风，不情愿地出院由太太照料的霍纳斯从椅子上站起来时动作太猛，突然一阵眩晕，抓住了最近的一件家具，是一个玻璃门的红木高柜子，架上摆着他太太周游世界买回来的珍藏。因为他一个人在屋里，没人知道真实经过，但查·波猜想当母亲的宝贝开始从架子上掉下时，他父亲为能一下子摧毁这么多她那贪得无厌之心所珍爱的东西而兴奋，抓着柜子的时间可能比必要的长了一些。他的体重终于把那件家具带倒，压灭了他残存的一点生命。他在那儿躺了几小时，埋在太太的奢侈品的碎片中，直到晚餐铃响他没有反应才引起了搜寻。

　　所以当查·波·怀亭被从他在墨西哥的生活中召回时——在那儿他有足够花的钱（实际上多得多，鉴于比索的购买力），住在海滩边上，更不用说拥有一个与他同居并爱了他五年的女人，一个只有名分不是他儿子的小男孩，还有写诗的闲暇（如果他有诗兴的话）——他知道他最好的自我将再次被夺走，他不怀疑自己最终会适应这个损失，像以前一样。然而区别是现在他不想做出牺牲了，上次他相信父亲要他做的可能是有益的，而现在只是通知不再允许他拥有快乐，并且不是由他爱的人来通知，而是由这世上他最厌恶的一个人，那个他曾承诺珍爱、尊重、依顺一辈子的女人。

在回家的飞机上他想到了祖父和父亲,然后决定,就这样吧,指的是死亡,她的。

在波士顿有轿车司机接他,一个好脾气的人,毫不介意在斐尔港停车等查·波给他太太买礼物。或许司机疑惑买礼物怎么选择了典当行,但他把这个疑问埋在了心里。

他考虑的时间并不长。典当行老板问要买哪种手枪时,五十九年来对自己的无能形成了自知之明的查·波答道:"傻瓜的。"典当行老板拿出一把干净的普通左轮手枪,教他如何装卸子弹,然后看他用假子弹练习,直到确认查·波掌握了为止,最后提醒他关着保险枪是打不响的,除非你完全依赖保险,那样它倒有可能打响。没有子弹也是打不响的,所以查·波在兜里揣了一小盒,左轮手枪揣在另一个兜里。

"现在去哪儿?"查·波·怀亭坐进轿车后面时司机问道。

"回家,"查·波一边装子弹一边说,"我很想见我太太。"

是什么阻止了他?

轿车停到他故居的车道上时,查·波·怀亭既没有思想斗争,也不怀疑自己实施计划的能力。他没有像祖父那样等得太长,也没有像父亲那样因为长期克制杀妻的冲动而认不出它。跨出车门的时候,他对自己的决心像他一生中对任何事情一样坚定。当他伸手到衣兜里摸到那把枪——沉甸甸的,结实可靠,他丝毫没有对要杀人感到厌恶。他决心要做的事将被绝大多数公民看作犯罪,这一点似乎不相干。首先,他的行为不是出于恶意,不,他不想让太太受罪,像她对那么多人所做的那样。他不想让她感到痛苦,只想结束她的生命。他只希望手很稳,一枪就成功。

他又请司机等一会儿,幸运的话,他们可以在法兰辛的尸体被发现之前返回波士顿。如果非常幸运,他可能一直逃到墨西哥,跟那个女人和小孩一起隐居。可是逃走没有确保不把事情办砸重要。当他打开自己多年前建造的这所现在看来一点不像南美庄园的宅子的大门,他能感到父亲和祖父在天上对他微笑。

　　没人听到汽车声,当然查·波也没有按门铃,他只是走进自己的屋子里,像世界各地的人一样。里面静悄悄的,他用拇指打开枪保险时,几乎觉得那响亮的咔嗒声会引发爆炸,可是没有。看来幸运女神终于将对一个企图杀妻的怀亭家男子微笑了。他太太想必在外面,可能在凉亭里。如果他轻轻溜出院门,甚至可能在她没发现前穿过宽阔的草坪,把她从尘寰中除去,她都不会知道是什么打中了她。关着车窗听广播的轿车司机不会听到枪声,然后他当然会奇怪为何这么快就要回波士顿,但轿车司机受到的训练是服从,而不是询问付钱的人。

　　但运气不在查·波·怀亭一边,就像不在他父亲和祖父一边那样。当他转过客厅的拐角,看到为他预备的那一幕,他立刻知道只有上帝——就是他为驼鹿而与之斗争的上帝,才可能这样安排,同时让他完全忽略了这三个女人站得这么近的可能性。

　　辛迪没有如他想象的那样待在奥古斯塔,而是站在院门内,一只手放在门把手上,在那定格的一刻仿佛要拉开门加入外面的生活,好像这是可能的事。当然,他知道她是抓着门把手保持平衡,这个画面表现了她整个一生都是被挡在各种障碍后面,从很久以前的那天起。那一天,他对妻子忍无可忍,收拾了一个手提箱,丢进后盖箱里,不等车库的自动门完全升起就加大油门把林肯往外倒,毫不在乎把它撞坏。他没听到声音,只感到微微颠了一下——也不是第一次,因为那孩子总是把东西丢在车道上。她喜欢把所有的玩偶靠在车库的门上,喜欢看到有那么多。刚才颠的一下就是那感觉,只是玩偶一定是挂在车底下了。开到路上时,他又感到颠了一下,在后视镜里看到了她,他真以为又压到了女儿的一个玩偶。但这一个太大了,她的每个玩偶都是查·波自己买的,他不记得有这样一个。

怎么会发生这种事?这个问题刚提出就有了答案。查·波·怀亭也许是个软弱的人——实际上他*知道*自己是个软弱的人,可他从未像多数软弱的人那样掌握自欺欺人的艺术。所以,当他自问怎么会把心爱的女儿忘到脑后时,他看到这当然不是第一次,而只是第一次造成了后果。这一次是憎恨蒙住了他的眼睛,而过去是爱。

他究竟是何时爱上此刻站在院门外的格瑞丝·罗比的?在衬衫厂他自然注意到了她,然后她的怀孕又跟法兰辛同步。但也许是在医院看到格瑞丝把婴儿抱在怀里的那一刻,他真正倾心了。不只是因为她如此疲惫而美丽,而是她看着婴儿时的喜悦,她的快乐和感激,让他看到可以有另一种更美好的生活,想到假如……两个女人分娩后都在医院住了三天,产科病房太满,连姓怀亭的女人都住不了单人病房——感谢上帝!他记得自己当时想道。她们出院时,他真想当场交换,用他的太太、女儿和所有财产交换,跟格瑞丝和她的儿子回到那所租住的小屋——她的丈夫,那个身上总是油漆斑斑的人,似乎不知道自己有多么幸运。对这个女人的强烈欲望,以及对另一种生活异常鲜明的想象(如此真切,而对步入中年的他又是如此遥远),使查·波·怀亭想自己是不是疯了,并担心放弃格瑞丝和幸福的希望会不会令他无法承受。更糟糕的是,开车送法兰辛和在母亲干瘪的乳房前扭动的新生女儿过铁桥时,看到桥下湍急的流水,他想起因为驼鹿而与上帝作的斗争,第一次意识到上帝赢了,他这傲慢的罪人只有用苦行赎罪。不甘心放弃新发现的希望,他知道现在赢得格瑞丝·罗比的惟一办法是得到上帝的允许,而这要等他配得上她才行,他下决心为此而努力。

他在格瑞丝没有察觉的情况下追了她多久!积月成年,从顶层他那玻璃围起的办公室看她干活,在周末见她牵着她的小男孩在帝国大道上走,她丈夫总是在外地漆房子。格瑞丝是那种悲哀的确使她更美丽的女人。查·波凭直觉知道除了那个小男孩迈尔斯之外,她生活中没有什么乐趣。

他还发觉,当别人悲哀时,她会真心地同情,好像她自己的负担让她能够承受更多。是在他女儿的事故之后,格瑞丝才似乎真正注意到了他。尽管他忍受着负罪的折磨——不只是为他所做的事,还因为他让太太对警方说的假话,她多么冷酷而老练地编出了那辆绿色的庞蒂亚克!但在内心深处他还是为终于联系上了而激动。

在此后那些年里他对格瑞丝·罗比的爱情变成了多么奇异的幻想!它充满而又抽空了他的日子,她的小男孩像野草一样茁壮成长,他自己的孩子勇敢地忍受了一次又一次复杂的、不成功的手术。格瑞丝对查·波·怀亭成了一个梦想,不仅代表着爱和幸福,而且代表着救赎。他在她身上看到人类的同情,全世界只有这一个人,他有一天可能对她吐露心中那可怕的秘密,她不仅会理解,而且会原谅。如果一个凡间的女子能有这样宽容,上帝的爱和宽容难道会更少吗?有时候这些狂热的推理让查·波·怀亭觉得纯粹是疯狂,有时候却像是神圣的真理。

无论如何,他逐渐能够感到这个女人开始爱上他了。先是目光,后来是姿态,再后来是话语和庄严的告白,最后是一个计划。法兰辛当然知道。她或许从医院的那第一天起就怀疑了。她虽然自己没有像爱那样的感情,却善于嗅出别人身上的这种疾病。她几乎完全阻挠了他和格瑞丝的计划,他们本打算在葡萄岛上共度一个星期。他觉得也许需要那么久才能说服她,虽然他知道她的心已经属于他。当然,是那个小男孩使情况变得复杂。带儿子离开他的父亲对格瑞丝来说不是一件容易的事,虽然那个男人的行为不值得如此为他着想。

啊,在那个神奇小岛上度过的两天如此美妙幸福,几乎足以让人觉得不枉此生。他们差点实现那个梦想!现在想起还令他屏息心动,想象跟这个女人过一辈子。即使现在他也会乐意,尽管几乎已看不出那个跟他太太一起站在院门外,似乎在察看花园的憔悴的女人就是他一生的真爱。只需一眼就能看出他在墨西哥的那些年她是怎么过的。他曾设想自己被判的苦行,他让她替他修了。他吃惊地看到,如今从所有客观标准来看,他太太都是更有吸引力的女人。

在三个女人中,法兰辛首先发现他,从她淡淡的微笑中他明白了,相信自己能做到父亲和祖父(两个比他强的人)都做不到的事是多么愚蠢。她好像知道他兜里有枪,也知道它已经无用。

然后格瑞丝抬起头来,表情中有他最害怕的了解:葡萄岛以来的这些年他没有非常痛苦,而是从另一个女人、另一个小男孩那里找到了快乐。在岛上的最后一晚她无疑就感觉到了。那天她到他的小屋来,两人做了爱,谈论着将来,还有过去。正如他经常想象的那样,她听完他的忏悔,把他对亲生女儿所做的事放进了她那美好仁慈的心里,解救了他。只是后来,当他们计划逃出去开始新的生活时,她发现他只想到三个人——他、格瑞丝和迈尔斯,而准备撇下女儿或甚至根本没想到她,这才把事情搅黄了。他竭力挽回错误,说他没想到格瑞丝愿意带上辛迪,可是害处已经造成。在那一刻她把他看成了一个准备遗弃孩子的人。也许她没有马上明白这种看法会有什么后果,但查·波·怀亭明白。

他可能撇下的那个孩子(她多年前被迫相信自己对那次事故的记忆是错误的)是最后一个发现他回家的,也许是从玻璃中看到了一些动静。只有辛迪很高兴看到他。她猛然转过来,差点失去平衡,扑向他叫道,"爸爸!"在这个词中他听到了兜里那重物的另一个好得多的用途。

查·波·怀亭在那个时候自杀,剥夺了自己在以后岁月中看清楚些的机会。如果他在世,他也许会渐渐发现太太并不是他心目中那样的恶人,对她来说温情并不是不可能,只是不自然和不容易。她就像她家以前世代耕种的土地:贫瘠,但并非完全荒凉不毛。如果他能活到心爱的格瑞丝生病死去,如果他有勇气扶她走这一程,他也许会发现自己对她的好心期望太高,因为人心是脆弱、有缺陷、注定靠不住的。但他对自己的坏评价不可能改变,也许是这一点迫使他离开人世。

有一样是肯定的,查·波·怀亭自杀时认为他像祖先一样未能杀死妻子,这并不完全正确。他如果在世,也许会惊讶甚至高兴地看到他在向她求婚的那年就判了她的死刑。那个夏天,就在那头死驼鹿冲到他家岸上后不久,工程师们警告他说炸开罗比多冈开凿新河道可能加剧已经存在的洪水问题。改道之后这条河的确更难控制,但以前没有一场洪水接近过迈尔斯和笛子住在葡萄岛时的那一场春洪的规模。一冬天下的雪比前三个冬天加起来还多,四月初提前解冻——一直到加拿大,气温都达到七十多度①。冰雪化成激流,帝国瀑境内的诺克斯河水涨到高出洪水位三米多,漫到老纺织厂一楼高窗的一半。厂子的一楼正在改造成啤酒屋,二楼将成为一家信用卡公司的高级办公室。洪峰来到时,市中心的一半都被水淹了,包括原帝国烤肉店。

河对岸比较陡峭,损失较小。洪水没有淹到怀亭家的庄园,但把凉亭冲走了。为什么法兰辛·怀亭当时在凉亭里当然已无从得知。也许她以为只要她坐镇在那里,河水就不敢靠近。她不像她女儿那样相信转瞬间改变命运的巨力,所以当它来临时她也许没认出来。或者她只是被困住了,突然上涨的河水把她与宅子隔离。

涨水的那天很暖和,天空又高又蓝。在灰色漫长的冬天和连日暖湿的春雨之后,这样一个下午她可能打起了瞌睡,阳光温暖着她的皮肤。虽然没人目睹她被冲走,但在下游的斐尔港(那儿洪

---

① 华氏温度。

灾的损失比帝国瀑还要大),一个在堤坝旁堆沙袋抢险的人相信他在汹涌的河水中看到一个女人的尸体。尸体在堤坝上挂了一会儿,然而是在激流中央,挂在随时可能崩溃的大坝顶上,营救也没有用。再说不管那女人是谁,她现在已经死了,这种情况下,抢险人员也不愿拿自己的生命去冒险,即便面前的景象不是这么阴森恐怖——死女人的肩上横着一只嘴巴血红,厉声嗥叫的黑猫。

死女人和活猫在竭力支撑的大坝上游边沿碰撞,仿佛想找一个地方爬出去。碰撞着,推触着,寻找着,直到终于有一小块塌了,女人与猫顷刻消失。